KB218878

그리스인 조르바

강이경

국민대학교 영어영문과 졸업. 문학과 인문학 책을 내는 몇몇 출판사에서 편집장으로 일했다. 2006년 동아일보 신춘문예 아동문학부문에 당선했으며, 지금은 책을 쓰고, 외국 책을 우리말로 옮기는 일을 하고 있다. 소설 《종이비행기를 접는 여자》와 《성자가 된 옥탑방 의사》 등 어린이 책 여러 권을 썼으며, 《마법학》과 내셔널지오그래픽 인물 전집(《알렉산더 대왕》, 《만델라》, 《갈릴레오 갈릴레이》), 그림책들을 포함해 서른여 권을 우리말로 옮겼다.

그리스인 조르바

초판 1쇄 인쇄 | 2012년 12월 5일
초판 4쇄 발행 | 2016년 11월 15일

지은이 | 니코스 카잔차키스
옮긴이 | 강이경
펴낸이 | 김형호
펴낸곳 | 아름다운날
출판 등록 | 1999년 11월 22일
주소 | (121-837) 서울시 마포구 서교동 351-10 동보빌딩 202호
전화 | 02) 3142-8420
팩스 | 02) 3143-4154
E-메일 | arumbook@hanmail.net
ISBN 978-89-93876-31-4 (03840) | 값 11,800원

그리스인 조르바

니코스 카잔차키스 지음 | 강이경 옮김

아름다운날

■ 이 책의 번역 대본으로는 Nikos Kazantzakis, *ZORBA THE GREEK*(Simon & Schuste, 1996)을 사용했다.

차 례

조르바를 처음 만난 건 피레에프스에서였다. 나는 크레타 섬으로 가는 배를 타려고 항구로 내려가 있었다. 동이 틀 무렵이었고, 비가 오고 있었다. 세찬 시로코가 거친 파도를 일으키며 유리문들이 닫힌 작은 카페에까지 물방울을 흩뿌렸다. 카페는 세이지 술 익는 냄새와 사람들 냄새로 진동했다. 바깥 날씨로 차가워진 창문들은 사람들이 내쉬는 입김으로 뿌옇게 변해 있었다. 카페에서 밤을 지새운 뱃사람 대여섯이 염소 가죽으로 만든 두꺼운 더블재킷을 입고는 세이지 술이나 커피를 마시면서 뿌연 창문 너머로 바다를 뚫어져라 바라보고 있었다. 물고기들은 바닷물이 요동치자 혼비백산해 물속으로 깊이 들어가 바다가 잠잠해지기를 기다렸다. 어부들도 카페에서 폭풍이 잦아들기만 기다렸다. 폭풍이 잠잠해지면 서대기와 놀래기, 홍어 같은 물고기들이 안심하고 밤 여행길에서 돌아오다 미끼를 따라 수면으로 올라올 터였다. 막 동이 트고 있었다.

유리문이 열리더니 험한 날씨에 녹초가 되어 버린 건장한 부두 노

7

동자 하나가 들어섰다. 맨발에다, 머리에는 아무것도 쓰지 않았으며, 여기저기에 진흙이 튀어 있었다.

"어이, 콘스탄디! 잘 지냈나?" 하늘색 망토를 입은 늙은 뱃사람이 소리쳤다.

콘스탄디는 침을 탁 뱉었다. 그러고는 볼멘소리를 했다. "그래, 어떻게 지냈을 것 같나? 잘 잤느냐 — 하숙집? 잘 자라 — 술집! 이러고 사네. 당최 일거리가 있어야 말이지!"

몇몇은 웃음을 터뜨렸고, 나머지는 고개를 가로저으며 함부로 불경한 말들을 지껄여 댔다.

"산다는 건 말일세, 종신형을 선고 받은 거나 마찬가지라네." 수염이 텁수룩한 사내가 카라괴즈('검은 눈'이라는 뜻, 정통 마호메트 교도의 인형극 그림자놀이)에서 주워들은 구절을 자신이 생각해 낸 것인 양 지껄였다. "암, 종신형이고말고. 저주 받은 게야."

푸르스름하고 창백한 녹색 빛이 술집의 더러운 창유리로 스며들어와 사람들의 손과 코와 이마를 비추었다. 그러고는 카운터로 풀쩍 뛰어올라 술병들을 비추었다. 전등 불빛이 있으나 마나 해지자, 밤새 술을 파느라 지쳐 반쯤 자고 있던 술집 주인이 팔을 뻗어 전등을 꺼 버렸다.

잠시 침묵이 흘렀다. 모두들 눈길을 돌려 더러워 보이는 바깥 하늘을 쳐다보았다. 파도가 으르렁대고, 카페에서는 물담배 통 몇 개가 꼬르륵 소리를 내고 있었다.

늙은 뱃사람이 한숨을 푹 쉬더니 말했다. "레모니 선장한테 무슨 일이 생긴 건 아니겠지? 부디, 신의 가호가 있기를!" 그러고는 화가 나서 바다를 노려보며 저주를 퍼부었다. "숱한 집구석을 박살 낸 빌 어먹을 바다여, 신의 저주가 있을진저!" 늙은 뱃사람은 회색 수염을 잘근잘근 씹었다.

나는 구석에 앉아 있었다. 몸이 으슬으슬해서 세이지 술을 또 한 잔 시켰다. 자고도 싶었지만, 자고 싶은 욕망과 이른 새벽의 피로와 정적에 맞서 싸웠다. 김 서린 창문 너머로 항구를 내다보았다. 뱃고동 소리와 뱃사람들의 고함소리, 수레들이 덜커덩거리는 소리와 더불어 항구가 잠에서 깨어나고 있었다. 그러는 동안 보이지 않는 그물, 바다와 대기와 배를 타고 떠날 일로 얽혀 있는 그물이 가슴을 옥죄었다.

난 커다란 배의 검은 뱃머리를 뚫어져라 바라보았다. 선체는 여전히 어둠에 잠겨 있었다. 비는 그칠 줄을 모르고, 빗줄기는 하늘과 진흙탕을 서로 이어 주고 있었다.

검은 배와 그림자들과 비와 나의 슬픔이 구체적으로 모습을 드러내는 것을 바라보았다. 기억이 떠올랐다. 습한 대기 속에서 비와 우울한 기분이 사랑하는 내 친구의 모습으로 화했다. 작년이었나? 다른 생에서였나? 아니면 어제였나? 그 친구에게 작별인사를 하러 이 항구에 왔던 때가 언제란 말인가? 나는 그날 아침 비가 어떻게 내리고 있었는지 하는 것과, 그날도 추웠다는 것, 그리고 그날 새벽빛이 어떠했는지를 기억해 냈다. 그날도 오늘처럼 마음이 무거웠다.

사랑하는 친구들과 서서히 멀어진다는 것은 얼마나 견디기 힘든 일인가! 차라리 화끈하게 헤어지고, 고독 속에 — 인간 본연의 상태인 — 홀로 남는 게 나을 것이다. 하지만 비 내리던 그 새벽에도 친구를 두고 떠날 수가 없었다. (나중에 가서야 그때 내가 왜 떠나지 못했는지를 깨닫고는 이루 말할 수 없이 슬펐지만, 다 부질없는 일이었다. 늦어도 너무 늦었으니까.) 친구와 함께 배에 올라, 선실에 흩어져 있는 옷가방들 한가운데에 자리를 잡았다. 친구가 다른 일을 하는 동안, 친구의 모습 하나하나 — 푸른빛이 감도는 빛나는 녹색 눈동자와 둥글고 앳된 얼굴, 지적이고 오만한 말투와 그 무엇보다도 손가락이 길고 가는 귀족적인 두 손 — 를 머릿속에 새겨 두기라도 하려는 듯, 오래도록 그 친구에게서 눈을 떼지 않았다.

그러자 친구는 내가 오래오래 자기를 애절하게 보고 있다는 걸 깨닫고는 감정을 감추고 싶을 때 늘 하던 대로 비아냥거리는 태도를 취했다. 친구는 나를 보고는 곧 이해했다. 그러더니 헤어지는 슬픔을 피해 보려고 묘하게 웃으며 물었다.

"도대체 언제까지 그럴 텐가?"

"언제까지 그러다니, 그게 무슨 소린가?"

"도대체 언제까지 잉크나 뒤집어쓴 채, 종이나 썹고 있을 셈이냔 말일세. 나하고 같이 가지 않는 이유가 뭔가? 우리 민족 수천이 저 카프카스에서 위험에 처해 있네. 가서 민족을 구하세!" 친구는 이내 자신의 고상한 계획을 비웃기라도 하듯, 껄껄 웃기 시작했다. "어쩌면 구해 주지 않는 편이 나을지도 모르지. 하지만 자네가 뭐랬나? 자기 자신을 구할 수 있는 유일한 길은 남들을 구하려고 애쓰는 길뿐이라고 했지? ……자, 가시죠, 선생. 참 좋은 말씀입니다. 같이 갑시다!"

나는 대꾸하지 않았다. 동방의 신성한 땅, 신들의 늙은 어머니, 바위에 묶인 채 울부짖는 프로메테우스의 비명을 생각했다. 우리 민족이 똑같은 바위에 묶인 채 울부짖고 있었다. 또 다시 위험에 처한 것이다. 자손들에게 도움을 청하며 울부짖고 있었다. 그리고 나는 고통이란 한낱 짧은 꿈일 뿐이며, 인생에는 원래 비극적인 면도 있게 마련이라는 듯이 그저 듣고만 있었다. 바보나 촌놈 말고는 아무도 그 무대에 뛰어올라 연극의 한 부분을 연기하고 싶어 하지 않을 그런 비극 말이다.

친구는 더 이상 대답을 기다리지 않고 자리를 털고 일어섰다. 세 번째 뱃고동이 울렸다. 친구는 손을 내밀고는 감정을 숨기려고 싱거운 소리를 했다.

"오 르부아(잘 있게나), 이 책벌레야."

친구의 목소리가 떨렸다. 감정을 조절하지 못하는 게 창피한 모양이었다. 눈물이나 부드러운 말, 감당할 수 없는 몸짓, 남들은 다 주고받는 친밀함이 사내답지 못한 일로 여겨지는 모양이었다. 우리는 서로를 그렇게나 좋아하면서도 다정한 말 한번을 하지 않았다. 그저 야수들처럼 놀면서 서로 할퀴기만 했다. 친구는 지적이고, 비꼬길 좋아하는 문명인이었고, 나는 야만인이었다. 친구는 자기를 조절하는 연습을 통해 그 모든 감정을 상냥하게 웃으며 이야기했고, 나는 때와 장소를 가리지 않고 툭툭 내뱉으며 야만인처럼 웃었다.

또한 거칠게 말함으로써 내 감정을 숨기려고 들었다. 하지만 부끄러웠다. 아니, 꼭 부끄러웠다기보다는 감정을 잘 감추지를 못 했다. 나는 친구 손을 잡았다. 손을 놓고 싶지 않았다. 친구가 나를 쳐다보았다. 놀란 얼굴이었다.

"그렇게나 서운한가?" 친구가 웃으려고 애쓰면서 말했다.

"서운하지." 나는 담담하게 대답했다.

"왜 이러나? 이보게, 우리가 했던 얘기 생각 안 나나? 몇 년 전에 합의했던 거 말일세. 자네가 그렇게 좋아하는 일본 사람들이 뭐라고 했는지 기억 안 나? 푸도신(부동심)! 아타락시아(냉정), 올림포스 산의 고요, 웃는 얼굴을 한 채 움직이지 않는 가면, 가면 뒤에서 무슨 표정을 짓느냐 하는 건 각자 알아서 할 일이고 말일세."

"그렇겠지." 나는 괜히 긴 문장을 동원해 가며 신용을 떨어뜨리는 짓 따위는 하지 않으려고 애쓰면서 대답했다. 게다가 목소리를 조절할 능력도 없었다.

뱃고동이 울렸다. 선실에 있는 환송객들은 이제 그만 배에서 내리라는 소리였다. 소리 없이 비가 내리고 있었다. 주위는 온통 구슬픈 작별인사와 약속과 오랜 입맞춤과 서두름과 숨 가쁘게 이것저것 지시하는 말들로 가득했다. 어머니는 아들에게 달려가고, 아내는 남편에게 달려가고, 친구들은 친구에게 달려갔다. 마치 다들 영원히 떠나버리는 것 같았다. 마치 이 작은 이별에서 아주 큰 이별 — 죽음이라는 — 을 미리 보기라도 한 것 같았다. 그때 갑자기 습기 찬 대기를 뚫고 뱃고동이 조종 소리처럼 이물에서 고물로 부드럽게 울려 퍼졌다. 소름이 쫙 끼쳤다.

"이보게." 친구가 내 쪽으로 몸을 기울이더니 목소리를 낮추었다. "무슨 불길한 예감이라도 드는가?"

"그래." 나는 한 번 더 대답했다.

"그런 터무니없는 걸 믿나?"

"아니." 단호하게 대답했다.

"그런데, 왜?"

'그런데' 같은 건 없었다. 그런 건 믿지 않았다. 하지만 두려웠다.

친구는 왼손으로 내 무릎을 탁 쳤다. 뭔가를 버려야 하는 순간이지만 그러고 싶지 않을 때 하는 버릇이었다. 내가 친구에게 어서 결정하라고 재촉을 해댔다면, 그는 오히려 귀를 틀어막고 거부했을 것이다. 그러고는 결국 받아들이면서 내 무릎을 탁 쳤을 것이다. 마치 '알았네, 알았어. 자네 말대로 하겠네. 우리 우정을 위해서……'라고 말하는 듯이.

친구는 눈을 두세 번 껌뻑껌뻑하고는 다시금 나를 빤히 쳐다보았다. 그는 내가 왜 안절부절못하는지 알고 있었고, 우리가 흔히 쓰던 무기, 그러니까 한바탕 웃어젖히거나, 씩 웃거나, 놀리는 짓을 왜 하지 않는지도 이해하고 있었다.

"알았네, 알았어. 손 좀 줘 보게. 만약에 우리 둘 중 하나가 죽을 일이 생기면 말이야……"

친구는 부끄러웠는지 말을 하다가 말았다. 참으로 오랫동안 형이상학적인 비약을 조롱하고, 채식주의자와 심령주의자, 접신론자, 심령체를 싸잡아 비난했던 우리였다…….

"그래서?" 나는 친구가 무슨 말을 하고 싶어 하는지 알아내려고 애썼다.

"이걸 게임이라고 생각해 보자고." 친구가 불쑥 말했다. 자신이 늘 어놓은 위험한 문장에서 빠져나오고 싶어서였다.

"만약에 우리 둘 중 하나가 죽을 상황이 되면, 온 정신을 모아서 남은 한 사람을 생각하자는 걸세. 위험 신호를 보내는 거지. 남은 한 사람이 어디 있든지 말일세. 알겠나?"

친구는 웃으려고 했지만, 얼어붙기라도 한 듯이 입술이 움직이지 않았다. "알았네." 내가 대답했다.

친구는 자신의 감정들을 너무 훤히 드러낸 게 두려워서 덧붙였다.

"명심하게. 난 텔레파시니 뭐니 하는 건 눈곱만큼도 안 믿는다는 걸……."

"걱정 말게." 나는 중얼거렸다. "있으면 있는 거고, 없으면 없는 거지, 뭐."

"좋아, 그럼, 이쯤 해 두자고. 됐나?"

"됐네." 내가 대답했다.

이것이 우리가 마지막으로 나눈 대화였다. 우리는 말없이 손을 잡았다. 손가락들이 뜨겁게 합쳐졌다. 그러다 갑자기 손을 놓았다. 나는 뒤도 돌아보지 않고, 미행이라도 당하는 사람처럼 빠른 걸음으로 걸어 나왔다. 친구를 마지막으로 한 번만 더 보고 싶었지만 이를 악물었다. '뒤돌아보지 마!' 내 자신에게 명령했다. '앞만 보고 걸어!'

인간의 영혼은 육체라는 진흙덩이에 갇혀 있어서 무겁고 둔하기 짝이 없다. 영혼의 지각 능력은 여전히 조잡하고 야만적이다. 그래서 분명하고 확실하게 알 수 있는 게 아무것도 없다. 만약 미리 알 수 있었다면 그렇게 이별하지는 않았을 것이다.

주위가 점점 밝아지고 있었다. 두 아침이 한데 뒤섞였다. 지금은 친구의 모습이 더 뚜렷하게 보이지만, 내리던 비와 항구의 대기 속에 있던 친구의 모습은 무표정하고 쓸쓸한 모습으로 남아 있다. 술집 문이 열리고, 바다가 포효하는 소리가 들리더니, 수염을 늘어뜨리고 다리를 쩍 벌린 아주 건장한 뱃사람이 들어섰다. 여기저기서 환호성이 터졌다.

"어서 오시오, 레모니 선장!"

나는 다시 생각에 집중하려고 구석 자리로 돌아갔다. 하지만 친구의 얼굴은 이미 빗속에 녹아들고 없었다.

날이 점점 밝아 오고 있었다. 무뚝뚝하고 근엄해 보이는 레모니 선장이 호박 묵주를 꺼내 들고 묵주신공을 외기 시작했다. 나는 아무것도 듣지 않고, 아무것도 보지 않고, 점점 녹아 없어진 친구의 얼굴을 조금이라도 떠올리려고 기를 썼다. 친구가 나를 책벌레라고 불렀을 때, 나도 모르게 욱했던 그 분노의 순간으로 다시 돌아갈 수만 있다면! 내 삶이 집약되어 있는 그 말 한마디에 그동안 살아 온 내 인생이 얼마나 역겨웠던가! 내가 인생을 얼마나 열렬히 사랑했는데, 어쩌자고 같잖은 책들과 잉크로 검게 더럽혀진 종이더미에 그토록 오랫동안 내 자신을 처박아 두었단 말인가! 이별하던 그날, 내 친구는 내 자신을 똑바로 보게 해 주었다. 속이 다 시원했다. 병명을 알면 병을 이겨내기가 수월할 터였다. 모호한 대상도 아니고, 실체가 없는 대상도 아니었다. 이름과 형태를 알았으니 한판 붙어 볼 만했다.

친구의 표현이 내 안에 조용한 혁명을 불러일으킨 게 틀림없었다. 원고 쪼가리들을 내팽개치고, 행동하는 인생으로 풍덩 뛰어들 핑계거리가 눈에 보였다. 그 볼품없는 피조물을 내 이름을 단 배의 고물 한가운데로 들어 나를 생각은 추호도 없었다. 그토록 갈망하던 기회가 현실이 되어 나타난 건 한 달 전이었다. 나는 리비아에 면한 크레타 해안에 폐광이 된 갈탄 광산 하나를 빌려 두었고, 이제 책벌레 종족으로부터 멀리 떨어져 크레타 해안에서 단순한 사람들, 노동자, 농민들과 함께 살 터였다!

나는 그 여행이 신비한 의미라도 갖고 있는 양 들떠서는, 떠날 채비를 서둘렀다. 삶의 방식이 바뀔 참이었다. 자신에게 말했다. "넌 지금까지 오직 그림자만 봐 왔고, 그런 대로 만족했지. 이제는 널 실체 앞으로 데리고 갈 거야."

마침내 준비를 마쳤다. 떠나기 전날 밤, 원고 나부랭이들을 뒤지는 데 미완성 원고 하나가 눈에 들어왔다. 주저하면서 원고를 집어 들고는 바라보았다. 이 년 동안 내 존재의 심연에서 원대한 욕망 하나가, 씨앗 한 알이 꿈틀대며 자라고 있었다. 그놈은 내 창자 속에 들어앉아 나를 먹이 삼아 성숙해지고 있었고, 나는 내내 그놈이 커 가는 것을 느낄 수 있었다. 그놈은 자라서 몸을 움직이더니 밖으로 나오려고 내 몸 안쪽 벽을 차기 시작했다. 나에게는 이제 그놈을 없애 버릴 용기가 없었다. 그럴 수가 없었다. 그러한 정신적인 낙태를 감행할 시기를 놓쳐 버린 것이다.

원고를 든 채 망설이고 있는데, 갑자기 친구가 나타나 허공에서 웃고 있었다. 웃음에는 빈정거림과 다정함이 들어 있었다. "가져갈 걸세. 암, 가져가고말고. 그렇게 웃지 좀 말게." 나는 죄책감이 들어 재빨리 말해버렸다. 그러고는 원고뭉치를 갓난아기 다루듯 조심스럽게 싸서 가져왔다.

레모니 선장의 쉰 목소리가 그윽하게 들려왔다. 나는 귀를 기울였다. 폭풍이 몰아치는 동안 물의 정령들이 레모니 선장의 카이크(지중

해의 작은 범선) 돛에 기어올라 돛을 핥더라고 했다. "아주 말랑말랑
하고 끈적끈적하다네. 많이 잡으면 두 손에 불이 붙을지도 몰라. 어
둠 속에서 내 콧수염을 몇 번 쓰다듬었더니 악마처럼 빛이 나더라니
까. 바닷물이 카이크를 덮쳐 화물로 실어 놓은 석탄을 홀라당 적셔
버린 것도 다 내가 악마처럼 보여서라네. 석탄이 물에 젖으니까 카이
크가 기울기 시작하는데, 바로 그때, 하느님이 손을 쓰셨지 뭔가. 벼
락을 치신 걸세. 해치 덮개가 부서져 열리면서 석탄이 씻겨 내려갔
지. 덕분에 배가 가벼워지면서 제대로 중심을 잡았고, 우리도 목숨을
건졌다네. 두 번 다신 그런 일이 없어야 해!"

　나는 주머니에서 단테의 작은 문고판 — 내 여행의 동반자 — 을
꺼내들었다. 그러고는 파이프에 불을 붙이고, 벽에 편안하게 기댔
다. 잠시 망설였다. 어느 시행을 읽지? 불타오르는 〈지옥편〉의 암
흑? 아니면 〈연옥편〉의 정결한 불길? 아니면 쭉 넘어가서 인간이
희망하는 가장 높은 단계를 읽어? 나는 선택할 자유가 있었다. 단테
의 문고판을 들고 그 자유를 즐겼다. 이른 아침에 선택한 시행들은
그 리듬을 하루 온종일 나눠 줄 터였다.

　어느 시행을 읽을지 결정하려고 그 강렬한 환상에 고개를 처박았
지만, 결정할 시간이 없었다. 문득 방해를 받고 있다는 느낌이 들어
고개를 들었다. 마치 눈동자 두 개가 내 정수리에 구멍을 뚫고 들어
오는 것 같았다. 잽싸게 유리문 쪽을 돌아다보았다. 바보 같은 희망
이 번쩍하고 뇌리를 스쳤다. '그 친구가 온 거야.' 나는 기적을 맞이
할 준비가 되어 있었다. 하지만 기적은 일어나지 않았다. 예순쯤 되
어 보이고, 키가 크고 깡마른 낯선 사람 하나가 창유리에 코를 박고

는 나를 빤히 쳐다보고 있었다. 옆구리에는 조금 납작해진 보따리를 끼고 있었다.

가장 인상 깊었던 것은 빈정대는 듯하고 불이 가득한 간절한 시선과 두 눈이었다. 어쨌든 그렇게 보였다.

그 사람은 나와 눈이 마주치자마자 — 내가 바로 자신이 찾고 있던 그 사람이라고 굳게 믿고 있는 듯했다 — 결연한 마음으로 문을 한 팔로 확 열어젖혔다. 그러고는 테이블 사이로 성큼성큼 걸어와 내 앞에 섰다.

"여행 중이오?" 그 사람이 물었다. "어디로 가오? 신의 섭리가 이끄는 대로 가오?"

"크레타 섬으로 갑니다. 왜 묻습니까?"

"나도 데려가 주겠소?"

나는 그 사람을 자세히 뜯어보았다. 뺨은 움푹 들어가고, 광대뼈는 툭 튀어나오고, 턱뼈는 단단하고, 머리카락은 희끗희끗한 곱슬머리에다, 눈은 영리하고 통찰력이 있어 보였다.

"왜요? 당신하고 같이 가야 할 이유라도 있습니까?"

그 사람은 어깨를 으쓱했다.

"그놈의 왜요! 왜요!" 그 사람이 짜증을 내면서 소리를 버럭 질렀다. "사람이 꼭 이유가 있어야 뭔 일을 합니까? 그냥 하고 싶어서 할 수는 없습니까? 아무튼 나 좀 데려가요. 이야기나 합시다. 요리를 시켜도 괜찮소. 당신이 한 번도 먹어 보지 못하고, 들어 본 적도 없는 수프들을……."

나는 웃음이 터졌다. 그 사람의 허풍과 수다스러운 말투가 나를 즐겁게 해 주었다. 수프 얘기도 좋았다. 이 느물느물한 친구를 그 멀고 외로운 해안으로 데리고 가는 것도 나쁘지 않을 것 같았다. 수프도 먹고, 이야기도 듣고……. 낯선 이는 세상을 꽤나 많이 돌아다닌 듯 했다. 뱃사람 신드바드처럼……. 마음에 들었다.

"무슨 생각 하오?" 그 사람이 커다란 머리통을 흔들며 다정하게 물었다. "당신도 저울을 한 벌 갖고 다니는구려. 매사를 일일이 재는 거죠. 안 그렇소? 이봐요, 친구, 결단을 내려요. 콱 내려 버려요!"

앞에 떡 버티고 서 있는 이 거대한 멀대같은 뒤틈바리를 보려면 고 개를 들어 올려다봐야 했는데, 그러기가 귀찮았다. 단테를 덮었다. "앉아요." 내가 말했다. "세이지 한잔 하겠습니까?"

"세이지?" 그 사람이 경멸하듯 내뱉었다. "어이! 웨이터! 여기 럼 하나!"

그 사람은 럼주를 조금씩 홀짝홀짝 마셨다. 입에 넣고 오래도록 음 미하다가 아주 천천히 목구멍 아래로 내려보내 속을 따뜻하게 데웠 다. 나는 생각했다. '육감주의자로군. 감식가에다…….'

"무슨 일을 합니까?" 내가 물었다.

"전부 다 하오. 발로 하는 일, 손으로 하는 일, 머리로 하는 일, 모두 다. 사람이 해 본 일만 골라서 계속하면 다른 일은 못 하지!"

"마지막으로 일한 데는 어딥니까?"

"광산이오. 쓸 만한 광부죠. 광석도 한두 개 알고, 광맥 찾는 법도 알고, 갱도 짜는 법도 알고. 갱에도 내려가는데, 전혀 겁나지 않소. 일 도 잘하오. 십장이었는데, 별 불만은 없었소. 그런데 귀신이 훼방을 놓았지 뭐요. 그래서 지난 토요일 밤에 시찰 나온 대장을 붙잡고는 한 대 쳐 버렸소. 갑자기 한번 그래 보고 싶어지는 바람에 그만……."

"하지만 이유가 있을 거 아닙니까? 그 사람이 당신에게 무슨 짓을 했습니까?"

"나한테 말이오? 아무 짓도 안 했다니까요! 그날 처음 만났는데, 무슨 짓을 합니까? 그 불쌍한 악마 놈이 나한테 담배까지 권했는데."

"그런데 왜요?"

"이제 보니 앉아서 묻기만 하네! 그러고 싶어져서 그랬소. 그게 다요. 방앗간 집 마누라 얘기 알잖소. 당신도 계집 궁둥이를 보면서, 글자를 배울 생각 같은 건 하지 않을 거요. 안 그렇소? 방앗간 집 마누라 궁둥이, 그게 인간의 이성이라는 거요."

인간의 이성을 정의한 글들을 책에서 많이 보아 왔다. 하지만 이 낯선 남자가 내린 정의가 가장 놀랍고, 마음에 들었다. 나는 촉각을 곤두세우고는 새로 사귄 길동무를 흥미롭게 바라보았다. 얼굴이 주름투성이에다, 세파에 찌들어 있었다. 몇 년 뒤 또 다른 이에게서도 똑같은 인상을, 닳아서 반질반질하고 뒤틀린 나무 같은 인상을 받게 되는데, 그 사람이 바로 파나이트 이스트라티(결핵을 앓았던 루마니아의 작가. 프랑스어로 작품을 썼다. 출세작으로《아드리안 조그라피의 생애—뉘우칠 줄 모르는 자》의 1부작인《튀링거가》가 있다.)이다.

"그 꾸러미 속엔 뭐가 들었습니까? 먹을 겁니까? 옷입니까? 아니면 연장?"

새로 사귄 길동무는 어깨를 으쓱하더니 껄껄 웃었다.

"미안한데, 눈치 한번 빨라 좋구려." 길동무가 말했다.

그러면서 길고 뻣뻣한 손가락으로 보따리를 쓰다듬었다.

"아니오. 산투르(조그만 망치나 채로 두드려서 연주하던 침발롬이나 덜시머의 변형으로, 기타와 비슷하게 생김)요."

"산투르요? 산투르를 연주합니까?"

"먹고살기 힘들 때 여관들을 돌아다니면서 연주한다오. 마케도니아에서 전해 내려오는 클레프트 산적의 노래도 하오. 연주하고 나서 모자를 벗어 들고 ─ 이 베레모 말이오 ─ 쓱 한 바퀴 돌면, 이게 돈으로 그득 찬다오."

"성함이 어떻게 됩니까?"

"알렉시스 조르바. 빵집 삽이라고도 부르죠. 키가 멀대같고 머리통이 납작 케이크처럼 납작하니까요. 파사 템포(소금을 넣어 볶은 호박)라고도 부르는데, 그건 볶은 호박씨를 팔러 다닌 적이 있어서 그렇소. 곰팡이라고도 부르오. 어딜 가든 내가 사기를 친다면서요. 하기야 모든 걸 다 말아먹으니까요. 더 있지만, 그 얘긴 다음에 하기로 하고……."

"산투르는 어떻게 배우게 됐습니까?"

"스무 살 때요. 올림포스 산 기슭에 있는 우리 마을 축제에서 산투르 소리를 처음 들었소. 넋이 나갑디다. 사흘 동안 물 한 모금 못 삼켰소. 아버지가 물었소이다. '무슨 일이라도 있느냐?' 아버지 영혼이 평안하기를! '산투르를 배우고 싶습니다.' '부끄럽지도 않으냐? 네가 집시더냐? 악사가 되겠다는 뜻이냐?' '산투르를 배우고 싶다니까요!' 결혼하려고 꿍쳐 둔 돈이 좀 있었소이다. 어린 마음에 그랬던 거요. 그래도 반은 어른이었고, 가슴도 뜨거웠다오. 결혼이 하고 싶었소이다, 등신같이! 아무튼 가진 거 탈탈 털고, 모자라는 건 보태서 산투르 하나를 샀다오. 당신이 보고 있는 이놈을 말이오. 난 산투

21

르를 들고 살로니카로 가서 레트셉 에펜디라는 투르크 사람을 붙들고는 산투르를 가르쳐 달라고 졸랐소. 아무한테나 산투르를 가르쳐 준다는 소릴 들었거든요. 일단 무릎부터 꿇었다오. 그놈이 물었소. '어린 이교도여, 왜 그러느냐?' '산투르를 배우고 싶습니다.' '알았다. 그런데 왜 내 발치에 몸을 던지느냐?' '돈을 드려야 하는데 돈이 없습니다.' '그럼 나하고 같이 있자. 돈은 안 내도 된다!' 일 년을 머물면서 산투르를 배웠소. 하느님, 그놈 무덤에 축복을 내리소서! 아무래도 뒈졌을 테니까요. 하느님이 천국에 개도 받아 주신다면, 대문을 활짝 열고 그놈도 받아 주실 거요. 산투르를 배우면서부터 난 딴 사람이 되었소. 기분이 가라앉거나 땡전 한 푼 없을 때는 산투르를 연주하오. 그러면 기분이 좋아진다오. 산투르를 연주하는 동안에는 당신이 말을 시켜도 못 들을 거요. 설사 듣는다 하더라도 말은 못 하오. 말하려고 아무리 애써 봐도 소용없어요. 안 돼요!"

"조르바, 왜 말을 못 하는데요?"

"그걸 몰라서 물어요? 열정, 바로 그거 때문이오!"

문이 열렸다. 술집에 바닷소리가 다시 한번 울려 퍼졌다. 우리는 손발이 꽁꽁 얼었다. 나는 구석으로 깊숙이 몸을 웅크리고는 외투로 몸을 감쌌다.

그러고는 그 순간의 행복을 음미했다.

나는 생각했다. '어디로 가지? 여기도 괜찮은데. 이런 시간이 오래오래 계속되기를……'

앞에 있는 그 사내를 바라보았다. 눈길이 나에게 못 박혀 있었다. 두 눈은 작고 둥글었으며, 눈동자는 까맣고, 흰자위에는 핏발이 서 있었다. 그 두 눈이 나를 꿰뚫고 들어와 탐욕스럽게 살피고 있었다.

"그래서요?" 내가 말했다. "계속해요."

조르바는 다시 한번 야윈 어깨를 으쓱했다.

"그만합시다." 조르바가 말했다. "담배 한 대만 주겠소?"

담배 한 대를 건네자 조르바는 주머니에서 라이터돌과 심지를 꺼내 담배에 불을 붙였다. 그러고는 만족해하면서 지그시 눈을 감았다.

"결혼은 했습니까?"

"난 뭐 사내 아니오?" 조르바가 화를 냈다. "난 사내가 아니오? 내 말인즉슨 내가 눈이 멀었단 거요. 먼저 간 사내들도 다 그랬듯이, 나도 시궁창에 머리를 처박았으니까. 결혼했소. 내가 내 무덤을 판 거요. 한 집안의 가장이 되고, 집도 짓고, 새끼들도 낳았소. 골칫덩어리들이었죠. 산투르가 있기에 망정이지!"

"걱정 근심을 잊으려고 산투르를 연주했군요. 그렇죠?"

"이봐요, 보아 하니 다룰 줄 아는 악기가 하나도 없군요. 그렇지 않고서야 어떻게 그런 말을 하겠소? 집구석이라고 들어가면 걱정거리가 태산이잖소. 마누라, 자식새끼들. 끼니 걱정, 옷 걱정, 앞으로 뭘 해 먹고 살아가야 하나…… 지옥이지! 아니라오. 산투르를 연주하려면 갖출 거 다 갖추어야 하고, 마음도 깨끗해야 하오. 마누라가 두 마디만 해도 확 돌아 버릴 것 같은데, 무슨 기분에 연주를 하겠소? 배고프다고 빽빽 울어 대는 새끼들 틈에서 한번 연주해 봐요! 산투르를 연주하려면 거기에만 정성을 다 쏟아야 하오. 알아들었소?"

그렇다. 알아들었다. 조르바는 내가 그토록 오랫동안 찾아 헤맸으나 만나지 못했던 사내였다. 살아 숨 쉬는 가슴과 엄청나고 대단한 말발, 야성의 위대한 영혼을 가진 사내, 아직도 어머니 대지에 연결되어 있는 사내였다.

예술, 사랑, 아름다움, 순수, 열정, 이 모든 단어들의 의미가 이 노동자가 지껄여 대는 순수하고 단순한 말에 의해 명료하게 전달되었다.

나는 곡괭이와 산투르를 동시에 다룰 줄 아는 이 사내의 손을 바라보았다. 굳은살이 박이고, 갈라지고, 일그러지고, 힘줄이 불거져 있었다. 조르바는 여자의 옷을 벗기듯 최대한 조심스럽고 부드러운 손길로 보따리를 끄르고는, 오랜 세월 동안 하도 닦아서 반들반들해진 낡은 산투르를 꺼냈다. 현이 많았고, 현 끝에는 놋쇠와 상아와 붉은 실크 술 장식이 달려 있었다. 조르바는 마치 여자를 다루듯이 그 굵은 손가락으로 천천히, 그러면서도 열정적으로 현을 골랐다. 그러고 나서는 사랑하는 여인이 행여 감기라도 들세라 서둘러 옷을 입혀 주듯 산투르를 다시 보자기에 쌌다.

"이게 그 산투르라오!" 조르바가 보따리를 의자에 조심스럽게 내려놓으며 중얼거렸다.

뱃사람들이 잔을 부딪치면서 웃음을 터뜨렸다. 노련한 뱃사람 하나가 레모니 선장의 등을 토닥였다.

"겁 좀 먹었겠군. 안 그런가, 선장? 하느님은 알고 계시겠지. 선장이 성 니콜라스님께 초를 몇 개나 바치겠노라고 맹세했는지 말이야!"

레모니 선장은 송충이눈썹을 찌푸렸다.

"천만에 말씀이오. 내 맹세컨대, 죽음의 대천사가 눈앞에 나타났을 때, 성 니콜라스님이나 성모님 생각은 하지도 않았소! 그저 살라미스 쪽으로 배를 돌렸을 뿐이오. 난 마누라를 생각하면서 외쳤소.

'오, 카테리나, 지금 당신하고 침대에 누워 있다면 얼마나 좋겠소!'"

뱃사람들이 또 다시 웃음을 터뜨렸고, 레모니 선장도 따라 웃었다.

"사내란 동물은 못 말린다니까요." 레모니 선장이 말했다. "죽음의 대천사가 머리 바로 위에서 칼을 쳐들고 있는데도 마음은 거기 가 있으니 말이오. 바로 거기 말이오, 다른 데 말고! 빌어먹을 늙은 염소 같으니!"

레모니 선장이 손뼉을 치고는 외쳤다.

"이 친구들한테 한잔씩 쭉 돌리게!"

조르바는 커다란 두 귀로 열심히 듣고 있었다. 그러고는 빙 둘러보고, 뱃사람들을 쳐다본 다음, 나를 보았다.

"거기가 어디요?" 조르바가 물었다. "저 친구들 지금 뭐라고 지껄이는 거요?"

하지만 곧 이해하고는 깜짝 놀랐다.

"친구여, 브라보!" 조르바는 큰 소리로 찬탄해 마지않았다. "뱃놈들은 다 아는 비밀이지요. 밤낮 죽음하고 씨름을 하는데 어찌 모를 수가 있겠소이까?" 조르바는 큰 주먹을 허공에서 흔들었다.

"그래요!" 조르바가 말했다. "그건 저 사람들 문제요. 우린 우리 문제로 돌아갑시다. 나, 가요, 말아요? 결정해요!"

"조르바." 내가 말했다. 다짜고짜 그의 품에 풍덩 뛰어들고 싶었지만, 참아야 했다. "좋아요! 같이 갑시다. 크레타 섬에 갈탄 광산이 하나 있습니다. 인부들을 감독하세요. 저녁엔 모래사장에서 ― 마누라 없고, 자식새끼들 없고, 개도 한 마리 없는 그 세상에서 ― 두 다리 쭉 뻗고 앉아, 먹고 마십시다. 산투르도 연주하고요."

25

"그럴 기분이 되면요. 알죠? 그럴 기분이 된다면. 당신을 위해 당신이 바라는 만큼 일할 거요. 거기선 난 당신 사람이오. 하지만 산투르는 다르오. 산투르는 야수요. 자유가 필요하오. 그럴 기분이 되면 연주할 거요. 노래도 할 거요. 제임베키코(소아시아 해안지방에 사는 제임베크족의 춤)도 추고, 하사피코(백정의 춤)도 추고, 펜토잘리(크레타 민족 전사의 춤)도 추겠소. 그런데, 출발하기 전에 솔직히 말해 두는데, 틀림없이 그럴 기분이 될 거요. 이 점은 확실히 해 둡시다. 억지로 시키면 그 길로 끝인 걸로. 확실히 깨닫게 될 거요. 그런 것들에서만큼은 난 사내라는 걸 말이오."

"사내요? 그게 무슨 뜻입니까?"

"거 참, 자유롭다는 거요!"

나는 럼주를 한 잔 더 시켰다.

"두 잔 가져와!" 조르바가 소리쳤다. "당신 것도 있어야 같이 한잔할 거 아니오. 세이지하고 럼은 안 어울려요. 당신도 럼을 마셔야 우리 계약이 힘을 쓰는 거요."

우리는 작은 유리잔을 부딪쳤다. 이번엔 정말로 날이 훤히 밝아 있었다. 배가 고동을 울렸다. 짐을 배에 실어다 준 거룻배 사공이 나에게 손짓을 했다.

"하느님이 우리와 함께하시기를!" 내가 일어서면서 말했다. "이제 갑시다!"

"하느님과 악마가 함께하시기를!" 조르바가 슬며시 덧붙였다.

그는 허리를 굽혀 겨드랑이에 산투르를 끼더니 문을 열고는 앞장서서 나갔다.

바다, 가을의 따사로움, 햇살에 흠뻑 젖은 섬들, 영원한 벌거숭이 그리스를 베일로 가려 주는 가랑비. 죽기 전에 에게 해를 항해하는 행운을 누린 사람은 행복한 사람이라는 생각이 들었다.

이곳에는 누릴 기쁨들 — 여자들과 과일들과 상념들이 많다. 그러나 나에게는 따사로운 가을날 자그마한 섬들의 이름을 나직이 부르면서 바다를 가르는 것이야말로 인간의 마음을 쉬 낙원으로 데려다 주는 가장 큰 기쁨이다. 이곳 말고는 그 어느 곳도 인간의 마음을 이토록 쉽게 현실에서 꿈으로 데려다 주지 못한다. 경계들은 희미해지고, 낡을 대로 낡은 배의 돛대에서도 가지가 뻗고 과일이 열린다. 여기 그리스에서는 필요가 기적의 어머니 역할을 하는 듯하다.

정오가 가까워 오면서 비가 그쳤다. 해가 구름을 가르고, 따사롭고 부드러우며 맑고 생기 있는 얼굴을 내밀어, 그 햇살로 사랑하는 바다와 대지를 애무했다.

뱃머리에 서서, 눈앞에 펼쳐지는 기적을 실컷 보고 누리도록 내 자신을 가만히 내버려 두었다.

배 위에서는 그리스인들이, 탐욕스러운 눈과 허접한 물건을 파는 행상의 뇌를 가진 교활한 악마들이, 조율하지 않은 피아노들처럼, 악에 바쳐 으르렁대는 정숙한 여자들처럼, 서로를 잡아당기면서 티격태격하고 있었다. 마음 같아선 배 양끝을 꽉 붙잡고는 바다에 푹 담가 슬렁슬렁 흔들어, 살아서 북적대는 것들은 — 인간, 쥐, 벌레 — 깡그리 물에 떠내려 보낸 다음 깨끗하게 씻어서 배를 텅 빈 상태로 다시 물에 띄워 놓고 싶었다.

하지만 이따금 연민에 사로잡히기도 했다. 형이상학적 삼단논법의 귀결처럼 싸늘한 불교도의 측은지심이었다. 인간만이 아니라 싸우고, 울고불고, 기대하고, 만사가 허상임을 지각하지 못하는, 살아 있는 모든 것들에 대한 측은지심이었다. 그리스인에 대한 측은지심, 갈탄 광산에 대한 측은지심, 부처에 관해 쓰다 만 원고에 대한 측은지심, 깨끗한 대기를 느닷없이 흩뜨리고 더럽히는, 빛과 그림자라고 하는 무익한 조합에 대한 측은지심이었다.

나는 일그러지고 주름진 조르바의 얼굴을 바라보았다. 조르바는 뱃머리에 있는 감아 놓은 밧줄 더미에 앉아 있었다. 레몬 냄새를 맡으면서 그 커다란 두 귀를 곤두세우고는 왕을 두고 티격태격하는 소리와 베니젤로스를 두고 옥신각신하는 소리를 듣고 있었다. 그는 고개를 절레절레 흔들더니 침을 칵 뱉었다.

"녹슨 고철 덩어리들 갖고 설레발치고들 자빠졌네!" 조르바가 경멸에 차서 말했다. "저 새끼들은 쪽팔리지도 않나?"

"녹슨 고철 덩어리들이라니요? 조르바, 그게 무슨 말입니까?"

"뭐, 왕이니, 민주주의니, 국민투표니, 국회의원이니 하는 것들, 죄다 쓰레기잖소!"

조르바는 현재 벌어지고 있는 일들에서 너무 멀리 떨어져 있다 보니 그런 일들이 이미 유효 기간이 지나 버린 고물로밖에 보이지 않는 것 같았다. 확실히 그에게는 전신이니, 증기선이니, 기관차니, 한 시대의 도덕이나 종교 따위는 반드시 자취를 감추게 되어 있는 녹슨 고물 총과도 같았다. 조르바의 정신은 세상보다 훨씬 더 빨리 앞서 가고 있었다.

돛대에 걸린 밧줄이 삐걱대고, 해안선이 춤을 추고, 배에 있는 여자들의 낯빛이 레몬보다 더 노래지고 있었다. 여자들은 이미 무기들 — 화장, 보디스, 머리핀, 빗 — 을 내려놓았다. 입술은 창백하고, 손톱은 퍼렇게 변해 가고 있었다. 치장하려고 빌린 장신구들 — 리본, 가짜 속눈썹, 미인 점, 브래지어 — 을 빼 버린 늙은 수다쟁이들과 토하기 직전인 늙은 수다쟁이들을 보면 누구든 역겨움과 더불어 엄청난 동정심을 느끼지 않을 수 없을 것이다.

조르바도 얼굴이 노래지더니 녹색이 되었다. 빛나던 눈빛도 흐리멍덩했다. 눈빛이 다시 돌아온 건 저녁이 다 되어서였다. 그는 배를 따라오다가 물 위로 훌쩍 튀어 오르는 돌고래 두 마리를 가리켰다.

"돌고래다!" 조르바가 기뻐서 소리를 질렀다.

나는 그제야 비로소 조르바의 집게손가락이 반도 넘게 잘려 나간 걸 알았다. 오싹하고, 역겨웠다.

"조르바, 손가락은 어쩌다 그렇게 된 겁니까?" 내가 물었다.

"아무것도 아니오." 조르바가 심술궂게 말했다. 내가 돌고래를 보고도 아무 감흥도 못 느끼자 심통이 난 것이다.

"기계에다 그런 겁니까?" 내가 집요하게 물었다.

"뭘 안다고 기계를 들먹거리는 거요? 내가 잘랐소이다."

"당신이 그랬다고요? 왜요?"

"이해 못 할 거요, 대장은!" 조르바는 어깨를 으쓱했다. "전에 말했듯이 안 해 본 일이 없소. 도자기도 빚었소. 그 기술에 푹 빠졌소이다. 진흙덩이를 가져다 그걸로 만들고 싶은 걸 만들어 낸다는 게 무슨 뜻인 줄 아오? 핑그르르! 녹로를 돌립니다. 진흙이 원을 그리면서 빙빙 돌지요. 진흙은 미친 듯이 돌아가고, 당신은 그걸 굽어보면서 말합니다. 항아리를 만들어야지, 접시를 만들어야지, 등잔을 만들어야지, 귀신도 모르는 걸 만들어야지! 이게 바로 사내라는 거요. 자유 말이오!"

조르바는 바다를 잊었고, 레몬을 깨물지도 않았으며, 눈빛도 다시 맑아져 있었다.

"그래서요?" 내가 물었다. "손가락은 왜 그런 건데요?"

"아, 녹로를 돌리는데 거치적거려서요. 잘하고 있는데, 바보같이 끼어들어서 늘 도로아미타불을 만들지 뭐요. 그래서 어느 날 자귀를 들고는……."

"아프지 않았습니까?"

"뭔 소리요? 내가 죽은 통나무라도 된단 말이오? 나도 사람이오. 당연히 아팠소이다. 하지만 자꾸 거치적거리는 바람에 잘라 버릴 수밖에 없었소."

해가 지고, 바다는 더 고요해졌다. 구름이 흩어졌다. 저녁별이 빛나고, 나는 바다를 바라보았으며, 하늘을 쳐다보면서 곰곰이 생각하기 시작했다. '자귀를 들어 손가락을 자르고, 고통을 느끼면서까지 무언가를 사랑하기⋯⋯.' 나는 감정을 숨겼다.

"그건 나쁜 방법이에요, 조르바!" 내가 빙그레 웃으며 말했다. "그러고 보니 《황금 전설》(13세기 이탈리아 제노바의 대주교 야코부스 아 보라지네가 저술한 성인전)에 나오는 이야기가 생각납니다. 어떤 금욕주의자가 한 여인을 보았는데, 욕정이 끓어오르는 걸 견딜 수가 없더랍니다. 그래서 도끼를 들고⋯⋯."

"우라질, 그러면 안 되지!" 내가 무슨 말을 할지 알아차린 조르바가 말했다. "그걸 자르다니! 병신 같은 새끼, 뒈져도 싸네! 덜 떨어진 놈 같으니, 순진해 빠져 가지고는. 그건 절대 장애물이 아닌데 말이야!"

"아주 큰 장애물일 수도 있습니다!" 내가 우겼다.

"어디로 가는 길에 장애가 된단 말이오?"

"천국으로 가는 길에요."

조르바는 한심하다는 듯이 나를 쓱 흘겨보더니 말했다. "세상에 이런 바보가 다 있나! 그건 천국으로 가는 열쇠요!"

조르바는 고개를 들어 나를 찬찬히 살펴보았다. 내 머릿속에 뭐가 들었는지 보는 것 같았다. 내세, 천국, 여자, 목사. 하지만 그렇게 많이 본 것 같지는 않았다. 조르바는 커다란 회색 머리통을 절레절레 흔들었다.

"병신은 천국에 못 들어가요." 조르바가 말했다. 그러고는 입을 꾹 다물었다.

나는 선실로 내려가 침대에 드러누워 책을 집어 들었다. 부처는 여전히 나를 매료시키고 있었다. 나는 몇 년 동안 내 마음을 평화와 안식으로 채워 준 《부처와 목자의 대화》를 읽었다.

목자 : 식사 준비가 끝났습니다. 양젖도 짜고, 대문도 걸어 잠
        갔으며, 불도 피웠습니다. 그러니 하늘이여, 이젠 비를
        내리셔도 됩니다!

부처 : 나는 더 이상 음식이나 젖이 필요하지 않습니다. 바람이
        내 집이며, 불도 꺼졌습니다. 그러니 하늘이여, 이젠 비
        를 내리셔도 됩니다!

목자 : 나는 수소도 있고, 암소도 있습니다. 아버지 목장도 있
        고, 암소들을 모두 거느릴 씨수소도 있습니다. 그러니
        하늘이여, 이젠 비를 내리셔도 됩니다!

부처 : 나는 수소도 없고, 암소도 없고, 목장도 없습니다. 가진
        것도 없고, 두려울 것도 없습니다. 그러니 하늘이여, 이
        젠 비를 내리셔도 됩니다!

목자 : 나는 순하고 성실한 양치기 여자가 있습니다. 몇 년 전,
        그 여자는 내 아내가 되었습니다. 밤에 아내하고 놀면
        행복합니다. 그러니 하늘이여, 이젠 비를 내리셔도 됩니
        다!

부처 : 나는 순하고 자유로운 영혼이 있습니다. 몇 년 동안 영
        혼을 훈련해 나하고 놀게 가르쳤습니다. 그러니 하늘이
        여, 이젠 비를 내리셔도 됩니다!

잠이 나를 덮칠 때까지 이 두 목소리가 귓가를 맴돌았다. 다시 바람이 일고, 두꺼운 선창 유리를 덮치며 파도가 부서졌다. 나는 잠과 의식 사이를 한 가닥 연기처럼 떠돌았다. 사나운 폭풍이 목장을 산산이 부숴 물 밑으로 가라앉혀 버리고, 불깐소들과 암소들과 씨수소를 삼켜 버렸다. 오두막 지붕을 날려 버리고, 불을 꺼 버렸으며, 여자는 외마디 비명과 함께 진창에 빠져 죽고, 목자는 비탄에 잠겨 통곡했다. 뭐라고 하는지 들리지는 않았지만, 목자는 울부짖었고, 나는 물고기가 물의 심연으로 미끄러져 내려가듯 점점 더 깊이 잠으로 빠져들었다.

동이 트고, 잠에서 깨어 보니 거기, 우리 오른쪽에 거만하고, 야성적이고, 위엄 있는 섬이 가로누워 있었다. 가을 햇빛 아래, 옅은 안개 너머에서 창백한 연분홍빛 산들이 웃음을 지었다. 배 주위에서는 남빛 바다가 여전히 쉴 새 없이 소용돌이치고 있었다.

조르바가 갈색 담요를 몸에 두르고 크레타 섬을 뚫어져라 바라보고 있었다. 그의 눈은 산에서 평야로 재빨리 방향을 틀어, 전부터 해안과 땅을 알고 있었던 것처럼 해안을 따라 섬을 누비더니, 다시 이곳을 어슬렁거리게 되어 내심 무척 기뻐하고 있었다.

나는 조르바에게 다가가 어깨를 툭 치며 말했다.

"크레타에 와 봤군요! 옛 친구 보듯 바라보는 걸 보니."

조르바는 따분해 하면서 하품을 했다. 나는 그가 말하고 싶어 하지 않는다는 걸 느꼈다.

나는 씩 웃었다. "말하는 게 지겹지요. 안 그렇습니까, 조르바?"

"꼭 그래서 그런 건 아니오, 대장. 말하기가 어려워서 그런 거요."

조르바가 대답했다.

"어렵다고요? 왜요?"

조르바는 금세 대답하지 않았다. 그의 눈은 다시 해안을 배회했다. 갑판에서 자느라고 회색 곱슬머리에 이슬이 맺혀 있었다. 떠오르는 해가 깊게 주름진 조르바의 뺨과 턱과 목을 똑바로 비추었다.

마침내 조르바가 입술을 움직였다. 염소 입술처럼 두껍고, 축 처져 있었다.

"오늘 아침에서야 입술을 벌리기가 어렵다는 걸 알았소. 굉장히 어려워요. 미안하오."

조르바는 다시 침묵에 빠져들었고, 작고 둥근 두 눈은 다시 크레타 섬에 붙박였다.

아침 식사를 알리는 종이 울렸다. 누렇게 떠서 엉망인 얼굴들이 선실을 빠져나오기 시작했다. 여자들은 말았던 머리카락을 늘어뜨린 채 비틀거리면서 이 테이블에서 저 테이블로 몸을 질질 끌고 다녔다. 몸에서는 토한 냄새와 오드콜로뉴 냄새가 났고, 눈은 풀어져 있고, 겁에 질려 있었으며, 멍청해 보였다.

조르바는 내 앞에 앉아 진짜 동양인처럼 커피 냄새를 아주 감각적으로 음미했다. 그러고는 빵에 버터와 꿀을 발라 먹었다. 얼굴은 화색이 돌면서 침착해지고, 입술 선은 점점 부드러워졌다. 나는 조르바가 서서히 잠결에서 빠져나오는 걸 훔쳐보았고, 그의 눈이 점점 더 밝게 빛나는 것을 지켜보았다.

조르바는 담배에 불을 붙여 맛있게 빨아들여서는 털투성이 콧구멍으로 푸른 연기를 내뿜었다. 오른발을 깔고 앉은 품이 동양인이 편안해 하는 바로 그 자세였다. 이제는 말을 할 수 있어 보였다.

"크레타에 처음 와 보냐고 물었소?" 조르바가 말하기 시작했다. (그는 눈을 가늘게 뜨고는 선창을 통해 뒤로 사라져 가는 이다 산을 바라보았다.) "아니오, 처음이 아니오. 1896년에 나는 어느새 어른이 되어 있었소. 수염도 머리카락도 까마귀처럼 검은 게 제 빛깔을 갖췄지요. 이도 서른두 개 다 있었고, 술을 마시면 오르되브르를 접시까지 먹어 치우려 들 정도였소. 그래요, 한번 시작하면 끝장을 봤소이다. 그런데 갑자기 악마가 손길을 뻗쳤소. 크레타에 혁명이 일어난 거요.

그때 행상을 하고 있었소. 마케도니아에서 이 마을 저 마을 돌아다니면서 잡동사니들을 팔고, 돈 대신 치즈나 양모, 버터, 토끼나 옥수수를 받았다오. 그런 다음 그걸 죄 팔아 곱절로 불렸소. 어느 마을이든 밤에 들어가고, 어디서 자야 할지도 알고 있었소. 어디든 인심 좋은 과부 하나는 있게 마련이니까. 오, 과부들한테 신의 은총이! 과부한테 실 한 타래나 빗 하나, 아니면 검은 스카프를 주고 ― 상중이니까 당연히 검은 걸로 ― 데리고 잤다오. 거의 공짜로 말이오!

거의 공짜로 즐거운 시간을 보낸 거요, 대장! 그런데 아까도 말했지만 악마가 다 망쳐 버렸소. 크레타 섬이 다시 전쟁을 시작한 거요. 나는 말했소. '망할 놈의 크레타, 지옥에 떨어지든 말든 맘대로 하라고 해! 어째 이놈은 우리가 평화롭게 사는 꼴을 못 봐요!' 나는 잠시 면직물하고 빗을 내려놓고, 총을 들고 크레타 코미타지 반군에 들어갔소."

조르바는 내 주위를 한 바퀴 빙 돌고는 놀리는 눈길로 나를 바라보았다.

"보아 하니 지금, 내가 터키 놈들 목을 몇 개나 잘랐는지, 그놈들 귀를 몇 개나 술에 절였는지 말할 거라고 생각하고 있군요. 하기야 그러는 게 크레타 풍습이니까. 하지만 말하지 않을 거요! 말하기 싫고, 부끄럽소. 오늘은 머리가 아주 쪼끔 좋아져서 내 자신한테 물었소. 우리 위로 어떤 미친바람이 분 걸까? 우리 위로 어떤 미친바람이 불었기에 우리에게 별 짓도 하지 않은 사람한테 몸을 날려서 물어뜯고, 코를 베고, 귀를 뜯어내고, 몸을 후벼 파 내장을 꺼냈을까 ─ 그리고 그러는 내내 '전지전능하신 하느님, 우리를 도우소서!' 하고 외쳤을까? 그렇다면 우리는 전지전능하신 하느님이 내려와서 직접 코를 자르고, 귀를 자르고, 사람들을 갈가리 찢어발기길 바라는 걸까?' 하고 말이오.

하지만 그때는, 대장도 알다시피, 피가 끓어오르던 때요! 이유가 뭔지 원인이 뭔지 따져 볼 생각을 어떻게 할 수가 있었겠소? 뭔가를 제대로 볼 줄 알려면 좀 침착해지고, 나이를 먹고, 이도 다 빠져야 하는 거요. 이가 다 빠진 영감탱이가 되면 누구든 쉬 이리 말할 거요. '이 천벌을 받을 새끼들아, 그러는 거 아니야!' 하지만 이가 서른두 개 다 있다면……. 인간은 야만적인 짐승이오. 젊을 때는 그래요. 암요, 사람 잡아먹는 야만적인 짐승이고말고!"

조르바는 고개를 절레절레 흔들었다.

"참, 그러고 보니 양도 잡아먹고, 암탉도 잡아먹고, 돼지도 잡아먹는군요. 하지만 사람을 잡아먹지 않으면 배가 안 차요."

조르바는 덧붙여 말하고 나서 커피 잔에 담배를 비벼 껐다.

"그럼요, 안 차지요. 자, 이제 우리 현자께서는 무슨 말을 해야 한다고 생각하십니까, 네?"

조르바는 대답을 기다리지 않았다.

"뭐라고 할지 궁금하군요." 그는 나를 압박하며 말을 이었다. "당신 같은 귀족은 한 번도 안 굶어 봤고, 죽여 본 적도 없고, 훔쳐 본 적도 없고, 간통을 해 본 적도 없을 거요. 그러니 세상을 어찌 알겠소? 머릿속은 순진하기 짝이 없고, 피부는 햇볕 한번 못 봐서……." 조르바는 나를 대놓고 조롱했다.

곱상한 두 손과, 희멀건 얼굴과, 흙탕물 한번, 피 한 방울 튀어 본 적이 없는 내 인생이 부끄러웠다.

"그래요!" 조르바가 스펀지로 식탁을 닦듯 두꺼운 손으로 식탁을 닦으면서 말했다. "알았다고요! 그런데 한 가지만 물읍시다. 책을 수백 권은 읽었을 테니 알 거요……."

"물어 봐요, 조르바. 그게 뭔데요?"

"그때 괴상한 기적이 일어난 거요, 대장. 나를 헷갈리게 만드는 웃기는 기적 말이오. 이 모든 지랄발광이 — 우리가 저지른 비열한 속임수들하고, 도둑질들하고, 학살이 — 우리가, 반군이 그랬다고요 — 게오르기오스 왕자를 크레타로 불러들인 거요. 자유를 찾아 준 거라고요!"

조르바는 눈을 휘둥그레 뜨고는 어이없어하면서 나를 보았다.

"신기한 일이오." 그가 중얼거렸다. "정말 귀신이 곡할 노릇이지! 이 더러운 세상에서 자유를 얻으려면 별의별 살인을 다 저지르고, 별의별 속임수를 다 써야 한다, 이거잖소. 아니오? 미리 말하는데, 내가 만약 우리가 저지른 극악무도한 만행하고 살육을 되짚어 보기 시작하면, 머리털이 쭈뼛쭈뼛할 거요. 그리고 여전히, 그 모든 짓거리를 한 결과가 뭐더라고 했소? 자유요! 벼락 맞아 뒈져도 모자랄 것들한테 하느님이 자유를 주시다니! 정말이지 당최 이해를 못 하겠소이다!"

조르바는 도와달라는 눈빛으로 나를 보았다. 나는 이 문제가 조르바를 오랫동안 몹시 괴롭혀 왔으며, 그는 아직도 이 문제의 본질을 알아내지 못하고 있다는 걸 알았다.

"이해하겠소?" 조르바가 괴로워하면서 물었다.

무얼 이해한단 말인가? 뭐라고 대답한단 말인가? 우리가 신이라고 부르는 것은 존재하지 않는다고? 우리가 살육이나 극악무도한 짓이라고 부르는 것들은 자유와 세상의 해방을 위한 투쟁에 필수 불가결한 요소라고?

나는 조르바를 위해 이를 좀 더 단순하게 설명해 줄 수 있는 다른 대답을 찾아내려고 기를 썼다.

"조르바, 식물은 퇴비와 거름 위에서 싹을 틔우고, 꽃을 피우지 않습니까? 사람을 퇴비나 거름이라고 생각하고, 꽃을 자유라고 생각해요."

"그럼, 씨는요?" 조르바가 주먹으로 식탁을 쾅 치면서 소리쳤다. "싹을 틔우려면 씨가 있어야 할 거 아니오? 어떤 미친놈이 우리 창자에다 그런 씨를 처넣는 거요? 그리고 그 씨란 놈은 왜 정직함과 친절함 위에서는 꽃을 못 피운답니까? 필요한 게 피와 더러운 거름이어야만 하는 이유가 뭐냔 말이오?"

나는 도리질을 했다.

"모릅니다." 내가 말했다.

"당신이 모르면 누가 압니까?"

"아무도 모릅니다."

"그것도 모르면서." 조르바가 절망에 빠져 소리치면서 야수 같은 눈빛으로 주위를 살폈다. "당신이 갖고 있는 저 배들이며, 기계들이며, 넥타이를 갖고 내가 뭘 어쩌기를 바라는 거요?"

뱃멀미에 죽다 살아난 승객 두엇이 가까운 식탁에서 커피를 마시면서 기운을 차리고 있었다. 그 사람들은 말다툼이 일어난 줄 알고 귀를 곤두세웠다.

조르바는 그 사람들의 행동에 구역질이 났다. 그는 목소리를 낮추었다.

"다른 얘기 합시다." 조르바가 말했다. "그 생각만 하면 아무거나 ― 의자든 등잔이든 ― 손에 집히는 대로 다 때려 부수고 싶어지니까. 내 대갈통을 벽에 날려 버리거나 말이오. 하지만 그래 봐야 좋을 게 뭐가 있겠소? 깬 값이나 물어내고, 병원 가서 머리에 붕대나 싸매지. 그리고 만약에 하느님이 있다면, 그건 더 나빠요. 피를 철철 흘리면서 나자빠지는 꼴을 구경만 하는 거니까! 틀림없이 저 높은 하늘에서 날 내려다보면서 배꼽을 잡고 웃을 거요."

조르바는 귀찮게 구는 파리를 쫓아 버리듯이 갑자기 손을 내저었다.

"잊어버려요." 조르바가 후회하면서 말했다. "말하려던 건 이거요. 별의별 깃발은 다 꽂은 왕의 배가 들어와서 한참 총질을 해 대더니, 왕자가 크레타 땅에 떡하니 발을 내디뎠소. 자유를 찾았다고 다들 미쳐 날뛰는 꼴 본 적 있소? 없어요? 나 원 참, 대장도, 눈뜬장님

39

으로 태어나 눈뜬장님으로 살다 가시겠구려. 내가 천 년을 살아 살덩어리가 한 주먹밖에 안 되더라도, 그날 본 건 절대로 못 잊을 거요! 하늘에서 우리더러 천국을 입맛대로 고르라고 한다면 — 천국이라면 그 정도는 돼야죠 — 이렇게 말할 거요. '하느님, 도금양과 깃발에 뒤덮인 크레타가 저의 천국이게 하시고, 게오르기오스 왕자가 크레타 땅을 밟던 그 순간이 세세토록 이어지게 하소서. 전 그거면 되옵니다.'"

조르바는 다시 한번 침묵에 빠져들었다. 수염을 위로 세우고는 유리잔에 얼음물을 가득 따라 한숨에 다 들이켰다.

"조르바, 크레타에 무슨 일이 일어났습니까? 말 좀 해 봐요!"

"그 긴 얘기를 시작하란 거요?" 조르바가 속이 타서 말했다. "그래요, 말하리다. 아까 말했지요. 세상은 모를 곳이고, 인간은 대단한 야수라고.

참 대단한 짐승, 참 대단한 신이지요. 반란군 중에 마케도니아에서 나하고 같이 간 깡패새끼가 있었소 — 요르가라는 놈인데, 사람들은 그놈을 교수대의 새라고 부르기도 하고, 멧돼지라고 부르기도 했소. 짐작이 갈 거요 — 그런데 이놈이 울지 뭐요. '요르가, 왜 울고 자빠졌어? 어디 다치기라도 했냐?' 내가 물었소. 그러는 내 눈에서도 눈물이 흘렀다오. '야, 이 늙은 멧돼지야, 왜 울고 지랄이야?' 하지만 그놈은 두 팔로 내 목을 껴안고는 어린애처럼 엉엉 울기만 했소. 그러고 나더니, 그 욕심 많은 놈이 지갑을 끌러 그동안 터키 놈들한테서 뺏은 금화를 무릎에 좌르르 쏟아 놓고, 허공에다 한 주먹씩 막 뿌려 대지 뭐요! 무슨 말인지 알겠소, 대장? 자유란 게 그런 거요!"

나는 자리에서 일어나 따가운 바닷바람을 맞으러 갑판으로 올라갔다.

자유란 게 그런 것이다. 황금을 모으는 데 열정을 쏟아붓다가 별안간 그 열정을 물리치고 재산을 사방으로 던져 버리는 것이다.

다른 열정에 굴복해 원래 갖고 있던 열정에서 자유로워지고, 더 고상한 무엇이 되는 것. 하지만 이 또한 노예 상태 아닌가? 그렇다면 이상이나, 종족이나, 하느님을 위해 무언가를 희생하는 것은? 아니면 우리가 따르고 싶어 하는 모델이 고상하면 고상할수록 우리를 노예로 묶어 두는 밧줄도 점점 더 길어지는 게 아닐까? 그렇다면 우리는, 좀 더 넓은 경기장에서 신나게 즐기다가, 밧줄을 매단 채 끝장이 나고 있다는 것도 모르는 채 죽는 게 아닐? 그렇다면 이게 우리가 자유라고 부르는 그것일까?

오후가 다 지나갈 무렵, 우리는 모래사장이 있는 해안에 정박해서, 곱게 변한 흰 모래와, 아직도 꽃을 피우고 있는 협죽도들과, 무화과나무들과 캐러브나무들을 보고, 오른쪽 저 멀리 있는, 쉬고 있는 여인을 닮은, 나무 한 그루 없는 야트막한 회색빛 야산을 보았다. 그리고 그 여인의 턱밑 목선을 따라 흑갈색 갈탄 광맥이 뻗어 있는 게 보였다.

가을바람이 불고, 풀어진 구름들이 자신들의 윤곽을 그림자로 부드럽게 다듬으면서 대지 위를 천천히 지나갔다. 하늘에서 다른 구름 한 떼가 위협하듯이 피어올랐다. 해는 나타났다 사라지고, 대지의 표면은 살아 있는 불안한 얼굴처럼 밝아졌다 어두워졌다.

모래사장에서 잠시 걸음을 멈추고 바라보았다. 신성한 고독이, 치명적이고 매혹적인 사막처럼 내 앞에 놓여 있었다. 딛고 선 그 흙에서 부처의 노래가 솟아올라 내 존재의 심연으로 들어가는 길을 찾았다. '내 언제 나 혼자, 동무 없이, 기쁨 없이, 슬픔 없이, 모든 게 꿈이라는 신성한 확신 하나로 마침내 고독에 들 것인가? 내 언제 넝마를 걸치고 — 욕망 없이 — 기꺼이 산에 들 것인가? 내 언제 이 몸이 나약함이며, 죄이고, 늙음이며, 죽음임을 깨달아 — 자유로이, 두려움 없이, 기쁨에 겨워 — 숲에 들 것인가? 내 언제, 내 언제나?'

조르바가 산투르를 옆구리에 끼고는 여전히 불안정한 걸음으로 내 쪽으로 오고 있었다.

"갈탄 있는 데가 저기예요!" 나는 감정을 숨기면서 여자 얼굴을 하고 있는 야산을 가리키며 말했다.

조르바는 한 번 돌아보지도 않고 미간을 찌푸렸다.

"나중에요. 지금 그걸 볼 때가 아니오, 대장. 땅이 멈출 때까지 좀 기다립시다. 땅이 기우뚱거려요. 아직도 갑판에 있는 것 같소. 이 망할 놈의 땅, 귀신한테나 잡혀가라. 자, 마을로 갑시다."

그러고는 체면을 차리려고 걸음을 성큼 떼었다.

아랍 아이들처럼 구릿빛으로 그을린 개구쟁이 둘이 맨발로 달려와 짐을 받아 들었다. 몸집이 산만 한 세관원이 통관 막사에서 물담배를 빨고 있었다. 파란 눈의 세관원은 눈꼬리로 우리를 살살이 살피고 나서, 심드렁한 눈빛으로 짐 꾸러미를 흘긋 보더니, 막 잠에서 깬 사람처럼 지금이라도 일어날 기세로 의자에서 움직거렸다. 하지만 그러기가 너무 힘겨웠다. 세관원은 천천히 물담배통 빨대를 들어 올리더니 졸린 목소리로 말했다. "어서 오시오!"

개구쟁이 하나가 나에게 다가왔다. 녀석은 올리브빛 까만 눈으로 윙크를 하고는, 비웃는 투로 말했다.

"저 사람 크레타 사람 아니에요. 게을러빠진 악마예요."

"크레타 사람도 게을러빠진 악마잖아. 안 그래?"

"크레타 사람은…… 네, 맞아요." 어린 크레타인이 대답했다. "하지만 좀 달라요."

"마을이 머냐?"

"여기서 총 쏘면 맞을 만큼 가까워요. 보세요. 저기 밭 너머, 골짜기에 있어요. 좋은 마을이에요, 손님. 캐러브나무, 콩, 곡식, 기름, 포도주. 없는 게 없고, 막 흘러넘쳐요. 그리고 저 아래 모래밭에서는 크레타에서 가장 먼저 오이, 토마토, 가지, 수박이 열려요. 아프리카에서 불어오는 바람 때문에 빨리 크는 거래요. 밤에는 과수원에서 과일이 툭툭 벌어지는 소리가 들려요. 자라느라고요."

조르바는 앞장서서 걷고 있었다. 아직도 골이 흔들렸다. 조르바는 침을 탁 뱉었다.

"힘내요, 조르바!" 내가 외쳤다. "밤새 잘 버텼잖소. 이젠 두려울 게 없어요!"

우리는 걸음을 재촉했다. 흙은 모래와 조개껍질로 되어 있고, 여기저기에서 위성류와 야생 무화과나무들과 갈대와 쓴 멀레인이 자라고 있었다. 날은 후텁지근하고, 구름은 점점 더 낮은 곳으로 모여들고, 바람은 잦아들었다.

우리는 나이를 먹어 구멍이 점점 커져 가는 줄기 두 개가 하나로 꼬여 있는 거대한 무화과나무를 지나가고 있었다.

"이 무화과나무 이름이 '우리 아가씨 무화과나무' 예요." 녀석이 말했다.

나는 흠칫했다. 여기 크레타 땅에서는 돌 하나하나, 나무 한 그루 한 그루가 저마다 비극적인 역사를 간직하고 있었다.

"우리 아가씨 무화과나무? 무슨 이름이 그러냐?"

"우리 할머니 때, 우리 지주들 중에 한 지주 댁 아가씨가 목동 총각하고 사랑에 빠졌어요. 그런데 아가씨 아버지가 허락을 하지 않았죠. 아가씨는 눈물을 흘리면서 큰 소리로 애원했어요. 하지만 그 늙은이는 끝까지 마음을 바꾸지 않았죠! 어느 날 밤, 젊은 두 사람이 사라져 버렸어요. 온 지방을 이 잡듯이 뒤졌지만, 하루가 가고, 이틀이 가고, 사흘이 가고, 일주일이 가도 찾을 수가 없었어요. 그런데, 어디선가 고약한 냄새가 풍겨 오기 시작했어요. 악취를 따라가 보니까 그두 사람이 이 무화과나무 밑에서 서로 꼭 껴안은 채로 썩어 가고 있었대요. 악취를 따라가서 찾다니."

녀석이 웃음을 터뜨렸다. 마을에서 나는 소리가 들려왔다. 개들이 짖기 시작하고, 여자들은 째지는 소리로 이야기를 하고, 수탉들은 날씨가 변하고 있음을 알렸다. 라키 술을 증류하는 큰 통에서 흘러나오는 포도향이 대기를 떠돌았다.

"마을이에요!" 두 아이가 소리치면서 달려갔다.

모래 야산을 돌자마자 마을이 눈에 들어왔다. 골짜기 가장자리로 올라가야 할 것 같았다. 테라스가 딸린 회반죽을 바른 집들이 아무렇게나 모여 있었다. 열려 있는 창문들은 검은 천 조각으로 만든 것이어서, 집들이 바위틈에 쑤셔 넣은 빛바랜 해골들처럼 보였다.

나는 조르바를 따라잡았다.

"자, 행동 조심하고, 이제 마을로 들어갑시다." 내가 말했다. "마을 사람들이 낌새를 채면 안 됩니다, 조르바. 대단한 사업가 행세를 하는 겁니다. 나는 경영하는 사람이고, 당신은 십장입니다. 크레타 사람들, 대충 넘어가는 사람들이 아닙니다. 당신을 보자마자 이상한 점을 찾아내서는 별명을 붙일 거예요. 그렇게 되면 아무리 떼려도 뗄 수가 없습니다. 꼬리에 소스 냄비를 매달고 뛰어다니는 강아지 신세가 되는 거죠."

조르바는 주먹으로 수염을 그러쥐고는 생각에 빠졌다. 그러더니 마침내 툭 내뱉었다.

"이봐요, 대장, 여기 과부만 하나 딱 있으면 아무것도 두려워할 필요 없어요. 과부가 없으면……."

마을로 들어서려는 순간, 누더기를 걸친 여자 거지가 손을 내뻗은 채로 우리에게 달려왔다. 거무튀튀하고, 꼬질꼬질하고, 작고 빳빳한 수염까지 나 있었다.

"안녕하세요, 형제님!" 여자가 친근하게 조르바를 불렀다. "안녕하세요, 형제님, 형제님은 영혼이 있나요, 네?"

조르바는 걸음을 멈추었다.

"있소!" 조르바가 진지하게 대답했다.

"그럼 오 드라크마만 내요."

조르바는 주머니에서 낡아빠진 가죽 지갑을 꺼냈다.

"여기 있소." 조르바가 말했다. 입가에 웃음이 번지면서 여태 벌레 씹은 표정을 짓고 있던 입술이 부드러워졌다. 그는 주위를 쓱 둘러보고는 말했다.

"와, 이 지역은 영혼이 정말 싸네요, 대장! 하나에 겨우 오 드라크마밖에 안 해요!"

동네 개들이 우리 쪽으로 달려오고, 여자들은 테라스에 기대 우리를 지켜보고, 아이들은 소리를 지르면서 우리를 따라다녔다. 몇 녀석은 강아지 짖는 소리를 내고, 몇 녀석은 경적 소리를 냈으며, 나머지아이들은 여전히 우리 앞으로 달려가면서 놀라 휘둥그레진 눈으로우리를 쳐다보았다.

마을 광장에 이르니 아름드리 흰 포플러나무 두 그루가 눈에 들어왔다. 나무 둘레에는 아무렇게나 다듬은 통나무들이 의자 삼아 놓여있었다. 맞은편은 카페였다. 빛이 다 바랜 간판에는 이렇게 쓰여 있었다. 저렴한 카페 겸 정육점.

"뭐가 우스워서 그래요?" 조르바가 물었다.

하지만 대답할 시간이 없었다. 카페 겸 정육점에서 암청색 바지에붉은 허리띠를 두른 거구 대여섯이 뛰어나와 소리쳤다. "어서 오시오, 친구들! 들어와 라키 한잔 하시오! 통에서 방금 따른 거라 아직따뜻합니다."

조르바는 혀를 차더니 말했다. "어떻게 할까요, 대장?" 그러고는주위를 둘러보고 나서 나에게 윙크를 하며 말했다. "한잔할까요?"

우리는 한잔 쭉 들이켰다. 속에서 불이 나는 것 같았다. 카페 겸 정육점 주인이 의자를 들고 나왔다. 호탕하고, 건장하고, 곱상한 늙은이였다.

나는 어디서 묵으면 좋을지 물었다.

"오르탕스 부인 댁으로 가 보시오!" 누군가가 소리쳤다.

"여기 프랑스 여자가 삽니까?" 내가 흥분해서 소리를 질렀다.

"그 여자가 어디 출신인지는 귀신도 몰라요. 안 가 본 데가 없거든요. 세상 돌멩이들을 용케 피해 다니다 여기로 흘러들었어요. 그러다 아시다시피 여인숙을 차리고 눌러앉았지요."

"사탕도 팔아요." 아이 하나가 소리쳤다.

"얼마나 찍어 바르는데요." 다른 누군가가 말했다. "목에 리본도 하고……. 앵무새도 길러요."

"과부?" 조르바가 물었다. "그 여자 과부요?"

카페 주인이 희끗희끗하고 숱이 많은 자기 턱수염을 그러잡았다.

"이보게, 친구, 여기 이 수염이 몇 가닥인지 셀 수 있겠나? 몇 가닥일 거 같은가? 그렇지, 남편이 아주 많은 과부지. 이제 알겠나?"

"알았소." 조르바가 입술을 핥고는 대답했다.

"그 여자가 당신도 홀아비로 만들지 모르오!"

"자네나 조심하게, 친구!" 늙은이 하나가 소리쳤다. 그러자 다들 웃음을 터뜨렸다.

우리는 한 잔씩 더 대접 받았고, 카페 주인은 보리 빵과 염소 치즈와 배를 쟁반에 담아 왔다.

"그만 좀 들쑤시게. 이분들 오르탕스 부인 댁에 못 가네! 바로 여기서 묵을 테니까!"

"내 집으로 모시고 가겠네, 콘도마놀리오!" 방금 전 그 늙은이가 말했다. "아이들도 없고, 집이 커서 방도 많으니까 말이야."

"미안합니다만, 아나그노스티 씨." 카페 주인이 늙은이 귀에 대고 소리쳤다. "제가 먼저 말했어요."

"그럼 한 분만 모시고 가게." 아나그노스티 영감이 말했다. "나머지 한 분은 내가 모시고 가겠네. 늙은 쪽 말일세."

"어떤 늙은 쪽 말입니까?" 조르바가 발끈해서 말했다.

"우린 같이 있어야 합니다." 조르바에게 기분 나빠 하지 말라는 신호를 보내면서 내가 말했다. "그러니까 오늘은 오르탕스 부인 댁으로 가겠습니다."

"어서 오세요, 손님들! 잘 오셨어요!"

짙은 황갈색 머리카락이 허옇게 센, 피둥피둥하고 작달막한 여자가 포플러나무 아래서 안짱다리로 뒤뚱거리며 걸어 나왔다. 턱에 미인 점이, 뻣뻣한 털들이 삐죽삐죽 나 있는 점 하나가 장식되어 있었다. 그녀는 붉은 벨벳 리본을 목에 두르고, 주름진 볼을 연자줏빛 분으로 떡칠하고 있었다. 음탕한 머리 타래 한 줌이 이마 위에서 살랑살랑 흔들리는 품이 꼭 〈레글롱〉에 나오는 노년의 사라 베른하르트 같았다.

"만나서 반갑습니다, 오르탕스 부인." 나는 갑자기 장난기가 발동해서 그 여자 손등에 키스할 준비까지 하면서 대답했다.

인생이 별안간 동화나 《템페스트》의 서막 같아졌다. 우리는 가상의 조난 사고를 당해, 뼛속까지 물에 젖은 채로, 이 섬에 막 들어선 것이다. 우리는 괴상한 해안들을 탐험하며, 이곳 원주민들과 의식 같은 인사를 나누던 중이었다. 이 여자, 오르탕스 부인은 버려진 채 이 모래 해안에서 반쯤 시들어 가고 있는 이 섬의 여왕이자 금발의 여인이요 빛나는 해마처럼 보였다. 오르탕스 부인 뒤에서는 익살스러운 표정을 한 인간들 — 혹은 칼리밴들(《템페스트》에 나오는 반인반수) — 의 더럽고 털이 북슬북슬한 무수한 얼굴들이 자랑과 경멸이 뒤섞인 눈길로 여왕을 뚫어지게 쳐다보고 있었다.

변장한 왕자인 조르바도 마치 그 여자를 옛 전우라도 되는 듯이, 먼 바다에서 승리와 패배라고 부르는 전투를 치르느라고 해치는 쭈그러들고, 돛대는 부러지고, 돛은 찢어진 채 — 그리고 지금은 분과 크림으로 메운, 깊은 주름이 새겨진 채 — 이 해안에 틀어박혀 기다리고 있는 낡은 프리깃(작은 군함)이라도 되는 듯이, 뚫어져라 바라보았다. 당연히 그녀도 조르바를, 온몸이 흉터투성이인 이 선장을 기다리고 있었다. 나는 이 두 배우가 몇 번 안 되는 붓질, 몇 장 안 되는 판자로 꾸민 크레타라고 하는 아주 허술한 무대에서 드디어 만나는 장면을 기쁜 마음으로 바라보았다.

"침대 두 개 있는 방으로 주십시오, 오르탕스 부인." 나는 러브신 연기에 능통한 이 늙은 달인에게 허리를 숙이며 말했다. "침대 두 개, 빈대 없는 것으로요."

"빈대는 없어요! 없고말고요!" 여자가 나에게 도발적인 눈길을 던지면서 소리쳤다.

"맙소사, 말도 안 돼!" 칼리밴이 비웃으면서 외쳤다.

"빈대는 없어요! 한 마리도 없어요!" 오르탕스 부인이 피둥피둥한 발로 자갈을 짓밟으며 대꾸했다. 그녀는 하늘색 스타킹을 신고, 실크 리본이 달린 찌그러진 궁전 구두를 신고 있었다.

"저리 꺼져, 프리마돈나! 귀신한테나 잡혀가라고!" 칼리밴이 또 다시 으르렁거렸다.

하지만 오르탕스 부인은 위풍당당하게 앞으로 걸어가서는 어느새 우리에게 길을 내 주고 있었다. 부인에게서 분 냄새와 싸구려 비누 냄새가 났다.

조르바는 오르탕스 부인을 이글거리는 눈길로 바라보면서 뒤를 따라갔다.

"저 굉장한 것 좀 봐요, 대장!" 조르바가 속을 드러냈다. "궁둥이 흔드는 꼴 좀 보라고요. 씰룩씰룩하는 게 영락없이 기름 듬뿍 낀 암 양 꼬리요!"

굵은 빗방울이 두세 방울 떨어졌다. 하늘에 구름이 잔뜩 끼어 있었다. 산 위로 푸른 번개가 내리쳤다. 작고 흰 염소 가죽 망토로 몸을 감싼 소녀들이 풀밭에서 서둘러 염소와 양들을 몰아오고 있었다. 여자들은 화덕 앞에 쪼그리고 앉아 저녁 불을 피웠다.

조르바는 연신 흔들리고 있는 오르탕스 부인의 궁둥이에서 눈을 떼지 못하면서 수염을 잘근잘근 씹어 댔다.

"흠!" 조르바가 갑자기 한숨을 푹 쉬더니 중얼거렸다. "지옥이 따로 없군! 저 잡것이 끝까지 우릴 가만 안 두네그려!"

오르탕스 부인의 호텔은 목욕탕으로 쓰던 낡은 막사들을 한 줄로 죽 이어 붙여 놓은 것이었다. 첫 번째 막사는 사탕, 담배, 땅콩, 등잔 심지, 글자 교본, 초, 벤자민 향 따위를 파는 구멍가게였다. 인접해 있는 막사 네 동은 숙소였다. 뒤쪽 마당에는 취사장과 세탁장, 닭장, 토끼장들이 있었다. 주위에 빙 둘러져 있는 고운 모래밭에는 굵은 대나무들과 가시가 많은 배나무들이 심어져 있었다. 그곳 전체가 바다 냄새와 똥오줌 냄새로 진동을 했다. 그러다 가끔씩 오르탕스 부인이 지나가면 공기가 향수 냄새로 싹 바뀌었다 — 마치 누군가가 코앞에서 미용실 쓰레기통을 비우기라도 한 듯했다.

우리는 침대가 마련되자마자 자리에 들어 아침이 될 때까지 한 번도 깨지 않았다. 무슨 꿈을 꾸었는지 기억나지 않지만, 바다에 뛰어들어 몸을 씻고 방금 나온 듯, 가뿐하게 일어났다.

일요일이고, 월요일이 되어야 이웃마을들에서 노동자들이 이곳으로 와 탄광 일을 시작하기 때문에, 이날은 운명이 나를 내려놓은 해안을 한 바퀴 둘러볼 시간이 있었다. 밖으로 나온 건 동이 트기도 전이었다. 밭들을 지나 바닷가를 따라가며 바다와, 대지와, 그곳 공기와 서둘러 안면을 트고, 야생 식물들을 뜯다 보니 두 손에 향기로운 세이버리와 세이지, 박하가 그득했다.

야산에 올라 사방을 둘러보았다. 석회암과 아주 단단한 화강암으로 이루어져 있는, 가혹하리만치 황량한 시골. 짙은 캐러브나무들과 은빛 올리브나무들과 무화과나무들과 덩굴들. 움푹 꺼진 은신처들에는 오렌지 과수원과 레몬나무들과 모과나무들. 해안 가까이로는 채소밭. 남쪽으로는 아프리카에서 달려와 크레타 연안을 물어뜯으며 여전히 화를 내고 포효하는 광활한 바다. 옆으로는 첫 햇살 아래 연분홍 장밋빛으로 물든 낮고 자그마한 모래섬들.

세심하게 잘 배열되어 있으며, 소박하고, 불필요한 수식어들이 배제되어 있으며, 힘차고, 절제되어 있는 크레타 섬의 시골 풍경이 나에게는 잘 쓴 산문처럼 보였다. 꼭 필요한 것들만 가지고 그 모든 것들을 표현하고 있었다. 경박한 데도 없고, 작위적인 데도 없었다. 남자다운 위엄을 갖추고, 꼭 해야 할 말만 하고 있었다. 하지만 행간에는 보이지 않는 감성과 부드러움이 깃들어 있었다. 움푹 꺼진 은신처들에서는 레몬나무들과 오렌지나무들이 대기로 향기를 내뿜고, 바다의 광활함에서는 무진장한 시가 뿜어져 나왔다.

"크레타……." 나는 중얼거렸다. "크레타……"와 내 심장이 마구 뛰기 시작했다.

작은 야산에서 내려와 물가로 갔다. 눈처럼 흰 솔을 두르고, 기다란 노란색 장화를 신고, 치마를 걷어 올린 소녀들이 재잘거리면서 나타났다. 소녀들은 바닷가 저쪽에 어렴풋이 보이는, 눈부시게 흰 수녀원에 기도하러 가는 길이었다.

　나는 걸음을 멈추었다. 소녀들은 나를 보자마자 웃음을 뚝 그쳤다. 낯선 남자가 눈에 들어오자, 소녀들의 표정이 불신으로 사납게 변했다. 소녀들은 돌연 머리끝부터 발끝까지 온몸으로 방어 자세를 취하더니, 꼭꼭 채운 블라우스 단추를 꽉 움켜쥐었다. 소녀들의 핏속에서 공포가 요동쳤다. 수세기 동안 해적들이 아프리카 해안에 면한 크레타 섬 전체를 급습해, 암양들과 여자들과 아이들을 겁탈했다. 그러고는 붉은 허리띠로 꽁꽁 묶어 배 밑바닥에 처박아 두었다가 알제리, 알렉산드리아, 베이루트로 가서 팔아넘겼다. 이 해안 주위 바다는 삼단 같은 머리를 늘어뜨린 채 수백 년을 울었다. 나는 겁에 질린 소녀들이 아무도 못 지나가게 튼튼한 장벽을 만들 듯이 서로 착 달라붙어서 앞으로 걸어오는 것을 지켜보았다. 오래전에는 꼭 필요했지만, 이제는 그저 이유 없이 되풀이되고 있는 본능적인 반응이었다. 지나간 숙명이 소녀들의 행동 리듬을 지배하고 있었다.

　소녀들이 다가오자, 나는 웃으면서 재빨리 길을 비켜 주었다. 그러자 소녀들은 문득 자신들이 두려워했던 위험은 수백 년 전에 사라졌고, 따라서 우리 세대는 안전하다는 걸 깨달은 듯이 얼굴이 환해져서는 빽빽한 전열을 풀고, 다 같이 맑고 따뜻한 어조로 나에게 인사를 건넸다. 바로 그때, 저 멀리 수녀원에서 즐겁고 경쾌한 종소리가 울려 퍼지면서 대기가 환희의 소리들로 가득 찼다.

　어느덧 해가 떠 있었고, 하늘은 맑았다. 나는 바위 턱에 앉은 갈매기처럼 바위들 사이에 몸을 구부리고 앉아 바다를 찬찬히 관찰했다.

내 육신은 힘이 넘치고, 생기가 넘쳤으며, 내 말을 따랐다. 그리고 내 정신은 파도를 따라 파도가 되면서, 고분고분하고 유순하게 바다의 리듬을 따랐다.

이번에는 내 가슴이 부풀기 시작했다. 내 안에서 모호하지만 절박하게 하소연하는 목소리가 들려왔다. 나는 누가 나를 부르는지 알고 있었다. 잠시라도 혼자 있을라치면, 그 존재가 불길한 예감과 황홀함과 미칠 것 같은 두려움에 고통스러워하면서 절규했다 — 내가 해방시켜 주기를 기다리면서.

나는 무시무시한 악마의 목소리를 무시하고 내쫓기 위해 서둘러 나의 길동무, 단테를 펼쳤다. 페이지를 뒤적이며 여기저기서 한 행씩 읽거나 3행 연구를 하나씩 읽다가 한 편을 통째로 외는 실수를 저지르기도 했다. 저주 받은 자들이 울부짖으면서 불같이 뜨거운 시편들 밖으로 몸을 일으키고 있었다. 상처 받은 영혼들이 암벽 중간에서 가파른 산중턱에 오르려고 기를 쓰고 있었다. 저 높은 고요 속에서는 축복 받은 영혼들이 찬란하게 빛나는 반딧불이들처럼 에메랄드빛 초원들 사이를 날아다니고 있었다. 나는 운명이라고 하는 끔찍한 집의 가장 높은 층부터 가장 낮은 층까지 누비고 다녔다. 지옥과 연옥과 천국을 내 집처럼 자유롭게 오갔다. 고통을 받고, 더없는 행복을 기다리기도 했고, 맛보기도 했으며, 이 멋진 시편에 넋을 빼앗기기도 했다.

나는 돌연 단테를 덮고는 바다 저쪽을 바라보았다. 갈매기 한 마리가 물에 가슴을 얹은 채 파도에 자신을 내맡기고는 파도와 함께 올라갔다 내려갔다 하면서, 자신을 내맡긴 데서 오는 기쁨을 맛보고 있었다. 햇볕에 탄 청년 하나가 맨발로 사랑 노래를 부르면서 물가로 나왔다. 노랫말이 표현하는 고통을 이해하는지 목소리가 수평아리 소리처럼 점점 쉬어 가기 시작했다.

단테의 시편은 시인의 조국에서 수백 년 동안 애송되어 왔다. 그리고 사랑 노래가 어린 남녀들에게 사랑할 준비를 하게 해 주는 것처럼, 가슴 뜨거운 피렌체인의 시편은 이탈리아 청년들에게 해방의 그날을 준비하게 해 주었다. 모두가 대를 이어 시인의 영혼으로 이야기를 나누고, 그렇게 해서 자신들의 노예 상태를 자유로운 상태로 바꾸었다.

뒤에서 웃음소리가 나는 바람에 그만 단테의 천국에서 떨어지고 말았다. 돌아보니 뒤에 조르바가 있었다. 웃느라고 온 얼굴에 주름이 자글자글했다.

"어이, 대장, 참 잘하는 짓이외다!" 조르바가 소리쳤다. "몇 시간이나 찾아 헤맸는데, 여기 있을 줄 누가 생각이나 했겠소?"

내가 아무 말도 하지 않자, 조르바가 이야기를 계속했다.

"정오도 지났고, 지금 암탉을 찌고 있는데, 그 불쌍한 것이 다 으스러지게 생겼소. 알겠소?"

"그래요, 알았어요. 그런데 배가 고프지 않습니다."

"배가 안 고프다니!" 조르바가 자기 허벅지를 한 대 치며 고함을 질렀다. "아침부터 한 입도 안 먹었잖소. 육신에도 영혼이 있소이다. 그러니 불쌍히 여겨야 하오. 그놈에게 먹을 걸 좀 줘요, 대장. 주라고요. 알다시피 그놈은 우리 짐을 나르는 짐승이오. 먹이지 않으면 그

55

놈이 당신을 오도 가도 못하게 길 한복판에 내팽개치고 가 버릴 거요."

나는 몇 해 동안 육체의 쾌락을 경멸해 왔고, 가능하면 부끄러운 짓을 감추는 듯이 몰래 먹었다. 하지만 나는 조르바가 잔소리하는 게 싫어서 그러마고 했다.

"알았습니다. 갑시다!"

우리는 마을 쪽으로 걸음을 뗐다. 바위들 틈에서 보낸 시간은 애인들 틈에서 보내는 시간만큼이나 번개처럼 빨리 지나갔다.

"갈탄 생각 했소?" 조르바가 머뭇거리면서 말했다.

"그럼 그거 말고 무슨 생각을 하겠습니까?" 내가 웃으면서 말했다. "내일부터 일 시작합니다. 그래서 계산도 몇 가지 해 봤습니다."

"계산해 보니, 어떤 결과가 나옵디까?" 조르바가 자기 나름대로 조심스럽게 물었다.

"비용을 메우려면 석 달 뒤부터는 무슨 일이 있어도 하루에 십 톤씩은 캐야 합니다."

조르바가 다시 나를 바라보았다. 이번에는 걱정하는 눈빛이었다. 그러더니 얼마쯤 있다가 말했다.

"그런데 악마가 왜 당신을 바다로 내려가서 계산하게 한 거요? 미안하지만, 대장, 꼭 대답해 줘요. 이해가 안 가서 그러오. 난 손가락 갖고 씨름할 때마다 구덩이를 파고 나를 확 묻어 버리고 싶소. 그래야 아무것도 못 보게 될 테니까. 계산을 하는 중에 고개를 들었다가 바다든, 나무든, 계집이든 ─ 아무리 늙어빠진 계집이어도 ─ 일단 눈에 들어오게 되면, 빌어먹을, 계산했던 거나, 숫자나 싹 다 날아가 버려요. 그놈들은 날개가 달려서 막 날아가고, 그러면 난 그놈들을 잡으러 막 쫓아가야만……."

"당신 잘못이에요, 조르바. 도무지 정신을 집중하지 않잖아요." 나는 그를 놀렸다.

"당신 말이 맞을지도 모르오, 대장. 어떻게 보느냐에 따라 달라지니까. 지혜로운 솔로몬 왕도 못 푼 문제가 있는 걸요……. 들어 봐요. 어느 날 작은 마을에 갔는데, 아흔도 더 돼 보이는 노인네가 정신없이 아몬드나무를 심고 있지 뭐요. 그래서 '영감님, 뭐 하십니까? 아몬드나무 심으십니까?' 했더니, 허리가 꼬부라진 이 노인네가 주위를 휘 둘러보더니 대답하더군요. '누가 아니래나, 꼭 안 죽을 것처럼 이러고 산다네.' 그래서 이렇게 말했다오. '그러면 전 곧 죽을 것처럼 사는군요.' 자, 둘 중에서 누가 옳습니까, 대장?"

조르바가 나를 빤히 쳐다보면서 의기양양하게 말했다.

"어째 꼼작 못 하겠죠?"

나는 아무 말도 하지 않았다. 똑같이 가파르고 똑같이 험한 길이 두 갈래 있는데, 어느 길로 가든 아마 똑같은 봉우리에 다다를 것이다. 죽음 따위는 존재하지도 않는 것처럼 행동하든, 곧 죽을 것처럼 행동하든, 아마 똑같을 것이다. 하지만 조르바가 물었을 때는 몰랐다.

"어때요?" 조르바가 놀렸다. "걱정 말아요, 대장. 아무리 생각해도 끝이 안 날 테니까. 다른 얘기나 합시다. 난 계피 뿌린 닭고기하고 필라프(고기 수프로 조리한 쌀밥) 생각을 하는 중이오. 뇌에서 김이 모락모락 나요, 필라프처럼요. 일단 듭시다. 배부터 채우고 나서 생각하자고요. 뭐든 할 때 해야지요. 우리 앞에 필라프가 있으니 필라프 생각만 하는 거요. 내일은 갈탄이 있을 테니 갈탄 생각만 하고! 한 가지만 생각하자고요!"

우리는 마을로 들어갔다. 여자들이 제 집 현관에 앉아 잡담을 하고 있었다. 지팡이를 짚은 늙은 사내들은 조용했다. 작고 쪼글쪼글한 노파 하나가 열매가 달린 석류나무 아래에서 손자들 이를 잡아 주고 있었다.

카페 앞에는 매부리코 영감 하나가 똑바로 서서는 심각한 얼굴로 뭔가에 집중하고 있었다. 공기가 어떤지 보는 중이었다. 우리에게 갈탄 광산을 빌려 준 마을 원로 마브란도니였다. 영감은 전날 밤, 우리를 자기네 집으로 데려가려고 오르탕스 부인 댁에 찾아왔다.

"이 마을에 오르탕스 부인만 사는 것도 아닌데, 여기 머무시다니, 이러다 말 나겠습니다그려."

영감은 마을 사람들을 이끄는 사람답게 위엄이 있었고, 말도 신중하고 무게 있게 했다. 우리는 사양했다. 영감은 마음이 언짢았지만 고집을 부리지는 않았다.

"내 할 도리는 다 했으니, 그럼 좋을 대로 하시오." 영감이 떠나면서 말했다.

얼마 후 마브란도니 영감은 우리에게 치즈 두 덩어리와 석류 한 바구니, 건포도와 무화과 한 항아리, 라키 술이 가득 담긴 데미존(바구니에 담긴 목이 길고 큰 술병)을 보내 왔다. 영감의 하인이 작은 나귀에서 짐을 내리면서 말했다.

"마브란도니 어르신께서 보내셨습니다. 약소하지만 마음이니 받으시라고 전하셨습니다."

우리는 이제 유창하게 혀를 놀려 마을 우두머리에게 진심으로 인사했다.

"장수하시오!" 마브란도니 영감이 가슴에 손을 얹고 말했다. 그러고는 입을 꾹 다물어 버렸다.

"저 양반, 말수가 적군요." 조르바가 중얼거렸다. "고놈의 작대기가 시들었나 봅니다."

"자긍심이 강한 겁니다." 내가 말했다. "난 저 사람이 좋습니다."

우리는 호텔에 다 와 가고 있었다. 조르바는 콧구멍을 신나게 벌름거렸다. 오르탕스 부인은 문간에 있다가 우리를 보자마자 부엌으로 내달렸다.

조르바는 마당에 있는, 잎이 다 떨어진 포도 덩굴 그늘에 식탁을 내놓았다. 그러고는 빵을 두껍게 썰고, 포도주를 가져와 식탁을 차렸다.

"봤소, 대장?" 조르바가 속삭였다.

"그래요, 봤습니다. 바람둥이 양반아." 내가 대답했다.

"찜은 노계찜이 최고요." 조르바가 입술을 핥으면서 말했다. "날 생각해서라도 좀 들어요."

조르바는 눈을 반짝거리면서 민첩하게 움직였다. 그러면서 흘러간 사랑 노래를 흥얼거렸다.

"이렇게 사는 거요, 대장. 재미도 보고, 늙은 암탉도 먹고. 알겠지만, 난 지금 조금 있다 죽을 것처럼 굴고 있어요. 번갯불에 콩 구워 먹죠. 이 늙은 암탉을 다 먹지도 못 하고 죽을 순 없잖소!"

"식탁이나 차려요!"

오르탕스 부인이 호령을 했다.

그러고는 냄비를 쳐들어 우리 앞에 내려놓았다. 그러다 그만 입을 떡 벌리고 말았다. 식탁에 차려진 접시 세 개가 부인 눈에 들어왔다. 부인은 기뻐서 발그레해진 얼굴로 조르바를 바라보면서 쪽 째진 새우 눈을, 밝은 자색을 띤 그 푸른 눈을 깜빡였다.

"걸려들었소, 완전히!" 조르바가 나에게 속삭였다.

그러고는 귀부인에게 몸을 돌리더니 이루 말할 수 없이 다정하게 말했다.

"아름다운 바다의 요정이여, 우리는 조난을 당하였고, 바다는 우리를 그대의 왕국으로 인도하였습니다. 나의 세이렌이여, 함께 식사하는 영광을 베풀어 주시오!"

이 늙은 카바레 가수는 우리 둘을 다 끌어안고 싶다는 듯이 두 팔을 좍 벌렸다가 다시 오므렸다. 그러고는 몸을 품위 있게 흔들며 조르바를 살짝 스치고, 나를 스치더니 암탉이 병아리 부르듯이 낄낄거리면서 자기 방으로 달려갔다. 그리고 얼마 안 있어 쨱쨱거리면서 나타났다. 가장 좋은 옷인 노란색 낡은 몰로 장식한 빛나는 벨벳 드레스를 입고 매력을 뽐내고 있었다. 보디스는 고맙게도 여전히 벌어져 있었고, 그 위에 짙은 갈색 장미 조화가 꽂혀 있었다. 손에는 포도 덩굴에 걸어 놓을 앵무새 새장이 들려 있었다.

우리는 오르탕스 부인을 가운데 앉혔다. 조르바는 부인의 오른쪽, 나는 왼쪽이었다.

셋 다 정신없이 먹었다. 오래도록 한 마디도 하지 않았다. 우리의 짐승들에게 먹이를 주고, 포도주로 갈증을 풀어 주느라 여념이 없었다. 음식은 이내 피가 되었고, 세상은 더 아름다워졌으며, 우리 곁에 앉은 여자는 점점 젊어지면서 얼굴 주름도 희미해졌다. 우리 앞에 매달려 있는 앵무새가 녹색 재킷에 노란색 조끼를 입고는, 우리를 보려고 몸을 앞으로 숙였다. 마법에 걸린 작은 외톨이 사내처럼도 보이고, 녹색과 노란색으로 된 드레스를 입은 늙은 카바레 가수의 망령처럼도 보였다. 그리고 별안간 우리 머리 위에 있는 포도 덩굴이 검은 포도나무의 큼지막한 포도송이로 뒤덮였다.

조르바의 눈이 빙빙 돌더니, 온 세상을 끌어안을 듯이 팔을 활짝 벌렸다.

"왜 이러죠, 대장?" 조르바가 놀라서 물었다. "포도주를 작은 잔으로 한 잔 마셨을 뿐인데 세상이 미쳐 돌아가니 말이오. 그래요, 대장, 인생은 럼 같은 거요. 나의 대장님, 우리 머리 위에 매달려 있는 저것들이 포도송이들이오, 천사들이오? 난 모르겠소. 아니면, 저것들은 없는 거고, 그러면 없는 게 있는 거니까, 닭도, 세이렌도, 크레타도 없는 건지도 모르오! 말해 줘요, 대장. 말 좀 해 줘요! 이러다 돌아 버리겠소이다!"

조르바가 살아나기 시작했다. 닭을 먹어 치우고, 오르탕스 부인을 탐욕스럽게 바라보았다. 그의 눈이 오르탕스 부인을 겁탈하고 있었다. 두 눈이 부인을 더듬듯이 위에서 아래로 미끄러져 내려가더니 부인의 부풀어 오른 젖가슴 속으로 들어갔다. 우리 귀부인의 새우 눈도 빛나고 있었다. 귀부인은 포도주를 좋아해서 여러 잔을 비운 터였다. 포도주 속에 숨어 있던 짓궂은 악마가 부인을 찬란했던 지난 시절로 데려다 놓았다. 그녀는 다정하고, 명랑하고, 비싼 여자로 돌아갔다. 오르탕스 부인은 자리에서 일어나더니 마을 사람들이 자신을 보지 못하도록 바깥문의 빗장을 걸어 잠갔다 — 오르탕스 부인은 마을 사람들을 '야만인들'이라고 불렀다. 부인이 담배에 불을 붙이자, 프랑스인 특유의 들창코에서 연기가 소용돌이치면서 뿜어져 나오기 시작했다.

이런 때면 여자는 빗장을 모두 풀어 버린다. 경비병들은 휴식을 취하고, 다정한 한마디 말은 황금이나 사랑처럼 강력한 힘을 발휘한다. 그래서 나는 담배에 불을 붙이고 나서 그 다정한 한마디를 내뱉었다.

"오르탕스 부인, 부인을 보면 젊은 사라 베른하르트가 생각납니다. 이렇게 고상하고, 이렇게 품위 있고, 이렇게 예의 바른 미인을 이런 데서 만나 뵙게 될 줄 꿈에도 몰랐습니다. 도대체 어떤 셰익스피어가 부인을 이런 야만인들 틈으로 보냈단 말입니까?"

"셰익스피어요?" 부인은 작고 창백한 눈을 휘둥그렇게 뜨더니, 자신의 귀를 의심하듯이 물었다. "어떤 셰익스피어냐고요?"

부인의 마음은 순식간에 자신이 일했던 극장으로 날아갔다. 그러고는 눈 깜짝할 사이에 파리에서 베이루트에 이르기까지, 그리고 아나톨리아 해변을 따라, 카페와 카바레와 선술집을 돌면서 공연을 펼쳤다. 부인에게 문득 떠오르는 게 있었다. 알렉산드리아에 있는 웅장한 극장이었다. 극장에는 샹들리에들과 벨벳 좌석들과 남자들과 여자들과 맨살이 드러난 등들과 향수들과 꽃들이 있었다. 막이 오르면서 소심한 흑인 남자 하나가 나타났다……

"어떤 셰익스피어냐고요?" 부인이 떠오른 기억을 간직한 채 자랑스러워하면서 다시 물었다. "그 사람을 오델로라고도 부르나요?"

"그런 셈입니다. 나의 흰 백합이여, 어떤 셰익스피어가 부인을 내

던져 이 쓸쓸한 곳에 좌초시켰단 말입니까?"

부인은 주위를 둘러보았다. 문은 다 잠겨 있었고, 앵무새는 자고 있었으며, 토끼들은 교미를 하고 있었고, 우리만 있을 뿐이었다. 부인은 감동을 받아 우리에게 마음을 열기 시작했다. 향료들과 누레진 연애편지들과 헌옷가지들이 잔뜩 들어 있는 낡은 서랍장이 열리는 것 같았다.

부인은 한물간 그리스어로 낱말들을 죽여 버리고, 음절들을 교배시켜 가면서 이야기했다. 그래도 우리는 다 알아들었다. 우리는 웃음이 터지려는 걸 참느라고 무진장 고생을 하고, 눈물주머니를 — 술을 말로 마신 터라 — 터뜨리기도 했다.

"이래 봬도" — 짤막한 이 한 마디로 이 늙은 세이렌이 향기로운 자기네 집 마당에서 우리에게 들려준 이야기를 대충 정리하면 이렇다 — "이래 봬도, 지금 당신들이 보고 있는 이 사람은 결코 선술집에서 노래나 하던 사람이 아니에요. 암, 절대 아니고말고요. 왕년엔 잘 나가는 예술가였고, 진짜 레이스가 달린 실크 속옷을 입었지요. 하지만 그놈의 사랑 때문에……."

왕년의 예술가는 깊게 한숨을 쉬더니 조르바에게서 담배를 하나 가져다 불을 붙였다.

"제독 한 사람을 사랑했어요. 크레타에 다시 혁명 정부가 들어서고, 수다 항에 열강들의 함대가 닻을 내렸어요. 그리고 며칠 후에 나도 그곳에 닻을 내렸지요. 아, 얼마나 황홀했는지 몰라요! 손님들도 그 제독 네 사람을 보셨어야 하는 건데. 영국 제독, 프랑스 제독, 이탈리아 제독, 러시아 제독 이렇게. 모두들 하나같이 금색 몰을 두르고,

에나멜 가죽 구두를 신고, 푸른빛이 도는 짙은 자줏빛 모자를 쓰고 있었어요. 수탉들 같았지요. 마리당 열댓 근쯤 나가는 거대한 수탉들이요. 턱수염은 또 얼마나 근사했게요! 곱슬곱슬하고, 실크처럼 부드럽고, 까맣고, 금빛이고, 회색이고, 빨갛고 — 그리고 얼마나 기분 좋은 냄새를 풍겼는데요! 저마다 자기만의 향기가 있었어요 — 그래서 어둠 속에서도 누가 누군지 구별할 수 있었지요. 영국은 오드 콜로뉴, 프랑스는 바이올렛, 러시아는 머스크, 이탈리아는, 음, 이탈리아는 사람을 미치게 하는 파촐리 향이었어요. 오, 턱수염들! 그리운 턱수염들!

기함에 모여서 혁명에 대해 이야기한 적도 많아요. 그 사람들이 입고 있던 제복은 구김살 하나 없었고, 내가 입고 입던 실크 슈미즈도 따끔따끔할 만큼 빳빳했지요. 그래서 그 사람들이 내 옷에다 샴페인을 들이부었어요. 짐작하시겠지만 여름이었죠. 심각한 이야기를 주고받으면서 혁명에 대해서 이야기하던 중이었는데, 내가 그 사람들 수염을 붙들고 애원했어요. 불쌍한 우리 크레타 사람들한테 함포 좀 쏘지 말라고요. 우리는 망원경으로 카니아 근처 바위에 있는 크레타 사람들을 보았어요. 쪼그만 게, 아주 쪼그만 게, 파란 바지를 입고 노란 장화를 신은 개미 같았어요. 크레타 사람들이 막 소리쳤어요. 깃발을 들고서요."

마당을 둘러싼 대나무 울타리 속에서 뭔가가 움직였다. 늙은 여성 전사는 소스라치게 놀라 이야기를 뚝 그쳤다. 이파리들 사이에서 장난기 가득한 작은 눈들이 반짝이고 있었다. 동네 아이들이 우리가 만찬을 즐기는 걸 알아채고는 훔쳐보고 있었다.

카바레 가수는 제 발로 일어서려고 해 봤지만 그럴 수가 없었다. 먹고 마신 게 너무 많았다. 카바레 가수는 자리에 풀썩 주저앉았다. 조르바가 돌멩이를 주워 들었다. 아이들은 비명을 지르며 흩어졌다.

"계속해 주오, 아름다운 나의 여인이여! 계속해 주오, 사랑하는 나의 사람이여!" 조르바가 말했다. 그러고는 카바레 가수 곁으로 의자를 바짝 붙였다.

"그래서 이탈리아 제독한테 말했지요—그 사람하고 더 친했거든요—그 사람 턱수염을 붙잡고 말했어요. 나의 카나바로—그 사람 이름이에요—제발, 나의 귀염둥이 카나바로, 꽝꽝 좀 하지 마요! 꽝꽝 하면 안 되는 거예요!'

여기 이 여자가 크레타 사람들을 몇 번이나 죽음에서 구했는데요! 포가 몇 번이나 장전되고, 제독 턱수염을 붙잡고는 몇 번이나 '꽝꽝 좀 하지 마요!' 했는데요! 하지만 그 대가가 뭔가요? 내가 받은 훈장들이 뭔지 좀 보라고요……."

오르탕스 부인은 인간들의 배은망덕에 화가 나 있었다. 부인은 물렁물렁하고 주름진 주먹으로 식탁을 꽝꽝 내리쳤다. 조르바는 능숙한 두 손을 내뻗어 부인의 벌어져 있는 두 무릎을 붙들고는 감동한 척하는 데 도취되어 외쳤다.

"나의 부불리나(라스카리나 부불리나. 그리스 독립 전쟁의 여걸. 카나리아, 미아올리스 같은 바다에서 용감하게 싸움)! 제발, 꽝꽝 좀 하지 마요!"

"이 손 치워요!" 멋진 우리 귀부인이 암탉처럼 낄낄거리며 말했다. "사람을 뭐로 보는 거예요?" 그러면서 조르바에게 음탕한 눈길을 던졌다.

"하늘에 하느님이 계시잖소." 교활한 난봉꾼이 말했다. "자책하지 마오, 나의 부불리나. 우리가 있잖소, 내 사랑. 두려워하지 말아요."

이 늙은 세이렌은 푸른 눈으로 하늘을 떨떠름하게 쳐다보았다. 자고 있는 녹색 앵무새가 늙은 세이렌의 눈에 들어왔다.

"나의 카나바로, 나의 귀염둥이, 카나바로!" 늙은 세이렌이 요염하게 말했다.

앵무새는 늙은 세이렌의 목소리를 알아듣고는 눈을 뜨더니, 새장 안의 횃대를 꼭 붙들고는, 남자의 욕망을 묘하게 건드리는 쉰 목소리로 외치기 시작했다. "카나바로! 카나바로!"

"여기 왔소이다!" 조르바는 이렇게 외치면서 손을 뻗쳐 늙은 무릎을 부여잡고는 그런 서비스를 많이 받아 본 무릎을 이번엔 제 것으로 만들고야 말겠다는 듯이 두 손에 힘을 꼭 주었다. 늙은 카바레 가수는 자리에 앉은 채로 간지러움을 타면서 오므린 작은 입술을 다시 벌렸다.

"나도 용감하게 싸웠어요. 가슴과 가슴을 맞대고요……. 그런데 불행한 시절이 찾아왔지 뭐예요. 크레타가 자유를 찾으니까 함대에 철수하라는 명령이 떨어진 거예요. '이제 난 어떻게 되는 거죠?' 제독 네 사람의 턱수염을 붙잡고 물었어요. '날 두고 어디로 가시려고요? 사치도 못 부리고, 샴페인도 못 마시고, 닭구이도 못 먹고, 잘생긴 어린 수병들한테 경례도 못 받고 살라고요? 한꺼번에 서방을 넷이나 잃은 과부가 되라는 거냐고요! 나의 왕들이여, 나의 제독들이여, 난 이제 어떻게 되는 거죠?'

세상에, 그 사람들은 웃기만 했어요 — 사내들 말이에요, 당신 같은! — 그러더니 영국과 이탈리아의 파운드, 프랑스 나폴레옹, 러시아 루블을 제 위에 잔뜩 올려놓았어요. 난 그 돈을 스타킹에, 보디스에, 구두에 막 쑤셔 넣었지요, 뭐. 마지막 날 밤, 울고불고 난리를 치니까 내가 불쌍해 보였나 봐요. 욕조에 샴페인을 가득 채우더니, 저를 풍덩 빠뜨리고는 — 그때까지만 해도 굉장히 친했거든요 — 영광스럽게도, 욕조에 담긴 샴페인을 마시지 뭐예요. 그리고 술이 취하니까 불을 껐어요…….

아침에 일어나 보니 몸에서 네 가지 향수 냄새가 다 났어요. 서로 좋은 자리를 차지하느라고 막 겹쳐 있더라고요. 내가 네 강대국 — 영국, 프랑스, 러시아, 이탈리아 — 을 붙잡아, 여기 이 무릎 위에 올려놓고, 이렇게, 이렇게, 이렇게 한 거예요…….”

오르탕스 부인은 작고 통통한 팔을 뻗어 무릎 위에서 아기를 어르듯이 아래위로 흔들었다.

“여기서 이렇게, 이렇게, 이렇게요! 날이 밝자 그 사람들이 함포를 쏘기 시작했어요. 맹세컨대, 나한테 경의를 표하느라고 쏜 거예요. 포 사격이 그치고, 노 젓는 수병 열두 명이 흰 보트를 타고 와서 날 끌어내 보트에 태우고는 해안에 내려놓고 갔어요.”

오르탕스 부인은 작은 손수건을 꺼내더니 하염없이 눈물을 흘리기 시작했다.

“나의 부불리나여.” 조르바가 좋아 죽겠다는 듯 소리쳤다. “눈을 감으시오……. 눈을 감으시오, 나의 보배여. 나, 카바나로여!”

“이 손 치우라고 했잖아요!” 착한 우리 귀부인이 마지못해 웃었다. "그런 말 하려거든 거울이나 보고 나서 하세요! 황금빛 견장은 어디 가고, 삼각모는 어디 갔어요? 또 향기로운 턱수염은요? 그래요, 다 지난 일이죠!"

오르탕스 부인은 조르바의 손을 다정하게 꼭 쥐고는 다시 눈물을 흘리기 시작했다.

날이 점점 서늘해지고 있었다. 우리는 한동안 아무 말도 하지 않았다. 대나무 울타리 뒤에서 바다가 한숨을 쉬었다. 마침내 다정해지고 평온해진 것이다. 바람은 가라앉고, 해는 바다 너머에서 잠이 들었다. 까마귀 두 마리가 쉭 하고 실크 조각 — 우리 여가수의 슈미즈 — 찢는 소리를 내면서 우리 머리 위로 지나갔다.

저녁 햇살이 금가루를 뿌리듯이 마당으로 떨어져 내렸다. 빛을 머금은 오르탕스 부인의 몽환적인 입술이 저녁 미풍 속에서 파르르 떨렸다. 마치 곁에 있는 사람들 머리로 날아가 불을 붙이고 싶은 듯했다. 반쯤 벗은 그녀의 가슴과, 나이 들어 지방이 잔뜩 끼어 있는 벌어진 두 무릎과 목주름과 낡을 대로 낡은 궁전 구두 위로 금빛 햇살이 떨어졌다.

늙은 우리 세이렌이 몸을 떨었다. 그녀는 눈물과 포도주로 붉어진 눈을 반쯤 감고는 먼저 나를 보고, 자신의 젖가슴에 넋이 나가 있는 입술이 바싹 마른 조르바를 보았다. 부인은 궁금해서 물어 보는 듯이 우리를 번갈아 보면서 누가 카나바로인지 알아내려고 애썼다.

"나의 부불리나." 조르바가 열에 들떠 무릎으로 부인의 무릎을 지그시 누르면서 다정하게 말했다. "걱정 마오, 하느님도 없고 악마도 없소. 그대의 작은 머리를 들고, 한 손으로 턱을 괴고, 노래나 한 곡

불러 주오. 죽음 같은 건 귀신한테 잡혀가라고 하고!"

조르바는 후끈 달아 있었다. 왼손은 콧수염을 배배 꼬았고, 오른손은 취한 여가수의 몸을 헤매고 다녔다. 헉헉거리면서 말하고, 눈은 게슴츠레했다. 조르바의 앞에 있는 여자는 주름이 자글자글하고 얼굴을 엉망으로 떡칠한 이 늙은 여자가 아니라, 조르바가 늘 말하던 그 '암컷' 자체였다. 한 개인은 사라지고, 겉모습은 지워졌다 ─ 젊든, 늙든, 아름답든, 추하든 ─ 그런 것은 거의 중요하지 않은 변형일 뿐이다. 여자 한 사람, 한 사람 뒤에서 기품 있고, 신성하며, 신비로운 아프로디테의 얼굴이 나타난다.

바로 그 얼굴이 조르바가 보고, 말하고, 갈망하는 얼굴이었다. 오르탕스 부인은 단지 조르바가 그 영원의 입에 키스하려는 순간 찢겨져 사라져 버릴, 찰나의 투명한 가면에 지나지 않았다.

"눈처럼 흰 목 좀 들어 보오, 나의 보배여." 조르바가 헐떡거리면서 애원하는 목소리로 말했다. "눈처럼 흰 목을 들어 한 곡조 뽑아 주오!"

늙은 여가수는 옷가지를 빼느라고 쩍쩍 갈라진 퉁퉁한 손으로 턱을 괴었다. 여가수의 눈이 게슴츠레해졌다. 여가수는 황량하고 애처로운 소리를 지르더니, 자기가 좋아하는 노래를 부르기 시작했고, 눈을 지그시 감은 채 조르바를 황홀하게 바라보면서 그 노래를 부르고 또 불렀다 ─ 카나바로로 조르바를 찍은 것이다.

흐르는 세월 속에
내 하필 그대를 만나……

69

조르바는 벌떡 일어나 산투르를 가지고 와서는 터키인처럼 땅바닥에 앉아 보따리를 무릎 위에 올려놓고 풀어 젖히더니 그 큰 손으로 악기를 조율했다.

"오! 오!" 조르바가 황소처럼 울부짖었다. "나의 부불리나, 칼로 내 목 좀 따 주오!"

밤이 찾아오고, 하늘에서 별이 움직일 무렵, 여자를 유혹하는 산투르 소리가 울려 퍼지면서 어서 목적을 이루라고 조르바를 채근하고, 닭고기와 밥과 구운 아몬드와 포도주로 꽉 찬 오르탕스 부인은 조르바의 어깨를 덥석 휘감으면서 한숨을 폭 내쉬었다. 부인은 조르바의 앙상한 허리춤에 몸을 살살 비비면서 지루하다는 듯 하품을 내쉬더니 또 한번 한숨을 내쉬었다.

조르바는 나에게 신호를 보내더니 목소리를 낮춰 말했다.

"오르탕스 부인이 그럴 기분이 되었소, 대장. 대장은 나하고 한패 잖소. 우리 둘만 있게 해 줘요."

새벽에 눈을 떠 보니, 조르바가 맞은편 침대 끝에 두 발을 올린 채 앉아 있었다. 그는 담배를 피우면서 깊은 상념에 잠겨 있었다. 작고 둥근 눈은 새벽빛에 우윳빛으로 물든 부채꼴 채광창에 못 박혀 있었다. 눈은 부어 있었고, 유난히 길고 털이 없는 꺼칠한 목은 맹금류의 목처럼 쭉 빠져나와 있었다.

전날 밤, 나는 조르바와 늙은 세이렌을 두고 일찍 자리를 떴다.

"전 이만 물러갑니다." 내가 말했다. "좋은 밤 보내요, 조르바. 행운을 빕니다!"

"잘 자요, 대장." 조르바가 대답했다. "우린 소소한 용무 좀 처리해야겠소. 잘 자요, 대장. 푹 자요."

두 사람은 소소한 용무를 처리한 게 분명했다. 잠결에 소리 죽여 정답게 이야기하는 소리와 옆방이 흔들리고 요동치는 소리를 들은 듯했다. 그러고는 다시 곯아떨어졌다. 조르바는 자정이 한참 지나고 나서야 나를 깨우지 않으려고 맨발로 돌아와서는 살그머니 자기 침대로 가서 누웠다.

그는 새벽빛 속에서 흐리멍덩한 눈으로 먼 곳을 응시하고 있었다. 아직도 술에 취해 있고, 관자놀이도 잠에 붙들려 있는 게, 누가 봐도 술꾼처럼 보였다. 조르바는 차분한 마음으로 꿀처럼 진한 그 비밀스러운 기류에 자신을 기꺼이 떠내려 보냈다. 우주 전체가, 땅과 물과 생각들과 인간들이 먼 바다로 천천히 떠내려가고, 조르바도 우주와 더불어 저항 없이, 의문 없이, 행복한 마음으로 떠내려갔다.

마을이 잠에서 깨어나기 시작했다 ─ 닭과 돼지와 당나귀와 인간들 소리가 한데 뒤섞여 들려왔다. 침대에서 벌떡 일어나 조르바에게 외치고 싶었다. "조르바, 오늘 할 일이 있습니다!" 하지만 나 역시 일출이 장밋빛으로 물들어 가는 이러한 순간에 내 자신을 순순히 내맡기는 엄청난 행복을 느꼈다. 이러한 마법 같은 시간에는 모든 삶이 새벽처럼 가볍다. 대지는 보드라운 구름 물결처럼 바람 속에서 끊임없이 모습을 바꾼다.

기지개를 켰다. 나도 담배가 피우고 싶어졌다. 파이프를 꺼냈다. 감회에 젖어 파이프를 보았다. 크고 값나가는 파이프였다. '메이드 인 잉글랜드.' 친구가 선물로 준 것이다 ─ 잿빛이 도는 녹색 눈동자에, 손가락이 가느다란 친구였다. 몇 년 전 해외에서였다. 친구는 공부를 마치고 그날 저녁 그리스로 떠나려던 참이었다. "차라리 끊게." 친구가 말했다. "자넨 반만 피우고 던져 버리잖나. 자네 사랑은 일 분밖에 안 가. 수치스러운 일이지. 차라리 파이프로 바꾸게. 파이프는 정숙한 배우자 같다네. 집에 가면 있고, 조용히 기다리고 말일세. 불을 붙이고 허공에 연기가 피어오르는 걸 보면서 나를 생각해 주게!"

한낮이었다. 우리는 친구가 좋아하는 렘브란트의 그림 — 전사의 청동 투구와 움푹 팬 뺨, 전사의 가슴 아픔과 강한 의지를 표현한 〈전사〉 — 을 마지막으로 한 번 더 보고 베를린 박물관을 나섰다. "내가 살면서 한 번이라도 사내다운 짓을 한다면, 그건 다 저 사람 덕일세." 친구가 무자비하고 지독한 전사의 표정을 바라보면서 중얼거렸다.

우리는 박물관 안뜰 기둥에 기댔다. 우리 앞에 형언할 수 없는 기품을 갖추고 야생마에 올라탄 아마존 청동 나신상이 서 있었다. 작은 잿빛 할미새 한 마리가 아마존 머리에 날아와 앉아 우리에게 꽁지를 파닥여 보이더니, 놀리듯이 두어 번 지저귀고는 포르르 날아가 버렸다.

나는 전율했다. 그러고는 친구를 바라보면서 물었다.

"새가 뭐라는지 들었나? 우리한테 뭐라 뭐라 하는 것 같더니 날아가 버리는군."

친구가 빙긋 웃었다. "'새니까 노래하게 두세요. 새니까 지저귀게 두세요.'" 친구는 유명한 발라드 곡 노랫말을 인용했다.

어찌하여 그런 기억이 이 순간에, 이 새벽에, 크레타 해안에서, 정확한 가사와 함께 떠올라 가슴을 이리도 쓰라리게 한다는 말인가?

파이프에 담배를 천천히 다져 넣고 불을 붙였다. 세상 모든 것에는 다 숨은 뜻이 있을 것이다. 사람들, 동물들, 나무들, 별들, 이 모두가 상형문자들이다. 이들을 해독하고, 그 의미를 추측하기 시작한 자들에게 화가 있으라……. 당신은 이들을 보지만, 이들을 이해하지는 못한다. 이들이 진짜 사람들이고, 진짜 동물들이고, 진짜 나무들이며, 진짜 별들이라고 생각한다. 그 뜻을 이해하려면 몇 년이 흘러야 할 것이고, 그때는 이미 늦어 버린 다음이리라…….

청동 투구를 쓴 전사, 기둥에 기대어 있는 나의 친구, 할미새, 그리고 할미새가 우리에게 뭐라 뭐라 지저귄 것, 우울한 발라드 노랫말, 오늘 내가 생각한 이 모든 것이 의미를 숨기고 있을 것이다. 과연 무슨 의미일까?

내 눈은 얼룩진 빛 속에서 말렸다가 풀어지는 담배 연기를 좇았다. 그리고 내 마음은 연기와 어우러져 푸른 소용돌이 속으로 서서히 사라졌다. 한참 뒤, 나는 그 어떤 논리에도 기대지 않은 절대적인 확신을 갖고 세상의 기원과 생성과 사멸을 볼 수 있었다. 마치 부처의 세계로 또 한번 뛰어든 듯했다. 하지만 이번에는 내 마음이 말도 안 되는 소리를 늘어놓지도, 거드럭거리며 뻔뻔한 수작을 부리지도 않았다. 이 연기는 가르침의 진수요, 사라지는 이 소용돌이들은 어서어서 푸른 열반에 들어 행복한 최후를 맞고 싶어 하는 생명이리라……

나도 모르게 한숨이 나왔다. 한숨이 나를 현실로 되돌려 놓은 듯, 주위를 둘러보니 처량한 나무 오두막과 첫 햇살에 번뜩이는 작은 벽거울이 눈에 들어왔다. 맞은편에서는 조르바가 등을 돌리고 앉아 담배를 피우고 있었다.

갑자기 희극적이고 비극적인 운명들과 함께 전날 일이 번개처럼 마음속으로 들어왔다. 묵은 바이올렛 향수 — 바이올렛 오드콜로뉴, 머스크와 파촐리 — 와 날개로 새장 쇠창살을 치면서 옛 애인의 이름을 소리쳐 부르는 앵무새로 변장한, 거의 인간에 가까운 존재인 앵무새, 그리고 함대를 통틀어 유일하게 살아남아, 옛 해전을 되짚어 보게 만드는 낡은 마호네(돛 달린 연안 선박으로, 노예선인 갤리선을 지칭하기도 했음)……

조르바가 내 한숨 소리를 듣고는 고개를 가로저으며 주위를 둘러 보았다.

"우리가 나빴소." 조르바가 중얼거렸다. "우린 못된 짓을 했어요, 대장. 당신은 웃었소이다. 나도 웃었고 말이오. 그리고 오르탕스 부인은 우리를 쳐다보았소. 당신도 그러는 게 아니오. 따뜻한 말 한 마디 없이 그냥 가는 법이 어디 있소? 부인이 백 살 먹은 늙은 갈보요? 부끄러운 줄 좀 아시오! 그건 예의가 아니오, 대장. 사내가 할 짓이 아니란 말이오. 있잖소, 부인도 어쨌든 여자요. 안 그렇소? 연약하고, 잘 토라지는 동물. 나라도 남아서 달래 주지 않았으면 어쩔 뻔했소?"

"조르바, 그게 무슨 말입니까?" 내가 대꾸했다. "여자들 마음속엔 오로지 그 생각만 있다는 겁니까?"

"그렇소, 대장. 여자들 마음속에는 딴생각이라곤 있어 본 적이 없소. 말할 테니 들어 봐요……. 내 살면서 볼 꼴 못 볼 꼴 다 봤소. 이 짓, 저 짓, 안 해 본 짓도 없고요……. 여자는 딱 한 가지밖에 못 봐요. 병적인 동물이지요. 내 말하는데, 여자는 성말라요. 만일 대장이 여자한테 사랑한다고 말하지 않거나 같이 자고 싶다고 말하지 않으면, 여자는 울기 시작할 거요. 여자가 당신을 눈곱만큼도 원하지 않을 수도 있소. 역겨워할 수도 있고, 거부할 수도 있을 거요. 그런 경우는 빼야지요. 하지만 사내라면 다 여자를 보면 품고 싶어 해야 하오. 여자가 바라는 게 바로 그거니까. 참 가련한 동물들 같으니. 그래서 당신도 그래 줘야 하고, 여자를 즐겁게 해 줘야 하는 거요!

내게 할머니가 있었소. 그때 여든은 됐을 거요. 할머니 영혼이 어떤 역정을 거쳤는지 소설로 쓰면 열두 권도 넘게 쓸 거요! 그 얘긴 신경 쓸 거 없소. 그것도 또 다른 이야기니까. 아무튼 다 저문 여든이었던 건 확실하고, 우리 집 맞은편에는 꽃처럼 싱그러운 아가씨가 살았는데…… 크리스탈로라는 아가씨였소. 토요일 저녁이면, 피 끓는 동네 총각들끼리 한잔씩 했소. 포도주가 들어가면 다들 기운이 넘쳤지요. 그러다 같이 있던 사촌들이 기타를 치면, 모두들 바질 가지를 하나씩 귀에 꽂은 채 다 같이 세레나데를 불렀다오. 그만큼 다들 크리스탈로를 사랑했소! 그렇게나 정열적이었지요! 죄다 황소들처럼 울부짖었소! 우리 모두가 크리스탈로를 원했다오. 토요일마다 소떼처럼 우르르 몰려가서는 우리들 중에 하나를 고르라고 생떼를 썼지요.

그런데, 대장, 이런 걸 믿을 수 있소? 이런 수수께끼를 말이오! 여자들은 벌어진 채 아물지 않는 상처가 하나씩 있소. 다른 상처는 다 나아도 그 상처는 ─ 혹시 책에서 못 봤소? ─ 낫지를 않아요. 그러니 나이가 여든이면 뭘 하오? 상처가 아물지를 않는데!

그래서 그 늙은 소녀는 토요일만 되면 침대를 끌어다 창가에 붙여놓았소. 그러고는 작은 거울을 꺼내 들고, 남아 있는 지푸라기 몇 가닥을 빗질하고, 정성스럽게 가르마를 탔다오. 그리고 누가 봤을까 봐 겁을 내면서, 교활하게 주위를 살폈지요. 그러다가 누가 가까이 오기라도 하면, 뒤로 벌렁 자빠져서는 꾸벅꾸벅 조는 척을 했다오. 입에 든 버터가 잘 안 녹을 때처럼 입을 오물오물하면서요. 하지만 어떻게 잠이 오겠소? 세레나데를 기다리고 있는데. 여든에도 말이오! 계집이 왜 수수께끼인지 이제 알았을 거요, 대장! 그 생각을 하니 지금도 울고 싶어지네요. 하지만 그땐 천방지축이던 때라 이해하기는커녕 웃음만 나왔다오. 하루는 짜증이 나지 뭐요. 나더러 여자들 꽁무니만 쫓아다닌다고 야단을 치기에 곧이곧대로 쏘아붙였소. '그러는 할머니는 왜 토요일만 되면 호두나무 잎으로 입술을 문지르고, 가르마를 타는데요? 우리가 할머니한테 세레나데라도 불러 줄까 봐 그래요? 우리가 쫓아다니는 건 크리스탈로라고요. 할머니는 곰팡내 풀풀 나는 송장이고요!'

믿어지오, 대장? 그날 처음 알았소. 여자가 어떤 건지. 할머니 눈에 눈물이 두 방울 맺히지 뭐요. 할머니는 몸을 개처럼 웅크리더니 턱을 덜덜 떨었소. '크리스탈로라고요!' 난 더 잘 들리라고 점점 가까이 다가가며 소리쳤지요. '크리스탈로라고요!' 어린놈들은 잔인한 짐승들이라오. 비인간적이고, 이해도 못 하지요. 할머니는 앙상한 두 팔을 하늘로 쳐들고는 외쳤소. '내 너를 심장 밑바닥에서부터 저주한다!' 그리고 바로 그날부터 기력이 떨어지기 시작했다오. 점점 더 야위고 쇠약해지더니 두 달 뒤에는 며칠 못 살 것 같아졌지요. 그러다 마지막 숨을 헐떡거릴 때쯤 나를 보았소. 그분은 거북이처럼 쉬 소리를 내더니, 시들어 빠진 손가락을 뻗어 나를 붙잡으려고 했소. '날 죽인 건 너야. 알렉시스, 너한테 저주가 내리기를! 그리고 내가 받은 고통을 고스란히 다 받기를!'"

조르바는 씩 웃었다.

"세상에, 그 늙은 마녀가 퍼부은 저주가 내 급소에 정통으로 꽂혔지 뭐요!" 조르바가 콧수염을 쓰다듬으면서 말했다. "내가 지금 예순다섯인데, 내 생각에, 잘해서 백 살까지 산다 해도 여전히 그 저주에서 못 벗어날 거요. 여전히 주머니에 작은 거울을 넣고 다닐 테고,

여전히 암컷들 꽁무니만 쫓아다닐 테죠."

조르바는 또 한번 웃고는, 부채꼴 채광창 밖으로 담배를 던지고 나서, 팔을 쭉 뻗으면서 말했다.

"다른 잘못도 아주 많이 했소. 넘치도록 했다오. 하지만 날 죽이게 되는 건 그 저주일 거요."

조르바는 침대에서 벌떡 일어났다.

"자, 이 정도면 충분하오. 입 닥치고, 오늘은 일을 합시다!"

그러고는 눈 깜짝할 사이에 옷을 입고, 신발을 신고 밖으로 나갔다.

고개를 숙이고는 조르바가 한 말들을 되씹고 있는데, 문득 눈에 갇힌 먼 도시가 마음속으로 들어왔다. 그때 나는 로댕 작품 전시회에 가 있었고, 거대한 청동 손, 〈하느님의 손〉을 보려고 걸음을 멈추었다. 손은 반쯤 오므려져 있고, 손바닥에서는 남녀가 서로 껴안은 채 황홀경에 빠져 몸부림치고 있었다.

한 여자가 다가와 내 곁에 섰다. 여자도 작품을 보더니 보는 이의 마음을 뒤흔드는 남녀의 포옹에 감동을 받았다. 늘씬하고, 옷도 잘 차려 입고 있었다. 풍성한 금발에, 턱은 강인하고, 입술은 얇았다. 여자는 단호하고 씩씩한 무언가가 있었다. 평소에 나는 말을 하기 싫어하는데, 그날은 뭣 때문에 여자에게 돌아보면서 말을 걸었는지 모르겠다.

"무슨 생각 하십니까?"

"도망칠 수만 있다면 얼마나 좋을까 하는 생각이요!" 여자가 씩씩대면서 말했다.

"어디로요? 그래 봤자 하느님 손바닥 안인데. 구원이란 없어요.

기분 상하셨습니까?"

"아니요. 사랑이야말로 지상에서 가장 강렬한 기쁨일지도 몰라요. 아마 그럴 거예요. 그런데 지금 저 청동 손을 보니까 도망치고 싶어 져요."

"자유를 더 좋아하시는군요."

"네."

"하지만 저 청동 손에 복종해야만 자유로워진다고는 생각하지 않으십니까? 신이라는 낱말 속엔 사람들이 부여하는 편리한 의미 따위 들어 있지 않다고 생각하진 않으세요?"

여자가 걱정스러워하는 눈빛으로 나를 쳐다보았다. 눈은 금속 같은 잿빛이었고, 입술은 말라 있어 고통스러워 보였다.

"잘 모르겠어요." 여자는 그렇게 말하고, 가 버렸다.

사라진 것이다. 그 후로 한 번도 그 여자를 생각하지 않았다. 하지만 그 여자가 내 가슴 저 깊은 곳에 늘 살아 있는 게 틀림없었다. 그러다 오늘, 내 존재의 심연에서 나와, 창백하고 애처로운 모습으로 이 텅 빈 해안에 나타났다.

그렇다. 내가 나빴다. 조르바가 옳았다. 청동 손은 좋은 핑계였다. 첫 만남이 성공하고, 말도 몇 마디 다정히 오갔으니, 우리는 알아차릴 수 없을 만큼 서서히, 하느님 손안에서 아무런 방해도 받지 않고, 서로 껴안고, 하나가 되었을 것이다. 그런데 내가 느닷없이 지상에서 하늘로 휙 날아갔고, 그 여자는 깜짝 놀라 도망쳤다.

오르탕스 부인 집 마당에서 늙은 수탉이 울었다. 낮의 흰 햇살이 작은 창문으로 방 안을 엿보고 있었다. 나는 침대에서 휙 내려왔다.

인부들이 각자 자기 곡괭이와 쇠지레와 괭이를 들고 도착하기 시작했다. 조르바가 지시하는 소리가 들렸다. 조르바는 곧장 일에 뛰어들었다. 사람들을 통솔할 줄 알고, 책임감을 중요하게 여기는 사람이라는 느낌이 들었다. 나는 채광창으로 머리를 들이밀고는, 마르고, 왜소하고, 거칠고, 세파에 시달린 듯 보이는 서른 남짓한 사내들 한복판에 거대한 명청이처럼 서 있는 조르바를 보았다. 팔은 권위 있게 쭉 뻗어 있고, 말은 간결하고 요점이 있었다. 한 번은 젊은 친구가 투덜투덜하며 미적미적 걸어 나오자 조르바가 그 친구의 뒷덜미를 움켜잡았다.

"할 말 있어, 응?" 조르바가 소리를 꽥 질렀다. "있으면 큰 소리로 말해! 중얼거리는 건 딱 질색이다. 일도 일할 기분이 되어야 하는 거다. 그럴 기분이 아니면 다시 술집으로 꺼져!"

그때 머리가 헝클어지고 얼굴이 퉁퉁 부은 오르탕스 부인이 나타났다. 화장도 하지 않고, 더러운 큰 가운을 걸치고, 굽이 닳은 긴 슬리퍼를 찍찍 끌며 걷고 있었다. 부인은 늙은 여가수의 쉰 목소리로 기침을 했다. 기침소리가 당나귀 울음소리 같았다. 부인은 걸음을 멈추고 조르바를 자랑스럽게 바라보았다. 부인의 눈이 몽롱해졌다. 부인은 다시 기침을 했지만, 조르바가 눈길도 주지 않자, 엉덩이를 실룩실룩 흔들면서 조르바 곁을 스치듯 지나갔다. 넓은 소맷자락이 조르바를 거의 쓸고 갈 뻔했다. 하지만 조르바는 돌아볼 생각조차 하지 않았다. 그는 인부에게서 보리 케이크 한 조각과 올리브 한 줌을 받아 들더니 크게 소리쳤다.

"자, 이제, 하느님의 이름으로 성호를 그어라!" 그러고는 성큼성

큰 걸어가 버렸다. 조르바는 곧장 산으로 가서 인부들을 갱으로 안내했다.

　탄광 일에 대해서는 여기에 쓰지 않겠다. 쓰려면 인내심이 필요한데, 나는 인내심이 없다. 우리는 바다 근처에 대나무와 고리버들, 빈 석유통들을 가지고 오두막을 하나 지었다. 조르바는 새벽이면 일어나 곡괭이를 들고 인부들보다 먼저 탄광으로 가서 갱도를 내고, 낸 갱도를 포기하고, 번쩍이는 갈탄 광맥을 발견하고, 기뻐서 춤을 추었다. 하지만 며칠도 안 되어 광맥을 놓쳐 버리자, 땅바닥에 나동그라져서는 다리를 번쩍 쳐들고 손짓발짓 다 해 가며 하늘을 욕했다.
　조르바는 일에 매진했다. 나하고 상의도 하지 않았다. 모든 걱정과 책임은 첫날부터 조르바에게 넘어갔다. 그가 하는 일은 결정을 내리고, 진행하는 것이었다. 나에게 탄광 일이라는 것은 임금만 지불하면 되는 일이었다. 나 같은 사람에게 꼭 맞는, 더없이 좋은 일이었다. 조르바와 함께 지낼 몇 달이 내 인생에서 가장 행복한 시간이 될 거라는 예감이 들었다. 그리고 모든 걸로 미루어 보아 내가 행복을 헐값에 사고 있다는 느낌이 들었다.
　외할아버지는 크레타에서 제법 큰 마을에 살았는데, 저녁마다 등불을 들고는 거리를 돌아다니면서 혹시 낯선 사람이 마을에 들어오지는 않았는지 살폈다. 낯선 사람을 찾아내면 집으로 데려가 음식과 술을 푸짐하게 대접한 다음, 긴 의자에 앉아, 기다란 터키 파이프에 불을 붙이고는, 손님 — 후한 대접을 받았으니 이제 답례를 할 때가 된 — 을 바라보면서 명령조로 말했다.

"이야기해 주시오!"

"뭘 말입니까, 무스토요르기 영감님?"

"뭐 하는 사람이고, 이름은 뭐며, 어디서 왔고, 어느 도시, 어느 마을을 돌아다녔는지 ─ 다, 전부 다 이야기해 주시오. 당장!"

그러면 손님은 외할아버지가 긴 의자에 앉아 파이프를 피우면서 귀를 기울인 채 낯선 이의 여행지를 따라다니는 동안, 참말과 거짓말을 마구 주워섬겼다. 그러다 손님이 마음에 들면, 할아버지는 이렇게 말했다.

"내일도 여기서 묵게. 못 가는 줄 알게. 아직 못 다 한 이야기가 많을 걸세."

외할아버지는 살면서 한 번도 마을을 떠나 본 적이 없었다. 칸디아도, 카에나도 못 가 봤다. "거길 뭐 하러 가느냐?" 할아버지는 말했다. "칸디아 사람들하고 카에나 사람들이 서로 사이좋게 잘 살고 있는데. 그리고 다들 여기로 지나다니는데 ─ 다들 나한테로 오는데 ─ 내가 뭐 하러 거기까지 가느냐?"

나는 이 크레타 해안에서 오늘 외할아버지와 똑같은 짓을 하고 있다. 나 역시 나의 등불을 손에 들고 조르바라고 하는 손님을 찾아냈다. 가게 놔두지 않을 것이다. 저녁상보다 돈이 훨씬 더 많이 들지만, 그럴 만한 가치가 있다. 저녁마다 조르바가 일을 마치고 돌아오기만 기다렸다가 그를 내 앞에 앉히고 같이 저녁을 먹는다. 조르바에게 임금을 지불해야 할 때가 되면 말한다. "이야기해 줘요!" 나는 파이프를 피우면서 귀를 기울인다. 이 손님은 이 세상과 인간의 영혼을 구석구석 탐사한 사람이다. 이 사람의 말은 아무리 들어도 싫증이 나지

82

않는다.

"이야기해 줘요, 조르바. 이야기 좀 해 달라고요!"

조르바가 이야기를 하면, 금세 내 눈앞에 마케도니아 전체가 쫙 펼쳐지면서 그와 나 사이에 있는 작은 공간에 자리를 잡는다. 산들과 숲들과 급류들과 코미타지 반군들과 고되게 일하는 여자들과 기골이 장대한 굉장한 남자들과 함께, 그리고 수도원 스물한 채와 무기고들과 엉덩이가 펑퍼짐한 게으름뱅이들도 함께. 조르바는 수도승들이야기를 마치며 고개를 절레절레 흔들면서 껄껄껄 웃고는 말했다. "하느님, 부디 노새 뒷발과 수도승들 거시기들로부터 우리 대장을 보호해 주소서!"

조르바는 저녁마다 그리스와 불가리아와 콘스탄티노플로 나를 데려간다. 나는 눈을 감고 본다. 조르바는 놀라움을 금치 못하면서, 송골매를 닮은 작은 눈을 늘 크게 뜬 채 고통 받고 혼돈 상태인 발칸제국과 모든 것들을 주시한다. 우리에게 익숙하고 대수롭지 않게 여겨지던 것들이 무시무시한 수수께끼들처럼 갑자기 조르바의 눈앞에 우뚝 솟아오른다. 조르바는 지나가는 여자만 봐도 소스라치게 놀라 걸음을 멈춘다.

"저건 또 무슨 수수께끼랍니까?" 조르바는 묻는다. "계집은 무엇이며, 왜 우리 머리통은 돌린답니까? 말 좀 해 봐요. 이렇게 묻잖소. 저건 무슨 뜻이오?"

조르바는 사람을 보거나, 꽃핀 나무를 보거나, 시원한 물 한잔을 보아도 똑같이 깜짝 놀라서 스스로에게 묻는다. 조르바는 날마다 모든 것을 생전 처음 보는 것처럼 본다.

어제 우리는 오두막 앞에 앉아 있었다. 조르바는 포도주를 한잔 마시더니 화들짝 놀라서는 나를 돌아보았다.

"이 붉은 물은 또 뭐랍니까, 대장? 말 좀 해 줘요! 묵은 나무에서 가지가 자라고, 처음에는 가지에 쓴 열매만 달리는데, 시간이 지나고, 태양이 열매를 익히면, 열매가 꿀처럼 달콤해져서 포도라는 게 되오. 그걸 밟아 뭉개고, 즙을 내서 통에 담으면, 즙은 저절로 발효하지요. 술꾼 성 요한의 날(8월 15일에 열리는 클리도나스 축제. 할로윈과 비견됨) 열어 보면, 포도주가 되어 있는 거요! 기적이지요! 당신이 붉은 즙을 마시면, 이건 또 무슨 수수께끼인지, 당신 영혼이 커지는데, 영혼이 늙은 송장에 들어가지 못할 만큼 커지면, 이게 하느님하고 맞장을 뜬다오. 그런데, 대장, 어째서 그런 거요?"

나는 대답하지 않았다. 조르바의 말을 듣는 동안 세상이 원래의 신선함을 회복하는 것을 느꼈다. 무덤덤해진 일상이, 우리가 신의 손에서 풀려나고 일상이 시작되던 때의 산뜻함을 되찾았다. 물과 여자들과 별들과 빵이 신비하고 본원적인 최초의 형태로 돌아가고, 갑자기 신성한 회오리바람이 다시 한번 대기를 휘저으며 솟구쳐 올랐다.

이것이 바로 내가 저녁마다 자갈밭에 누워 조르바가 오기만을 하염없이 기다린 이유이다. 조르바는 지구 내부에서 갑자기 빠져나온 듯이 사지가 풀린 채로 흐느적거리면서 성큼성큼 걸어오고는 했다. 저 멀리 오고 있어도, 조르바의 거동을 보고, 고개를 쳐들었는지 숙였는지, 팔을 흔드는지를 보고, 그날 일이 어땠는지를 알아맞힐 수 있었다.

처음에는 나도 같이 갔다. 그리고 노동자들을 지켜보았다. 형태가 다른 삶을 살아 보려고도 애썼고, 실제 노동에 흥미를 가져 보려고도 했으며, 수중에 들어온 인간 자원을 알고 사랑해 보려고도 했고, 그토록 오래 바라 온 기쁨을 이제는 말장난에서가 아니라 살아 있는 인간들에게서 느껴 보려고도 했다. 그리고 형제들처럼 모든 것을 나누고, 다 같이 모여 똑같은 음식을 먹고, 똑같은 옷을 입는 일종의 공동체를 조직하겠다는 낭만적인 계획들도 세웠다 — 갈탄 채굴에 성공한다는 전제하에 말이다. 마음속으로 새로운 양심적인 질서, 새로운 삶의 기원을 창조했다……. 하지만 조르바에게 이러한 계획을 알려야 할지 말아야 할지 마음을 정하지 못하고 있었다. 조르바는 내가 인부들 사이를 오가면서 묻고, 간섭하고, 늘 노동자들 편에서 이야기하는 걸 못마땅해 했다.

그는 입이 댓발로 나와 말했다.

"대장, 그러지 말고, 한 바퀴 빙 돌고 오는 게 어때요? 햇볕, 바다, 뭐 그런 거 있잖소!"

처음엔 고집을 부리면서 말을 듣지 않으려고 했다. 이것저것 묻기도 하고, 잡담도 나누고, 노동자들이 어떻게 사는지 — 먹여 살려야 할 아이는 몇이나 되며, 시집보내야 할 누이는 몇이고, 부양해야 할 노인네는 없는지, 걱정거리가 뭔지, 병을 앓고 있지는 않은지, 골치 아픈 문제는 없는지 — 꼬치꼬치 캐물었다.

"그러지 좀 말아요, 대장!" 조르바가 오만상을 찌푸리면서 말했다. "그렇게 말랑말랑하게 굴다가는 잡아먹혀요. 그럴수록 저 사람들만 좋아요. 일하기도 편하고요. 뭔 짓을 해도 봐줄 테니까요. 그러면, 우라질, 어떤 식으로든 꼼수를 부릴 거란 말이오. 주인이 엄하게 굴어야 주인을 존경하고, 일도 잘합니다. 주인이 좋게 대하면, 죄다 주인한테 떠넘기고 농땡이를 친다고요. 알겠소?"

어느 날 저녁, 조르바가 일을 마치고 돌아와서, 곡괭이를 창고에 내던지며 더는 못 참겠다는 듯이 소리를 꽥 질렀다.

"이봐요, 대장. 끼어드는 짓 좀 그만 해요. 내가 뭘 하면 하는 족족이 다 무너뜨리고 있잖소. 그리고 오늘, 사람들한테 무슨 말을 한 겁니까? 사회주의, 그놈의 고물 덩어리! 당신 선교사요, 자본가요? 그것부터 정해요!"

하지만 어찌 선택을 한단 말인가? 나는 이 둘을 하나로 묶겠다는 욕망과, 도저히 돌릴 수 없는 적수들이 형제처럼 지내는 공동체를 만들겠다는 욕망, 그리고 천국의 삶과 지상의 삶, 이 둘을 다 쟁취하겠다는 순진한 욕망에 사로잡혀 있었다. 아주 어릴 때부터 생각해 온 일이었다. 학교 다닐 때, 코흘리개 친구들과 함께 '우애조합'(그리스 혁명의 기초를 마련한 상부상조 단체 이름. 이 이름을 딴 것이다) — 우리는 그렇게 불렀다 — 이라는 비밀 단체를 조직하고, 내 방 문을 꼭꼭 걸어 잠근 다음, 다 같이 가슴에 손을 얹고 맹세했다. 이 한 목숨 다 바쳐 불의에 맞서 싸우겠노라고 말이다. 그러면서 닭똥 같은 눈물을 뚝뚝 흘렸다.

오, 철부지 같은 이상이여! 하지만 이 맹세를 듣고 웃는 자, 그 누구든 재앙이 있으리라! 돌팔이 의사가 되고, 변호사 보조가 되고, 구멍가게 주인이 되고, 낯 두꺼운 정치인이 되고, 갈보 언론인이 된 우애 조합 멤버들을 보면, 내 가슴에 비수가 꽂힌다. 세상 분위기가 노골적이고 가혹하다. 그렇게도 소중한 씨앗들이 싹을 틔우지 않거나,

덤불이나 쐐기풀에 질식당해서는 안 된다. 오늘 아주 분명하게 보인다. 나로 말할 것 같으면, 이성에 질식당하지 않았다. 얼마나 다행스러운 일인가! 지금도 돈키호테의 여정에 오를 준비가 되어 있는 느낌이 든다.

일요일에는 둘 다 결혼할 총각들처럼 공을 들여 몸단장을 했다. 면도를 하고, 깨끗한 흰 셔츠를 입고, 밖으로 나가, 오후의 끝자락을 향하여 오르탕스 부인을 만나러 갔다. 부인은 일요일마다 우리를 위해 닭을 잡았다. 한 번 더 셋이 식탁에 둘러앉아 먹고 마셨다. 조르바의 긴 손은 인심 좋은 여자의 넉넉한 가슴을 자기 것으로 만들고는 했다. 땅거미가 내리고, 해안가 우리 터전으로 돌아오면, 인생이, 늙었지만 아주 유쾌하고 후한 순박함과 선의로 그득해 보였다— 마치 오르탕스 부인처럼 말이다.

그러던 어느 일요일, 풍요로운 축제에서 돌아오는 길에, 내 계획들을 털어놓기로 마음먹고는 조르바에게 말을 걸었다. 조르바는 인내심을 잃으려는 자신을 자제하고 억누르면서, 내가 하는 말을 다 들었다. 하지만 가끔씩 화를 내면서 그 커다란 머리를 절레절레 흔들었다. 내 말 첫 마디는 조르바를 진지해지게 했지만, 그 말의 여운은 어느새 그의 뇌리를 떠나고 없었다.

내가 말을 마치자 조르바는 짜증을 내면서 수염을 두세 가닥 확 잡아 뽑았다.

"이렇게 말한다고, 언짢아하지 않았으면 좋겠소, 대장. 당신은 아직 뇌가 덜 여문 것 같소. 몇 살이오?"

"서른다섯입니다."

"다 여물긴 글렀군."

조르바는 말을 끝내기가 무섭게 웃음을 터뜨렸다. 나는 정곡을 찔렀다.

"사람을 안 믿는군요. 안 그렇습니까?" 내가 앙갚음을 했다.

"그렇지만, 열 받지 말아요, 대장. 난 아무것도 안 믿소이다. 만약에 인간을 믿으면, 하느님도 믿고 악마도 믿을 거요. 그리고 그러느라 아무 일도 못 하겠지요. 그러면 모든 게 엉망이 될 거요, 대장. 그리고 난 엄청 곤란해지겠지요."

조르바는 잠잠해지더니 베레모를 벗고는 미친 듯이 머리를 박박 긁고, 잡아 뽑고야 말겠다는 듯이 다시 수염을 확 잡아당겼다. 뭔가 말하고 싶은데 꾹꾹 참는 모양이었다. 조르바는 나를 곁눈질하고, 또 한 번 곁눈질하더니 말을 하기로 마음먹었다.

"인간은 짐승이라오."

조르바가 단장으로 자갈을 툭툭 치면서 말했다. "대단한 짐승이지요. 당신 같은 귀족은 그런 걸 모른다오. 그리고 보니 너무 편히 살았나 보오. 그것도 질문이라고 하다니! 있잖소, 인간은 짐승이오! 당신이 잔인하게 굴면 당신을 존경하고 두려워해요! 친절하게 대하면 당신 눈알을 뽑아 가고요!

거리를 둬요, 대장! 그 사람들을 너무 뻔뻔해지게 만들지 말아요. 우리는 동등하다느니, 똑같은 권리를 갖고 있다느니 하는 소리도 하지 말아요. 안 그러면 곧바로 '당신의' 권리를 짓밟아 버릴 거요. 당신 빵을 훔쳐서 당신을 굶어 죽게 만들 겁니다. 거리를 둬요, 대장. 다 당신 잘되라고 하는 소리요!"

"아무것도 안 믿는다면서요?" 내가 발끈해서 말했다.

"그래요, 아무것도 안 믿어요. 도대체 몇 번이나 말해야 알아듣겠소? 나는 아무것도 안 믿고, 아무도 안 믿소. 조르바 말고는 말이오. 조르바가 남들보다 잘나서가 아니에요. 절대 아니지요. 눈곱만큼도 아니지! 다른 짐승들처럼 조르바는 짐승이오! 하지만 조르바는 믿소. 내가 마음대로 할 수 있는 유일한 존재이고, 내가 알고 있는 유일한 존재이기 때문이오. 나머지는 다 유령들이오. 이 눈으로 보고, 이 귀로 듣고, 이 내장으로 소화합니다. 단언컨대, 나머지는 다 유령들이오! 내가 죽을 때, 모든 게 죽는 겁니다. 조르바 세계 전체가 가라앉는 거죠."

"자만심이 대단하군요!" 내가 빈정거리면서 말했다.

"나도 어쩔 수 없어요, 대장. 있는 그대로 말하는 것뿐이오. 콩을 먹으면 콩 같은 소리를 하는 것처럼, 내가 조르바이기 때문에 조르바 같은 소리를 하는 거요."

나는 아무 말도 하지 않았다. 조르바의 말이 채찍처럼 날아들었다. 나는 그를 존경했다. 그 정도로 강한 존재라서, 그 정도까지 인간을 무시해서, 그러면서도 인간과 더불어 살면서 인간과 더불어 일하고 싶어 해서. 나 같으면 금욕주의자가 되거나, 아니면 가짜 깃털 같은 것으로라도 사람들을 치장해 놓고서야 같이 어울릴 엄두를 냈을 것이다.

조르바가 나를 돌아다보았다. 이 별밤에 조르바가 입을 크게 벌리고 바보처럼 웃고 있었다.

"기분 상했소, 대장?" 조르바가 걸음을 멈추고는 퉁명스럽게 물었다. 우리는 어느덧 오두막에 다 와 있었다. 조르바는 다정하면서도 불안한 눈길로 나를 바라보았다.

나는 대답하지 않았다. 마음은 조르바에게 동의했지만, 심장은 밖으로 뛰쳐나와 짐승한테서 도망치면서 자기 갈 길로 가려고 몸부림쳤다.

"오늘 밤은 안 잘 겁니다, 조르바. 당신은 자요."

별은 빛나고, 바다는 한숨을 내쉬며 조개껍데기를 핥고, 반딧불이는 배 밑에 작고 색정적인 호롱불을 매단 채 날고 있었다. 밤의 머리카락이 이슬에 젖어 나부꼈다.

나는 고개를 숙이고는 '무'에 마음을 쓰면서 고요 속으로 빠져들었다. 이제부터 나는 밤과 바다와 하나였다. 나의 마음은 작은 호롱불을 켠 채 축축하고 어두운 대지에 내려앉아 기다리는 반딧불이었다.

별들이 원을 그리며 운행하고, 시간이 흘러갔다 ─ 그리고 깨어나 보니 어찌 된 일인지 내가 이 해안에서 꼭 해야 할 두 가지 임무가 마음에 새겨져 있었다.

부처로부터 벗어나고, 나의 모든 형이상학적인 불안인 말들로부터 자신을 구하여, 헛된 욕망으로부터 마음을 해방시켜라.

바로 이 순간부터 인간들과 직접적이고 확실하게 접촉하라.

나는 스스로에게 말했다. "너무 늦지 않았는지도 몰라."

5

"아나그노스티 아저씨가 안부 전해 드리래요. 그리고 식사하러 오실 수 있냐고 물어 보래요. 불까는 사람이 오늘 돼지 불알 까러 마을에 오는데, 어쩌다 한번 오는 날이고, 그리고 '거시기들'이 정말 별미래요. 영감님 부인 키리아 마룰리아 아주머니가 아저씨를 위해서 '거시기들'로 특별 요리를 하신대요. 오늘은 손자 미나스 생일이기도 하니까, 미나스에게 행복하게 오래오래 살라고 빌어 주시면 좋겠대요."

크레타인 농가에 가는 것은 말할 수 없이 즐거운 일이다. 보이는 모든 것이 가부장적인 것들이다. 벽난로며, 기름등잔이며, 벽에 죽진열해 놓은 흙으로 빚은 도자기 항아리, 몇 개 안 되는 의자, 달랑 하나뿐인 식탁, 그리고 들어섰을 때 왼쪽으로 보이는 벽에 구멍을 뚫어 올려놓은, 신선한 물이 담긴 주전자, 그 모두가 가부장적인 분위기를 물씬 풍긴다. 들보에는 마르멜로와 석류와 향기 식물인 세이지, 박하, 고추, 로즈마리, 세이버리가 줄에 매달려 있다.

방 저 끝에는 높은 단으로 올라가는 사다리나 나무 계단 몇 개가 기대져 있고, 높은 단에는 선반 침대가 있는데, 그 위로는 등불들과 함께 성상들이 놓여 있었다. 텅 빈 듯 보여도 있어야 할 건 다 있다. 인간에게 진짜로 필요한 것은 실제로 얼마 안 된다.

그날은 가을 해가 따스하게 비치는 아주 근사한 날이었다. 우리는 농부네 집 앞 작은 뜰에 있는, 열매가 주렁주렁 열린 올리브나무 아래에 앉았다. 은빛 나뭇잎들 사이로 저 멀리 빛나는 바다가 보였다. 바다는 그지없이 평온하고 고요했다. 덧없는 구름들이 마치 숨이라도 쉬는 듯이 대지를 슬퍼 보이게 만들었다가 방탕해 보이게 만들었다가 하면서 태양 앞으로 끊임없이 지나가고 있었다.

담장 안, 작은 뜰 한구석에서는 불알을 까인 돼지가 아파 죽겠다고 귀청이 터져라 꽥꽥 비명을 내지르고 있었다. 키리아 마룰리아가 벽난로 안에 있는 깜부기불로 요리를 하는 냄새가 콧구멍으로 솔솔 들어왔다.

우리는 늘 되풀이되는 주제인 밭농사와 포도와 비 이야기만 주고받았다. 영감이 귀가 어두워, 우리는 별 수 없이 소리를 꽥꽥 질러가면서 이야기했다. 영감은 자기 귀를 '자랑스러운 귀'라고 불렀다. 이늙은 크레타인의 인생은 은신처인 협곡에서 자란 한 그루 나무의 생이 그렇듯이 순탄하고 평화로웠다. 나고, 자랐으며, 결혼했다. 자식들을 낳았고, 손자들을 보았다. 몇은 죽고, 나머지는 살았다. 가계는 반드시 이어질 것이다.

이 늙은 크레타인은 터키의 지배를 받던 시절에 부친이 들려준 이야기와, 여자들이 신을 믿고 신앙심도 두터웠던 그 시절에 일어났던 기적들을 회상했다.

"에, 여기서 이렇게 자네들에게 말하고 있는 이 늙은 아나그노스티 아저씨 좀 봐 주게나! 내가 태어난 건 기적이었네. 암, 내 영혼을 걸고 말하는데, 기적이고말고. 어떻게 된 일인지 얘기하면 다들 깜짝 놀랄 걸세. '하느님, 우리에게 자비를 베푸소서.' 하면서 성모 마리아 사원으로 달려가 성모님께 초를 바칠지도 몰라."

아나그노스티 아저씨는 성호를 긋더니 부드러운 목소리와 단정한 태도로 자기 이야기를 들려주기 시작했다.

"그 당시에, 우리 마을에 돈 많은 터키 계집이 하나 살았네 ─ 그년 영혼이 저주 받기를! 날씨 좋은 어느 날, 이 비열한 계집이 배가 산만한 게 애를 낳을 때가 왔지 뭔가. 사람들이 선반 침대에 그 계집을 눕혔고, 계집은 사흘 밤낮을 어린 암소마냥 울어 젖혔다네. 하지만 애는 나올 생각을 안 했지. 그래서 그 계집의 친구 하나가 ─ 이년 영혼도 저주 받기를! ─ 조언을 했네. '차퍼 하눔, 어머니 마리아 이름을 부르면서 도와달라고 해!' 터키 놈들은 동정녀를 그렇게 부른다네. 무소불능하신 우리 성모님을 말이네! '뭐 하러 불러?' 이게 그 계집이 부르짖은 소리라네. '그 여잘 부르라고? 당장 죽을지도 모르는데 뭐 하러 불러!' 하지만 진통은 점점 더 심해지기만 했네. 그리고 하루가 또 지났네. 계집은 여전히 암소마냥 울부짖었지만, 애를 낳을 수가 없었지. 그래서 어떻게 되었는지 아는가? 계집은 더 이상 진통을 참을 수가 없었네. 그래서 될 대로 되라 하고, 소용 있어 보이는 이름을 부르기 시작했다네. '어머니 마리아여! 어머니 마리아여!' 하지만 소용이 없었지. 고통은 멈추지 않았고, 애도 나오지 않았네. 그러자 친구가 말했네. '어머니 마리아가 터키 말을 못 알아들을지도 몰라!' 그래서 그 마녀는 고함을 질렀다네. '동정녀 루미누스(예수교도 또는 이교도를 뜻하는 이슬람교 언어)여! 동정녀 루미누스여!' 루미누스, 이년도 저주 받기를! 고통은 늘어나기만 했네. '이름을 제대로 못 부르고 있잖아.' 친구가 말했다네. '이름을 제대로 못 부르니까 안 오잖아.' 이교도 마녀는 위험이 코앞에 닥치자 허파가 터져라 꼭 맞게 외쳤네. '성모님!' 그리고 그 말이 떨어지기가 무섭게 진흙에서 뱀장어가 쏙 빠져나오듯이 자궁에서 애가 쏙 빠져나왔다네.

그 일이 일어난 게 주일이었는데, 그 다음 주일에, 우리 어머니한테도 진통이 찾아왔네. 어머니도 그 비열한 여자하고 똑같은 과정을 거쳤네. 진통이 너무 심해지자, 오, 가여운 우리 어머니, 어머니가 외쳤네. '성모님! 성모님!' 하지만 어머니는 애를 낳지 못했다네. 아버지는 마당 한복판에 앉아 있었네. 어머니가 진통을 겪는 내내 물 한 모금도 못 마시고 말일세. 아버지는 성모님이 마음에 안 들었네. 다들 알다시피, 차퍼, 그 마녀가 마침내 성모님을 불렀을 때는 목이 부러져라 달려와서는 애를 낳게 도와주었으니까. 그래 놓고는 지금은…… 나흘째 되던 날, 아버지는 더 이상 참을 수가 없었다네. 그래서 눈이 뒤집혀서는 당장 기다란 쇠스랑을 들고 '순교한 동정녀' 수도원으로 갔네. 성모님, 우리를 구원하소서! 아버지는 분노가 치밀어 수도원에 도착하자마자 성호도 긋지 않고 고래고래 악부터 쓰고는, 뒤에 있는 문을 걸어 잠그고 곧장 성모상 앞으로 걸어 올라갔다네. '이보쇼, 성모!' 아버지가 악을 썼네. '내 아내 말이오, 크리니오 ─ 누군지 알죠? 몰라요? ─ 모르시면 안 되지. 토요일마다 당신에게 기름을 바치고, 당신 등잔에 불을 켜는데 — 내 아내가 사흘 밤낮을 진통을 하면서, 당신을 부르고 있소이다. 아내가 부르는 소리 못들었소? 못 들었다면, 귀를 먹은 게 틀림없소! 내 아내가 차퍼, 그 마녀 같은 터키 창녀였다면, 목이 부러지든 말든 당연히 달려왔을 거요. 하지만 내 아내 크리니오는 일개 기독교인이죠. 그래서 귀를 먹으면서까지 내 아내가 부르는 소리를 듣지 않은 거요! 알겠지만, 당신이 성모만 아니었다면, 여기 이 쇠스랑으로 확실히 깨닫게 됐을 거요. 그딴 짓을 하면 어떻게 되는지 말이오!'

그런 다음 말없이 절도 하지 않고 성모님께 등을 돌리고 돌아 나오려고 했네. 그런데, 하느님은 위대하시기도 하지. 돌아서자마자 성모상에서 삐걱대는 소리가 크게 들리지 뭔가. 귀청이 터질 것같이 말일세. 아직 모를까 봐 하는 말인데, 성모상이 기적을 일으킬 때 이런 소리가 난다네. 아버지는 금세 알아차렸네. 아버지는 번개처럼 다시 돌아서서 무릎을 꿇고 성호를 그었네. '당신께 죄를 지었습니다, 성모님.' 아버지가 외쳤다네. '해서는 안 될 말을 너무 많이 했습니다. 그렇지만 우리 깨끗이 잊어버리기로 합시다!'

아버지는 마을로 돌아오자마자 좋은 소식을 들었네.

'아기에게 장수를 빌어 주게, 콘스탄디. 자네 부인이 아들을 낳았네!' 그 아이가 바로 나, 이 늙은 아나그노스티라네. 그런데, 태어나자마자 한쪽 귀가 잘 안 들리지 뭔가. 알다시피, 아버지가 성모님께 욕을 했잖은가, 귀가 먹었다고 말일세.

성모님께서 분명히 이리 말씀하셨을 걸세. '그래, 그렇군. 그런 방법이 있었단 말이지? 그럼, 잠시만 기다리게. 내 자네 아들을 귀머거

리로 만들어 주겠네. 그걸로 확실히 깨닫게 될 걸세. 신성을 모독하
는 짓을 하면 어떻게 되는지 말이야!'"

아나그노스티 영감은 성호를 그었다.

"이까짓 건 아무것도 아니라네." 영감이 말했다. "참 고마운 일이
야! 성모님께서 나를 장님이나, 바보나, 꼽추나, 무엇보다 — 전지전
능하신 하느님, 우리를 굽어살피소서! — 여자로 만드셨으면 어쩔
뻔했는가? 거기에 비하면 댈 것도 아니지. 그저 성모님 은총에 감사
할 따름이라네."

영감은 잔을 채웠다.

"성모님께서 우리를 오래오래 보살펴 주시기를!" 영감이 잔을 쳐
들면서 말했다.

"아나그노스티 아저씨의 건강을 위하여! 백 살까지 사시고, 손자
의, 손자의 손자까지 보시기를!"

영감은 포도주를 단숨에 비우고는 콧수염을 닦았다.

"아니네, 친구." 영감이 말했다. "그건 욕심일세. 손자까지 봤는데
뭘 더 바라. 이제 갈 때도 됐지. 난 늙었네, 친구들. 허리에 든 씨앗주
머니도 말랐어. 그것도 못 한다네 — 하고 싶은데, 욕심만큼 안 돼 —
씨앗을 못 뿌려요. 자식 만드는 그 씨앗 말이네. 그러니 내가 무슨 낙
으로 살아가겠나?"

아나그노스티 영감은 다시 잔을 채우더니 허리 주머니에서 월계
수 잎으로 싼 호두와 말린 무화과를 꺼내 우리에게 나눠 주었다.

"다 줬다네. 자식들한테." 영감이 말했다. "빈 털털이가 됐어. 그
래, 빈 털털이. 하지만 불평할 생각은 없네. 필요한 건 하느님이 다

갖고 계시니까 말일세!"

"하느님은 필요한 거 다 갖고 있겠지만, 아나그노스티 영감님." 조르바가 영감 귀에다 대고 소리쳤다. "하느님이나 그렇지, 우리는 안 그렇잖아요. 그 늙은 짠돌이가 우리한텐 국물도 없잖아요!"

"그런 말 하는 거 아닐세!" 영감이 소리쳤다. "그분 비위를 건드리지 말게! 자네도 알잖나, 그 가여운 늙은이도 우리만 믿고 산다는 거 말일세!"

바로 그때, 아나그노스티 영감 아내가 들어오더니, 순종적인 태도로 도자기에 담긴 그 유명한 별미와 포도주가 담긴 큰 주전자를 묵묵히 날랐다. 영감 아내는 식탁을 차리고 나서 두 손을 포개고는 눈을 아래로 깐 채 가만히 서서 대기했다.

나는 이 오드되브르를 맛봐야 한다는 게 구역질나게 싫었지만 거절할 용기가 없었다. 조르바는 안절부절못하는 나를 곁눈질로 지켜보면서 재미있어 하고 있었다.

"이렇게 맛있는 음식은 아무 때나 먹을 수 있는 게 아니오, 대장." 조르바가 못을 박았다. "까다롭게 굴 일이 아니에요."

아나그노스티 영감이 씩 웃었다.

"그건 사실이네. 정말 맛있네. 먹어 보면 알 걸세. 입에서 살살 녹지! 게오르기오스 왕자님이 — 그분을 위해 그때 그 시간에 축복이 있기를! — 산으로 올라와서 우리 수도원을 방문했을 때, 수도승들이 왕자님에게 걸맞은 성찬을 차렸다네. 그런데 다른 사람들한테는 고기를 대접하고, 왕자님한테는 달랑 수프만 한 접시 올렸네. 왕자님은 숟가락을 들고 수프를 젓기 시작했다네. '이것들, 콩이오?' 왕자님이 놀라서 물었네. '흰 강낭콩이군. 안 그렇소?' '전하, 맛을 한번 보십시오.' 대수도원장 영감이 말했네. '일단 맛을 보시면, 그때 말씀 올리겠습니다.' 왕자님은 한 숟가락 푹 떠서 먹더니, 한 숟가락, 한 숟가락, 게 눈 감추듯 다 먹어 치우고는 입맛을 다셨다네. '이렇게 맛있는 음식이 있다니, 도대체 무슨 음식이오?' 왕자가 물었네. '무슨 콩이기에 이리도 맛이 있소? 골만큼 맛있군요!' '콩이 아닙니다, 전하.' 늙은 대수도원장이 껄껄 웃으면서 말했다네. '콩일 리가요! 이 근방 수탉을 모조리 거세해 가져온 것입니다!'"

영감이 낄낄거리면서 한 점을 포크로 쿡 찍어 입에 넣었다.

"왕자님한테 딱 어울리는 음식이지!" 아나그노스티 영감이 말했다. "자, 아 해 보게."

내가 입을 벌리자, 영감이 한 점을 쏙 넣어 주었다.

영감은 다시 잔들을 채웠고, 우리는 영감의 손자가 건강하게 자라기를 기원하면서 잔을 비웠다. 아나그노스티 영감의 눈이 빛났다.

"아나그노스티 아저씨, 손자가 뭐가 되었으면 좋겠습니까?" 내가 물었다. "말씀해 주셔야 저희가 빌어 드리지요."

"글쎄, 뭐가 되길 바라면 좋을까? 그렇지, 바른 길로 가서, 좋은 사내가 되고, 한 집의 가장이 돼서, 그 아이 역시 장가를 들고, 자식을 낳고, 손자를 보면 좋겠네. 그리고 손자들 중에 한 놈은 날 닮아서, 나이 많은 마을 사람들이 이런 소리를 했으면 좋겠어. '내가 뭐랬나, 아나그노스티 영감을 ─ 하느님, 영감의 영혼을 신성하게 하소서! ─ 쏙 빼닮았다고 하지 않았나. 참 좋은 사람이었지!'"

"마룰리아!" 영감이 아내 쪽을 쳐다보지도 않고 불렀다. "마룰리아, 포도주 좀 더 가져와서 여기 주전자 좀 채워!"

바로 그때, 담장 쪽문이 돼지의 세찬 일격을 받고 무너지면서, 돼지가 꿀꿀거리며 뜰로 뛰어들었다.

"많이 아팠나 봐요, 불쌍한 짐승 같으니." 조르바가 안쓰러워하면서 말했다.

"당연히 아프지!" 늙은 크레타인이 껄껄 웃으며 말했다. "자네 거시기가 까였다고 생각해 보게. 안 아프겠는가."

조르바는 자리에 꼭 붙들린 채 안절부절못했다.

"저 귀머거리 고자 영감탱이, 혀를 확 잘라 버릴까 보다!" 조르바가 겁에 질린 채 툴툴거렸다.

돼지는 우리 앞까지 달려와서 우리를 무섭게 노려보았다.

"이놈이 아는 게야. 우리가 자기 거시기를 먹고 있다는 걸 말이야." 그동안 마신 포도주에 기분이 좋아질 대로 좋아진 영감이 말했다.

그렇지만 우리는 올리브나무 은빛 가지들 사이로 저녁놀에 분홍빛으로 물드는 바다를 바라보면서 식인종들처럼 묵묵히 기꺼운 마음으로 별미를 먹고, 붉은 포도주를 마셨다.

어둑어둑해질 무렵, 우리는 노인 집에서 나왔다. 조르바도 기분이 좋아져서 말이 하고 싶었다.

"대장, 그저께 뭐라고 했소? 사람들 눈을 뜨게 만들고 싶다고 했지요? 그래요, 그럼 아나그노스티 아저씨를 생각해서 지금 당장 돌아가 그 늙은이 눈이나 뜨게 해 줘요! 그 부인이 영감탱이 앞에서 어떻게 구는지 봤잖소. 개처럼 애처롭게 명령이나 기다리면서 말이오.

지금 당장 가서 가르쳐요. 계집도 사내하고 똑같은 권리가 있다, 돼지가 생살을 드러낸 채 눈앞에서 계속 꿀꿀거리는데도 돼지 '거시기'를 먹는 건 잔인한 짓이다, 굶어죽어 가면서도 다 갖고 있는 하느님한테 감사하는 건 덜 떨어져도 한참 덜 떨어진, 미친 지랄이다! 구구절절 헛소리나 늘어놔 봐야 그 늙은이한테 뭔 득이 되겠소? 못살게만 굴 뿐이지. 그 부인은 또 뭘 배울 것 같소? 불 속에다 비곗덩어리 집어던지는 꼴이지. 부부싸움이 시작되고, 암탉이 수탉 되겠다고 덤비고, 그러다 본격적으로 한판 뜨고, 사방에 털이 날리고……! 사람들을 그냥 내버려 둬요, 대장. 눈뜨게 하지 말라고요. 눈뜨게 했다고 칩시다. 그 사람들 눈에 뭐가 보이겠소? 비참한 자기네 모습들이오! 눈감은 채 살게 둬요, 대장. 계속 꿈꾸게 두라고요!"

조르바는 잠시 아무 말도 하지 않고 머리만 벅벅 긁었다. 생각하는 중이었다.

"만일에." 조르바가 말했다. "만일에 말이오……."

"만일에 뭐요? 속 시원히 말해 봐요."

"만일에 사람들이 눈을 떴을 때, 당신이 그 사람들한테 이 어두운 세상보다 더 밝은 세상을 보여 준다면, 그 땐 얘기가 달라져요. 그럴 수 있겠소?"

나는 모르고 있었다. 무엇을 파괴해야 하는지는 너무도 잘 알고 있었지만, 그 폐허에 무엇을 세워야 하는지는 모르고 있었다. 나는 생각했다. 무엇을 세워야 할지 확실히 아는 사람은 아무도 없다. 이 늙은 세상은 만져서 알 수 있을 만큼 확실하고 견고하다. 우리는 매순간 이 세상과 싸우면서 이 세상에서 살아가고 있다 — 이 세상은 존재한다. 미래의 세상은 아직 생겨나지 않았다. 미래의 세상은 알기가 어렵고, 유동적이며, 꿈들이 엮여 만들어진 호롱불에서 새어나오는 빛으로 이루어진 세상이다. 미래의 세상은 미쳐 날뛰는 바람 — 사랑, 증오, 망상, 행운, 신 — 에 시달리는 구름이다……. 세상에서 가장 위대한 예언자는 이제 인간에게 암호 말고는 아무것도 던져 주지 못하고 있으며, 모호한 암호를 던질수록 예언자는 더 위대해진다.

조르바는 경멸 어린 웃음을 지으며 나를 쳐다보았다. 나는 고통스러웠다.

"좋은 세상을 보여 줄 수 있습니다!" 내가 대답했다.

"그래요? 그럼, 한번 들어 봅시다!"

"설명할 수가 없습니다. 못 알아들을 겁니다."

"그건 바로 보여 줄 게 없다는 뜻이오!" 조르바가 고개를 절레절레 흔들며 되받아쳤다. "꼴통 취급 하지 말아요, 대장. 누가 당신한테 날 타고난 꼴통이라고 했는지는 모르겠지만, 그건 날 몰라서 하는 소리요. 교육 받은 거야 아나그노스티 영감하고 다를 게 없지만, 어디를 봐도 그렇게 멍청하진 않소! 좋아요, 내가 이해를 못 한다고 칩니다. 그럼 그 가여운 친구나, 그 멍텅구리 여편네는 이해할 것 같소? 이 세상 수많은 아나그노스티들은요? 그 사람들한테 보여 줄 게 고작 더 많은 어둠이란 말이오? 그 사람들, 지금까지 아주 잘해 왔소이다. 새끼도 낳고, 손자도 보면서. 신이 귀머거리로 만들고, 장님으로 만들어도 '아이고, 다행이다!' 하면서. 자기들 처지가 비참해야만 집에 있는 것처럼 편안해하면서 말이오. 그러니까 그대로들 살게 두고, 찍 소리도 하지 말아요."

나는 찍 소리도 하지 않았다. 우리는 그 과부네 정원을 지나고 있었다. 조르바는 잠시 걸음을 멈추고 한숨을 푹 쉬었지만 말은 하지 않았다. 한 차례 소나기가 지나간 게 분명했다. 공기에서 신선한 흙 냄새가 났다. 저녁별이 나왔다. 초승달이 빛나고 있었다. 녹색이 감도는 포근한 노란색 남포등 갓 같았다. 하늘이 감미로움으로 넘쳐흘렀다.

나는 생각했다. '저 사내는 학교 근처에도 못 가 봐서 머릿속이 더럽혀진 적이 없다. 모든 방식이 경험에서 우러난 것이며, 마음이 열려 있고, 심장은 크게 자랐으며, 원시적인 대담함을 티끌만큼도 잃지 않았다. 우리가 찾는 그 모든 문제들, 너무 복잡하거나 해결할 수 없는 문제들을, 저 사내는 칼로 자르듯 곧바로 뚫고 나아간다. 알렉산더 대왕이 고르디우스의 매듭을 자르듯이 말이다. 겨냥은 빗나가지 않는다. 빗나갈 수가 없다. 두 발에 온몸의 하중을 다 실어 대지에 단단히 찔러 넣기 때문이다. 아프리카 야만인들이 거대한 독사를 숭배하는 이유도, 거대한 독사가 온몸으로 대지를 어루만지는 까닭에 대지의 비밀을 모두 다 알고 있다고 믿기 때문이다. 거대한 독사는 대지의 비밀을 배로 알고, 꼬리로 알고, 머리로 안다. 늘 어머니 대지와 접촉하고, 몸을 섞는다. 조르바의 정확함과 같다. 교육 좀 받았네 하는 우리 같은 놈들은 허공의 골 빈 새나 다름없다.'

하늘에 별이 많아졌다. 별들은 하나같이 인간을 차갑고, 모질고, 몰인정하게 대하면서 깔보았다.

우리는 더 이상 말을 하지 않았다. 둘 다 겁에 질려 하늘을 뚫어지게 쳐다보았다. 동쪽에서 매초마다 새로운 별들이 불을 더 붙여 대는 바람에 불길이 점점 크게 번져 갔다.

오두막에 도착했다. 나는 입맛이 전혀 없어서 바닷가에 있었다. 조르바는 불을 피워 요리를 해 먹고 나서 나 있는 곳으로 올 생각이었는데 음식을 먹고는 마음을 바꿔 매트리스에 누워 잠이 들었다.

바다는 죽은 듯이 고요했다. 대지도 쏟아지는 별똥별 아래 누워 뒤척이지도 않고 고요히 침묵했다. 개 짖는 소리도 들리지 않고, 밤새 우는 소리도 들리지 않았다. 우리는 들을 수 없는 저 먼 곳 혹은 우리 안의 깊은 심연에서 절규하는 수천의 울음소리로 이루어진 고요, 도둑 같고, 위험하고, 절대적인 고요였다. 인식할 수 있는 것은 오직 관자놀이와 목의 핏줄 안에서 피가 고동치는 소리뿐이었다.

호랑이의 노래다! 소름이 쫙 끼쳤다.

인도에서는 밤이 이슥해질 무렵이면, 멀리서 들려오는 맹수의 하품 소리 같은 느린 저음의 슬프고 단조로운 야생의 노래 — 호랑이의 노래 — 를 부른다. 사내가 잔뜩 긴장한 채 기대하는 동안 사내의 심장은 마구 날뛰면서 배출구를 찾는다.

이 무시무시한 노래를 생각하는 동안 두려움이 점점 밀려들어와 가슴속의 빈자리를 메웠다. 귀가 살아나자 침묵은 외침이 되었다. 마치 영혼 자체가 이 노래로 이루어져 있으며, 영혼이 이 노래를 들으려고 육체에서 도망쳐 나오는 듯했다.

몸을 숙여 손으로 바닷물을 떠서 이마와 관자놀이를 축였다. 기분이 상쾌해졌다. 존재의 심연에서는 외치는 소리들이 협박하듯이 메아리치면서 혼란스러워하며 못 견뎌 하고 있었다 — 내 안에 있는 호랑이가 으르렁거리고 있었다.

갑자기 목소리가 또렷이 들렸다. 부처의 목소리였다. 나는 바닷가를 따라 도망치듯이 빠르게 걷기 시작했다. 그 즈음 밤에 혼자 있고, 사방이 쥐죽은 듯 고요하면 가끔씩 부처의 목소리가 들렸다 — 처음에는 만가처럼 비통하고 애처로웠다. 그러다가 화를 내고, 꾸짖고, 강요하는 목소리로 변했다. 그리고 때가 되면 자궁을 떠나는 어린애처럼 가슴속에서 마구 발길질을 했다.

분명히 한밤중이었다. 하늘에 먹구름이 모여들더니 손에 굵은 빗방울이 뚝 떨어졌다. 하지만 신경 쓰지 않았다. 불타는 공기에 다시 한번 나를 내던졌다. 두 관자놀이 사이에서 불길이 혀를 날름거리는 게 느껴졌다.

나는 몸을 떨었다. 그리고 생각했다. '때가 되었구나. 윤회의 수레바퀴가 나를 실어가고 있다. 불가사의한 괴로움으로부터 내 자신을 해방시킬 때가 되었다.'

황급히 오두막으로 돌아가 등불을 켰다. 조르바는 불빛을 느끼자 눈꺼풀을 껌뻑껌뻑하다가 눈을 뜨고는 종이 위로 몸을 숙인 채 글을 쓰고 있는 나를 보았다. 그러더니 뭐라고, 뭐라고 웅얼거리고는 무뚝뚝하게 벽 쪽으로 돌아누워 다시 곯아떨어졌다.

정신없이 써내려갔다. 급했다. 내 안의 부처는 떠날 준비가 되어 있었고, 나는 상징으로 뒤덮인 푸른 리본처럼 부처가 나의 뇌리에서 빠져나오는 것을 볼 수 있었다. 푸른 리본은 마구 쏟아져 나왔고, 나는 그것을 붙들려고 안간힘을 썼다. '모든 게 단순해졌다. 아주 단순해졌다.' 쓰는 게 아니었다. 베끼는 것이었다. 동정과 체념과 공기로 이루어진 온 세상이 눈앞에 모습을 드러내고 있었다. 부처의 궁전과

하렘의 여자들, 황금 마차와 세 번의 숙명적인 조우 — 늙은 자와 병든 자, 그리고 죽음 — 와, 출가와 금욕 생활, 해탈과 구원 선포. 대지는 노란 꽃으로 뒤덮였다. 거지들과 샛노란 가사를 걸친 왕들, 돌들과 나무들과 육체는 가벼워졌다. 영혼은 연무가 되고, 연무는 정신이 되었으며, 정신은 '무'가 되었다⋯⋯. 손가락이 아파 오기 시작했지만, 나는 멈추지 않았고, 멈출 수도 없었다. 환영은 순식간에 스치듯 지나가면서 사라졌다. 그걸 붙들어야 했다.

아침에 조르바는 원고에 머리를 처박은 채 자고 있는 나를 발견했다.

6

깨어 보니 해가 중천이었다. 펜을 너무 오래 쥐었던 탓에 오른손 관절이 뻣뻣했다. 손가락을 오므릴 수가 없었다. 부처의 폭풍이 나를 덮쳤다 사라지고, 나는 지치고 텅 빈 채 남겨졌다.

바닥에 흩어진 종이들을 주우려고 몸을 앞으로 숙였다. 하지만 원고를 들여다볼 기운도 없고, 갑자기 불어닥친 그 모든 영감들은 한낱 꿈에 지나지 않으며, 게다가 말에 갇혀 타락한 꼴은 더더욱 보기 싫다는 듯이 들여다보고 싶은 마음도 없었다.

비가 부드럽게 소리 없이 내리고 있었다. 조르바가 피워 놓고 나간 화롯불에 손을 쬐면서 먹지도 움직이지도 않고, 계절을 알리는 첫 비가 다정하게 내리는 소리만 들으면서 오전을 다 보냈다.

아무 생각도 하지 않았다. 뇌는 축축한 땅 속의 두더지처럼 머릿속 둥근 틀에 갇힌 채 쉬고 있었다. 가벼운 움직임 소리, 웅얼웅얼하는 소리, 땅을 갉아먹는 소리, 비 오는 소리, 씨앗 부푸는 소리가 들렸다. 남자와 여자가 만나 자식들을 낳았던 태곳적처럼 하늘과 땅이 교접

하는 것을 느꼈다. 내 앞에서 바다가 갈증을 풀려고 혀로 온 해안을 핥아 대는 짐승처럼 포효하는 소리가 들렸다.

　행복했다. 그리고 나는 그걸 알고 있었다. 행복을 체험하는 동안에는 행복하다는 걸 의식하기가 어렵다. 행복이 지나가 버린 뒤에야 비로소 뒤돌아보면서 문득 ― 소스라치게 놀라면서 ― 그동안 얼마나 행복했는지를 깨닫는다. 하지만 이 크레타 해안에서 나는 행복을 체험하고 있었고, 내가 행복하다는 것을 알고 있었다.

　검푸른 바다가, 그 어마어마한 갈증이 아프리카 해안까지 펼쳐져 있었다. 이따금씩 저 멀리 불타는 사막에서 아주 뜨거운 남풍이 불어왔다. 바다는 아침에는 수박 냄새 같은 향기를 내뿜었고, 낮에는 연무로 뒤덮인 채 아직 덜 여문 가슴처럼 가볍게 일렁거렸으며, 밤이면 장밋빛이 되었다가 가지색이 되고, 포도주 색이 되고, 그리고 짙푸른 색이 되었다.

　오후에는 밝고 고운 모래를 한줌 쥐었다가 흘려보내면서 손가락 사이로 빠져나가는 모래의 뜨겁고 보드라운 감촉을 즐겼다. 그 손 ― 모래시계 사이로 우리의 인생이 달아나 소멸된다. 스스로 소멸하는 것이다. 바다를 바라보는데, 조르바가 오는 소리가 났다. 행복한 나머지 관자놀이가 터질 지경이었다.

　어느 날 네 살배기 여조카 알카와 함께 장난감 가게에 들어가 장난감을 둘러보고 있었다 ― 그 해의 마지막 날이었다 ― 조카가 나에게 몸을 돌리더니 엄청난 말을 했다. '오르게 삼촌, 내가 자라는 뿔이라서 정말 좋아요!' 나는 소스라치게 놀랐다. 생명이란 얼마나 놀라운 기적인가! 뿌리를 아래로 깊숙이 내려 보내고, 만나고, 하나가 될 때,

그 모든 영혼은 서로 얼마나 많이 닮았는가! 순간 먼 도시의 박물관에서 보았던 흑단을 깎아 만든 부처가 떠올랐다. 칠 년의 번뇌 끝에 해탈에 이르러 최상의 기쁨에 잠겨 있는 모습이었다. 이마 양쪽 끝의 두 정맥이 심하게 부풀어 올라 살갗을 뚫고 나와서는 강철 스프링 같은, 두 개의 강력한 나선형 뿔이 되어 있었다.

오후가 다 지나갈 무렵, 가는 비가 멈추고, 하늘이 갰다. 나는 배가 고팠고, 배가 고픈 것이 기뻤다. 곧 있으면 조르바가 돌아와 불을 지피고 일상의 의식인 요리를 시작할 터였다.

"이것도 죽을 때까지 당신을 평생 따라다닐 숙제요." 조르바가 불을 피우고 냄비를 올리면서 자주 하던 말이다. "계집만 그런 게 아니오. 우라질 계집 같으니 — 계집도 끝없는 숙제인데 — 먹는 일도 그래요."

한 끼 식사를 한다는 것이 얼마나 기쁜 일인지를 이 해안에 와서야 처음으로 느꼈다. 저녁이면 조르바는 돌 두 개 사이에다 불을 피워 요리를 했다. 우리는 먹고 마시기 시작했고, 우리의 대화도 활기를 띠었다. 먹는다는 것은 영적인 의식이며, 고기와 빵과 포도주는 정신을 만드는 원료라는 것을 마침내 깨달았다.

고된 하루 일과가 끝나면, 조르바는 먹고 마시기 전까지는 행동이 굼뜨고, 말에도 짜증이 섞여 있었으며, 그마저 억지로 시켜야만 마지못해 몇 마디 할 뿐이었다. 마지못해 움직이고, 다 귀찮아했다. 하지만 엔진에 연료를 퍼 넣고 가동하기만 하면 조르바의 몸은 어느새 다시 생기를 되찾아, 녹초가 되어 삐걱거리던 기계가 속도를 내면서 다시 작동하기 시작했다. 눈에는 불이 켜지고, 기억들이 되살아났으며,

발에는 날개가 자라 춤을 추었다.

"당신이 먹은 음식으로 뭘 만드는지 말해 봐요. 그러면 당신이 어떤 사람인지 말해 주리다. 누구는 음식으로 비곗덩어리나 비료를 만들고, 누구는 일거리나 유머를 만들고, 나머지는, 누가 그러는데, 하느님까지 만든답디다. 인간은 이렇게 딱 세 가지 부류요. 난 제일 형편없는 축은 아니오, 대장. 그렇다고 제일 좋은 축에 드는 것도 아니지만. 두 번째 어디쯤 끼어 있을 거요. 난 내가 먹은 걸로 일거리를 만들고, 유머를 만듭니다. 뭐가 어쨌든, 그다지 나쁜 편은 아니지요!"

조르바는 장난꾸러기같이 나를 바라보더니 소리 내어 웃기 시작했다.

"그런데 말이오, 대장." 조르바가 말했다. "당신은 하느님을 만드는 제일 높은 축에 드는 것 같소. 하지만 별로 잘하지는 못 해요. 그래서 괴로운 거고요. 당신한테 일어나고 있는 일하고 똑같은 일이 까마귀한테도 일어났었소."

"까마귀한테 무슨 일이 있었는데요, 조르바?"

"그게, 있잖소, 까마귀는 원래 걸음을 지체 높은 양반처럼 의젓하게 —아무튼 까마귀답게 걸었소. 그런데 어느 날부턴가 비둘기처럼 꽁지를 세우고 거드럭거리며 걸어야겠다는 생각이 머리에 박혀 떠나질 않지 뭐요. 그리고 그때부터 이 가여운 친구는 자기한테 어울리게 살지 못하고, 원래 걸음걸이도 잊어버리고 말았다오. 그래서 걸음걸이가 그렇게 뒤죽박죽인 거요. 알죠? 뒤뚱뒤뚱. 짝이 다른 두 다리를 한데 묶어 놓은 것처럼 말이오."

고개를 들었다. 갱도 밖으로 걸어 올라오고 있는 조르바의 발걸음 소리가 들렸다. 곧이어 조르바가 긴 얼굴에 오만상을 하고, 두 팔을 축 늘어뜨린 채 터덜터덜 다가오고 있는 게 보였다.

"별일 없었길 바라오, 대장." 조르바가 기운이 쭉 빠져 말했다.

"고생 많았습니다, 조르바. 그래, 오늘 일은 어땠습니까?

그는 대답하지 않았다.

"불이나 피워야겠소." 조르바가 말했다. "저녁 준비 해야지요."

그는 구석에서 장작을 한 아름 안고 밖으로 나가, 두 개의 돌 사이에 있는 장작더미에 장작을 예술적으로 쌓아올려 놓고 불을 붙였다. 그러고는 그 위에 도자기 냄비를 올린 다음, 물을 조금 붓고, 양파와 토마토와 쌀을 넣어 요리를 시작했다. 그러는 동안 나는 낮고 둥근 식탁에 식탁보를 깔고, 밀로 만든 빵을 두껍게 썬 다음, 우리가 도착하자마자 아나그노스티 영감이 보내 준 무늬 있는 호리병박 잔에 포도주를 가득 따랐다.

조르바는 냄비 앞에 무릎을 꿇고는 말없이 불만 빤히 쳐다보고 있었다.

"자식은 있습니까, 조르바?" 느닷없이 물었다.

조르바가 돌아다보았다.

"그건 왜 물어요? 딸 하나 있소."

"결혼했습니까?"

조르바가 껄껄 웃기 시작했다.

"왜 웃는 거요, 조르바?"

"빤한 걸 물으니까 그렇지요! 당연히, 결혼했소이다. 바보도 아닌데. 칼키디키에 있는 프리비슈타 근처 구리 광산에서 일할 때였소. 어느 날, 야니 형님이 편지를 보냈지 뭐요. 아이고, 맙소사! 형님 이 야기를 한다는 걸 깜빡했소이다! 형님은 사리분별이 확실하고, 집밖 으로는 한 발짝도 안 나가는 고리대금업자에다, 위선적인 열성 기독 교인에, 그야말로 진정한 사회의 기둥이지요……. 지금은 살로니카 에서 구멍가게를 하고 있어요. '동생 알렉시스에게.' 이렇게 썼더군 요. '네 딸 프로소가 타락했어. 우리 가문에 먹칠을 했지. 정부가 있 어. 그놈 애까지 낳았지. 우리 명예가 땅에 떨어졌어. 마을로 가서 그 년 목을 따 버릴 거야.'"

"그래서 어떻게 했습니까, 조르바?"

조르바는 어깨를 으쓱하더니 말했다.

"아, 계집년들이 말썽이라니까! 이 말 한마디하고, 북북 찢어 버렸 지요, 뭐."

조르바는 쌀을 휘휘 젓고, 소금을 넣고는 씩 웃었다.

"조금만 기다려 봐요. 재미있는 부분이 남았으니까. 두 달인가 석 달 뒤에 형님한테서 편지가 또 왔다오. '내 동생, 너에게 건강과 행복 이 함께하기를.' 그 등신이 이렇게 썼더군요. '우리 명예는 안전해. 이제 너도 고개를 들고 다녀도 돼. 의문의 그 사내하고 네 딸 프로소 가 결혼을 했어!'"

조르바가 나를 돌아다보았다. 물고 있는 담배 불이 번뜩이는 그의 눈을 비추었다. 조르바는 다시 한번 어깨를 으쓱했다.

"아, 사내새끼들도 참!" 그는 극단적으로 경멸하며 말했다.

그러고는 한숨 돌리고 나서 말을 이었다.

"계집년들한테 뭔가를 바란다는 게 말이 되오? 어느 놈이든 먼저 온 놈하고 붙어서 새끼를 까는 것들인데. 그럼, 사내새끼들한테는 뭘 바라느냐고요? 바라긴 뭘 바랍니까? 등신같이 함정에 푹 빠지는 것들한테. 명심해요, 대장!"

조르바가 냄비를 불에서 내렸고, 우리는 저녁을 먹기 시작했다.

조르바에게 걱정거리가 있는 것 같았다. 나를 보면서 입을 열었다가 닫았다. 기름등잔 불빛으로 그의 눈에 걱정과 불안이 어려 있는 게 보였다.

그런 모습을 보고 있기가 힘들었다.

"조르바." 내가 말했다. "나한테 말하고 싶은 게 있는 것 같습니다. 있으면 말해 봐요. 어서요, 어서. 털어놔요. 속이 후련해질 겁니다."

조르바는 그래도 가만히 있었다. 작은 자갈 하나를 주워 창문 밖으로 세게 던졌다.

"애꿎은 돌멩이는 놔둬요! 말해 봐요!"

조르바는 주름진 목을 쭉 폈다.

"날 믿소, 대장?" 조르바가 불안한 눈길로 말했다.

"그럼요, 조르바." 내가 대답했다. "당신은 뭘 하든, 나쁜 짓을 할 리가 없소. 하고 싶어도 할 수가 없습니다. 당신은 사자 같거든요. 아니면 늑대라고 해 둡시다. 그런 짐승들은 결코 양이나 당나귀처럼 행동하지 않습니다. 절대로 천성을 거스르지 않지요. 그리고 당신도요. 당신은 손톱 끝까지 조르바예요."

조르바는 고개를 끄덕였다.

"그런데 그 안개 같은 이상이 어디로 가고 있는 건지 도통 모르겠소!" 그가 말했다.

"그건 내가 아니까 그 일에 대해서는 걱정하지 말아요. 그냥 밀어 붙여요!"

"한 번 더 말해 줘요. 용기를 줘 봐요."

"밀어붙여요!"

조르바의 눈이 빛났다.

"그러면 말하리다. 지난 며칠 동안 머릿속에 썩 괜찮은 계획이 떠올랐소. 정말 끝내 주는 생각이오. 밀어붙여도 되겠소?"

"굳이 물어볼 필요가 있습니까? 우리가 무엇 때문에 여길 왔는데요. 생각을 실천에 옮기려고 온 거잖아요."

조르바는 목을 쭉 잡아 빼더니, 기쁨과 두려움이 섞인 눈빛으로 나를 쳐다보았다.

"알아듣기 쉽게 좀 말해요, 대장!" 조르바가 소리를 질렀다. "여기 탄 캐러 온 게 아니오?"

"탄은 구실일 뿐이오. 지역 사람들이 꼬치꼬치 캐묻지 못하게 하는 거지요. 그리고 그래야 우리를 착실한 계약자로 볼 테고, 우리한테 환영 인사로 토마토를 집어던지지도 않을 테니까요. 알겠어요, 조르바?"

조르바는 어안이 벙벙했다. 이해하려고 무진 애를 썼지만 이러한 행복이 도무지 믿어지지가 않는 것 같았다. 그래도 내 말이 틀린 게 없다고 생각했다. 그는 나에게 달려들어 어깨를 잡았다.

"춤추겠소?" 조르바가 강권하듯이 물었다. "춤추겠소?"

"됐습니다."

"됐다고요?"

조르바는 당황해서 두 팔을 축 늘어뜨렸다.

"흠, 알겠소." 잠시 후 조르바가 말했다. "그럼 나 혼자 추겠소, 대장. 멀찍이 떨어져 앉아요. 들이받힐지도 모르니까."

조르바는 펄쩍 뛰어 오르더니, 오두막 밖으로 뛰쳐나가, 신발과 외투와 조끼를 벗어 던지고는 바지를 무릎까지 둘둘 말아 올린 다음 춤을 추기 시작했다. 얼굴에는 아직 시커먼 탄이 묻어 있었다. 그의 흰자위가 번뜩였다.

조르바는 손뼉을 탁탁 치더니 펄쩍 뛰어 올라 공중에서 발끝으로 도는 발레 동작을 한 다음, 무릎으로 착지하고는, 다리를 끌어당겼다가 다시 껑충 뛰어오르면서 혼신을 다해 춤을 추었다 — 마치 고무 인간 같았다. 그는 자연의 법칙을 물리치고 날아가 버리고야 말겠다는 듯이 갑자기 무시무시하게 공중으로 튀어 올랐다. 누군가 이 모습을 보았다면, 조르바의 이 늙은 육체 안에 자신의 육체와 자기 자신을 쏘아 올려서는 어둠속으로 유성처럼 쏘아 보내고 싶어 하는 고뇌하는 영혼이 들어 있다고 느꼈을 것이다. 바로 그 영혼이 조르바의 육체를 뒤흔들었다. 그 영혼은 육체가 허공에 오래 머물지 못하고 계속 땅으로 떨어져 되돌아올 때마다 무정하게 다시 뒤흔들었다. 가여운 이 늙은 육체는 이번에는 조금 더 높이 튀어 올라갔지만 또 다시 떨어져 숨을 헐떡거렸다.

조르바는 이맛살을 찌푸렸다. 걱정스러울 정도로 매섭고 날카로운 기운이 얼굴에 서려 있었다. 이제는 소리도 지르지 않았다. 이를 악물고는 불가능한 것을 이루려고 기를 썼다.

"조르바! 조르바!" 내가 외쳤다. "이제 그만 해요!"

나는 조르바의 늙은 육체가 이러한 격렬함을 견디지 못하고 산산 조각나면서 튀어 올라 하늘에서 사방으로 흩어져 사라져 버릴까 봐 두려웠다.

하지만 아무리 외친들 무슨 소용 있겠는가? 대지에서 외치는 소리를 조르바가 어떻게 듣는단 말인가? 그의 몸속 기관은 새의 기관과 같아졌다.

나는 불안해하면서 이 야만인과 격렬한 춤을 눈으로 좇았다. 나는 어릴 때 친구들에게 엄청난 거짓말을 늘어놓고는 했다. 상상이 가는 대로 마구 이야기를 하고 나서 스스로도 진짜처럼 믿어 버리게 되는 그런 이야기들이었다.

"할아버지가 어떻게 돌아가셨는데?" 어느 날 학교 친구가 물었다.

나는 그 즉시 없는 이야기를 지어내기 시작해, 더 많이 지어내고, 더 많이 믿었다.

"우리 할아버지는 수염이 하얗고, 고무신을 신었어. 어느 날 우리 집 지붕에서 펄쩍 뛰어내렸는데, 발이 땅에 닿자마자, 우리 집보다 높이 공처럼 튀어 오르더니 더 높이 튀어 오르고, 점점 더 높이 튀어 올라서 구름 속으로 사라져 버렸어. 그렇게 돌아가셨어."

없는 이야기를 꾸며 내고 나서는 성 미나스라는 작은 교회에 갈 때마다, 바닥에 그려져 있는 예수 승천도를 보면서 어린 내 친구들에게 말했다.

"저기, 고무신 신고 있는 사람이 우리 할아버지야!"

그런데 수많은 세월이 흐르고 난 이 저녁에, 나는 공중으로 튀어

오르는 조르바를 보면서 어린 시절의 유치한 이야기가 다시 반복되어, 그가 구름 속으로 사라져 버릴지도 모른다는 공포와 두려움 속에서 간신히 버티고 있었다.

"조르바! 조르바!" 내가 소리쳤다. "그만 좀 해요!"

마침내, 조르바가 땅바닥에 쭈그리고 앉아 숨을 헐떡였다. 조르바의 얼굴에서 광채가 났다. 그는 행복에 젖어 있었다. 회색 머리카락은 이마에 착 들러붙어 있었고, 탄가루로 범벅이 된 땀이 뺨과 턱으로 흘러내리고 있었다.

나는 걱정스럽게 조르바를 굽어보았다.

"아주 개운하오!" 잠시 후 조르바가 말했다. "피 좀 흘린 기분이오. 이제 괜찮소이다."

조르바는 오두막으로 돌아가서 화로 앞에 앉아 빛나는 표정을 지으면서 나를 바라보았다.

"무슨 일로 그렇게 춤을 췄습니까?"

"그럼 나더러 어쩌란 말이오, 대장? 좋아서 숨도 못 쉬겠는걸. 숨구멍을 찾을 수밖에요. 어떤 숨구멍이냐고요? 말? 쳇!"

"뭐가 그리도 좋은데요?"

조르바의 얼굴에 다시 구름이 끼었다. 그의 입술이 떨리기 시작했다.

"뭐가 좋으냐고요? 그래요, 방금 전에 당신이 말했잖소, ……뭐라고. 그건 그냥 해 본 소리요? 당신 자신도 그 일에 대해서 잘 모르고 있는 거 아니오? 당신이 그랬잖소. 우리는 여기 탄을 캐러 온 게 아니라고. 그게 당신이 한 말이오. 그렇지요? 우리는 시간을 때우러 여기 온 거고, 사람들을 헛다리짚게 만들어서, 우리를 정신병자 취급하면서 토마토를 던지지 못하게 하자고요! 그렇다면, 우리 둘만 있을 때, 그리고 보는 사람이 아무도 없을 때는 웃고 떠들면서 즐겨도 된다, 이런 뜻이잖소! 내 말이 틀렸소이까? 맹세컨대, 나도 원하는 바요. 하지만 그걸 제대로 깨닫지 못했소. 어떤 때는 탄 생각하고, 어떤 때는 부불리나 생각하고, 어떤 때는 당신 생각하고…… 그러느라고 정신이 없었소. 갱도에서 탄을 캘 때는 이렇게 말했다오. '내가 바라는 건 탄이다!' 그러고는 머리부터 발끝까지 탄이 되었소. 하지만 그 후에, 일이 끝나고, 그 늙은 암퇘지하고 난리법석을 떨 때는 — 부불리나에게 복이 있기를! — 이렇게 말했지요. '빌어먹을 갈탄 부대들하고 대장 놈들은 몽땅 목이나 매달으라지! — 부불리나 목에 감긴 작은 리본으로 — 그리고 조르바 놈도 같이 목이나 매달라고 해!' 그러고 나서 나 혼자 있을 때나, 할 일이 하나도 없을 때는 당신 생각을 했다오, 대장. 그러면 마음이 약해졌지요. 양심을 짓눌렀어요. '조르바, 이놈아, 그건 부끄러운 짓이야.' 하고 소리쳤다오. '그 착한 사내를 바보로 만들고, 그 사람 돈을 몽땅 꿀꺽하다니, 부끄러운 줄 좀 알아라. 조르바, 너, 조르바, 너, 도대체 언제까지 건달로 지낼 셈이냐? 그만큼 해처먹었으면 이제 작작 좀 해!' 있잖소, 대장, 내가 어떤 놈인지 모르고 있었소. 한쪽에서는 악마가, 또 한쪽에서는 하느님이 나를 끌어당겼다오. 그 둘은 나를 딱 반으로 갈랐소. 그런데, 복받을 거요, 대장, 당신은 위대한 걸 이야기했소. 그리고 이제 모든 게 확실히 보이오. 봤고, 이해했소이다! 그럼, 동의한 거요! 어서 시작합시다! 돈이 얼마나 남았습니까? 이리 내요! 다 써 버립시다!"

조르바는 이마를 비비고는 주위를 둘러보았다. 작은 식탁에 음식이 아직 남아 있었다. 조르바는 남은 음식으로 긴 팔을 뻗었다.

"이거 좀 먹어도 되오?" 조르바가 물었다. "또 배가 고프네요."

그러고는 빵 한 조각과 양파 한 개, 올리브 한 줌을 집어 갔다.

조르바는 게걸스럽게 먹어 대고, 호리병박 잔을 기울여, 잔을 입술에 대지도 않은 채 포도주를 꿀꺽꿀꺽 삼켰다. 그러고는 쩝쩝거렸다. 만족한 것이다.

"이제 좀 살 것 같네그려." 조르바가 말했다.

그러더니 윙크를 하고는 물었다.

"좀 웃어요. 왜 그런 눈으로 쳐다봐요? 나, 이런 놈이오. 내 속에 소리를 지르는 악마가 살고 있소. 난 그놈이 시키는 대로 합니다. 내가 어떤 감정에 붙들려 있다 싶으면, 그놈이 이럽니다. '춤춰!' 난 춤을 추지요. 그러고 나면 살만해져요! 이런 적도 있소. 그때 칼키디키에서 살았는데, 디미트라키, 그 어린 자식 놈이 죽었지 뭐요. 나는 벌떡 일어나서 방금 전에 한 것처럼 춤을 추었다오. 친척들하고 친구들이 내가 시신 앞에서 춤을 추는 걸 보고는 달려들어 뜯어말렸소. '조르바가 미쳤다!' 사람들이 소리쳤지요. '조르바가 미쳐 버렸어!' 하지만 그때 춤을 추지 않으면 진짜로 미쳐 버렸을 거요 — 비통해서. 맏아들이었거든요, 세 살밖에 안 된. 그 녀석을 잃다니, 도저히 견딜 수가 없었소. 무슨 말인지 이해하죠, 대장. 아니오? — 나 혼자 떠드는 건가?"

"이해합니다, 조르바. 이해해요. 다 듣고 있어요."

"언젠가는 또…… 러시아에 있을 땐데…… 그래요, 거기도 갔었소. 그때도 탄광 일 하러 간 거요. 그때는 구리 광산이었소. 노보로시스크 근처……. 그때 러시아 말을 한 대여섯 마디 배웠어요. 그거면 일하는 데 아무 문제도 없었지요. 그렇다, 아니다, 빵, 물, 사랑한다, 이리 좀 와 봐라, 얼마냐……. 그러다 어떤 러시아 사람하고 친해졌소. 볼셰비키 골수 당원이었죠. 우리는 저녁마다 항구에 있는 선술집으로 갔소. 보드카를 진탕 마시고 나면 알딸딸하니 기분이 꽤 좋았지요. 그러다 한번은 둘 다 말이 하고 싶어졌다오. 그 사람은 러시아 혁명 동안 자기한테 있었던 일을 다 털어놓고 싶어 했소. 나는 그동안 내가 무슨 짓을 하고 다녔는지 말하고 싶어졌고요……. 둘이 진탕 마시고, 잔뜩 취해설랑은 짐작하다시피 의형제를 맺었지요.

그 전에 한 가지 규칙을 정했소. 손짓발짓 다 해 가면서 말이오. 그 친구가 먼저 말하기로, 그리고 내가 뭔 말인지 알아듣지 못하면 당장 '그만!' 하고 소리치기로, 그러면 그 친구가 벌떡 일어나 춤을 추기로요. 무슨 말인지 알겠소, 대장? 그 친구는 나한테 하고 싶은 말을 춤으로 대신했소. 그리고 나도 그랬소. 입으로 말하지 못하는 게 있으면, 발로, 손으로, 배로, 아니면 이렇게 소리치는 걸로 다 됐소. 하이! 하이! 홉 라! 호 하이!

러시아 친구가 입을 열었소. 권총은 어쩌다 잡게 되었는지, 전쟁은 어쩌다 커지게 됐는지, 자신들이 노보로시스크에는 어쩌다 오게 됐는지 이야기했소. 더 이상 못 알아듣겠어서 소리를 질렀소. '그만!' 러시아 친구는 곧장 튀어 올라 춤을 추었소. 미친놈처럼 말이오. 나는 그 친구 손하고 발하고 가슴팍하고 눈을 보았소. 그리고 다 알아들었소. 그 친구들이 어떻게 노보로시스크까지 왔는지, 어떻게 상점을 약탈했는지, 어떻게 민가로 쳐들어가 계집들을 겁탈했는지 말이오. 고 바람둥이들이 처음에는 비명을 지르고, 손톱으로 제 얼굴, 남자 얼굴 다 할퀴더니만, 점점 순해져서는 아예 눈까지 감고 좋아 죽겠다고 끙끙대더랍니다. 하기야 고것들도 계집이니까…….

그리고 그 친구 이야기가 끝나자, 내 차례가 되었소. 하지만 몇 마디 하고, 더 못 했지요, 뭐 — 그 친구가 좀 모자라고, 머리가 안 돌아가는 게 분명해요 — 그 친구가 소리를 질렀거든요. '그만!' 안 그래도 그 소리 언제 나오나 했죠. 난 벌떡 일어나 의자하고 식탁을 멀찍이 밀어놓고는 춤을 추기 시작했다오. 아, 가여운 친구 같으니! 인간은 너무 깊이 내려갔소. 그러다 악마한테 당한 거요!

그래서 몸뚱어리는 꿀 먹은 벙어리가 되고, 주둥아리만 나불거리게 된 거요. 주둥아리만 나불대는데, 당신 같으면 뭘 바라겠소? 주둥아리가 무슨 말을 할 줄 안다고. 당신이 봤어야 하는데! 러시아 친구가 내 머리부터 발끝이 하는 말을 어떻게 듣는지, 그 모든 걸 어떻게 이해하는지. 난 춤으로 이야기했소. 무슨 무슨 불행을 겪었는지, 어디 어디 가 봤는지, 결혼은 몇 번이나 했는지, 무슨 무슨 일을 했는지 — 석수장이, 광부, 행상, 옹기장이, 코미타지 반군, 산투르 연주하는 놈, 파사 템포 도붓장수, 대장장이, 밀수꾼 — 감옥에서는 얼마나 썩고, 또 어떻게 도망쳐 나왔는지, 러시아에는 어떻게 왔는지…….

그 친구까지, 모자란 친구인데도, 전부 다 알아들었소이다. 전부 다 말이오. 내 손발이 말하고, 머리카락하고 옷도 그런 식으로 말을 했소. 허리띠에 매달린 주머니칼까지 말을 했다오.

춤을 다 추고 나니까 그 산만 한 돌대가리가 나를 두 팔로 덥석 끌어안더군요. 우리는 다시 한번 보드카를 가득 따랐소. 그리고 서로 끌어안고는 울다 웃다 했다오. 새벽에야 둘이 떨어져 비틀거리면서 자러 갔지요. 그리고 저녁에 또 만났다오.

웃어요? 내 말을 안 믿는 거요, 대장? 지금 이러고 있겠지요. '내 이런 신드바드 같은 놈을 다 봤나? 허풍떨 게 따로 있지, 춤으로 말을 한다니, 말이나 되는 소리야?' 하지만, 감히 맹세컨대, 틀림없이 하느님하고 악마도 그런 식으로 이야기할 겁니다.

졸리는 모양이군요. 약해 빠져 가지고. 도대체 끈기가 없어요. 자요, 자. 내일 마저 얘기할 테니. 나한테 좋은 생각이 하나 있는데, 정말 끝내 주는 생각이오. 그것도 내일 말해 주리다. 난 담배나 한 대 더 피워야겠소. 바다에 뛰어들었다 나오든가. 몸에 불이 나오. 꺼야 겠소. 잘 자요!"

잠이 들기까지 오랜 시간이 걸렸다. 헛살았다는 생각이 들었다. 옷 하나만 갖고, 그동안 배우고, 보고, 들은, 그 모든 걸 다 버리고, 나도 조르바가 다니는 학교에 들어가, 위대한 진짜 알파벳들을 처음부터 배울 수 있다면! 내가 선택할 길은 얼마나 다른 길일까! 오감을 완벽하게 훈련하고, 육체도 그리 할 것이다. 그러면 오감과 육체는 즐기고, 이해할 것이다. 달리는 법과 씨름하는 법, 헤엄치는 법, 말 타는 법, 노 젓는 법, 차 운전하는 법, 권총 쏘는 법을 배울 것이다. 영혼을 육신으로 채울 것이다! 그리하여 마침내 내 안의 영원한 두 적수를 화해시킬 것이다.

매트리스에 우두커니 앉아 완전히 낭비해 버린 내 인생을 생각했다. 열린 문으로 조르바가 보였다. 별빛 덕분에 겨우 알아볼 수 있었다. 조르바는 밤새처럼 바위에 웅크리고 앉아 있었다. 나는 조르바를 질투했다. 조르바는 진리를 발견한 사람이라는 생각이 들었다. 조르바가 가는 길이 옳은 길이다.

다른 시대, 좀 더 원시적이고 창조적인 시대였다면, 조르바는 한 부족의 족장일 것이다. 자귀를 들고 먼저 앞장서 가면서 길을 열 것이다. 아니면, 성을 찾아다니는 유명한 음유 시인일 것이다. 그리고 모든 이가 조르바의 시에 귀를 기울일 것이다 — 성주들, 귀부인들, 하인들……. 하지만 이 볼품없는 시대에서 조르바는 늑대처럼 울에 갇힌 채 맹렬히 돌아다니거나, 아니면 글쟁이의 어릿광대로 전락하고 만다.

조르바가 갑자기 일어나는 게 보였다. 그는 옷을 벗어 자갈밭에 던지고는 바다로 풍덩 뛰어들었다. 창백한 달빛으로 잠시 동안 조르바의 머리가 나타났다 사라졌다 하는 걸 볼 수 있었다. 그는 이따금 울음소리를 냈다. 늑대 우는 소리를 내고, 말 우는 소리를 내고, 한 마리 수탉처럼 수탉 우는 소리를 냈다 — 조르바의 영혼이 이 텅 빈 밤에 동물들에게서 친근함을 발견한 것이다.

어느샌가 스르르 잠이 들었다. 이튿날 동이 트자마자, 편안하게 웃으면서 내 발을 잡아당기러 다가오는 조르바를 보았다.

"일어나요, 대장." 조르바가 말했다. "내 계획을 말해 주리다. 듣고 있소?"

"듣고 있어요."

조르바는 터키인처럼 바닥에 앉더니 산꼭대기에서 해안까지 공중 케이블을 어떻게 설치할 것인지를 설명하기 시작했다. 이런 식으로 갱 버팀목으로 쓸 목재를 실어 내리고, 남는 목재는 건축용으로 팔면 된다고 했다. 우리는 수도원 소유인 소나무 숲을 빌리기로 결정해 둔 터였지만, 운송비도 비싸고, 그 많은 노새를 찾을 수도 없었다. 그래 서 조르바는 굵은 케이블과 철탑과 도르래를 이용하는 방안을 고안 해 냈다.

"동의하오?" 조르바가 설명을 마치고는 물었다. "서명할 거요?"

"서명할게요, 조르바. 우리 동의한 겁니다."

조르바는 나에게 줄 커피를 끓이려고 화롯불을 피워 작은 주전자 를 올려놓고는 내가 감기에 걸릴까 봐 담요로 발을 덮어 주고 나가면 서 한마디 던졌다.

"오늘 갱도 하나 새로 낼 거요. 근사한 광맥을 하나 찾아냈소! 진 짜 검은 다이아몬드요!"

부처에 대해 쓰고 있던 원고를 펼치고는 나도 나만의 갱도로 들어 가는 길을 내기 시작했다. 온종일 썼고, 쓸수록 더 자유로워지는 걸 느꼈다. 나의 느낌들, 위안과 자만심과 역겨움이 뒤섞였다. 하지만 원고를 다 쓰자마자 묶어서 봉인하고 나면 자유로워진다는 걸 알고 있었기에 계속 쓰게 스스로를 내버려 두었다.

배가 고팠다. 건포도 몇 알과 아몬드 조금, 빵 한 조각을 먹었다. 그러면서 조르바가 돌아오기를, 그래서 둘이 같이 사람 마음을 즐겁 게 하는 모든 것, 티 없는 웃음소리와 다정한 말과 맛있는 음식을 나 누기를 기다렸다.

조르바는 저녁에야 들어와 음식을 준비했다. 저녁을 먹고 나서도 조르바는 마음이 딴 데 가 있었다. 그는 무릎을 꿇더니, 막대기 몇 개를 땅바닥에 꽂아 놓고, 그 막대기에 줄을 매단 다음, 도르래에 성냥 개비를 매달고는 장치가 쓰러져 조각나지 않을 경사를 찾느라고 애를 썼다.

"경사가 너무 급하면 우린 박살나는 거요." 조르바가 말했다. "정확한 경사를 꼭 찾아내야 합니다. 그러려면, 대장, 머리하고 포도주가 있어야 하오."

"포도주야 얼마든지 있지요." 내가 웃으면서 농을 했다. "그런데 머리는 좀……."

조르바가 웃음을 터뜨렸다.

"이제 요령이 좀 생겼나 보네요, 대장." 조르바가 따뜻한 눈길로 나를 보면서 말했다.

조르바는 잠시 쉬려고 아래로 내려앉아 담배에 불을 붙였다.

그는 다시 기분이 좋아지자, 말이 하고 싶어졌다.

"케이블이 작동하면 숲을 통째로 실어내릴 수 있소. 공장을 지어서 널도 짜고, 기둥도 만들고, 비계도 만들 수 있고요. 그럼, 돈벼락을 맞는 거요. 돛 세 개짜리 배를 건조한 다음, 짐을 챙겨서 이쪽으로 짱돌을 날리고는 세계를 한 바퀴 도는 겁니다!"

저 먼 곳에 있는 여자들과 항구들과 도시들, 조명들, 거대한 건물들, 기계들, 선박들이 조르바의 눈앞으로 확 다가왔다.

"나는 말이오, 머리 꼭대기에 벌써 허연 서리가 내렸소, 대장. 이도 흔들리고요. 허비할 시간이 없어요. 당신은 젊어요. 그래서 아직 침착할 수가 있는 거요. 난 그럴 수가 없다오. 해서, 분명히 말하는데, 나는 나이를 먹을수록 사나워지오! 그 어느 누구도 나한테 사람이 늙으면 침착해진다는 소리 따윈 못 하게 말이오! 저승사자한테 목을 쭉 빼 주면서 '제발 내 목 좀 잘라 줘요. 천국 좀 가게요!' 하는 등신 같은 짓도 안 하오. 나는 더 살수록 더 저항하오! 굴복하지 않소. 세상을 정복하고 싶으니까요!"

조르바는 일어나더니 걸려 있는 산투르를 내렸다.

"이리 와 봐라, 이놈아. 벽에 걸려서는 입도 뻥긋 않고 대체 뭘 하고 있었느냐? 어디 한 곡조 뽑아 보자꾸나!"

나는 그 극진함과 관대함을 보고 있는 게 전혀 지루하지 않았다. 조르바는 산투르를 쌌던 천을 벗겨 냈다. 자줏빛 무화과 껍질을 벗기거나, 여자의 옷을 벗기는 듯했다.

조르바는 산투르를 무릎에 올려놓고 허리를 숙이고는 현들을 살짝 건드렸다 — 무엇을 노래할지 상의하듯이, 깨어나 달라고 애원하듯이, 고독에 지쳐 있는 유랑하는 정신의 길동무로 남아 달라고 어르듯이. 그러고는 노래를 불러 보았다. 어쩐지 제대로 나와 줄 것 같지가 않았다. 조르바는 그 노래를 포기하고, 다른 노래를 부르기 시작했다. 고통스럽다는 듯이, 노래하고 싶지 않다는 듯이 현들이 삐걱댔다. 조르바는 벽에 기대고는 갑자기 땀이 흐르기 시작한 이마를 훔쳤다.

"하기 싫다네요……." 조르바는 두려워하는 눈빛으로 산투르를 바라보면서 중얼거렸다. "하기 싫다는데…… 강제로 하면 절대 안 되지요!"

조르바는 다시 땅바닥에 앉아 깜부기불 속에 있는 밤을 찍어서 꺼내고, 두 잔에 포도주를 채웠다. 그러고는 마시고 또 마시고 나더니 밤을 까서 나에게 건넸다.

"그거 아오, 대장은?" 조르바가 물었다. "난 죽었다 깨도 모르겠소. 모든 게 영혼이 있는 것 같아요 ─ 목재도, 돌도, 포도주도, 정말로 다 말이오!"

조르바는 잔을 들었다. "당신 건강을 위하여."

그는 잔을 비우고 새로 채웠다.

"인생 참 오묘한 게, 닳아빠진 계집 같아요!" 조르바가 중얼거렸다. "닳아빠진 계집! 딱 부불리나 할망구지!"

나는 웃음을 터뜨렸다.

"들어 봐요, 대장, 그만 좀 웃고. 인생은 부불리나하고 똑 닮았소. 늙었소이다, 안 그러오? 그래요, 맛이 없지는 않지요. 그 계집한테는 사람을 까무러치게 만드는 재주가 한두 가지 있소. 눈만 감고 있으면, 품고 있는 계집이 스무 살짜리 같을 거요. 하고 있을 때, 그리고 불이 꺼졌을 때, 영락없이 스무 살이오. 맹세하오.

좀 농익어서 그런 거란 말은 하지도 말아요. 그 계집은 우라지게도 방탕하게 살았소. 해군 제독들, 수병들, 군인들, 농사꾼들, 유랑 극단 단원들, 신부들, 목사들, 경찰들, 학교 교장들, 치안 판사들하고 신나게 마시고, 떠들면서 말이오! 그래서 뭐요? 그게 뭐 어때서요? 바로 잊어버리는걸. 늙은 매춘부처럼 말이오. 옛날 애인을 한 놈도 기억 못 해요. 할 때마다 ─ 농담 아니오 ─ 할 때마다 애교가 철철 넘치는 비둘기가 되고, 순결한 백조가 되고, 젖먹이 비둘기가 돼서 얼굴을 붉히지요 ─ 네, 그래요. 얼굴을 붉히고는 온몸을 파르르 떤다니까요. 꼭 처음인 것처럼 말이오! 뭐 이런 수수께끼 같은 계집이 다 있나 몰라요, 대장! 천 번을 자빠져도, 천 번을 처녀로 일어날 거요. 어떻게 그럴 수가 있냐고요? 기억이란 걸 안 하거든요!"

"하지만, 조르바, 앵무새가 기억하잖아요." 내가 조르바를 떠보려고 말했다. "늘 당신 이름이 아니라 딴 이름을 꽥꽥 불러 대잖아요. 당신이 천국 맨 꼭대기에 이를 때마다, 녀석이 '카나바로! 카나바로!' 외치는데, 화도 안 납니까? 목을 확 비틀어 버리고 싶지 않아요? 이제 가르칠 때도 된 것 같은데, '조르바! 조르바!' 하고 외치라고."

"아, 말도 안 되는 소리 좀 그만 해요!" 조르바가 그 큰 손으로 두 귀를 틀어막으면서 소리쳤다. "목을 확 비틀어 버리라고 했소? 그런데 난 녀석이 그 이름을 외치는 게 좋소이다! 밤에는 그 늙은 죄수를 침대 위에 매달아 둔다오. 이 작은 악마는 어둠속을 주시하지요. 녀석은 볼 수 있소. 그러다, 둘이 그 짓을 하기가 무섭게 '카나바로! 카나바로!' 하고 외치기 시작합니다.

내 분명히 맹세하는데, 대장, 그 즉시 — 그런데, 어떻게 이해하시겠소? 죽은 책 나부랭이나 끼고 사는 사람이 — 맹세컨대, 그 즉시 난 내가 에나멜 가죽 장화를 신고 있고, 삼각모를 쓰고 있고, 파촐리 향이 나는 부드러운 수염이 나 있는 것을 느낀다오. 본 조르노! 보나 세라! 만지아트 마카로니! (안녕하시오! 안녕하시오! 식사하셨는지요!) 정말로 카나바로가 됩니다. 그러고는 총알에 맞아 벌집이 된 몸으로, 멀리 떠내려 온 기함으로 기어 올라가서는…… 포격 준비! 발사!"

조르바는 실컷 웃어 젖혔다. 그는 왼쪽 눈은 감고, 오른쪽 눈으로 나를 훔쳐보았다.

"이해해 줘요, 대장. 내가 우리 알렉시스 할아버지를 닮아서 그렇다오 — 하느님, 우리 할아버지 무덤을 보살펴 주소서! 할아버지는 저녁이면 문간에 앉아, 물 길러 가는 계집애들에게 추파를 던지곤 했다오. 백 살이었는데, 눈이 어두워 잘 보이지가 않으니까 계집애들을 불러 가까이 오게 했소. '누가 크제니오인고?' '제가 마스트란도니 딸, 크제니오예요.' '더 가까이 오너라. 어디 한 번 만져 보자꾸나. 겁내지 말고, 이리 오래도!' 계집애는 엄숙한 얼굴로 할아버지에게 간다오. 그러면 할아버지는 손을 올려 계집애 얼굴을 천천히 육감적으로 쓰다듬으면서 느끼지요. 그러고는 눈물을 주르륵 흘립니다. '왜 울어요, 할아버지?' 한 번은 내가 물었다오. '오, 애야, 내가 왜 우는지 모르겠느냐? 어린 계집들을 이렇게 많이 남겨 두고 서서히 죽어 가고 있잖느냐?'"

조르바는 한숨을 쉬었다. "아, 불쌍한 우리 할아버지!" 조르바가 말했다. "제가 할아버지 생각을 얼마나 많이 하는지 압니까? 혼자 말할 때가 많아요. '아, 비참하기도 하지! 내가 죽을 때, 저 예쁜 계집들도 몽땅 따라 죽는다면 오죽이나 좋을까!' 하지만 저 잡것들은 계속 살아갈 거요. 늙어서도 황홀하게 살아가겠죠. 사내새끼들은 저 노계들을 품에 안고 키스할 거고요. 내가 그것들이 밟고 다니는 흙먼지가 돼 있을 때 말이오!"

조르바는 불에서 밤을 꺼내 껍질을 벗겼고, 우리는 잔을 부딪쳤다. 그렇게 오래도록 우리는 포도주를 마시고, 두 마리 거대한 토끼처럼 밤을 깨물어 먹으면서 바다가 으르렁대는 소리를 들었다.

7

밤이 이슥하도록, 우리는 말없이 화롯가에 머물렀다. 행복이 이
토록 단순하고 소박한 것임을 다시 한번 느꼈다. 포도주 한잔과, 구
운밤과, 작고 초라한 화롯불과, 파도소리. 다른 건 없었다. 지금, 여
기에서 행복을 느끼는 데 필요한 것은 가난하고 소박한 마음이 전부
였다.

"결혼을 몇 번 했습니까, 조르바?" 내가 물었다.

우리는 기분이 좋았다. 술을 마셔서라기보다는 우리 안에 있는, 말
로는 설명할 수 없는 행복을 느꼈기 때문이다. 우리는 자기 나름대로
깊이 인식하고 있었다. 우리는 지구 생물의 껍질에 착 들러붙어 하루
밖에 못 사는 작은 벌레요, 바다 가까이, 대나무와 판자와 빈 석유통
들 뒤에서 둘이 최후로 함께 매달릴 안락한 보금자리를 찾아냈으며,
즐거운 일 몇 가지와 먹을거리를 앞에 두고 평온함과 우애와 든든함
을 절절히 깨닫고 있었다.

조르바는 내 질문을 듣지 않았다. 내 목소리가 닿는 곳 너머에서

항해를 하고 있는 그의 마음속에서 무슨 일이 벌어지고 있는지 그 누가 안단 말인가? 나는 팔을 뻗어 손끝으로 조르바를 톡 건드렸다.

"몇 번 결혼했습니까, 조르바?" 내가 다시 물었다.

조르바는 움찔했다. 이번에는 들은 것이다. 그는 커다란 손으로 손사래를 치면서 대답했다.

"이젠 뭘 캐려고요? 나는 사내가 아니라고 생각하오? 다른 사람들처럼, 나도 중대한 과오를 저질렀소이다. 나는 결혼을 중대한 과오라고 부른다오 ─ 결혼한 자들이여, 나를 용서하시라! 그래요, 중대한 과오를 저질렀소이다. 결혼했었소!"

"알아요. 그런데 몇 번 했습니까?"

조르바는 미친 듯이 머리를 긁어 댔다.

"몇 번 했냐고요?" 마침내 조르바가 말했다. "정식으로는 한 번, 한 번 했으면 됐죠. 반쯤 정식으로는 두 번. 전혀 정식이 아닌 것은 천 번, 이천 번, 삼천 번. 하나하나 다 세면 좋겠소?"

"당신 결혼 생활에 대해 조금만 이야기해 줘요, 조르바. 내일은 일요일이라 면도도 하고, 좋은 옷도 입고, '좋은 시간도 보내고, 나쁜 여자!' 도 보러 부불리나 부인 댁에 가잖소. 자, 이야기해 줘요!"

"도대체 뭘 말이오? 정말로 그런 이야기가 하고 싶소, 대장? 정식 결혼은 맛이 없다오. 양념 안 친 음식이지요. 뭔 얘기를 해 드릴까? 성자가 성상 속에서 추파를 던지고 이마에 축복을 해 준다면, 그게 키스같이 느껴지겠소? 우리 마을에는 '훔친 고기라야 맛있다' 는 말이 있소. 마누라는 훔친 고기가 아니오. 그리고 전혀 정식이 아닌 사이를 어떻게 다 기억하겠소? 어떤 수탉이 장부를 가지고 다닌답디까? 내기합시다! 그리고 어따 쓰려고 그딴 걸 적어 둡니까? 그래요, 한번 적어 본 적은 있소. 젊었을 땐데, 같이 잔 계집들 거웃을 조금씩 잘라서 모았소. 가위를 넣고 다니면서요. 그래요, 교회 갈 때도 주머니에 넣고 갔소! 우리는, 결국은, 사내새끼들이오. 지금 당장이라도 뭔 짓을 할지 아무도 모르오. 안 그렇소?

아무튼, 그런 식으로 거웃을 모았소. 까만 것도 있고, 금발인 것도 있고, 빨간 것도 있고, 흰 것도 몇 개 있었소. 꽤 많이 모여서 그걸로 베갯속도 만들었다오. 그 베갯속으로 베개를 만들어 베고 잤소 — 겨울에만 뺐지요. 여름엔 너무 더워서. 그런데 얼마 안 가서 그것도 질려 버렸소 — 알겠지만, 고약한 냄새가 코를 찌르는 바람에 갖다 태워 버렸다오."

조르바는 킬킬 웃기 시작했다.

"그게 내 장부였소, 대장." 조르바가 말했다. "그리고 그걸 태워 버린 거고. 그러고는 완전히 질려 버렸소. 세상에 거웃이 그렇게 많이 있을 거라고는 생각도 못 해 봤는데, 막상 보니까 한도 끝도 없더이다. 그래서 가위를 놔 버렸다오."

"반쯤 정식 결혼은 어땠어요, 조르바?"

"아, 확실히 어떤 매력이 있어요." 조르바가 한숨을 폭 쉬었다. "아, 정말 끝내 주는 슬라브 계집이 있었소 — 오, 내 사랑, 천년만년 살구려! 정말이지 얼마나 자유롭던지! 그 계집은 이런 말은 절대로 안 했다오. '어디 갔었어요?' '왜 늦었어요?' '어디서 자고 들어오는 거예요?' 계집이 아무것도 묻지 않으면, 사내도 아무것도 물어선 안 되는 거요. 자유죠!"

조르바는 잔을 들어 다 마시고 나서 밤을 깠다. 그리고 말을 하면서 밤을 깨물었다.

"하나는 소핑카, 또 하나는 누사였소. 소핑카는 노보로시스크 근처 자그마한 마을에서 만났소. 겨울이었고, 눈이 내리고 있었지요. 광산에 일자리가 있나 알아보러 가던 길에 그 마을을 지나게 됐소. 그날은 장날이어서 근처 동네들에서 몰려온 사내들하고 계집들이 물건을 사고파느라 난리였소. 무시무시한 흉년이 든 데다, 날씨까지 지독하게 추웠거든요. 빵 하나 사려고 다들 온갖 걸 다 들고 나왔더군요. 집에 있는 성상까지 말이오!

그런데, 장을 한 바퀴 둘러보고 있는데, 농사꾼 계집이 마차에서 훌쩍 뛰어내리지 뭐요 — 이 바람둥이가 키가 육 척이나 되고, 눈이 바다같이 푸르고, 허벅지하고 궁둥이가 말만 한 게 — 있잖소, 진짜 씨암말이었소! ……나는 그 자리에 얼어붙고 말았소. '어쩌면 좋냐, 조르바! 어쩌면 좋냐, 조르바!' 속으로 말했다오.

여자를 따라가면서 지켜보았소이다……. 눈을 뗄 수가 없었소! 궁둥짝이 부활절 종들처럼 막 흔들리는 걸 당신도 봤어야 하는데! '이 얼간이 같은 놈아, 뭐 하러 광산까지 가냐?' 내가 나한테 말했소. '지붕에서 바람 따라 뱅뱅 도는 수탉 같은 놈아, 왜 황금 같은 시간을 그딴 데서 보내려고 그러는 거야? 여기 딱 맞는 광산이 있잖아. 그 안으로 파고들어 갱도들을 내!'

계집이 걸음을 멈추고 흥정을 벌이더니, 장작을 한 단 사서는, 턱 들어 올려 — 세상에, 팔뚝이! — 마차 안으로 척 던졌소! 그리고 빵하고 구운 생선 대엿 마리를 들었소. '얼마죠?' 계집이 물었소. '너무 비싼데요······.' 그러면서 금귀걸이를 빼 주려고 했소. 한 푼도 없어서 말이오. 순간, 심장이 입 밖으로 튀어나오는 줄 알았소. 나는 말이오, 계집이 귀걸이나, 장신구, 향기 나는 비누 조각이나, 병에 든 라벤더 꽃물 같은 걸 남한테 줘 버리는 꼴은 죽어도 못 보는 사람이오! 계집이 그런 걸 다 줘 버리면, 그 길로 세상은 끝장이 나는 거요! 공작새 깃털을 뽑아 버리는 꼴이거든요! 당신 같아도 공작새 깃털을 뽑고 싶겠소? 절대 안 되지! 조르바가 살아 있는 한 그런 일은 없다! 속으로 말했소. 그래서 지갑을 열어서 돈을 냈소. 루블화가 휴지 쪼가리 같던 때였다오. 그래서 백 드라크마만 있으면 노새를 사고, 십 드라크마만 있으면 계집을 살 수 있었지요.

아무튼, 내가 냈소. 그 춘년이 고개를 돌려 나를 힐끗 보았소. 내 손을 잡고는 키스를 하려고 들더군요. 얼른 손을 뺐소이다. 날 무슨 취급하는 거지? 노인네 취급 하나? '스파시바! 스파시바!' 계집이 외쳤소 ─ 이 소리요. '고맙습니다! 고맙습니다!' 그러더니 마차에 훌쩍 뛰어올랐소. 그리고는 고삐를 쥐고, 채찍을 쳐들었소. '정신 차려, 이놈아! 계집이 손가락 사이로 빠져나가려고 하잖아!' 내 자신에게 소리쳤다오. 계집 곁으로 풀쩍 뛰어올랐지요. 계집은 아무 말도 하지 않았어요. 고개도 안 돌리더군요. 채찍이 날고, 우리는 거기를 떴소.

가는 길에, 계집은 내가 자기를 갖고 싶어 한다는 걸 깨달았소. 아는 러시아 말이 세 마디밖에 없었지만, 이런 일에는 말이 그다지 필요 없다오. 우리는 눈으로 이야기하고, 손으로 이야기하고, 무릎으로 이야기했소. 지름길을 놔두고, 험한 길로 돌아갈 필요는 없잖소. 우리는 마을에 도착해서 계집이 사는 이스바(러시아식 통나무 집) 앞에 멈췄소. 내렸지요. 계집이 어깨로 대문을 밀었고, 우리는 같이 들어 갔소. 마당에 장작을 부리고, 생선하고 빵을 갖고 방으로 들어갔지 요. 자그마한 노파 하나가 빈 난롯가에 앉아 있더군요. 떨고 있었소. 양말을 여며 신고, 누더기에다 양가죽 외투까지 입고서도 덜덜 떨고 있었소. 그 정도로 추웠다오. 하나도 안 보태고 말하는데, 실제로 손 톱이 빠질 정도였소. 나는 꾸부리고 앉아 난로에 장작을 한 아름 집 어넣고는 불을 붙였다오. 작은 노파가 나를 보면서 웃더군요. 딸이 노파에게 뭐라고 말을 했지만, 나야 무슨 말인지는 못 알아들었지요. 나는 장작불을 피웠소. 노파가 몸을 녹이더니 기운을 좀 차리더군요.

그러는 동안 계집은 식탁을 차렸소. 계집이 보드카를 내와서 같이 마셨다오. 계집은 사모바르에 불을 붙여 차를 끓였소. 우리는 먹었 고, 노파한테도 나눠 주었지요. 그런 다음 계집은 재빨리 침대에 깨 끗한 시트를 깔고, 성모상 앞에 놓인 등잔에 불을 붙이더니 성호를 세 번 그었소. 그러고는 나에게 신호를 보냈다오. 우리는 노파 앞에 무릎을 꿇고 노파 손등에 키스를 했지요. 노파는 우리 머리에 앙상한 손을 얹더니 뭐라, 뭐라 중얼거렸다오. 우리를 축복해 주었지 싶어 요. 나는 '스파시바! 스파시바!' 하고 소리치고는 단번에 침대로 껑 충 뛰어올라 눈 깜짝할 사이에 촌계집하고 침대에 누웠지요!"

조르바는 입을 다물었다. 그러고는 고개를 들어 바다 저 너머를 응 시했다.

"그 계집 이름이 소핑카요……." 얼마 있다가 조르바가 말했다. 그 러고는 다시 입을 다물었다.

"그래서요?" 내가 조급증을 내면서 물었다. "그래서요?"

"그래서는 무슨! 무지 밝히는구려, 대장. 툭하면 '그래서요?' '왜요?' 그리고, 어느 놈이 그런 걸 시시콜콜 다 이야기합니까? 계집은 맑은 샘이오. 당신이 계집 위에 몸을 숙이면, 거기에 당신이 비치고, 당신은 그걸 마시는 거요. 마시고, 또 마시고, 뼈에 금이 갈 때까지 마시는 거요. 그러고 나면, 누군가가 오고, 그 사내도 목이 마르게 되는 거요. 그 사내가 여자 위에 몸을 숙이면, 그 사내가 비치죠. 그 사내는 그걸 마시고요. 그러고 나면 세 번째 사내가 오고……. 그래서 계집은 맑은 샘이오. 그리고 그 계집도 여자고요……."

"그러고 나서 그 여자를 떠났습니까?"

"도대체 무슨 이야기가 듣고 싶소? 계집은 맑은 샘이라고 했잖소. 그리고 나는 지나가는 나그네고. 나는 다시 길을 떠났소. 그 계집하고 석 달 살고 나서. 하느님이 그 계집을 보살펴 주시길. 그 계집에 대해선 나쁘게 말할 생각이 전혀 없소이다! 계집하고 산 지 석 달이 됐을 때, 내가 광산을 찾고 있었다는 게 기억났소. '소핑카.' 어느 날 아침에 내가 말했소. '일을 찾아야겠소. 가야만 하오.' '그래요?' 소핑카가 말했다오. '가세요. 한 달 기다릴게요. 한 달 안에 안 돌아오면 난 자유예요. 당신도 자유고요. 하느님의 은총을 빌어요!' 나는 그 길로 떠났소."

"그리고 한 달 후에 돌아갔습니까?"

"이런 말 하긴 뭐하지만, 대장, 머리도 어지간히 나쁘구려. 아까 내가 뭐랬는지 잊었소?" 조르바가 소리를 버럭 질렀다.

"돌아가다니요! 어디 그 닳아빠진 계집들이 날 가만 내버려 둘 것 같습니까? 열흘 뒤에 쿠반에서 누사를 만났소이다."

"그 여자 얘기도 해 줘요! 해 줘요!"

"다음에 얘기하겠소, 대장. 두 계집을 섞어 버리면 절대 안 되오. 가여운 것들! 소핑카의 건강을 위하여!"

조르바는 포도주를 단숨에 들이켰다. 그러고는 벽에 기대 말했다.

"좋소! 내친 김에 누사 얘기도 해 주리다. 오늘 밤은 러시아를 통째로 옮겨 온 것 같네그려! 깃발을 내려라! 은신처를 뜰 것이다!"

조르바는 수염을 훔치고, 불씨를 쑤석였다.

"그렇소, 아까 말했듯이, 이 계집은 쿠반 마을에서 만났다오. 여름이었소. 참외하고 수박이 산더미처럼 쌓여 있던 때니까. 하나쯤 집어 가도 뭐라는 사람도 없었지요. 그걸 반으로 뚝 잘라서 얼굴을 처박고 먹었다오.

러시아에서는 뭐든 차고 넘친다오, 대장. 뭐든지 산처럼 쌓여 있지요. 소매를 걷어붙이고 고르기만 하면 되오! 수박하고 참외만 그런 게 아니라, 내 말하는데, 생선, 버터, 계집, 다 넘쳐난다오. 지나가다가 참외가 보이면 하나 집으면 되는 거요. 여기 그리스하고는 다르다오. 여기서는 눈곱만한 참외 껍질이라도 집었다가는 당장 붙들려가 재판정에 서게 되고, 계집을 건드리기만 하면 오빠인지 남동생인지 하는 것들이 떼로 몰려와 칼을 들고 설치면서 사람 고기로 소시지를 만들려고 들잖소! 으이그! 지랄 염병할 거지새끼들, 몽땅 지옥 불에나 떨어져라! 왕처럼 사는 게 어떤 건지 알고 싶으면, 러시아에 가면 되오!

아무튼, 쿠반을 지나다가 정원에 있는 계집을 하나 보았소. 모습이

마음에 들었다오. 있잖소, 대장, 슬라브 계집들은 그리스 계집들하고
는 달라요. 욕심쟁이에다 말라비틀어진 계집들이 아니라오. 여기 그
리스 계집들은 사랑을 팔 때도 한 번에 한 방울씩만 팔질 않나, 줘야
할 것보다 덜 주면서 더 주는 척을 하질 않나, 사람을 속이려고 별의
별 짓을 다 하지만, 슬라브 계집들은 안 그래요. 뭐든 줄 때는 듬뿍 준
다오. 같이 자 줄 때도 그렇고, 사랑을 해 줄 때도 그렇고, 음식을 줄
때도 그래요. 계집이라는 게 그만큼 들짐승들이나 땅하고 상관이 많
은 거요. 슬라브 계집은 줘 놓고도 또 줍니다, 넉넉히 말이오. 그리스
계집들처럼 싸네, 적네, 따지질 않아요. '이름이 뭐요?' 내가 계집한
테 물었소. 짐작하겠지만, 계집들한테서 주워들어서 러시아 말 몇 마
디는 할 줄 알았소. '누사예요! 당신은요?' '알렉시스요. 당신이 맘
에 꼭 드오, 누사.' 계집이 날 찬찬히 뜯어보았소. 말을 사기 전에 말
을 살펴보듯이 말입니다. '몹쓸 말은 아니군요.' 계집이 말했소. '이
도 튼튼하고, 콧수염도 풍성하고, 등도 널찍하고, 팔도 딴딴하고. 나
도 당신이 맘에 들어요.' 우리는 다른 말을 거의 하지 않았소. 그럴
필요가 없었지요. 우리는 그 잠깐 동안에 다 알아 버린 거요. 그날 저
녁에 좋은 옷을 입고 그 계집네 집으로 갔소. '털로 안감을 댄 망토도
있어요?' 계집이 물었다오. '있기는 하오만, 이 더위에 그걸……'
'괜찮아요. 가져오세요. 멋져 보일 거예요.'

  그날 저녁에 신랑처럼 쫙 빼입고, 팔에는 털 망토를 턱 걸치고, 은
손잡이가 달린 단장까지 척 들고 나갔다오. 계집네 집은 부속 건물이
몇 채 딸린 큰 농가였소. 우사도 있고, 압착기도 있고, 마당에는 불을
두 군데나 피워 놓고 가마솥을 걸어 놨더군요. '여기다 뭘 끓이오?'

내가 물었다오. '수박일걸요.' '그럼 여기는요?' '참외일 거예요.' '정말 굉장한 나라로다!' 속으로 말했다오. '방금 한 말 들었냐? 수박하고 참외일 거란 말! 여기가 약속의 땅이야! 가난아, 잘 가라, 이놈아! 조르바, 여기가 네가 고꾸라질 때까지 살 땅이야! 커다란 치즈 덩어리 앞에 선 생쥐가 된 거라고!'

계단을 올라갔소. 어마어마하게 큰 나무 계단이었다오. 삐걱거리기는 했지만 말이오. 다 올라갔더니 거기 누사 부모가 있었소. 두 사람 다 녹색 승마용 바지 같은 걸 입고, 커다란 술이 달린 붉은 허리띠를 매고 있었소 — 알고 보니 꽤 잘사는 사람들이지 뭐요. 러시아 놈들은 원숭이들처럼 사람을 에워싸고는 두 팔을 덥석 껴안고 키스를 퍼붓는다오. 그러는 바람에 난 침으로 범벅이 되었지요. 사람들이 나한테 정신없이 말을 지껄여 댔소. 많이는 못 알아들었지만 뭔 상관입니까? 사람들 표정을 보면 확실히 알 수 있는데. 내가 싫지는 않은 눈치였소.

방으로 들어갔다가 내가 뭘 본 줄 아오? 어마어마하게 큰 범선들처럼 잔뜩 쌓아 올린 음식하고 술에 깔려서 짜부라지기 일보직전인 식탁들이었다오. 다들 서서 기다리고 있었소 — 친척들, 여자들, 남자들, 그리고 맨 앞에는 화장을 하고 이브닝드레스를 입은 누사가 범선 뱃머리를 장식하는 조각상 같은 젖가슴을 드러낸 채 서 있었소. 현기증이 날 정도로 젊고 아름다웠소이다. 머리에는 붉은 머릿수건을 쓰고, 이브닝드레스 가슴 부분에는 망치하고 낫이 수 놓여 있었지요. '조르바, 이 두 번을 죽어도 시원찮을 죄인 놈아.' 내 자신을 나무랐다오. '저게 네 고기라고? 저게 네가 오늘 밤 품을 몸뚱이냐? 하

느님, 저를 이 세상에 낳아 놓은 우리 아버지, 어머니를 용서하소서!'

사내, 계집 할 것 없이, 모두들 작정을 하고 음식에 달려들었소. 우리는 걸신들린 사람들처럼 처먹고, 미친 듯이 처마셨소. 돼지들처럼 먹고, 붕어들처럼 마신 거요. '우리를 축복해 줄 신부님은요?' '신부 따위 없소이다.' 계집 아버지가 침을 튀기면서 말했소. '신부는 없소. 종교는 대중들에게나 필요한 아편이오!'

계집 아버지가 일어서더니, 가슴을 쭉 내밀고 붉은 허리띠를 느슨하게 풀고는 손을 쳐들어 다들 조용히 시켰소. 그러더니 찰랑찰랑하게 채운 잔을 든 채 날 똑바로 쳐다보더군요. 그러고는 일장 연설을 하기 시작했소. 뭐라고 했느냐고요? 그거야 하느님이나 아시겠죠! 그때쯤 되니까 서 있기도 지겹고 슬슬 짜증이 났소. 그래서 자리에 앉아 무릎으로 누사 무릎을 꾹 눌렀소. 누사가 내 바로 옆 오른쪽에 앉아 있었거든요.

그 노인네는 땀을 비 오듯 줄줄 흘리면서도 당최 그만 둘 생각을 안 했소. 그래서 다들 우르르 몰려가 그 입을 막으려고 노인네를 둘러싸고 끌어안고 키스를 퍼부었소. 노인네는 결국 연설을 끝냈지요. 그러자 누사가 나한테 신호를 보냈소. '당신 차례예요!'

그래서 신호를 받아들여 반은 러시아 말로, 반은 그리스 말로 연설을 했소. 뭐라고 했느냐고요? 낸들 알아요? 생각나는 건 마지막에 클레프트 산적의 노래를 갖다 붙였다는 거요. 운율 따위 상관 않고 읊어대기 시작했다오.

산에서 내려온 클레프트 산적 놈들,
죄 소도둑놈들이네!
말들은 안 찾아내고,
누사만 찾아냈네!

알겠지만, 대장, 분위기에 맞게 바꿨다오.

놈들이 도망쳐요, 놈들이 도망쳐요……
(엄마, 전 이제 어떡해요!)
오, 나의 누사!
오, 나의 누사!
잘 가거라!

그러고는 '잘 가거라!' 하고 소처럼 울부짖으면서 누사를 덮치고
키스를 했소이다.

그 잡것들이 원했던 게 바로 그거였습니다. 마치 내 신호만 기다렸
다는 듯이 덩치 좋은 붉은 수염 몇 놈이 뛰쳐나오더니 불을 확 꺼 버
렸소이다. 정말로 신호가 떨어지기만 기다렸던 거요.

여자들하고 잡년들은 무섭다고 비명을 지르고, 악을 썼소이다. 한
데, 곧바로 조용해지더니, 어둠 속에서 '히이, 히이, 히이!' 하면서
낄낄거리지 뭐요. 만져 주니 좋다, 이거지요.

그때 무슨 일이 있었는지는, 대장, 하느님만이 아실 거요. 아니, 모
르실지도 모르오. 봤다면 벼락을 쳐서 깡그리 불태워 버리셨을 테니

까요! 누사를 찾기 시작했지만, 어디 있는지 알 게 뭡니까?' 딴 계집을 찾아내 그냥 해치워 버렸지요.

동틀 무렵, 내 계집을 찾아 함께 거길 떠날 생각에 일어났다오. 그때까지도 깜깜해서 잘 보이지가 않았소. 발이 하나 눈에 들어오기에 가 봤더니 누사 발이 아니었소. 다른 발을 봐도 아니고요! 세 번째 발을 봐도 아니었소이다! 네 번째, 다섯 번째, 그러다 맨 마지막에, 고생 끝에 결국 누사 발을 찾아내 잡아당겨서는 그 가여운 처녀 위에 배를 깔고 뻗어 있는 거대한 악마 세 놈한테서 누사를 빼내, 일어나라고 깨웠다오. '누사.' 내가 말했다오. '갑시다!' '털 망토 잊으시면 안 돼요!' 계집이 대답했소이다. '가요!' 그리고 우리는 그곳을 떴다오."

"그래서요?" 조용해진 조르바를 보면서 내가 또 물었다.

"또, 또, 그러네!" 시시콜콜한 걸 묻자 조르바가 성질을 부리면서 말했다.

그는 한숨을 푹 쉬었다.

"그 계집하고 여섯 달 살았소. 그날부터 ─ 하느님, 저의 증인이 되어 주소서! ─ 난 아무것도 겁나지가 않소. 말하겠는데, 아무것도 겁 안 나요. 딱 하나만 빼고. 하느님이나 악마가 내 기억에서 그 여섯 달을 지워 버리는 것만 빼고요. 이해합니까? 틀림없이 이해한다고 대답하겠지요."

조르바는 눈을 감았다. 깊이 감동한 모습이었다. 아주 오래전 추억에 그토록 깊이 사로잡힌 모습을 보기는 처음이었다.

"누사를 많이 사랑했나 봅니다, 조르바. 그런데 왜?"

조르바는 눈을 떴다.

"당신은 젊어요, 대장. 아직 젊어서 이해를 못 해요! 당신 머리 꼭대기에도 나처럼 허연 서리가 내리면, 그때 다시 얘기합시다 — 절대 끝나지 않을 숙제니까."

"절대 끝나지 않을 숙제라니요, 조르바?"

"아, 정말, 당연히 계집들이죠! 골백번도 더 말했잖아요! 계집은 죽을 때까지 우릴 따라다닐 숙제라고! 당신은 아직 어린 수탉이오. 양이 꼬리를 딱 두 번 흔드는 사이에 암탉을 다 품고 내려와서는 똥더미에 올라서서 가슴을 쭉 내밀고는 '꼬끼오!' 하고 목청을 높이면서 허풍을 떨기 시작한 어린 수탉이라고요. 어린 수탉은 암탉은 안 보고, 암탉 볏만 봅니다! 그러니 어떻게 사랑을 알겠소? 귀신이 안 잡아간 게 이상하지!"

조르바는 나를 가소로워하면서 땅바닥에 침을 퉤 뱉었다. 그러고는 나 같은 놈은 꼴도 보기 싫다는 듯이 고개를 돌려 버렸다.

"그래서요, 조르바?" 내가 또 물었다. "누사는 어떻게 됐는데요?"

조르바는 바다 저 너머를 뚫어져라 바라보면서 대답했다.

"어느 날 저녁에 집에 돌아와 보니 없더군요. 가 버린 거요. 마을에 잘생긴 군인이 한 놈 막 들어왔는데, 그놈하고 달아나 버렸다오. 그 길로 끝이었소! 그래요, 심장이 두 쪽으로 찢어지는 것 같았소이다. 하지만 심장, 그 천한 놈은 언제 그랬냐는 듯이 금세 저절로 딱 붙어 버립디다. 굵은 실로 빨갛고, 노랗고, 까만 천 조각들을 얼기설기 엮어 만든 돛들을 본 적이 있을 거요. 그런 돛들은 사나운 폭풍 속에서 숱하게 쫙 찢어질 것처럼 보여도, 절대로 찢어지지 않는다오. 그래

142

요, 내 심장도 그렇소이다. 벌집이 되고, 산산조각이 나고 나면, 더 이상 겁날 게 아무것도 없으니까!"

"누사한테 원한도 안 품었단 겁니까, 조르바?"

"품어서 뭐 하게요? 그렇게 생각할 만도 하지만, 계집은 다르오, 대장. 계집은 사람이 아니오! 그러니 원한을 품은들 무슨 소용이오? 계집들은 이해할 수 없는 것들이라오. 모든 주의 법하고 종교들이 계집을 잘못 다루고 있소. 계집들한테 그런 짓을 해서는 안 되오. 너무 잔인하고, 대장, 너무 불공평하오. 나더러 법을 만들라고 하면, 사내하고 계집을 똑같이 다루는 법은 절대로 만들지 않을 거요. 사내들 법은 열 개, 백 개, 천 개를 만들 거요. 사내들은 결국 인간이니까요. 그래서 법도 감당할 수 있는 거고요. 하지만 계집들 법은 한 개도 안 만들 거요. 왜냐하면 ― 아, 정말, 이 말을 몇 번이나 더 해야 하는 거요, 대장? ― 계집들은 아무런 힘도 없는 동물이기 때문이오. 누사를 위해 건배합시다, 대장! 그리고 계집들을 위해서도! ……그리고 우리 사내새끼들한테도 하느님이 분별력을 주시길!"

조르바는 마시고 나서 팔을 들어 올리더니, 도끼를 내리치듯 힘차게 아래로 내려뜨렸다.

"하느님이 우리 사내새끼들한테도 분별력을 더 주셔야 하오." 조르바가 말했다. "아니면 우리 거시기들을 까 버리시든가. 그렇지 않았다간, 내 말 믿어요, 우린 끝장이오!"

8

이튿날 또 비가 왔다. 하늘은 대지를 한없이 부드럽게 끌어안았
다. 암회색 돌에 양각된 힌두 조상이 떠올랐다. 이러한 부드러움과
체념 속에서 남자가 여자를 끌어안고 있었다. 그 조상은 — 비바람에
몸뚱어리들이 거의 다 닳아 없어진 — 갑자기 내린 비에 날개가 젖
은, 교미 중인 곤충들을 연상시켰다. 서로 밀착된 그 두 육체는 서서
히 삼켜지면서 대지의 게걸스러운 심연으로 되돌아가는 중이었다.

오두막 앞에 앉아, 어두워진 대지와 녹색으로 빛나는 바다를 바라
보았다. 해변 이쪽 끝에서 저쪽 끝까지, 사람 하나, 배 한 척, 새 한 마
리 보이지 않았다. 오직 대지의 냄새만이 창으로 흘러들었다.

몸을 일으켜, 구걸하는 사람처럼 빗속으로 손을 내밀었다. 돌연 울
음이 복받쳤다. 슬픔이, 여기 있는 내가 아니라 더 깊고 막막한 곳에
있는 나의 슬픔이 축축이 젖은 대지로부터 솟구쳐 오르고 있었다. 그
당혹스러움은 한가로이 풀을 뜯던 동물이 뭘 본 것도 아니면서 돌연
머리를 쳐들어 공기 중의 냄새에서 자신들이 탈출할 수 없는 덫에 걸

려들었음을 감지하는 순간의 당혹스러움이었다.

엉엉 울고 싶었다. 그러면 속이 좀 후련해질 것 같았다. 하지만 그러기가 부끄러웠다.

구름이 아래로, 아래로 점점 내려오고 있었다. 창밖을 보았다. 심장이 조용히 뛰고 있었다.

보슬비가 우리 안을 일깨우는 이러한 시간들이 주는 슬픔이라고하는 관능적인 즐거움이라니! 깊은 곳에 숨어 있던 그 모든 쓰라린기억들이, 친구와 이별하던 날과 희미해져 가는 여자들의 작은 웃음과 나방처럼, 그리고 마지막 남은 한 마리 유충처럼 — 내 심장의 잎사귀들을 기어 다니며 조금씩 갉아먹어 이제는 다 먹어 치워 가는 —날개를 잃어버린 희망들이 표면으로 올라온다.

카프카스로 떠나 버린 친구의 영상이 비와 젖은 대지를 헤치고 서서히 모습을 드러냈다. 나는 펜을 집어 들고 종이 위에 엎드린 채, 친구가 가는 비의 그물을 끊어 내고 숨을 쉴 수 있도록 친구에게 말을걸기 시작했다.

사랑하는 친구여

내 운명과 약속한 대로 몇 달 간 머물면서 한 가지 도박 — 자본가가되어 돈을 벌어 보는 걸세 — 을 하기로 한 외로운 크레타 해안에서 편지를 쓰네. 내가 만약 이 도박에서 이기면, 결코 도박이 아니었다고 말할 작정이네. 어찌 되었든, 나는 큰 결심을 했고, 삶의 방식을 바꾸었네.

떠나던 날, 자네가 나더러 책벌레라고 했던 말 기억할 걸세. 그때 어찌나 난처하던지 당분간 — 아니면 영원히? — 종이에 끼적거리는 짓은 그만두고, 몸으로 부딪히면서 살기로 결심했다네. 갈탄이 매장된 야산을 하나 빌렸네. 안부들도 고용하고, 곡괭이며, 삽이며, 아세틸렌 등이며, 소쿠리며, 수레 같은 것도 내 손으로 다룬다네. 갱도를 내고 안으로 들어가네. 자네가 그 말을 한 걸 후회하게 해 주겠다는 듯이 말일세. 그래서 보란 듯이 땅을 파고, 땅속에 길을 내면서 책벌레에서 두더지로 변했는지도 모르네. 모쪼록 나의 변신을 좋게 봐 주길 바라네.

이곳에서 느끼는 기쁨들은 엄청나다네. 아주 단순한 데다, 영원한 원소들에서 샘솟는 것들이라서 그렇다네. 맑은 공기와 태양과 바다와 밀로 만든 빵만 해도 말일세. 저녁에는 행동도 말도 터키인같이 하는, 뱃사람 신드바드가 내 눈앞에 비범한 이야기들을 펼쳐 놓는다네. 그 친구가 말을 하면, 세상이 커지네. 그 친구는 말로는 안 되겠다 싶으면, 풀쩍 뛰어올라 춤을 춘다네. 그리고 춤 가지도고 안 되면, 산투르를 무릎에 올려놓고 연주하네.

어떨 때는 야성적인 가락을 연주하는데, 들어 보면 인생이 퇴색해 보이고, 비참해 보이고, 인간이 하찮아 보여서 숨이 턱 막힐 걸세. 어떨 때는 슬픈 가락을 연주하는데, 인생이 손가락 사이로 빠져 달아나 버리는 모래같이 느껴지는 것이, 구원 받을 길은 없구나 하고 느끼게 되네.

내 마음은 베 짜는 사람의 북처럼 가슴속을 노닌다네. 크레타에서 몇 달 동안 북으로 천을 짜면서 지내고 있는 걸? 하느님이 용서하시어? 행복으로 여기네.

공자는 말했네. '많은 이들이 사람보다 높은 곳이나 낮은 곳에서 행복을 찾는다. 하지만 행복은 사람 키 높이에 있다.' 사실이네. 그러니까 사람 키 높이에 맞는 행복이 사람 수만큼 있다는 이야기일세. 나의 제자요, 선생이여, 내 일상의 행복이 이와 같다네. 그래서 그때, 그때 내 키를 재고 있네. 자네도 잘 알다시피, 사람 키라는 게 한결같지가 않잖나.

기후와 고요와 고독, 아니면, 길동무에 따라 인간의 영혼이 얼마나 달라지던지!

나처럼 고독한 처지에서는 인간들이 작은 개미들처럼 보이기는커녕, 어마어마하게 큰 괴물들 ― 생명이 형성된, 탄산과 층층이 쌓여 썩어 가는 초목으로 포화 상태에 이른 대기 환경에서 살고 있는 공룡들이나 익룡들 ― 처럼 보인다네. 불가해하고 불합리한 생존경쟁의 장으로 말일세. 자네가 좋아하는 '국가'와 '인종'이란 개념이나, 나를 매혹하는 '초국가'와 '인류애'라는 개념들은 여기, 파멸이라고 하는 아주 강력한 숨결들 아래서는 결국 똑같은 가치를 지니게 되네. 우리는 느끼네. 우리가 표면화하는 것은 고작 몇 마디밖에 안 되며, 어떨 때는 단지 '아!'나 '예!' 같은, 한 마디도 안 되는 모호한 소리만 내고 있다는 걸 말이네 ― 그러다 결국 파멸한다는 것도 말일세. 그리고 아무리 고귀한 사상도 막상 해부해 보면, 겨가 잔뜩 들어 있고, 겨 속에 숨겨져 있던 용수철이 드러나는 꼭두각시 인형으로밖에 보이지 않네.

자네는 나를 잘 아니까 충분히 이해하리라 믿네. 이런 잔인한 묵상들이 나를 멀리 달아나게 하기는커녕, 오히려 내적인 불꽃에 없어서는 안 될 부싯깃이 되어 준다는 걸 말이네. 그 이유는 나의 스승, 부처가 말한 것과 같다네. "나는 깨달았네." 그리고 깨닫는 그 찰나에 유쾌하고도 묘한, 보이지 않는 연출가와 친한 사이가 되었으니 이 땅에서 내가 맡은 역할에 끝까지 충실할 수 있네. 용기를 잃지 않고 시종일관하겠다는 말이네. 깨달음 덕에 하느님의 무대에 영향을 미치고 있으니 하느님과 함께 일하는 셈이라네.

우주라는 무대를 자세히 들여다보는 식으로 말이네. 그래서 자네 역시 코카서스의 전설적인 요새 저쪽에서 자네가 맡은 역할을 충실히 수행하고 있는 게 보인다네. 죽을 위기에 처한 우리 민족 수천의 영혼을 구하려고 싸우는 게 보이네. 가짜 프로메테우스인 이상, 기아와 추위와 죽음이라는 어둠의 세력과 전쟁을 치르노라면 고통을 생생하게 느낄 걸세. 하지만 자존심이 워낙 강해서 파멸이라는 어둠의 세력이 그렇게나 많고 무적이라는 사실이 때로는 기쁘기도 할 걸세. 틀림없네. 그래야 희망을 버리고 살겠다던 목적이 더 영웅적인 목적이 되고, 자네 영혼이 더 비극적인 위대함을 획득하게 될 테니까.

자네는 틀림없이 확신할 걸세. 자네가 이끄는 그 인생이 행복한 인생이라고 말이네. 그리고 그리 생각하고 나서부터 행복해졌을 걸세. 행복을 자네 키에 맞게 자르기도 할 것이네. 그리고 지금 자네 키는 ─ 다행히도 ─ 내 키보다 엄청나게 클 거네. 훌륭한 스승에게는 스승을 뛰어넘는 제자가 나오는 것보다 더 큰 바람은 없네.

그런데 나는 자주 잊고, 자책하고, 길을 잃네. 신념은 불신의 모자이크일세. 거래를 하고만 싶을 때가 있네. 짧은 그 한 순간을 사는 대신 나머지 인생은 다 줘 버리는 걸세. 하지만 자네는 키를 단단히 붙들고, 이 삶의 가장 달콤한 순간에도 절대 잊지 않고, 정해 놓은 진로대로 목적지를 향해 나아가네.

우리 둘이 그리스로 돌아오는 길에, 이탈리아를 지나던 때 생각나나? 제법 위험했던 폰토스 지역을 지나가기로 했던 때 말일세. 우리는 기차를 타고 가다가 작은 마을에 내렸네. 다른 기차로 갈아탈 때까지 한 시간밖에 없었네. 우리는 역 근처 커다란 나무들로 우거진 정원으로 들어갔네. 활엽수들이 있고, 바나나가 자라고, 짙은 금속 색깔 대나무들이 있고, 벌들은 꽃이 만발한 가지에 모여들어 꿀을 빨고, 나뭇가지들은 그 모습을 보면서 벌벌 떨고 있었네.

우리는 잠시 황홀경에 빠져 걸었네. 꿈속을 거닐 듯이 말이네. 꽃길로 들어서는데, 아가씨 둘이 책을 읽으면서 나타났네. 예뻤는지 그저 그랬는지는 잊어버렸네. 한 아가씨는 금발 머리, 한 아가씨는 검은 머리, 둘 다 딱 붙는 옷을 입고 있었던 것만 생각나네.

우리는 꿈에서처럼 대담하게 아가씨들한테 다가갔고, 자네가 말을 걸었네. "무슨 책을 읽고 계신지 모르겠지만, 같이 이야기할 수 있을 겁니다." 아가씨들이 읽고 있던 게 마침 고리키 책이었네. 그러고는 그 짧은 시간에 일사천리로 인생과 가난과 의식의 혁명과 사랑 따위에 대해 이야기했네.

나는 우리의 기쁨과 우리의 슬픔을 결코 못 잊을 걸세. 우리와 그 낯선 아가씨 둘은 어느새 오랜 친구, 오랜 연인이 되어 있었네. 우리는 아가씨들의 영혼과 몸을 책임져야 했고, 우리는 서둘렀네. 얼마 안 있으면 아가씨들을 두고 영원히 떠날 테니 말이네. 그 설레는 분위기에서 우리는 황홀함과 죽음의 냄새를 맡았네.

기차가 도착하고, 기적이 울렸네. 꿈에서 깨듯, 우리는 소스라치게 놀랐네. 우리는 악수를 했네. 꽉 쥔 채, 헤어지지 않으려는 우리의 그 필사적인 손과 열 손가락을 내 어찌 잊겠는가. 한 아가씨는 얼굴이 창백했고, 한 아가씨는 떨면서 웃고 있었네.

내가 그때 자네에게 한 말이 기억나네. '그리스, 우리 조국이 뭘 해 준다고 그러나? 의무밖에 더 있나? 진실은 여기 있네!' 그리고 자네는 대답했네. '그리스, 우리 조국, 의무 따윈 아무것도 아닐세. 하지만 우리는 그 아무것도 아닌 것을 위해 기꺼이 파멸을 자처해야 하네.'

한데, 내가 왜 이런 말을 다 하는 줄 아나? 우리가 같이 지내던 순간을 조금도 잊지 않았다는 걸 보여 주려는 걸세. 그리고 좋든 싫든, 우리는 감정을 숨기는 버릇이 있네. 그래서 일부러 기회를 마련해서 같이 있을 때는 표현하지 못한 것들을 한번 해 보았네.

이제 자네는 내 앞에 없고, 내 얼굴도 못 보네. 그러니 내가 낯간지러운 소리를 해도 어쩌지 못할 걸세. 그래서 말이네만, 사랑하네. 아주 깊이 말이네.

편지를 다 썼다. 친구와 이야기를 하고 나니 홀가분했다. 조르바를 불렀다. 그는 바위 아래에 쪼그리고 앉아 케이블 탑 모형을 만들고 있었다.

"이리 와요, 조르바." 내가 소리쳤다. "일어나서 마을이나 돌아다닙시다."

"기분이 좋은가 보네요, 대장. 비도 오는데. 혼자 가면 안 되겠소?"

"기분 잡치기 싫습니다. 같이 가면 그럴 일은 없을 거예요. 같이 갑시다."

"내가 필요하다니 기분 좋은데요." 조르바가 말했다. "그렇다면 갑시다."

그는 얼마 전에 내가 준 크레타인들이 입는 뾰족한 모자가 달린 모직 코트를 걸쳤고, 우리는 진흙탕을 첨벙거리며 길을 나섰다.

비가 오고 있었다. 산봉우리가 보이지 않았다. 바람 한 점 없었다. 조약돌들이 반짝거렸다. 갈탄 광산은 안개에 휩싸여 있었다. 갈탄 광산은 내리는 비에 생기를 잃고 슬픔에 싸여 있는 여자 얼굴 같았다.

"비가 오면 사내 가슴이 아픈 법이라오." 조르바가 말했다. "그렇다고 그놈을 미워하거나 하면 절대로 안 되오, 대장. 그 가여운 놈도 영혼이 있으니까요."

조르바는 산울타리 가에서 몸을 숙이더니 갓 피어난 작은 야생 수선화들을 꺾었다. 그러고는 잘 안 보인다는 듯이, 난생 처음 본다는 듯이, 한참 동안이나 들여다보았다. 눈을 감은 채 냄새를 맡고, 한숨까지 쉬고 나서야 나에게 건넸다.

"돌하고 비하고 꽃이 하는 말이 들린다면 얼마나 좋을까요, 대장? 우리를 애타게 부를 텐데, 안 들리잖소. 사람들 귀가 언제나 뚫릴까요? 눈은 언제나 열릴까요? 언제가 돼야 돌하고 비하고 꽃들하고 사람들을 얼싸안을까요? 당신 생각은 어떻소, 대장? 책에 뭐라고 돼 있어요?"

"귀신한테나 잡혀가라!" 나는 조르바가 잘 쓰는 말로 대답했다. "귀신한테나 잡혀가라! 이 말만 나와 있고, 다른 말은 안 나와 있어요."

조르바가 내 팔을 붙들었다.

"좋은 생각이 있는데, 대장, 화내면 안 돼요. 그놈의 책들을 몽땅 쌓아 놓고 불에 싸질러 버려요. 혹시 압니까? 그러고 나면 당신이 더 이상 바보가 아니라 제대로 된…… 제대로 된 뭔가로 바뀔 수 있을지도 몰라요."

'조르바 말이 옳아!' 나는 속으로 소리쳤다. '조르바 말이 옳아. 하지만 난 못 그래.'

조르바는 머뭇거리며 깊이 생각했다. 그러고 나서 말했다.

"한 가지는 알 것 같은데……."

"뭡니까? 말해 봐요!"

"안다기보다는 생각한 건데, 그러면 알지도 모르오. 이거야 원, 말로 하려고 하면 뒤죽박죽이 돼 버리니. 어느 날, 상태 좋은 날, 춤으로 말해 주리다."

빗줄기가 굵어지지 시작했다. 우리는 마을에 다다랐다. 어린 여자애들은 풀을 뜯던 양들을 몰고 집으로 돌아오고, 사내들은 밭을 반쯤 갈다 말고 황소의 멍에를 풀었으며, 여자들은 어린 자식들을 앞세우고 좁은 골목길들을 내달았다. 소나기가 쏟아지기 시작하면서 온 마을에 기분 좋은 소동이 일어났다. 여자들은 째지는 소리를 내면서도 눈으로는 웃고 있었다. 사내들의 뻣뻣한 턱수염과 꼬불거리는 콧수염에는 굵은 빗방울이 맺혔다. 흙과 돌과 풀에서는 자극적인 냄새가 풍겨 나왔다.

우리는 물에 빠진 생쥐 꼴을 하고는 저렴한 카페 겸 정육점으로 뛰어들었다. 몇몇은 블롯 카드놀이를 하고 있고, 몇몇은 이 산에서 저 산으로 서로 소리를 질러 이야기를 주고받기라도 하는 듯이 목청을 높여 가며 논쟁을 벌이고 있었다. 한쪽 구석에서는 마을 원로들이 작은 탁자에 둘러앉아 규범을 정하고 있었다. 소매통이 넓은 흰 셔츠를 입은 아나그노스티 영감도 보이고, 굳은 얼굴로 가만히 바닥에 시선을 고정하고 물 담배를 빨고 있는 마브란도니 영감도 보이고, 굵은 단장에 몸을 기댄 채 칸디아에서 막 돌아온 털보 거인이 늘어놓는 큰 도시의 놀라운 이야기를 들으면서 되레 자신이 생색을 내듯이 웃고 있는, 키가 크고 호리호리한 중년의 교장 선생도 보였다. 카페 주인은 카운터 뒤에 서서 한쪽 눈으로 스토브에 올려 둔 커피 주전자들을 살피면서 이야기를 들으며 웃고 있었다.

아나그노스티 영감이 우리를 보자마자 일어섰다.

"이리 오게, 우리 주민 양반들." 아나그노스티 영감이 말했다. "스파키아노니콜리가 칸디아에서 보고 들은 이야기를 죄 들려주는 중이라네. 정말 웃기는 친구야. 한번 들어 보게!"

아나그노스티 영감이 카페 주인에게 몸을 돌렸다.

"라키 두 잔 주게, 마놀라키!" 영감이 말했다.

우리는 앉았다. 한창 신나게 떠들던 얼뜨기 목동은 낯선 사람이 나타난 걸 알고는 껍질 속으로 쏙 들어가 숨을 죽였다.

"그러면, 니콜리 추장, 자네도 극장에 못 가 봤단 말인가?" 교장 선생이 대답을 바라면서 물었다. "그 점에 대해선 어떻게 생각하는가?"

스파키아노니콜리는 커다란 손을 뻗어 자기 포도주 잔을 잡더니 단숨에 쭉 들이켜 움츠러든 용기에 불을 붙였다.

"극장에 못 가 봤냐고요?" 스파키아노니콜리가 소리쳤다. "당연히 가 봤죠! 다들 코토폴리(그리스의 유명한 여배우. 폴리는 병아리라는 뜻)가 이랬다는 둥, 저랬다는 둥 하니, 안 가 볼 수가 있어야지요. 어느 날 저녁, 전 성호를 긋고 이렇게 말했어요. '그래. 나라고 가지 말란 법 있어? 대체 어떤 계집이기에 저리들 안달복달을 하는 거야?'"

"그래서, 봤더니 어떻던가, 젊은 친구?" 아나그노스티 영감이 물었다. "어떻더냐고! 제기랄, 말 좀 해 줘!"

"글쎄요, 제 영혼을 걸고 맹세하는데, 뭐 볼 거 없더라고요. 하도 극장 타령들을 해 대니까, 이러실 거예요. '그렇다면, 나도 좀 보러 가야겠다!' 하지만, 미리 말씀 드리는데, 가지 마세요. 돈만 아까워요. 극장이라고 꼭 큰 술집처럼 생긴 데다, 바닥은 타작마당처럼 둥그렇게 생겨서는, 의자랑 불빛이랑 사람들로 꽉꽉 들어차서 발 디딜 틈이 없더라고요. 도대체 어디가 어딘지도 모르겠고, 그놈의 불빛 때문에 머리가 어질어질해서 뭐가 보여야 말이죠. '귀신들 짓이야.' 속으로 말했어요. '귀신들이 이제 주문을 걸 거야. 얼른 나가야겠다.' 그런데, 바로 그때, 할미새같이 까불까불한 계집이 다가와 절 꽉 붙잡는 거예요. '안녕하세요. 그런데 날 어디로 데려가는 거죠?' 하고 아무리 물어도, 무작정 끌고 가기만 하지 뭐예요. 그러고는 마침내 돌아서더니 저더러 앉으래요. 그래서 앉았죠. 한 번 생각해 보세요. 앞에도 사람, 뒤에도 사람, 양 옆에도 사람, 천장 바로 밑에까지도 사람, 사람들로 꽉꽉 들어찼다고요. '숨 막혀.' 속으로 말했어요. '이러다 뻥 터지겠어. 공기가 하나도 없어.' 그러고는 옆에 있는 남자한테 물었어요. '이봐요, 페르마돈나(프리마 돈나를 잘못 발음함)들은 어디서 나오나요?'

'그야 저 안에서 나오지 어디서 나와요?' 남자가 커튼을 가리키면서 말했어요. 그 남자 말이 맞았어요. 곧 종이 울리고 커튼이 열렸는데, 사람들이 말한 그 코토폴리가 거기 있더라고요. 바로 제 코앞 무대에 말예요. 그 계집이 병아리처럼 생겼느냐고 묻지 마세요. 그 계집은 여자예요. 네, 있을 거 다 있어요. 아무튼, 여자는 꼬리를 올렸다 내렸다 하면서 한 바퀴 빙 돌았어요. 다들 실컷 보고 나서 박수를 쳤지요. 여자는 종종종 걸어서 쏙 들어가 버렸고요."

마을 사람들이 배꼽을 잡고 웃었다. 스파키아노니콜리는 언짢고, 무안했다. 그래서 문 쪽으로 고개를 돌렸다.

"비 오는 것 좀 보세요." 스파키아노니콜리가 주위를 돌리려고 말했다.

모두들 스파키아노니콜리를 따라 눈을 돌렸다. 바로 그 짧은 순간, 여자 하나가 머리카락을 어깨까지 늘어뜨리고, 검정 치마를 무릎까지 둘둘 말아 올린 채 달려오고 있었다. 옷이 비에 젖어 몸에 착 들러붙는 바람에 풍만하고 둥근 몸매가 고스란히 드러났다.

나는 흠칫했다. '저건 또 무슨 맹수란 말인가?' 나는 그 과부가 남자를 게걸스럽게 먹어 치우는 나긋나긋하고 위험천만한 포식자처럼 느껴졌다.

순간 과부가 고개를 돌리더니, 잽싸고 아찔하게 카페 안을 힐끗 쳐다보았다.

"동정녀 마리아여!" 창가에 앉은 솜털이 보송보송한 풋내기가 중얼거렸다.

"몹쓸 요부 년 같으니!" 마놀라카스 순경이 소리를 질렀다. "몹쓸 요부 년, 사내 가슴에 불을 댕겨 놓고 타 죽게 놔두다니!"

창가의 풋내기가 흥얼거리기 시작했다. 풋내기는 처음에는 얌전하게 머뭇머뭇하다가 점점 크게 흥얼거리더니 어느새 말울음 소리를 내고 있었다.

······그 과부 베개에서 모과 냄새가 난다네!
그 모과 냄새 맡고부터 나도 잠을 못 잔다네!

"닥쳐!" 물담배를 빨고 있던 마브란도니 영감이 고함을 질렀다.

풋내기는 멋쩍어서 입을 꾹 다물었다. 늙은이 하나가 마놀라카스 순경에게 몸을 기울이고는 속삭였다.

"자네 삼촌, 지금 아무것도 안 보이네. 저 계집, 자네 삼촌한테 잡히기만 하면, 그 자리에서 요절이 날 걸세. 가여운 것 같으니. 하느님, 과부에게 자비를 베푸소서!"

"안드룰리오 영감님도 참." 마놀라카스가 말했다. "영감님도 저 과부 치맛자락만 노리시잖아요. 영감님도 어떻게 될지 몰라요. 부끄럽지도 않으세요?"

"들어 보게. 하느님은 저 계집한테 자비를 베푸셨네! 눈치 못 챘겠지만, 마을에 요즘 태어나는 애들이 어떤 애들인지 아나? ······내 말하겠는데, 저 과부를 축복하게나. 저 계집은 자네 말마따나 온 마을의 정부일세. 자네도 불을 끄고 상상하지 않는가? 자네 팔에 안긴 계집이 자네 마누라가 아니라, 저 과부라고 말이야. 그러니 명심하게. 그래서 요즘 우리 마을에 꽤 괜찮은 애들이 나오고 있다는 걸 말이네!"

잠시 조용하다가 안드룰리오 영감이 중얼거렸다.

"저 계집을 감싸는 허벅지에 행운이 있기를! 오, 젊은 친구, 내가 스무 살이면 얼마나 좋겠는가? 마브란도니 아들 파블리처럼 말일세!"

"자, 다들 계집이 갑자기 발길을 돌려 집으로 내빼는 것 좀 보게!" 누군가가 킬킬거리면서 말했다.

다들 문 쪽으로 돌아앉았다. 비가 퍼붓고 있었다. 물이 돌들 위로 콸콸 흘러넘쳤다. 이따금씩 번갯불이 하늘을 가로질렀다. 과부가 지나가던 때부터 조르바는 숨도 못 쉬고 있었다. 그러다 더 이상 참을 수가 없어서 나에게 탄식을 했다.

"비가 그칠 모양이니, 대장." 조르바가 말했다. "갑시다!"

맨발에, 머리는 산발을 하고, 눈은 터무니없이 큰 청년이 문간에 나타났다. 성화 그리는 화가가 그린, 단식과 기도로 눈이 어마어마하게 커진 세례 요한의 초상화와 판박이였다.

"잘 있었나, 미미코!" 몇 사람이 웃으면서 소리쳤다.

마을마다 바보가 하나쯤 있게 마련이고, 없으면 심심풀이 삼아 하나쯤 만들어 내는 법이다. 미미코는 이 마을 바보였다.

"친구들." 미미코가 여자 같은 목소리로 더듬거렸다. "친구들, 소멜리나 과부 아줌마가 암양을 잃어버렸대요! 찾아 주는 사람한테 포도주 두 되를 상으로 준대요!"

"나가!" 마브란도니 영감이 소리를 꽥 질렀다. "나가라고!"

미미코는 잔뜩 겁을 집어먹고는, 문 가까운 구석 자리에 쪼그리고 앉았다.

"앉아라, 미미코. 라키 한잔 해. 그래야 감기에 안 걸려!" 아나그노

157

스티 아저씨가 안쓰러워하면서 말했다. "바보가 하나도 없었으면 우리 마을이 뭐가 됐을꼬?"

그때, 껑충하고, 푸른 눈이 촉촉이 젖어 있는 젊은이 하나가 문간에 나타났다. 숨은 넘어갈 지경이었고, 이마에 딱 들러붙은 머리카락에서는 물이 뚝뚝 떨어지고 있었다.

"왔구먼그래, 파블리!" 마놀라카스가 소리쳤다. "잘 왔네, 사촌! 여기 앉게."

마브란도니 영감은 아들 파블리를 돌아보더니 이맛살을 찌푸렸다.

"저게 내 자식이라 이거지?" 마브란도니 영감이 혼잣말을 했다. "형편없는 새끼 같으니라고! 도대체 누굴 닮아서 저 모양이야? 낚지 새끼마냥 목덜미를 확 낚아채서 땅바닥에 패대기나 쳐 버릴까 보다!"

조르바는 뜨거운 벽돌 위에 앉아 있는 고양이 같았다. 그 과부가 조르바의 오관에 불을 지르는 바람에 이 네 벽에 갇힌 채로는 더 이상 버틸 수가 없었다.

"나갑시다, 대장, 나가요." 조르바가 매초마다 속삭여 댔다. "우리 여기 있다가는 폭발하고 말 거요!"

조르바는 마치 구름이 걷히고 해라도 나온 듯이 말했다.

그러고는 카페 주인에게 몸을 돌렸다.

"그런데 그 과부는 누구요?" 조르바가 관심 없는 척하면서 물었다.

"씨암말일세." 콘도마놀리오가 대답했다.

콘도마놀리오는 자기 입술에 손가락을 갖다 대면서 의미심장한 눈길로 마브란도니 영감을 가리켰다. 마브란도니 영감은 다시 바닥만 뚫어지게 내려다보고 있었다.

"씨암말이지." 콘도마놀리오가 되풀이했다. "저주 받고 싶지 않으면, 그 계집 얘기는 관둡시다!"

마브란도니 영감은 자리에서 일어나 물 담배통 목을 돌려 잠갔다.

"그럼, 먼저 실례하겠소. 이만 가야겠소. 파블리, 따라와!" 마브란도니 영감이 말했다.

마브란도니 영감은 아들을 끌고 나갔다. 두 사람은 우리 앞을 지나 어느새 빗속으로 사라졌다. 마놀라카스도 일어나 두 사람을 따라갔다.

콘도마놀리오는 마브란도니 영감이 앉았던 의자로 옮겨 앉았다.

"마브란도니 영감도 안됐어!" 콘도마놀리오가 주위 사람들에게는 들리지 않게 나직이 말했다. "화병으로 죽을 거야. 저 집에 엄청난 재앙이 닥쳤거든! 바로 어제 파블리가 제 아비한테 이러는 걸 이 귀로 똑똑히 들었네. '그 여자한테 장가가지 못하면 죽어 버릴 거예요!' 하지만 과부는 저 아이하고는 아무 짓도 안 하고 싶어 하네. 얼른 집에 가서 코나 닦으라고 했다네."

"갑시다." 조르바가 또 재촉했다. 조르바는 과부 얘기가 나올 때마다 점점 더 흥분했다.

수탉이 울기 시작했다. 빗줄기는 수그러들었다.

"그럼, 그럽시다." 내가 일어나면서 말했다.

미미코가 구석에서 벌떡 일어나 우리를 따라 나왔다.

자갈들이 반짝였다. 문들은 빗물이 줄줄 흘러내려 검게 보였고, 키 작은 노파들은 달팽이를 잡으려고 소쿠리를 들고 나왔다.

미미코가 다가와 내 팔을 툭 건드렸다.

"담배 한 대만 줘요, 선생님." 미미코가 말했다. "선생님께 사랑이 찾아올 겁니다."

담배 한 대를 건네자, 미미코가 햇볕에 그을린 앙상한 손으로 담배를 잡았다.

"불도요!"

미미코에게 불을 주었다. 그는 눈을 지그시 감고는 연기를 깊숙이 들이마셨다가 콧구멍으로 내뿜었다.

"파샤(터키의 고관)도 안 부럽구나!" 미미코가 중얼거렸다.

"어디로 가나?"

"과부 아줌마네 정원에요. 암양 이야기를 퍼트리고 오면 먹을 걸 준댔어요."

우리는 걸음을 재촉했다. 구름이 갈라져 틈들이 생겼다. 온 마을이 깨끗이 씻겨 싱그럽게 웃고 있었다.

"과부 좋아하나, 미미코?" 조르바가 한숨을 쉬면서 말했다.

미미코가 킬킬 웃었다.

"이봐요, 난 그 아줌마 좋아하면 안 돼요? 그리고 다들 시궁창에서 나왔는데, 나만 딴 데서 나왔나요?"

"어느 시궁창?" 나는 휘청했다. "그게 무슨 뜻인가, 미미코?"

"그야 엄마 뱃속이죠."

놀라웠다. 탄생이라고 하는 이 암울하고 불유쾌한 초상을 이토록 노골적인 리얼리즘으로 표현할 수 있는 사람은 셰익스피어뿐이며, 그것도 셰익스피어가 가장 창조적인 순간에만 가능한 일이었다.

나는 미미코를 바라보았다. 미미코는 눈을 크게 뜬 채, 황홀감에 빠져 있었다. 살짝 사시였다.

"뭐 하고 지내나, 미미코?"

"뭐 하고 지낼 것 같아요? 귀족처럼 지내요! 아침에 일어나면 빵 부스러기를 먹어요. 그런 다음엔 언제 어디서든 사람들이 해 달라는 일을 해요. 심부름하러 뛰어다니고, 비료도 실어 나르고, 말똥도 줍고, 낚싯대도 하나 있어요. 레오니 숙모하고 같이 사는데, 레오니 숙모는 돈 받고 곡을 해 주는 사람이에요. 곧 누군지 알게 될 거예요. 모르는 사람이 없으니까요. 사진 찍힌 적도 있는 걸요. 저녁에는 집으로 가서, 수프 한 사발 마시고, 포도주 몇 방울 마셔요. 있을 때만. 없으면, 하느님의 물로 배를 채워요, 북만하게요. 그러고 나서 자요!"

"결혼은 안 하나, 미미코?"

"뭐, 내가요? 나 미친놈 아니에요! 이젠 뭘 물어보려고요, 친구? 안장도 없이 말을 타라고요? 여자는 신발이 있어야 돼요! 신발을 어디서 구해요? 봐요, 나도 맨발이잖아요."

"신발이 없나?"

"날 뭐로 보는 거예요? 있어요! 작년에 남자 하나가 죽었는데, 레오니 숙모가 벗겨다 줬어요. 부활절에 교회 가서 신부님 볼 때만 신어요. 집에 올 때는 벗어서 목에 걸고 오고요."

"뭐가 제일 좋은가, 미미코?"

"첫째는 빵이요. 아, 얼마나 좋아하는데요! 바삭바삭하고, 따끈따끈한 게 그만이죠. 특히 밀로 만든 빵이요. 그 다음은 포도주. 그 다음은 잠."

"여자는?"

"쳇! 먹고, 마시고, 자는 거라고 말했잖아요. 나머지는 다 골치 아
픈 것들이에요!"

"과부는?"

"아, 귀신이 잡아가게 놔둬요. 미리 말하는데, 그러는 게 좋을 거예
요! 사탄아, 내 뒤로 물러나라!"

미미코가 침을 세 번 뱉고는, 성호를 그었다.

"읽을 줄은 아나?"

"이봐요, 이보라고요, 난 그런 바보가 아니에요! 어릴 때 학교에
끌려갔지만, 운이 좋았어요. 티푸스에 걸려서 바보가 됐거든요. 그
렇게 해서 빠져나온 거예요!"

조르바는 내가 꼬치꼬치 캐묻는 걸 들을 만큼 들었다. 그는 이제
과부 말고는 아무것도 생각할 수가 없었다.

"대장······." 조르바가 내 팔을 붙들면서 말했다. 그러고는 미미코
에게 명령하듯 어서 가라고 했다. "얘기 좀 해요."

"대장." 조르바가 말했다. "이쯤에서 기대해 보겠소. 수컷 명예를
더럽히지 말아요! 그 신인지 악마인지가 당신한테 이거 한 입 먹어
볼 테냐고 별미를 보내 줬단 말이오. 이가 있잖소. 그래요, 그럼 콱
박아요! 손을 뻗어 계집을 취해요! 조물주가 왜 손을 줬겠소? 취하
라고 준 거요! 그러니까, 취해요! 살면서 내가 거친 계집이 셀 수도
없을 지경이오. 그런데 저 우라질 과부는 뾰족탑꼭대기도 기분 좋게
해 줄 계집이오!"

"난처해지기 싫습니다!" 나는 화가 나서 쏘아붙였다.

마음속에서는 나 역시, 머스크 향을 뿜으면서 나를 지나간 그 암내 나는 야생동물의 강인한 육체를 탐했으므로 뜨끔했던 것이다.

"난처해지기 싫다니요!" 조르바가 어이없어하며 소리쳤다. "그러면 대체 뭘 하고 싶소?"

나는 대답하지 않았다.

"인생이란 게 원래 난처한 거요." 조르바가 말을 이었다. "죽음은 안 그래요. 산다는 거 ― 이게 무슨 뜻인지 아오? 허리띠를 풀고 난처한 걸 찾아간다는 거요!"

그래도 난 말하지 않았다. 조르바가 옳다는 걸 나도 알고 있었다. 하지만 감히 말하지를 못했다. 나의 인생은 잘못된 궤도를 가고 있었고, 사람들과 접촉하는 일도 단지 독백이 되어 가고 있었다. 내가 얼마나 타락했기에 여자하고 사랑을 나눌지, 사랑에 관한 책을 읽을지, 이 둘 중에 하나를 고르라고 하면 책 읽는 걸 고르겠는가!

"계산하지 말아요, 대장." 조르바가 말을 이었다. "숫자들은 저리 치워 버리고, 빌어먹을 저울은 부숴 버리고, 구멍가게는 문 닫아 버려요. 내 말 들어요. 이제 당신 영혼을 구할 건지, 잃을 것인지 결정할 때요. 들어요, 대장. 손수건을 꺼내서 이삼 파운드만 싸요. 금화로요. 종이돈은 반짝거리지 않으니까. 그런 다음 미미코한테 심부름을 시켜요. 과부한테 갖다 주라고. 가서 이렇게 말하라고 가르쳐요. '광산 사장님이 이 손수건과 함께 안부를 전해 드립니다. 얼마 되지는 않지만, 사랑은 크다고 하셨습니다. 이런 말도 하셨습니다. 암양에 대해서는 걱정하지 마시오. 잃어버려도 속상해하지 마시오. 내가 여기 있으니까 두려워하지 말아요! 부인이 카페를 지나가는 모습을 보고 상사병이 났으니, 낫게 해 줄 사람도 부인밖에 없습니다!'

기회요! 그런 다음, 같은 날 저녁에 문을 두드려요. 쇠도 뜨거울 때 두드려야 하는 법이오. 길을 잃었다고 해요. 어두우니까, 등불을 빌려 줄 수 있느냐고 물어요. 아니면, 갑자기 어지러워서 그러니 물 한 잔 줄 수 없느냐고 하든가. 아니면, 제일 좋은 방법인데, 아예 암양을 한 마리 사 갖고 가는 거요. '이것 좀 보시오, 부인.' 계집한테 말하는 거요. '부인이 잃어버린 암양이오. 부인 대신 내가 찾았지 뭡니까!' 그러면 과부가 ― 잘 들어요, 대장 ― 과부가 당신한테 보답으로 자기 걸 내 주고, 당신은 그 속으로 들어가는 거요……. 전지전능하신 하느님, 당신 뒤에서 씨암말을 같이 탈 수만 있다면 ― 내 말하는데, 대장, 말 등에 올라타고 천국으로 들어가는 거요. 거기 말고 다른 천국을 찾고 있다면, 어리석은 친구여, 다른 천국은 없소이다! 신부들 말은 듣지 말아요. 다른 천국은 없어요!"

과부네 정원에 거의 다 와가자, 미미코가 한숨을 푹 쉬더니 더듬더듬 자신의 슬픔을 노래하기 시작했다.

밤이 없는 포도주는 호두 없는 꿀이요!
처녀 없는 총각은 총각 없는 처녀라네!

조르바는 콧구멍을 벌름거리면서 다리를 쭉쭉 내뻗으며 기세등등하게 걸어갔다. 그러더니 갑자기 멈춰 서서, 한숨을 길게 내쉬었다. 그러고는 나를 노려보았다.

"다 왔는데요?" 조르바가 말했다.

그러고는 초초하게 기다렸다.

"그만 좀 해요!" 나는 매몰차게 대답했다.

나는 빨리빨리 걸었다.

조르바는 고개를 절레절레 흔들더니 화가 나서 뭐라고, 뭐라고 소리를 질렀다. 뭐라고 하는지 듣지 않았다.

오두막으로 돌아오자, 조르바는 책상다리를 하고 앉아 산투르를 무릎에 올려놓고, 머리를 숙이고는 깊은 명상에 잠겼다. 머리를 가슴에 들이대고 수많은 노래를 들으면서 그 중에서 가장 아름답고 가장 절망적인 노래를 고르려고 하는 것 같았다. 그러더니 마침내 선택을 끝내고는 가슴이 찢어질 것 같은 노래를 부르기 시작했다. 그러면서 이따금씩 나를 흘끔거렸다. 조르바는 나에게 미처 하지 못한 말과 차마 하지 못한 말을 산투르로 하고 있었다. 나는 인생을 허비하고 있으며, 과부와 나는 태양 아래에서 찰나를 살다가 영원한 죽음 속으로 들어가게 될 두 마리 벌레였다. 다른 생은 없다! 생은 이 한 번뿐이다!

조르바는 벌떡 일어섰다. 문득 자신이 쓸데없이 기운만 빼고 있다는 걸 깨달은 것이다. 그는 벽에 기대 담배에 불을 붙이고는 가만히 있다가 말을 했다.

"비밀을 하나 알려 주리다. 살로니카에 있을 때, 호자(터키의 성인)한테 들은 거요……. 당신한텐 안 통할지 모르지만, 그래도 말할 거요.

그때 난 마케도니아에서 마을을 찾아다니면서 실하고 바늘하고

165

성인전, 벤자민, 후추 같은 것들을 팔았소. 그때는 내 목소리가 아주 좋았지요. 진짜 나이팅게일 같았다오. 계집들이 껌뻑 죽었소. 계집들은 목소리에도 사족을 못 쓴다는 걸 알아야 하오. 계집이 사족을 못 쓰는 게 어디 한두 가지요만 — 닳아빠진 것들 같으니라고! 고것들 속이 어떻게 생겨먹었는지는 하느님밖에 모르실 거요! 고것들은 사내가 진짜 뭣같이 생겼거나 곱사등이나 절름발이라 해도, 목소리만 좋고 노래만 할 수 있으면 완전히 미쳐 버려요.

살로니카에서도 행상을 했는데, 터키 놈들이 사는 지역까지 들어갔다오. 파샤 딸인, 돈 많은 무슬림 계집이 잠을 못 잘 정도로 내 목소리가 그렇게 매력이 있었던 모양이오. 계집이 호자를 부르더니 은화를 한 줌 쥐어 주더랍니다. '아만!(아이고! 혹은 자비를!의 뜻) 계집이 땅이 꺼져라 한숨을 쉬고는 이러더래요. '가서 행상하는 자우르(불신자) 좀 데려오세요. 아만! 꼭 만나야겠어요. 더 이상 못 참겠어요!'

호자가 나를 찾아왔소. '내 말 좀 들어 보게, 젊은 루미(루마니아) 친구.' 호자가 말하더군요. '같이 가세.' '싫어요.' 내가 대답했소. '어디로 데려가려고 그러는 거예요?' '샘물 같은 파샤 딸한테 데려가려고 그러네. 자기 방에서 자네를 기다리고 있네. 가세, 젊은 루미 친구!' 난 그 사람들이 밤이면 터키놈들 구역에서 기독교인들을 죽인다는 걸 알고 있었소. '싫어요. 안 가요.' 내가 말했소. '신이 두렵지도 않나, 자우르?' '제가 왜 신을 두려워해야 하는데요?' '왜냐하면 말이네, 어린 루미, 계집하고 잘 수 있는데도 안 자는 건 큰 죄를 짓는 일이기 때문이라네. 이보게, 어린 친구, 계집이 옆에 와 누우라고 부르는데도 안 가면, 자네 영혼은 그 길로 끝장일세! 심판 날에 계집이 하느님 앞에서 한숨을 푹 쉴 거네. 그러는 날에는 자네가 어떤 사람이든, 아무리 좋은 일을 해도, 고 계집 한숨에 나가떨어져 버릴 걸세. 지옥으로 말일세!'"

조르바가 한숨을 쉬었다.

"지옥이 있다면 난 지옥으로 갈 거요." 조르바가 말했다. "그래야 맞아요. 강도짓을 하고, 사람을 죽이고, 간통을 해서가 아니오. 절대 아니오! 그런 것쯤은 아무 일도 아니오. 그날 밤 살로니카에서 계집 하나가 침대에서 나를 기다리는데도 안 간 거, 그거 때문이오……."

조르바는 일어나서 불을 지펴 식사 준비를 했다. 그러면서 가소롭다는 듯이 웃으면서 나를 훔쳐보았다.

"그렇게 영원히 귀머거리네 집 대문만 두드리구려!" 조르바가 중얼거렸다.

그러고는 허리를 굽히더니 성질을 부리면서 눅눅한 장작을 불어대기 시작했다.

9

날은 점점 짧아지고, 해는 금세 떨어졌으며, 날이 저물 때마다 마음이 불안해졌다. 원초적인 공포가 우리를 옥죄었다. 우리 조상들이 조금씩 짧아지는 해를 보면서 겨우내 느꼈을 그런 공포였다.

'내일은 영원히 사라져 버릴 거야.' 조상들은 절망에 휩싸여 생각했을 것이다. 그리고 두려움에 떨면서 높은 곳에서 밤을 꼬박 새웠을 것이다.

조르바는 이러한 불안을 나보다 더 깊게, 더 원초적으로 느꼈다. 그는 이러한 두려움에서 벗어나려고 하늘에 별이 뜰 때까지 광산의 갱도를 떠나지 않았다.

조르바는 우연찮게 재도 별로 없고, 그리 눅눅하지도 않고, 열량도 풍부한, 아주 질 좋은 갈탄 층을 발견했다. 그는 기뻐 날뛰었다. 우리의 이윤은 조르바의 마음속에서 놀라운 변화를 거듭했다. 우리의 이윤은 여행들이 되고, 여자들이 되고, 새로운 모험들이 되었다. 조르바는 안달복달을 하며 그날을 기다렸다. 한몫 잡을 날을, 날개가 —

'날개'는 조르바가 돈에 붙인 이름이다 — 자신이 날아가 버릴 수 있을 만큼 충분히 커질 날을 기다렸다. 그러기 위해 밤을 새워 가며 모형 케이블 선을 만들어 보면서, 통나무들을 아래로 천천히 — 조르바가 자기 입으로 말한 것처럼, 천사가 나르듯이 살포시 — 나를 수 있는 정확한 경사를 찾으려고 늘 애썼다.

어느 날 조르바는 큰 종이 한 장과 색연필 몇 자루를 가져와 산과 숲과 선들과 케이블 선에 매달려 내려오는 통나무들을 그리고, 통나무마다 하늘색 날개를 한 쌍씩 달아 주었다. 작고 둥근 만에는 검은 배들과 작은 앵무새 같은 녹색 수병들과 노란 통나무들을 실은 마호네들을 그려 넣었다. 네 귀퉁이에 하나씩 그려 놓은 수도승들의 입에서는 검은색 대문자로 '하느님은 위대하시고 하느님의 기적들은 놀랍도다!'라고 적혀 있는 분홍색 리본이 나와 있었다.

이제 며칠 동안 조르바는 급히 서둘러 불을 지피고 저녁 식사를 준비했다. 그러고는 식사가 끝나기가 무섭게 마을로 내뺐다. 그리고 얼마 안 있어 시무룩한 얼굴로 돌아왔다.

"또 어딜 다녀왔습니까, 조르바?" 내가 묻고는 했다.

"신경 쓰지 말아요, 대장." 조르바는 화제를 바꾸면서 그렇게 대답했다.

그러다 어느 날 저녁에는 돌아오자마자 대뜸 화부터 냈다.

"하느님이 있소? — 예, 아니오로만 대답해요. 어떻게 생각하오, 대장? 그리고 만약에 그런 게 있다면 — 뭐든지 있을 수 있으니까? 뭐하고 닮았을 것 같소?"

나는 어깨를 으쓱해 보였다.

"농담하는 거 아니오, 대장. 내 생각에는 나하고 똑같을 것 같소이다. 나보다 더 크고, 더 세고, 더 미치긴 했지만 말이오. 게다가 죽지도 않지만요. 그이는 부드러운 양가죽 더미에 앉아 있고, 그이가 사는 오두막은 하늘이오. 우리같이 빈 석유통들로 만든 게 아니라 구름으로 만들었지요. 오른손에는 칼도 아니고, 저울 한 벌도 아니고 — 이 우라질 물건들은 백정이나 구멍가게 주인한테나 소용 있는 거니까 — 물이 흥건히 배어 있는 커다란 스펀지를 들고 있소. 비구름 같은 거 말이오. 그이 오른쪽은 천국이고, 왼쪽은 지옥이오. 그리고 영혼이 하나 옵니다. 그 작고 불쌍한 놈은 망토를 잃어버리는 바람에 — 몸을 말하는 거요 — 알몸으로 달달 떨고 있지요. 하느님은 그 꼴을 보자마자 소매를 올리고는 몰래 씩 웃으면서 탐정 놀이를 합니다. '이리 와 봐!' 하느님이 으르렁거립니다. '귀여운 꼬마 녀석아!'

그러고는 바야흐로 심문을 시작합니다. 홀딱 벗은 영혼은 하느님 발에다 온몸을 던집니다. '자비를 베푸소서!' 고놈이 울부짖습니다. '죄를 지었습니다.' 그러고는 지은 죄를 술술 불기 시작합니다. 횡설수설하면서 줄줄 늘어놓습니다. 한도 끝도 없습니다. 하느님 생각에, 고놈이 지나치게 착합니다. 하느님은 하품을 합니다. '대충 좀 해라, 이놈아!' 하느님이 소리를 꽥 지릅니다. '하도 들어서 그 정도면 다 알아듣는다, 이놈아!' 그러고는 그 죄를 다 스펀지로 쓱싹! 씻어 버립니다. '죄를 다 사하였다, 이놈아. 얼른 천국으로 도망가!' 하느님이 말합니다. '베드로, 이 귀여운 꼬마 녀석도 받아 주게!'

왜냐하면 하느님은, 다 알다시피 위대한 왕이기 때문이오. 그리고 그게 바로 왕이 되는 길이오. 용서하는 것 말이오!"

조르바가 같잖은 소리를 늘어놓는 동안 웃어야 했던 그날 저녁을 기억한다. 하지만 하느님의 이 '위엄'은 내 안에서 모양을 갖추어, 자비롭고, 관대하며, 막강한 것으로 성숙해 갔다.

다른 날 저녁, 비가 오고 있었고, 우리는 오두막에서 화로에 쭈그리고 앉아 밤을 굽고 있었다. 조르바는 고개를 돌리더니 뭔가 대단한 신비를 풀어 보려는 듯이 나를 한참 동안 바라보았다. 그러다 더 이상 참지 못하고 말했다.

"대장, 알고 싶소. 내 안에 있는 악마를 보기나 하는지 말이오. 왜 내 귀를 잡아끌어 날 쫓아내지 않는 거요? 사람들이 날 곰팡이라고 부른다고 했잖소. 내가 가는 데마다 돌멩이 하나 남아나지 않는다고…… 당신 사업도 힘들어지게 만들다가 말아먹고 말 거요. 부탁인데, 날 좀 쫓아내 줘요!"

"당신이 좋은걸요." 내가 대답했다. "그냥 좋아하게 돼요."

"내 뇌가 정상 무게가 아니라는 걸 그렇게 모르겠소, 대장? 좀 더 나가든, 좀 덜 나가든, 확실한 건 정상은 아니라는 거요! 자, 봐요, 여기 쉽게 알아들을 수 있는 게 있소이다. 난 그 과부 때문에 며칠을 밤이고 낮이고 쉬질 못했소. 아니오, 나 때문에 그런 게 아니오. 맹세컨대, 이번은 그런 경우가 아니오. 내가 뭐랬는데요, 그 과부는 귀신한테 잡혀가야 한다고 했는데. 그 과부는 털 끝 하나 안 건드릴 거요. 그거 하난 자신 있소. 난 그 과부 취향이 아니오…… 하지만 그 과부를 아무도 안 거들떠보는 건 바라지 않소이다. 고것 혼자 자는 건 바라지 않아요. 혼자 자게 두는 건 옳지 않으니까요, 대장. 고것 혼자 잘 걸 생각하면 참을 수가 없소. 그래서 밤에 그 집 정원을 맴도는 거요 ─ 내가 사라지는 거 봤잖소. 어디 갔다 오느냐고 묻기도 하고요. 하지만 왜 그러는 건지는 몰랐잖소. 고것이 어느 놈하고 자고 있으면, 그제야 안심이 돼서 돌아오는 거요."

내 웃음보가 터졌다.

"웃지 말아요, 대장! 계집이 완전히 혼자 잔다면, 그건 우리 사내새끼들 잘못이오! 심판 날을 생각해서라도 우리 사내새끼들은 전부 계집들에게 잘 보여야 하오. 하느님은 다 용서하실 거요. 좀 전에 말했듯이 ─ 스펀지를 준비하고 있을 거요. 하지만 그 죄는 용서하시지 않을 거요. 계집하고 같이 잘 수도 있었는데 안 잔 놈들한테 재앙이 있기를! 사내하고 잘 수도 있었는데 안 잔 년들한테도 재앙이 있기를! 호자가 한 말 잊지 말아요!"

조르바는 잠시 아무 말도 하지 않았다.

"인간이 죽으면, 다시 생명을 얻을 것 같소?" 조르바가 불쑥 물었다.

"아니오, 조르바."

"나도 아니라고 생각하오. 하지만 인간이 다시 생명을 얻을 수 있다면, 내가 말하는 그 잡것들, 봉사를 거절한 것들, 의무를 다하지 않은 것들이 뭐가 돼서 돌아올 것 같소이까? 노새요!"

조르바는 다시 입을 꾹 다물고 생각에 빠졌다. 그러다 갑자기 눈에서 불꽃이 튀었다.

"누가 아오?" 조르바는 자신이 뭔가를 생각해 낸 것에 흥분해서 말했다. "지금 우리가 이 세상에서 보고 있는 저 많은 노새들이 죄 그런 잡것들이었는지. 전생에 사내새끼나 계집년으로 살면서 멀쩡한 사람 병신 만든 것들, 의무를 다 하지 않은 것들 — 결국엔 사내새끼도 아니고 계집년도 아니었던 잡것들인지 말이오. 계속 헛발질만 해대는 것도 그렇고. 그러니 이제 뭐라고 할 거요, 대장?"

"당신 뇌가 무게가 덜 나간다고요, 조르바." 내가 껄껄 웃으며 대답했다. "산투르나 연주해요!"

"은근슬쩍 넘어가지 말아요, 대장. 오늘 밤은 연주하지 않을 거요. 지금 내가 헛소리나 찍찍 해 대고, 앞으로도 계속 해 댈지 모르는데, 왜 그러는지 알아요? 태산 같은 걱정거리들이 마음을 짓눌러서 그래요. 새로 낸 그 갱도가 — 귀신이 물어갈 것 같으니라고 — 날 갖고 놀아요. 그런데 당신은 산투르나 연주하라고 하고……."

조르바는 재에서 밤을 꺼내 나에게 한 줌 건네고, 라키 술을 따랐다.

"하느님이 갖고 있는 저울 눈금이 오른쪽으로 넘어가기를!" 내가 잔을 부딪치면서 말했다.

"왼쪽으로 자빠지기를!" 조르바가 바로잡았다. "왼쪽으로 가야죠! 오른쪽으로 가서 뭔 고생을 하려고."

조르바는 불처럼 뜨거운 술을 단숨에 들이켜고는 침대에 가 누웠다.

"내일은 죽어날 거요." 조르바가 말했다. "천 마리도 넘는 마귀 새끼들하고 싸워야 되거든요. 잘 자요!"

다음 날 첫새벽에 조르바는 광산 아래로 사라져 버렸다. 인부들은 좋은 탄층을 따라 갱도를 깎아 내면서 앞으로 나아갔다. 천장을 통해 물이 새어 들어오고 있었고, 인부들은 검은 진흙탕 여기저기에서 철벅거리고 있었다.

이틀 전 조르바는 갱도를 보강할 통나무들이 필요하다고 했다. 그는 불안해했다. 받침목들이 어느 정도는 커야 되는데 그렇게 크지도 않은 데다, 조르바는 지하 미로가 마치 자신의 몸이라도 되는 양, 미로 안에 있는 모든 것이 어떻게 돌아가는지 알게 해 주는 심오한 직감을 통해 버팀목이 안전하지 않다는 걸 느꼈다. 조르바는 다른 사람은 지각할 수 없는 아주 미세한 삐걱거림 — 천장 버팀목들이 무게를 못 이겨 신음하는 소리 — 까지 들을 수 있었다.

그날, 조르바를 불안하게 하는 일이 또 있었다. 그가 수갱으로 내려가려는데 마을 사제인 스테파노스 신부가 노새를 타고 지나가고 있었다. 신부는 죽어 가는 수녀에게 병자 성사를 베풀러 급히 이웃 수녀원으로 가는 길이었다. 다행히도 조르바에게는 신부가 말을 걸기 전에 땅바닥에 침을 세 번 뱉으면서 자신을 몰아낼 시간 여유가 있었다.

"안녕하시오, 신부님!" 조르바는 신부의 인사를 시큰둥하게 받아 주었다.

그러고는 목소리를 살짝 내리깔면서 덧붙였다.

"당신의 저주가 나에게 내리기를!"

조르바는 액땜을 했는데도 불구하고 왠지 부족하다고 느끼고는 신경이 날카로워진 채 새 갱도로 내려갔다.

갈탄과 아세틸렌 냄새가 심하게 났다. 인부들은 어느새 갱도 천장을 지탱하고 있는 들보들을 보강하고 있었다. 조르바는 인부들에게 형식적으로 퉁명스럽게 아침 인사를 건넸다. 그러고는 소매를 걷고 작업에 착수했다.

인부 열두 명이 탄층에 곡괭이질을 해서 탄을 발 아래로 모으면, 나머지 인부들이 그걸 삽으로 퍼서 작은 수레에 담아 밖으로 내갔다.

조르바는 갑자기 일을 멈추더니 인부들에게도 멈추라는 신호를 보내고는 귀를 곤두세웠다. 기수가 말과 하나가 되듯이, 선장이 배와 하나가 되듯이, 조르바는 갱도들과 하나가 되었다. 조르바는 인간의 맑은 의식으로 갱도들의 지맥들을 자기 살 속의 핏줄들처럼 느낄 수 있었으며, 검은 탄 더미들은 못 느끼는 걸 느낄 수 있었다.

조르바는 털이 많은 큰 귀로 온 신경을 집중해 소리를 듣더니 갱도를 노려보았다. 내가 도착한 때가 바로 그때였다. 나는 불길한 예감이라도 든 듯이, 어떤 손이 재촉하기라도 한 듯이 갑자기 소스라치게 놀라 잠에서 깼다. 서둘러 옷을 입고 뛰쳐나갔다. 왜 서두르고 있는지도 몰랐고, 어디로 가고 있는지도 몰랐다. 하지만 내 몸은 주저 없이 광산으로 내달렸다. 나는 조르바가 가슴을 졸이며 듣고 있고, 보고 있던 그 순간에 도착했다.

"아무 일도 아니다……." 조르바가 잠시 뒤에 말했다. "잠시 그런…… 걱정할 거 없다. 가서 일들 해!"

조르바는 돌아서다가 나를 보고는 당황해서 입술을 오므렸다.

"대장, 꼭두새벽에 여긴 웬일이오?"

조르바가 다가왔다.

"나가서 신선한 공기나 쐬지 그래요, 대장." 조르바가 소곤거렸다. "다른 날 여기서 내 대신 감독하게 해 주리다."

"무슨 일입니까, 조르바?"

"아무것도 아니오……. 상상을 하고 있었소. 내가 다니는 길을 신부가 첫 번째로 지나가서 그렇소. 가요."

"위험한데 나만 나가면 창피하지 않겠습니까?"

"그렇지요." 조르바가 대답했다.

"같이 나가겠습니까?"

"싫소."

"그럼 나도 안 나갑니다!"

"조르바가 할 일이 있고, 다른 사람이 할 일이 있는 거요." 조르바가 신경질적으로 말했다. "가는 게 창피해서 있어야겠다면 그렇게 해요. 여기 있어요. 오늘이 당신 장례식 날이 될 테니까!"

조르바는 무거운 망치를 들고, 뒤꿈치를 들고는 천장 지주에 못을 몇 개 박았다. 나는 기둥에 걸려 있던 아세틸렌 등불을 들고, 진흙탕 속을 오르락내리락하면서 빛나는 탄층이 있는 암흑을 주시했다. 수백만 년 전에 광대한 삼림들을 집어삼킨 게 분명했다. 대지는 삼림들을 소화해 자식으로 바꾸었다. 나무들은 갈탄이 되고, 갈탄은 석탄이 되었으며, 조르바가 오게 되고…….

나는 못에 등불을 다시 걸어 두고, 일하고 있는 조르바를 지켜보았다. 그는 자기 일에 완전히 몰입했다. 다른 것은 아무것도 생각하지 않고 대지와 곡괭이와 탄과 하나가 되었다. 나무와 벌이는 전투에서 조르바 자신과 망치와 못은 서로 하나가 되었다. 조르바는 툭 튀어나온 갱도 천장 때문에 고생하고 있었다. 그는 탄을 손에 넣으려고 노련하고 힘차게 산과 한판 시합을 벌였다. 확실하고 전혀 틀림없는 본능으로 물질을 느끼고, 가장 취약하고 정복당하기 쉬운 곳에 잽싸고 현명하게 일격을 가했다.

그러고는 탄가루를 푹 뒤집어쓰고, 덕지덕지 바른 채 오로지 흰자위만 반짝이면서 나타났다. 적이 눈치채지 못하게 적진에 접근해, 내부 방어 시설에 침투하려고 탄으로 위장했다가 탄 자체가 되어 버린 듯했다.

"브라보, 조르바! 힘내요!" 나는 감탄한 나머지 그렇게 순진하게 외쳤다.

하지만 조르바는 뒤도 돌아보지 않았다. 하기야 조르바가 왜 이런 순간에 곡괭이 대신 손가락 사이에 연필이라는 초라한 몽당자루나 끼고 있는 나 같은 책벌레하고 이야기를 하겠는가? 조르바는 바빠서 말도 하고 싶어 하지 않았다. "내가 일하고 있을 때는 말 시키지 말아요." 어느 날 저녁, 조르바가 말했다. "그러다 부러져요!" "부러진다고요, 조르바? 왜요?" "또 그놈의 '왜요, 뭣 때문에요!' 어린애 같이! 그걸 어떻게 설명합니까? 정신없이 일을 하다 보면 머리부터 발끝까지 팽팽하게 긴장이 돼서는, 탄이든, 산투르든지간에 그놈하고 하나가 돼 버린단 말이오. 그럴 때 누가 갑자기 건드리거나 말을 시키면, 아무 생각 없이 돌아보다가 뚝 부러질지도 모른단 소리요. 자, 이제 알아들었나요?"

손목시계를 보았다. 열 시였다.

"여러분, 점심 먹을 시간이오!" 내가 말했다. "벌써 점심시간이 넘었어요!"

인부들은 즉시 연장을 구석에 던져 놓고, 얼굴에 흐른 땀을 훔치고는 갱도를 떴다. 조르바는 일하는 데 정신이 팔려 그 소리도 듣지 못

했다. 들었다고 해도 그 자리에서 꿈쩍도 안 했을 것이다. 그는 다시 한번 불안해 하면서 소리를 듣고 있었다.

"우리는 그동안 담배나 한 대 피웁시다." 내가 인부들에게 말했다.

그러고는 인부들에게 빙 둘러싸인 채 호주머니를 뒤졌다.

조르바가 갑자기 소스라치게 놀라 일어섰다. 그는 갱도 칸막이에 귀를 갖다 댔다. 아세틸렌 등불 아래로, 그의 입이 크게 벌어진 채 일그러져 있는 게 보였다.

"왜 그래요, 조르바?" 내가 소리쳤다.

그런데 바로 그 순간, 우리 위에 있는 지붕 전체가 부르르 떠는 것 같았다.

"나가!" 조르바가 말이 울부짖듯 소리쳤다. "나가!"

우리는 뒤를 돌아 출구를 향해 질주했고, 첫 번째 나무 뼈대에 채 이르기도 전에 갑자기 꿍음을 내며 갈라지는 소리가 머리 위에서 재차 들려왔다. 그러는 동안, 조르바는 무너지는 들보를 버팀벽으로 삼아, 쐐기처럼 밀어 넣을 거대한 통나무를 들어 올리고 있었다. 그가 재빨리 그 일을 해치운다면 지붕이 몇 초 더 버팀으로써 우리에게 빠져나갈 시간을 벌어 줄 터였다.

"나가!" 조르바가 다시 고함을 질렀다. 하지만 이번에는 지구 내부에서 들려오는 것처럼 잘 들리지가 않았다.

인간이 위기에 몰리면 비겁해지게 마련이다. 우리는 조르바 따위는 까맣게 잊은 채 죽어라 밖으로 내달렸다. 하지만 몇 초 뒤, 나는 정신을 가다듬고, 다시 갱도로 달려갔다.

"조르바!" 나는 소리쳤다. "조르바!"

적어도 소리는 지른 줄 알았다. 그런데 얼마 안 있어 외침이 목구멍을 빠져나오지 못했다는 것을 깨달았다. 두려움이 목소리를 죽여버린 것이다.

부끄러움이 엄습했다. 나는 두 팔을 뻗고 조르바에게 뛰어들었다. 조르바는 거대한 버팀목을 고정한 다음 궁지에서 빠져나와 출구를 향해 달려오던 참이었다. 그가 어둠 속으로 곤두박질치듯이 뛰어들어 내 쪽으로 달려왔으므로 우리는 서로의 품에 뛰어든 꼴이 되었다.

"나가야 돼요!" 조르바가 고함을 질렀다. "나가요!"

우리는 내달려 불빛이 있는 곳에 다다랐다. 공포에 질린 인부들이 입구에 모여 안을 뚫어져라 살펴보고 있었다.

세 번째 굉음이 들려왔다. 나무가 폭풍우에 쪼개지는 소리 같았다. 그러더니 갑자기, 무시무시한 포효가, 꽝 하고 벼락 때리는 소리가 났다. 포효는 산허리를 뒤흔들었고, 갱도는 무너져 내렸다.

"전능하신 하느님!" 인부들이 성호를 그으면서 중얼거렸다.

"곡괭이를 저 아래에 두고 나오다니!" 조르바가 화가 나서 소리쳤다.

인부들은 아무 말도 하지 않았다.

"그걸 왜 안 갖고 나왔어?" 조르바는 불같이 화를 냈다. "바지에 오줌이나 쌌겠지. 아니면 내 손에 장을 지진다! 너희들은 연장이 불쌍하지도 않냐, 응?"

"아유, 조르바, 지금 곡괭이 얘기 할 때가 아니잖아요." 내가 인부들 속으로 들어가며 말했다. "다들 무사하니 천만다행으로 여깁시다! 고맙습니다, 조르바! 당신 덕분에 우리 모두 목숨을 건졌습니다."

"어이구, 배고파!" 조르바가 말했다. "그 우라질 것 때문에 속에 있던 게 죄 어디로 내뺐네그려!"

조르바는 바위에 올려 두었던 양식 자루를 가져와 끄르더니 빵 몇 개와 올리브 몇 개, 양파 몇 개, 삶은 감자 한 개, 그리고 포도주가 담긴 호리병 하나를 꺼냈다.

"자자, 어서들 먹자고!" 조르바가 입에 음식을 가득 넣은 채 말했다.

그는 한꺼번에 빠져나가 버린 힘을 다시 채워 넣으려는 듯이 음식을 씹지도 않고 삼켰다.

조르바는 몸을 숙인 채 묵묵히 먹기만 했다. 그리고 호리병을 들고는 머리를 뒤로 젖히더니 목구멍에다 포도주를 콸콸 들이부었다.

인부들도 용기를 내어 자신들의 양식 자루를 끌러 점심을 먹기 시작했다. 다들 조르바 주위에 책상다리를 하고 앉아서는 그를 쳐다보면서 먹었다. 조르바의 발에 몸을 던져 손등에 입을 맞추고 싶었지만, 그가 무뚝뚝하고 괴팍하다는 걸 알고 있었으므로 어느 누구도 감히 그러지 못했다.

마침내 몸집이 크고 콧수염이 희끗희끗한, 가장 나이 많은 미할리스 영감이 마음을 단단히 먹고는 말했다.

"고마운 알렉시스 나리, 그때 당신이 없었다면, 그 시간부로 우리 애들은 고아가 됐을 겁니다."

"입 다물어요!" 조르바가 입에 음식을 가득 넣은 채 말했다. 그러자 다들 끽소리도 못했다.

10

"그렇다면 이 주저함의 미로와, 억측의 사원과, 죄의 주전자와, 천 가지 속임수를 뿌린 들판과, 지옥으로 가는 문과, 교활함이 차고 넘치는 바구니와, 꿀맛이 나는 독과, 유한한 생명을 땅에 묶어 놓은 이 사슬은 누가 만들었나이까? 여인입니까?"

나는 화롯가 땅바닥에 앉아, 묵묵히 느릿느릿 부처의 노래를 베껴 나갔다. 밤마다 비가 내리는 축축한 대기 속에서 엉덩이를 흔들며 눈 앞을 왔다 갔다 하는, 비에 흠뻑 젖은 여체의 형상을 마음속에서 몰 아내려고 주문을 외고, 또 외웠다. 갱도가 붕괴되던 날, 내 인생이 짧 게 끝날 뻔했던 그날 이후로 내 핏속에 그 과부가 살고 있음을 감지 했다. 과부는 야생 동물처럼 나를 집요하게 책망하며 불러 댔다.

"이리 와요! 이리 와요!" 과부가 울부짖었다. "인생은 번쩍하고 사라지는 한 줄기 빛이에요. 빨리 와요, 와요, 와요. 너무 늦기 전에 요!"

나는 그것이 허벅지와 엉덩이가 탱탱한 여자 형상을 한 마귀, 마라라는 것을 익히 알고 있었다. 나는 마라와 싸웠다. 원시인들이 동굴 밖을 배회하는 굶주려 사나워진 야수들을 뾰족한 돌이나 붉고 흰 색칠로 동굴 벽에 그려 넣는 식으로, 부처의 노래를 베꼈다. 원시인들 역시 조각과 그림으로 야수들을 바위에 붙들어 매려 했을 것이다. 그러지 않았더라면 야수들이 원시인들을 덮쳤을 것이다.

죽음의 문턱까지 갔던 그날 이후로 과부는 나의 고독한 불길 속을 끊임없이 오가면서 관능적인 엉덩이를 흔들며 어서 오라고 손짓했다. 나는 낮 동안은 강했고, 방심하지 않았으며, 과부를 쫓아낼 수 있었다. 변장을 하고 부처 앞에 나타난 마귀가 어떻게 여자 형상을 했는지, 어떻게 그 단단한 가슴을 금욕주의자의 무릎에 비벼 댔는지, 부처는 이 위험을 어떻게 알고 있는 힘을 다해 마귀를 내쫓았는지에 대해 썼다.

내가 쓴 문장 하나하나가 나에게 새로운 위안을 가져다주었고, 나는 용기를 얻었다. 막강한 주문 덕분에 마귀가 뒤로 나가떨어지는 것을 느꼈다. 낮 동안에는 온 정신을 다해 싸웠지만, 밤이 되면 내 마음은 마귀의 팔에 안겼으며, 내부의 문들이 열리고, 과부가 들어왔다.

아침이면 나는 완전히 탈진하고 굴복한 채 잠에서 깨어 처음부터 다시 싸우기 시작했다. 원고에서 고개를 들어 보면 어느덧 오후가 저물어 가고 있었다. 빛은 자취를 감춰 버리고, 돌연 내 위로 어둠이 내렸다. 날이 짧아지고, 크리스마스가 다가오고 있었다. 난 온 완력을 동원해 싸움에 뛰어들었다. 그리고 나 자신에게 말했다. 나는 혼자가 아니다. 위대한 힘을 가진 낮의 빛도 싸우고 있다. 낮의 빛도 때로는 정복당하고, 때로는 승리한다. 하지만 낮의 빛은 절망하지 않는

다. 싸우고, 희망하리라, 빛과 더불어!

이 사색이 나에게 용기를 주는 것 같았다. 과부와 벌이는 싸움에서 나 또한 위대한 우주의 리듬에 순종했다. '교활한 물질이 이 몸을 선택해, 내 안에서 깜빡이고 있는 그 자유로운 불꽃을 서서히 적셔 꺼버리고 있다.'고 생각했다. 그러면서 나 자신에게 말했다. '물질을 정신으로 바꾸는 불멸의 힘은 신성하다. 한 사람, 한 사람 안에는 신성한 회오리바람 같은 요소가 들어 있으며, 그 회오바람이 그 사람으로 하여금 빵과 물과 고기를 사색과 행동으로 바꿀 수 있게 해 준다. 조르바가 옳았다. "당신은 먹은 음식으로 뭘 만드는지 말해 봐요. 그러면 당신이 어떤 사람인지 말해 주리다!"'

그래서 나는 맹렬한 육욕을 부처로 바꾸기 위해 그토록 고통스럽게 견디고 있었다.

"무슨 생각하오, 대장? 요즘은 영 다른 사람 같아 보여요." 크리스마스 이브에 조르바가 말했다. 그는 눈치 빠르게도 내가 싸우고 있는 마귀가 누구인지 알고 있었다.

나는 못 들은 척했다. 하지만 조르바는 쉽게 물러서지 않았다.

"당신은 젊어요, 대장." 그가 말했다.

그러더니 갑자기 성을 내면서 모질게 말했다.

"당신은 젊고, 아주 튼튼하고, 잘 먹고, 잘 마시고, 상쾌한 바다 공기도 마시고, 기운도 많이 모아 놨소이다 ― 그런데 그걸로 뭘 하오? 혼자 자잖소. 그건 정력에 아주 나쁘단 말이오! 오늘 밤에 과부네 집에 가요 ― 그래요, 머뭇거릴 시간이 없소이다! 대장, 이 세상에서는 모든 게 단순하오. 매사를 그렇게 복잡하게 만들지 말라고 몇 번이나 말해야 한단 말이오!"

내 앞에는 부처에 관한 원고가 펼쳐져 있었다. 원고를 넘기면서 조르바의 말을 듣는 동안, 나는 그의 말이 내가 걸어가야 할 확실하고, 매력적이며, 매우 인간적인 길을 보여 주고 있다는 것을 깨달았다. 간악한 뚜쟁이, 마라의 악령이 또 다시 나를 부르고 있었다.

나는 한 마디도 하지 않고 듣기만 하면서 계속해서 천천히 책장을 넘겼다. 감정을 숨기려고 휘파람까지 불었다. 하지만 조르바는 내가 계속 말을 하지 않자 폭발해 버렸다.

"이봐요, 친구, 크리스마스이브요. 그 계집이 교회 가기 전에 얼른 가요. 오늘 밤에 예수가 태어날 거요, 대장. 당신도 가서 당신의 기적 좀 행해 보라고요!"

나는 성질을 내면서 일어섰다.

"그만 좀 해요, 조르바. 다 제 멋에 사는 거예요. 인간은 나무하고 같아요. 당신도 버찌 내놓으라고 무화과나무하고 실랑이하지는 않잖아요. 안 그래요? 그것 봐요, 그런 거예요! 자정이 다 돼 가요. 교회 가서 예수가 우리에게 임하는 거나 구경합시다."

조르바는 두꺼운 방한모자를 썼다.

"좋소, 그럽시다!" 조르바가 마지못해 말했다. "갑시다! 하지만 이거 하난 알았으면 좋겠소. 하느님은 당신이 가브리엘 대천사처럼 오늘 밤에 그 과부네 가는 걸 훨씬 더 기뻐하실 거라는 거. 하느님이 당신이 가는 길을 따랐다면, 대장, 마리아네 집에 절대로 안 갔을 거고, 예수도 절대로 못 태어났을 거요. 하느님이 따르는 길이 어떤 길이냐고 물으신다면, 이렇게 말하리다. 그 길은 마리아네로 가는 길이다. 마리아는 그 과부다."

조르바는 잠자코 내 대답을 기다렸지만, 안타깝게도 들을 수가 없었다. 그는 문을 확 밀어 젖히고 밖으로 나갔다. 그러고는 지팡이 끝으로 자갈을 때리면서 화풀이를 했다.

"그렇고말고." 조르바는 집요하게도 되풀이했다. "마리아가 그 과부이고말고!"

"자, 가 봅시다!" 내가 말했다. "소리 지르면 안 됩니다!"

그 겨울밤, 우리는 빠른 걸음으로 성큼성큼 걸어갔다. 하늘은 티없이 맑았고, 별들은 하늘에 낮게 매달린 커다란 불덩이 같았다. 해안을 따라 걷노라니, 밤이 물가를 따라 드러누워 있는 거대한 검은 야수처럼 보였다.

내 자신에게 말했다. "오늘 밤부터, 겨울에 떠밀려 되돌아간 그 빛이 승리의 싸움을 시작할 것이다. 마치 오늘 밤 아기 신과 함께 다시 태어났다는 듯이."

마을 사람들 모두가 교회라고 하는 따스하고 향기로운 벌통에 모여들었다. 앞에는 남자들이, 뒤에는 여자들이 박수치듯 두 손을 모으고 서 있었다. 꺽다리 사제 스테파노스 신부는 사십 일 간의 금식 기도를 끝낸 뒤라 약이 바짝 올라 있었다. 신부는 무거운 금빛 신부복을 입고, 향로를 흔들면서 소리 높여 노래를 부르며 그 큰 걸음으로 이리저리 뛰어다니고 있었다. 예수가 한시라도 빨리 태어나야 빨리 집에 가서 걸쭉한 수프와 짭짤한 소시지와 훈제 고기를 먹을 터였다.

"오늘 빛이 태어났다." 성경이 이렇게 말했더라면 인간을 그토록 가슴 설레게 하지는 못했으리라. 전설이 되지도, 세상을 정복하지도 못했으리라. 그저 일반적인 물리현상을 묘사하는 것에 지나지 않았을 것이며, 우리의 상상력에 불을 지피지도 못 했으리라 — 우리의 영혼 말이다. 하지만 겨울이라고 하는 죽음에서 태어난 빛은 아이가 되고, 아이는 신이 되었으며, 우리의 영혼은 스무 세기 동안 이것을 빨아먹고 있는 중이다…….

신비로운 의식은 자정이 조금 지나서야 끝이 났다. 예수가 태어난 것이다. 마을 사람들은 허기도 지고, 마음도 경사스러워져서 얼른 잔칫상을 차려 창자라고 하는 심연에서 물질이 몸으로 변하는 신비를 느끼려고 집으로 달려갔다. 배는 그 견고한 토대이고, 빵과 포도주와 고기는 가장 본질적인 것들이며, 빵과 포도주와 고기가 있어야만 신을 창조할 수 있다.

교회 돔 천장 저 위에서 천사들만큼이나 큰 별들이 반짝였다. 하늘 이쪽에서 저쪽으로 흐르는 개울처럼 은하수가 흐르고 있었다. 우리 머리 위에서 초록별들이 에메랄드처럼 빛났다. 나는 감정의 먹이가 되어 한숨을 쉬었다.

조르바가 나를 돌아보았다.

"대장, 그걸 정말 믿소? 하느님이 인간이 돼서 마구간에서 태어났다는 걸? 믿는 거요, 아니면 마지못해 믿는 척하는 거요?"

"뭐라고 말해야 좋을지 모르겠습니다, 조르바." 내가 대답했다. "믿는다고도 못 하겠고, 안 믿는다고도 못 하겠어요. 당신은요?"

"나도 믿는다고는 못 하겠소. 평생 그럴 거요. 있잖소, 어릴 때는 할머니가 그런 말을 해도 한 마디도 안 믿었소. 그러면서도 마음이 흔들려서 웃고 울고 그랬소. 꼭 믿는 것처럼 말이오. 턱에 수염이 나

기 시작하면서는 버려 버렸소. 비웃기까지 했다오. 그런데 지금은,
나이도 들고 하다 보니 — 융통성이 좀 생기더라고요, 음, 안 그래요,
대장? — 다시 믿는 쪽으로 기운다고나 할까……. 하여간 인간은 알
다가도 모를 것들이라니까요!"

우리는 오르탕스 부인 집으로 가는 길로 접어들자, 마구간 냄새를
맡은 굶주린 말들처럼 전속력으로 달리기 시작했다.

"신부 놈들, 잔대가리 하난 끝내 준다니까!" 조르바가 말했다. "배
부터 치고 들어오니 무슨 수로 도망을 치겠소? 사십 일 동안 고기도
먹지 마라, 포도주도 마시지 마라, 단식을 시키잖소? 왜 그런지 아
오? 그래야 사람들이 고기하고 포도주만 생각할 거 아니오! 돼지 같
은 새끼들, 어떡하면 게임에서 이기는지, 온갖 치사한 수법은 다 알
고 있다니까!"

조르바는 더 빨리 달리기 시작했다.

"어서 가자고요, 대장!" 조르바가 말했다. "칠면조가 알맞게 익었
을 거요!"

마음씨 좋은 귀부인의 방에 들어서니 유혹적인 커다란 침대와 함
께 하얀 천을 씌운 식탁이 보이고, 식탁 위에서는 김이 모락모락 나
는 칠면조가 뒤로 벌렁 드러누워 다리를 쩍 벌리고 있었다. 화롯불이
따스한 온기를 내뿜어 주고 있었다.

오르탕스 부인은 머리를 말고, 소매가 엄청 넓고 레이스가 달린 치
렁치렁한 빛바랜 분홍빛 가운을 입고 있었다. 주름진 목에는 꽉 죄
는, 폭이 손가락 두 개 정도 되는 노란 카나리아 색 리본을 매고 있었

다. 몸에는 오렌지 꽃 물을 듬뿍 뿌렸다.

나는 생각했다. '이 지상의 모든 것이 얼마나 완벽하게 어울리는가! 대지는 인간의 마음과 얼마나 잘 어울리는가! 인생을 철저히 방탕하게 살다가 지금은 외로운 해안에 버려진, 여기 이 늙은 카바레 가수는 이 누추한 방을 성스러운 욕망과 여성스러움이라는 따스한 온기로 채우는 데 온 마음을 쏟고 있다! 푸짐하고 정성이 깃든 상차림, 불 피운 화로, 화장과 리본으로 장식한 몸, 오렌지 꽃물 — 이 모든 인간적이고, 소소한 유형의 기쁨들이 엄청난 정신적 기쁨으로 이렇게나 신속하고, 간단하게 바뀌다니!'

갑자기 가슴 저 안에서 심장이 쿵쿵 뛰었다. 그 신성한 저녁, 나는 느꼈다. 여기 이 버려진 해안에 나 홀로 있지는 않다는 것을. 여성적인 헌신과 다정함과 인내로 가득 찬 여자가 나에게 오고 있었다. 오르탕스 부인은 어머니요, 누이요, 아내였다. 아무것도 필요 없다고 생각해 왔지만 갑자기 다 필요하다는 것을 느꼈다.

방에 들어서기가 무섭게 치장한 카바레 가수를 와락 끌어안은 걸 보면, 조르바는 감격한 게 분명했다.

"예수가 태어났다네!" 조르바가 외쳤다. "암컷들에게 축복을!"

그가 웃으면서 나를 돌아보았다.

"보이죠, 대장, 암컷이 얼마나 요물 덩어리인지! 작은 손가락 하나면 하느님도 뱅뱅 돌릴 거요!"

우리는 식탁에 둘러앉았다. 그러고는 며칠 굶은 사람들처럼 깨끗이 먹어 치우고, 포도주를 마셨다. 우리의 육체는 만족했고, 우리의 영혼은 기쁨으로 전율했다. 조르바는 생기를 되찾았다.

"먹고 마셔요." 조르바는 끊임없이 소리쳤다. "먹고 마셔요, 대장. 힘을 내요! 노래도 좀 부르고요, 친구. 양치기처럼 불러 봐요. '하늘에 영광이!······ 땅에 영광이······!' 예수가 태어났다는 건, 알겠지만, 무시무시한 일이오. 하느님이 듣고 흐뭇해하시게 큰 소리로 찬양해 봐요."

조르바는 다시 쌩쌩해져서 말릴 방도가 없었다.

"예수가 태어났소, 현명한 나의 솔로몬이여, 가여운 펜대 운전사여! 그 가느다란 펜촉으로 하나하나 집어내지 좀 말아요! 예수가 태어났소, 안 태어났소? 태어났소. 그러니 어리석게 굴지 말아요. 당신이 마시는 물을 확대경으로 들여다보면 — 어느 날, 기술자가 말해준 거요 — 보일 거요. 그 사람이 그러는데, 물에는 맨눈으로는 안 보이는 작은 벌레들이 잔뜩 들어 있대요. 벌레들을 보면 마시고 싶은 생각이 싹 가실 거요. 마시기는 싫고, 목은 말라 구역질이 날 테죠. 확대경을 부숴 버려요, 대장! 그러면 작은 벌레들이 사라질 거요. 그러면 마실 수 있고, 기운도 차릴 수 있어요!"

조르바는 가득 찬 술잔을 높이 들고, 번쩍번쩍 빛나게 차려입은 우리의 길동무 쪽으로 몸을 돌렸다.

"너무 너무 사랑하는 나의 부불리나, 나의 옛 전우여! 그대를 위해 한잔 하리다! 내 평생 수없이 많은 뱃머리 장식을 보았다오. 하나같이 뺨과 입술을 붉게 칠하고, 제 가슴을 움켜쥔 채 뱃머리에 붙박여 있었지요. 모든 바다를 항해하고, 모든 항구에 정박하고, 배가 부딪쳐 부서지면 마른 땅으로 올라와 선장들이 한잔하러 들르는 어부들의 선술집 벽에 기대어 최후의 그날까지 머무른다오. 나의 부불리나,

내 오늘 밤, 이 해안에서 그대를 만나 좋은 음식들로 배를 채우고, 그대를 올려다보노라니, 나에게는 그대가 커다란 배의 뱃머리 장식처럼 보이는구려. 그리고 나는 그대의 마지막 항구, 바다의 선장들이 한잔하러 들르는 그 선술집이라오. 돛을 내리고, 이리 와서 나한테 기대요! 내 그대의 건강을 위하여 크레타 포도주를 마시려오, 나의 세이렌이여!"

오르탕스 부인은 밀려오는 감동을 이기지 못해 울음을 터뜨리면서 조르바의 어깨에 몸을 기댔다.

"본 대로요, 대장." 조르바가 내 귀에 대고 속삭였다. "말을 너무 근사하게 하는 바람에 좀 난처해지게 생겼소. 저 닳아빠진 것이 오늘 밤 날 안 놔 줄 거요. 그런데, 당신 거시기들은, 그래요, 그 불쌍한 녀석들한테는 미안한 일이오! 애석하게 생각하오!"

"예수가 탄생했소이다!" 조르바가 자신의 세이렌에게 큰 소리로 외쳤다. "우리의 건강을 위하여!"

그는 술잔을 든 팔로 우리 귀부인과 팔짱을 끼었고, 두 사람은 서로를 황홀하게 바라보면서 함께 쭉 들이켰다.

두 사람을 커다란 침대가 있는 따뜻하고 아늑한 침실에 남겨 두고, 집에 가려고 나선 것은 새벽이 머지않은 때였다. 그 위대한 겨울별들 아래에서 마을 사람들은 잘 먹고 잘 마셨으며, 이제 마을은 문과 창문을 모조리 닫은 채 잠들어 있었다.

날은 춥고, 바다는 쿵쿵 소리를 냈으며, 동쪽 하늘에서는 금성이 장난스럽게 춤을 추었다. 나는 물가를 따라 걸으면서 파도와 장난을 치고 놀았다. 파도는 나를 적시려고 몸을 일으켜 달려오고, 나는 젖지 않으려고 멀리 도망쳤다. 행복했다. 내 자신에게 이야기했다. "이 것이 진짜 행복이다. 야망을 품지 말 것, 그리고 모든 야망을 품은 듯이 한 마리 말처럼 일할 것. 인간들한테서 멀리 떨어져 살면서, 인간들을 필요로 하지 않으면서도, 여전히 인간들을 사랑할 것. 크리스마스 축제에 가고, 잘 먹고 잘 마신 다음, 내 자신의 모든 유혹으로부터 멀리 도망칠 것. 위로는 별들을 품고, 왼쪽으로는 육지를 품으며, 오른쪽으로는 바다를 품을 것. 그리고 불현듯 가슴으로 깨달을 것, 인생은 인생 최후의 기적으로 완성되며, 그렇게 한 편의 동화가 된다는 것을."

며칠이 지났다. 그동안 태연한 척하려고 애쓰며 소리도 지르고, 바보인 척도 해 봤지만, 마음속으로는 내가 슬프다는 것을 알고 있었다. 축제 기간 일주일 내내 어렴풋한 노래와 사랑했던 이들이 떠오르면서 추억이 솟아올라 내 가슴을 가득 채웠다. 새삼 선현의 말씀이 생각났다. '인간의 마음은 피로 가득한 수로이며, 이제는 저세상 사람이 되어 버린, 그대가 사랑했던 이들은 그대의 피를 마시고 되살아나려고 둑에서 수로로 뛰어내린다. 그리고 그대가 더 많이 사랑한 이들일수록 그대의 피를 더 많이 마신다.'

새해 전날, 마을 아이들 한 무리가 커다란 종이배를 들고 우리 오두막으로 와서는 새되고 명랑한 목소리로 칼란다(신년 축하 노래)를 부르기 시작했다.

성 바실리우스 주교님이 고향 카에사리아를 떠나 이리로 오셨네……

성 바실리우스는 쪽빛 바닷가, 이 작은 해안에 서 있었다. 성 바실리우스가 지팡이에 몸을 의지하자, 지팡이가 갑자기 이파리들과 꽃들로 뒤덮였다. 신년 축하 노래가 울려 퍼졌다.

믿는 자들이여, 새해 복 많이 받으시오!
주인 나리는 곡식과 올리브기름과 포도주로 곳간을 채우시고,
마님은 집안의 대리석 기둥이 되시며,
아가씨는 시집가서 아들 아홉에 딸 하나를 두시고,
도련님들은 우리 왕들의 도시 콘스탄티노플을 해방시켜 주세요!

조르바는 노래를 듣고는 푹 빠져 버렸다. 그는 아이들 손에서 탬버린을 빼앗아 미친 듯이 쳐 대기 시작했다.

나는 아무 말 없이 지켜보며 듣고 있었다. 가슴으로부터 한 잎이 떨어져 나가는 것을, 한 해가 지나가 버리는 것을 느꼈다. 나는 컴컴한 구덩이를 향해 한 걸음 내딛었다.

"무슨 생각을 그렇게 해요, 대장?" 조르바가 아이들 틈에서 소리 높여 노래를 부르고 탬버린을 치면서 물었다. "무슨 생각을 그렇게 해요, 예? 몇 년은 늙어 보여요. 안색도 안 좋고. 이러고 있으니 어린 시절로 돌아가는 것 같아요. 예수처럼 난 다시 태어났소. 예수는 해마다 태어나죠? 나도 그래요!"

나는 침대에 드러누워 눈을 감았다. 그날 밤은 마음이 스산했다.

말하고 싶지 않았다.

잠이 오지 않았다. 바로 그날 밤 내가 한 행동에 대해 설명할 필요를 느꼈다. 맥 빠지고, 지리멸렬하며, 결단력 없고, 덧없는 내 인생 전체를 되짚었다. 저 높은 곳에서 불어오는 바람에 흩어지는 양털구름 같이, 내 인생은 끊임없이 모양이 바뀌었다. 조각나고, 개선되고, 변형되었다. — 양털구름은 백조로, 개로, 악마로, 전갈로, 원숭이로 차례차례 바뀌었다 — 그리고 가장자리가 너덜너덜하게 찢겼다. 구름은 바람과 무지개에 내쫓겨 사방으로 흩어지는 것 아닌가.

날이 밝았다. 나는 눈을 뜨지 않았다. 마음의 껍질을 깨부수고, 모든 개개인이 한 방울의 물처럼 떨어져 나가 바다와 합쳐지는 그 어두운 통로를 꿰뚫어보려는 욕망에 온 정신을 집중하려고 애썼다. 새해에는 또 무슨 일이 기다리고 있을지 너무도 궁금해서 장막을 찢고 눈으로 보고 싶었다.

"잘 잤소, 대장? 새해 복 많이 받아요!"

조르바의 목소리가 나를 인정사정없이 땅 위로 끌어냈다. 눈을 떠 보니 그가 오두막 문간으로 큼지막한 석류를 던지고 있었다. 투명한 루비 같은 석류 씨들이 멀리 침대까지 날아왔다. 난 석류 몇 개를 주워 먹었다. 목구멍이 시원했다.

"우리, 어디, 산더미같이 벌어 가지고, 예쁘고 싱싱한 것들한테 한번 깔려 봅시다!" 조르바가 기분이 좋아서는 소리쳤다. 그는 씻고, 면도하고 나서 제일 좋은 옷을 입었다 — 녹색 바지와 집에서 짠 털 재킷을 입고, 그 위에 염소 가죽을 반만 댄, 몸에 꼭 끼는 상의를 걸쳤다. 그리고 러시아인들이 쓰는 아스트라한 모자를 쓰고는, 콧수염을 비비 꼬았다.

"대장." 조르바가 말했다. "회사 대표로 교회에 코빼기 좀 비치고 오겠소. 우리를 프리메이슨들이라고 생각하게 됐다가는 광산에 득될 거 하나 없어요. 게다가 돈 드는 일도 아니고, 시간 때우기도 좋고요."

그러고는 허리를 숙이며 윙크를 했다.

"과부도 왔을지 몰라요." 조르바가 속삭였다.

하느님과 회사의 이익과 과부가 조르바의 마음속에서 조화롭게 한데 어우러졌다. 그가 가벼운 걸음으로 떠나는 소리가 들렸다. 나는 벌떡 일어났다. 주문이 풀리고, 나의 영혼은 다시 육체라는 감옥에 갇히고 말았다.

옷을 입고 물가로 내려갔다. 빨리 걸었다. 위험이나 죄에서 도망쳐 나온 것처럼 마음이 들떴다. 일어나지도 않은 미래를 알아내려고 파고들었던 아침의 그 경솔한 욕망이 갑자기 신성 모독으로 여겨졌다. 나무껍질 속에서 고치를 발견했던 어느 아침이 생각났다. 나비가 고치 안에서 구멍을 만들며 밖으로 나갈 준비를 하고 있었다. 나는 한참을 기다렸지만, 너무 오래 걸리는 것 같아서 안달이 났다. 몸을 숙이고, 숨을 불어 고치를 따뜻하게 해 주었다. 나는 할 수 있는 만큼 빨리 고치를 따뜻하게 해 주었고, 내 눈앞에서 생명보다 빠르게 기적이 일어나기 시작했다. 덮개가 열리더니 나비가 느릿느릿 기어나왔다. 등에 딱 들러붙어 심하게 찌그러져 있는 날개를 보았을 때 내가 느낀 공포는 결코 잊지 못할 것이다. 그 가여운 나비는 온몸을 떨면서 날개를 펴려고 기를 썼다. 나는 나비에게 몸을 숙이고 내 숨으로 나비를 도와주려고 기를 썼다. 소용없었다. 나비가 부화하려면 참을성이 필요하고, 날개를 펴려면 햇빛 아래서 서서히 진행되는 과정들을 거쳐야 했다. 이제는 너무 늦었다. 내 입김이 나비로 하여금 때가 되기도 전에, 날개가 온통 구겨진 채 강제로 나오게 만든 것이다. 나비는 필사적으로 몸부림쳤지만, 몇 초 뒤, 내 손바닥에서 죽고 말았다.

그 작은 몸이 가장 무거운 무게로 내 양심을 짓누르고 있다는 것을 나는 안다. 하여, 위대한 자연의 법칙을 어기는 것이 얼마나 큰 죄인지를 오늘 나는 깨닫는다. 우리는 서두르면 안 된다. 우리는 인내하지 않으면 안 된다. 우리는 영원의 리듬에 확신을 갖고 순종해야 한다.

바위에 앉아 새해의 상념에 잠겼다. 아, 그 작은 나비가 내 앞에서 늘 날개를 파닥이며 나에게 길을 가르쳐 주면 좋으련만.

11

새해 선물이라도 받은 듯 행복한 마음으로 일어났다. 바람은 차고, 하늘은 맑았으며, 바다는 반짝이고 있었다.

나는 마을길로 들어섰다. 미사가 끝났을 시간이었다. 새해 들어 맨 처음 만나게 될 사람이 누구일까 — 운이 좋을까, 나쁠까 — 하는, 엉뚱한 생각을 하면서 걸었다. 새해 선물로 받은 장난감을 안고 있는 아이나, 지상에서 용감하게 자신의 의무를 다했다는 사실에 자부심을 느끼고 만족스러워하는, 소매에 수를 놓은 긴 흰 옷 차림의 정정한 노인이면 좋을 것 같았다. 걸을수록, 그래서 마을에 더 가까워질수록 궁금해서 미칠 지경이었다.

나는 갑자기 고꾸라지는 줄 알았다. 마을길을 따라 사뿐사뿐 걷고 있는, 빨간 옷을 입고 검은 머릿수건을 쓴 우아하고 늘씬한 자태의 과부가 올리브나무들 아래에서 불쑥 나타나는 게 아닌가!

과부의 탄력 있는 걸음걸이가 진짜로 검은 표범의 걸음걸이 같았다. 자극적인 머스크 향이 뿜어져 나오는 듯했다. 도망칠 수 있으면 좋을 텐데! 화가 났다 하면 자비 따윈 없을 짐승이므로 도망치는 게 최선이라는 생각이 들었다. 하지만 어떻게 도망을 친단 말인가? 과부가 조금씩, 조금씩 나에게 다가오고 있었다. 군대가 자갈길을 행군하는 것처럼 저벅저벅 자갈 부딪치는 소리가 났다. 과부는 나를 보더니 고개를 까딱해 보였다. 머릿수건이 미끄러져 내리면서 흑석같이 빛나는 검은 머리카락이 드러났다. 과부는 권태로운 눈길로 나를 흘끗 보더니 배시시 웃었다. 과부의 눈은 야성적인 사랑스러움을 지니고 있었다. 그녀는 황급히 머릿수건을 매만졌다. 그러면서 마치 나에게 여자의 가장 은밀한 부분을 드러낸 것처럼 수줍어했다. 자신의 체모를.

과부에게 새해 복 많이 받으라고 말하고 싶었지만, 갱도가 무너져 죽을 뻔했던 그날처럼 목구멍이 쩍 들러붙었다. 과부 집 정원을 둘러싸고 있는 갈대들이 바람에 넘실대고, 황금빛 레몬들과 잎이 무성한 오렌지들 위로 겨울 해가 떨어졌다. 그녀의 정원은 천국처럼 휘황찬란했다.

과부는 걸음을 멈추고, 팔을 뻗어 대문을 밀어 젖혔다. 나는 바로 그 순간 과부를 지나쳤다. 그녀는 주위를 둘러보더니, 눈썹을 치켜올리고는 나를 뚫어지게 바라보았다.

과부는 문을 열어 두었고, 나는 그녀가 엉덩이를 흔들며 걸어 들어가 오렌지나무들 뒤로 사라지는 것을 보았다.

그 대문으로 들어가 문을 걸어 잠근 다음, 과부를 쫓아가, 허리를 덥석 껴안고는, 아무 말도 하지 않고, 그녀를 침대로 끌고 가는 것이, 소위 말하는 사내다운 사내이리라! 우리 할아버지였대도 그랬을 테고, 내 손자도 그러길 바란다! 하지만 나는 말뚝처럼 거기 서서는, 저울에 달아 보고, 거울에 비쳐 보고…….

"다음 생에서는." 나는 쓴웃음을 지으면서 중얼거렸다. "다음 생에서는 하는 짓이 지금보다는 좀 낫겠지!"

나는 죽을죄를 짓기라도 한 것처럼 영혼을 짓누르는 무게를 느끼면서 좁고 푸른 골짜기로 뛰어내렸다. 골짜기를 오르락내리락하며 돌아다녔다. 춥고, 떨렸다. 흔들리는 과부의 엉덩이와, 과부의 웃음과, 과부의 눈과, 과부의 가슴 생각에서 아무리 달아나려 해도 소용이 없었다. 그것들이 자꾸만 쫓아왔다 ─ 숨이 막혔다.

나무들은 아직 잎이 하나도 없었지만, 움들은 수액으로 가득 차 이미 벌어지면서 싹을 틔우려 하고 있었다. 모든 움 안에서 어린 순들과 꽃들과 열매들이 빛 속으로 튀어나가려고 대기하고 있는 게 느껴졌다. 봄이라고 하는 그 위대한 기적이 겨울 한가운데에서, 마른 나무껍질 안에서 밤낮으로 조용하고 은밀하게 준비를 마치고 있었다.

나도 모르게 기쁨의 탄성을 내질렀다. 반대편 움푹 팬 은신처에서 아몬드나무 한 그루가 대담하게도 한겨울에 꽃봉오리를 터뜨린 채 다른 나무들을 이끌면서 봄을 알리고 있었다.

중압감이 떨어져 나간 것 같았다. 나는 알싸한 공기를 깊이 들이마셨다. 길을 벗어나, 꽃가지들 아래에 앉았다.

아무 생각도 하지 않고, 근심걱정도 없이 행복한 마음으로 그곳에 오래 머물렀다. 이는 영원이요, 나는 천국의 나무 아래에 앉아 있었다.

갑자기 크고 거친 목소리가 나를 이 천국에서 내쫓았다.

"뭘 또 감추려고 거기 있는 거요, 대장? 위아래로 얼마나 찾아다녔는데요. 열두 시가 다 돼 가요. 어서 갑시다!"

"어디로요?"

"어디로요? 그걸 왜 나한테 물어요? 늙은 아주머니한테 물어야지! 배도 안 고파요? 새끼돼지가 다 구워졌단 말이오! 냄새가 얼마나 죽이던지……. 침이 질질 흐를 거요! 어서 가요!"

나는 일어서서 그렇게도 많은 신비를 간직한 채 꽃봉오리라는 기적을 만들어 내는 단단한 아몬드나무 몸통을 두드렸다. 조르바는 열의와 허기로 충만해서는 발걸음도 가볍게 앞장서 걸어갔다. 튼튼하고 원기 왕성한 조르바의 육체에서는 사내의 기본적인 욕구 ─ 음식과 술과 여자와 춤 ─ 가 마르거나 시들해지는 법이 없었다.

조르바 손에는 분홍색 종이로 싸고, 금빛 끈으로 묶은 꾸러미가 들려 있었다.

"새해 선물입니까?" 내가 웃으면서 물었다.

조르바는 감정을 숨겨 보려고 껄껄 웃었다.

"그래요, 그 불쌍한 계집 입 좀 막아야겠소!" 그는 얼굴을 안 돌리며 말했다. "이러면 좋았던 시절도 떠올릴 거요. ……그 계집도 여자요 ─ 우리 이 얘긴 할 만큼 했지요? ─ 자기를 스쳐간 건 다 애도하는 동물이지요."

"그림입니까?"

"나중에 봐요…… 나중에. 그렇게 안달하지 좀 말고! 내 손으로 만든 거요. 갑시다, 서둘러야겠소." 정오의 태양이 뼛속까지 즐겁게 해주었다. 바다도 기쁜 마음으로 햇볕에 몸을 덥히고 있었다. 저 멀리엔 자그마한 무인도가 바다 위로 솟아올라 옅은 빛의 장막 속을 떠다니는 것 같았다.

마을에 거의 다 다다르자, 조르바가 가까이 다가와 목소리를 낮췄다.

"들어 봐요, 대장." 조르바가 말했다. "그 묘령의 인간이 어제 교회에 왔습디다. 성가대 근처, 앞에 서 있는데, 갑자기 성상들에 불이 들어오지 뭡니까. 예수, 성모, 열두 사도…… 전부 다 말이오. '이게 뭔 일이래?' 성호를 그으면서 말했소이다. '햇빛인가?' 그러고는 주위를 둘러보았소 — 과부지 뭐요!"

"알았어요, 조르바. 그만 좀 해요." 나는 계속 바삐 걸으면서 말했다.

하지만 조르바가 냉큼 뒤쫓아 뛰어왔다.

"계집을 가까이서 봤소, 대장. 당신을 그냥 돌아 버리게 만드는 까만 미인 점이 있소. 뺨에요. 그 많은 수수께끼 중에 또 다른 수수께끼요 — 계집들 뺨에 있는 까만 점 말이오!"

조르바는 망연자실해서는 눈을 멀뚱거렸다.

"혹시 봤소, 대장? 피부가 죽이게 부드럽고 매끄럽다오. 그리고 거기다 난데없이, 까만 점까지! 그래요, 필요한 건 다 갖췄소! 미쳐 버릴 거요! 내 말 무슨 말인지 알겠소, 대장? 책에서는 뭐라고 합디까?"

"귀신한테 잡혀가라!"

조르바가 흡족해서는 껄껄 웃었다.

"내 말이 그 말이오!" 그가 소리쳤다. "딱 맞혔소이다! 이제 뭘 좀 아는 모양이네……."

우리는 카페 앞에서 멈추지 않고 그냥 지나쳤다.

조신한 우리 귀부인은 젖먹이 새끼돼지를 통째로 구워 오븐에 넣어 두고, 현관 계단에 나와 우리를 기다리고 있었다. 또 한 번 목에 노란 카나리아 색 리본을 매고, 분을 두껍게 바르고, 심홍색 입술연지를 몇 겹씩 발라, 보는 사람을 당황하게 만들었다. 정말 어느 배의 뱃머리 장식이었던 건 아닐까? 우리가 눈에 들어오자, 귀부인의 온몸이 기뻐서 작동하기 시작하는 듯했고, 새우 눈은 얼굴에서 장난스럽게 춤을 추었으며, 그러다가 좀 쉬려고 조르바의 곱슬곱슬한 콧수염에 가 들러붙었다.

조르바는 우리 뒤로 바깥문이 닫히기가 무섭게 귀부인의 허리를 덥석 껴안았다.

"새해 복 많이 받으시오, 나의 부불리나! 내가 뭘 가져 왔는지 한번 보시오!" 조르바는 처지고 주름 잡힌 귀부인의 목에 키스를 했다.

늙은 세이렌은 잠시 간지럼을 탔지만, 정신을 잃지는 않았다. 눈길은 선물에 붙들려 있었다. 부인은 선물을 낚아채더니 끈을 풀어 안을 들여다보고는 기뻐서 탄성을 질렀다.

나는 그게 뭔지 보려고 몸을 앞으로 내밀었다. 악당 조르바가 네 가지 색? 붉은색, 금색, 회색, 검은색 ― 으로, 깃발로 장식한 거대한 전함 네 척이 쪽빛 바다를 항해하는, 그림을 그려 놓은 두꺼운 판지였다. 전함들 앞에서 파도 위를 둥둥 떠다니는 것은 흰 알몸에, 머리카락은 멋지게 늘어뜨리고, 가슴을 다 내놓고, 뾰족탑 같은 물고기 꼬리를 하고 있는 세이렌이었다 ― 목에 노랑 리본까지 한 것이 영락없이 오르탕스 부인이었다! 오르탕스 부인은 줄 네 개를 잡아끌고 있었고, 전함 네 척이 부인 뒤에서 영국, 러시아, 프랑스, 이탈리아 깃발을 휘날리며 끌려오고 있었다. 그림 네 귀퉁이에는 수염이 하나씩 달려 있었다. 하나는 금색, 하나는 붉은색, 하나는 회색, 하나는 검은

색이었다.

늙은 가수는 금세 알아차렸다.

"나예요!" 부인은 자랑스럽게 세이렌을 가리켰다.

그러더니 한숨을 푹 쉬었다.

"아, 나도 한때는 끗발 좋았는데!"

늙은 가수는 침대 위에 걸어 둔 작고 둥그런 거울을 떼어 내 앵무새 새장 가까이 옮기고는, 그 자리에다 조르바가 그려 준 그림을 걸었다. 두꺼운 화장 아래, 부인의 얼굴에서 핏기가 가신 게 틀림없었다.

그러는 동안 조르바는 슬그머니 부엌으로 갔다. 그는 배가 고팠다. 그래서 새끼돼지 통구이가 담긴 접시와 포도주 병을 가져와 자기 앞에 놓고는 잔들을 채웠다.

"듭시다! 먹자고요, 먹어요!" 조르바가 손뼉을 치면서 소리쳤다. "일단 기초부터 다집시다 — 배 말이오. 그리고 나서 나의 예쁜이, 우리들 배 밑엔 뭐가 있는지 한번 봅시다!"

하지만 부인이 한숨을 짓는 바람에 분위기가 난처해지고 말았다. 부인 역시 새해가 시작될 때마다 소박하게 자신만의 '최후의 심판일'을 갖는 모양이었다……. 지나온 삶을 되돌아보고, 저울에 달아보고, 그리고 알게 되었을 것이다. 신성한 날이면, 숱이 줄어드는 이 늙은 여자의 머리 밑에서는 대도시들과 남자들과 비단 드레스들과 샴페인 병들과 향기로운 턱수염들이 기억의 무덤에서 깨어났다.

"입맛이 없어요." 부인이 새삼 부끄러운 척하면서 말했다. "하나도 없어요…… 하나도요…….."

부인은 화로 앞에 무릎을 꿇고 앉아, 뻘겋게 달아오른 석탄들을 쑤석였다. 축 처진 뺨에 불빛이 비쳤다. 이마에서 흘러내린 머리 타래가 불길에 그슬렸다.

머리카락 타는 역한 냄새가 방에 퍼졌다.

"안 먹을래요…… 안 먹을래요……." 우리가 자신에게 전혀 관심을 보이지 않자, 부인이 다시 한번 중얼거렸다.

조르바는 못 견뎌 하면서 주먹을 꽉 쥐었다. 그는 부인이 시작한 일이니까 끝내는 것도 부인이 알아서 끝내게 내버려 두고 우리끼리만 사이좋게 먹을 것인가, 아니면 덥석 무릎을 꿇고 부인을 끌어안고는 다정한 말로 살살 달랠 것인가를 두고 마음을 정하지 못한 채, 잠시 그대로 있었다. 볕에 그을린 조르바의 얼굴을 지켜보고 있노라니, 감정이 풍부한 얼굴 위로 정반대되는 충동이 서로 부딪칠 때 일어나는 파장이 스쳐 지나가는 게 보였다.

갑자기 조르바의 표정이 평온해졌다. 마음을 정한 것이다. 그는 무릎을 꿇고, 부인의 무릎을 움켜잡았다.

"나의 귀여운 요술쟁이." 조르바가 사람 애간장을 녹이는 목소리로 말했다. "당신이 안 먹으면, 다 소용없다오. 나의 귀염둥이, 저 돼지를 불쌍히 여겨, 이 맛있는 작은 다리라도 하나 뜯으시오!" 그러면서 버터를 바른 바삭한 다리 하나를 부인 입에 쑤셔 넣었다.

그러고는 부인을 끌어안아 바닥에서 일으킨 다음, 우리 사이에 살살 앉혔다.

"먹어요." 조르바가 말했다. "먹어요, 나의 보배. 그래야 성 바실리우스가 우리 마을에 오신다오! 만약에 안 먹으면 말이오, 우리한테 안 와요! 고향 카에사리아로 돌아가 버린단 말이오! 불로 만든 잉크

병하고 종이도 도로 가져가 버리고, 십이일절 케이크도, 새해 선물
도, 애들 장난감하고 이 작은 새끼돼지구이까지 도로 가져가 버린다
고요! 그러니 나의 부불라나, 그 작은 입 좀 벌리고, 먹어요!"

조르바는 손가락 두 개를 부인의 겨드랑이 아래로 집어넣었다. 부
인은 기분이 좋아져서는 *꼬꼬꼬꼬* 암탉 소리를 내면서 벌게진 새우
눈을 훔치더니 바삭바삭한 다리를 마구 뜯어 먹기 시작했다……

바로 그때, 우리 머리 위 지붕에서 발정 난 고양이 두 마리가 울기
시작했다. 고양이들은 형언하기 어려운 증오에 찬 목소리로 울음소
리를 높였다 낮췄다 하면서 서로를 위협했다. 지붕에서 갑자기 상대
방을 갈가리 찢어발기면서 서로 차지하려고 죽기 살기로 싸우는 소
리가 났다……

"야옹…… 야옹……" 조르바가 부인에게 윙크를 하면서 고양이
소리를 냈다.

부인은 배시시 웃으면서 식탁 아래에서 조르바의 손을 지그시 눌
렀다. 목구멍이 풀리면서 늙은 세이렌은 입맛을 되찾아 마구 먹어대
고 있었다.

해가 둥글게 원을 그리며 작은 창으로 들어와 착한 귀부인의 발을
비추었다. 술병이 비자, 조르바는 야생 고양이처럼 콧수염을 배배 꼬
더니 '암컷'에게 바싹 붙어 앉았다. 오르탕스 부인은 몸을 움츠린 채
자기 어깨 위로 고개를 축 늘어뜨리고는, 포도주에 취한 조르바의 따
뜻한 숨결을 느끼면서 몸을 파르르 떨었다.

"한데, 그건 또 무슨 수수께끼일까요, 대장?" 조르바가 나를 돌아
보면서 말했다. "나한테는 죄 다 거꾸로 돌아가니 말이오. 어릴 때는

꼭 애늙은이 같았소. 꼴통에다가 말도 별로 없었지만, 목소리는 어른 목소리였소. 다들 나더러 우리 할아버지 같다고 할 정도였으니까요! 그런데 나이가 들면서 점점 망나니가 됐지 뭐요. 스무 살 때부터는 막나가기 시작했다오. 아, 별 대단한 짓을 했다는 게 아니라, 그 나이 때 하는 그런 짓을 했다는 얘기요. 그런데 마흔 살 때부터는 왜 그렇게 젊게 느껴지던지, 별 지랄발광을 다 했소. 그리고 지금, 예순 — 예순다섯인데, 대장, 아무한테도 말하지 말아요 — 아무튼, 지금 예순이 넘었는데, 이걸 어떻게 설명하나, 솔직히 말해서, 세상이 나한테는 너무 작아요!"

조르바는 양심의 가책을 느끼면서 잔을 들어 올리더니 자신의 귀부인에게 몸을 돌렸다.

"건강하시오, 부불리나." 조르바가 엄숙하게 말했다. "하느님이 보살피시어, 올해에는 이도 좀 나고, 눈썹도 좀 나고, 피부도 복숭아 향이 나는 피부로 거듭나시오! 그리고 이 개목걸이 같은 꼬질꼬질한 리본들도 좀 갖다 버리시오! 그리고 내 사랑, 부불리나, 크레타에 새로운 혁명이 일어나 열강들이 함대들을 몰고 다시 돌아오기를 바라오! 함대마다 제독이 하나씩 타고 있어야 하고, 제독들은 하나같이 곱슬곱슬하고 향기로운 턱수염이 있어야 하오. 그리고 나의 세이렌이여, 그대는 다시 한번 파도 위로 떠올라 아름다운 노래를 부르시오. 그러면 함대들이 벌거벗은 이 두 둥근 암초 위에서 산산이 부서질 것이오!"

조르바는 그 큰 손을 축 늘어져 매달려 있는 부인의 젖가슴에 갖다 댔다……

조르바는 점점 생기를 찾아 가면서 정욕에 불타올라 말울음 소리를 냈다. 난 웃음이 터졌다. 파리의 한 카바레에서 장난치는 터키인 파샤를 영화에서 본 적이 있다. 파샤는 어린 금발머리 처녀를 무릎에 올려놓고 붙잡고 있었다. 그는 점점 흥분했다. 파샤가 쓰고 있는 페즈 모자 위에 달린 장식 술이 서서히 일어서기 시작하더니, 수평이 되면서 잠시 멈췄다가, 갑자기 벌떡 곤추섰다.

"뭐가 그렇게 우습소, 대장?" 조르바가 물었다.

하지만 착한 귀부인은 조르바가 한 말을 아직도 곱씹고 있었다.

"그럴 수 있을까요, 조르바?" 귀부인이 말했다. "젊음은 한 번 가면 다시는 안 오는데……."

조르바는 귀부인 곁으로 더 바싹 다가갔다. 의자 두 개가 딱 들러붙었다.

"내 말 들어 봐요, 내 사랑." 조르바가 귀부인의 보디스 세 번째 단추, 그 결정적인 단추를 풀려고 애쓰면서 말했다. "당신에게 좋은 선물을 하나 하려고 그러니까 좀 들어 봐요. 신식 의사가 한 사람 있소 — 보로노프라는 사람인데, 기적을 일으킨다는 소문이 자자하오. 당신에게 무슨 약을 하나 줄 거요 — 물약인지, 가루약인지를 말이오. 어느 쪽인지는 나도 잘 모르겠소 — 그러면 당신은 순식간에 스무 살로 돌아갈 거요 — 아무리 못해도 스물다섯 살로는 돌아갈 거요! 울지 말아요, 내 사랑. 당신을 위해서 유럽에서 좀 부쳐 오도록 할 테니……."

늙은 세이렌은 깜짝 놀랐다. 성긴 머리카락 사이로 발그레한 머리 가죽이 반짝였다. 부인은 기름지고 살집 많은 팔로 조르바의 목을 덥석 끌어안았다.

"그게 물약이면요, 내 사랑." 부인이 고양이처럼 조르바에게 몸을 비비며 종알거렸다. "데미존으로다가 하나 주문해 줘요, 네? 그리고 가루약이면……"

"한 포대!" 조르바가 세 번째 단추와 씨름하면서 말했다.

한동안 조용하던 고양이들이 다시 울기 시작했다. 한 목소리는 탄식하면서 애원을 하고, 다른 한 목소리는 화를 내면서 위협을 하고 있었다.

착한 우리 귀부인은 하품을 했다. 눈이 지쳐 보였다.

"저 지긋지긋한 고양이 소리 들려요?" 부인이 투덜거렸다. "저것들은 부끄러운 줄도 모른다니까요!" 그러면서 조르바 무릎에 앉았다. 부인은 조르바 목에 머리를 기대고, 땅이 꺼져라 한숨을 내쉬었다. 술을 좀 많이 마셔서 눈이 풀리고 있었다.

"무슨 생각을 그리 하오, 나의 부불리나?" 조르바가 부인의 가슴을 단단히 부여잡고 말했다.

"알렉산드리아……" 세상을 어지간히도 굴러다녔던 부인이 중얼거렸다. "알렉산드리아…… 베이루트…… 콘스탄티노플…… 터키 사람들, 아랍 사람들, 시원한 과일 주스, 황금빛 샌들, 빨간색 페즈……"

부인은 다시 한번 땅이 꺼져라 한숨을 쉬었다.

"알리 베이하고 자던 밤인데 ─ 그 멋진 콧수염이며, 그 진한 눈썹이며, 그 힘센 팔이라니! ─ 그가 탬버린 연주자하고 플루트 연주자를 불러 창밖으로 돈을 던져 줬어요. 그 사람들은 새벽까지 우리 집 마당에서 연주를 했지요. 동네 사람들이 질투를 했어요. 그래서 불

같이 화를 내면서 말했지요. '알리 베이가 또 그년하고 같이 있다!'

그 다음은 콘스탄티노플에서였어요. 술레이만 파샤는 금요일에는 나를 밖에 못 나가게 했어요. 절대로요. 술탄이 모스크로 가는 길에 내 미모에 반해 납치라도 해 갈까 봐 겁이 났던 거예요. 아침에 집을 나설 때마다 흑인 덩치들 세 명을 문 앞에 세워 두고 갔어요. 나한테서 남자들을 전부 떼어 놓으려고……. 아, 나의 귀염둥이 술레이만!"

부인은 거북이처럼 쉰 소리를 내며 울면서 보디스에서 커다란 체크무늬 손수건을 꺼내 입에 물었다.

조르바는 화가 나서는 부인을 자기 옆 의자에 앉혀 두고 벌떡 일어섰다. 방을 몇 번 왔다 갔다 하더니 멈춰 서서 씩씩거렸다. 갑자기 방이 너무 갑갑하게 느껴진 것이다. 조르바는 단장을 집어 들고 밖으로 뛰쳐나갔다. 그러고는 눈이 뒤집혀 벽에 사다리를 기대 놓고 한 번에 두 칸씩 올라갔다.

"누굴 때려눕히려고 그래요, 조르바?" 내가 소리쳤다. "술레이만 파샤요?"

"우라질 놈의 고양이들이오!" 그가 소리쳤다. "이 빌어먹을 자식들이 당최 뭔 짓을 못 하게 하잖소!"

조르바는 지붕으로 껑충 뛰었다.

오르탕스 부인은 잔뜩 취해 머리를 흐트러뜨린 채 벌게진 눈을 감고는 이 없는 입을 헤 벌린 채 코를 골기 시작했다. 잠든 오르탕스 부인을 들어 안아 동방의 대도시로 — 발정 난 파샤의 은밀한 정원들과 어두컴컴한 하렘으로 — 데려다 주었다. 그리고 벽들을 지나 꿈속으로 가게 해 주었다. 오르탕스 부인은 자신이 낚시를 하고 있는 것을 보았다. 부인은 낚싯줄 네 개로 전함 네 척을 낚아 올렸다.

늙은 세이렌은 코를 드르렁드르렁 골고, 씩씩거리고 자면서 행복하게 웃었다. 바다에서 씻기라도 한 듯, 상쾌해 보이기까지 했다.

조르바가 단장을 흔들면서 돌아왔다.

"자요, 응?" 조르바가 오르탕스 부인을 보더니 말했다. "이 닳아 빠진 년이 자네. 맞지요?"

"그래요, 조르바 파샤." 내가 대답했다. "늙은이들을 회춘시킨다는 그 보로노프가 데려갔습니다 — 꿈나라로요. 오르탕스 부인은 이제 겨우 스무 살이고, 마구 떠돌아다니는 중입니다. 알렉산드리아로, 베이루트로……."

"귀신한테나 잡혀가라고 해요, 더러운 년 같으니!" 조르바는 고함을 지르고는, 바다에 침을 탁 뱉었다. "좋아 죽겠다고 웃는 꼴 좀 봐요! 뻔뻔한 암캐 같으니, 누굴 보고 저러는 걸까요? 일어나요, 대장. 갑시다!"

조르바는 모자를 척 쓰고는 문을 열었다.

"저년 지금 제정신이 아니오. 술레이만 파샤하고 있는 거요, 모르겠소? 지금 천국 맨 꼭대기에 가 있는 거라고요, 더러운 암소 같으니!…… 가요, 꺼져 줍시다!"

우리는 추위 속으로 나왔다. 달이 고요한 하늘을 유영하고 있었다.

"계집년들이란!" 조르바가 넌더리를 냈다. "으! 그렇지만 당신 같은 사람들 잘못이 아니오. 우리 같은 꼴통새끼들 잘못이지. 술레이만하고 조르바 같은 개망나니들 말이오!"

조르바는 얼마 동안 가만히 있었다. 그러다 분통을 터뜨리면서 말했다.

"아니오, 우리 잘못도 아니오. 이 모든 게 다 그 양반 잘못이오. 오직 그 양반 — 위대하신 꼴통 개망나니, 술레이만 파샤의 조상……당신도 잘 아는 그 양반 말이오!"

"그 양반이 있다면 말이오." 내가 대답했다. "그 양반이 어떻게 할 것 같소?"

"전지전능하신 하느님, 그렇다면 우린 골로 가는 거죠!"

이따금 우리는 한 마디도 하지 않고 묵묵히 걷기만 했다. 조르바가 단장으로 자갈을 후려치고, 침을 뱉는 걸 보면, 속으로 무모한 생각을 하는 게 틀림없었다.

그가 갑자기 나를 돌아보며 말했다.

"하느님, 우리 할아버지 뼈를 사하여 주소서! 할아버지는 여자에 대해서 뭘 좀 아는 사람이었다오. 그 불쌍한 양반도 어지간히 여자를 밝혔지요. 평생을 여자들한테 시달렸어요. '너한테 해 줄 좋은 말도 많다만, 얘야.' 그 양반이 말했어요. '여자를 조심해라! 하느님이 아담 갈비뼈로 여자를 만들 때 — 그때를 저주한다! — 악마가 뱀으로 변해서 갈비뼈를 가로채 달아났지 뭐냐, 퉤! ……하느님이 얼른 쫓아가서 붙잡았지만, 악마 놈은 하느님 손가락 사이로 쏙 빠져나가고, 하느님 손에는 악마 놈 뿔만 남았단다. "살림 잘하는 여자는 숟가락으로 바느질도 하는 법." 하느님이 말했단다. "나도 한번 이 뿔로 여자를 만들어 보자!" 그러고는 여자를 만드셨지. 그렇게 해서 우리가 다 악마 손아귀에 들어간 거란다, 내 손자, 알렉시스야. 그러니 여자 어디를 만지든 악마 놈 뿔을 만지는 거다. 얘야, 여자를 조심해! 에덴동산에서 사과도 훔친 년들이다. 그리고 그것들을 지금도 보디스 속에 감추고는 안 그런 척하면서 온데 다 싸돌아다니지. 천벌을 받을 것들 같으니라고! 그걸 하나라도 먹었다간 정신이 나가 버릴 거다. 안 먹어도 마찬가지고! 그러니 얘야, 내가 이것 말고 무슨 충고를 하겠느냐? 너를 기쁘게 해 주는 걸 하도록 해라!' 이게 우리 할아버지가 해 준 말이라오. 그러니 내가 어떻게 분별력 있는 사람으로 자랄 수가 있었겠소? 그 양반하고 똑같은 길로 갔지 — 악마한테 가는 길로 말이오!"

우리는 서둘러 마을을 빠져나왔다. 달빛이 어지러웠다. 거나하게 한잔하고 밖으로 나왔다가, 세상이 딴 세상으로 변해 있는 걸 본다면 어떨지 상상해 보라. 길들은 우윳빛 강으로 변해 있고, 길에 움푹 팬 구멍들과 바퀴 자국들은 분필 가루로 넘치며, 야산들은 눈으로 덮여 있다. 손과 얼굴은 반딧불이 꼬리처럼 빛을 발하고, 달이 이국풍의 둥근 훈장처럼 가슴에 걸려 있다.

우리는 말없이 기분 좋게 걸었다. 술에 취하고 달빛에 취해 둥둥 떠다니는 것 같았다. 우리 뒤에 잠들어 있는 마을에서는 잠에서 깬 개들이 지붕 위에 올라서서 달을 보며 짖어대기 시작했다…….

우리는 과부네 정원으로 갔다. 조르바가 멈춰 섰다. 포도주와 좋은 음식과 달빛이 조르바의 머리를 돌게 만들었다. 그는 흥분한 나머지 목을 쭉 잡아 빼고는 당나귀 우는 소리로 추잡하고 음란한 즉흥시를 우렁차게 읊기 시작했다.

"저년도 악마 놈 뿔이오!" 조르바가 말했다. "갑시다, 대장!"

우리가 오두막에 도착한 때는 새벽이 다 되어서였다. 나는 침대에 대자로 뻗었다. 조르바는 씻고 나서 난로에 불을 피워 커피를 끓였다. 그러고는 문간 바닥에 쪼그리고 앉아 담배에 불을 붙여 느긋하게 피우기 시작했다. 조르바는 바다를 바라보는 동안, 몸을 꼿꼿이 세운 채 미동도 하지 않았다. 얼굴은 침착하고 사색적이었다. 내가 좋아하는 일본 그림이 떠올랐다. 긴 오렌지색 가사를 몸에 두르고, 다리를 꼬고 앉아 있던 수도승. 수도승의 얼굴은 비에 젖어 검게 변한 단단한 나무로 만든 조각상처럼 빛나고 있었다. 수도승은 목을 꼿꼿이 세우고는 조금도 두려워하지 않고 어두운 밤을 응시하면서 웃음을 짓고 있었다······.

달빛 속에 앉아 있는 조르바를 바라보며, 자신을 둘러싼 세계에 스스로를 맞추고, 육체와 영혼을 조화롭게 하나로 일치시키며, 그 모든 것 — 여자와 빵과 물과 고기와 잠 — 을 기꺼이 자신의 살과 한데 섞어 조르바를 만들어 내는 멋스러움과 소박함에 탄복했다. 인간과 우주가 이토록 조화롭게 일치하는 것을 결코 본 적이 없었다.

달이 지려 했다. 둥근 달이 창백하고 핼쑥했다. 형언할 수 없는 평화로움이 바다를 가로지르며 번져 나갔다.

조르바는 담배를 던지더니 바구니에 손을 뻗었다. 그러고는 바구니를 뒤져 끈 얼마와 도르래 몇 개, 나뭇조각 몇 개를 꺼냈다. 그는 기름등에 불을 밝혀 놓고 고가 레일을 다시 한번 실험했다. 이 초에 한번씩 분노에 차서 머리를 벅벅 긁어 대고 욕을 해 대는 걸로 미루어, 자신의 유치한 장난감 앞에 쪼그리고 앉아 지극히 복잡하고 어려운 계산을 하고 있는 게 틀림없었다.

갑자기 조르바는 그만하면 됐다고 생각했는지 모형을 걷어차 산산조각 내 버렸다.

12

잠이 쏟아졌다. 일어나 보니 조르바는 벌써 나가고 없었다. 날이 추워 일어날 엄두조차 나지 않았다. 머리 위에 있는 책 선반에 손을 뻗어 좋아서 가지고 다니는 책 한 권을 찾아냈다. 말라르메 시집이었다. 아무 데나 펼쳐서 천천히 읽었다. 시집을 덮었다 펼쳤다 하다 결국은 던져 버리고 말았다. 난생 처음으로, 말라르메의 시가 죽어 있고, 향기도 없으며, 인간의 본질은 모조리 피해 갔다는 생각이 들었다. 창백하고 속이 빈 공허한 말들뿐이었다. 아무 세균 없이 완벽하게 깨끗이 순화해 놓았지만, 아무 영양가도 없었다. 생명이 없었다.

창조의 불꽃을 잃어버린 종교에서 신은 결국 시적 모티프나, 인간의 고독과 벽을 장식하는 장식물로 전락하고 만다. 말라르메의 시에서도 이와 비슷한 일이 일어났다. 대지와 씨앗을 품은 가슴 벅찬 열망이 교묘하며 속이 비고 난해한 구조물, 흠 잡을 것 하나 없는 지적 장난으로 전락해 있었다.

다시 시집을 펼치고 읽어 보았다. 왜 이런 시가 그토록 오랜 세월

동안 나를 사로잡았던 걸까? 순수시 나부랭이가 말이다! 시에서는 인생이 피 한 방울 없이 맑고 투명한 것으로 변해 있었다. 인간의 요소는 야만적이며, 천하고, 불결하다 — 사랑과 육체와 비탄의 절규로 이루어진다. 인간의 요소가 심원한 관념으로 승화하게 내버려 두고, 연금술의 다양한 과정을 거치는 모진 시련 속에서 희박해져 소산하게 내버려 두어라.

이전에는 그토록 나를 매혹했던 그 모든 것들이 그날 아침에는 지성에 호소하는 재주넘기와 교묘한 사기로밖에 여겨지지 않았다! 한 문명이 쇠퇴할 때마다 늘 그래 왔다. 순수시와 순수 음악과 순수 사고가 그렇다. 이러한 것들은 인간의 고통이 — 감쪽같은 속임수 속에서 — 어떤 식으로 끝을 맺는지 보여 준다. 최후의 인간, 모든 믿음과 환상으로부터 자신을 해방시켜 아무것도 바라지 않으며, 아무것도 두려워하지 않는 인간은 안다. 진흙이 그 사람을 빚어 정신으로 변형시켰으며, 그 정신이 뿌리를 서서히 내려 원기를 빨아들일 흙이 남아 있지 않다는 것을. 최후 인간은 자신을 비웠다. 씨는 이제 없으며, 똥도 없고, 피도 없다. 모든 게 말로 변하며, 말의 집합은 음악이 되어도 임종을 앞둔 인간은 이보다 훨씬 더 멀리 나아간다. 그 사람은 절대 고독 속에 앉아 음악을 침묵으로 해체하고, 수학 방정식으로 돌려놓는다.

"부처야말로 최후의 인간이다!" 나는 소스라치게 놀라며 비명을 질렀다. 이것이 부처의 비밀이자 무시무시한 의미였다. 부처는 스스로를 비운 '순수한' 영혼이다. 부처 속에 있는 것은 공허다. 부처는 '공'이다. "너의 육신을 비워라. 너의 영혼을 비워라. 너의 가슴을 비워라!" 부처는 외친다. 부처가 발을 디디는 곳은 그게 어디든 이제는 물이 흐르지 않고, 풀이 자라지 않으며, 아이도 태어나지 않는다.

나는 생각했다. '말을 동원하고, 말의 마술적인 힘을 빌려, 마법의 리듬을 불러내고 말리라. 그리하여 부처를 포위해 붙잡고, 주문을 걸어 나의 내부에서 부처를 내쫓아 버리고 말리라!'

부처에 관한 글을 쓴다는 것은 사실상 문학적인 훈련을 그만둔다는 것이었다. 부처에 관한 글을 쓴다는 것은 내 안에 숨어 있는 파멸이라고 하는 무시무시한 힘과 생사를 걸고 벌이는 싸움이자, 내 가슴을 사무치게 하는 엄청난 '부정'과 벌이는 싸움이었으며, 싸움의 승패에 따라 나의 영혼이 구제 받을 수도 있고, 그렇지 못할 수도 있었다.

나는 당차게 원고를 움켜잡았다. 목표도 깨달았고, 어디를 치면 이길 수 있는지도 알았다! 부처는 최후의 인간이었다. 우리는 이제 막 삶을 시작한 사람들이다. 아직 덜 먹고 마셨으며, 덜 사랑했다. 우리는 아직 살아 있다. 가까스로 숨이 붙어 있는 이 허약한 노인은 너무 일찍 우리를 찾아왔다. 우리는 가능한 한 빨리 이 노인을 내쫓아야 한다!

그래서 스스로에게 이야기하며 글을 쓰기 시작했다. 하지만 쓰는 것이 아니었다. 이것은 진짜 전쟁이요 무자비한 사냥이며, 끈질긴 권유이자 숨어 있는 곳에서 괴물을 불러내는 주문이었다. 알고 보면 예술이란 것은 주문을 외는 것이다. 우리 내부에 희미하게 도사리고 있는 살인적인 힘, 죽이고, 파괴하고, 미워하고, 굴욕을 안겨 주고 싶은 맹렬한 충동이다. 그러면서 감미로운 피리소리로 우리를 꾀어낸다.

나는 하루 종일 쓰고, 설득하고, 싸웠다. 그리고 저녁에는 지쳐 나가뜰어졌다. 하지만 진전이 있는 것 같았고, 적의 초소 몇 군데는 점령한 것 같았다. 이제는 오매불망 조르바만 기다렸다. 그래야 먹고, 자고, 새벽에 다시 싸울 기력을 보충할 수 있을 터였다.

조르바가 돌아온 것은 날이 어두워지고 난 다음이었다. 그는 얼굴이 밝았다. 나는 조르바도 뭔가 답을 찾았다고 생각했다. 그리고 기다렸다.

그 며칠 전, 나는 초조해지기 시작해서 조르바에게 화를 내면서 말했다.

"조르바, 자금이 바닥나고 있습니다. 끝내야 할 일이 있으면 빨리 해치워요! 고가 레일도 설치합시다. 석탄에 실패하면, 목재에 주력합시다. 그렇지 않으면 우린 파산하는 거요!"

조르바는 머리를 긁었다.

"자금이 바닥나고 있다고요? 그래요, 대장? 거참 큰일일세!"

"진즉에 바닥났어요, 조르바. 엄청 말아먹었소이다. 어떻게 좀 해 봐요! 실험은 어떻게 돼 가고 있습니까? 아직도 아닙니까?"

조르바는 고개를 푹 숙이고는 아무 말도 하지 않았다. 그날 저녁, 그는 수치심을 느꼈다. "우라질 경사 같으니라고!" 조르바는 분노했다. "아직 맞는 경사를 찾지 못했소이다." 그러더니 이제 실험에 성공해 얼굴이 환해져서 돌아오고 있었다.

"해 냈소, 대장!" 조르바가 소리쳤다. "맞는 각을 찾아냈소이다! 그놈이 손가락 사이로 도망치려는 걸 내가 꽉 붙들었지 뭐요, 대장!"

"그럼 서둘러 그 일을 끝내요! 척척 진행해요, 조르바! 뭐 필요한 건 없습니까?"

"내일 아침 일찍 연장 사러 시내에 나가야 돼요. 두꺼운 강철 케이블도 사고, 도르래도 사고, 베어링도 사고, 못도 사고, 고리도 사고……. 번개같이 다녀올 테니 걱정 말아요!"

조르바는 얼마 후 불을 지펴 저녁을 차렸고, 우리는 왕성한 식욕으로 먹고 마셨다. 그날은 둘 다 일을 아주 잘한 날이었다.

다음 날 아침, 조르바를 마을까지 배웅했다. 우리는 광산 일에 대해 뭘 좀 아는 사람들처럼 심각하게 이야기를 나누었다. 조르바가 비탈을 내려가면서 돌멩이를 톡 찼다. 돌멩이는 비탈을 데굴데굴 굴러 내려 갔다. 조르바는 이런 장엄한 광경은 난생 처음이라는 듯이 잠시 걸음을 멈추었다. 기절할 정도로 당황한 듯 보였다.

"대장, 저거 봤소?" 마침내 조르바가 말했다. "비탈에서 돌이 살아나는 거 말이오."

나는 아무 말도 하지 않았지만, 마음속 깊이 기쁨을 느꼈다. '사물을 태어나 처음 보듯이 보는 것, 이것은 위대한 몽상가나 시인이 사물을 보는 방식이다. 그런 사람들은 매일 아침마다 자신들 눈앞에 새로운 세상이 펼쳐진 것을 본다. 실제로 보는 게 아니라, 스스로 창조하는 것이다.'

조르바에게는 세상이 태초의 인간이 보는 세상처럼 벅차고 강렬한 광경으로 다가왔다. 별들은 조르바의 위로 미끄러지듯 나아갔고, 바다는 조르바의 관자놀이에 부딪쳐 부서졌다. 이성이라는 왜곡된 간섭을 받지 않은 조르바는 대지로 살고, 물로 살았으며, 동물로 살고, 신으로 살았다.

오르탕스 부인은 연락을 받고 현관 앞 계단에서 기다리고 있었다.

화장을 하고, 덕지덕지 분을 바르고, 거북살스럽게 차리고 있었다. 차림새가 토요일 밤에 재미를 보러 나가는 사람 같았다. 대문 앞에 노새가 있었다. 조르바는 노새 등으로 뛰어올라 고삐를 쥐었다.

늙은 세이렌은 애인이 떠나지 못하게 막으려는 듯이, 겁을 내면서 그 통통한 손을 노새 가슴에 갖다 댔다.

"조르바……." 늙은 세이렌이 뒤꿈치를 들고는 코맹맹이 소리를 했다. "조르바……."

조르바는 외면해 버렸다. 길 한복판에서 애인의 허튼소리를 듣는 건 딱 질색인 모양이었다. 가여운 여인은 조르바의 태도에 덜컥 겁이 났다. 하지만 여전히 애원하듯 노새 가슴을 살며시 누르고 있었다.

"왜요?" 조르바가 짜증을 내면서 물었다.

"조르바." 오르탕스 부인이 간청했다. "딴 짓 하지 마세요…… 절 잊으시면 안 돼요, 조르바…… 딴 짓 하시면 안 돼요……."

조르바는 대꾸도 하지 않고, 고삐를 흔들었다. 노새가 움직이기 시작했다.

"행운을 빌어요, 조르바!" 내가 소리쳤다. "사흘입니다, 조르바. 알았지요? 더는 안 됩니다!"

조르바가 돌아다보면서 손을 흔들었다. 오르탕스 부인은 눈물을 흘리고 있었다. 눈물 때문에 분칠이 씻겨 나가 얼굴 주름이 드러났다.

"알았소이다, 대장!" 조르바가 소리쳤다. "다녀오겠소이다!"

조르바는 올리브나무들 밑으로 사라졌다. 오르탕스 부인은 계속 울고 있었지만, 연인이 편히 앉아 가도록 신경 써서 얹어 놓은, 번쩍 거리는 붉은 융단으로 만든 안장에서 눈길을 떼지 못했다. 부인은 안장이 무성한 은빛 이파리들에 가려 보이지 않게 될 때까지 계속 바라보았다. 그러고는 자신에게 눈길을 돌렸다. 세상이 텅 비어 있었다.

나는 해변으로 돌아가지 않았다. 서글퍼서 산을 향해 걸었다. 산길로 들어서자 트럼펫 소리가 들려왔다. 지역 집배원이 마을에 도착했음을 알리는 소리였다.

"사장님!" 집배원이 나에게 손을 흔들면서 소리쳤다.

집배원이 다가와 신문 꾸러미와 문학 평론지 몇 권과 편지 두 통을 건넸다. 한 통은 낮이 지나고 마음이 차분해지는 저녁에 읽으려고 얼른 주머니에 넣었다. 누가 보낸 건지 알고 있었으므로 기쁨을 오래도록 느끼고 싶었다.

남은 편지 한 통은 힘차게 휘갈겨 쓴 글씨체와 다른 나라 우표가 붙어 있는 걸로 보아 누가 보낸 건지 금세 알아볼 수 있었다. 학교 동문, 카라얀니스가 보낸 편지였다. 탕가니카 근처 아프리카의 험한 산기슭에서 날아온 것이었다.

카라얀니스는 피부가 까무잡잡하고, 이가 유난히 흰 친구로, 특이하고, 충동적인 구석이 있었다. 송곳니들은 야생 멧돼지처럼 튀어나와 있었다. 절대 말을 하는 법이 없고, 소리를 질렀다. 절대 토론을 하는 법이 없고, 시비를 걸었다. 그리고 자신의 조국 크레타에서 신학 선생 겸 수사로 있다가 외국으로 가 버렸다. 그 친구는 당시 제자하고 불장난을 했는데, 하루는 운동장으로 나와 둘이 키스를 해서 사람들을 놀라게 만들었다. 두 사람은 비난을 받고 야유를 당했다. 젊은 선생은 그날로 사제복을 벗어 던지고, 배를 타고 가 버렸다. 그렇게 아프리카에 있는 삼촌에게 가서 작정을 하고 일을 벌였다. 밧줄

공장을 차려 떼돈을 벌었다. 가끔씩 나에게 편지를 보내, 와서 한 육 개월만 있다 가라고 했다. 나는 카라얀니스가 보낸 편지를 읽을 때마다, 아니 읽기도 전에, 늘 실로 바느질해 묶어 놓은, 글씨가 빽빽이 들어차 있는 두툼한 편지지들에서 머리카락을 쭈뼛 서게 만드는 거친 숨을 느꼈다. 나는 아프리카로 가서 카라얀니스를 만나겠노라고 늘 다짐을 하면서도, 한 번도 가지 않았다.

나는 산길을 벗어나 바위에 앉아서 편지를 읽기 시작했다.

이 그리스라는 바윗덩어리에 딱 들러붙은, 저주 받은 삿갓조개 같은 친구야, 도대체 언제쯤 날 보러 여기 올 작정인가? 자네도 그 지저분한 그리스 놈이 다 됐나 보군그래. 선술집에서 죽치고, 카페에서 주색에 빠져 지내는 전형적인 그리스 놈 말이야. 그 카페만 카페라고 생각하면 곤란하네. 자네에게는 책들도 카페, 습관들도 카페, 자네의 그 대단한 이념들도 카페 아니겠나? 그게 다 카페지, 뭐. 오늘은 일요일이라서 할 일도 없네. 내 땅에서 자네를 생각하고 있네. 날이 푹푹 찌고, 비 한 방울 안 온다네. 여기는 사월과 오월, 유월에 비가 오는데, 한번 왔다 하면 대홍수가 나네.

난 혼자라네. 하지만 그게 좋아. 여기도 더러운 그리스 놈들이 얼마나 많은지 모르네. (하기야 그 기생충 같은 놈들이 어딘들 안 가겠나?) 하지만 같이 안 논다네. 구역질이 나서 말이야. 선술집에서 죽치는 자네 같은 작자들이 — 귀신한테 잡혀가야 해 — 제 버릇 개 못 준다고, 여기까지 와서 그 지랄병을 한다네. 뒤에서 물어뜯질 않나, 별 지랄을 다 하지. 그리스가 썩어 가는 건 다 그놈의 정치 때문일세! 놀음도 그렇고, 무지도 그렇고, 육욕도 그렇지만 말일세.

유럽 놈들이 혐오스럽네. 내가 우슘바라 산맥을 헤매고 다니는 것도 다 그래서가 아니겠나. 유럽 놈은 다 싫지만, 더러운 그리스 놈들이 제일 싫네. 그리스의 그 자만 들어도 몸서리가 쳐지네. 그리스엔 한 발짝도 안 들여놓을 걸세. 여기서 죽을 거야. 무덤도 만들어 뒀네. 여기 험한 산기슭, 오두막 앞에 말이야. 내 손으로 비석에다 이런 글귀까지 대문자로 새겨 넣었지.

그리스를 증오한 그리스인이 여기에 잠들다

그리스를 생각할 때마다 낄낄거리고, 침을 뱉고, 맹세를 하고, 운다네. 그리스 놈들을 안 보고, 그리스 건 아무것도 안 보려고 조국을 영원히 떠나왔네. 여기 올 때, 내 운명도 데리고 왔네 — 운명이 날 이리로 데리고 온 게 아니라. 인간은 자기가 선택한 걸 해야 하네! — 내 운명을 이리로 데려와서 노예처럼 일했고, 지금도 그러고 있네. 땀을 양동이로 하나는 흘렸을 걸세. 그리고 앞으로도 그럴 걸세. 땅과 바람과 비와 검붉은 노예들과 싸우면서 말이지.

재미는 없어. 그래, 한 가지 있기는 하네. 일. 육체적인 일도 있고, 정신적인 일도 있지만, 난 육체노동을 하는 게 더 좋네. 나를 혹사하고, 땀을 빼고, 뼛골 빠지게 일하는 게 좋아. 버는 돈의 절반은 어디에서 쓰든, 뭘 하는 데 쓰든, 기분 내키는 대로 막 써 버린다네. 난 돈의 노예가 아니거든. 돈이 내 노예지. 나는 일의 노예이고, 일의 노예라는 게 자랑스럽네. 벌목 일을 하네. 영국 놈하고 계약을 맺고 말이야. 밧줄도 만들고,

이제는 목화 재배도 시작했네. 간밤에 노예들 사이에서, 두 종족 — 와요족과 왕고니족 — 간에 싸움이 벌어졌다네 — 창녀 하나를 두고 말이야. 자존심이 상했다 이거지, 알겠지만. 그리스와 똑같네. 욕이 오가고, 주먹이 오가더니 몽둥이까지 납셨네. 여자 하나 때문에 서로들 대갈통을 깬 거네. 여자들이 한밤중에 나를 부르러 와서 가서 좀 말려 달라고 시끄럽게 떠드는 통에 알았다네. 어찌나 화가 나던지, 여자들에게는 귀신한테나 잡혀가라고 하면서, 영국 경찰에게 가서 말하라고 했네. 그런데 여자들이 안 가고 밤새 문 앞에서 울고불고 난리를 치지 뭔가. 하는 수 없이 그 새벽에 나가서 싸움을 말렸지, 뭐.

내일은 일찍 숲이 울창하고, 물도 깨끗하고, 영원히 푸른 우숨바라 산맥에 오를 걸세. 그런데 이 더러운 그리스 바빌로니아 놈아, 언제쯤 유럽에서 벗어날 텐가? '지상의 별의별 왕들하고 다 붙어먹으면서, 별의별 정액에 다 주저앉았던 대단한 창녀' 품에서 말이야! 언제 한번 나하고 같이 이 순수하고 멋진 산맥에 오르지 않겠나?

흑인 여자하고 사이에 아이가 하나 있네. 딸일세. 아이 엄마는 내쫓아 버렸네. 벌건 대낮에 동네 이파리 달린 나무란 나무는 다 찾아다니면서 그 아래에서 대놓고 서방질을 해 대는 통에 창피해서 살 수가 있어야지. 됐다 하고 내쫓아 버렸네. 하지만 애는 내가 키우네. 두 살이야. 걷고, 말도 하기 시작했네. 내가 그리스 말도 가르친다네. 맨 처음 가르친 그리스 말이 이거라네. "내 침이나 맞아라, 이 더러운 그리스 놈들아, 내 침이나 맞아라, 이 더러운 그리스 놈들아!"

애가 나를 닮았네. 꼬마 깡패야. 펑퍼짐하고 납작한 코만 제 어미를 닮았지. 그 애를 사랑하네. 그래 봐야 개나 고양이를 사랑하는 거나 매한가지지만 말이야. 이리 와서 우슘바라 여자랑 사내아이나 하나 낳게. 그러다 나중에 그 둘을 결혼시켜서, 우리도 재미 좀 보고, 그 둘도 재미 좀 보게 하세나!

잘 있게! 사랑하는 친구여, 귀신한테 잡혀가기를, 나하고 같이!

세르부스 디아볼리쿠스 데이(잔악한 신의 노예) 카라얀니스

나는 편지를 무릎에 펼쳐진 채로 놔두었다. 그곳에 가고 싶다는 열망에 다시 한번 사로잡혔다. 여길 떠나고 싶어서가 아니라 ─ 나는 여기 크레타가 꽤 마음에 들었고, 행복과 자유를 느꼈으며, 필요한 게 아무것도 없었다 ─ 늘 한 가지 욕망에 사로잡혀 있기 때문이었다. 죽기 전에 땅과 바다를 실컷 보고 만지고 싶었다.

나는 일어섰다. 마음을 바꿔 야산을 오르는 대신 바다를 향해 걸음을 재촉했다. 외투 윗주머니에 다른 편지 한 통이 들어 있는 게 느껴졌다. 도저히 기다릴 수가 없었다. 그 달콤하고 견딜 수 없는, 기다리는 즐거움도 그 정도 느꼈으면 충분했다.

오두막으로 돌아와 불을 피워 차를 끓인 다음, 빵 몇 조각을 꿀에 발라 먹고, 오렌지 몇 개를 먹었다. 그러고는 옷을 벗고, 침대에 벌렁 드러누워 편지를 펼쳤다.

선생이여, 신개종자여, 새해 복 많이 받게!

여기서 엄청난 일을 하나 하고 있네. 감사할 일이네, '하느님께' ─ 이 위험천만한 단어는 따옴표 속에 가둬 놓겠네. (야수처럼 쇠창살 안에 가두는 거라네.) 그래야 자네가 이 편지를 펼치자마자 좋아 죽지를 않지.

아무튼, 굉장히 어려운 일이라네. '하느님'을 찬미할 일이지! 러시아 남부와 카프카스에서 오십만 그리스인이 위험에 처해 있네. 대부분이 러시아 말이나 터키 말밖에 할 줄 모른다네. 하지만 가슴으로는 광적으로 그리스 말을 하지. 이들은 우리 민족일세. 이 사람들을 보고 있노라면 — 흰족제비처럼 탐욕스럽게 반짝이는 눈빛하며, 아주 약아빠진 거하며, 웃을 때 그 육감적인 입술하며, 그리스인 우두머리들이 농민들을 부리는 기술을 보고 있노라면 — 이들이 자네가 그렇게 사랑하는 오디세우스의 후손이라는 걸 확신하고도 남을 정도라네. 그러다 보니 한번 정이 들면, 이 사람들이 죽어 가는 모습을 두고 볼 수가 없네.

그런데, 이 사람들이 멸망할 위기에 처해 있네. 가진 걸 다 잃고, 굶주리고 헐벗었네. 한쪽은 볼셰비키한테, 다른 한쪽은 쿠르드족들한테 시달리고 있다네. 그루지야와 아르메니아 어느 한 도시에 정착하려고 사방에서 난민들이 몰려들었네. 식량도 없고, 약도 없고, 옷도 없네. 다들 항구에 모여, 그리스 선박이 나타나 자신들을 모국 — 그리스 — 으로 데려가 주기를 바라면서 초조하게 수평선만 바라본다네. 우리 민족 일부 — 이 말은 우리 영혼의 일부라는 뜻일세 — 가 공포에 떨고 있네.

우리가 이 사람들의 운명을 나 몰라라 한다면, 이 사람들은 멸망하고 말 걸세. 우리는 더 많은 사랑과 이해와 열의와 현실 감각을 가져야 할 필요가 있네 — 이것들이야말로 자네가 그토록 보고 싶어 하는 그 공동체의 속성이라네 — 만약 이 사람들을 구해서, 이 사람들이 가장 유용하게 쓰일 우리 자유의 땅, 그 일부로 돌려놓는다면, 그곳은 마케도니아 변경이나 좀 더 멀리 나가 트라키아 변경이 될 걸세. 수십 만 동포를 구하고, 이들과 더불어 우리 자신을 구할 길은 오직 이 길밖에 없네. 이곳에 도착하자마자 자네가 가르쳐 준 대로 원을 하나 그렸네. 그리고 그 원에 '나의 의무'라는 이름을 붙였네. 나는 말했네. "내가 이 원 전체를 구하면, 나는 구원 받는다. 내가 이 원 전체를 구하지 못하면, 나는 길을 잃는다!" 그래, 이 원 안에는 오십만 그리스인이 있네! 나는 도회지와 마을을 찾아다니면서 그리스인들을 모으고, 보고서를 쓰고, 전보를 치네. 아테네에 있는 우리 직원들이 배와 식량과 약과 옷과 약품을 보내, 이 불쌍한 목숨들을 그리스로 수송하게 하려고 말이네. 열정과 끈기로 발버둥치는 것이 행복이라면, 나는 행복하네. 자네 말을 빌리자면, 나의 행복을 내 키에 맞춰 자른 건지도 모르네. 부디 알맞게 잘랐기를 바랄 뿐이네. 그래야 내가 위대한 인물이 될 거 아니겠나. 나는 나를 행복하게 해 주는 것에 맞추어 내 키를 늘리고 싶네. 그리스에서 가장 먼 변경까지 말이네! 사사로운 말은 이 정도 했으면 됐고! 자네는 그곳 크레타 해변에 누워 파도소리와 산투르 소리를 듣고 있겠군. — 자네는 시간이 있고, 나는 없네. 나를 행동하는 데 다 써 버렸고, 그랬다는 게 기쁘네. 행동하게, 이 꼼짝도 하기 싫어하는 선생이여, 행동하게. 다른 구원은 없네.

묵상의 주제가 사실은 굉장히 소박하고, 다 평화에 관한 거라네. 이런 내용이지. "폰토스와 카프카스의 주민들과 카르스의 농부들과 티플리스(트빌리시), 바툼, 노보로시스크, 로스토프, 오데사, 크리미아 반도의 소상인들 모두가 우리와 한 핏줄이다. 우리의 수도가 그리스의 콘스탄티노플인 것처럼, 이 사람들의 수도도 그리스의 콘스탄티노플이다. 우리 모두 같은 우두머리를 섬긴다." 자네는 오디세우스라고 부르고, 다른 이들은 콘스탄티누스 팔라이올로구스(동로마제국의 마지막 황제,

1448~1453)라고 부르는 그분 말이네 — 비잔티움 벽 아래에서 살해당한 그분이 아니라, 대리석으로 변해 꼿꼿이 서서 지금도 자유의 천사를 기다리는 전설적인 그분 말일세. 양해하게. 나는 우리 민족의 우두머리를 아크리타스(바실리우스 디게네스 아크리타스, 10세기 비잔틴의 영웅. 디게네스는 두 가지 혈통 — 기독교 신자인 어머니와 이슬람교 신자인 아버지 — 을 갖고 있다는 뜻이며, 아크리타스는 국경을 지키는 보초라는 뜻임)라고 부른다네. 나는 이 이름이 훨씬 좋네. 이 이름이 더 위엄 있고, 더 전투적이라서 말이네. 이 이름을 듣는 순간, 불멸의 헬레네가 완전무장을 하고, 국경과 변방에서 쉬지도 않고 국가적 국경, 지적 국경, 정신적 국경, 그 모든 국경에서 끊임없이 싸우는 모습이 떠오를 걸세. 거기다 디게네스를 추가해 보게. 동서양의 놀라운 공동체가 바로 우리 민족이라는 것까지 더 완벽하게 설명할 수 있을 걸세.

지금 난 카르스에 있네. 이웃 마을에 있는 그리스인들을 다 소집하러 왔다네. 여기 도착하던 날, 쿠르드족이 그리스인 선생과 신부를 붙잡아, 발에 편자를 박았네. 행세 좀 하는 사람들은 다들 겁에 질려 내가 머무는 집으로 피신해 왔네. 쿠르드족이 쏘아 대는 총소리가 점점 더 가까운 곳에서 계속 들려오고 있네. 그리스인들은 다 나만 쳐다본다네. 자신들을 구해 줄 사람은 나밖에 없다는 듯이 말일세.

내일 티플리스로 떠날 예정이었네만, 지금 같은 위기 상황에서는 떠나기가 부끄럽네. 그래서 머물기로 했다네. 두렵지 않다고는 하지 않겠네. 두렵고, 여전히 부끄럽네. 렘브란트의 전사, 나의 전사도 똑같이 행동하지 않았을까? 그 사람이라면 머물렀을 것이네. 그래서 나도 머무네. 쿠르드족이 시내로 들어오면, 내 발에 편자부터 박을 걸세. 불을 보

226

듯 뻔하지. 선생이여, 그대의 제자가 이렇게 끝날 줄은 꿈에도 몰랐을 걸세! 나도 아네.

그리스 식으로 지루하게 긴 토론을 하고 나서야 우리는 결정했네. 오늘 저녁에 노새들과 말들과 소떼와 여자들과 아이들을 모아 새벽에 다 같이 북쪽으로 출발하기로 말이네. 나는 무리를 이끄는 숫양이 되어 앞장서 걸을 걸세. 전설적인 이름들을 가진 산맥들과 평원들을 거치는, 인도자를 따르는 국민의 이주가 시작되는 걸세! 그리고 나는 모세와 같은 사람이 되어 — 가짜 모세 말이네 — 선택 받은 민족을 약속의 땅으로 이끄는 걸세 — 이 순진한 사람들은 그리스를 약속의 땅이라고 부른다네. 이번 모세의 사명이 정말로 값어치 있는 것이 되고, 자네의 명예를 실추시키지 않으려면, 당연히 자네가 놀려 대던 멋진 각반 대신 양가죽으로 다리를 싸매야겠지. 기름기에 찌든 구불구불한 긴 수염도 있어야 할 걸세. 그리고 무엇보다 커다란 뿔도 한 쌍 있어야겠지. 미안한 말이네만, 자네에게 그런 즐거움은 못 주네. 내 차림새를 바꾸는 것보다 내 영혼을 바꾸는 게 더 쉽네. 나는 각반을 하네. 양배추 밑동처럼 매끈하게 면도도 하고 말이네. 결혼을 하지 않았으니까.

선생이여, 자네가 이 편지를 받았으면 좋겠네. 어쩌면 마지막이 될지도 모르잖나. 그건 아무도 모르지. 신비한 힘으로 당신들을 지켜 주겠노라고 사기 칠 자신이 없네. 나는 맹목적인 힘을 믿네. 원한도 없고 목적도 없이, 사방을 맹렬하게 공격하고, 이 사람들이 가는 길에 우연히 마주친 사람들을 모조리 죽여 버리는 그런 맹목적인 힘 말이네.

내가 이 땅을 떠나면(합당한 단어를 쓰면 자네나 나나 겁먹을까 봐 '떠나면'이라고 쓰네), 내가 이 땅을 떠나면, 이보게, 잘 지내고, 행복하길 바라네, 존경하는 선생이여! 이런 말 하는 거 참 부끄럽네만, 그래도 해야겠으니 부디 나를 용서하게나, 나도 자네를 무척 사랑하고, 아끼네.

그리고 아래에다 연필로 급하게 이런 추신을 휘갈겨 써 놓았다.

추신 : 내가 떠나던 날, 우리가 배에서 한 약속을 잊지 않고 있네. 내가 이 땅을 '떠나야만 한다면' 내 일러두겠네. 기억하게, 자네가 어디 있든지 겁먹지 말게.

13

사흘, 나흘, 닷새가 지나도 조르바는 돌아오지 않았다. 엿새째 되던 날, 칸디아에서 편지 한 통이 날아왔다. 시시껄렁한 장문의 편지였다. 향기 나는 분홍색 편지지로, 페이지마다 한 귀퉁이에 화살이 꽂힌 심장이 그려져 있었다.

잘 보관해 두고 있던 편지를 여기에 있는 그대로 옮겨 적는다. 여기저기 눈에 띄는 곤란한 표현들도 그대로 살렸다. 철자를 잘못 쓴 귀여운 실수만 좀 고쳤다. 조르바는 펜을 곡괭이 쥐듯 쥐었다. 죽기 살기로 펜으로 종이를 공격해 댔다. 종이에는 구멍이 숭숭 뚫려 있고, 잉크 자국으로 온통 얼룩덜룩했다.

어이, 대장! 자본가 양반!

몸은 어떤지 궁금해서 펜을 들었소. 우리는 아주 잘 있소. 얼마나 다행인지!

나는 말이나 소가 되려고 이 세상에 나온 게 아니다. 종종 이런 생각을 하오. 짐승들은 오로지 먹기 위해 사오. 그래서 나는 그런 소리 안 들으려고 일거리를 만든다오. 하루 종일 머리를 싸매고, 뭐 좋은 게 없을까 생각하느라고 때를 놓칠 때도 많소. 이렇게 속담을 비틀기도 하고. "새장 안에 있는 피둥피둥한 참새가 되느니, 차라리 연못에 있는 삐쩍 마른 자고새가 되는 게 낫다."

애국자가 참 많소. 빈둥빈둥 놀기만 하는 주제에 말이오. 나는 애국자가 아니오. 그럴 생각도 없고요. 돈 줄 테니 하라고 해도 안 해요. 꽤 많이들 천국을 믿소. 거기다 당나귀도 한 마리 묶어 놓고요. 나는 안 묶어 놨소. 자유인 거요! 내 당나귀는 지옥에 떨어져 죽겠지만, 난 지옥이 안 무섭소. 천국에 가고 싶지도 않소. 그 양반더러 거기 있는 토끼풀이나 배 터지게 뜯어먹으라고 해요. 나는 무식한 놈이오. 대가리가 바윗덩어리죠. 뭐가 어떻게 돌아가는 건지 당최 모르오. 그런데도 대장, 당신은 날 이해해 준다오.

세상만사 덧없다고, 다들 무서워하오. 하지만 나는 이겨 냈소. 죽어라 반성들을 하던데, 나는 안 그래도 되오. 나는 좋다고 날뛰지도 않고, 안 좋다고 징징거리지도 않소. 그리스가 콘스탄티노플을 손에 넣었다는 소리를 들어도, 터키가 아테네를 손에 넣었다는 소리로밖에 안 들리오. 별 헛소리를 다 늘어놓고, 이게 뭘 잘못 먹었나 싶거든 답장 줘요. 여기 칸디아에서 케이블을 사러 가게에 들렀다가 웃겨 죽는 줄 알았소.

"뭐가 그렇게 우습소, 형제?" 계속들 물어 댔다오. 그런데 뭐라고 말을 할 수가 있어야 말이죠. 강철 케이블이 쓸 만한가 어떤가 보려고 손을 내밀 때마다 이런 생각이 드는걸. 도대체 인간이 뭔지, 뭐 하러 이 땅에 왔는지, 뭐가 좋은지⋯⋯. 그래서 어떻더냐고 묻는다면, 개뿔, 좋은 구석이라고는 눈을 씻고 찾아 봐도 없었소! 내가 계집이 있는 놈이든 없는 놈이든, 내가 정직한 놈이든 사기꾼이든, 내가 파샤든 길바닥 짐꾼 이든, 눈곱만큼도 달라질 게 없었소. 딱 하나, 달라질 게 있었소. 내가 살았느냐, 죽었느냐! 신이 불러서든, 악마가 불러서든(누굴 거 같소? 난 그 둘이 한 놈이라고 생각하오) 죽기는 죽을 거요. 죽어서 송장으로 변해 썩은 내를 폭폭 풍겨 사람들을 다 내쫓을 거요. 산 사람들은 당장에 구덩 이를 파고 날 묻어 버리겠지요. 아마 냄새 안 맡으려고 꽤 깊이 팔 거요!

그거야 그렇다 치고, 물어 볼 게 좀 있소. 더 겁나는 게 있는데 ― 딱 하나 있는데, 마음 문제요 ― 그것 때문에 밤낮 똥마려운 강아지처럼 안 절부절못한다오. 뭐가 겁나느냐 하면, 대장, 늙었다는 거요! 하느님, 우 리를 그만 좀 늙게 해 주시오! 죽는 건 괜찮아요! ― 그냥 훅! 다 탄 초 처럼 꺼져 버리면 되니까. 하지만 늙는 건 쪽팔리는 일이오.

점점 더 늙어 가는 걸 인정한다는 건 진짜 쪽팔리는 짓이오. 그래서 내가 늙었다는 걸 남들이 눈치 못 채게 별짓을 다 하오. 껑충껑충 뛰질 않나, 춤을 추질 않나, 허리 아파 죽겠으면서도 계속 추질 않나. 술 마시 고 맛이 가서 세상이 빙빙 도는데도, 멀쩡한 척 앉아서는, 만사 오케이 라는 듯이 군다오. 땀이 나면 잘난 척 바다에 풍덩 뛰어들었다가 감기나 걸리고, 기침이 하고 싶으면 ― 콜록콜록! ― 후련하게 해 버리면 좋으 련만, 그러는 게 쪽팔려서 억지로 도로 밀어 넣는다오, 대장. 내가 기침 하는 거 봤소? 거 봐요, 못 봤잖소! 내가 다른 사람 앞에서만 그럴 거리 고 생각하겠지만, 아니오, 내 앞에서도 그러오! 조르바한테 쪽팔려서 말이오 ― 어떻게 생각하오, 대장? 조르바한테 쪽팔린다고요!

어느 날 아토스 산에서 ― 병신같이 거기 있었다오. 차라리 오른손을

231

잘라 버릴걸! — 수도승을 하나 만났소. 라브렌티오 신부라고, 키오스 사람이오. 이 병신 같은 새끼는 자기 속에 악마가 산다면서, 악마한테 이름까지 지어 줬지 뭐요. '호자' 라고. '호자는 고기가 먹고 싶다! 성 금요일에 말이다!' 이 불쌍한 인간은 툭하면 교회 벽에 대갈통을 찧으면서 악을, 악을 썼소이다. '호자는 여자랑 자고 싶다! 호자는 대수도원장을 죽여 버리고 싶다! 호자가 그러는 거다, 호자가! 내가 그러는 게 아니다!' 그러면서 돌에다 대갈통을 꿍꿍 찧어 댔다오.

내 안에도 악마 같은 게 있소, 대장. 나는 그 악마를 조르바라고 부르오! 그 조르바는 나이를 먹고 싶어 하지 않소. 조금도 말이오. 그놈은 나이도 안 먹었고, 앞으로도 절대 안 먹을 거요. 그놈은 괴물이오. 머리가 흑석같이 새까맣고, 이도 서른두 개(숫자로 하면 32) 다 있고, 귓바퀴에는 빨간 카네이션도 척 꽂았소. 그런데 바깥 조르바, 이 불쌍한 악마 놈은 올챙이배에다, 머리도 허옇소. 늙어서 쭈글쭈글하고, 주름이 자글자글하고, 이는 왕창 빠지고, 그 큰 귓구멍에는 허연 털이 그득하오. 늙으면 나오는, 그 당나귀 털 같은 긴 털 말이오.

그런 놈이 뭘 하겠소, 대장? 이 두 조르바는 언제까지 싸우겠소? 누가 이길 것 같소이까? 당장 나가죽어도 괜찮소, 신경 안 써요. 하지만 오랫동안 산다면, 그 땐 볼 장 다 본 거요. 끝장이오, 끝장이라고요, 대장! 그날이 올 거고, 난 망한 거요. 내 마음대로도 못 할 거요. 며느리나 딸년이 애나 봐달라고 할 거요. 그 꼬마 괴물을 말이오. 고것이 데거나, 자빠지거나, 흙에서 뒹굴까 봐 말이오. 만약 더러워지기라도 한다면, 나더러 씻기라고 할 거요!

아직 젊긴 하지만, 당신이라고 다를 거 없소, 대장. 조심해요. 내가 하는 말 잘 듣고, 나 하는 대로만 해요. 구원 받고 싶으면, 이 방법밖에 없소. 산으로 올라가서 석탄, 구리, 철, 아연을 캐는 거요. 깔려 죽을 만큼 벌어서, 친척들이 뭐 먹을 거 없나 기웃거리게 만듭시다. 친구들이 우리 구두를 핥아먹게 만들고, 잘 나가는 놈들도 우리 앞에서 모자를 벗게 만듭시다. 만약에 성공하지 못하면, 대장, 다 때려치우고, 늑대든, 곰이든, 아무 맹수나 찾아가서 잡아먹힙시다! — 녀석들한테도 좋은 일이고요! 그러라고 하느님이 짐승을 내려 보내신 거니까. 우리 같은 놈들 좀 끝장내 주라고! 그리고 그래야 녀석들도 귀신한테 안 잡아먹힐 거요.

조르바는 여기에다 색연필로 그림을 그려 놓았다. 푸른 나무 몇 그루 아래에서 키가 크고, 비쩍 마른 남자가 달아나고 있고, 빨간 늑대 일곱 마리가 그 남자를 바짝 쫓고 있었다. 그림 맨 꼭대기에는 커다란 글씨가 쓰여 있었다. "조르바와 죽을죄 일곱 가지."

편지는 계속 이어졌다.

이 편지를 읽으면, 내가 얼마나 불행한 놈인지 다 알게 될 거요. 울적한 기분이 좀 풀릴 때는 어쩌다 당신과 이야기할 때뿐이오. 당신은 나와 닮은 구석이 있소. 잘 모르겠지만 말이오. 또 모르긴한데, 당신 안에도 악마가 들어 있소. 그 악마 이름이 뭔지 아직 모를 거요. 그래서 숨을 쉴 수 있는 거요. 그놈에게 세례를 해 줘요, 대장. 이름을 지어 주면 한결 편안해져요!

지금 내가 얼마나 불행한지 이야기하는 중이오. 내가 완전 무식한 놈이라는 거, 그래서 하는 짓도 다 미친놈 같다는 거 잘 아오. 그렇지만 하

233

루 종일 대단한 생각을 하게 되는 날도 있다오. 저 안에 있는 조르바가 시키는 대로 했다가는 세상이 발칵 뒤집힐 거요!

나는 위험천만한 비탈길에서 브레이크를 다 풀어 버린다오. 인생과 시한부 조건 따위 맺은 적 없다는 걸 보여 주려고 말이오. 분별력 있는 사람이라면 브레이크를 밟을 거요. 산다는 게, 알고 보면, 가파른 비탈길을 오르내리는 일일 테니까요. 그런데 나는 ― 이쯤에서 내가 어떤 놈인지 보여 줘야 할 것 같소, 대장 ― 브레이크란 브레이크는 모조리 빼버렸다오. 그것도 아주 오래전에. 덜컥거리는 게 하나도 안 무섭기 때문이오. 기계가 탈선하는 걸 기사들 말로 '덜컹!' 이라고 하오. 덜컹덜컹할 때마다 내가 눈 하나 깜짝하지 않는지 어쩌는지는 악마가 알고 있소. 나는 미친 듯이 달리오. 밤이고 낮이고, 나 좋을 대로 말이오. 고꾸라지고 패대기쳐져서 완전히 작살나도 괜찮소. 내가 잃을 게 뭐가 있겠소? 없소. 살살 간다고 어디 딴 데가 나옵니까? 가 봐야 맨 거기잖소! 그러니, 우리 달립시다!

지금 웃고 있는 거 다 알아요, 대장. 그래도 쓸 거요. 신세타령이든, 원한다면 반성이든, 약해 빠진 모습이든 ― 그런데 이 셋의 차이가 뭐요? ― 정말 모르겠소 ― 이야기할 테니 들어 봐요. 지루하지만 않으면 기분 좋게 웃어요. 당신이 낄낄거릴 걸 생각하니 나까지 낄낄거리게 되는군요. 이래서 다들 웃고 사는 거 아니겠소? 사람마다 어디 한 군데 꼭 모자란 구석이 있게 마련이오. 내가 볼 때, 제일 모자란 놈은 모자란 구석이 한 군데도 없는 놈이오.

이제 알게 될 거요. 내가 여기 칸디아에서 내 전매특허인 병신 짓을 얼마나 하고 있는지 말이오. 하나도 안 빠뜨리고 다 털어놓을 거요, 대장. 그래야 뭐라고 충고 좀 해 줄 테니까요. 당신은 아직 젊소. 당연하오. 하지만 좋은 말이 많이 들어 있는 고리짝 책들을 읽다 보니, 이런 말을 해도 될지 모르지만, 당신은 노땅 같은 구석이 있소. 그러니까 좋은 말 좀 해 달라고 이렇게 부탁도 하는 거고요.

그래요, 우리가 잘 못 느껴서 그렇지, 저마다 자기만의 냄새가 있소. 냄새들이 마구 뒤섞여서, 이건 네 냄새, 이건 내 냄새라고 정말로 말을 할 수가 없을 뿐이지……. 우리가 알 수 있는 건, 고약한 냄새가 난다는 것뿐이오. 그게 바로 '인간성'이라고 부르는 거요……. '인간 냄새' 말이오. 그걸 라벤더 향이나 되는 것처럼 맡아 대는 놈들이 있소. 그 생각을 하면 토하고 싶어지오. 어쨌든, 이건 딴 이야기니 하던 이야기나 합시다.

내가 하려는 말은 ─ 다시 브레이크를 푸는 중이오 ─ 계집년들, 그 닳아빠진 것들 얘기요. 요놈이 자기들하고 붙어먹고 싶어 하는지 안 붙어먹고 싶어 하는지, 암캐처럼 축축한 코로 냄새를 맡고 금방 알아채는 년들 말이오. 그러다 보니 어느 도시에 가든, 옷도 거지같이 입고, 늙어빠지고, 못생긴 나 같은 원숭이한테도 계집 한둘쯤은 따라온다오. 내 냄새를 맡은 거요, 그 암캐들이! 하느님, 고년들을 축복하소서!

아무튼, 칸디아에 잘 도착한 첫날 일이오. 저녁 어스름 무렵이었소. 곧장 가게로 갔소. 하지만 다들 문을 닫았더군요. 그래서 여인숙으로 갔다오. 노새한테 꼴부터 먹이고, 나도 먹고, 깨끗이 씻었소. 담배를 피워 물고 밖으로 나가 휘휘 둘러보았소. 거기에는 내가 아는 사람도 없고, 날 알아보는 사람도 없었다오. 그야말로 완전히 자유였소! 나도 모르게 휘파람도 나오고, 웃음도 나오고, 말도 막 나왔소. 파사 템포를 한

주먹 사서 껍질을 툭툭 뱉으면서 마음 내키는 대로 돌아다녔다오. 가로
등이 켜지고, 사내들은 저녁 먹기 전에 술집에서 식전 주 한 잔 걸치고,
계집들은 제 집으로 돌아가는 중이었소. 분 냄새, 화장비누 냄새, 아니
스 술 냄새, 수블라키(고기 꼬치구이) 냄새가 났소. 나한테 말했소. "이봐,
조르바. 살면 얼마나 더 살겠나? 콧구멍을 얼마나 더 벌름거리겠어?
킁킁거릴 날도 이제 얼마 안 남았네. 이봐, 하고 싶은 걸 하게나. 숨을
깊게 들이마시라고!"

널따란 광장 — 어딘지 아실 거요 — 을 오르내리면서 그런 생각을 하
고 있는데, 갑자기 — 하느님도 참 고마우시지 — 외치는 소리, 탬버린
치는 소리, 동양 노래 소리, 춤추는 소리가 들리지 뭐요. 귀를 바짝 세우
고, 소리가 나는 곳으로 달려갔소. 카바레 겸 카페였소. 내가 딱 바라던
곳이었다오. 들어갔소. 작은 탁자에 앉았지요. 앞에 좋은 자리에 말이
오. 대담하게 굴면 안 될 이유가 없잖소? 아까 말한 것처럼, 아는 사람
도 없고, 완전 자유니까.

덩치가 산만 한 모자란 계집 하나가 치마를 걷어 올리고 무대에서 춤
을 추고 있었소. 그쪽은 쳐다보지도 않았소. 맥주 한 병을 시켜 놓고 있
는데, 까무잡잡하니 귀여운 게 하나 내 옆에 와 앉았소. 흙손으로 처덕
처덕 처바른 게 말이오.

"하고 싶어요, 할아버지?" 계집이 낄낄 웃으면서 물었소.

돌아 버리는 줄 알았소. 끔찍하게도, 고 썩을 년 모가지를 확 분질러
버리고 싶었소! 하지만 암컷들이란 종족이 불쌍해서 참았다오. 그러고
는 웨이터를 불렀소.

"여기 샴페인 두 병!"

용서하오, 대장! 당신 돈 좀 썼소이다. 대장까지 모욕당할까 봐서 그런 거요. 고 선머슴 같은 년을 우리 앞에 무릎 꿇게 만들어야 했소. 정말이오. 내가 그런 상황에 있는데, 대장이 모른 척할 리가 없잖소. 그 어려운 상황에 말이오. 그래서 "웨이터, 여기 샴페인 두 병!" 한 거요.

샴페인이 왔소. 케이크도 좀 시키고, 샴페인도 더 시켰소. 그리고 재스민 파는 사람이 우리 쪽으로 오기에 한 양동이 사서, 꼬마 아가씨 무릎 안으로 죄 쏟아 부었소. 우리를 모욕할 생각은 꿈에도 못 하게 말이오.

우리는 같이 퍼마셨소. 맹세하는데, 대장, 찔러 보지도 않았소. 내 재주를 알거든요. 철딱서니 없을 때는 일단 찔러 본 다음에 같이 잤소. 이제는 늙어서, 돈으로 기부터 팍 죽여 놓고, 정중하게 스윽 쥐는 거요. 그래 주면 좋아서들 죽는다오. 년들이 맛이 가는 거요. 꼽추든, 오늘내일하는 영감탱이든, 회충같이 생긴 놈이든, 상관도 안 하오. 다 잊는다오. 암캐들 눈엔 딴 건 하나도 안 보인다오. 돈 꺼내는 손만 보이지. 그러고는 밑 빠진 독에 물 붓듯 다 써 버리게 한다오. 그래서 말인데, 좀 썼소이다 — 하느님이, 대장, 백배로 갚아 주시기를 바라오 — 그랬더니 아까 고년이 찰싹 달라붙지 뭐요. 점점 더 바짝 말이오. 그러고는 그 작은 무릎으로 뼈만 남은 내 다리를 누르는 거요. 그래도 얼음장처럼 꿈쩍도 하지 않았다오. 속은 후끈 달아올라 미치겠는데도 말이오. 그게 바로 내재주라오. 계집들을 미쳐 버리게 만드는 수법 말이오. 배워 둬요. 그랬다 나중에 같은 상황이 되면 써먹어요. 도움이 많이 될 거요. 오장육부는 활활 타게 놔두고, 털끝 하나 건드리면 안 되오!

그러다 보니 자정이 넘었다오. 하나둘 불이 꺼지고, 카페도 문 닫을 준비를 했소. 그래서 천 드라크마짜리 돈다발을 꺼내 술값을 내고, 웨이

터한테 팁도 두둑이 줬다오. 고년이 매달립디다.

"이름이 뭐예요?" 고년이 간드러지게 물었소.

"할아버지다, 이것아!" 속이 타서 그렇게 대답했소.

고 뻔뻔스러운 년이 나를 세게 꼬집으면서 속삭였소. "같이 가요……
같이 가요!"

그래서 난 고년 손을 잡아 꼭 쥐면서 그럼 알겠다는 듯이 대답했소.

"알았다, 요 귀여운 것아……." 흐뭇해 가지고 말울음 소리가 다 나옵
디다.

나머지는 상상에 맡기오, 대장. 서로 재주를 부렸지요, 뭐. 그런 다음
곯아떨어지고 말이오. 일어나 보니 정오는 됐겠더군요. 휘 둘러보니,
뭐가 어땠는지 아오? 새로 꾸민 깨끗하고 아담한 방에, 안락의자와 세
면대, 비누, 향수병이 있고, 거울은 크기별로 다 있고, 벽에는 화려한 옷
들이 잔뜩 걸려 있고, 수병들 사진, 관리들 사진, 선장들 사진, 경찰관들
사진, 무희들 사진, 여자들이 달랑 하나만 걸치고 있는 — 샌들만 신었
다고요 — 사진이 붙어 있었다오. 그리고 침대 — 뜨뜻하고 향기로운 —
에는 암컷이 머리를 헝클어뜨리고 누워 있었소. 내 곁에 말이오.

"오, 조르바." 나는 눈을 감고 나한테 말했소이다. "자네 살아서 천국
에 갔네그려! 정말 끝내 주는 곳일세. 엉덩이 꼭 붙이고 있게!"

전에도 한번 말했지만, 대장, 사람마다 자기한테 맞는 천국이 있소.
당신한테는 산더미 같은 책과 큰 병에 잉크가 가득 차 있는 곳이 천국일
거요. 누구한테는 포도주나 럼, 브랜디가 꽉 들어차 있는 데가 천국일
거고, 누구한테는 돈이 산더미처럼 쌓여 있는 데가 천국일 거요. 나한테
는 이런 데가 천국이오. 좋은 냄새가 나는 아담한 방이 있고, 벽에는 화

려한 옷들이 걸려 있고, 향기 나는 비누도 있고, 탄력 좋은 큰 침대도 있고, 곁에는 암컷이 누워 있는 이런 데 말이오.

잘못을 자백하면 죄가 반쯤 줄어든답디다. 그날은, 바깥으로 코빼기도 안 내밀었다오. 가긴 어딜 가겠소? 뭐 하러 가겠소? 여기 다 있는데! 여기 있는 게 정말 좋았소. 시내에서 음식을 제일 잘하는 집에 배달을 시켰소 — 그래 봤자, 맛있고 정력에 좋은 것만 좀 시켰소. 철갑상어알, 저민 고기, 생선, 레몬주스, 카다이프(호두가 들어 있는 달콤한 터키 과자) 말이오.

우리는 다시 소소한 용무들을 보고 나서 낮잠을 잤다오. 그리고 저녁에 일어나서, 옷을 주워 입고, 밖으로 나가, 팔짱을 끼고 또 카페로 갔소.

얘기가 길어지면 헷갈려 할까 봐 거두절미하고, 일은 하고 있소이다. 걱정 말아요, 대장. 우리의 소소한 용무도 보고 있어요. 가끔씩 나가서 가게들을 둘러보고 있소. 케이블도 사고, 필요한 거 다 살 테니 걱정 말아요. 하루 빠르면 어떻고, 하루, 일주일, 한 달, 몇 달 늦으면 또 어떻소? 하는 말이 있잖소. 고양이들이 너무 서두르면 별난 새끼들이 나온다. 이익을 보게 해 주려고, 이 귀도 밝아지고, 마음도 깨끗해지기를 기다리는 중이오. 그래야 사기를 당하지 않을 테니까 말이오. 케이블은 무슨 일이 있어도 제일 좋은 걸 써야 하오. 안 그랬다가는 끝장이오. 그러니 참고 기다려요, 대장. 날 믿어 봐요.

무엇보다, 내 건강은 걱정 말아요. 모험을 하면 건강도 좋아져요. 그 문제라면, 며칠 안 됐는데도 스무 살로 돌아갔다오. 기운이 넘치오. 두고 봐요. 이도 새로 날 거요. 여기 왔을 때만 해도 허리가 안 좋았는데, 이제는 언제 그랬냐는 듯 멀쩡하다오. 아침마다 거울을 보는데, 밤사이

239

머리가 까맣게 변하지 않은 게 되레 이상할 정도요.

이 사람이 웬일로 이런 편지를 다 쓰나 하고 궁금해 할지도 모르겠소. 그래요, 당신은 고해 성사를 들어 주는 사람이오, 대장. 나한테는 그렇소. 당신한테는 내 죄를 다 털어놓아도 부끄럽지가 않소. 왜 그런지아오? 당신은 내가 잘못을 하든, 잘하든, 가만히 지켜보기만 하오. 내가아는 한 그래요. 당신은 물에 적신 스펀지를 들고 있다오. 하느님처럼 말이오. 쓱싹! 지워 준다는 거요. 전부 말이오. 그래서 이렇게 하나도안 빼놓고 다 털어놓는 거요. 그러니까 좀 들어 봐요!

지금 취해서 제정신이 아니오. 부탁인데요, 대장, 펜 좀 들고 답장 좀써 줘요. 이 편지 받자마자요. 답장이 오기만 목매고 기다릴 거요. 지금부터 앞으로 몇 년 동안은 하느님 장부에서 내 이름이 지워질 거요. 악마 놈 장부에서도 그렇고요. 오직 당신 장부에만 남아 있을 거요. 그러니 내가 바라볼 데라고는 고명한 당신밖에 없소. 그러니 내 말 좀 들어봐요. 그게 이렇게 된 거라오.

칸디아에서 가까운 마을에서 어제 본명축일 행사가 있었다오 — 롤라가 어떤 성자하고 이름이 같은지 내가 알게 뭐요! 그걸 알면 귀신한테 잡혀가도 벌써 잡혀갔지! — 참, 아직 말 안 했군요. 깜빡했어요. 고년 이름이 롤라요 — 고년이 이러더군요.

"할아버지!" 또 할아버지라고 불렀다오. 하지만 이젠 애칭이려니 하오, 대장. "할아버지." 고년이 말했소. "본명축일 행사에 갈래요!"

"그럼 갔다 오구려, 할멈." 내가 말했소.

"같이 가고 싶어요."

"난 안 가. 성자 놈들이 싫어. 너 혼자 가."

"알았어요. 그럼 나도 안 갈래요."

노려봤어요. 고년을 말이오.

"안 간다고? 왜 안 가? 가고 싶다면서?"

"같이 가면 가고, 같이 안 가면 안 가요."

"왜 그래? 넌 자유잖아. 안 그래?"

"안 그래요."

내가 뭘 잘못 들었나 싶었소. 정말로요.

"자유롭고 싶지 않다고?" 깜짝 놀라서 물었소.

"그래요! 그렇다고요! 그렇단 말이에요!"

대장, 지금 롤라 방이오. 롤라 편지지로 편지를 쓰고 있소. 제발 부탁이니, 잘 들어요. 나는 자유로워지고 싶어 하는 사람만이 인간이라고 생각하오. 여자들은 자유를 원하지 않소. 그러니, 그것들이 어디 인간이오?

젠장, 되도록 빨리 답장 좀 해 줘요.

대장님께 좋은 일만 가득하기를……

나, 알렉시스 조르바

편지를 다 읽고 나서 한동안 두 가지 — 아니, 세 가지 — 생각이 들었다. 화를 내야 하는 건지, 웃고 말아야 하는 건지, 삶의 껍질 — 논리와 도덕과 정직성이라는 — 을 간단히 깨 버리고 자신의 참된 실체로 곧장 걸어 들어가는 이 원시적인 인간에게 그저 경의를 표해야 하는 건지 알 수가 없었다. 조르바에게 쓸모 있는 미덕이라고는 아무리 소소한 것이라도 눈을 씻고 찾아봐도 없다. 있는 거라고는 불편하고, 도무지 안전할 수가 없는, 위험하기 짝이 없는 미덕이고, 이러한 미

241

덕이 조르바로 하여금 주저하지 않고 끊임없이 나락을 향해 극한으로 치닫도록 부추긴다.

이 무식한 노동자는 성질이 급해서 글을 쓸 때면 펜을 막 부러뜨린다. 그는 원숭이 껍질을 벗어 던지던 태초의 인간들처럼, 아니면 위대한 철학자들처럼 인류의 근본적인 문제들에 얽매어 있다. 조르바에게는 이 문제들을 해결하는 것이 급선무다. 아이처럼, 모든 걸 처음 본다는 듯이 신기한 눈으로 본다. 툭하면 소스라치게 놀라고, 왜냐고, 무엇 때문이냐고 묻는다. 그에게는 모든 게 기적 같고, 아침마다 눈을 뜨면서 나무들을 보고, 바다를 보고, 돌들을 보고, 새들을 보고, 그리고 놀라워한다.

"이런 기적이 다 있나?" 조르바는 외친다. "나무들, 바다, 돌들, 새들, 이것들은 또 무슨 수수께끼란 말인가?"

나는 기억한다. 어느 날, 우리는 마을로 가다가 노새를 몰고 가는 노인을 만났다. 조르바는 눈이 휘둥그레져 그 짐승을 바라보았다. 그 눈빛이 얼마나 강렬했던지 농부가 기겁을 해서 소리쳤다.

"형제여, 제발, 악마 같은 눈으로 보지 좀 마시오!" 그러고는 성호를 그었다.

나는 조르바를 돌아보았다.

"그 양반한테 왜 그렇게 겁을 줬습니까?" 내가 물었다.

"내가요? 겁을 줬다고요? 노새 좀 본 거요. 그게 다요! 그런데, 참 신기하지 않소, 대장?"

"뭐가요?"

"뭐냐면…… 세상에 노새 같은 게 있다는 거요!"

또 어느 날은, 해안에서 다리를 쭉 뻗고 앉아 책을 읽고 있는데, 조르바가 내 앞에 와 앉았다. 그러더니 산투르를 무릎에 척 올려놓고는 연주를 하기 시작했다. 나는 깜짝 놀라서 조르바를 바라보았다. 그는 표정이 점점 변하더니 어느새 야성적인 환희에 사로잡혔다. 그러고는 목을 길게 빼고, 고개를 흔들면서 노래를 부르기 시작했다.

마케도니아인의 노래들, 클래프트 산적의 노래들, 야만적인 울부짖음, 이 절규가 오늘날 우리가 시라고 부르고, 음악이라고 부르고, 사상이라고 부르는 것들을 품은 위대한 통합체가 되자, 인간의 목청은 선사시대 인간의 목청이 되었다. "아크! 아크!" 이 울부짖음은 조르바의 존재의 심연에서 들려오는 비명이었으며, 문명이라고 부르는 빈약한 껍질을 모조리 깨고, 그 불멸의 짐승이자, 털북숭이 신인 무시무시한 고릴라를 밖으로 내보내면서 울부짖는 소리였다.

갈탄과 이윤과 손실과 오르탕스 부인과 미래를 위한 계획들은 모두 자취를 감추었다. 외침이 모든 걸 일거에 날려 버렸다. 다른 것은 필요치 않았다. 우리 둘 다 인생의 쓰디씀과 달콤함을 가슴에 품은 채 크레타, 이 고독한 해안에서 오도 가도 못 하고 있었다. 쓰디씀과 달콤함은 더 이상 존재하지 않았다. 해는 지고, 어둠이 찾아오고, 큰 곰자리는 오도 가도 못 하는 천축을 맴돌며 춤을 추고, 달이 떠올라 아무것도 겁내지 않고 모래밭에서 노래를 부르는 두 작은 짐승을 겁에 질려 내려다보았다.

"허어! 인간은 야수로다!" 조르바가 제 노래에 지나치게 흥분해서는 불쑥 내뱉었다. "책 같은 것 좀 보지 말아요! 창피하지도 않소? 인간은 야수고, 야수는 책 같은 거 안 봐요."

조르바는 잠시 가만히 있다가 껄껄 웃기 시작했다.

"그거 알아요?" 조르바가 말했다. "하느님이 인간을 어떻게 만드셨는지? 인간이라고 하는 이 동물이 하느님한테 맨 처음 한 말이 뭔지?"

"모릅니다. 그걸 내가 어떻게 압니까? 그 자리에 없었는데."

"난 있었잖소!" 조르바가 눈을 이글거리면서 말했다.

"그럼, 말해 봐요."

조르바는 반은 무아지경으로, 반은 놀리려는 마음으로, 기막힌 인간 창조 설화를 지어 냈다.

"자, 들어 봐요, 대장! 어느 날 아침 하느님이 맥이 탁 풀려 일어났다오. 나도 참 불쌍한 신이로다! 젠장, 향불 하나 바치는 놈이 있나, 재미삼아서라도 내 이름 걸고 맹세를 하는 놈이 있나! 언제까지 이렇게 늙은 올빼미마냥 혼자 끽끽거리면서 살아야 한단 말인가? 쳇!' 그러고는 두 손바닥에 침을 탁 뱉더니, 소매를 걷어붙이고, 돈보기안경을 쓰고는, 흙 한 덩이를 떼어내 침을 뱉어 진흙을 만들었소. 그런 다음 진흙을 치대 작은 사내를 하나 빚어 햇볕에 말렸다오.

이레 있다가 다 마르자, 볕에서 거둬들였소. 하느님은 사내를 보자마자 배꼽을 잡고 웃었소.

'이런, 우라질.' 하느님이 말했다오. '이거야 원, 가운뎃다리로 서 있는 돼지 꼴일세그려. 내가 바란 게 이게 아닌데! 여태 이런 일이 없었는데, 뭐가 잘못돼도 한참 잘못됐어!'

그러고는 그놈 뒷덜미를 잡고 들어 올려서는 냅다 걷어차 버렸다오.
'꺼져라, 이놈아! 얼쩡거리면 혼날 줄 알아! 가서 돼지 새끼들이

나 까지르면서 살아! 이 땅도 너 가져! 자, 발딱 일어서! 왼발, 오른발, 왼발, 오른발…… 발맞춰 갓!'

그런데, 알다시피, 그놈은 전혀 돼지가 아니었소! 그놈은 털모자를 쓰고, 어깨에 재킷을 걸치고, 칼같이 주름 잡힌 바지를 입고, 빨간 술이 달린 터키 슬리퍼를 신고 있었소. 허리띠에는 단검을 딱 차고 있었는데 ─ 악마 소행이 분명하오 ─ 단검에 이런 말이 새겨져 있었다오. '두고 보자!'

그놈은 사내자식이었소! 하느님이 손을 내밀면서 손등에 키스하라고 하자 그놈이 뭐라고 한 줄 아오?

'비켜요, 영감. 좀 지나갑시다!' "

내가 낄낄거리자, 조르바는 입을 딱 닫았다. 그러고는 인상을 찌푸렸다.

"웃지 말아요!" 조르바가 말했다. "진짜라니까요!"

"그걸 어떻게 알아요?"

"그랬을 거다, 이겁니다. 내가 아담이라면 그랬을 테니까요. 아담이 안 그랬다면 내 손에 장을 지져요. 그러니 책에 나오는 이야기는 하나도 믿지 말아요. 당신은 그냥 나만 믿으면 돼요!"

조르바는 내 말은 기다리지도 않고, 그 큰 손을 뻗어 다시 산투르를 연주하기 시작했다.

나는 화살에 맞은 심장이 그려져 있고 조르바의 향취가 배어 있는 편지를 든 채, 조르바 곁에서 보낸 나날을, 조르바의 인간적인 면모로 가득한 지난날을 회상했다. 조르바의 동료로서 새로운 재미를 느낀 시간이었다. 억지로 짜 맞춘 일도 아니요, 풀리지 않는 철학적인 문제도 아니었다. 따뜻한 고운 모래였고, 나는 그런 모래가 손가락 사이로 빠져 달아나는 것을 느꼈다.

"조르바에게 축복을!" 나는 중얼거렸다. "조르바는 내 안에서 떨고 있는 모든 추상적인 관념들에 따뜻하고 사랑스러운 살아 있는 육신을 입혀 주었다. 조르바가 없으면, 나는 다시 떨게 되리라."

종이 한 장을 꺼내 들고 인부를 불러 조르바에게 전보를 치게 했다.

"즉시 돌아올 것."

14

3월 1일, 토요일 오후. 나는 바다를 마주하고 바위에 기대 글을 쓰고 있었다. 그날 첫 제비를 보며 행복했다. 부처의 주문이 종이가 넘치도록 술술 쏟아져 나왔고, 부처와 벌이는 싸움도 휴전 상태였다. 필사적으로 서두르지 않아도 되었고, 글도 술술 써질 게 확실했다.

문득 자갈 밟는 소리가 들렸다. 눈을 들어 보니 늙은 세이렌이 프리깃함처럼 잔뜩 치장을 한 채, 해안을 따라 데굴데굴 구르듯이 급하게 달려오고 있었다. 부인은 숨이 차서 헉헉거렸다. 걱정이 있는 것 같았다.

"편지가 왔다면서요?" 부인이 불안한 얼굴로 물었다.

"왔습니다!" 나는 일어나 부인을 반기며 웃으면서 대답했다. "부인 안부만 묻더군요. 밤낮 부인 생각만 하다면서요. 제대로 먹지도 마시지도 못 한답니다. 떨어져 있는 게 이렇게 힘들 줄은 상상도 못 했대요."

"그 말밖에 안 해요?" 부인이 숨을 몰아쉬면서 실망한 얼굴로 물었다.

나는 속이 상했다. 주머니에서 편지를 꺼내, 읽는 척했다. 늙은 세이렌은 이 없는 입을 떡 벌리고는 새우 눈을 깜빡이면서 숨을 죽인 채 귀를 기울였다.

나는 진짜로 읽는 체하다가 둘러대기 힘든 대목이 나오면 글씨가 잘 안 보이는 것처럼 굴면서 시간을 벌었다. "어제는 한 끼 때우려고 싸구려 식당에 갔습니다. 배가 고팠습니다. 젊은 미인 하나가 들어왔습니다. 여신이 따로 없었는데…… 세상에, 나의 부불리나하고 어찌나 똑같던지! 눈물이 샘물처럼 솟아오르고, 목구멍에 뭐가 걸린 것처럼 목이 메어서…… 음식을 삼킬 수가 없었습니다. 그래서 식탁에 음식 값을 올려놓고 그냥 나와 버렸습니다. 아무리 울적해도 천사나 사도 한 번 안 찾은 놈인데, 얼마나 뭉클하던지 성 미나스 교회로 달려가서 초를 바쳤습니다. '미나스 성자님.' 기도를 올렸습니다. '저의 천사가 어찌 지내고 있는지 말씀해 주소서. 우리 날개가 곧 다시 합쳐질 수 있게 해 주소서!'

"하하하!" 오르탕스 부인은 기뻐서 얼굴에 화색이 돌았다.

"우리 부인께서는 뭐가 그렇게 웃깁니까?" 나는 편지를 읽다 말고 물었다. 숨 좀 돌리면서 거짓말을 좀 더 지어 낼 속셈이었다. "뭐가 그렇게 웃깁니까? 나라면 울 것 같은데요."

"알면 웃으실 거예요…… 아시면 말이에요……." 부인은 낄낄거리더니 웃음을 터뜨리고 말았다.

"뭔데 그러세요?"

"날개요…… 그 악당은 발을 날개라고 부르거든요. 단둘이 있을 때 말이에요. 날개를 합치게 해 주오, 하지요…… 하하하!"

"그러면 다음 얘기를 들어 보세요. 깜짝 놀라실 테니……."

나는 편지 한 장을 넘기고 다시 읽어 내려가는 척했다.

"오늘은 이발소 앞을 지나는데 비눗물이 흥건했습니다. 이발소 주인이 비눗물을 내다버린 겁니다. 또 부불리나 생각이 나서 울었습니다, 대장……. 이제는 부불리나하고 떨어져 지낼 수가 없습니다, 대장……. 미쳐 버릴 것 같습니다……. 봐요, 시까지 썼습니다. 이틀이나 한숨도 못 자서, 시를 쓰기 시작했습니다. 나의 부불리나에게 바치려고 말입니다. 내 대신 읽어 주세요. 내가 얼마나 힘들어하는지 알게 말입니다…….

오! 어느 골목길에서 그대를 만날 수만 있다면,
그 골목길이 우리의 비탄을 달래 줄 만큼만 넓다면!
이 몸이 빵 부스러기가 되고, 다진 고기가 되더라도,
흩어진 뼛가루는 그대에게 달려갈 힘이 있기를!

오르탕스 부인은 눈을 께느른하게 뜨고는 들뜬 마음으로 귀를 기울이고 있었다. 목을 조르다시피 바투 매고 있던 노랑 리본까지 풀어 버려 잠시나마 목주름이 드러나건 말건 신경 쓰지 않았다. 부인은 그저 조용히 웃음만 지었다. 행복에 겨워 마음이 둥둥 떠내려가고 있는 것 같았다.

삼월은 풀이 돋고, 연붉은 꽃, 노란 꽃, 자줏빛 꽃이 피고, 흰 백조, 검은 백조 떼가 구애의 노래를 부르며 짝을 짓는 맑은 물. 선홍색 부리를 반쯤 벌린 흰 암컷들과 검은 수컷들. 물 위로 번쩍이는 몸을 일으켜 서로 엉킨 채 커다란 노란 독사들 주위를 맴도는 커다란 모레이 뱀장어들. 오르탕스 부인은 알렉산드리아, 베이루트, 스미르나, 콘스탄티노플의 동양풍 카펫 위에서 춤을 추던 열네 살 나이로 돌아갔다가, 어느덧 머나먼 크레타로 가는 배에 올라, 광채 나는 갑판에 우뚝서 있었다……. 기억이 가물가물했다. 점점 뭐가 뭔지 어리둥절해져만 가고, 가슴은 어지럽게 출렁였으며, 해안선들은 갈가리 찢겨져 나가고 있었다. 춤을 추고 있노라니, 바다가 갑자기 뱃머리가 황금빛인 배들로 뒤덮였다. 갑판들은 형형색색의 텐트들과 실크로 만든 군기들로 가득했다. 텐트에서는 황금빛 술을 빳빳하게 세운 페즈를 쓴 파샤들이 줄지어 쏟아져 나왔다. 부유한 이 늙은 고관대작들은 공물을 가득 싣고 아직 턱에 수염도 안 난, 내켜 하지 않는 아들들을 거느리고 순례를 떠나는 길이었다. 번쩍이는 삼각모를 쓴 제독들도 나오고, 눈이 어질어질할 정도로 하얀 컬러를 한 수병들도 바지통을 펄럭이며 걸어 나왔다. 검은 머릿수건을 쓰고, 연푸른색 통 넓은 짧은 바지를 입고, 노란 장화를 신은 크레타 젊은이들이 그 뒤를 따랐다. 그리고 마지막으로 거구의 조르바가 나왔다. 사랑을 나누어서 깡마른 모습으로, 손가락에는 큼지막한 약혼반지를 끼고, 희끗희끗한 머리에는 오렌지 꽃 화관을 쓰고 있었다…….

평생 동안 모험을 하면서 알고 지낸 사내는 다 나왔다. 어느 날 저녁 콘스탄티노플에서 부인을 물 위로 안내한 잇새가 벌어진 꼽추 사공까지, 한 사내도 빠짐없이 죄 나왔다. 밤이 깊어서 아무도 사내들을 볼 수가 없었다. 사내들은 전부 다 밖으로 나왔고, 뒤에서는 어허!

모레이 뱀장어들과 독사들과 백조들이 한창 재미를 보고 있었다!

사내들이 다가와 오르탕스 부인과 어울렸다. 사내들은 무리를 이루어, 발정 난 물뱀들처럼 한 묶음으로 묶여 쉭쉭거렸다. 그리고 그 가운데에서는 열네 살, 스무 살, 서른 살, 마흔 살, 예순 살의 오르탕스 부인이 땀에 젖어 번들거리는 허연 알몸으로 드러누워, 굽힐 줄 모르고 만족할 줄 모르는 젖가슴을 빳빳이 세우고는 입술을 벌려 작은 덧니를 내보이면서 시 소리를 내고 있었다.

잃은 것은 아무것도 없었다. 죽은 애인 하나 없었다! 모두들 제복을 갖춰 입고는 부인의 시든 가슴속에서 부활했다. 오르탕스 부인은 마치 돛이 세 개인 프리깃함 같았다. 그리고 부인의 모든 애인들 — 사십오 년 세월을 일하면서 알게 된 — 은, 부인이 형편없이 찌그러지고 온몸에 땜질을 한 채 그토록 학수고대해 온 결혼이라고 하는 마지막 위대한 천국을 향해 홀로 나아가는 동안, 선창으로 기어들고, 뱃전 끝으로 기어오르고, 돛을 달려 기어오르는 승객인 듯했다. 그리고 조르바는 천의 얼굴을 하고 있었다. 오르탕스 부인은 그리스인인 조르바를 끌어안을 때마다 터키인, 유럽인, 미국인, 아르메니아인, 아랍인 등 축복 받은 그 끝없는 행렬 전체를 다 끌어안았다…….

늙은 세이렌은 문득 내가 편지를 읽지 않고 있다는 걸 깨달았다. 눈앞의 광경이 사라지자, 부인이 힘겹게 눈을 치켜떴다.

"다른 말은 없나요?"

부인은 탐욕스럽게 입술을 핥으면서 앙칼지게 물었다.

"더 바라시는 게 있습니까, 오르탕스 부인? 모르시겠어요? 부인 이야기만 하잖습니까? 다른 이야기는 하지도 않잖아요. 보세요, 넉

251

장 다 부인 이야기예요! 그리고 여기 이 귀퉁이에 심장도 있잖아요. 직접 그린 거랍니다. 사랑이 심장을 뚫었잖습니까. 그리고 이 아래 좀 보세요. 비둘기 두 마리가 날개로 서로를 꼭 껴안고 있잖아요. 그 안에 빨간 잉크로 깨알같이 써 놨네요. 이름 두 개를 겹쳐서 말입니다. 오르탕스—조르바!"

비둘기도 없고, 이름도 없었다. 하지만 눈물이 글썽글썽한 오르탕스 부인의 새우 눈에는 보고 싶은 것만 보였다.

"딴 말은 없나요? 딴 말은 안 해요?" 부인이 성이 안 차서 또 물었다.

날개며, 이발소 앞 비눗물이며, 비둘기며 — 꽤 그럴 듯한 것들이고, 듣기 좋은 말들도 아주 많았지만, 그래 봤자 뜬구름 같은 소리였다. 부인의 속마음은 실리적인 여자의 마음으로, 다른 무언가를, 더 실질적이고 더 믿을 수 있는 무언가를 바랐다. 사는 동안 이런 허튼소리들을 얼마나 많이 들었던가! 그래서 얻은 게 무엇이란 말인가? 그 고단한 일을 수십 년을 하고 나서 남은 거라고는 모래 위에 엎혀 홀로 남겨진 것밖에 없지 않은가!

"다른 말은 없는 거죠?" 부인이 수치스러워하면서 다시 중얼거렸다. "딴 말은 없다, 이거죠?"

부인은 궁지에 몰린 암사슴처럼 나를 쳐다보았다. 가여웠다.

"조르바가 아주, 아주 중요한 뭔가를 이야기했습니다, 오르탕스 부인." 내가 말했다. "그래서 마지막에 읽어 드리려고 남겨 뒀답니다."

"무슨 이야기인데요?" 부인은 한숨을 쉬었다.

"돌아오자마자 부인 앞에 무릎을 꿇고, 눈물을 흘리면서 제발 자기하고 결혼해 달라고 애원할 겁니다. 더는 기다릴 수가 없대요. 오르탕스 부인, 부인을 자기만의 귀여운 아내로, 오르탕스 조르바 부인으로 삼겠답니다. 그러면 다시는 떨어져 있지 않아도 된다면서요."

부인은 이번에는 눈물이 흘리기 시작했다. 이야말로 최상의 기쁨이요, 그토록 학수고대하던 천국에 드는 일이었다. 평생토록 갖고 싶어 했으나, 지금까지 갖지 못해, 두고두고 미련이 남는 일! 평온을 얻는 것과 정식으로 부부가 되는 것, 그게 다였다!

부인은 손으로 눈을 가렸다.

"알겠어요." 부인은 지체 높은 귀부인이 선심 쓰듯이 대답했다. "승낙하죠. 하지만 그이한테 전해 주세요. 이 동네에는 오렌지 꽃 화관이 없으니까 칸디아에서 사 와야 할 거라고요. 흰 초 두 개하고, 분홍색 리본 몇 개하고, 설탕 뿌린 아몬드도 꼭 사오라고 하세요. 맛있는 걸로요. 웨딩드레스도 꼭 사오라고 하세요. 흰색으로요. 실크스타킹도 몇 개 사고, 궁전 구두도 몇 켤레 사라고 해 주세요. 이불은 있으니까 됐다고 하시고요. 침대도 있으니까 살 필요 없다고 하세요."

부인은 어느새 남편을 심부름하는 애로 만들어 놓고, 심부름 시킬 것들을 죽 늘어놓았다. 그러고는 벌떡 일어섰다. 어느새 당당한 유부녀가 되어 있었다.

"한 가지 부탁이 있는데요." 부인이 말했다. "중요한 거예요." 그러더니 울컥해져서는 잠시 가만히 있었다.

"말씀하십시오, 오르탕스 부인. 분부만 내리세요."

"조르바하고 나는 사장님을 굉장히 좋아해요. 사장님은 참 좋은

253

분이고, 우리를 망신시키지도 않을 거예요. 결혼식 증인 좀 돼 주시겠어요?"

나는 전율을 느꼈다. 옛날에 아버지 집에 디아만둘라라는 늙은 하녀가 있었다. 예순도 넘은 할머니였는데, 코밑에 수염까지 있고, 처녀로 너무 오래 있다 보니 반쯤 미친 데다, 신경질적이고, 몸도 쪼그라들어 가슴도 납작했다. 디아만둘라는 식료품점에서 배달을 하는 미초와 사랑에 빠졌다. 미초는 지저분하고 잘 먹어서 피둥피둥하고 수염도 안 난 농사꾼 녀석이었다.

"언제 결혼할 건데?" 디아만둘라는 일요일마다 다그쳤다. "당장 해! 얼마나 더 기다리라는 거야? 이젠 못 참겠어!"

"나도 참기 힘들단 말이에요!" 약아빠진 배달부는 디아만둘라의 습관을 잘 아는 터라 점점 노골적으로 둘러대기 시작했다. "나도 더는 못 기다리겠어요, 디아만둘라. 그래도 결혼을 하려면 나도 당신만큼은 수염이 나야지요……."

그런 식으로 몇 년이 지났고, 늙은 디아만둘라도 기다렸다. 예민한 것도 덜해지고, 두통도 덜했으며, 키스 한번 안 해 본 쓰디쓴 입술도 웃을 줄 알게 되었다. 옷도 신경 써서 깨끗이 빨아 입었고, 접시도 덜 깨먹었으며, 음식 한번을 안 태웠다.

"결혼식 증인 좀 돼 주실래요, 도련님?" 어느 날 저녁, 디아만둘라가 슬며시 내게 물었다.

"당연히 돼 드려야죠, 디아만둘라." 나는 그녀가 안쓰럽다는 생각에 목구멍에 딱딱한 덩어리가 걸린 것 같은 기분을 느끼면서 대답했다.

그 제안을 받고 가슴이 미어졌는데, 오르탕스 부인에게 똑같은 부탁을 받으니 마음이 싸했다.

"당연히 돼 드려야죠." 나는 대답했다. "영광입니다, 오르탕스 부인."

부인은 일어나더니 작은 모자 밑에 달린 귀여운 고리들을 톡톡 치면서 입술을 핥았다.

"안녕히 주무세요." 부인이 말했다. "그이가 얼른 왔으면 좋겠어요!"

나는 부인이 소녀가 된 기분으로 늙은 몸을 흔들며 어기적어기적 걸어가는 것을 지켜보았다. 기쁨은 부인에게 날개를 달아 주었고, 찌그러진 궁전 구두는 모래밭에 깊은 자국들을 남겼다.

부인이 갑을 채 돌기도 전에, 해안을 따라 비명소리와 울부짖는 소리가 들려왔다.

나는 벌떡 일어나 소리가 나는 쪽으로 달려갔다. 맞은편 갑에서 여자들이 초상집에서 곡을 하듯 통곡을 하고 있었다. 난 바위로 기어 올라가 아래를 내려다보았다. 남자들과 여자들이 마을에서 달려오고 있었다. 뒤에서는 개들이 짖어 대고 있었다. 두셋은 말을 타고 앞서 오고 있었다. 흙먼지가 풀풀 날렸다.

'사고가 난 거야.' 나는 그렇게 생각하고는 만을 끼고 내달렸다.

소란스러운 소리들이 점점 더 격앙되었다. 봄 구름 두세 덩이가 저물어 가는 햇빛을 받으면서 우뚝 서 있었다. '우리 아가씨 무화과나무'는 싱싱한 이파리들로 뒤덮여 있었다.

갑자기 오르탕스 부인이 쓰러질 듯이 나에게 뛰어들었다. 머리를 풀어헤치고, 숨을 헉헉거리면서 구두는 한 짝만 신은 채, 가다 말고 돌아온 것이다. 부인은 구두 한 짝을 들고 울면서 달려왔다.

"어떡해…… 어떡해……." 부인은 나를 보자마자 흐느꼈다. 풀썩 주저앉아 기절이라도 할 듯 보였다.

나는 부인을 붙잡았다.

"왜 우세요? 무슨 일입니까?" 부인에게 낡은 구두를 신겨 주면서 물었다.

"무서워…… 무서워……."

"뭐가요?"

"죽는 거."

부인이 죽음의 냄새를 맡은 것이다.

나는 축 처진 부인의 팔을 붙잡고 그 장소로 가려고 했지만, 나이든 부인의 몸은 안 가겠다고 버티면서 와들와들 떨기만 했다.

"난 안 가…… 난 안 가……." 부인이 울부짖었다.

이 가엾은 사람은 죽음이 나타난 장소에 가까이 가는 걸 끔찍이도 두려워했다. 저승길 뱃사공 카론이 부인을 못 봐야 하고, 그래서 부인을 기억하지도 못 해야 했다. ……노인네들이 다 그렇듯이, 가여운 우리 늙은 세이렌도 초록색 풀 색깔이나 흙 색깔로 위장을 하려고 기를 썼다. 그래야 카론이 풀인지, 흙인지, 부인인지, 분간하지 못할 터였다. 부인은 고개를 푹 숙이고는 퉁퉁하고 동글동글한 두 팔로 얼굴을 가린 채 와들와들 떨었다.

부인은 몸을 이끌고 올리브나무들이 있는 데로 가서 바닥에 외투를 펼치더니 털썩 주저앉아 말했다.

"이걸로 나 좀 덮어 줘요. 그리고 가서 좀 보고 오세요."

"추우세요?"

"네. 덮어 줘요."

나는 부인을 땅인 줄 알게 꼭꼭 덮어 주고 나서 자리를 떴다.

갑에 갔더니 정말로 곡소리였다. 미미코가 내 옆을 지나 달렸다.

"무슨 일인가, 미미코?" 내가 물었다.

"물에 빠져 죽었어요! 물에 빠져 죽었다고요!" 미미코가 달려가면서 소리쳤다.

"누가?"

"마브란도니 영감님 아들 파블리요!"

"왜?"

"그 과부 아줌마……."

그 말 한마디가 저녁 공기 속에 척 걸리더니 마법처럼 위험하고 나긋나긋한 그 여자의 몸을 불러냈다.

바위들이 있는 곳으로 가니 마을 사람들이 다 모여 있었다. 남자들은 모자를 벗어들고 말없이 서 있었다. 여자들은 머릿수건을 어깨 위로 내려뜨리고는 머리를 쥐어뜯으면서 애절하게 울부짖었다. 해안 자갈밭에 부풀어 오른 검푸른 사체가 놓여 있었다. 마브란도니 영감은 죽은 아들을 내려다보고 서서 미동도 하지 않았다. 오른손으로 지팡이를 짚고, 왼손은 구불구불하고 희끗희끗한 턱수염을 붙잡고 있었다.

"빌어먹을 과부 년 같으니!" 갑자기 째지는 소리가 났다. "하느님이 죄 값을 물으실 거다!"

여자 하나가 벌떡 일어서더니 남자들을 돌아보았다.

"이 빌어먹을 마을에는 그년을 당장 데려다 목을 딸 사내가 한 사람도 없단 말이에요? 이 총각 무릎에 올려놓고 양 뺨을 따듯 따야 되는 거 아니에요? 흥! 비겁한 사내들 같으니!"

그러고는 아무 말 없이 자기만 쳐다보는 남자들에게 침을 칵 뱉었다.

카페 주인 콘도마놀리오가 소리를 버럭 질렀다.

"카테리나, 이 미친 여편네야, 어따 대고 지랄이야! 우리를 모욕하지 마! 팔리카리아 같은 사내가 아직 있단 말이야! 두고 봐!"

나는 참을 수가 없어 고함을 질렀다.

"다들 부끄러운 줄 좀 아십시오! 이게 왜 과부 책임입니까? 운명입니다! 하느님이 무섭지도 않으십니까?"

다들 잠자코 있었다.

물에 빠져 죽은 총각과 사촌지간인 마놀라카스가 우람한 몸을 숙여 시체를 안아 올려서는 마을로 가는 큰길로 들어섰다.

여자들은 악을 써 대면서 자기 얼굴을 할퀴고 머리카락을 쥐어뜯었다. 그러다 시체를 옮기는 걸 보더니 만지려고 달려들었다. 그러자 마브란도니 영감이 지팡이를 휘둘러 여자들을 물리치고는 맨 앞에서 행렬을 이끌었다. 여자들이 곡을 하며 뒤따랐다. 마지막으로 남자들이 입을 꾹 다문 채 그 뒤를 따랐다.

마을 사람들은 저녁 어스름 속으로 사라졌다. 바다가 다시 조용히 숨을 쉬었다. 난 주위를 둘러보았다. 혼자였다.

"이만 물러갑니다." 나는 혼잣말을 했다. "오, 하느님, 또 하루가 슬프게 저물어 갑니다!"

나는 생각에 빠져 작은 길을 따라 걸었다. 고통스러운 인간사에 저
토록 기꺼이, 격하게, 열정적으로 휘말리는 마을 사람들이 참 대단해
보였다. 오르탕스 부인이 그랬고, 과부가 그랬고, 슬픔을 떨쳐 버리
려고 용감하게 바다에 뛰어든 창백한 파블리가 그랬고, 양의 멱을 따
듯 과부의 목을 따 버리라고 남자들에게 소리친 델리카테리나가 그
랬고, 다른 사람들 앞에서는 눈물 한 방울 흘리기는커녕 입도 뻥긋하
지 않은 마브란도니 영감이 그랬다. 무기력하고 이성적인 인간은 나
밖에 없었다. 내 피는 끓지도 않았고, 죽도록 사랑하지도, 미워하지
도 않았다. 그저 모든 걸 운명에 맡겨 두고, 비겁한 방식으로 일을 바
로잡을 생각만 할 뿐이었다.

저녁 어스름 속에서 아나그노스티 영감이 바위에 앉아 있는 게 보
였다. 긴 지팡이에 턱을 괴고 바다만 바라보고 있었다.

내가 영감을 불렀지만, 그는 듣지 못했다. 가까이 가자 그제야 나
를 보고 고개를 끄덕였다.

"불쌍한 것 같으니!" 아나그노스티 영감이 혀를 찼다. "청춘을 그
런 식으로 팽개쳐 버리다니! 그 가여운 것이 슬퍼서 견디질 못 하고
바다에 빠져 죽은 게야. 이제는 구원 받았지."

"구원 받았다고요?"

"구원 받았지, 그럼. 아무렴, 구원 받았고말고. 더 살아 봤자 뭐 하
겠나? 과부하고 결혼해 봐야 며칠 못 가 만날 싸우느라고 동네 부끄
러울 텐데. 그 과부는 영락없이 씨암말이라네. 도대체 부끄러운 줄
을 몰라요! 사내만 봤다 하면, 히힝, 히힝 울어 대! 녀석이 과부하고

결혼을 못 하고 산다면, 엄청난 행복을 놓쳤다는 생각이 머리에 박혀서, 살아도 사는 게 아니었을 걸세! 앞으로 가자니 입 벌린 심연이요, 뒤로 가자니 천 길 낭떠러지였겠지!"

"그런 말씀 좀 하지 마세요, 아나그노스티 아저씨. 그런 말 들으면 살고 싶은 사람이 아무도 없을 거예요!"

"이보게, 그렇게 놀라지 않아도 되네. 아무도 내 말은 안 들으니까. 자네만 빼고 말이네. 다들 들어 봐야 믿지도 않을 걸세. 이보게, 나보다 더 운 좋은 사내 봤는가? 밭도 있지, 포도 과수원도 있지, 올리브 과수원도 있지, 이층집도 있지. 그동안 잘 먹고 잘 살면서 마을 원로도 됐네. 착하고 조신한 여자를 찾아내 내리 아들만 얻었고 말일세. 마누라는 내 앞에서 눈 한번 치켜뜨지 않았네. 아들놈들도 다 좋은 애비가 됐고. 불평을 하려야 할 게 없다네. 손자까지 봤으니 말이네. 그런데 뭘 더 바라겠나? 뿌리를 깊게 내렸지. 만약에 처음부터 완전히 다시 살아야 한다면, 목에 돌덩이를 매달고 바다로 뛰어들 걸세. 파블리처럼 말이네. 산다는 건 너무 힘든 일일세. 죽을 만큼 힘든 일이지. 제 아무리 축복 받은 인생이라 해도 말이네, 빌어먹을!"

"대체 뭐가 부족하다고 그러세요, 아나그노스티 아저씨? 대체 뭐가요?"

"부족한 거 없다고 했잖은가! 가서 사내들 속마음이나 들어 보게!"

아나그노스티 영감은 입을 다물고는 다시 어두워지는 바다를 바라보았다.

"그래, 잘했다, 파블리! 넌 옳은 일을 한 게야!" 아나그노스티 영감이 지팡이를 휘두르면서 소리쳤다. "계집들은 울게 두렴. 골들이 비어서 그러려니 하고 말아. 넌 이제 구원 받았다, 파블리 — 네 애비도 그걸 알기 때문에 끽 소리 안 하는 거야!"

영감은 이미 분간하기 어려워진 하늘과 산을 눈으로 훑었다.

"밤이야." 영감이 말했다. "가야겠어."

그러더니 갑자기 그대로 멈추었다. 엄청난 비밀을 누설해 놓고 다시 덮어 보려는 듯이, 자기가 뱉은 말들을 주워 담으려는 것 같았다.

영감은 뼈만 남은 손을 내 어깨에 얹었다.

"자네는 젊네." 영감이 빙긋이 웃으며 말했다. "늙은이 말은 듣지도 말게. 다들 늙은이 말을 귀담아듣는다면 세상이 망해 버리고 말 게야. 자네가 가는 길에 그 과부가 나타나면, 꽉 붙들게! 결혼도 하고, 애들도 낳아. 망설일 거 없네! 젊어서 고생은 사서도 한다지 않는가!"

나의 해변으로 가서, 불을 피우고 저녁차를 끓였다. 피곤하고 배도 고팠다. 내 자신에게 순전히 동물적인 즐거움을 선사해 가면서 탐욕스럽게 먹어 댔다.

그때 불쑥, 미미코가 작고 납작한 머리를 창문으로 디밀고는, 난롯가에 쭈그리고 앉아 저녁을 먹고 있는 나를 보았다. 녀석은 음흉하게 웃고 있었다.

"왜 왔나, 미미코?"

"줄 게 있어요, 대장…… 과부 아줌마가 갖다 드리래요…… 오렌지 한 바구니예요. 정원에서 딴 거래요. 올해는 이게 끝이래요……."

"과부댁이?" 나는 깜짝 놀라서 물었다. "왜 보낸다던가?"

"오늘 오후에, 자기를 위해서 마을 사람들에게 좋은 말을 해 줘서 드리는 거래요."

"무슨 좋은 말?"

"그걸 내가 어떻게 알아요? 나는 시킨 대로 말하는 것뿐이에요. 그게 다예요!"

미미코는 침대에다 오렌지들을 쏟았다. 오두막이 오렌지 냄새로 향기로워졌다.

"선물 잘 받았다고 전해 드리게. 고맙게 잘 먹겠다고 말이야. 그리고 조심하시라고 하게. 다닐 때 조심하고, 무슨 일이 있어도 마을에는 절대로 가시지 말라고 하게. 듣고 있나? 이번 일이 잊힐 때까지, 집에 꼭 틀어박혀 계시라고 해. 내 말 알겠나, 미미코?"

"그게 다예요, 대장?"

"그래. 이제 가 보게."

"그게 다라고요?"

"가!"

미미코가 갔다. 나는 과즙이 풍부한 오렌지 하나를 깠다. 꿀처럼 달았다. 그리고 드러눕자마자 곯아떨어져서는 밤새도록 오렌지 밭을 서성거렸다. 따스한 바람이 불고 있었다. 웃통을 벗어 가슴으로 바람을 맞았으며, 귓바퀴에는 향긋한 바질도 꽂았다. 나는 스무 살 농부였고, 오렌지 밭을 배회하며 휘파람을 불면서 기다렸다. 누구를 기다렸을까? ─ 모른다. 하지만 기뻐서 가슴이 터져 버릴 것 같았다. 수염을 배배 꼬면서 바다가 오렌지나무들 뒤에서 여인처럼 밤새도록 한숨짓는 소리에 귀를 기울였다.

15

그날은 남풍이 세차게 불었다. 불타는 아프리카 사막에서 지중해로 불어오는 바람이었다. 고운 모래 구름이 휘돌면서 대기로 솟아올라 목구멍과 폐로 들어왔다. 이가 지격거리고, 눈이 따가웠다. 한 조각이라도 모래 없는 빵을 먹으려면 문과 창문들을 꼭꼭 닫아걸어야 했다.

갑갑했다. 나는 움이 트는 그 숨 막힐 것 같은 나날 동안, 불안에 떨면서 스스로 그 위압적인 봄날의 먹잇감이 되었다. 나른한 기분, 가슴 깊이 느껴지는 긴장감, 온몸이 저리는 느낌, 웅대하면서도 소박한 행복에 대한 욕망 — 혹은 기억.

자갈투성이 산길로 접어들었다. 문득, 무려 삼사천 년이 지나서야 땅 위로 솟아올라, 크레타의 태양 아래에서 다시 한번 사랑을 받으면서 몸을 따뜻이 데우고 있는 크레타 문명의 소도시에 가 보고 싶은 충동이 들어서였다. 서너 시간 걷고 나면 피로가 몰려와 봄이 가져다준 불안을 잠재울지도 모른다고 생각했다.

벌거벗은 잿빛 바위, 명료한 적나라함, 내가 사랑하는 거칠고 황량한 산. 바위에 앉아 밝은 빛에 멀어 버린 둥근 눈으로 노려보고 있는 올빼미 한 마리. 올빼미는 예사롭지 않았고, 아름다웠으며, 신비로 가득 차 있었다. 살금살금 걸었지만, 올빼미는 귀가 밝았다. 올빼미는 겁을 집어먹고는 소리 없이 날아올라 바위들 사이로 사라져 버렸다. 대기에서 타임 향이 났다. 어느새 노란 가시금작화의 보드라운 첫 꽃이 가시들 사이로 고개를 쏙 내밀고 있었다.

폐허가 된 소도시가 한눈에 들어오자, 나는 주문에 걸린 듯이 그 자리에 멈춰 섰다. 정오인 게 분명했다. 햇볕이 수직으로 쏟아져 내리면서 바위들을 흠뻑 적시고 있었다. 폐허가 된 도시들에서 대기가 망령들의 울부짖음과 아우성으로 가득 차 있는 이런 시간은 굉장히 위험한 시간이다. 나뭇가지가 툭 갈라지는 소리만 나도, 도마뱀이 앞으로 달려가기만 해도, 구름이 머리 위로 지나가면서 그림자 하나만 드리워도, 까무러칠 듯이 놀란다. 어디를 밟든 무덤이어서 죽은 자의 신음소리가 들린다.

점점 밝은 빛에 눈이 익숙해졌다. 폐허에서 인간의 손길이 보였다. 빛나는 돌로 포장해 놓은 두 줄기 넓은 길. 두 길 양쪽으로 나 있는 꼬불꼬불한 좁은 골목길들. 중앙에 있는 원형 아고라, 혹은 공중 집회소. 그 옆으로, 민주주의의 겸손한 미덕을 여실히 드러내며 서 있는 기둥 두 줄과, 거대한 돌계단들과, 수많은 부속 건물을 거느린 왕의 궁전.

도시 심장부에 있는 돌들이 인간의 발길이 가장 많이 닿은 것으로 보아 그곳에 내부 사당이 있었던 게 분명했다. 넓은 간격으로 거대한 유방 두 개를 달고, 두 팔에 뱀들을 늘어뜨리고 있는 대여신상이 거기 있었다.

곳곳에 작은 가게들과 기름틀, 대장간, 그리고 가구와 도자기 작업장들이 있었다. 안전한 은신처 안에는 영리하게 설계해 지어 놓은 튼튼한 개미탑만 남아 있고, 개미들은 수천 년 전에 사라지고 없었다. 한 곳에는 장인이 나뭇결이 있는 돌을 쪼아 만들다가 시간이 없어 마치지 못한 주전자가 있었다. 장인의 손에서 떨어져 수천 년 후에 발견된 정이 미완성 작품 옆에 놓여 있었다.

영원하고, 부질없고, 어리석은 질문들. '왜?'와 '무엇 때문에?'가 우리 마음을 어지럽힌다. 장인의 자신만만하고 기쁨에 찼던 영감이 돌연히 무릎을 꿇은 곳에서, 만들다 만 주전자에 우리의 비탄이 채워진다.

순간, 폐허가 된 궁전 옆 바위에서 곱슬머리에, 가장자리가 나달나달한 머릿수건을 쓰고, 햇볕에 새카맣게 탄 어린 목동 하나가 새카만 무릎을 드러내면서 일어섰다.

"안녕하세요, 형제님!" 어린 목동이 소리쳤다.

나는 혼자 있고 싶어서, 잘못 들은 거라고 믿고 싶었다. 그런데 어린 목동이 놀리듯 까르르 웃기 시작했다.

"흥! 귀머거리인 척하는 거죠, 네? 담배 있어요? 하나만 줘요! 텅 빈 구멍 속에 있으니까 사는 게 너무 지겨워요."

어린 목동은 마지막 말을 꺼내는 게 내키지 않았다. 마지막 말이 어찌나 처연하던지, 어린 목동이 안쓰러웠다.

난 담배가 없어서, 돈은 어떠냐고 물었다. 그러자 어린 목동이 성질을 냈다.

"그놈의 돈을 없애 버려야 돼!" 그는 소리를 빽 질렀다. "그걸로 뭐 하게요? 사는 게 지겹다고 했잖아요. 담배나 줘요!"

"하나도 없단다." 나는 정말 미안해하면서 말했다. "하나도 없어."

"없다고요?" 어린 목동은 화를 내면서 지팡이로 땅바닥을 때렸다. "담배가 없다고요? 그럼 주머니에 든 건 뭐예요? 불룩한 게, 뭐가 있는 것 같은데요."

"책, 손수건, 종이, 연필, 주머니칼." 나는 주머니에 있는 걸 하나씩 꺼내면서 대답했다. "이 주머니칼은 어때?"

"있어요. 다 있어요. 빵, 치즈, 올리브, 칼, 장화 만들 때 쓸 가죽, 올빼미, 물병, 다 있어요……. 담배만 빼고요! 그런데 담배가 없으니까 아무것도 없는 것 같아요! 그런데, 이런 데서 뭐 해요? 뭐 찾아요?"

"골동품 연구한단다."

"골동품 연구하면 얻는 게 있나요?"

"없어."

"나도 없는데. 내가 하는 일도 그래요. 여기는 전부 죽었어요. 우리는 살아 있고요. 빨리 가는 게 좋아요. 하느님이 함께하시기를 빌어요!"

"그래, 갈게." 나는 고분고분하게 말했다.

좀 불안한 마음으로, 돌아가기 위해 좁은 길을 걸었다.

잠시 후에 돌아보니, 그토록 고독에 지친 어린 목동이 아직도 자기 바위 위에 서 있었다. 머릿수건 밑으로 삐져나온 곱슬머리가 남풍에 나부꼈다. 햇빛이 어린 목동을 머리부터 발끝까지 비추었다. 나는 한 소년의 청동상을 쳐다보고 있다는 생각이 들었다. 소년은 지팡이를 어깨에 메고 휘파람을 불고 있었다.

나는 다른 길로 들어서서 해안을 향해 내려왔다. 가끔씩 가까운 밭에서 훈훈한 바람이 향기를 싣고 불어 왔다. 대지는 온갖 냄새로 풍요로웠고, 바다는 좋다고 깔깔 웃고 있었으며, 하늘은 푸르고, 강철처럼 번쩍이고 있었다.

겨울은 인간의 마음과 몸을 잔뜩 움츠러들게 하지만, 그러고 나면 그 숨결로 가슴 설레게 하는 훈훈한 기운이 도래한다.

걷고 있는데, 불현듯 공중에서 귀가 따가운 트럼펫 소리가 들려왔다. 눈을 들어 어린 시절부터 늘 내 가슴을 뭉클하게 만드는 그 장엄하고 경이로운 광경을 지켜보았다. 따뜻한 나라에서 겨울을 나고 돌아오는 왜가리들이, 전설에도 나오듯, 날개 밑에, 그리고 앙상한 몸 깊은 구멍들 속에 제비들을 숨기고서 하늘을 가로지르며 전투대형으로 흩어지고 있었다.

계절의 어김없는 리듬, 생명의 영원한 윤회, 태양에 의해 번갈아 밝아지는 지구의 네 가지 양상, 생명의 소멸 — 이 모든 것들이 다시 한번 나를 옥죄어 꼼짝 못하게 만들었다.

왜가리들의 울음소리와 더불어 내 안에서 한 번 더 소리가 들렸다. 모든 인간은 한 번밖에 살 수 없고, 다른 세상이란 없으며, 여기에서 즐길 수 있는 것은 다 즐기라고 하는 무시무시한 경고였다. 우리에게 다른 기회란 영원히 없을 것이다.

마음은 이 냉정한 — 동시에 몹시 동정하는 — 경고를 듣고는 자신의 나약함과 빈약함, 나태함과 헛된 희망들을 극복하기로 결정하고, 온힘을 기울여, 영원히 사라져 없어질 매순간에 집착할 것이다.

엄청난 예들이 우리의 마음에 떠올라, 우리는 길 잃은 영혼이며,

우리의 인생은 사소한 즐거움과 고통, 하찮은 이야기들로 찔끔찔끔 낭비되고 있는 것을 똑똑히 본다. "부끄럽도다! 부끄럽도다!" 우리는 소리치며 입술을 깨문다.

왜가리들은 하늘을 가로질러 북쪽으로 사라졌지만, 내 머릿속에서는 아직도 공허하게 끼끼거리면서 이쪽 관자놀이에서 저쪽 관자놀이로 계속 날아다녔다.

나는 바다로 갔다. 물가를 따라 걸음을 재촉했다. 혼자서 바닷가를 걷는다는 건 얼마나 불안한 일인가! 파도 하나하나가, 하늘의 새 한 마리, 한 마리가 우리를 불러 우리의 의무를 상기시킨다. 우리가 친구와 걷는다면, 웃고 이야기하느라고 파도가 하는 말도, 새들이 하는 말도 들리지 않으리라. 파도와 새들은 우리가 뜬구름 같은 이야기를 나누며 지나가는 것을 물끄러미 바라보면서 우리를 부르다가 만다.

자갈밭에 벌렁 드러누워 눈을 감았다. '그렇다면, 영혼은 무엇이란 말인가?' 알쏭달쏭했다. '그리고 영혼과 바다, 구름과 향기 사이에는 어떤 내밀한 관계가 있단 말인가? 영혼은 그 자체가 바다의 모습일 수 있고, 구름과 향기는……'

나는 결심이라도 한 듯이 일어서서 또 걷기 시작했다. 무슨 결심? 그건 나도 몰랐다.

난데없이 뒤에서 소리가 났다.

"하느님의 은총으로, 어디 가시는 길이오, 선생? 수녀원 가시오?"

나는 돌아보았다. 머릿수건을 말아 흰 머리에 두른 땅딸막하고 다부져 보이는 노인 하나가 웃으면서 나에게 손을 흔들었다. 노파 하나가 노인을 뒤따르고, 피부가 까무잡잡하고 눈매가 매운 딸이 머리에 흰 스카프를 푹 뒤집어쓴 채 그 뒤를 따라오고 있었다.

"수녀원 가시오?" 노인이 다시 물었다.

나는 문득 수녀원으로 가기로 결심했다는 걸 깨달았다. 바다 근처에 있는, 수녀들이 기거하는 작은 수녀원에 한번 가 봐야지 하면서도 넉 달 동안이나 결단을 내리지 못하고 있었다. 그러다 그날 오후 갑작스럽게 마음을 정한 것이다.

"그렇습니다." 내가 대답했다. "성모님께 바치는 찬송을 들으러 수녀원에 갑니다."

"성모님이 축복하시기를."

노인이 걸음을 빨리 해 나를 따라잡았다.

"사람들이 말하는 그 석탄 회사 하시는 분인가요?"

"맞습니다."

"그렇군요, 성모님이 이윤을 많이 내려 주시기를 바랍니다! 마을에 좋은 일 많이 하십니다그려. 그 많은 가난한 애비들한테 식구들을 먹여 살릴 생계 수단을 마련해 주셨소이다. 복 받으시오!"

잠시 뒤, 이 엉큼한 노인네는 우리 일이 잘 돌아가지 않는다는 걸 뻔히 알고 있으면서도, 위로한답시고 이렇게 덧붙였다.

"수지가 안 맞는다고 너무 걱정하시 마시오, 젊은 양반! 당신은 패배자가 아니오. 당신 영혼은 곧장 천국으로 갈 거요……."

"저도 그랬으면 좋겠습니다, 영감님."

'배운 건 없지만, 어느 날 교회에 갔다가 예수님이 이런 말씀을 하시는 걸 들었다오. 뇌리에 박혀 잊히질 않아요. '팔아라. 가진 걸 다 팔아서 거대한 진주를 얻어라.' 거대한 진주라는 게 무슨 뜻이겠소?

269

영혼의 구원을 말하는 거요. 당신은 거대한 진주를 얻는 길로 잘 가고 있는 중이라오, 선생."

거대한 진주! 내 마음의 암흑 속에서 얼마나 여러 번 거대한 눈물방울처럼 반짝였던가!

우리는 걷기 시작했다. 남자 둘이 앞장서고, 여자 둘은 손을 잡고 뒤에서 따라왔다. 우리는 가끔 한마디씩 했다. 이제는 올리브 꽃이 질 때인가? 비가 오면 보리가 팰 것인가? 계속 먹을거리 이야기만 한 걸 보면, 둘 다 배가 몹시 고팠던 게 틀림없다.

"영감님은 뭐가 제일 맛있습니까?"

"다 맛있다오, 젊은 양반. 음식을 가리는 건 큰 죄라오."

"왜요? 뭘 먹든 우리 마음이잖아요."

"아니라오. 우리 마음대로 하면 안 된다오."

"왜 안 되는데요?"

"굶는 사람도 있기 때문이오."

나는 부끄러워서 입을 다물었다. 내 마음은 결코 이런 고귀함과 연민의 경지에 이를 수가 없었다.

작은 수녀원의 종소리가 여자들 웃음소리처럼 신나고 장난스럽게 울려 퍼졌다.

노인이 성호를 그으며 중얼거렸다.

"순교하신 동정녀여, 우리를 도우소서! 그분은 목에 상처가 있소. 칼에 찔린 상처지요. 그리고 상처에서 피가 난다오. 해적들이 날뛰던 시대였는데……."

노인은 박해를 피해 아기를 데리고 동방에서 눈물을 흘리며 피난을 왔다가, 믿음 없는 자가 휘두른 칼에 찔려 죽었다는 젊은 여인이 실제 있었던 여인이라는 듯이, 동정녀가 받은 고난들을 부풀려서 말하기 시작했다.

"일 년에 한 번 상처에서 뜨뜻한 피가 흐른다오. 진짜 피가 말이오. 기억나는데, 아주 오래전 일이오 — 내가 콧수염이 자라기 전이었으니까 — 동정녀 기일이었는데, 산 위 마을에 사는 사람들도 동정녀에게 예배를 드리러 다 내려왔다오. 그날이 8월 15일이었소. 우리 남자들은 마당에 자리를 깔고 자고, 여자들은 안에서 잤다오. 자고 있는데, 동정녀가 비명을 지르는 소리가 들리지 뭐요. 자다 깨서 동정녀 상 앞으로 달려가 동정녀 목구멍에 손을 넣었다오. 그랬더니 어떻게됐는지 아시오? 손가락에 시뻘건 피가……."

노인은 성호를 긋고는 여자들을 돌아보았다.

"빨리 와, 이 여자들아! 거의 다 왔어!" 노인이 소리쳤다.

그러고는 목소리를 낮추었다.

"그때 총각이었소. 동정녀 앞에 엎드려 이 거짓말로 가득 찬 세상을 등지고 수도자가 되기로 결심했다오……."

노인이 웃음을 터뜨렸다.

"왜 웃으세요, 영감님?"

"웃기고도 남지 않소, 젊은이? 바로 그날, 행사 때, 여자 옷을 입은 악마가 내 앞에 나타났지 뭐요. 저 여자 말이오!"

노인은 고개도 안 돌리고 엄지손가락을 치켜세워 앞뒤로 흔들면서, 뒤에서 조용히 따라오는 노파를 가리켰다.

"옛날엔 저렇지 않았다오." 노인이 말했다. "지금은 너무 볼품없고, 살도 대기 싫지만 말이오. 보통 바람둥이가 아니었소. 물고기처럼 팔팔하게 살았지요. '속눈썹 미인'으로 유명했어요. 고 귀여운 말 괄량이가 속눈썹이 어찌나 길던지, 그럴 만도 했지요. 그런데 지금은…… 하느님, 차라리 절 죽이시지, 고 길던 속눈썹은 다 어디로 갔습니까? 홀라당 빠져 버렸소! 한 올도 안 남고!"

바로 그 순간, 노파가 우리 뒤에서 줄에 묶인 사나운 개처럼 으르렁거렸다. 그러면서도 말은 한 마디도 하지 않았다.

"저기요, 저기가 수녀원이라오." 노인이 말했다.

바다 끝에 거대한 바위가 두 개 있고, 그 사이에 하얗게 빛나는 수녀원이 꼭 끼어 있었다. 한가운데에 있는 예배당 지붕은 새로 회칠이 되어 있고, 여자 가슴처럼 작고 둥글었다. 예배당은 파란 문이 달린 작은 방 여섯 개 정도로 이루어져 있고, 뜰에는 아름드리 삼나무가 세 그루 서 있었으며, 벽 주위에는 꽃이 핀 내한성 가시배나무가 몇 그루 심어져 있었다.

우리는 빨리빨리 걸었다. 열려 있는 성당 문밖으로 은은한 찬송이 흘러나오고, 짭짤한 공기는 벤자민 향기를 머금고 있었다. 아치 한가운데에 활짝 열려 있는 대문은 희고 검은 자갈들로 뒤덮인 깨끗하고 향기로운 뜰과 연결되어 있었다. 벽들을 따라 양쪽으로 로즈메리와 마조람, 바질 화분들이 줄줄이 늘어서 있었다.

그 고요! 그 달콤함! 해는 저물어 가고, 회칠한 벽들은 분홍빛으로 물들어 갔다. 작은 예배당 안은 훈훈하고, 바깥보다 어두웠으며, 초 냄새가 났다. 남자와 여자들이 자욱한 향연 속에서 움직이고 있었고, 몸에 꼭 끼는 긴 검정색 수녀복을 입은 수녀 대여섯이 고음의 감미로운 목소리로 노래를 부르고 있었다. "오, 전능하신 하느님……." 수녀들은 노래를 부르면서 연신 무릎을 꿇어 댔다. 푸드득푸드득, 수녀들 옷 구겨지는 소리가 새가 날갯짓하는 소리처럼 들렸다.

지난 몇 년 동안, 수녀들이 성모에게 바치는 성가를 못 듣고 지냈다. 사춘기, 그 반항기 때에는 교회를 지날 때마다 속으로 분노하고 비웃었다. 어느 교회를 지나든 마찬가지였다. 시간이 지나면서 분노도 수그러들었다. 사실은 종교적인 축제 때 — 크리스마스 때나 축일 전야 예배 때, 부활절 때 — 가끔씩 교회에 가서 내 안의 어린아이가 다시 살아나는 것을 보면서 즐거워했다. 유년의 신비로운 열정이 미학적인 즐거움이 되어 버린 것이다. 야만인들은 악기가 종교 의식에 쓰이지 않으면 악기가 지니고 있던 신성한 힘을 잃고, 화성을 내기 시작한다고 믿는다. 나에게는 종교가 그런 식이 되어 버렸다. 예술이 된 것이다.

한쪽 구석으로 가서, 믿는 자들의 손길에 닳고 닳아 반짝반짝 빛이 나는, 상아처럼 매끄러운 좌석에 기대, 먼 과거에서 들려오는 비잔틴 성가를 듣듯, 황홀감에 젖어 귀를 기울였다. "찬양하라! 인간들 마음으로는 닿지 못할 고귀함을! 찬양하라! 천사들 눈으로도 보지 못할 심원함을! 찬양하라! 순결한 신부, 오, 영원히 시들지 않는 장미를!"

수녀들은 절을 하면서 다시 한번 무릎을 꿇었고, 옷이 구겨지면서 날갯짓 소리를 냈다.

몇 분이 지났다 — 벤자민 향이 나는 날개를 단 천사들이 백합 꽃봉오리를 들고 성모의 아름다움을 노래했다. 우리를 온화한 남빛 어스름 속에 남겨 두고, 해가 저물었다. 우리가 어떻게 뜰로 나왔는지 기억나지 않지만, 나 혼자 나와 수녀원장과 어린 수녀 둘과 함께 가장 큰 삼나무 아래에 있었다. 젊은 수련 수녀가 밖으로 나와 나에게 잼 한 숟가락과 시원한 물과 커피를 권했고, 우리는 편안하게 말을 주고받기 시작했다.

성모 마리아가 이룬 기적과, 갈탄 이야기와, 닭이 알을 낳기 시작한 걸 보니 봄이라는 이야기와, 간질병 때문에 툭하면 예배당 바닥에 쓰러져 입에 거품을 물고 물고기처럼 파닥거리면서 옷을 잡아 찢는다는 에우독시아 수녀 이야기를 했다.

"서른다섯이에요." 수녀원장이 한숨을 쉬고는 덧붙였다. "불행한 나이죠─참 힘들 때예요! 순교하신 성처녀께서 에우독시아 수녀에게 임하시어 수녀의 병을 고쳐 주시기를! 십 년이나 십오 년 있으면 낫겠지요."

"십 년이나 십오 년이요?" 난 소스라치게 놀라 중얼거렸다.

"십 년, 십오 년이 뭐 어때서요?" 수녀원장이 아무렇지도 않게 물었다. "영원을 생각해 보세요!"

나는 응수하지 않았다. 영원이란 지나가 버리는 매순간이라는 걸 나는 알고 있었다. 수녀원장 손에─향긋하고, 희고, 포동포동한 손에─키스하고, 난 수녀원을 나왔다.

어느덧 밤이었다. 까마귀 두세 마리가 서둘러 둥지로 돌아가고 있었다. 올빼미들이 사냥을 하러 나무 구멍에서 나오고 있었고, 달팽이들과 모충들과 들쥐들은 올빼미들에게 잡아먹히려고 땅속에서 나오고 있었다. 자기 꼬리를 먹어 치우는 신비스러운 뱀이 나를 에워싼 채 똬리를 틀어 나를 가두었다. 대지는 생명을 낳고, 자기 자식들을 먹어 치우고, 그러고는 더 많이 낳아, 차례대로 잡아먹었다.

주위를 둘러보았다. 깜깜했다. 마지막까지 남아 있던 마을 사람들도 가고 없고, 아무도 나를 볼 수 없었으며, 나는 완전히 혼자였다. 신발을 벗고, 바닷물에 발을 담갔다. 그러고는 모래에서 뒹굴었다. 돌들과 물과 공기와 대지를 맨몸으로 감촉하고 싶은 강한 충동을 느꼈다. 수녀원장은 자신의 '영원'으로 나를 약 올렸고, 나는 수녀원장의 그 '영원'이 야생마를 잡는 올가미처럼 내 목으로 날아드는 것을 느꼈다. 나는 도망치려고 벌떡 일어섰다. 벌거벗은 몸을 대지와 바다에 밀착시켜, 정말로 존재하는 이 사랑스럽고도 덧없는 것들과 공감하고 싶었다.

'너는 존재한다, 너 혼자!' 내 안의 가장 깊은 곳에서 외쳤다! '오, 대지여! 나는 당신 젖을 빨고 있는 막내요, 젖을 물고 놓지 않겠습니다. 당신은 나를 한 순간밖에 못 살게 하겠지만, 그 한 순간이 젖이 되어, 나는 그 젖을 빨겠습니다.'

사람 고기를 먹는 그 말 '영원'으로 말려들 판이라는 걸 감지라도 한 듯이 소름이 쫙 끼쳤다. 이전에는 어떻게 그럴 생각을 했는지 모르겠다 ― 언제? 겨우 일 년 전 ― 그때는 눈을 감고 두 팔을 벌린 채 '영원' 속으로 몸을 내던지고 싶은 생각이 간절했었다.

공립초등학교 일학년 때, 알파벳 독본에 이런 이야기가 있었다.

어린아이 하나가 우물에 빠졌다. 아이는 그곳에서 황홀한 도시와, 꽃밭들과, 진짜 꿀이 가득한 호수와, 라이스 푸딩과 알록달록한 장난감들로 된 산을 보았다. 그 이야기를 한 자, 한 자 떠듬떠듬 읽는 동안, 음절 하나하나가 나를 마법의 도시로 멀리 데려가는 것 같았다. 나는 한낮에 학교에서 돌아오자마자 정원으로 달려 나가, 포도 덩굴 정자 아래에 있는 우물가로 뛰어갔다. 그러고는 홀린 채 거기 서서,

평온한 검은 수면을 내려다보았다. 곧 황홀한 도시와, 집들과 거리들, 아이들, 포도가 주렁주렁 열려 있는 정자를 볼 수 있다고 생각했다. 마음이 급했다. 나는 우물에 머리를 처박고 두 팔을 내밀고는 우물 가장자리 너머로 뛰어들려고 땅을 박찼다. 그런데 바로 그때, 어머니가 낌새를 챘다. 어머니는 비명을 지르면서 달려와 내 허리띠를 꽉 붙들었다. 제때에 말이다…….

어린아이였던 그때는 우물에 뛰어들 뻔했고, 어른인 지금은 '영원'이라는 말에 빠져들 뻔했으며, 아주 많은 말에도 뛰어들 뻔했다 — '사랑', '희망', '조국', '하느님.' 한 단어, 한 단어를 물리치고 앞으로 나아가면서 위험에서 벗어나 몇 단계는 발전했다고 생각했다. 그런데 아니었다. 기껏해야 단어만 바꿔 가면서 그걸 해방이라고 부르고 있을 뿐이었다. 그리고 지난 이 년 동안은 부처라는 말 가장자리에 매달려 있었다.

하지만 이제는 확실하게 느낀다 — 조르바에게 영광을 — 부처는 모든 우물 가운데 마지막 우물이 될 것이고, 벼랑으로 내모는 마지막 언어가 될 것이며, 그러고 나면 나는 영원히 해방될 것이다. 영원히? 우리가 참 많이도 쓰는 말이다.

나는 벌떡 일어섰다. 행복감에 푹 젖었다. 훌훌 벗고 바다로 뛰어들었다. 파도들이 신이 나서 장난을 쳤고, 나도 같이 장난을 치며 놀았다. 나는 결국 지쳐서, 물 밖으로 나와 바람에 몸을 말리고는, 아주 큰 위험으로부터 도망쳤다는 기분과, 아직도 위대한 어머니의 젖가슴을 꽉 쥐고 있는 기분을 느끼면서 편안한 마음으로 다시 성큼 한 걸음을 떼었다.

16

갈탄 광산이 눈에 들어오는 해변에 이르자마자, 나는 돌연 걸음을 멈추었다. 우리 오두막에 불이 켜져 있었다.

"조르바다!" 난 속으로 외쳤다. 너무도 반가웠다.

뛰어가고 싶었지만 꾹 참았다. '기뻐하는 걸 보여서는 안 돼! 화가 난 척해야 돼. 그리고 따끔하게 뭐라고 해 줘야 돼. 급한 일로 보냈는데, 카바레 매춘부하고 노느라고 내 돈이나 다 쓰고, 열이틀이나 늦게 오다니. 화가 단단히 난 것처럼 보여야 돼⋯⋯ 꼭 그래야 돼!'

나는 화 낼 준비를 하느라고 천천히 걸었다. 화를 내려고 해 보았다 ─ 우거지상을 하고, 이마를 잔뜩 찌푸리고, 두 주먹을 불끈 쥐고, 화가 난 사람들이 하는 짓은 다 해 보았다 ─ 그런데 잘 되지가 않았다. 오두막이 가까워 올수록 화가 나기는커녕 신이 나기만 했다.

오두막으로 살금살금 다가가 불이 켜진 작은 창문으로 안을 들여다보았다. 조르바가 무릎을 꿇고 앉아 화덕에 불을 지펴 커피를 끓이고 있었다.

277

나는 가슴이 뭉클해서 소리쳤다. "조르바!"

순식간에 문이 와락 열리면서, 조르바가 맨발로 뛰쳐나왔다. 그는 목을 길게 잡아 빼고, 눈으로 어둠 속을 더듬다가 나를 발견하고는 얼싸안으려고 두 팔을 활짝 벌리더니, 잠시 가만있다가 팔을 툭 떨어뜨렸다.

"다시 보니 좋소이다, 대장." 조르바가 얼굴이 홀쭉해서는 제자리에 붙들려 머뭇거리면서 말했다.

나는 화가 난 사람답게 언성을 높여 보려고 기를 썼다.

"오기 참 힘드셨겠습니다." 내가 빈정거렸다. "가까이 오지 말아요—화장비누 냄새납니다."

"어이구 참, 싫어할까 봐 얼마나 박박 문질러 닦았는데요, 대장." 조르바가 말했다. "한 꺼풀 벗겨냈어요! 당신 오기 전에 홀라당 다 벗겨 냈어요, 대장! 모래 돌멩이로 한 시간이나 벅벅 문질렀단 말이오. 그런데도 이놈의 지긋지긋한 냄새가……. 뭐, 냄새 좀 나면 어떻소? 차차 빠지겠죠. 처음도 아니고—없어질 거요."

"들어갑시다." 나는 웃을 뻔했다.

우리는 안으로 들어갔다. 향수 냄새, 분 냄새, 비누 냄새, 여자들 냄새가 났다.

"하느님 맙소사, 저게 다 뭔지 물어 봐도 됩니까?" 핸드백 몇 개와 화장비누, 스타킹들과 앙증맞은 빨간 양산 하나, 향수 두 병이 들어 있는 상자를 가리키면서 내가 물었다.

"선물 좀……." 조르바가 고개를 푹 숙이고는 말끝을 흐렸다.

"선물이라고요?" 나는 화가 머리끝까지 난 것처럼 보이려고 애쓰면서 말했다.

"선물 좀 샀소, 대장…… 부불리나 주려고요. 화내지 말아요, 대장. 부활절이 낼모레라서 말이오. 알다시피 부불리나도 사람이잖소."

나는 웃음이 나려는 걸 한 번 더 참았다.

"부불리나한테 제일 중요한 걸 빼먹었잖소." 내가 말했다.

"뭔데요?"

"뭐긴요, 결혼식 때 쓸 화관이지."

"네? 무슨 소리요? 통 모르겠소이다."

나는 조르바에게 상사병이 걸린 세이렌에게 없는 말을 지어내 들려준 이야기를 했다.

조르바는 머리를 한 번 긁고는 골똘히 생각하다가 말했다.

"이렇게 말해도 되는지 모르겠지만, 괜한 짓을 했소이다, 대장. 있잖소, 그런 농담은…… 계집을 병들게 한다오. 그 예민한 동물들을 말이오. 도대체 같은 이야기를 몇 번이나 해야 알아듣겠소? 계집은 꽃병이나 마찬가지요. 살살 다뤄야 한다고요, 대장."

창피했다. 그렇지 않아도 후회하던 참이었다. 하지만 너무 늦었다. 나는 말을 돌렸다.

"케이블은요? 연장은요?"

"다 샀어요! 흥분 좀 하지 말아요! 손도 안 대고 코 푼다! 이런 말도 있잖아요! 케이블 선로에, 롤라에, 부불리나에 ─ 다 한 방에 해결했어요!"

조르바는 화덕에서 브리키(피라미드처럼 생긴 작은 커피 주전자)를 내려 내 잔에 따르고는, 올 때 가지고 온 깨를 뿌린 줌발스(과일을 갈아 반죽해 만든 고리 모양의 패스트리 혹은 사탕)와 내가 제일 좋아하는 꿀 바른 할바(속에 참기름과 설탕이 들어 있는 과자)를 내놓았다.

"대장 주려고 할바 한 상자 샀소. 큰 상자로다가 말이오." 조르바가 애정을 담아 말했다. "봐서 알겠지만, 대장 생각을 한시도 잊은 적이 없다오. 보시오, 여기 앵무새 줄 땅콩도 조그만 거로 한 자루 샀소. 한 가지도 안 빼먹었다오. 있잖소, 이제 내 대가리도 제법 근수가 나가나 보오." 조르바는 커피를 홀짝거리고, 담배를 피우면서 나를 지켜보았다. 그의 눈이 독사의 눈처럼 나를 매혹했다.

"그래서 당신을 끈덕지게 괴롭히던 문제는 풀었습니까, 이 난봉꾼 양반?" 이제는 좀 언성을 낮춰 물었다.

"무슨 문제 말이오, 대장?"

"여자들 말입니다. 그래, 사람이던가요, 아니던가요?"

"아! 풀었소이다!" 조르바가 손을 저으면서 대답했다. "여자들도 사람이오, 우리처럼 말이오 — 더 형편없어서 그렇지! 지갑만 봤다 하면 환장을 해요, 이것들이. 찰싹 들러붙어서는 자유고 뭐고 없어요. 자유를 바치는 거요. 마음 한구석에서 지갑이 왔다 갔다 하거든요. 그러다 금세…… 나 참, 빌어먹을, 그 얘긴 그만 합시다, 대장!"

조르바는 일어나서 창밖으로 담배꽁초를 던졌다.

"사내들 얘기나 합시다. 성 주간도 다가오고, 케이블도 사왔으니, 산에 가서 그 돼지 같은 놈들한테 산림 문서에 서명이나 받읍시다…… 놈들이 케이블을 보고 돌아 버리기 전에 말이오 — 무슨 뜻인지 알죠? 이러다 시간만 잡아먹어요, 대장. 뭐가 어떻다는 둥 따지느라고 늦어지면 절대로 안 돼요. 밀어붙여야만 하오. 당장 시작하

는 거요. 벌써 힘들어지기 시작했잖소……. 잃은 걸 벌충하려면 목
재를 배에 실어야 하오……. 칸디아에 갔다 오느라고 또 왕창 깨졌고
요. 있잖소, 고 빌어먹을 년이…….”

조르바는 입을 꾹 다물었다. 그에게 미안한 마음이 들었다. 조르
바는 뭔가 창피한 짓을 하고는 어떻게 바로잡아야 할지 몰라 쩔쩔매
면서 벌벌 떨고 있는 어린애 같았다.

‘부끄러운 줄 좀 알아!’ 나는 내 자신에게 호통을 쳤다. ‘이런 사
람을 겁을 줘서 떨게 해? 조르바 같은 사람이 또 있을 것 같아? 자,
스펀지로 몽땅 지워 버려!’

“조르바!” 내가 소리쳤다. “고 빌어먹을 것은 다 잊어버려요. 갖고
있어 봐야 우리한테 좋을 거 없습니다! 이미 엎질러진 물…… 잊어
버려요! 산투르나 좀 내려 봐요!”

조르바는 나를 다시 끌어안을 듯이 팔을 활짝 벌렸다. 하지만 여전
히 머뭇거리면서 팔을 천천히 오므렸다.

그러고는 단숨에 벽으로 훌쩍 뛰어오르더니 발꿈치를 들고는 산
투르를 내렸다. 그가 등불 아래로 돌아오자, 머리카락이 눈에 들어왔
는데, 흑석같이 새카맸다.

“이 노인네 좀 보게!” 내가 탄성을 질렀다. “머리카락에 무슨 짓을
한 거요? 어디서 그런 거요?”

조르바가 킬킬거렸다.

“염색 좀 해 봤소, 대장. 열 받지 말아요……. 허연 머리가 재수 없
어서 물 좀 들여 본 거요…….”

“뭐 때문에요?”

"늙는 거 때문이지, 뭐 때문이겠어요? 어느 날, 롤라 팔을 붙들고 산책을 나갔다오. 솔직히 팔을 붙들기는 무슨 팔을 붙들었다고…… 고작 요렇게, 손가락 끝으로 요렇게 잡았는데! 그런데, 대가리에 피도 안 마른 꼬마 녀석들이 뒤에서 소리를 지르지 뭐요. '야, 이 늙다리야!' 뚱뚱한 녀석이 소리를 질렀소. '거기 서! 이 유괴범아, 여자애를 어디로 끌고 가는 거야?'

롤라가 창피해했소. 안 봐도 훤할 거요. 나도 창피했다오. 그래서 그날 밤에 당장 이발소로 달려가서 머리를 새카맣게 물들인 거요."

내가 웃기 시작하자, 조르바가 생뚱맞다는 듯이 나를 바라보았다.

"이게 그렇게 웃기게 들리오, 대장? 좋소, 그러면 한번 들어 봐요. 사람이란 게 얼마나 웃기는 동물인지! 물을 들인 날부터 내가 완전히 딴사람이 되었지 뭐요. 당신도 검은 머리가 나한테 잘 어울린다고 생각하잖소. 나도 그랬다오. 있잖소, 사람은 자기한테 안 어울리는 건 뒤도 안 돌아보게 마련이라오 — 그리고 맹세컨대, 정력도 더 세졌소! 롤라 고것도 알아챘다오. 내가 허리가 아팠다는 얘기 들었지요? 글쎄, 그게 싹 나았지 뭐요! 그날부터 말이오! 당연히 안 믿을 거요. 책에 안 나와 있을 테니까."

조르바는 나를 비꼬다가 금세 땅을 치고 후회했다.

"이렇게 말해도 될지 모르지만, 대장…… 내가 살면서 읽은 책이라고는 겨우 한 권밖에 안 되는데, 그게 뭐냐 하면 《뱃사람 신드바드》라는 책인데…… 그 책에서 얻은 게 뭐냐 하면…….'

조르바는 살며시 애정을 갖고 산투르를 벗겼다.

"나갑시다. 산투르가 방이 싫답니다. 사방이 벽이라서 싫대요. 이놈이 야수라서 넓은 데로 나가야 합니다."

우리는 밖으로 나갔다. 별이 반짝였다. 은하수가 이쪽 하늘에서 저쪽 하늘로 흘러가고 있었다. 바다가 거품을 일으켰다. 자갈밭에 앉자, 바다가 우리 발을 핥아 주었다.

"돈이 없을수록 재미나게 놀아야 하는 거요." 조르바가 말했다. "뭐라고? 포기하라고? 산투르 이놈, 그러면 안 되지!"

"당신 고향, 마케도니아 노래 좀 불러 줘요." 내가 말했다.

"당신 고향, 크레타 노래를 부를 거요!" 조르바가 말했다. "칸디아에서 배운 교훈을 노래로 불러 보겠소. 나를 딴사람으로 바꿔 놨으니까요."

조르바는 잠시 생각하다 말했다.

"아니오. 사실은 바꿔 놓지 않았소. 이제야 알았을 뿐이오. 내가 옳았다는 걸 말이오."

조르바는 커다란 손가락들을 산투르에 올리고는 목을 길게 잡아 늘였다.

그리고는 야성적이면서 거칠고 슬픈 목소리로 노래를 부르기 시작했다.

마음먹었으면, 주저하지 말고, 앞으로 나아가라, 후회하지 말고,

청춘에게 자유를 주어라. 청춘은 다시 오지 않는다.

막아서지 말고, 후회하게 하지 말라.

우리의 근심들은 흩어지고, 사소한 걱정들은 사라졌으며, 영혼은 닿을 수 있는 데까지 높이 다다랐고, 롤라와 갈탄과 선로와 '영원'과 크고 작은 골칫거리들은 다 푸른 연기가 되어 허공으로 스며들어 버렸으며, 오로지 강철같이 단단한 새 한 마리, 노래하는 인간의 영혼만이 남았다.

"조르바, 다 당신한테 선물할게요. 당신이 한 짓들 모두 다 말입니다 — 여자하고 논 거, 염색한 거, 돈 쓴 거 — 다 당신 가져요! 그러니 노래나 계속해요!"

조르바는 말라비틀어진 목을 한 번 더 쭉 잡아 뺐다.

용기를 가져라! 하느님의 이름으로! 위험이여, 닥쳐오라!
용기만 잃지 않으면, 싸움에서 꼭 이기리니!

광산 근처에 자고 있던 많은 인부들이 잠결에 노랫소리를 듣고는 자다 일어나 슬그머니 아래로 내려와서는 우리 주위에 웅크리고 앉았다. 다들 자기들이 좋아하는 노래들을 듣고 있다 보니 다리가 근질근질했다. 마침내, 더 이상 참을 수 없어지자, 반라에, 헝클어진 머리에, 헐렁한 반바지 차림으로 어둠속에서 불쑥불쑥 나타났다. 인부들은 조르바와 산투르 주위로 원을 그리고는 자갈이 깔린 해안에서 춤을 추기 시작했다.

나는 전율을 느끼면서 조용히 인부들을 지켜보았다.

그리고 생각했다. '이것이야말로 내가 찾아 헤매던 진짜 광맥이다! 이거면 됐다.'

다음 날, 아침이 밝기도 전에 광산의 갱도에서는 조르바가 외치는 소리와 곡괭이 소리들이 쩌렁쩌렁하게 울려 퍼졌다. 인부들은 미친 듯이 일을 했다. 조르바 혼자서 인부들을 그렇게 일하도록 이끌 수 있었다. 조르바에게 일은 포도주가 되고, 여자들과 노래가 되었으며, 무섭게 일에 몰두하는 인부들이 되었다. 대지는 조르바의 손에서 생명이 되고, 돌들이 되었으며, 석탄과 나무가 되었고, 인부들은 조르바의 리듬에 순응했고, 갱도에서는 아세틸렌등 흰 불빛 속에서 일종의 전쟁이 공표되었으며, 조르바는 최전선에서 주먹을 맞대고 싸우고 있었다. 그는 모든 갱도와 지층에 이름을 지어 주었고, 보이지 않는 모든 힘에도 겉모습을 부여했으며, 그렇게 하고 나자, 갱도와 지층 모두가 조르바에게서 도망치기가 어려워졌다.

"빌어먹을, 제깟 놈이 숨는다고 내가 못 찾을 것 같소? '카나바로' 갱도라는 거 다 아는데." 조르바는 자신이 세례를 주고 이름을 붙여 준 첫 갱도를 두고 이렇게 말하고는 했다. "내가 제 놈 이름을 아니까 그 더러운 뺨으로 날 더럽히진 못 할 거요. '수녀원장'이든, '안짱다리'든, '오줌싸개'든 다 마찬가지요. 내 장담하건대, 그것들 이름을 하나하나 다 꿰고 있소."

그날 나는 조르바 몰래 갱도 안으로 후다닥 들어갔다.

"왜들 이래? 성의를 좀 보여 보라고!" 컨디션이 좋을 때 으레 그러듯, 조르바가 인부들에게 고래고래 고함을 지르고 있었다. "열심히들 해! 산을 통째로 먹어 치울 건데, 아직 멀었잖아! 우리는 사내자식들이라고. 안 그래? 가망 있는 놈들이란 말이다! 하느님도 우리가 이러는 걸 보면 벌벌 떨 게 틀림없다! 너희 크레타 놈들하고, 나

마케도니아 놈하고 이 산을 싹 먹어 치우는 거다. 이깟 산 하나로는 어림도 없지! 우리는 터키 놈들도 때려잡은 놈들인데 말이다. 안 그래? 그런데 왜 요 손바닥만 한 야산 하나를 뚝딱 해치우지 못하는 거야? 자, 이젠 힘들 좀 내 보라고!"

누군가 조르바에게 달려갔다. 아세틸렌등 불빛으로 미미코의 홀쭉한 얼굴을 알아볼 수 있었다.

"조르바." 미미코가 웅얼거리는 목소리로 말했다. "조르바……"

조르바는 흘끗 돌아보더니 무슨 일인지 금세 알아차렸다. 그는 커다란 손을 번쩍 쳐들었다.

"썩 나가!" 조르바가 소리를 꽥 질렀다. "나가라고!"

"아줌마 심부름 왔는데……." 바보가 더듬더듬 말했다.

"나가라고 했잖아! 우린 할 일이 있단 말이야!"

미미코는 줄행랑을 쳤다. 조르바는 몹시 불쾌해하며 침을 칵 뱉었다.

"낮은 일하라고 있는 시간이다." 조르바가 말했다. "사내들 시간이다. 밤은 재미 보라고 있는 시간이다. 그러니까 계집들 시간이다. 다들 이 둘을 혼동하지 말도록!"

그 순간에 내가 다가갔다.

"열두 시요." 내가 말했다. "그만 하고, 점심 먹을 시간입니다."

조르바가 돌아서더니 나를 보고는 오만상을 찌푸렸다.

"우리 신경 쓰지 말고, 가서 혼자 들어요. 열이틀이나 까먹었으니 빨리 만회해야죠. 맛있게 들어요!"

나는 갱도를 나와 바다 쪽으로 걸었다. 들고 갔던 책을 펼쳤다. 배가 고팠지만, 배고픈 것도 잊어버렸다. 그리고 생각했다. '묵상도 광산이나 마찬가지다. 그러니 계속 파고들어가자!' 나는 마음의 갱도로 뛰어들었다.

마음을 어지럽히는 책이었다. 티베트의 설산들과 수도원들, 그리고 샛노란 가사를 걸친 묵언수행 중인 수도승들이 의지력을 집중해, 대기 밖의 공간을 자기들이 바라는 형태로 구체화하려고 노력하는 것을 묘사하고 있었다.

높은 산 정상, 영들로 가득한 대기. 인간 생명의 하찮은 불평 따위는 들리지도 않을 만큼 높은 곳. 위대한 수도승이 한밤중에 열여섯에서 열여덟쯤 되는 소년들인 제자들을 이끌고 산속 얼음 호수로 간다. 그 사람들은 옷을 벗고, 얼음을 깬 다음, 얼고 있는 물에 옷을 푹 담갔다 꺼내 입고는, 입은 채로 옷을 말린다. 그러고는 다시 얼음물에 담갔다 꺼내 입고, 또 다시 입은 채로 말린다. 이러기를 일곱 번을 한다. 그런 뒤 아침 예불을 하러 수도원으로 돌아온다.

그 사람들은 높이가 사천오백에서 오천사백 미터나 되는 산 정상을 오른다. 그리고 조용히 앉아, 규칙적으로 깊게 숨을 들이쉬었다가 내뱉는다. 허리까지 벗었지만, 추위를 느끼지 않는다. 얼음물이 담긴 바리를 들고, 온힘을 집중해 바리를 바라보면, 바리에 담긴 얼음물이 끓는다. 그러면 그 물로 차를 우린다.

위대한 수도승이 자신을 에워싼 수제자들에게 설파한다.

"자신 안에 행복의 원천이 없는 자, 화 있을진저!"

"타인을 기쁘게 하려는 자, 화 있을진저!"

"이 생과 다음 생이 하나임을 느끼지 못하는 자, 화 있을진저!"

어느덧 밤이 되어 더 이상 글자를 읽을 수가 없었다. 책을 덮고 바다를 바라보았다. '부처니, 신들이니, 모국이니, 이상들이니 뭐니 하는 그 모든 망상들에서 벗어나야만 한다……. 부처니, 신들이니, 모국이니, 이상이니 하는 것들로부터 벗어나지 못하는 자, 화 있을진저!'

바다가 어느덧 까맣게 변했다. 초승달이 빠르게 지고 있었다. 멀리 떨어진 정원에서는 개들이 구슬피 울부짖고, 협곡 전체가 메아리로 화답하고 있었다.

조르바가 먼지를 뒤집어쓴 채 나타났다. 셔츠가 찢어져 너덜너덜했다.

그는 내 곁에 웅크리고 앉았다.

"오늘은 일이 아주 잘됐다오." 조르바가 만족해서 말했다. "잘된 일이 엄청 많아요."

나는 조르바가 하는 말을 건성으로 들었다. 내 마음은 여전히 아득히 먼 곳과 위험한 낭떠러지들에 가 있었다.

"무슨 생각 하오, 대장?" 조르바가 물었다. "바다에 정신이 팔려 있소?"

나는 정신을 차리고 그를 돌아보면서 머리를 가로저었다.

"조르바." 내가 말했다. "당신은 자신을 굉장한 뱃사람 신드바드라고 생각하고 거드럭거립니다. 여기저기 돌아다니면서 세상 구경 좀 했다 이거죠. 하지만 당신은 아무것도 못 봤습니다. 아무것도요. 본 게 하나도 없어요, 이 바보 같은 양반아. 나도 마찬가지고요. 그런 줄 알아야 합니다. 세상은 우리가 생각하는 것보다 훨씬 광대합니다. 나라란 나라는 다 가 보고, 바다란 바다는 다 횡단한다 한들, 우리 집 현관문 밖으로 코빼기 한번 내민 적이 없다는 얘기예요."

조르바는 입술을 오므리고는 아무 얘기도 하지 않았다. 주인한테 얻어맞고 복종하는 개처럼 뭐라고, 뭐라고 끙끙대기만 했다.

"세상에는 산들이 있습니다." 내가 말했다. "도처에 절들이 있는, 아주 크고 어마어마한 산들이요. 그리고 그 절들마다 샛노란 가사를 걸친 수도승들이 있습니다. 수도승들은 한 달이든, 두 달이든, 여섯 달이든 가부좌를 틀고 앉아 미동도 하지 않고, 한 가지만 생각합니다. 오로지 한 가지 생각만이요. 하나요, 알겠습니까? 둘이 아니라요 — 하나 말입니다! 우리들처럼 여자와 갈탄 생각을 한다거나, 책과 갈탄 생각을 하지는 않는다는 거예요. 오로지 한 가지 생각에 정신을 집중합니다. 같은 생각에 말입니다. 그리고 기적을 일으킵니다. 렌즈를 햇볕 아래 내놓고 광선을 한 지점에 모으면 어떤 일이 일어나는지 본 적이 있을 겁니다. 그 지점에서 곧 불이 확 일어나죠? 안 그래요? 왜 그럴까요? 태양열이 퍼지지 않고, 한 지점에 집중적으로 모이기 때문입니다. 인간의 정신도 이것과 똑같습니다. 당신도 기적을 일으킵니다. 정신을 한 가지에만, 오직 한 가지에만 집중하면 말입니다. 알겠습니까, 조르바?"

조르바는 느릿느릿 힘들게 숨을 쉬고 있었다. 도망치려는 듯이 잠시 몸부림을 쳤지만, 지금은 자신을 억누르고 있었다.

"계속해요." 조르바가 갑갑해 죽겠다는 목소리로 끙끙거렸다.

그러더니 벌떡 일어나 소리를 버럭 질렀다.

"닥쳐요! 닥치라고요! 나한테 왜 이런 말을 하는 거요, 대장? 왜 내 마음에 독을 풀어요? 여기서 아주 잘 지내고 있는데, 왜 열 받게 하는 겁니까? 배가 고프던 차에 하느님과 악마가(이 둘이 뭐가 다른지 볼 수만 있다면 저주라도 받겠소!) 뼈다귀를 던져 주기에 핥아먹고 있었소. 꼬리를 살랑살랑 흔들면서, '고맙습니다! 고맙습니다!' 하고 짖으면서요. 그런데 보니까······."

조르바는 발을 쾅쾅 구르고는 돌아서서 오두막으로 넘어가려고 해 봤지만, 부글부글 끓는 속이 가라앉지를 않았다. 그는 가려다가 말았다.

"퉤! 하느님인지 악마인지 하는 작자가 뼈다귀 한번 끝내주는 걸로 던져 줍디다." 조르바가 고함을 질렀다. "더럽고 늙어빠진 카바레 창녀로다, 바닷물에 뜨지도 못할 뚱보 할멈으로다 말이오!"

조르바는 자갈을 한 줌 움켜쥐더니 바다에 냅다 던져 버렸다.

"도대체 어떤 놈이오? 도대체 어떻게 생겨 먹은 놈이기에 그딴 걸 먹으라고 던져 주는 거요? 예?"

그러고는 잠시 기다리더니 대꾸가 안 돌아오자 길길이 날뛰었다.

"뭐라고 말 좀 해 봐요, 대장! 알면 말 좀 해 보라고요. 그놈 이름이라도 알아 두게. 가르쳐 주면, 걱정 말아요, 그냥 살짝 손만 좀 봐 줄 테니까. 그럴 기회가 꽉 막혀 있다면, 내가 어떻게 될 것 같소? 불행한 일을 당하고 말 거요!"

"배고파요." 내가 말했다. "가서 먹을 것 좀 갖고 와요. 일단 먹고 봅시다!"

"그깟 저녁 한 끼 굶는다고 죽습니까? 삼촌 한 분이 수도승이었는데, 몇 주 동안 소금하고 물만 먹었소. 일요일과 기념일에는 겨나 보태 먹으면서 말이오. 그런데도 백 년하고도 스무 해를 더 살았소."

"그분이 백이십 살까지 산 건, 조르바, 믿음이 있었기 때문이에요. 자기 신을 찾아냈고, 골칫거리들이 없어졌기 때문이죠. 우리한테는 우리를 보살펴 줄 신이 없으니까, 조르바, 불을 피워 이 도미들로 요리나 해 먹읍시다. 그래 줄 거죠? 우리가 좋아하는 대로 양파하고 후추 듬뿍 넣고, 걸쭉하고 뜨끈한 수프나 만들어 먹읍시다. 그런 다음에 보자고요."

"보긴 뭘 봅니까?" 조르바가 씩씩거리며 물었다. "배불러지기가 무섭게 믿음이니 뭐니 깡그리 잊어버릴 거면서!"

"바로 그거예요! 그러라고 음식이 있는 거예요, 조르바. 자, 그러니까 가서 맛있는 생선 수프를 만들어서 우리 머리가 터져 버리지 않게 합시다!"

하지만 조르바는 꿈쩍도 하지 않았다. 그 자리에 선 채 나를 노려보면서 미동도 하지 않았다.

"이봐요, 대장, 할 말이 있소이다. 무슨 꿍꿍인지 다 알고 있소. 방금 나한테 말할 때 순간적으로 알아챘어요. 빛이 번쩍하면서, 딱 보인 거요!"

"무슨 속셈이 있다는 거예요, 조르바?" 호기심이 생겨서 물었다.

"수도원을 지으려는 거요. 바로 그거요! 수도승 대신 고명하신 당신 같은 펜대 운전수를 몇 들여놓을 테죠. 그 작자들은 밤낮으로 휘갈겨 써 대면서 세월을 보낼 테고요. 그러면 옛날 그림 속에 나오는 성인들처럼, 당신들 입에서 활자가 찍힌 리본들이 줄줄 쏟아져 나오겠지요. 내가 제대로 맞혔을 거요. 내가 틀렸소?"

슬픔이 밀려왔다. 나는 고개를 푹 숙였다. 어린 시절부터 꾸어 온 오래된 꿈들, 그 커다란 날개들은 어느덧 깃털이 빠지고, 순수하고 고상하며 고결한 추진력을 잃어 버렸다……. 친구 열두 명 ─ 음악가들, 시인들, 화가들 ─ 과 지식인 공동체를 건설해 같이 살면서 다들 거기서 뼈를 묻을 생각이었다. 하루 종일 일하고, 밤에는 만나서 먹고 노래하고 같이 읽으며 인류의 중대한 문제들에 관해 토론하면서 판에 박힌 해답들을 뒤엎어 보려고 했다. 벌써 공동체의 규칙까지 정해 놓았다. 히메투스 산의 사냥꾼 성 요한 고갯길에 있는 건물까지 봐 둔 상태였다.

"맞히긴 맞혔구먼." 내가 여전히 말이 없자, 조르바가 의기양양하게 말했다.

"저기, 한 가지 청이 있습니다, 거룩하신 수도원장님. 저를 문지기로 써 주십시오. 가끔씩 뭣 좀 밀반입도 하고, 성스러운 경내에 요상한 것들도 좀 들이게요. 여자들, 만돌린, 라키 술병, 새끼돼지 통구이……. 그러면 당신네들이 말장난이나 하면서 인생을 낭비하지 않을 겁니다!"

조르바는 껄껄 웃고는 서둘러 오두막 쪽으로 갔다. 나는 그를 쫓아갔다. 조르바가 입을 꾹 다물고 생선을 손질하는 동안, 나는 땔감을 날라다 불을 피웠다. 수프가 다 되자마자, 둘 다 허겁지겁 먹었다. 숟가락을 꺼내 냄비에 든 수프를 막 퍼 먹었다.

둘 다 하루 종일 쫄쫄 굶어서, 아무 말도 하지 않고 걸신들린 듯이 먹어 댔다. 포도주도 몇 잔 하다 보니 기분도 좋아졌다. 조르바가 드디어 입을 열었다.

"이쯤해서 부불리나가 등장하면 재미있을 것 같은데요, 대장. 이럴 때 부불리나가 있으면 참 좋을 텐데. 하느님, 우리를 잊지 마소서! 부불리나는 내 마지막 지푸라기요. 있잖소, 대장, 부불리나가 보고 싶다오, 그 우라질 년이!"

"이제는 누가 그딴 뼈다귀를 던져 준 거냐고 따지지 않는군요, 네?"

"그게 마음에 걸리오, 대장? 그건 노적가리에서 벼룩 찾기요⋯⋯. 일단 뼈다귀를 물고 와서, 어느 놈이 던졌든 상관하지 말고, 자기 앞에 내려놓는 거요. 맛은 있을까? 살점은 좀 붙어 있으려나? 이런 걸 물어야 하는 거요. 딴 건 다⋯⋯."

"음식이 놀라운 기적을 일으켰군요!" 내가 조르바의 등을 철썩 때리면서 말했다. "굶주렸던 육신도 조용해지고⋯⋯ 질문을 해 대던 그 영혼도 덩달아 조용해지니 말이오. 산투르나 가져와요!"

그런데 조르바가 일어서려는 순간, 자갈을 저벅저벅 짓밟으면서 급하게 걸어오는 소리가 났다. 조르바는 털이 무성한 콧구멍을 벌름거렸다.

"귀신같이 알아듣고 오네그려." 조르바가 자기 허벅지를 철썩 때리고는 나직이 말했다. "다 왔소이다! 저 암캐가 조르바 냄새를 맡고 여기까지 온 거요."

"나는 꺼집니다." 내가 일어서면서 말했다. "그 문제에 끼어들고 싶지 않아요. 좀 나갔다 올게요. 오두막은 당신한테 맡깁니다."

"잘 자요, 대장."

"잊지 말아요, 조르바. 부불리나하고 결혼하기로 약속한 겁니다……. 날 거짓말쟁이로 만들면 안 돼요."

조르바가 한숨을 쉬었다.

"결혼을 또 하라고요, 대장? 넌덜머리 나게 했는데!"

화장비누 냄새가 점점 더 가까운 곳에서 나고 있었다.

"용기를 내요, 조르바!"

나는 재빨리 자리를 떴다. 늙은 세이렌이 헐떡이는 소리가 그새 바깥에서까지 들렸다.

17

다음 날 새벽, 자고 있는데, 조르바가 나를 깨우는 소리가 들렸다.

"아침 일찍부터 웬 난리예요? 왜 소리는 지르고 그래요?"

"이제부터 정신 바짝 차려야 하오, 대장." 조르바가 잡낭에 음식을 두둑이 채우면서 대답했다. "노새 두 마리 준비해 놨소. 일어나요. 수도원에 갑시다. 케이블 선로 문서에 서명 받아야죠. 사자가 겁내는 게 딱 하나 있는데, 그게 바로 이요. 이가 우리를 먹어 치우게 생겼소이다, 대장."

"가여운 부불리나를 왜 이라고 부릅니까?" 내가 껄껄 웃으면서 물었다.

하지만 조르바는 못 들은 척했다.

"일어나요." 조르바가 말했다. "해가 중천에 뜨기 전에."

산에 들어가 소나무 향을 실컷 맡을 생각을 하니 마음이 들떴다. 우리는 노새를 타고 산을 거슬러 오르기 시작하다가 광산 앞에서 잠시 쉬었다. 조르바가 인부들에게 지시할 사항이 있었다. 그는 인부들에게 '수녀원장'은 파고 들어가고, '오줌싸개' 한테는 도랑 하나 내 주고, '카나바로'는 싹 비워 버리라고 했다.

날씨가 최상급 다이아몬드처럼 투명하게 빛났다. 높이 오를수록 우리의 영혼도 그만큼 더 깨끗해지고, 그만큼 더 고귀해지는 것 같았다. 깨끗한 공기와, 느긋한 휴식과, 광활한 지평선이 인간 영혼에 미치는 영향을 다시 한번 실감했다. 영혼도 폐와 콧구멍이 있는 동물이고, 그래서 산소가 필요하며, 따라서 먼지나 너무 많이 상해 버린 생명 속에서는 숨이 막힐 거라는 것쯤은 누구에게나 드는 생각일 것이다.

소나무 숲에 들어서니 어느덧 해가 중천에 와 있었다. 공기는 꿀처럼 단내가 났고, 바람이 우리 머리 저 위에서 바다처럼 솨 하며 불고 있었다.

걸어가는 동안 조르바는 산기슭의 경사를 조사했다. 그는 상상 속에서 몇 미터마다 기둥들을 박아 넣었고, 눈 한번 깜빡하자 케이블이 햇살을 받아 반짝이며 해안까지 쭉 뻗어 있었다. 그리고 베어진 통나무들이 케이블에 매달려, 시위를 떠난 화살처럼 휘파람 소리를 내면서 아래로 쭉 미끄러져 내려가고 있었다.

조르바는 두 손을 비볐다.

"근사해!" 그가 소리쳤다. "이게 금광이 돼 줄 거요! 조금 있으면 우리는 돈더미에서 뒹굴 거고, 하고 싶은 건 다 할 수 있을 거요."

나는 깜짝 놀라서 조르바를 쳐다보았다.

"흠! 벌써 잊었단 소리는 하지 말아요! 수도원을 짓기 전에 그 웅장한 산부터 올라가야 하잖소. 무슨 산이었더라?"

"티베트요, 조르바, 티베트. 하지만 우리 둘만 갑니다. 여자는 못 데려가요."

"누가 데려간대요? 그래도 그 불쌍한 미물들이 얼마나 쓸모가 많은데요. 그러니 여자들에 대해서 나쁘게 이야기하지 말아요. 아주 쓸모 있는 것들이라오. 사내들이 할 일이 없을 때, 그러니까 석탄을 캔다거나, 도시를 급습해서 점령한다거나, 하느님과 이야기를 할 때가 아니면 쓸모가 많다오. 사내들이 풀 데가 없을 때, 할 게 뭐가 있겠소? 포도주나 마시고, 주사위 놀음을 하거나, 계집을 부둥켜안고…… 기다리는 거요…… 그때가 올 때까지 — 온다면 말이오."

조르바는 잠시 가만히 있었다.

"온다면." 그가 지겹다는 투로 되풀이했다. "결코 안 올지도 모르니까."

그러더니 조금 있다가 말했다.

"이렇게는 못 살겠소이다, 대장. 세상이 더 작아지든가, 내가 더 커지든가 해야 하오. 그렇지 않으면 난 죽은 목숨이오!"

소나무들 사이에서 붉은 머리에 얼굴이 누렇게 뜬 수도승 하나가 나타났다. 소매를 둥둥 걷고, 손으로 짠 둥근 모자를 쓰고 있었다. 그는 쇠 지팡이로 땅바닥을 내리치면서 걸어가고 있었다. 수도승은 우리를 보더니 걸음을 멈추고는 지팡이를 높이 쳐들었다.

"어디 가시오?" 수도승이 물었다.

"수도원에 가오." 조르바가 대답했다. "기도하러 가는 길이오."

"돌아가시오, 기독교도들이여!" 수도승이 맑고 푸른 눈을 번뜩이면서 소리를 질렀다. "좋게 말할 때 돌아가시오! 거기 가 봐야 성모님 댁 과수원 같은 건 없소이다! 마귀네 정원뿐이오! 영양 결핍, 자기 비하, 동정…… 이걸 수도승의 명예라고 하면서 지랄염병들 하고 자빠졌다오. 딱 그렇지! 내 말하는데, 돌아들 가시오! 돈, 자만심, 어린 사내아이들! 이게 저 새끼들 삼위일체란 말이오!"

"저 모자 쓴 놈 되게 웃기는데요." 조르바가 혹해서는 속삭였다. 그러고는 수도승에게 몸을 기울였다.

"형제, 이름이 뭐요? 어디서 오는 길이오?"

"자하리아요. 다 때려치우고, 짐 싸 들고 나오는 길이오! 보다시피 말이오! 이젠 죽어도 못 참겠소! 형제는 이름이 뭐요?"

"카나바로요."

"이젠 더 못 견디겠소, 카나바로 형제. 예수가 밤새도록 끙끙거리는 통에 같이 끙끙거리다 보니 한잠도 못 자오. 그런데 그 수도원장이란 새끼가 — 그 새끼를 지옥 불에서 영원히 통구이를 해 주소서 — 오늘 아침 일찍 날 부르지 뭐요.

'이보게, 자하리아.' 그 새끼가 말했소. '그래, 다른 수도승들을 잠을 못 자게 한다면서? 이제 여기서 나가 주게.'

'제가 잠을 못 자게 한다고요?' 내가 말했소. '잠을 못 자게 하는 게 접니까, 예숩니까? 계속 끙끙거리는 건 그 양반이라고요.'

그랬더니 그 반기독교도 새끼가 십자가를 쳐들고는 냅다…… 여기 좀 보시오!"

수도승은 모자를 벗고는 머리를 보여 주었다. 헝겊에 피가 엉겨 붙어 있었다.

"더러워서 신발에 묻은 먼지까지 탈탈 털어 놓고 나왔소이다."

"우리하고 수도원으로 갑시다." 조르바가 말했다. "내 그 새끼를 정신이 번쩍 들게 해 줄 테니. 자, 길동무나 해 주면서 길이나 안내해요. 아무래도 하느님이 보내 주신 것 같으니."

수도승은 잠깐 생각했다. 눈이 빤짝빤짝했다.

"그러면 뭘 줄 건데요?"

"뭘 주면 좋겠소?"

"소금에 절인 대구 두 근하고, 브랜디 한 병."

조르바가 몸을 기울여 수도승을 노려보았다.

"어쩌다 속에 악마 비슷한 놈이 들어가지 않았소, 자하리아?"

수도승이 소스라치게 놀랐다.

"어떻게 아셨소?" 수도승이 놀라워하며 말했다.

"아토스 산에 있었소." 조르바가 대답했다. "그래서 좀 안다오."

수도승은 고개를 툭 떨어뜨렸다.

"그래요, 내 뱃속에 악마가 한 마리 들어앉았소."

"그 악마가 절인 대구하고 브랜디가 먹고 싶다고 하죠, 안 그러오?"

"네, 저주 한번 된통 받은 악마 놈이요!"

"알겠소! 내 그럴 줄 알았소이다! 그리고 담배도 내놓으라고 하지 않소?"

조르바가 담배 한 대를 던지자, 수도승이 미친 듯이 움켜쥐었다.

"담배도 피운다오. 그럼요, 피우고말고요. 염병할 놈 같으니!"

수도승은 주머니에서 작은 부싯돌과 부싯깃 심지 한 가닥을 꺼내 담배에 불을 붙이더니 깊숙이 빨아들였다.

"예수 이름으로!" 수도승이 말했다.

수도승은 지팡이를 번쩍 치켜들더니 휙 돌아서서 걷기 시작했다.

"악마 이름이 뭐요?" 조르바가 나에게 윙크를 해 보이면서 수도 승에게 물었다.

"요셉이오!" 자하리아는 고개도 안 돌리고 대답했다.

반미치광이 수도승과 동행한다는 것이 난 영 마음에 들지 않았다. 병든 몸처럼 병든 마음에도 동정심을 느끼기는 했지만, 역겹기도 했다. 하지만 일언반구도 하지 않았다. 조르바가 하는 대로 그냥 내버려 두었다.

우리는 깨끗하기 그지없는 공기 덕에 배가 고파져서 커다란 소나무 밑에 앉아 잡낭을 풀었다. 수도승은 몸을 들이밀고는 안에 뭐가 들었는지 탐욕스럽게 살폈다.

"가만 좀 있어요!" 조르바가 소리를 꽥 질렀다. "마음대로 입맛 좀 다시지 말아요, 자하리아! 오늘은 성 월요일이오. 우리는 프리메이슨들이라 고기도 먹고, 닭고기도 먹을 거요. 하느님 용서하소서! 그래도 그 거룩한 뱃속엔 올리브하고 할바나 몇 개 넣고 말아요!"

수도승은 꼬질꼬질한 턱수염을 쓰다듬었다.

"난 올리브하고 빵하고 깨끗한 물이면 되오." 수도승이 회한에 젖어 말했다. "그렇지만 악마 요셉은 당신하고 같이 고기를 먹고 싶어 하오. 그놈은 닭고기도 좋아하오 ― 오, 그놈은 길 잃은 영혼이라오 ―그 호리병에 든 포도주도요!"

수도승은 성호를 긋고는 빵과 올리브, 할바를 단숨에 삼키더니 손등으로 입을 쓱 닦고 물을 마신 다음, 이제 다 먹었다는 듯이 또 성호를 그었다.

"자, 이제." 수도승이 말했다. "요셉 차례요. 된통 저주 받은 그 불쌍한 영혼 말이오."

그러고는 닭고기로 달려들었다.

"처먹어, 이 불쌍한 영혼아!" 수도승이 큼지막한 닭고기 한 덩어리를 자기 입에 막 쑤셔 넣으면서 사납게 웅얼거렸다. "처먹어!"

"만세! 잘하고 있소이다, 신부." 조르바가 흡족해서는 소리를 질렀다. "홀몸이 아니라는 거, 잘 알겠소이다!"

조르바가 나를 돌아보았다.

"저 사람 어떻소, 대장?"

"당신 판박이요." 내가 껄껄 웃으면서 대답했다.

조르바는 수도승에게 포도주가 든 호리병을 건넸다.

"요셉! 한잔하게!"

"처마셔! 이 길 잃은 영혼 새끼야!" 수도승이 병을 꽉 움켜쥐고는 자기 입을 막 두드리면서 말했다.

햇볕이 너무 뜨거워서 우리는 더 짙은 그늘로 자리를 옮겼다. 수도승이 악취를 풍겼다. 시큼한 땀 냄새와 향 냄새였다. 조르바는 악취를 좀 줄여 보려고 볕에 녹아 버리게 생긴 수도승을 그늘이 가장 짙은 곳으로 질질 끌고 갔다.

"어쩌다 수도승이 됐소이까?" 잘 먹어서 잡담이 하고 싶어지자, 조르바가 물었다.

수도승이 씩 웃었다.

"나한테 거룩한 구석이 있어서 수도승이 된 거라고 생각하시겠죠? 틀림없이 말이오! 가난해서 그랬다오, 형제여, 가난해서! 먹을 게 하나도 없었소. 그래서 내 자신한테 말했소. 수도원에 들어가면, 굶지는 않을 거다!"

"그래서 만족했소?"

"고맙게도 말입니다! 내가 한숨을 쉬면서 불평도 늘어놓지만, 그런 건 아무것도 아니라오. 지상의 것들 때문에 한숨을 쉬지는 않소이다. 지상의 것들은 있든 없든 상관도 안 하오…… 용서하시오…… 날마다 지상의 것들한테 말한다오. 너희는 있어도 되고, 없어도 된다고……. 그렇지만 천국은 간절히 바라오! 난 천국 가지고 농담도 하고, 장난도 쳐서 수도승들을 웃겨 준다오. 그런데 수도승들은 내가 마귀한테 씌웠다면서 날 모욕한다오. 다들 말이오. 하지만 난 내 자신한테 말하오. '그렇지 않아. 하느님은 분명히 농담도 좋아하시고, 웃는 것도 좋아하실 거야! "이리 온, 귀여운 나의 어릿광대, 이리 온." 하느님이 어느 날 말씀하실 거야. "와서 날 좀 웃겨 주렴!"' 이게 내가 어릿광대로서 천국에 가는 방법이오!"

"미쳐도 제대로 미쳤구먼그래, 친구!" 조르바가 일어서면서 말했다. "자, 움직입시다. 어두워져서 발이 묶이면 안 되잖소."

수도승이 앞장섰다. 산을 오르노라니 내 안에 있는 정신의 산맥을 기어서 넘는 기분이 들었다. 천박하고 하찮은 근심들을 지나 좀 더 고상한 근심들로 넘어가는 기분, 평지의 편한 진리들을 지나 위험천만한 상념들로 넘어가는 기분이었다.

갑자기 수도승이 걸음을 멈췄다.

"복수의 성모님이오!" 돔 지붕이 우아한 작은 예배당을 가리키면서 수도승이 외쳤다. 그러고는 무릎을 꿇고 성호를 그었다. 나는 노새에서 내려 서늘한 예배당으로 들어갔다. 얇은 은판들에 발과 손과 눈과 가슴 형상이 서툴게 새겨진 오래된 성상이 한쪽 구석에서 연기에 새카맣게 그을린 채 봉헌 예물에 뒤덮여 있었다……. 은촛대 하나가 늘 타오르는 초를 인 채 성상 앞에 놓여 있었다.

난 가만히 다가갔다. 튼튼한 목과 근엄하고 사나운 얼굴을 한 고약하고 호전적인 성모가 거룩한 아기 대신 곧고 긴 창을 들고 있었다.

"수도원을 공격하는 자, 화 있을진저!" 수도승이 공포에 떨면서 말했다. "수도원을 공격하는 자를 꿰어 버리신다오. 저 창으로 말입니다. 옛날에 알제리 사람들이 여기로 쳐들어와 수도원을 불태웠소. 그랬다가 그 이교도들이 어떤 대가를 치렀는지 보시오. 이교도들이 예배당을 지나갈 때, 성모님이 성상에서 번개처럼 뛰쳐나와 밖으로 달려 나가서는 이교도들을 창으로 막 찌르기 시작하셨소. 이렇게 저렇게, 닥치는 대로요……. 한 놈도 안 남기고 죄 죽여 버리셨소. 우리 할아버지가 봤는데, 그놈들 뼈가 온 숲에 널려 있더랍니다. 사람들은 성모님을 '자비의 성모님'이라고 부르다가 그 일이 있고 나서부터는 '복수의 성모님'이라고 부른다오."

"수도원을 불태우기 전에 기적을 일으키지 왜 안 일으켰답디까, 자하리아 신부?" 조르바가 물었다.

"그건 천주님의 뜻이오!" 수도승이 성호를 세 번 긋고는 말했다.

"천주가 하는 짓이 그렇지, 뭐!" 조르바가 노새 등에 오르며 이죽거렸다. "갑시다!"

곧 고원이 나타났다. 바위들과 소나무들에 둘러싸인 성모 수도원의 윤곽이 보였다. 산봉우리의 고고함과 평야의 온순함을 깊은 조화

속에 하나로 묶으면서 속세의 안락함과 단절한 채, 높고 푸른 골짜기, 고요하고 환한 은신처에 있는 이 수도원이야말로 나에게는 인간적인 묵상을 하기에 더없이 좋은 곳으로 여겨졌다.

'여기다.' 나는 생각했다. '여기는 온건한 정신을 가진 자가 종교를 인간의 키와 어울리도록 고양시켜 나갈 수 있는 곳이다. 위험천만하고 초인적인 산봉우리도 아니요, 나태하고 방탕한 평야도 아닌 것이, 인간이 인간적인 따스함을 잃지 않고도 얼마든지 정신을 드높일 수 있는 최고의 명당이다. 이런 터에서는 영웅도, 돼지 같은 자도 나오지 않을 것이다. 인간만이 나올 것이다.'

여기 어딘가에 우아한 고대 그리스 신전이나 사치스러운 이슬람 사원이 묻혀 있을 것이다. 틀림없이 하느님이 소박한 인간의 모습을 하고 여기 내려와 폭신폭신한 잔디밭을 맨발로 거닐면서 인간들과 조용히 담소를 나누었을 것이다.

"이렇게 경이로울 수가! 이렇게 고독할 수가! 이렇게 행복할 수가!" 나는 중얼거렸다.

우리는 노새에서 내려 중앙에 있는 문으로 들어가 면회실로 올라갔다. 거기서 토속적인 쟁반에 담긴 라키와 잼과 커피를 대접 받았다. 방문객 담당인지 안내 담당인지 하는 수도승이 우리를 보러 나왔고, 우리는 눈 깜짝할 사이에 시끌시끌한 수도승들에게 둘러싸이고 말았다. 수많은 숫염소들의 교활한 눈과 탐욕스러운 입술, 턱수염, 콧수염, 그리고 냄새.

"신문 갖고 오셨소?" 수도승 하나가 초조해 하면서 물었다.

"신문이요?" 난 깜짝 놀라서 물었다. "이런 데서 무슨 신문을 봐니까?"

"형제, 신문을 봐야 아래 세상에서 무슨 일이 일어나고 있는지 알지요!" 수도승 두셋이 성난 목소리로 소리를 질렀다. 수도승들이 발코니 난간에 기대 까마귀 떼처럼 우짖었다. 목에 핏대를 세우고, 영국이며, 러시아며, 베니젤로스며, 왕에 대해 떠들어 댔다. 세상은 이 사람들을 버렸지만, 이 사람들은 세상을 버리지 않고 있었다. 수도승들 눈에는 대도시들과 상점들과 여자들과 신문들이 들어차 있었다.

덩치 큰 뚱보에다 털보인 수도승 하나가 일어서더니 코를 킁킁거렸다.

"보여 드릴 게 있소." 털보 수도승이 나에게 말했다. "보고 나서 말씀 좀 해 주시오. 가서 갖고 오겠소."

그러더니 털이 난 몽땅한 두 손을 배 위에서 깍지를 끼듯 움켜쥐고는 천 슬리퍼를 직직 끌며 복도를 따라 걸어갔다. 그러고는 사라졌다.

수도승들이 심술궂게 비웃었다.

"데메트리오스 신부가 또 점토로 만든 수녀 인형을 가지러 가는 거라오." 안내 담당인지 하는 수도승이 말했다. "악마가 데메트리오스 신부를 위해서 특별히 묻어 뒀던 걸 어느 날 데메트리오스 신부가 정원에서 흙을 파다가 찾아냈지 뭐요. 그걸 자기 방에 갖다 놓은 날부터 한숨도 못 잔다오. 정신도 거의 나가 버리고요."

조르바가 자리에서 일어섰다. 그는 숨이 막혔다.

"서명을 받을 게 있어서 수도원장님 좀 뵈러 왔소이다." 조르바가 말했다.

"거룩하신 원장님은 지금 안 계시오." 안내 담당이 말했다. "아침에 마을로 내려가셨소. 좀 기다려 보시오."

데메트리오스 신부가 성배라도 들고 오는 양 두 손을 모아 쭉 뻗고
는 다시 나타났다.

"여기 있소!" 데메트리오스 신부가 조심스럽게 손을 벌리면서 말
했다.

나는 그에게 다가갔다. 반라의 조그마한 타나그라 점토 인형이 신
부의 퉁퉁한 손가락들에 둘러싸인 채 나를 올려다보면서 수줍게 웃
었다. 수녀는 아직 붙어 있는 한 손에 머리를 기대고 있었다.

"여자가 머리를 이렇게 하고 있다는 건." 데메트리오스 신부가 말
했다. "머리 안에 보석이 들어 있다는 뜻이오. 다이아몬드나 진주 같
은 거 말이오. 어떻게 생각하시오?"

"내 생각에는." 수도승 하나가 다가와 톡 쏘았다. "머리가 아파서
그러는 것 같은데요."

하지만 뚱보 데메트리오스는 염소처럼 혀를 쭉 내밀고는 계속 나
만 바라보았다.

"아무래도 깨서 보는 게 낫겠죠?" 뚱보 데메트리오스가 말했다.
"이것 때문에 잠도 안 오고……. 만약에 이 안에 다이아몬드가 들어
있으면……."

나는 육체와 웃음소리와 키스를 저주한 십자가에 못 박힌 신들과,
향냄새 속에 유배된 작고 단단한 가슴을 가진 이 품위 있는 젊은 여
인을 바라보았다.

아! 이 여인을 구할 수만 있다면!

조르바는 이 테라코타 인형을 가져가 연약한 여인의 육체를 쓰다

듣더니 달달 떨리는 손을 단단하고 뾰족한 젖가슴에 얹고 물었다.

"모르시겠소, 신부?" 조르바가 말했다. "이게 악마라는 걸? 이게 악마 모습이오. 내 말이 맞아요. 걱정 안 하셔도 됩니다. 내가 악마를 아주 잘 알거든요. 그 징글징글한 놈을 말이오. 여기 젖가슴 좀 보시오, 데메트리오스 신부 — 멋지고, 동그랗고, 탱탱하잖소. 악마 젖가슴이 딱 요렇게 생겼소이다. 골백번도 더 봐서 잘 알아요!"

젊은 수사가 문간에 나타났다. 태양이 젊은 수사의 금발머리와, 아직 솜털이 남아 있는 동그란 얼굴을 환히 비추었다.

조금 전에 끼어들었던 독설가 수도승이 안내 담당에게 윙크를 했다. 그러고는 둘 다 교활하게 웃었다.

"데메트리오스 신부님." 독설가와 안내 담당이 말했다. "수련 수사 가브릴리가 왔습니다."

데메트리오스 신부는 작은 점토 여인을 얼른 움켜쥐고는 문을 향해 맥주 통처럼 굴러갔다. 잘생긴 수련 수사가 데메트리오스 신부 앞에서 엉덩이를 흔들며 조용히 걸어갔다. 두 사람은 무너져 가는 긴 복도 아래로 사라졌다.

나는 조르바에게 신호를 보냈다. 우리는 뜰로 나왔다. 볕이 기분좋게 따뜻했다. 꽃이 핀 오렌지나무가 뜰 한가운데서 향기를 내뿜었다. 그 가까이에서는 대리석을 깎아 만든 고대의 숫양 머리에서 물이 졸졸 흘러나오고 있었다. 나는 숫양 머리 밑으로 머리를 들이밀었다. 상쾌했다.

"저것들은 대체 뭐랍니까?" 조르바가 역겨워하면서 물었다. "사내새끼들도 아니고, 계집들도 아니고. 노새요, 노새. 퉤! 나가뒈질 것들 같으니!"

조르바도 숫양 머리 아래, 시원한 물 밑으로 머리를 들이밀었다. 그러고는 웃음을 터뜨렸다.

"뭬! 나가뒈질 것들 같으니!" 조르바가 다시 말했다. "속에 악마 한 마리씩은 다들 품고 있어. 한 놈은 계집, 한 놈은 절인 대구, 한 놈은 돈, 한 놈은 신문…… 멍청이들만 모였군, 모였어! 병신 새끼들, 왜들 저럴까? 속세로 내려가서 입에 막 처넣고, 대가릴 확 비워 버리면 될 걸 가지고."

조르바는 담배에 불을 붙이고는 꽃핀 오렌지나무 아래에 있는 벤치에 앉았다.

"내가 뭐가 먹고 싶어서 환장할 때 말이오." 조르바가 말했다. "어떻게 하는지 아오? 목구멍까지 꽉 찰 만큼 막 쑤셔 넣어요. 다신 꼴도 보기 싫게 말이오. 그러고는 딱 잊어버려요. 그 음식을 떠올리기만 해도 구역질이 나게요. 어릴 때였는데 — 그때 알아봤어야 하는 건데 — 버찌가 그렇게 맛있더라고요. 그런데 돈이 없으니 한꺼번에 많이는 못 사 먹고, 찔끔찔끔 사 먹으니, 먹고 나면 또 먹고 싶지 뭐요. 밤낮 버찌 생각만 나는데, 정말 환장하겠더라고요. 입에 거품을 물 정도였다오. 정말이지 못 살겠더라고요! 그런데 어느 날, 화가 머리끝까지 뻗치지 뭐요. 아니면 창피했거나. 어느 게 맞는지는 잘 모르겠소. 아무튼, 요놈의 버찌들이 날 갖고 노는구나 싶은 게, 이건 말도 안 된다는 생각이 들더라고요. 그래서 어떻게 했게요? 어느 날 밤에, 자다가 벌떡 일어나서 아버지 주머니를 뒤져서는 은화 한 닢을 슬쩍했지요, 뭐. 그러곤 다음날 아침에 눈을 뜨자마자 과일가게로 달려가 버찌를 한 바구니 샀소. 그런 다음 도랑으로 내려가 자리를 잡고 앉아서는 먹기 시작했다오. 쑤셔 넣고, 쑤셔 넣고, 온몸이 띵띵 부을 때까지 쑤셔 넣었소. 그리고 배가 살살 아프기 시작하더니, 결국 탈이 났지요. 그래요, 대장, 된통 앓았어요. 헌데 그러고 나니까 버찌 생각이 하나도 안 납디다. 꼴도 보기 싫더라고요. 구원 받은 거죠. 버찌만 보면 이렇게 말할 수 있게 된 거요. 너 같은 건 이제 필요 없어. 그리고 나중에 포도주하고 담배도 똑같이 해결했다오. 지금도 마시고 피우긴 하지만, 언제라도 끊을 수 있소. 한 방에 확! 좋아한다고 해서 질질 끌려 다니진 않아요. 고향도 마찬가지요. 목까지 꽉 찰 정도로 너무 많이 생각해서 다 토해 버렸소. 그러고 난 다음부터는 고향 때문에 괴롭지는 않아요."

"여자들은요?" 내가 물었다.

"고년들 차례도 오겠지요, 우라질 년들! 올 거요! 내 나이 한 일흔쯤 되면!"

조르바는 잠시 생각했다. 일흔은 너무 이른 모양이었다.

"여든쯤 되면!" 조르바가 말을 바꾸었다. "웃길 거요, 나도 알아요. 그렇지만 웃을 거 없소. 사내들이란 그래야 자유로워지는 놈들이니까! 내 말 들어요. 터질 때까지 쑤셔 넣는 거요. 그것 말고는 방법이 없소. 금욕주의자가 되는 걸로는 어림도 없어요. 반은 악마, 반은 사람으로 변하지도 않으면서, 어떻게 악마가 나아지길 기대할 수가 있소, 대장?"

데메트리오스 신부가 금발의 그 젊은 사제를 달고는 숨을 헐떡거리면서 뜰로 들어섰다.

"누가 봐도 토라진 천사네그려." 조르바가 젊은 사제의 수줍음과 생기 있는 매력에 감탄하면서 중얼거렸다.

두 사람은 위층에 있는 방들로 올라가는 돌계단 쪽으로 걸어갔다. 데메트리오스 신부가 돌아서더니 젊은 사제를 보면서 뭐라고 몇 마디 했다. 젊은 사제는 싫다고 고개를 가로저었다. 그러다 이내 알겠다고 고개를 끄덕이더니 한 팔로 늙은 수도승의 허리를 두르고는 같이 계단을 올라갔다.

"봤소?" 조르바가 말했다. "알겠죠? 소돔과 고모라요!"

수도승 둘이 몰래 내다보다가 한쪽이 다른 한쪽에게 윙크를 하고는 같이 낄낄거리기 시작했다.

"못돼 처먹은 패거리들 같으니!" 조르바가 으르렁거렸다. "늑대들도 같은 패거리끼리는 물어뜯지 않소. 그런데 저 새끼들 좀 봐요! 계집년들끼리 저러는 거 보셨소?"

"저 사람들 다 남잔데!" 내가 껄껄 웃으면서 말했다.

"여기선 별반 차이도 안 나오, 대장! 나한테 좀 배워요! 저 새끼들 다 노새들이오. 그러니까 가브릴리스, 가브릴라, 데메트리오스, 데메트리아, 그냥 내키는 대로 막 불러도 되오. 에잇, 대장, 떠납시다! 빨리 서명 받고 갑시다. 여기 더 있다간 남자든, 여자든, 다 정나미 떨어지겠소."

조르바는 목소리를 낮추었다.

"그건 그렇고, 좋은 수가 있는데……."

"그래 봐야 미친 생각이겠죠, 뭐. 다 알아요. 이 늙은 염소 같으니, 평생을 정신 나간 짓을 하고도 그게 모자라 더 하겠다는 소리요? 뭔지 말해 봐요."

조르바가 어깨를 으쓱했다.

"그걸 어떻게 당신 같은 사람한테 말한단 말이오, 대장? 이렇게 말해도 될지 모르지만, 당신은 참 좋은 사람이오! 누구한테든 극진하지요. 겨울에 오리털 이불 위에 있는 벼룩이라도 보면, 감기 걸리지 말라고 이불 속에 넣어 줄 양반이오. 그런 양반이 나 같은 늙은 불한당을 어떻게 이해하겠소? 나라면 벼룩을 보는 순간, 탁 눌러 죽여 버릴 거요. 그리고 양을 보면, 쓱! 목을 따 버릴 거요. 그런 다음 꼬챙이에 척 끼워서 구울 거요. 친구들 불러서 잔치도 하고요! 그러면 당신은 이러겠죠. '그건 당신 양이 아니오!' 그래요, 내 양이 아니오. 인정해요. 그렇지만, 대장, 일단 먹고 봅시다. 먹고 나서 조용히 얘기합시다. 뭐가 '네 거'고, 뭐가 '내 건'지 토론하자고요. 당신이 하고 싶은 만큼 말이오. 만족할 때까지 이야기해도 돼요. 난 그동안 성냥개비로 이나 쑤시고 있을 테니까."

조르바가 호탕하게 웃는 소리가 뜰에 울려 퍼졌다. 자하리아가 울상을 하고는 입술에 손가락을 댄 채 뒤꿈치를 들고 살금살금 걸어왔다.

"쉬!" 자하리아가 말했다. "소리 내서 웃으면 안 돼요! 저기 좀 올려다보시오. 작은 창문……. 저기서 주교님이 일하고 계십니다. 저기가 서재예요. 지금 글을 쓰고 계십니다, 거룩하신 분이오. 하루 종일 글을 쓰시니까, 시끄럽게 하면 안 돼요."

"아이고, 요셉 신부, 안 그래도 어디 계시나 찾아보려던 참이었소이다!" 조르바가 수도승의 팔을 붙잡으면서 말했다. "신부님 방이나 좀 구경합시다. 이런저런 이야기도 좀 하고 말이오."

조르바가 나를 돌아다보았다.

"떨어져 있는 동안, 예배당 한 바퀴 돌면서 오래된 성상들이나 구경해요. 전부 다 말이오." 조르바가 말했다. "나는 수도원장 기다릴게요. 조금 있으면 올 거요. 혼자서는 아무것도 시작하지 말아요. 그래 봐야 일을 망치기만 할 테니까. 나한테 맡겨요. 좋은 수가 있으니까……"

조르바는 몸을 구부리더니 내 귀에 대고 속삭였다.

"숲을 반값에 살 거요……. 말리지 말아요." 조르바는 미친 수도승의 팔을 붙잡고는 냉큼 가 버렸다.

18

나는 예배당 문지방을 넘어 그늘진 실내로 뛰어 들어갔다. 시원하고 좋은 냄새가 났다.

건물은 사람의 왕래가 없었다. 청동 샹들리에에서 흐릿한 불빛이 새어나왔다. 정교하게 그려진 성화들이 예배당 저쪽 끝을 가득 채우고 있었다. 포도가 주렁주렁 열린 황금 정자를 그린 그림이었다. 벽들은 반쯤 벗겨져 나간 벽화들로 위에서 아래까지 덮여 있었다. 해골처럼 보이는 고행자들을 그린 무시무시한 그림들, 교부들, 기나긴 예수의 수난, 축축하고 빛바랜 넓적한 분홍색 리본과 파란색 리본으로 머리를 묶은, 몸집이 거대하고 무시무시하게 생긴 천사 그림들.

아치형 천장 저 위에서는 성모가 두 팔을 앞으로 내민 채 애원하고 있었다. 육중한 은제 등잔이 성모 앞에 서서 그 은은한 빛으로 성모 주위를 비추며 일그러져 있는 성모의 긴 얼굴을 어루만지고 있었다.

성모의 슬픈 눈과 꼭 다문 입술, 완강한 턱을 잊지 못할 것이다. 나는 생각했다. '극도로 괴로워하면서도 더없이 기쁘고, 더없이 만족

313

하는 어머니가 여기 있다. 죽을 수밖에 없는 인간의 몸으로, 영원히 죽지 않는 존재를 자식으로 낳았다는 것을 느낌으로 알기 때문이다.'

문지방을 넘어 다시 바깥으로 나오니, 해가 저물고 있었다. 행복한 마음으로 오렌지나무 아래로 가 앉았다. 새벽에도 그랬듯이, 예배당의 돔 지붕이 분홍빛으로 물들고 있었다. 수도승들은 제 방에 들어가 쉬는 중이었다. 그들은 뜬눈으로 밤을 새울 것이다. 그리고 정신력을 집중해야만 할 것이다. 그날 밤 예수가 골고다 언덕을 올라가기 시작할 것이고, 수도승들도 예수와 같이 올라가야 할 것이다. 암퇘지 두 마리가 캐러브나무 아래에 드러누워 분홍빛 젖꼭지를 드러낸 채 단잠에 빠져 있었다. 비둘기들이 지붕들 위에서 구구구 하고 울었다.

'땅과 대기와 고요와, 꽃핀 오렌지나무 향기, 이것들의 달콤함을 얼마나 오랫동안 즐기면서 살 수 있을까?' 예배당 안에서 보았던 성 바쿠스의 성상이 내 가슴을 행복에 넘쳐흐르게 만들었다. 심금을 울리는 것들 — 통일성, 목적의 확고함, 욕망의 불변성 — 이 다시 한번 나에게 계시를 내렸다. 곱슬머리를 포도송이처럼 이마에 내려뜨린 저 젊은 기독교도들의 성상에 축복이 있을진저!' 희열의 신이자 포도주의 신인 미남 디오니소스와 성 바쿠스가 내 마음속에서 하나가 되어 똑같은 모습이 되었다. 태양 — 그리스 — 에 그을린 똑같은 육신을 가진 생명이 포도나무 이파리들과 수도승들의 법의 아래에서 떨고 있었다.

조르바가 돌아와서는 어떻게 되었는지 서둘러 이야기했다.

"수도원장이 왔소이다. 둘이서 이야기를 좀 했지요. 그런데 이 노인네를 좀 더 구워삶아야 할 것 같소. 숲을 헐값에 내줄 수 없다지 뭐요. 늙은 깡패 새끼가 우리가 말한 것보다 훨씬 더 많이 달랍니다. 하지만 아직 끝난 건 아니오."

"구워삶고 자시고 할 게 뭐가 있습니까? 그 얘긴 우리끼리 전에 다 끝냈잖아요."

"제발 끼어들지 좀 말아요, 대장." 조르바가 간청했다. "그러다 일만 망쳐요. 지금도 옛날에 끝난 이야기나 하고 있잖소. 그건 오래전에 죽은 약속이오. 인상 쓰지 말아요. 내가 말한 대로, 그건 이미 죽은 약속이오. 반값에 사고 말 거요!"

"무슨 장난을 치려는 겁니까, 조르바?"

"신경 꺼요. 내가 알아서 할 일이오. 기름 좀 쳐서 일이 잘 돌아가게 만들 거요. 알겠소?"

"그런데 뭣 때문에 그래야 됩니까? 도무지 모르겠네요."

"칸디아에서 돈을 너무 많이 써서 그러오. 써야 할 것보다 훨씬 많이요. 롤라 고년이 내 돈을 ― 당신 돈이라는 뜻으로 한 말이오 ― 너무 많이 꿀꺽해 버렸소. 내가 그 일을 안 잊어버리고 있다는 거 알잖소. 안 그래요? 자존심이라는 게 있소. 내 이력에 오점을 남길 수는 없어요! 너무 많이 써 버려서 그만큼 갚으려는 거요. 계산도 해 봤소이다. 롤라 고년한테 칠 천 드라크마가 들었더군요. 숲을 싸게 사서 떨어내 버릴 거요. 수도원장하고, 수도원하고, 성모가 롤라를 사는 거죠. 이게 그 좋은 수요. 괜찮지 않소?"

"전혀요. 당신이 잘못한 걸 왜 성모가 책임집니까?"

"당연히 성모가 책임져야 되고, 성모는 그보다 더한 것도 책임져야 돼요! 봐요, 성모한테는 아들이 하나 있소. 하느님이죠. 하느님은 나, 조르바를 만들고, 연장도 챙겨 줬소 ─ 무슨 뜻인지 알 거요. 그리고 고 빌어먹을 연장들은 내가 암컷이란 족속만 만나면, 내 대갈통을 미치게 해서 지갑을 열게 만들죠. 이제 알겠소? 그러니 성모가 책임지는 건 물론이고 그보다 더한 것도 책임져야 돼요! 성모가 내게 뒤요."

"싫습니다, 조르바."

"싫고 좋고의 문제가 아니오. 이야기는 나중에 하고, 우선 요만한 지폐 일곱 장만 좀 아깁시다! '우선 사랑을 해 줘, 내 사랑, 숙모는 나중에 또 돼 줄게……' 다음 가사가 뭐더라? 혹시 알아요?"

뚱뚱한 안내 담당이 또 나타났다. "들어가시지요." 그는 성직자의 온화한 말투로 말했다. "저녁 식사 준비됐습니다."

우리는 큰 홀에 긴 벤치들과 좁고 긴 식탁들이 있는 수도원 식당으로 내려갔다. 시큼한 냄새와 고약한 기름 냄새가 가득했다. 식당 끝에는 최후의 만찬을 그린 오래 된 벽화가 있었다. 믿음이 강한 제자 열한 명이 양떼처럼 예수 주위에 몰려 있고, 빨간 머리 유다만 까만 양처럼 다른 쪽에 혼자 서 있었다. 유다는 앞짱구에 매부리코였다. 예수는 유다에게서 눈을 떼지 못했다.

안내 담당이 자리에 앉았다. 나는 자기 오른쪽에 앉히고, 조르바는 왼쪽에 앉혔다.

"우리는 단식 중이오." 안내 담당이 말했다. "양해해 주시오 ─ 그래서 기름도 없고, 포도주도 없소이다. 방문객들한테도 마찬가지요. 아무튼 잘 오셨소이다!"

우리는 성호를 그었다. 그러고는 묵묵히 올리브와 봄양파와 콩과 할바를 먹었다. 셋 다 토끼처럼 우물우물 씹기 시작했다.

　"여기 지상에서 산다는 건 말이오." 안내 담당이 말했다. "십자가에 못 박히는 것하고 단식하는 거, 그런 거라오. 그렇지만 참아야 합니다, 형제님들. 부활하신 분이, 어린 양이 임하실 때까지, 그리고 하느님 나라가 임할 때까지 참아야만 합니다."

　내가 헛기침을 했다. 조르바가 내 발등을 꽉 밟았다. 이렇게 말하는 것 같았다. '아무 말도 하지 말아요!'

　"자하리아 신부님을 만났소이다……." 조르바가 화제를 바꾸려고 말했다.

　안내 담당이 깜짝 놀랐다.

　"그 미친 자가 뭐라던가요?" 안내 담당이 불안한 눈빛으로 물었다. "그자 안에는 악마가 일곱 마리나 들어앉아 있습니다. 그러니 그자가 하는 말은 한 마디도 듣지 마시오. 그자는 영혼이 불결해서 눈에 보이는 것도 모두 불결한 것들뿐이오."

　수도승들을 부르는 종소리가 애처롭게 들려왔다. 안내 담당이 성호를 긋고는 자리에서 일어서서 말했다.

　"가 봐야 합니다. 예수의 수난이 시작되었소. 우리는 예수님과 함께 십자가를 지고 가야 합니다. 먼 길 오시느라 힘드셨을 테니, 오늘 밤은 여기서 주무시오. 그렇지만 내일 아침 기도에는……."

　"저 돼지 같은 새끼들!" 수도승이 나가자마자 조르바가 들릴락 말락 한 소리로 툴툴거렸다. "돼지들! 사기꾼들! 노새들!"

　"왜 그래요, 조르바? 자하리아가 뭐라고 해요?"

"신경 쓰지 말아요, 대장, 빌어먹을! 새끼들, 서명만 안 해 봐라, 내가 어떤 놈인지 보여 주고 말 테니까!"

우리는 지정해 준 방으로 갔다. 한쪽 구석에, 아들 볼에 자기 볼을 꼭 붙이고 있는 성모를 묘사한 성화가 있었다. 성모의 커다란 눈에는 눈물이 그렁그렁했다.

조르바가 큰 머리를 절레절레 흔들었다.

"성모가 왜 우는지 알아요, 대장?"

"몰라요."

"어떻게 될지 알기 때문에 그래요. 내가 성상을 그리는 화가라면 저렇게 안 그려요. 눈도 안 그리고, 코도 안 그리고, 입도 안 그려요. 성모가 안쓰러워서요."

우리는 딱딱한 침대에 누웠다. 침대 틀에서 삼나무 향이 났다. 열린 창으로 산들바람이 꽃향기를 실어 나르며 불어왔다. 뜰에서 이따금씩 돌풍이 일듯 애처로운 선율이 일었다. 나이팅게일이 창가에 앉아 노래를 하기 시작하자, 가까운 곳에 떨어져 있는 다른 나이팅게일이 화답을 했고, 그러자 또 다른 나이팅게일이 화답했다. 밤은 사랑으로 넘쳐흘렀다.

잘 수가 없었다. 나이팅게일의 노래가 예수의 통곡과 뒤섞였고, 나는 홍건한 핏자국을 따라, 꽃핀 오렌지나무들을 지나서 골고다 언덕을 오르려고 기를 썼다. 푸르스름한 봄밤에 온몸이 식은땀으로 번들거리는 예수의 창백한 육신이, 비틀거리는 육신이 보였다. 예수는 벌벌 떨면서 구경꾼들에게 거지처럼 손을 내밀고는 자기 이야기 좀 들어 보라고 애원했다. 어리석은 갈릴리 사람들은 예수를 허둥지둥 따라가면서 울부짖었다. "호산나! 호산나!" 그러고는 야자 잎을 손에 들고는 망토를 벗어 예수의 발이 닿을 곳에 깔았다. 예수는 자신이 사랑했던 갈릴리 사람들을 보았지만, 갈릴리 사람 중 그 누구도 예수의 절망, 그 거룩한 심연을 헤아리지 못했다. 자신이 죽음에 들 것이라는 것은 예수 혼자만 알고 있었다. 예수는 별들 아래에서 조용히 눈물을 흘리면서 두려움에 사로잡힌 가여운 한 인간의 심장을, 자신의 심장을 다독였다.

'나의 심장이여, 너도 한 톨의 밀알처럼 땅에 떨어져 죽어야 하느니라. 두려워 마라. 그렇지 않고서야 어찌 열매를 맺겠느냐? 그렇지 않고서야 어찌 굶어 죽는 자들을 먹이겠느냐?'

하지만 인간의 심장은 예수 안에서 까무러치며 떨고 있었다. 죽고 싶지 않았……

수도원 주위의 숲은 온통 나이팅게일들의 노래로 가득했다. 나이팅게일들의 노래는 축축한 나뭇잎들 한가운데에서 솟아오르며 오로지 사랑과 열정만을 이야기했다. 그리고 자신들의 노래로 가여운 인간의 심금을 뒤흔들어 복받쳐 울게 했다.

예수의 수난과 나이팅게일들의 노래와 더불어, 꼭 영혼이 천국에 들어가는 것처럼, 나도 모르게 스르르 꿈나라로 들어갔다.

한 시간이나 잤을까, 뭔가 탕탕 치는 무시무시한 소리에 놀라 벌떡 일어났다.

"조르바!" 비명을 질렀다. "들었소? 총소리!"

그런데 조르바는 침대에 앉아 담배를 피우고 있었다.

"놀라지 말아요, 대장." 조르바가 아직도 화를 참느라고 애쓰면서 말했다. "자기들끼리 알아서 하게 돼요, 돼지 같은 새끼들!"

복도에서 비명소리가 들려왔다. 슬리퍼를 직직 끌며 달려가는 소리, 문이 여닫히는 소리, 저 멀리서 누군가 다쳐서 신음하는 소리가 들렸다.

나는 침대에서 내려와 문을 열었다. 몹시 야윈 노인이 나타나 두 팔을 벌리며 막아섰다. 잘 때 쓰는 끝이 뾰족한 흰 모자를 쓰고, 무릎까지 내려오는 흰 셔츠를 입고 있었다.

"누구시오?"

"주교요⋯⋯." 노인이 대답했다. 목소리가 떨렸다.

웃음이 터질 뻔했다. 주교라고? 그 많은 것들은 다 어디로 갔단 말인가? 장신구들, 황금빛 제의, 주교관과 십자가, 알록달록한 가짜 보석들은⋯⋯. 잠옷 입은 주교를 보기는 난생 처음이었다.

"주교님, 총소리가 나던데, 무슨 일입니까?"

"모릅니다, 몰라요⋯⋯." 주교는 말을 더듬으면서 나를 방 안으로 슬그머니 떠밀었다.

조르바는 침대에 그대로 앉아, 마구 웃어 댔다.

"귀여운 우리 신부님, 그래, 겁먹었는가?" 조르바가 말했다. "들어오게, 친구, 우리하고 같이 있게. 우리는 수도승이 아니니까 겁먹을 거 없네."

"조르바!" 내가 목소리를 낮춰 말했다. "예의를 갖춰요. 주교님이시잖소."

"하이고! 잠옷을 입었는데, 주교는 무슨! 이보게, 들어와!"

조르바는 일어나서 주교 팔을 붙잡아 방 안으로 끌어당기고는 문을 닫았다. 그러고는 잡낭에서 럼주 병을 꺼내 작은 잔에 따랐다.

"마시게, 친구." 조르바가 말했다. "기운이 좀 날 걸세."

작은 노인은 잔을 비우고 나더니 정신을 차렸다. 주교는 내 침대에 걸터앉아 벽에 몸을 기댔다.

"주교님, 총소리는 어떻게 된 겁니까?" 내가 물었다.

"나도 모르오, 젊은이…… 밤늦게까지 일하다가 자리에 들었는데, 바로 옆방에서 소리가 났소. 데메트리오스 신부 방에서요……."

"아하!" 조르바가 웃으면서 말했다. "그럼 자하리아 말이 맞네! 돼지 같은 새끼들!"

주교가 고개를 숙였다.

"도둑이 들었거나 뭐 그런 걸 거요." 주교가 웅얼거렸다. 큰 소동이 일었던 복도가 조용해지자, 수도원은 다시 침묵 속에 가라앉았다. 주교가 마치 애원하듯, 겁에 질린 눈길로 나를 다정하게 바라보았다.

"졸리오, 젊은이?" 주교가 물었다.

이 방을 나가 자기 방으로 돌아가고 싶지 않아 한다는 게 분명하게 느껴졌다. 주교는 겁을 먹고 있었다.

"아닙니다." 내가 대답했다. "전혀 졸리지 않습니다. 여기 더 계십시오."

우리는 이야기를 시작했다. 조르바는 베개에 기대 담배를 말고 있었다.

"배운 젊은이 같구려." 주교가 말했다. "여기는 이야기할 만한 사람이 없다네. 내 인생을 기분 좋게 해 주는 세 가지 이론이 있네. 말해 주고 싶네, 젊은이."

주교는 내 대답도 기다리지 않고 곧장 이야기를 시작했다.

"첫 번째 이론은 이거라네. 꽃 모양은 꽃 색깔에 영향을 미치고, 꽃 색깔은 꽃 성질에 영향을 미친다는 거. 그래서 꽃들은 인간의 육신과 영혼에 제각기 다른 영향을 미친다는 거. 그래서 꽃이 만개한 들판을 지날 때는 각별히 조심해야만 하네."

주교는 잠시 말을 멈추고 나의 의견을 기다렸다. 이 작은 노인이 들판을 어슬렁거리면서, 땅바닥을 흥미롭게 내려다보며 꽃의 모양과 색깔을 살피는 모습이 눈에 선했다. 이 가여운 노인은 신비로운 경외감에 몸을 떨었을 게 분명했다. 봄의 들판이 이 노인에게는 각양각색의 악마들과 천사들로 이루어진 인간 군상으로 여겨졌을 것이다.

"두 번째 이론은 이거라네. 진짜 영향력을 가진 사상은 실존도 갖고 있다는 거. 그런 사상은 실제로 존재하지, 대기 속에서 보이지 않게 떠돌지 않는다네 ─ 진짜 몸을 갖고 있는 거지 ─ 눈도 있고, 입도 있고, 발도 있고, 배도 있네. 암컷이거나 수컷이지. 그래서 그렇게들 수컷이나 암컷을 졸졸 쫓아다니는 거라네. 그때, 그때 사정에 따라서 말이네. 복음서에 이런 말이 나오는 것도 그 때문이라네. '말씀은 육신이 되고……'"

주교는 다시 불안한 눈빛으로 나를 바라보았다.

"세 번째 이론은 이거라네." 주교는 나의 침묵을 견디기 어려워지자, 서둘러 말을 이었다. "우리 혼자서는 깨닫기가 너무 어려워서 그렇지, 우리의 덧없는 삶 속에도 영원이 존재한다는 거. 하루하루 사소한 걱정들이 우리를 타락하게 만드네. 인류의 꽃, 그 몇 안 되는 사람만이 지상의 이 덧없는 삶 속에서도 영원을 실현하면서 살 수가 있다네. 나머지 사람들은 전부 다 길을 잃고 헤매니까, 하느님이 그 사람들에게 자비를 베풀어 종교를 내려 주신 거지 ─ 그렇게 해서 일반 대중도 영원을 살 수가 있게 된 거라네."

주교는 말을 다 하고 나더니 눈에 보일 정도로 안정을 되찾았다. 속눈썹이 없는 작은 눈으로 나를 보면서 빙긋 웃었다. 이런 말을 하는 듯했다. '자, 자네한테 다 주겠네. 받게.' 이 작은 노인이 평생을 연구해 얻은 결실을 처음 본 나에게 선뜻 내 주는 걸 보고는 나는 가슴이 뭉클했다.

주교의 눈에 눈물이 고여 있었다.

"내 이론들 어떤가?" 주교가 두 손으로 내 손을 잡고는 내 눈을 들여다보며 물었다. 나는 내가 어떻게 대답하느냐에 따라, 주교의 인생이 조금이라도 쓸모 있는 인생이 될 수도 있고, 그렇지 않을 수도 있다는 것을 느꼈다.

나는 진실 너머에, 그리고 진실 위에, 훨씬 더 중요하고, 훨씬 더 인간적인 또 다른 의무가 존재한다는 것을 알았다.

"주교님의 이론은 아주 많은 영혼들을 구원할 겁니다." 내가 대답했다.

주교의 얼굴이 환해졌다. 내 대답이 그의 전 생애를 의롭다고 인정한 것이다.

"고맙네, 젊은이." 주교가 애정 어린 마음으로 내 손을 꼭 쥐면서 속삭였다. 조르바가 구석에서 벌떡 일어섰다.

"네 번째 이론이 있다네!" 조르바가 소리쳤다.

나는 조마조마한 마음으로 조르바를 지켜보았다. 주교가 조르바 쪽으로 몸을 돌렸다.

　"이야기해 보시오, 나의 어린 양, 당신 이론도 축복 받기를! 그래, 무엇이오?"

　"둘 더하기 둘은 넷이라는 거!" 조르바가 비장하게 말했다.

　주교는 당황해하면서 조르바를 바라보았다.

　"친구, 다섯 번째 이론은." 조르바가 말을 이었다. "둘 더하기 둘은 넷이 아니라는 거네. 어디 한번 해 보게, 친구, 기회를 잡게! 골라잡아!"

　"무슨 말인지 모르겠는데." 노인이 나를 보면서 묻듯이 웅얼거렸다.

　"나도 모른다네!" 조르바가 웃음을 터뜨리며 말했다.

　나는 당황해하는 가여운 노인에게 고개를 돌리고는 화제를 바꾸었다.

　"주교님께서 수도원에서 특별히 연구하시는 게 있다던데, 그게 뭡니까?"

　"수도원에 있는 고문서들을 필사하고 있다네, 젊은이. 요즘에는 교회에서 사용하던 성모님의 신성한 별칭들을 모으고 있는 중이라네."

　주교가 한숨을 쉬며 말을 이었다.

　"늙어서 말이네. 그런 것밖에 할 게 없다네. 성모님을 수식하는 온갖 형용사들을 듣고 있다 보면 마음이 편안해진다네. 이 세상의 비참한 일들도 잊을 수 있고 말일세."

　주교는 팔꿈치 밑에 베개를 받치고는 눈을 지그시 감더니 헛소리를 하듯 중얼거리기 시작했다.

"불멸의 장미, 결실의 대지, 포도나무, 샘, 기적의 샘, 천국으로 올라가는 사다리, 다리, 난파선을 구조하는 프리깃, 정박항, 천국의 열쇠, 새벽, 영원한 빛, 번개, 불기둥, 무적의 장군, 부동의 탑, 난공불락의 요새, 위로, 환희, 장님의 지팡이, 고아들의 어머니, 식탁, 음식, 평화, 평온, 향기, 연회, 꿀을 탄 우유……"

"저 친구, 아주 좋아 죽는군……." 조르바가 나지막이 말했다. "감기 안 걸리게 뭐 좀 덮어 줘야겠소."

조르바는 일어나 주교에게 담요를 덮어 주고 베개도 바로잡아 주었다.

"미치는 법이 일흔일곱 가지라더니." 조르바가 말했다. "여기 한 가지 더 있네그려."

새벽이 밝아 오고 있었다. 우리는 세만트론(그리스 정교회의 신호. 작은 망치로 널빤지나 쇠막대를 두들겨 소리를 냄) 소리를 들었다. 나는 창밖으로 고개를 내밀었다. 새벽 첫 햇살 속에서, 길고 검은 두건을 쓴 비쩍 마른 수도승이 놀라운 음악적 특성을 갖고 있는 길쭉한 나무 토막들을 작은 망치로 두드려 소리를 내면서 뜰을 천천히 돌고 있었다. 아침 공기 속에서 상냥함과 조화로움과 호소로 가득한 세만트론 소리가 메아리쳤다. 나이팅게일들은 노래를 멈췄고, 숲속에서 다른 새들이 짹짹 울기 시작했다.

나는 생각을 불러일으키는 세만트론의 달콤한 선율에 매혹되어 귀를 기울였다. '고상한 리듬이 살아 있는 한은 외양도 썩지 않고 고스란히 보존된다니, 이 얼마나 감동적이고 고귀한 일인가. 정신은 이

탈해도, 서서히 변화해 복잡해진 조개껍질 같은 정신의 광막한 거처는 남는다.'

신들이 떠나 버린 시끄러운 도시에 있는 화려한 성당들도 이런 빈 조개껍질들이라는 생각이 들었다. 선사 시대의 괴물들은 해와 비에 닳아 없어지고 남은 것은 해골뿐이다.

우리 방문을 두드리는 소리가 났다. 안내 담당의 느끼한 목소리가 귓가에 들렸다.

"자, 일어나세요, 형제님들. 아침 기도 시간입니다."

조르바가 벌떡 일어났다.

"어젯밤 그 총소리는 뭐요?" 조르바가 흥분해서 소리쳤다.

그러고는 대답을 기다렸다. 침묵이 흘렀다. 수도승의 거친 숨소리가 들리는 걸로 미루어, 그도 조르바가 한 말을 문을 통해 들은 게 분명했다. 조르바는 화가 머리끝까지 뻗쳐서 발을 쾅쾅 굴렀다.

"그 총소리는 뭐냐니까!" 조르바가 격분해서 다시 물었다.

후다닥 도망치는 소리가 들렸다. 조르바가 단숨에 문께로 달려가 문을 확 열어 젖혔다.

"야, 이 더러운 새끼들아! 야, 이 깡패 새끼들아!" 조르바가 도망치는 수도승 뒤에다 대고 침을 뱉으면서 고함을 질렀다. "사제, 수녀, 수도승, 문지기, 성물지기, 너희들 다, 그 정도밖에 안 되는 것들이야!" 그러고는 또 침을 뱉었다.

"갑시다!" 내가 말했다. "공기에서 피 냄새가 납니다."

"어디 피 냄새뿐이겠습니까?" 조르바가 으르렁거렸다. "아침 기도에 가고 싶으면 가요, 대장. 난 한 바퀴 둘러보고 무슨 일인지 알아내겠소."

"가자니까요!" 구역질이 나서 내가 말했다. "남의 일에 쓸데없이 간섭하지 좀 말아요."

"남의 일에 간섭하는 게 내 전문이오!" 조르바가 말했다.

그러고는 잠시 가만히 있더니 음험하게 씩 웃었다.

"악마가 우리를 돕는구려." 조르바가 말했다. "본격적으로 밀어붙이는 것 같소. 그 총소리가 얼마짜린 줄 아오, 대장? 그 총소리 때문에 수도원이 치러야 할 대가 말이오. 딱 칠천이오!"

조르바는 뜰로 내려갔다. 꽃향기며, 아침의 신선함이라니, 천국의 행복이 따로 없었다. 자하리아가 우리를 기다리고 있었다. 그는 조르바를 쫓아가 팔을 꽉 붙잡았다.

"카나바로 형제." 자하리아가 떨리는 목소리로 속삭였다. "나갑시다, 나가야 해요!"

"어젯밤 총소리는 뭐야? 저 새끼들이 누굴 죽였지? 안 그래? 자, 말해! 말 안 하면 모가지를 확 비틀어 버릴 거야!"

수도승이 턱을 덜덜 떨었다. 그러고는 주위를 살폈다. 뜰에는 인기척이 없었고, 문들도 닫혀 있었다. 열려 있는 예배당 문에서는 음악이 흘러나왔다.

"두 분 다 따라오세요." 자하리아가 속삭였다. "여긴 소돔과 고모라요!"

우리는 담벼락을 끼고 살며시 뜰 저쪽으로 가서 정원을 빠져나왔다. 수도원에서 백 미터쯤 떨어진 곳에 묘지가 있었다. 우리는 묘지 안으로 들어갔다.

무덤들을 밟고 넘어갔다. 자하리아가 작은 예배당 문을 밀었고, 우리는 그를 따라 안으로 들어갔다. 한가운데에는 골풀자리가 깔려 있고, 그 위에는 사제복에 덮여 있는 시신 한 구가 놓여 있었다. 시신의 머리께와 발치에서 촛불이 타고 있었다.

나는 황급히 구부리고 앉아 시체를 보았다.

"그 젊은 수도승이오!" 내가 몸서리를 치면서 중얼거렸다. "데메트리오스 신부하고 같이 있던 금발머리 수련 수사 말이오!"

지성소 문 위에서는 번쩍거리는 미카엘 대천사 상이 날개를 편 채, 칼을 빼들고 있었다.

"미카엘 대천사여!" 수도승이 울부짖었다. "불과 유황으로 저 새끼들을 불태워 죽이소서! 대천사여, 어떻게 좀 하소서! 성상에서 나오소서! 칼로 내리치소서! 총소리 못 들으셨나이까?"

"누가 죽였어? 누구야? 데메트리오스야? 말해, 이 염소수염 새끼야!"

수도승은 조르바의 손아귀에서 빠져나와 대천사 앞 마룻바닥에 납작 엎드렸다. 그러고는 잠시 동안 고개를 들어 입을 헤 벌린 채 겁에 질린 눈으로 성상을 열심히 쳐다보았다.

수도승은 갑자기 기뻐하면서 펄쩍 뛰었다.

"내가 태워 죽일 거요!" 수도승이 단호한 목소리로 선언했다. "대천사가 움직였소. 이 두 눈으로 똑똑히 봤소. 나한테 신호를 보내신 거요!"

수도승은 성상 앞으로 바짝 다가가더니 대천사의 칼에다 그 두꺼운 입술을 척 갖다 붙였다.

"고맙기도 하지!" 자하리아가 말했다. "난 구원 받았소이다!"

조르바가 자하리아를 또 붙잡았다.

"이리 와 봐, 자하리아." 조르바가 말했다. "자, 내가 시키는 대로 해."

조르바가 나에게 돌아섰다.

"돈 줘요, 대장. 서명은 내가 받을 거요. 거긴 순전히 늑대 소굴이고, 당신은 양이요. 갔다가는 잡아먹혀요. 나한테 맡겨요. 그 비곗덩어리 돼지 새끼들이 내가 바라던 대로 딱 걸려들었으니까 걱정 말아요. 가자, 자하리아!"

두 사람은 살그머니 빠져나가 몰래 수도원 쪽으로 갔다. 나는 소나무 숲을 배회했다.

해는 어느덧 높이 솟아 있었고, 이슬이 나뭇잎들 위에서 반짝였다. 내 앞에서 지빠귀 한 마리가 날아올라 돌배나무 가지에 앉더니, 꼬리를 흔들어 털고는, 부리를 쫙 벌리고 나를 노려보면서, 조롱하는 음색으로 휘파람을 두세 번 불었다.

소나무들 사이로 수도원 뜰이 보였다. 수도승들이 줄지어 나와 고개를 숙이고는 검은 두건을 어깨 뒤로 벗어 넘겼다. 아침 기도를 마치고 식당으로 가는 길이었다.

'저런 엄숙함과 숭고함 속에 영혼 하나 들어 있지 않다니, 이 얼마나 애석한 일인가.' 하는 생각이 들었다.

잠을 제대로 못 자서 피곤했다. 난 풀밭에 드러누웠다. 야생 바이올렛과 금작화와 로즈메리와 세이지가 공기를 향기롭게 만들어 주고 있었다.

배고픈 벌들이 끊임없이 윙윙거리며 해적들처럼 꽃들 속으로 뛰어들어 꿀을 빨아먹었다. 이글거리는 태양 아래에서 아지랑이가 피어오르듯이 저 먼 산들이 평온하고 투명하게 반짝이고 있었다.

눈을 감고 마음을 가라앉혔다. 조용하고 신비로운 기쁨이 나를 사로잡았다 — 나를 에워싼 이 모든 녹색 기적이 바로 천국이요, 내가 지금 느끼고 있는 이 모든 싱싱함과 발랄함과 소박한 환희는 바로 하느님인 듯했다. 하느님은 시시각각 모습을 바꾼다. 하느님이 아무리 변장을 해도 하느님을 알아보는 사람은 축복 받은 사람이다. 하느님은 눈 깜짝할 사이에 신선한 물 한잔이 되고, 우리 무릎에서 노는 아기가 되며, 아름다운 여인이 되고, 그저 아침 산책이 되기도 한다.

나를 둘러싼 모든 것이 조금씩, 조금씩 그 모습 그대로 꿈이 되었다. 행복했다. 지상과 천국이 하나였다. 한가운데 커다란 꿀 한 방울을 갖고 있는 들판의 꽃 한 송이. 생명이 그런 모습을 하고 나타났다. 그리고 나의 영혼은 약탈하는 야생벌이었다.

더없이 행복한 상태에 있는데, 무언가가 나를 사납게 흔들어 깨웠다. 내 뒤에서 발소리와 속삭이는 소리가 들려왔다. 바로 그때, 기뻐하며 외치는 소리가 들렸다.

"대장, 출발합시다!"

조르바가 작은 눈을 악마같이 번뜩이며 내 앞에 떡 섰다.

"가도 된다고요?" 내가 마음을 놓으며 물었다. "다 된 거예요?"

"다 됐소이다!" 조르바가 재킷 윗주머니를 툭툭 치며 말했다. "여기 숲이 있소. 우리한테 행운을 가져다주기를 바라오! 그리고 여기 롤라한테 든 칠천도 있소!"

조르바가 안주머니에서 지폐 뭉치를 꺼냈다.

"받아요!" 조르바가 말했다. "빚 갚는 거요. 이제는 당신 얼굴 보면서 부끄러워하지 않을 거요. 이 속에 스타킹, 핸드백, 향수, 빌어먹을 부불리나 양산 값도 들어 있소. 앵무새 땅콩 값도요! 그리고 당신 할바 값도요!"

"넣어 둬요, 조르바. 선물이에요." 내가 말했다. "가서 성모에게 초나 하나 바치세요. 그분한테 죄 지었잖아요."

조르바가 돌아섰다. 꼬질꼬질하다 못해 녹색으로 변해 버린 사제복을 걸치고, 뒤축이 다 닳은 신을 신은 자하리아 신부가 우리 쪽으로 오고 있었다. 자하리아 신부는 우리 노새 두 마리를 끌고 왔다.

조르바가 자하리아 신부에게 지폐 뭉치를 보여 주며 말했다.

"나눠 줄게, 요셉 신부. 소금에 절인 대구 백오십 근 사서 토할 때까지 먹어. 토하고 나서, 절인 대구하고는 영원히 작별해! 자, 손 내밀어!"

수도승은 더러운 돈을 받아 숨겼다.

"파라핀이나 사야겠다!" 수도승이 말했다.

조르바가 늙은 수도승 귀에다 대고 소곤거렸다.

"늙은 염소수염 새끼들이 다 잠들었을 때, 깜깜한 밤에 해야 돼. 바람이 꼭 세게 불어야 돼." 조르바가 충고를 했다. "벽에다 몽땅 끼얹어. 걸레나 못 쓰는 헝겊 쪼가리 같은 걸 파라핀에 담그기만 하면 돼. 그런 다음 거기에 불을 붙이는 거야. 알겠어?"

수도승이 떨고 있었다.

"그렇게 떨지 마! 대천사가 그러라고 시켰잖아. 안 그래? 파라핀

하고 하느님의 영광을 믿어 봐! 잘해 봐!"

우리는 노새에 올라타고 마지막으로 수도원을 눈으로 훑었다.

"뭘 좀 알아냈습니까, 조르바?"

"그 총소리 말이오? 신경 쓰지 말아요, 대장, 머리만 아프니까. 자하리아가 옳아요. 소돔과 고모라요! 데메트리오스가 잘생긴 그 어린 수도승을 죽였소. 그렇게 된 거요."

"데메트리오스가요? 왜요?"

"캐묻지 좀 말아요, 대장, 추잡하고 더러운 이야기들뿐이니까."

조르바는 뒤를 돌아 수도원을 바라보았다. 수도승들이 고개를 숙이고 합장을 한 채 식당에서 줄지어 나와 스스로를 가두기 위해 방으로 돌아가고 있었다.

"날 저주해라, 이 거룩한 새끼들아!" 조르바가 악을 썼다.

19

그날 밤 우리의 해변에 도착해 노새에서 내려 우리가 처음 만난 사람은 부불리나였다. 그녀는 오두막 앞에 쪼그리고 앉아 있었다. 등불을 켜고 부불리나의 얼굴을 본 순간, 나는 기절할 뻔했다.

"왜 그래요, 오르탕스 부인? 어디 아파요?"

부인 마음에 원대한 희망이 — 결혼이 — 번뜩이던 그 순간부터, 우리 늙은 세이렌은 뭐라 말하기 힘들고 이상야릇한 매력을 다 잃어 버렸다. 과거를 싹 다 지워 버리고, 자신을 치장하는 데 쓰던 번쩍번 쩍한 깃털도 파샤들과 지방 장관들과 제독들한테서 얻은 전리품들과 함께 다 내다 버렸다. 부인에게는 오로지 진지하고 존경 받을 만한 평범한 사람, 착하고 정숙한 여인이 되겠다는 열망밖에 없었다. 이제는 화장도 하지 않고, 꾸미지도 않았다. 자신을 있는 그대로 다 보여 주었다. 그건 바로 결혼이 하고 싶은 불쌍한 여인이었다.

조르바는 입을 열지 않았다. 초조해하면서 새로 염색한 콧수염을 계속 잡아당겼다. 그러다가 난로에 불을 지피고 커피 물을 끓였다.

333

"잔인해요!" 카바레 가수가 쉰 목소리로 쏘아붙였다.

조르바는 고개를 들어 늙은 카바레 가수를 쳐다보았다. 그의 눈길이 부드러워져 있었다. 여자가 가슴 아프다는 투로 말만 했다 하면 조르바는 완전히 찌그러들었다. 여자 눈물 한 방울이면 조르바를 익사시킬 수 있었다.

그는 아무 말도 하지 않고, 주전자에 커피와 설탕을 넣고 저었다.

"결혼할 거면서 왜 이렇게 오래 사람 애간장을 태우나요?" 늙은 세이렌이 말했다. "마을에도 못 가겠어요. 창피해요! 창피하다고요! 죽어 버릴 거예요."

나는 침대에 누워 쉬고 있었다. 팔꿈치에 베개를 괴고 누워 이 감동적이고도 재미난 장면을 구경했다.

"결혼식 때 쓸 화관은 왜 안 사 왔어요?"

조르바는 늙은 세이렌의 손이 자기 무릎에서 떨리고 있는 것을 느꼈다. 조르바의 무릎은 천 번을 난파하고도 한 번 더 난파한 이 가여운 여인이 마지막으로 붙잡고 늘어질 수 있는 든든한 한 뼘의 땅이었다.

조르바도 그 마음을 이해하고 가엾게 여기는 것 같았다. 그렇지만 한 번 더 침묵했다. 그는 커피 세 잔을 따랐다.

"결혼식 때 쓸 화관은 왜 안 사 왔어요, 내 사랑?" 늙은 세이렌이 떨리는 목소리로 다시 물었다.

"칸디아에는 쓸 만한 게 없었소." 조르바가 짤막하게 대답했다.

그는 커피를 돌리고 나서 구석에 쪼그리고 앉았다.

"아테네에다 주문해 놨소. 좀 보내 달라고." 조르바가 말을 이었다. "초도 주문하고, 초콜릿을 넣은 설탕 뿌린 아몬드도 주문했소."

일단 말을 시작하자, 상상력이 불타오르기 시작했다. 조르바는 눈을 반짝반짝 빛내면서, 창작력에 불타는 시인처럼 현실과 허구를 뒤섞어 자매처럼 서로 닮게 만드는 경지까지 날아올랐다. 조르바는 쪼그리고 앉아 쉬면서 요란하게 커피를 마셨다. 그러고는 담배를 두 대째 피워 물었다. 운수 대통한 날이었다 — 주머니에는 숲이 들어 있고, 빚도 갚았다. 행복했다. 조르바는 자신을 풀어 주었다.

"내 사랑 부불리나, 우리 결혼은 말이오." 조르바가 말했다. "세상을 발칵 뒤집어 놓아야 하오. 기다렸다가 내가 주문한 결혼 예복이 오면 보시오. 내가 칸디아에서 왜 그렇게 오래 있었는지 알게 될 거요, 내 사랑. 아테네에서 제일 유명한 디자이너 둘을 칸디아로 불러 말해 두었다오. '명심하시오! 내가 결혼할 여자만큼 대단한 여자는 단 한 명도 없소! 동서고금을 막론하고 말이오. 명실상부한 4대 열강의 여왕이었소. 그러다 4대 열강이 죽는 바람에 과부가 되었고, 이제 나를 남편으로 받아들였소. 그래서 세상에서 단 하나뿐인 결혼 예복을 해 주고 싶소. 실크하고 진주하고 황금별로만 만들어야 하오!' 그랬더니 디자이너들이 말리지 뭐요. '그러면 너무 아름다워서 안 됩니다! 너무 눈부셔서 하객들 눈이 멀어 버린단 말입니다!' 그래서 이렇게 말해 줬다오. '그런 건 신경 쓰지 마시오! 그까짓 눈 좀 멀면 어떻소? 내 신부만 만족하면 됐지!'"

오르탕스 부인은 벽에 기댄 채 조르바의 말에 귀를 기울였다. 주름 지고 흐늘흐늘한 얼굴에 함박웃음이 번지면서 목에 두른 빨간 리본이 금방이라도 끊어질 듯했다.

"귀 좀 대 봐요." 오르탕스 부인이 한 마리 거대한 양의 눈을 하고는 조르바에게 말했다.

조르바는 나에게 윙크를 하고는 몸을 앞으로 기울였다.

"당신한테 줄 게 있어요." 조르바의 부인 될 사람이 그 작은 혀로 조르바의 털북숭이 귓속을 쪼기라도 할 듯이 입을 바짝 대고 속삭였다.

그러더니 보디스에서 한쪽 끝을 묶은 손수건을 꺼내 조르바에게 내밀었다.

조르바는 손가락 두 개로 손수건을 받아 오른쪽 무릎에 올려놓고는, 고개를 문 쪽으로 돌려 바다를 내다보았다.

"안 풀어 볼 거예요, 조르바?" 조르바의 부인 될 사람이 물었다. "별로 안 급한가 보네요!"

"커피 좀 마시고, 담배 좀 피웁시다." 조르바가 대답했다. "풀어 볼 것도 없소. 뭐가 들었는지 다 아니까."

"풀어 봐요. 좀 풀어 보라고요!" 늙은 세이렌이 애원했다.

"담배 좀 피우겠다고 했잖소!"

그러더니 비난하는 눈초리로 나를 흘끔 쳐다보았다. 이렇게 말하는 듯했다. "다 당신 잘못이오!"

조르바는 바다를 바라보며 콧구멍으로 연기를 내뿜으면서 천천히 담배를 피웠다.

"내일은 시로코가 불겠군." 그가 말했다. "날씨가 변했네. 나무도 부풀고, 처녀들 가슴도 부풀겠어? 보디스 터지겠다! 아, 봄은 개구쟁이야! 악마의 발명품이지!"

조르바는 입을 다물었다. 그러고는 얼마 있다가 덧붙였다.

"그런 생각 해 본 적 있소, 대장? 이 세상에서 좋은 것들은 전부 다 악마가 발명했다는 생각 말이오! 예쁜 여자들하고, 봄, 새끼돼지 통구이, 포도주? 이게 다 악마가 만든 것들이오! 하느님은 그깟 수도승들이나 만들고, 단식이나 만들고, 카밀레 차나 만들고, 호박같이 생긴 여자들이나 만들고…… 나 참 기가 막혀서!"

조르바는 그렇게 말하면서 잡아먹을 것 같은 눈길로 오르탕스 부인을 흘끗 쳐다보았다. 부인은 한구석에 웅크리고 앉아 조르바의 말을 듣고 있었다.

"조르바! 조르바!" 부인은 매초마다 애원했다.

하지만 조르바는 담배를 한 대 더 피워 물고, 다시 바다를 바라보기 시작했다.

"봄에는 사탄이 활개를 쳐요." 조르바가 말했다. "허리띠도 느슨하게 풀어 놓고, 블라우스 단추도 풀어 놓고, 늙은 여자들을 푹푹 한숨 쉬게 만들고…… 이 손 치우시오, 부불리나!"

"조르바, 조르바!" 가여운 늙은 피조물이 애걸했다. 부인은 몸을 꾸부려 손수건을 집어 들더니 조르바의 손에 억지로 쥐어 주었다.

조르바는 담배를 내던지고, 매듭을 풀었다. 그러고는 손수건을 펼쳐 보았다.

"이게 다 뭐요, 부불리나 부인?" 조르바가 똥 씹은 얼굴을 하고 물었다.

"반지들이에요, 작은 반지들이요. 내 보석들이에요. 결혼반지들이요." 늙은 세이렌이 바들바들 떨면서 웅얼거렸다. "여기 증인도 있고, 증인에게 하느님의 축복이 있기를, 밤도 아름답고, 시로코가 부

337

는 계절이고, 하느님도 보고 계시니 우리 약혼해요, 조르바!"

조르바는 나를 봤다가, 오르탕스 부인을 봤다가, 반지들을 보았다. 조르바 안에서 악마의 군대가 싸우고 있었지만, 그 순간에는 승리하는 놈이 없었다. 가련한 여인은 겁에 질려 조르바를 바라보았다.

"조르바!…… 나의 조르바!" 오르탕스 부인이 코맹맹이 소리를 냈다.

나는 일어나 앉아 사태를 지켜보았다. 기로에 선 조르바, 과연 어떤 선택을 할 것인가?

갑자기 조르바가 고개를 절레절레 흔들었다. 결정을 내린 것이다. 그는 표정이 밝아지더니 손뼉을 탁 치고는 풀쩍 뛰어올랐다.

"나갑시다!" 조르바가 소리쳤다. "별들 아래로 갑시다! 하느님이 우리를 잘 볼 수 있게 말이오! 이 반지들 좀 갖고 와요, 대장. 찬송할 줄 알죠?"

"못 하는데요." 내가 웃기려고 농을 쳤다. "그깟 찬송이 뭔 상관입니까?" 어느새 나는 침대에서 뛰어내려 오르탕스 부인을 부축해 일으키고 있었다.

"그럼, 내가 하면 되오. 깜빡하고 말 안 했는데, 이래 봬도 한때 성가대 소년 가수였다오. 사제 따라서 결혼식이나 세례식, 장례식 같은 데 쫓아다녔소. 찬송가는 죄 달달 외고 있소이다. 자, 나의 부불리나여, 돛을 높이 올리시오. 귀여운 나의 프랑스 프리깃이여, 이리 와서 내 오른쪽에 서시오!"

조르바의 악마들 가운데 마음이 따뜻한 광대가 승리했다. 조르바는 늙은 세이렌이 안쓰러웠고, 그녀의 흐릿한 눈동자가 자신에게 못 박힌 채 떨고 있는 것을 보고는 가슴이 갈가리 찢어졌다.

"이런, 빌어먹을!" 조르바가 결정을 내리면서 툴툴거렸다. "아직도 암컷들을 기쁘게 해 줄 수 있다니! 그까짓 거, 합시다!"

조르바는 나에게 반지를 건네더니 오르탕스 부인을 들쳐 안고 해변으로 뛰쳐나가 바다를 바라보고 서서 찬송가를 부르기 시작했다.

"우리 주님, 이 세상에서 끝없이 찬양 받으소서, 아멘!"

조르바가 돌아서더니 나에게 말했다.

"당신 차례요, 대장!"

"오늘 밤은 대장도 뭣도 아니오." 내가 말했다. "당신 들러리지."

"좋아요, 그럼 눈치껏 해요. 내가 '브라보!' 하고 소리치면, 반지들을 끼워 주는 거요."

조르바는 응앙응앙 하고 구슬픈 당나귀 울음소리를 내면서 다시 찬송가를 부르기 시작했다.

"주님의 종, 알렉시스와 주님의 종, 오르탕스가 지금 약혼을 서약했사오니, 주님, 저희를 구원하소서."

"키리에 엘레이손! 키리에 엘레이손!(주님, 자비를 베푸소서! 주님, 자비를 베푸소서!)" 나는 웃음이 터지고 눈물이 터지려는 걸 가까스로 참아 가며 떨리는 목소리로 노래했다.

"아직 많이 남았소." 조르바가 말했다. "그런데 젠장, 죄 까먹었지 뭐요! 그냥 낯간지러운 대목이나 해치웁시다!"

조르바는 잉어처럼 공중으로 튀어 오르면서 외쳤다.

"브라보! 브라보!" 그리고는 나를 향해 커다란 두 손을 내밀었다.

"이제 그 귀여운 손을 내미시오." 조르바가 약혼자에게 말했다.

살찐 손이, 빨래와 집안일로 주름진 손이 덜덜 떨면서 내 앞으로 나왔다.

내가 반지들을 끼워 주는 동안, 조르바는 이슬람 금욕파의 수도승처럼 미쳐 날뛰면서 고래고래 고함을 질렀다.

"주님의 종 알렉시스가 주님의 종 오르탕스와 성부, 성자와 성신의 이름으로 약혼했다, 아멘! 주님의 종 오르탕스가 주님의 종 알렉시스와 약혼했다!

좋았어! 자, 올해 일은 이걸로 끝! 이리 오시오, 내 사랑. 내가 첫 키스를 해 주리다! 당신이 한 번도 못 받아 본, 그 합법적이고 폼 나는 키스를 말이오!"

하지만 오르탕스 부인은 땅바닥에 풀썩 주저앉아 있었다. 부인은 조르바의 두 다리를 붙잡고 눈물을 흘렸다. 조르바는 오르탕스 부인이 불쌍해서 고개를 가로저었다.

"여자들이라니, 가여워 못 보겠네! 도대체 왜들 이렇게 바보 같은지 몰라!" 조르바가 툴툴거렸다.

오르탕스 부인이 일어서더니 치마를 툭툭 털고는 두 팔을 활짝 벌렸다.

"으, 안 돼!" 조르바가 소리쳤다. "오늘은 참회의 화요일이오! 팔 내려요! 사순절이라고!"

"나의 조르바……" 오르탕스 부인이 힘이 쭉 빠져 말을 더듬었다.

"참아요, 내 사랑. 부활절까지만 참아요. 그때 같이 고기도 먹고, 빨간 달걀도 깨고 그럽시다. 이제는 집에 가시오. 밤늦게 여기 있는 걸 알면 사람들이 당신을 어떻게 생각하겠소?"

부불리나의 표정은 애원을 하고 있었다.

"안 되오! 안 돼! 사순절이오!" 조르바가 말했다. "부활절 전날까지는 안 되오! 같이 갑시다. 바래다주리다."

조르바가 나에게 몸을 기울이더니 귀에 대고 소곤거렸다.

"젠장, 우리만 두고 어디 가면 안 돼요! 지금은 그럴 기분이 아니거든요!"

우리는 마을로 가기 위해 길을 나섰다. 하늘은 빛나고, 알싸한 바다 냄새가 우리를 감쌌으며, 근처 여기저기에서 밤새들이 우우우 하고 울었다. 늙은 세이렌은 행복하면서도 서운한 마음으로 조르바의 팔에 매달려 질질 끌려갔다.

늙은 세이렌은 마침내 그토록 갈구하던 마지막 항구에 들어섰다. 한평생 노래하고 춤추면서 잘 나갈 때도 있었고, 점잖은 여자들도 놀려 댔지만…… 가슴은 갈기갈기 찢어졌다. 향수를 끼얹고, 덕지덕지 분칠을 하고, 요란하고 야한 옷을 입고 알렉산드리아와 베이루트, 콘스탄티노플 거리를 활보하면서, 여자들이 아기에게 젖을 물리는 것을 보노라면, 젖가슴이 탱탱하게 부풀어 오르고, 젖꼭지가 빳빳하게 설 뿐만 아니라, 고 조그맣고 귀여운 입이 빨아 주기를 바라기까지 했다. '남편을 얻어. 남편을 얻어서 자식도 낳고 살아…….' 이것이 평생토록 꾸어 온 꿈이었다. 하지만 어느 누구한테도 이렇듯 고통스러운 갈망을 드러내 보이지 않았다. 그런데, 다행히도, 비록 거친 파도에 시달려 못쓰게 되긴 했지만, 정박항에 들어선 것이다. 조금 늦기는 했어도 들어서지도 못한 것보다는 나은 일이었다.

늙은 세이렌은 이따금씩 눈을 들어 자기 옆에서 걷고 있는 거대한 얼뜨기 같은 놈을 훔쳐보았다. '황금술 달린 페즈를 쓴 돈 많은 남자는 아니야.' 늙은 세이렌은 생각했다. '잘생긴 지방 장관 자제도 아니지. 그래도 다행이지, 뭐. 아무도 없는 것보다는 낫잖아! 내 남편이 돼 줄 거야! 영원한 남편! 정말 고맙기도 하지!'

조르바는 팔에 매달린 무게를 느끼며, 얼른 마을에다 떼어 놓고 와야 한다는 일념으로 늙은 세이렌을 질질 끌고 갔다. 불쌍한 여인은 계속 돌부리에 걸려 자빠졌다. 발톱이 빠질 것 같고, 물집이 잡혀 아팠지만, 입도 뻥긋하지 않았다. 왜 입을 뻥긋하겠는가? 왜 불평을 하겠는가? 다 잘됐는데! 이 얼마나 하느님에게 감사할 일인데!

우리는 '우리 아가씨 무화과나무'를 지나고, 과부네 정원을 지나, 첫 번째 마을 초입에서 걸음을 멈추었다.

"잘 자요, 나의 보배." 늙은 여인이 약혼자 입술에 키스하려고 까치발을 하고는 다정하게 속삭였다.

하지만 조르바는 몸을 숙여 주지 않았다.

"발에 키스해 줄게요, 내 사랑." 부불리나가 땅에 엎드리려고 하면서 말했다.

"아니오! 아니오!" 조르바가 사양했다. 그러고는 몸을 빼면서 여자를 붙들었다. "무슨 소리, 내가 당신 발에 키스해야지! 내가…… 그런데 지금은 그럴 기분이 아니오! 잘 자요!"

우리는 부인을 떼어 놓고, 향기로운 공기를 들이마시면서 말없이 걸었다. 조르바가 문득 나를 돌아보았다.

"이 일을 어쩌면 좋소, 대장? 웃어야 되오, 울어야 되오? 말 좀 해 봐요."

나는 말을 할 수가 없었다. 우스워서인지 울컥해서인지 왜인지는 모르지만, 목이 메기는 나도 마찬가지였다.

"대장." 조르바가 불쑥 말했다. "혼자 사는 계집한테 불평할 시간을 안 준다는 신 있잖소. 그게 누구라더라? 그 양반도 수염에 물을 들이고, 팔에는 화살이 꽂힌 심장들하고 세이렌들 문신이 있는 것 같던데. 변신을 잘했다던데요. 황소로도 변신하고, 백조로도 변신하고, 양으로도 변신하고, 이런 말 하면 실례지만, 당나귀로도 변신하고요. 사실은 닳아빠진 계집들이 꿈꾸는 대로 다 변할 수 있었대요. 그 양반 이름이 뭐요?"

"제우스 말이군요. 그런데 뜬금없이 제우스는 왜요?"

"하느님, 제우스의 영혼을 지켜 주소서!" 조르바가 팔을 하늘로 치켜들고는 말했다. "그 양반도 고생이 참 많았소. 암, 고생 많았지! 그리고 사느라 얼마나 힘들었겠소? 완전히 죽어났을 거요! 정말이지 그 양반은 거룩한 순교자요, 대장! 당신은 무턱 대고 책만 읽었지, 그 책을 쓴 작자가 어떤 놈일지는 생각도 안 해 봤을 거요! 쳇! 기껏해야 선생들이지. 그런 놈들이 여자나 남자 꽁무니를 쫓아다니는 사람에 대해 뭘 알겠소? 기본도 모르겠지!"

"조르바, 책을 쓰지, 왜 안 써요? 우리들한테 이 세상 모든 신비에 대해서 설명 좀 해 주시지!" 내가 비꼬았다.

"왜 안 쓰냐고요? 그 이유야 간단하죠. 당신들이 삶의 신비에 대해서 생각할 때, 나는 그 신비로움을 즐기느라고 시간이 없거든요. 어떤 때는 전쟁, 어떤 때는 여자들, 어떤 때는 포도주, 어떤 때는 산투르. 그러니 어디 시시한 펜대 잡을 시간이 나겠소? 그래서 펜대 운전

수도 먹고 사는 거고! 신비로운 인생을 실제로 살고 있는 사람들은
쓸 시간이 없고, 쓸 시간이 있는 사람들은 신비로운 인생을 살 시간
이 없는 거요! 알겠소?"

"아까 하던 얘기로 돌아갑시다. 제우스는 왜요?"

"맞아요, 그 불쌍한 친구!" 조르바가 말했다. "그 친구가 얼마나
힘들었을지 알고 있는 사람은 나밖에 없소. 그 친구는 여자들을 사랑
했소. 그럼요, 사랑하고말고요. 하지만 당신 같은 펜대 운전사들이
생각하는 식으로 사랑한 게 아니오! 전혀 아니지요! 그 친구는 여자
들을 가엾게 여겼소! 여자들이 뭣 때문에 고통스러워하는지 잘 알고
여자들을 위해 그 한 몸을 바쳤소! 이 착한 친구는 하느님도 버린 촌
구석에 틀어박혀 욕정과 회한으로 시들어 가는 노처녀를 보거나, 남
편이 집을 비워 잠을 못 이루는 예쁜 새댁이라도 보면 ― 완전히 호
박같이 생겼거나, 괴물같이 생긴 새댁이어도 ― 가슴에 성호를 긋고
는, 여자들이 속으로 바라는 모습으로 변장을 하고 방으로 들어갔소.
그리고 그저 애무나 해 주길 바라는 여자들은 신경 쓰지 않았소. 절
대로요! 그래도 늘 초죽음이 됐소. 무슨 말인지 이해할 거요. 어느
누가 그 많은 암염소들을 만족시키겠소? 오, 제우스! 불쌍한 숫염소
녀석 같으니! 좋다는 느낌도 못 받은 적이 한두 번이 아니오. 암염소
를 몇 마리나 해 치운 숫염소를 한 번도 못 봤을 거요. 침을 질질 흘리
질 않나, 눈이 뿌예 가지고 눈물을 뚝뚝 흘리질 않나, 콜록콜록 기침
을 하질 않나, 도저히 제 발로 서 있기도 힘든 판이라오. 그러니 그 불
쌍한 제우스가 얼마나 자주 그 지경이 되었을지는 안 봐도 훤하지요.

새벽에 집으로 가면서 이랬을 거요. '아! 정말! 언제나 잠 한번 푹

344

자 볼까! 이러다 죽겠어!' 그러면서 연신 침을 닦았을 거요.

그런데 그때 또 갑자기 한숨 쉬는 소리가 들리는 거요. 내려다보니 저 땅 위에서 여자 하나가 잠옷을 벗어 던지고 거의 홀랑 벗은 채 발코니에 나와서는 방앗간 풍차도 돌릴 만큼 한숨을 푹푹 쉬고 있지 뭐요! 그러니 우리 늙은 제우스가 어떻게 나 몰라라 합니까? '아, 빌어먹을! 또 내려갔다 와야 되네!' 제우스 입에서 끙 하고 앓는 소리가 나지요. '여인이 신세한탄을 하고 있으니 어쩔 수 없지! 가서 위로해 줄 수밖에!'

여자들이 계속 이런 식으로 밀어붙여 그 친구를 다 비워 버렸지 뭐요. 그 친구는 허리가 안 움직이고, 토하기 시작하더니 몸에 마비가 와서 죽고 말았다오. 그때가 제우스의 후계자, 예수가 왔을 때요. 예수는 늙은 제우스의 꼴을 보고는 이렇게 소리쳤다오. '여자를 조심하라!'"

나는 조르바의 천진난만함에 감탄하면서 기분 좋게 웃었다.

"웃어도 되오, 대장! 하지만 우리가 여기서 벌인 작은 사업을 신인지 악마인지가 성공하게 해 준다면 — 그럴 것 같지 않아 보이지만, 그렇게 된다면 — 내가 어떤 가게를 열지 아시오? 결혼 중개소요. 그래요…… 바로 그거예요. '제우스 결혼 중개소'를 차리는 거요. 남편감을 구하려고 해 본 적도 없는 불쌍한 여자들에게 기회를 주는 거죠. 노처녀들, 호박같이 생긴 여자들, 안짱다리, 사팔뜨기, 꼽추, 절름발이들을 잘생긴 놈들 사진이 쫙 걸려 있는 휴게실로 불러들인 다음, 이렇게 말하는 겁니다. '숙녀 여러분, 마음에 드는 놈으로다가 한 놈 골라잡아 보시오. 남편으로 꽉 만들어 드리리다.' 그러고는 사진하고 비슷하게 생긴 놈을 찾아내 옷을 똑같이 입힌 다음, 돈 몇 푼 쥐어 주면서 말하는 겁니다. '어느 어느 마을, 어느 어느 번지로 가 봐라. 가서 아무개가 있거들랑 아주 화끈하게 한번 해 주고 와라. 싫어도 참아라. 내가 다 알아서 계산해 줄 거다. 그 여자하고 자라. 고래로 사내새끼들이 여자들한테 해 온 대로 별의별 알랑방귀는 다 뀌어라. 그 불쌍한 여자는 그런 소리를 한 번도 못 들어 봤다. 결혼하겠노라 고 맹세해라. 가여운 여자를 좀 기쁘게 해 줘라. 암염소들이 좋아 죽 는 걸로다가 해 줘라. 거북이들도 좋아하고, 지네들도 좋아하는 걸로 다가.'

그러다 우리 부불리나 같은 여자가 불쑥 나타나는 바람에 — 부불 리나를 축복하소서! — 돈을 아무리 많이 준대도 한 놈도 안 나서면, 그러면…… 성호를 긋고, 결혼 중개소 소장인 내가 몸소 나설 거요! 그러면 등신 같은 동네 사람들이 별의별 소리를 다 할 거요. '저놈 좀 보게! 저런 잡놈을 봤나! 저 새끼는 눈깔이 삐었나? 코가 막혔나?' '눈도 멀쩡하고, 코도 멀쩡하다, 이 바보 같은 새끼들아! 이 피도 눈 물도 없는 떠버리들아! 나는 가슴도 있어서 여자 가여워할 줄도 안 다! 눈이 천 개면 뭐 하고, 코가 천 개면 뭐 하냐, 가슴이 없는데! 죽 으면 봐라, 눈코 같은 건 아무 짝에도 쓸모없다!'

그렇게 젊은 혈기로 봉을 마구 휘두르다 보면, 쭉정이만 남아 갖고 운신도 못하다가 어느 날 꼴까닥하는 거요. 그러면 문지기 성 베드로 가 천국 문을 활짝 열어 주면서 말할 거요. '어서 오게, 조르바, 이 불 쌍한 친구야. 순교자 조르바, 어서 들어오게. 동료 곁에 가서 눕게나, 제우스 곁에 말이야! 지상에서 맡은바 본분을 다 했으니 푹 쉬게, 친구! 자네에게 축복을 내리는 바이네!'"

조르바는 계속 이야기를 지어 냈다. 상상 속에서 제 발등에 걸려 넘어지기도 했다. 그는 자신이 꾸며 낸 이야기를 실제 이야기로 믿기 시작했다. '우리 아가씨 무화과나무'를 지나면서 조르바가 한숨을 푹 내쉬었다. 그러더니 맹세를 할 때처럼 한 팔을 들어 올리고는 말했다.

"불안해하지 말게, 부불리나, 사람 취급 못 받은 이 가여운 친구야, 이 시들어 빠진 뚱보 친구야. 불안해하지 말게! 내 떠나지 않고, 그대에게 위안을 주는 사람이 돼 주겠네! 4대 열강이 그대를 버리고, 젊음이 그대를 버리고, 하느님마저 그대를 버렸네만, 나, 조르바는 그대를 버리지 않을 것이네!"

자정이 지나서야 우리는 해변으로 돌아왔다. 바람이 일고 있었다. 남풍의 신 노투스가 저쪽 아프리카에서부터 나무들과 포도나무들과 크레타의 젖가슴을 부풀리는 따스한 남풍을 불어 일으키며 다가오고 있었다. 섬 전체가 물가에 드러누운 채, 기운을 살려내는 남풍의 따스한 입김을 받으면서 다시 살아나고 있는 것 같았다. 나는 어둠 속에서 똑똑히 보았다. 제우스와 조르바와 남풍이 한데 뒤섞이더니, 턱수염이 검고, 머리카락은 윤기가 흐르는 거대한 수컷의 얼굴이 되어, 허리를 굽혀 오르탕스 부인 위에, 대지 위에 그 붉고 뜨거운 입술을 누르는 것을.

우리는 도착하자마자 잠자리에 들었다. 조르바는 흡족해서는 두 손을 비벼 댔다.

"참 좋은 날이었소, 대장. 뭐가 그렇게 좋으냐고요? 보람 있었다 는 이야기요. 생각해 봐요. 아침에는 먼 수도원까지 가서 그놈의 수 도원장을 끽 소리 못 하게 해 놓고 오고 — 그놈의 새끼, 우리를 갈아 마시고 싶어 미칠 거요! 나중에는 우리 오두막에 와서 부불리나가 있는 걸 보고, 나하고 부불리나하고 약혼도 했잖소. 그런데 이 반지 좀 봐요. 금화로 만든 거요…… 부불리나 말이, 지난 세기말이 다 돼 갈 때쯤에 영국 제독이 준 일 파운드짜리 금화 두 개를 지금껏 갖고 있었대요. 장례식 때 쓰려고요. 그랬던 걸 이제 — 세월이 부불리나 에게 좀 친절하기를 — 세공사한테 갖고 가서 반지로 만들어 왔지 뭐 요. 인간이란 참 어려운 수수께끼들이지 뭐요!"

"자요, 조르바!" 내가 말했다. "진정하시고! 오늘은 이만하면 됐 습니다. 내일 치러야 할 의식도 있고요. 케이블이 지나갈 첫 번째 철탑을 세워야 하잖아요. 스테파노스 신부님께 와 주십사고 부탁드려 났습니다."

"잘했소, 대장. 거 괜찮은 생각이오. 그 늙은 염소수염 사제뿐만 아니라 마을 유지들도 다 부릅시다. 조그마한 초 하나씩 나눠 주고 켜라고 합시다. 그러면 다들 깊은 인상을 받을 거요. 우리 사업에도 득이 될 거고. 내가 뭘 하든 그냥 보기만 해요. 나한테도 신이 있고, 악마가 있소. 나만의 신, 나만의 악마가요. 그런데 딴 사람들은……"

조르바가 웃음을 터뜨렸다. 조르바는 잘 수가 없었다. 머릿속이 말도 못 하게 복잡했다.

"오, 할아버지, 하느님이 할아버지 유골의 죄를 사하여 주시기를!" 얼마 후 조르바가 말했다. "할아버지도 나처럼 난봉꾼이었소. 그런데 이 늙은 악당이 성묘(예수의 무덤)에 가서 하지(메카나 예루살렘을 순례 중인 사람, 순례한 사람, 혹은 그런 사람과 관계가 있는 사람)가 되었으니, 왜 그랬는지는 하느님만이 아실 거요! 할아버지가 마을로 돌아오자 친구가 물었다오. 그 작자는 태어나서 떳떳한 일이라고는 해 본 적이 없는 염소 도둑이었죠. '그래, 친구, 성묘에 다녀왔으니, 신성한 십자가 하나는 갖고 왔겠지? 코딱지만 한 거라도 말이야.' '무슨 말을 그리 섭섭하게 하는가? 그럼 내가 빈손으로 왔을 것 같은가?' 할아버지가 약삭빠르게 말했소. '자네를 잊을 리가 있나? 오늘 밤에 자네를 축복해 줄 신부님 한 분 모시고 오게. 그러면 주겠네. 행운을 갖다 줄 새끼돼지 통구이하고, 포도주도 좀 가지고 와!'

그날 저녁, 할아버지는 집으로 가서 벌레가 갉아먹은 문설주를 쌀한 톨만큼 잘라내 솜뭉치로 싼 다음, 그 위에 기름을 한두 방울 떨어뜨리고는 기다렸다오. 조금 있다가 문제의 그 친구가 신부를 대동하고, 새끼돼지 통구이하고 포도주를 가지고 찾아왔소. 신부는 영대를 꺼내 걸치고는 그 친구를 축복하고, 할아버지는 그 귀중한 나뭇조각을 넘겨주는 의식을 치렀소. 그러고 나서 다들 정신없이 새끼돼지 통구이를 먹기 시작했다오. 그런데, 대장, 이건 거짓말 아니오, 그 친구가 코딱지만 한 나뭇조각에 절을 하고, 그걸 목에 건 다음부터 완전히 딴 사람이 됐지 뭐요. 백팔십도 변했다오. 산으로 들어가 아르마톨로스(그리스 경찰 조직)에 합류하고, 클레프트 산적이 돼서 터키 사람들이 사는 마을에 불을 지르고 돌아다녔소. 총알이 빗발치는데도 겁도 안 내고 뛰어다니고요. 하기야 뭐가 겁나겠소? 성묘에서 가져온 신성한 십자가가 총알을 다 막아 줄 텐데."

조르바가 웃음을 터뜨리고는 말을 이었다.

"다 생각하기 나름이오. 믿음이 있소? 그러면 썩은 문짝에서 긁어낸 부스러기도 성물이 될 거요. 믿음이 없어요? 그러면 성스러운 십자가를 통째로 줘도 낡은 문설주밖에 안 될 거요."

어쩌면 머리가 저리도 잘 돌아가고, 확신에 차고, 거침이 없는지, 영혼은 어디를 건드리든 어쩌면 저리도 불꽃이 잘 튀는지, 나는 그저 이 사내에게 경탄할 따름이었다.

"싸워 본 적 있습니까, 조르바?"

"무슨 소리요?" 조르바가 이맛살을 찌푸리며 되물었다. "생각 안나는데요. 무슨 싸움 말이오?"

"내 말은, 조국을 위해서 싸워 본 적이 있느냐는 소리요."

"딴 얘기 하면 안 되겠소? 그런 바보 같은 짓은 진즉에 끝냈고, 잊어버리는 게 최고요."

"바보 같은 짓이라고요, 조르바? 부끄럽지도 않습니까? 조국을 위해서 싸우는 게 왜 바보 같은 짓입니까?"

조르바는 고개를 들어 나를 바라보았다. 나도 침대에 누워 있었다. 기름 등불이 머리맡에서 타오르고 있었다. 조르바는 나를 한동안 험악하게 바라보더니 콧수염을 단단히 쥐고는 말했다.

"거 무슨 설익은 소리예요? 학교 선생이나 할 소리를 하는구려. 이런 소리 해서 좀 그렇소만, 내가 아무리 좋은 이야기를 해 줘도 당신은 무슨 말인지 이해하지 못하오."

"뭐라고요?" 내가 항변했다. "이해할 수 있어요, 조르바, 이해한다고요."

"그럼요, 머리로야 이해하겠지요. 이러면서 말이오. '이건 옳고, 저건 틀려. 이건 사실이고, 저건 사실이 아니야, 이놈은 옳고, 저놈은 틀려……' 그런데요? 그래서 뭐요? 당신이 그런 소리를 할 때, 난 당신 팔하고 가슴팍을 지켜봅니다. 당신 팔하고 가슴팍이 어떤 줄 알아요? 꼼짝도 안 해요. 한 마디도 안 하지요. 피 한 방울 안 흘려요. 자, 그러면서 뭘 가지고 이해한다는 거요? 머리로? 웃기지 말아요!"

"그러지 말고, 조르바, 대답이나 해 봐요. 은근슬쩍 넘어가지 좀 말고!" 나는 조르바를 들쑤시려고 말했다. "조국이 어찌 되는 상관도 안 하지요, 조르바? 내가 보기엔 틀림없이 그런데요. 안 그래요?"

조르바는 화가 나서는 석유 깡통으로 만든 벽을 주먹으로 쳤다.

"지금 당신 앞에 있는 이놈 말이오." 조르바가 울분을 토했다. "한

때 제 머리털로 성 소피아 성당을 수놓아서 부적처럼 목에다 떡 걸고 다니던 놈이오. 그랬소, 대장, 내가 이 무지막지한 곰발바닥 같은 손으로 직접, 그것도 흑석같이 까만 내 머리털로 수를 놨소. 파블로스 멜라스(불가리아 코미타지 반군과 벌인 전쟁에서 눈부신 활약을 한 그리스 장교)하고 마케도니아 산악 지대를 누비고 다녔소 — 그때는 몸도 좋고, 키도 이 오두막보다 더 크고, 킬트를 입고, 붉은 페즈를 쓰고, 은으로 된 온갖 장식물에, 온갖 부적에, 무슬림이 쓰는 긴 칼에, 탄띠에, 권총도 몇 자루 차고 다녔소. 강철, 은, 징으로 온몸을 뒤덮고 다녔소. 걷기라도 하면 철거덕철거덕하는 게, 연대가 행군하는 소리가 났소이다! 여기 좀 봐요! 여기도! 그리고 여기도!"

조르바가 셔츠를 벌리고, 바지를 내렸다.

"등불 좀 갖고 와 봐요!" 조르바가 명령했다.

나는 조르바의 마르고 검게 그을린 몸에 등불을 들이댔다. 총 맞은 자국과 칼에 찔린 자국이 어쩌나 깊은 흉터를 남겼는지, 몸이 무슨 거름망 같았다.

"이쪽도 좀 봐요!"

조르바가 몸을 돌려 등을 보여 주었다.

"어때요, 깨끗하지요? 무슨 뜻인지 이해하겠소? 등불 도로 갖다 놔요."

"바보 같은 짓이라니까요!" 조르바가 치를 떨며 소리를 버럭 질렀다. "구역질 나는 짓이라고요! 인간이 언제쯤 진짜 인간이 될 것 같소? 아무리 바지를 입고, 셔츠를 입고, 칼라를 하고, 모자를 써 봐야 노새 아니면 여우, 늑대, 돼지들이오. 하느님 형상대로 만들어졌다

352

고? 누가? 우리가? 등신 같은 얼간이 새끼들, 내 가래침이나 맞으라고 해요!"

끔찍한 기억들이 밀려들자, 조르바는 점점 더 화가 치밀었다. 흔들리고 빠진 이들 사이로 알 수 없는 말들이 새어나왔다.

조르바는 일어나 물 주전자를 들고는 한참이나 물을 들이켰다. 그러고 나니 진정이 되는 게, 좀 살 것 같은 모양이었다.

"내 몸 어디를 건드리든 비명을 지를 수밖에 없소." 조르바가 말했다. "온 데가 상처요, 흉터요, 혹이기 때문이오. 계집들하고 빈둥거려봐야 남는 게 뭐겠소? 내가 진짜 인간이라는 걸 알고 났을 때는 계집 같은 건 거들떠보지도 않았소. 오다가다 만나면 수탉처럼 잠깐 붙었다 떨어지는 걸로 끝이었지. 계속 그런 식이었소. '못된 흰족제비 년들, 사람 기를 다 빨아먹고 말려 죽이려고 드네그려. 나 참, 기가 막혀서! 빌어먹을 년들!' 하면서 말이오.

그러고는 권총을 집어 들고 내 갈 길 갔소이다! 코미타지 반군으로 산으로 들어간 거요. 어느 날은 어두컴컴해졌을 때, 불가리아인 마을로 내려가 마구간에 숨어들었소. 거기가 바로 극악무도한 불가리아 반군 신부 집이었소. 그 새끼는 밤만 되면 신부복을 벗어던지고 양치기 옷으로 갈아입은 다음, 권총 몇 자루를 차고는 그리스인들이 사는 이웃 마을로 넘어갔소. 그랬다가 날이 밝기 전에 진흙과 피로 범벅이 된 채 돌아와서는, 미사를 집전하러 교회에 가려고 바삐 서둘렀다오. 그놈은 그 바로 며칠 전에, 자고 있는 그리스인 교장 선생을 죽였소. 그래서 내가 그놈 집에 숨어들어 기다린 거요. 밤이 되려니까 그놈이 동물들을 먹이러 마구간으로 들어왔소. 나는 냅다 그놈을 덮쳐 목을 따 버렸소. 양을 멱따듯이 말이오. 귀를 도려내 주머니에 쑤셔 넣었소. 알다시피 내가 한때 불가리아 놈들 귀를 모았잖소. 그 신부 귀도 그래서 도려낸 거고요.

며칠 뒤, 훤한 대낮에 다시 그 마을로 갔소. 행상으로 간 거요. 무기는 산에 놔두고, 빵하고 소금하고, 동료들이 신을 장화를 사러 내려갔지요. 갔다가 어느 집 앞에서 놀고 있는 애들 다섯을 만났소 ─ 다들 검은 옷을 입고, 신발도 없이, 서로 손을 잡고 구걸을 하고 있었소. 계집애 셋, 사내아이 둘이 말이오. 큰애가 열 살이나 될까 말까 하고, 막내는 아직 젖먹이였소. 큰 계집애가 젖먹이 사내아이를 품에 안고는 울지 말라고 뽀뽀를 하고 달래고 있었소. 왜 그랬는지 모르겠지만, 아무래도 하느님의 계시였겠지요, 난 그 애들한테로 갔소.

'어느 집 아이들이냐?' 내가 불가리아 말로 물었소.

제일 큰 사내아이가 고 작은 머리를 들더군요.

'신부 집 자식들이에요. 아버지가 마구간에서 목이 잘렸어요. 며칠 전에요.' 이러지 뭐요.

눈물이 핑 돌면서 땅이 연자 맷돌 돌듯이 빙빙 돕디다. 벽에 기대니까 그때서야 멈추더군요.

'애들아, 이리 오렴.' 내가 말했소. '가까이 와.'

그러고는 지갑을 꺼냈소. 지갑에는 터키 돈하고, 그리스 돈이 잔뜩 들어 있었소. 무릎을 꿇고는 돈을 바닥에 다 쏟았소. 그러고는 소리쳤다오.

'자, 다 가지렴! 다 가져! 전부 다 가져!'

애들이 땅바닥에 엎드리더니 돈을 마구 쓸어 담았소.

'다 너희 거다! 다 너희 거야!' 내가 소리쳤소. '전부 다 가져!'

산 물건들도 전부 다 줬소. 바구니까지 전부 다요.

'이것도 다 너희들 거야. 전부 다 가져!'

그리고 있는 건 죄 탈탈 털어 주었소. 마을을 떠나면서, 셔츠를 풀어 성 소피아 성당 수놓은 걸 잡아 떼 갈기갈기 찢어 던져 버리고, 그길로 죽어라 도망쳤다오.

아직도 도망치는 중이오……."

조르바는 벽에 기대더니 나에게 고개를 돌렸다.

"그렇게 구조된 거요." 조르바가 말했다.

"조국으로부터요?"

"그렇소, 조국으로부터." 조르바가 나지막한 목소리로 단호하게 말했다.

그러고는 조금 있다가 말했다.

"조국으로부터 구조되고, 신부로부터 구조되고, 돈으로부터 구조되었소. 나는 많은 걸 없애기 시작했고, 점점 더 많은 걸 없앴소. 그런 식으로 짐을 가볍게 줄였소. 나는 — 이런 걸 뭐라고 해야 하나? — 나를 해방시키기에 이르렀고, 인간이 된 거요."

조르바는 눈을 번뜩이며 그 큰 입을 벌리고는 만족해 하면서 웃어 젖혔다.

그러고는 한동안 침묵하다가 다시 말을 시작했다. 가슴이 벅차서 주체를 할 수가 없었던 것이다.

"한때 이런 말을 하고 돌아다닌 적이 있소. 저놈은 터키 놈, 저놈은 불가리아 놈, 저놈은 그리스 놈. 내가 조국을 위해서 무슨 짓을 했는지 알면 소름이 쫙 끼칠 거요, 대장. 사람들 목을 따고, 마을들을 불지르고, 약탈하고, 여자들을 겁탈하고, 일가족들을 몰살했소. 왜냐고요? 불가리아 사람들이고, 터키 사람들이었기 때문이오. 내 자신한테 욕도 했소. '우라질, 돼지 같은 새끼야! 당장 지옥에 떨어질 놈아, 엿 먹어라, 새끼야.' 요즘은 이놈은 좋은 놈, 저놈은 나쁜 놈, 이런 식으로 말하오. 그리스 사람이든, 불가리아 사람이든, 터키 사람이든 상관없이 말이오. 요즘은 이렇게만 생각하오. 저놈이 좋은 놈인가? 저놈이 나쁜 놈인가? 나이를 먹어 갈수록 — 죽기 바로 직전에 먹을 빵조각을 걸고 맹세하건대 — 좋은 놈인가, 나쁜 놈인가 하는 생각조차도 안 들어요. 좋은 놈이든, 나쁜 놈이든, 그저 그놈이 안쓰럽고, 딴놈들도 다 안쓰럽기만 하오. 요즘은 사람만 봐도 심란해요. 빌어먹을 그게 나하고 뭔 상관이냐 하고 모른 척하려고 해도 잘 안 돼요! 이러지요. 저기 한 놈 있군, 불쌍한 악마 놈이. 저놈도 먹고 마시고, 그 짓을 하고, 벌벌 떨기도 하겠지. 저놈이 어떤 놈이든 말이야. 저놈 안에도 하느님도 들어앉고, 악마도 들어앉았을 거야. 똑같이 말이야. 저놈도 뒈질 거고, 널빤지처럼 땅속에 묻혀 구더기 밥이 되겠지. 똑같이 말이야. 가여운 악마 놈 같으니! 그래, 우리는 다 한 형제야! 다 구더기 밥이지!

그런데 그게 여자면…… 아! 그러면 눈이 멀도록 울고 싶어진다오. 당신은, 두목, 나더러 여자를 너무 좋아한다고 늘 들들 볶지요. 하지만 어찌 안 좋아하고 배긴단 말이오? 젖가슴만 꽉 움켜쥐면 자기가 뭔 짓을 하는지도 모르고 당장 항복해 버리는 힘없는 동물들을……

한번은 불가리아인 마을에 갔었소. 그런데 늙은이 하나가 ― 마을 장로였소 ― 내가 누구인지 알아맞히고는 딴 사람들한테 말하는 바람에 내가 묵고 있던 집이 포위당하고 말았지 뭐요. 발코니로 몰래 빠져나와 지붕에서 지붕으로 건너뛰어 다녔소. 달이 훤히 뜨고부터는 발코니에서 발코니로 고양이처럼 뛰어다녔지요. 그런데 그놈들이 내 그림자를 보고는 지붕으로 기어 올라와서는 총질을 해 대지 뭐요. 그래서 내가 어쨌는지 알아요? 마당으로 훌쩍 뛰어내렸다가, 불가리아 여자가 자고 있는 걸 본 거요. 여자가 잠옷 바람으로 벌떡 일어서더니 나를 보고는 소리를 지르려고 입을 쫙 벌립디다. 그래서 얼른 팔을 내밀면서 속삭였소이다. '자비를 베푸시오! 자비를 베푸시오! 소리 지르지 말아요!' 그리고는 젖가슴을 꽉 움켜쥐었다오. 여자가 얼굴이 허예지면서 반쯤 넘어갑디다.

'들어와요.' 여자가 속삭이더군요. '들어와요, 들키지 않게……'

들어갔더니, 여자가 내 손을 잡았소. '당신 그리스 사람이죠?' 여자가 묻더군요. '맞소. 그리스 사람이오. 나를 배신하지 말아요.' 그러면서 여자 허리를 확 끌어안았소. 여자는 한 마디도 안 했소. 여자와 자는데, 가슴이 쿵쾅거리는 게 정말이지 행복했소. '조르바, 이 개새끼야.' 내가 나한테 말했소. '여기 여자가 있다, 널 위해서, 새끼야. 이게 바로 인정이라는 거다. 여자가 어떤 여자냐고? 불가리아 여자냐? 그리스 여자냐? 파푸아 여자냐? 이 무슨 벼락 맞아 뒈질 소리를 하고 자빠졌냐? 여자는 사람이다. 입도 있고, 젖도 있고, 사랑도 있는 사람이다. 사람을 죽이고 다니는 게 부끄럽지도 않냐? 나가뒈져라! 이 돼지 같은 새끼야!'

그 여자와 정을 통하면서 그렇게 생각했소. 한데 그 미친개 같은 조국이 나를 가만히 내버려 뒀을 것 같소? 불가리아 여자가 내준 옷을 입고, 다음 날 아침 일찍 거길 떴소. 그 여자는 과부였소. 죽은 남편이 입던 옷을 옷장에서 꺼내 주면서 내 무릎을 껴안고 애원하더군요. 제발 돌아와 달라고.

그럼요, 돌아갔지요. 돌아가고말고요, 그날 밤에……. 당연히 애국자로 돌아갔지요 — 한 마리 야수로 말이오. 파라핀 깡통을 들고 돌아가서 마을에 불을 질러 버렸지요. 그 불쌍한 여자도 그때 타 죽었을 거요. 딴 사람들하고 같이요. 그 여자 이름이 루드밀라였다오."

조르바는 한숨을 쉬었다. 그러고는 담배에 불을 붙여 한두 모금 빨고 나서 던져 버렸다.

"내 조국이라고 했소?…… 그 쓰레기 같은 책에 나오는 말을 다 믿어요? 자, 날 믿어야 하오. 조국 같은 게 있는 한은, 인간은 짐승밖에 안 되오. 잔인하기 짝이 없는 짐승이오……. 그렇지만 나는 그 모든 것에서 해방됐소. 감사할 일이지요! 나한테는 다 끝난 일이오! 당신은 어떻소?"

나는 대답하지 않았다. 이 인간이 부러웠다. 이 인간은 육신과 피로 살아 왔다 — 싸우고, 죽이고, 키스하면서 — 내가 혼자서 펜대와 잉크를 통해 배우려고 끙끙대던 그 모든 것들을. 의자에 엉덩이를 붙이고 앉아 고독하게 하나하나 짚어 가며 풀어 보려고 기를 쓰던 그 모든 문제들을, 이 인간은 칼을 차고 산속 그 신선한 공기 속을 누비면서 다 풀어 버렸다.

나는 비참해서 눈을 감았다.

"졸아요, 대장?" 조르바가 짜증을 내며 물었다. "그래, 내가 바보지. 당신 같은 사람을 붙들고 이야기를 하다니!"

조르바는 툴툴거리면서 자리에 누웠다. 이내 코 고는 소리가 들렸다.

밤새 잠을 이룰 수가 없었다. 그날 밤에 우리가 처음 들은 나이팅게일 울음소리가 우리의 고독을 참을 수 없는 슬픔으로 그득 채웠다. 눈물이 뺨을 타고 흘러내렸다.

나는 목이 메었다. 새벽에 일어나 오두막 문지방 너머로 대지와 바다를 바라보았다. 밤사이 세상이 변한 것 같았다. 맞은편 모래사장에 있는 작은 가시덤불이 하루 전만 해도 빛깔이 칙칙하니 볼품이 없었는데, 지금은 자잘한 흰 꽃들로 뒤덮여 있었다. 꽃을 피운 레몬나무와 오렌지나무의 달콤한 향기가 대기를 떠돌았다. 몇 발자국 걸음을 떼었다. 그렇게나 많은, 끊임없이 순환하는 기적은 두 번 다시 못 볼 것 같았다.

뒤에서 불쑥 행복한 외침 소리가 들려왔다. 조르바가 일어나 반은 벌거벗은 채 문으로 뛰쳐나왔다. 그도 이 봄 풍경에 감격했다.

"저게 뭐요?" 조르바가 넋이 나가 말했다. "저기 저 기적 말이오, 대장. 파랗게 움직이는 저거, 저걸 뭐라고 하더라? 바다? 바다 맞아요? 그리고 저 꽃무늬 녹색 앞치마는 또 뭐요? 대지? 대체 어떤 화가가 저걸 그렸답니까? 와, 이런 풍경은 난생 처음 봐요, 대장. 맹세해요!"

조르바의 눈에서 눈물이 주르르 흘렀다.

"조르바!" 내가 소리를 질렀다. "머리가 어떻게 된 거 아닙니까?"

"뭐가 우습다고 웃고 그래요? 이 모든 것 뒤에 마술이 숨어 있는 거 안 보여요, 대장?"

조르바는 문밖으로 뛰쳐나가 덩실덩실 춤을 추고, 기운 좋은 망아지처럼 풀밭을 뒹굴기 시작했다.

해가 떴고, 나는 온기 속으로 손바닥을 내밀었다. 생기가 돌고……가슴이 부풀고…… 영혼이 나무처럼 꽃을 피웠다. 육체와 영혼이 똑같은 재료로 빚어졌다는 것이 저절로 느껴졌다.

조르바가 다시 일어섰다. 머리카락이 흙과 이슬로 범벅이 되어 있었다.

"빨리 와요, 대장!" 조르바가 소리쳤다. "멋지게 쫙 빼입어야지요! 우리 오늘 축복 받았잖소. 조금 있으면 신부도 오고, 마을 사람들도 올 거요. 이렇게 땅에 납작 엎드려 있는 걸 들켰다가는 망신살이 뻗칠 게 뻔해요! 그러니 어서 타이도 매고, 칼라도 세웁시다! 머리통이 없으면 모를까, 버젓이 달려 있으니 모자도 좀 제대로 된 걸로 써 줘요! 세상이 미친 걸 낸들 어쩌겠소!"

우리는 옷을 입었고, 인부들이 도착했으며, 조금 있다가 마을 유지들도 왔다.

"마음 단단히 먹어요, 대장. 오늘은 바보 같은 짓 절대 사절이오! 우리 오늘 쪼다같이 보이면 절대 안 됩니다."

깊은 주머니들이 달린 꾀죄죄한 신부복을 입은 스테파노스 신부가 앞으로 걸어 나왔다. 스테파노스 신부는 축성식 때나 장례식, 결혼식, 세례식 때 사람들이 무얼 주든지 다 받아서 그 지옥같이 깊은 주머니에 집어넣었다. 건포도, 롤빵, 치즈 파이, 오이, 고기, 식후에 먹는 단것이고 뭐고 전부 다……. 그랬다가 밤이 되면, 늙은 아내 파파디아가 돋보기를 쓰고는 주머니에서 몽땅 꺼내 놓고, 이것저것 조금씩 계속 뜯어 먹어 보면서 종류별로 나누었다.

마을 원로들이 스테파노스 신부 뒤를 따랐다. 카니아까지 가서 게오르기오스 왕자도 직접 봤다면서 세상을 좀 안다고 자부하는 카페주인 콘도마놀리오, 소매통이 넓고 눈이 뱅뱅 돌 정도로 새하얀 셔츠를 입고는 조용히 웃음 짓고 있는 아나그노스티 영감, 근엄하고 엄숙한 표정을 하고 지팡이를 들고 있는 교장 선생, 그리고 마지막으로 느릿느릿 무거운 발걸음을 옮기는 마브란도니 영감. 마브란도니 영감은 검은 머릿수건을 쓰고, 검은 셔츠를 입고, 검은 신을 신고 있었다. 영감은 어정쩡하게 우리에게 아는 척을 했다. 몹시 슬퍼 보이고, 초연한 듯 보였다. 영감은 일행에서 멀찍이 떨어져 바다를 등지고 섰다.

"우리 주 예수 그리스도의 이름으로!" 조르바가 엄숙한 목소리로 말했다. 조르바가 행렬 맨 앞에서 걸어가고, 다들 경건하게 자기 성찰을 하며 그를 따라갔다.

이들 농민들의 가슴에 백 년 묵은 마술적인 의식의 추억들이 되살아났다. 농부들은 신부가 눈에 보이지 않는 세력과 마주해 기도문을 외워 악령을 몰아내기를 기대라도 하는 듯이 신부에게 시선을 고정했다. 수천 년 전에는 마법사가 팔을 쳐들어 허공에 성수를 뿌리면서 신비하고 전능한 주문을 외우면, 물과 대지와 공기에서 인간을 돕는 선한 영이 나오고, 악마는 물러갔다.

우리는 케이블 선이 지나갈 첫 번째 철탑을 세우려고 바닷가에 파놓은 구멍이 있는 곳으로 갔다. 인부들이 거대한 소나무 기둥을 들어 올려 구멍에 넣고는 똑바로 세웠다. 스테파노스 신부가 영대를 걸치고 향로를 들고는 소나무 기둥을 계속 노려보면서 기도문을 읊조리며 액막이를 하기 시작했다. "반석 위에 서서, 비바람에도 흔들리지 않게 하소서. 아멘."

"아멘!" 조르바가 성호를 그으며 우레 같은 소리를 냈다.

"아멘!" 원로들이 중얼거렸다.

"아멘!" 마지막으로 인부들이 말했다.

"하느님께서 그대들의 일과 그대들에게 아브라함과 이삭의 부를 내려 주시기를!" 마을 신부가 축원을 계속하자, 조르바가 백 드라크마짜리 지폐 한 장을 신부 손 안에 쑤셔 넣어 주었다.

"나의 축복이 그대에게 임하리라!" 신부가 반색을 하면서 말했다.

우리는 다 같이 오두막으로 돌아왔다. 조르바는 사람들 모두에게 포도주와 사순절 오르되브르 — 낙지 구이, 오징어 튀김, 콩자반, 올리브 — 를 대접했다. 참관인들은 음식을 엄청 먹어 치우고 나서 집으로 돌아갔다. 마술적인 행사도 끝이 났다.

"무사히 끝났소이다." 조르바가 손을 비비면서 말했다.

그는 옷을 벗고, 작업복으로 갈아입고는 곡괭이를 집어 들었다.

"가자!" 조르바가 인부들에게 말했다. "성호를 긋고, 일 시작해!"

그는 그날 남은 시간 내내 허리 한 번 펴지 않았다.

인부들은 십오 미터마다 구멍을 하나씩 파고 기둥을 세웠다. 이런 식으로 해서 야산 꼭대기까지 일직선으로 기둥을 세워 나갔다. 조르바는 재고, 계산하고, 명령했다. 하루 종일 먹지도, 피우지도, 쉬지도 않았다. 완전히 일에 몰입했다.

"이게 다 일을 하다 말아서 생긴 일입니다." 조르바가 자주 하는 말이었다. "말도 하다 말고, 사람도 착해지다 마니까 세상이 요 모양 요 꼴이 된 거요. 일을 하려면 똑 부러지게 해야 하오! 반드시 말이오! 못을 하나 박더라도 제대로 잘 박아야만 일을 완전하게 끝낼 수가 있소! 하느님도 똑 부러지는 악마보다 덜 떨어진 악마를 열 배는 더 싫어하오!"

그날 저녁, 조르바는 일을 마치고 돌아와 모래사장에 쭉 뻗어 버렸다.

"여기서 잘 거요." 그가 말했다. "새벽이 되기를 기다렸다가 다시 일할 거요. 이제부터 야간조도 투입할 거요."

"왜 그리 서두르는 겁니까, 조르바?"

조르바는 잠시 머뭇거렸다.

"왜냐고요? 그래요, 내가 경사를 제대로 짚었는지 아닌지 빨리 알고 싶소. 만약에 잘못 짚었다면 우린 볼 장 다 본 거요. 모르겠소, 대장? 어차피 박살 날 거, 빨리 알게 될수록 낫다 이거요."

조르바는 허겁지겁 눈 깜짝 할 사이에 싹 먹어 치웠다. 이어서 코고는 소리가 해변에 메아리쳤다. 나는 오랫동안 깨어 있으면서 하늘을 가로지르는 별들을 관찰했다. 하늘 전체가 위치를 바꾸는 게 보였다 — 그리고 내 머리도 천문대 돔처럼 별자리를 따라 위치를 바꾸었다. "마치 별들과 함께 도는 것처럼, 별들의 움직임을 관찰하라……" 마르쿠스 아우렐리우스가 한 이 말이 내 가슴을 조화로움으로 그득히 채웠다.

21

부활절이었다. 조르바는 벌써 다 차려입고 있었다. 마케도니아에
사는 여자 친구 하나가 짜 주었다는 두꺼운 가지색 털양말을 신고 있
었다. 그러고는 안달이 나서 우리 해변 근처 작은 언덕을 오르락내리
락했다. 짙은 눈썹 위에 손을 얹어 햇볕을 가리고는 마을길을 살폈다.

"늦네, 이 물개가. 늦어, 이 거지발싸개 같은 것이. 늦고 지랄이야,
이 찢어진 헌 깃발 같은 년이!"

고치에서 갓 빠져나온 나비 한 마리가 날아올라 조르바의 콧수염
에 내려앉으려고 애를 쓰다가 그를 간질였다. 그러다 조르바가 콧바
람을 불자, 조용히 날아가 햇살 속으로 사라졌다.

우리는 그날 다 같이 부활절을 축하하려고 오르탕스 부인을 기다리
고 있었다. 석쇠에 어린 양 고기도 구워 놓고, 모래사장에 흰 천도 깔
아 놓고, 달걀에 색칠도 해 놓았다. 반은 재미 삼아, 반은 진지한 마음
으로 오르탕스 부인을 위해 성대한 피로연을 열기로 마음먹은 것이
다. 이 뚝 떨어진 해변에서 볼품없고, 향수 냄새 팍팍 풍기고, 살짝 맛

이 간 세이렌은 늘 요상한 매력으로 우리를 길들였다. 오르탕스 부인이 없으면 우리는 뭔가가 — 오드콜로뉴 같은 향취, 오리처럼 뒤뚱거리는 걸음걸이, 약간 쉰 목소리, 흐릿하고 신랄한 눈이 — 그리웠다.

그래서 도금양과 월계수 가지를 잘라 개선식 아치를 만들어 오르탕스 부인이 그 밑으로 지나오도록 해 두었다. 그리고 아치에는 깃발 네 개 — 영국, 프랑스, 이탈리아, 러시아 — 를 꽂고, 푸른 줄무늬가 있는 긴 흰색 시트를 아치 한가운데 가장 높은 곳에서 아래로 늘어뜨려 놓았다. 우리는 제독이 아니어서 대포가 없는 관계로 권총 두 자루를 빌려 작은 언덕 위에서 기다리고 있다가, 우리의 물개가 길을 따라 구르듯 달려오는 게 보이는 즉시 예포를 쏘기로 했다. 이 고독한 해안에 오르탕스 부인의 찬란한 과거를 재연해, 그 가엾은 사람도 일시적인 환영을 즐기면서, 실크 스타킹에, 에나멜 가죽 궁전 구두를 신고, 루비 빛 입술에 가슴이 탱탱한 아가씨로 다시 한번 돌아가기를 바랐다. 그 기적이 우리의 젊음과 기쁨을 다시 불타오르게 해 주지 못한다면, 파리를 활보하던 늙은 창녀가 다시 한번 스물한 살로 돌아간 기분을 느끼게 해 주지 못한다면, 예수가 부활한들 무슨 소용이겠는가?

"늦네, 이 물개가. 늦어, 이 거지발싸개 같은 것이. 늦고 지랄이야, 이 찢어진 헌 깃발 같은 년이!" 조르바가 자꾸 질질 흘러내리는 양말을 끌어올리면서 일 분에 한 번씩 툴툴거렸다.

"조르바, 이리 와서 앉아요! 그늘로 와서 담배나 한 대 피워요. 조금 있으면 오실 겁니다!"

조르바는 마지막으로 한 번 더 마을길을 내려다보고는 밑으로 내려와 캐러브나무 그늘에 앉았다. 정오가 다 되어 갈 때라 볕이 뜨거왔다. 멀리서 기운차고 명랑한 부활절 종소리가 들려왔다. 이따금씩 크레타 리라(비올라 다 브라키오의 한 가지로, 현이 세 개이고, 활에 방울이 세 개 달려 있음. 베네치아의 영향을 받음) 소리가 바람에 실려 왔다. 온 마을이 봄철 벌통처럼 생명력으로 붕붕거리고 있었다.

조르바가 고개를 절레절레 저었다.

"다 글렀소이다. 부활절만 되면 예수와 동시에 영혼이 붕 뜨는 기분이었는데, 이젠 다 글렀소! 이제는 몸만 다시 살아나요? 누가 우리한테 한 입, 두 입, 세 입 계속 떠먹이면서 이러거든요. '요만큼만 먹어 봐요. 한 입만 더 먹어 봐요……' 그래요, 그러면 맛있는 음식이 뱃속에 산더미처럼 쌓이지요. 다 똥으로 나가지도 못 할 만큼 말이오. 그러면 어느 것은 그대로 남고, 어느 것은 구원 받아서 재미있는 유머가 되고, 춤이 되고, 노래가 되고, 입씨름도 되는 거요 — 나는 부활이 그런 거라고 봐요."

조르바는 일어서서 지평선을 바라보더니 인상을 썼다.

"웬 꼬마 녀석이 이쪽으로 뛰어오는데요." 조르바는 그렇게 말하고는 급히 아이에게 달려갔다. 아이는 까치발을 하고는 조르바 귀에 대고 뭐라고 속삭였다. 조르바는 화가 나서 한 발짝 뒤로 물러섰다.

"아프다고?" 조르바가 소리쳤다. "아프다고? 썩 꺼져! 안 그러면 한 대 맞을 줄 알아!" 그러고 나서 나에게 달려왔다.

"대장, 그 물개한테 무슨 일이 생겼는지 빨리 가 봐야겠소……. 잠깐이면 되오……. 빨간 달걀 두 개만 줘요, 둘이 같이 깨게. 갔다 올게요."

조르바는 주머니에 달걀 두 개를 넣고, 양말을 끌어올리고는 가 버렸다.

나는 작은 언덕에서 내려와 서늘한 자갈밭에 드러누웠다. 산들바람이 산들산들 불고, 바다는 잔잔히 일렁였다. 갈매기 두 마리가 작은 파도에 몸을 싣고 오르락내리락하면서 목털을 부풀린 채 관능적으로 물의 진동을 즐기고 있었다.

갈매기들이 배 밑에 닿는 서늘한 물에서 느낄 즐거움이 어떨지 쉬 상상이 갔다. 갈매기들을 지켜보면서 생각했다. '저렇게 사는 거다. 절대 리듬을 찾아내, 절대적인 믿음을 갖고, 그 리듬을 타는 거다.'

한 시간 후에, 조르바가 흡족한 마음으로 콧수염을 쓰다듬으면서 돌아왔다.

"고 가여운 것이 감기에 걸렸지 뭐요. 별일 아니오. 요 며칠 — 알고 보니 성 주간 내내 — 자정 미사에 나갔더라고요. 프랑코(동부 지중해 연안 사람들이 유럽인들을 부르는 말)인데도 말이오. 날 위해서 갔대요. 그러느라고 감기까지 걸렸지 뭐요. 그래서 부항 좀 떠 주고, 등잔에서 기름 좀 빼서 몸에 문질러 주고, 럼 한잔 먹이고 왔소. 내일 되면 다시 쌩쌩해질 거요. 거참, 그 늙은 암양이 사람 웃길 줄 안다니까요! 마사지를 해 주는 내내 어찌나 비둘기 소리를 내던지 — 좋아 죽겠더라고요! 당신도 한번 들어 봤어야 하는데."

우리는 자리에 앉아 먹었다. 조르바가 잔을 채웠다.

"암양의 건강을 위하여! 귀신이 오래도록 잡아갈 엄두도 못 내기를!"

우리는 묵묵히 먹고 마셨다. 멀리서 벌떼가 붕붕거리는 소리 같은 리라의 열정적인 가락이 바람에 실려 왔다. 마을 광장들에서 예수가 또 부활하고 있었다. 부활절 어린 양 고기와 부활절 케이크가 사랑 노래로 변하고 있었다.

거하게 먹고, 거나하게 마신 조르바가 한 손을 털북숭이 귀에 갖다 댔다.

"리라……" 조르바가 중얼거렸다. "마을에서 춤을 추네."

그러고는 벌떡 일어섰다. 술이 머리 끝까지 오른 것이다.

"우리만 한 쌍의 뻐꾸기처럼 여기 뚝 떨어져서 뭐 하고 있는 거죠? 가서 춤춥시다! 우리가 먹어 치운 어린 양한테 미안한 생각도 안 드오? 고놈이 쉬익 하고 그냥 꺼져 버리게 둘 거요? 아무거로도 못 변하고? 갑시다! 고놈을 노래와 춤으로 바꿔 줍시다! 조르바가 다시 태어났도다!"

"잠깐만요, 조르바, 바보같이 왜 이래요? 미쳤어요?"

"솔직히, 대장, 그런 건 아무래도 상관없소! 그냥 양고기들한테 미안하고, 빨간 달걀들한테 미안하고, 부활절 케이크들한테도 미안하고, 크림치즈들한테 미안해서 그래요! 빵하고 올리브나 먹었다면 이랬을 거요. '잠이나 잡시다. 축하는 무슨 축하? 그깟 부활절이 뭐라고!' 올리브하고 빵은 솔직히 아무것도 아니잖소. 안 그래요? 그게 뭐가 맛있다고? 하지만 귀한 음식을 그런 식으로 낭비하면 죄 받는다, 이 말이오! 자, 어서 부활절을 축하합시다, 대장!"

"오늘은 그럴 기분이 아니에요. 당신이나 가요 — 가서 내 몫까지 춰요."

조르바가 내 팔을 잡아당겼다.

"예수가 다시 태어났소이다, 친구! 오! 내가 당신처럼 젊다면! 앞뒤 재지 않고 덤벼들 텐데! 일에, 포도주에, 사랑에 — 모든 것에. 하느님도 악마도 두려워하지 않고! 그러라고 젊음이 있는 건데!"

"지금 양고기가 말하는 거요, 조르바! 양고기가 당신 속에서 늑대로 변했어요!"

"양고기가 조르바로 변한 것뿐이오. 그리고 그 조르바가 당신한테 말하고 있는 거요! 들어 보고 나서 욕을 하든지 해요! 나는 뱃사람 신드바드요……. 그렇다고 세상을 다 돌아다녔다는 건 아니오. 세상을 다 돌기는, 개뿔! 그렇지만 강도질도 하고, 사람도 죽이고, 거짓말도 하고, 계집들하고 숱하게 자고, 계명이란 계명은 죄다 어긴 사람이오. 계명이 몇 개요? 열 개? 왜 스무 개, 쉰 개, 백 개는 아니랍디까? 내가 죄 다 어겨 버릴까 봐 걱정 돼서요? 아직도 하느님이 있다면, 때가 돼서 내가 하느님 앞에 가더라도 떨지 않을 거요. 뭐라고 말을 해야 알아들을지 모르겠소. 나는 그런 건 하나도 중요하지 않다고 생각하오. 모르겠소? 하느님이 지렁이들을 깔고 앉아서, 지상에서 무슨 잘못을 저질렀는지 죄 다 불라고 다그칠 것 같소? 그리고 이웃 암지렁이하고 붙어먹거나, 성 금요일에 고기 한 입 먹었다고, 펄펄 뛰면서 화를 내고, 안달복달을 할 것 같소, 하느님이? 쯧다같이? 나 참, 어이가 없어서! 고깃국 마시는 신부 놈들 정도는 벌 같은 거 안 받아요! 어이구!"

"그래요, 조르바." 나는 조르바를 더 열 받게 하려고 말했다. "뭘 먹었는지는 물어보지 않겠지요. 하지만 뭘 했는지는 물어볼 겁니다. 확실해요."

"그런 것도 안 물어본다니까 그러시네! 이렇게 묻고 싶을 거요. '그런 걸 당신이 어떻게 알아요, 조르바?' 그냥 알아요! 확실해요! 나한테 아들이 둘 있다고 칩시다. 한 놈은 조용하고, 조심성 많고, 예의도 바르고, 경건하기까지 한 놈이고, 또 한 놈은 개망나니고, 욕심 많고, 법이고 나발이고 관심도 없고, 계집 꽁무니나 졸졸 따라다니는 놈이라고 쳐요. 나는 두 번째 놈한테 정이 갈 거요. 아무래도 날 닮아서 그렇겠죠? 하지만 나보다도 평생을 무릎이나 꿇으면서 푼돈이나 긁어모으는 스테파노스 신부가 하느님을 더 많이 닮았다고 말할 수 있소?

하느님은 신나게 즐겨요. 죽이고, 부정한 짓도 저지르고, 계집하고 재미도 보고, 일도 하고, 돼먹지도 않은 일들을 좋아하면서요. 꼭 나처럼 말이오. 하느님은 먹어서 기쁜 걸 먹어요. 직접 고른 계집을 취하지요. 사랑스러운 계집이 지나간다고 칩시다. 깨끗한 물같이 싱싱한 계집이요. 당신은 심장이 펄쩍 뛸 거요. 그런데 갑자기 땅이 쩍 갈라지면서 계집이 뿅 하고 사라지는 겁니다. 어, 어디 갔지? 누가 잡아갔나? 그게 괜찮은 계집이라면 다들 이러지요. '하느님이 데려가셨어.' 그게 못된 계집이라면 이러고요. '귀신이 잡아갔어.' 그런데요, 대장, 전에도 말했지만, 또 말하겠소. 하느님하고 악마는 같은 놈이오. 그놈이 그놈이라고요!"

조르바는 지팡이를 짚고, 모자를 삐딱하게 쓰고는 잘난 척을 하면서, 너도 참 안됐다는 듯이 나를 바라보며 뭔가 꼭 하고 싶은 말이 있는 것처럼 입을 씰룩거렸다. 하지만 아무 말도 하지 않고, 으스대면서 마을을 향해 떠났다.

저녁 빛 속에 조르바의 거대한 그림자와 흔들리는 지팡이가 보였다. 조르바가 지나가면서 해변 전체가 되살아났다. 나는 얼마 동안 귀를 기울인 채, 점점 멀어져 가는 조르바의 발걸음 소리를 식별했다. 문득 완전히 나 혼자라는 생각이 들었고, 그런 생각이 들자마자 벌떡 일어섰다. 왜? 어디 가려고? 나도 몰랐다. 딱히 마음먹은 게 없었다. 풀쩍 뛰어오른 것은 내 몸이었다. 나하고 상의도 하지 않고 내 몸 혼자 결정을 내린 것이다.

"가! 앞으로 가!" 몸이 명령했다.

나는 여기저기서 걸음을 멈추고, 봄의 깊은 숨결을 만끽하면서 단호하고 빠른 걸음으로 마을을 향해 걸었다. 대지에서 카밀레 향이 났다. 밭 가까이 이르자, 나는 레몬나무, 오렌지나무, 월계수의 꽃향기, 그 몇 겹의 파도 속으로 달려 들어갔다. 서쪽 하늘에서 저녁별이 홍겹게 춤을 추기 시작했다.

"바다, 여자, 포도주, 힘든 일!" 걸어가면서 내 말 대신 조르바의 말을 중얼거렸다. "바다, 여자, 포도주, 힘든 일! 앞뒤 재지 말고 덤벼드는 거야! 일에, 포도주에, 사랑에, 하느님도 악마도 두려워하지 말고…… 젊음은 그러라고 있는 거니까!" 내 자신에게 용기를 주기라도 하듯, 이 말을 계속 되뇌면서 걸었다.

그러다 문득 걸음을 멈췄다. 마치 목적지에 다 온 것 같았다. 어디지? 난 주위를 둘러보았다. 딱 과부네 정원 앞이었다. 갈대 울타리와 가시배나무 뒤에서 누군가가 부드럽게 흥얼거리는 소리가 들려왔다. 여자 목소리였다. 가까이 가서 갈대를 헤집었다. 오렌지나무 밑에 검은 옷을 입은, 가슴이 어마어마하게 부푼 여자가 있었다. 여자는 꽃가지들을 자르면서 노래를 흥얼거리고 있었다. 저녁 어스름 속에 반쯤 벌거벗은 흰 유방이 보였다.

난 움찔했다. '저 여자는 야수다. 그리고 저 여자는 자기가 야수라는 걸 알고 있다. 저 여자에게 사내들이란 얼마나 불쌍하고, 하찮고, 우습고, 힘없는 동물이란 말인가! 여자는 몇몇 암컷 곤충이 그렇듯이 — 사마귀가 그렇고, 메뚜기, 거미가 그렇듯이 — 통통하고, 탐욕스러우며, 새벽이면 수컷들을 먹어 치워야 한다.'

내가 보고 있는 걸 눈치챈 걸까? 여자가 갑자기 노래를 뚝 그치고, 뒤를 돌아보았다. 서로 눈이 마주쳤다. 갈대 뒤에 암컷 호랑이라도 있는 것처럼, 내 두 다리에서 힘이 쭉 빠져나갔다.

"누구세요?" 목소리를 억누르면서 여자가 물었다. 그러면서 목도리를 잡아당겨 가슴을 가렸다. 여자는 안색이 어두워졌다.

떠나야 할 순간이었다. 그런데 문득 조르바가 한 말이 가슴 가득히 밀려들었다. 난 기운을 냈다. "바다, 여자, 포도주……."

"접니다." 내가 대답했다. "저예요. 좀 들어갑시다."

난 완전히 공포에 사로잡힌 채 가까스로 이런 말을 꺼내면서 또 도망치고 싶어졌다. 부끄러워 죽을 지경이었지만, 내 자신을 타일렀다.

"저라니요, 누구 말인가요?"

여자가 조심스럽게 살며시 한 발짝 앞으로 오더니 내 쪽으로 몸을 숙였다. 누구인지 좀 더 자세히 보려고 실눈을 뜨고 경계를 하면서 머리를 앞으로 내밀고 한 발짝 더 앞으로 나왔다.

갑자기 여자 얼굴이 환해졌다. 그러더니 혀끝을 내밀고는 입맛을 다셨다.

"사장님!" 여자가 한결 더 부드러운 목소리로 말했다.

그러고는 확 덤벼들 듯이 몸을 숙인 채 또 한 발짝 앞으로 걸어 나왔다.

"사장님 맞죠?" 여자가 묘하게 쉰 목소리로 물었다.

"네."

"들어오세요!"

날이 새고 있었다. 조르바가 어느새 돌아와 해변 오두막 앞에 앉아 있었다. 그는 바다를 바라보면서 담배를 피우고 있었다. 나를 기다리고 있는 것 같았다.

조르바는 내가 나타나자마자, 고개를 들어 나를 뚫어지게 쳐다보았다. 그러면서 그레이하운드처럼 콧구멍을 벌름거렸다. 목을 쭉 빼고 오래도록 킁킁거리면서…… 나한테서 나는 냄새를 맡았다. 그러더니 일순 기쁨으로 얼굴이 환해졌다. 과부 냄새를 맡은 것이다.

조르바는 진심으로 웃음을 지으면서 천천히 일어나 나에게 두 팔을 뻗었다.

"나의 축복을 받으시오!" 조르바가 말했다.

나는 자리에 들어 눈을 감았다. 바다가 조용하고 고르게 숨 쉬는 소리가 들려왔다. 내 자신이 갈매기처럼 올라갔다 내려갔다 하는 기분이었다. 그렇게 기분 좋게 흔들리다 잠이 들었고, 꿈을 꾸었다. 이야기하자면, 나는 땅바닥에 웅크리고 있는 거인을, 흑인 여자를 보았다. 거대한 화강암으로 지은 사원 같은, 거인 같은 여자가 나를 보았다. 나는 입구를 찾아내려고 혈안이 되어 여자 주위를 빙빙 돌았다. 나는 고작 여자 발가락 하나만 했다. 여자의 뒤꿈치 주위를 돌고 있는데, 문득 동굴보다 더 어두운 동굴이 열리는 게 보였다. 큰 목소리가 명령했다. "들어가!"

나는 들어갔다.

한낮이 다 돼서 일어났다. 햇살이 침대 시트를 흠뻑 적시며 창문으로 쏟아져 들어왔다. 벽에 걸린 작은 거울을 산산조각 내려는 듯이 거울을 세차게 두드리며 쏟아져 내리고 있었다.

꿈에 나타났던 거대한 흑인 여자가 다시 마음에 나타나고, 바다 소리가 들려왔으며, 나는 다시 눈을 감고 행복에 젖었다. 사냥을 마친 후, 먹이를 먹고 태양 아래 배를 깔고 누워 입술을 핥는 야수처럼 나의 육체는 개운하고 만족스러웠다. 마음도 몸이 그렇듯이 만족스러워하며 느긋하게 쉬고 있었다. 오랫동안 골치를 썩이던 중요하고 복잡한 문제들을 놀라우리만치 간단하게 풀어 버린 느낌이었다.

전날 밤에 느낀 환희가 존재의 가장 깊은 심연에서 다시 흘러넘쳐, 새로 난 물길들로 스며들면서 육체라고 하는 대지에 물을 넉넉히 대주는 것 같았다. 눈을 감고 누워 있노라니, 내 존재가 스스로 껍데기를 깨고 자라는 소리가 들리는 듯했다. 그날 밤, 처음으로, 영혼도 육신이라는 것을, 좀 더 변덕스럽고, 어렴풋하고, 자유로울지는 몰라도 똑같은 육신이라는 것을 확실하게 느꼈다. 그리고 육신은 영혼이라는 것, 어쩌면 부풀려진 것일지도 모르는, 긴 여정에 지치고, 물려받은 정신적인 짐을 이고 다니는, 고개 숙인 영혼이라는 것을 느꼈다.

그림자가 지는 것을 느끼고 눈을 떴다. 조르바가 문간에 서서 나를 흐뭇하게 바라보고 있었다.

"일어나지 말아요, 일어나지 마, 친구!" 조르바가 어머니라도 되는 듯 나를 배려하면서 다정하게 말했다. "오늘도 노는 날이오. 푹 자요!"

"다 잤습니다." 내가 일어나 앉으며 말했다.

"달걀 하나 까 주리다." 조르바가 빙긋이 웃으면서 말했다. "힘이 날 거요!"

나는 대답하지 않고, 바다로 달려가 물에 첨벙 뛰어들었다가 나와 햇볕에 몸을 말렸다. 하지만 콧구멍과 입술과 손가락에서 아직도 지워지지 않고 남아 있는 향긋한 냄새를 느낄 수 있었다. 크레타 여자들이 머리를 손질할 때 쓰는 오렌지 꽃물과 월계수 기름 냄새였다. 여자는 저녁에 마을 사람들이 광장의 흰 포플러나무 아래에서 춤추고 노느라고 교회가 비어 있는 틈을 타서, 교회에 들어가 예수에게 바치려고 전날 밤에 오렌지 꽃을 한 아름 꺾어 두었다. 침대 머리맡에 있는 성상을 모시는 단에 레몬 꽃이 가득 놓여 있고, 레몬 꽃잎 사이로, 비탄에 잠긴, 아몬드같이 큰 눈의 성모가 보였다.

조르바가 컵에 담긴 달걀과 오렌지 두 개, 부활절 롤빵을 들고 해변으로 내려왔다. 그러고는 어머니가 전장에서 돌아온 아들을 대하듯, 말없이 행복해하면서 나를 보살폈다. 조르바는 애정 어린 눈길로 나를 바라보다가 자리를 뜨면서 말했다.

"철탑이나 몇 개 더 세워야겠소."

나는 햇볕을 고스란히 받으면서 가만히 음식을 씹으며 시원한 초록빛 바닷물에 둥둥 떠 있는 듯한, 심원한 육체의 행복을 느꼈다. 나는 정신이 육체의 환희를 지배해, 그것으로 자기 틀에 맞는 생각들을 찍어 내게 내버려 두지 않았다. 한 마리 동물처럼 머리끝에서부터 발끝까지 내 온몸이 기뻐하게 놔두었다. 그렇지만 이 인생의 기적에 황홀해하면서도 이따금씩 내 주위와 내 안을 응시했다. 그러면서 되물었다. '무슨 일이 일어나고 있는 거지? 어쩌면 세상이 이렇게 우리

발과 손과 배와 딱 들어맞을 수가 있는 거지?' 그러고는 또 다시 눈을 감고 가만히 있었다.

그러다 벌떡 일어나 오두막으로 들어갔다. 부처에 관한 원고를 꺼내 펼쳤다. 다 써 놓은 상태였다. 마지막에, 부처가 꽃핀 나무 아래 누워 있었다. 부처는 손을 들어 그 자신을 구성하고 있는 다섯 가지 요소들 ─ 땅, 물, 불, 공기, 정신 ─ 에게 떠나라고 명령했다.

나를 고통스럽게 하던 이 환영은 더 이상 필요 없었다. 나는 이미 그것을 뛰어넘었으며, 부처와 함께 나의 싸움도 끝났다 ─ 나도 손을 들어 부처에게 내 안에서 떠나라고 명령했다.

급히 주문의 힘을 빌려, 악령을 쫓아내는 그 엄청난 힘으로 부처의 몸과 마음과 정신을 혼비백산하게 만들었다. 그런 다음 원고에 거침없이 마지막 구절을 휘갈기고는, 세상이 떠나갈 듯이 고함을 지르고 나서, 큼지막한 붉은색 연필로 내 이름을 적었다. 원고를 끝낸 것이다.

나는 두꺼운 노끈을 가져와 원고를 묶었다. 내가 가공할 적의 팔다리를 꽁꽁 묶고 있는 것 같은 묘한 쾌감, 혹은 야만인들이 사랑하는 이가 죽었을 때, 무덤에서 기어 나와 귀신이 되지 못하도록 사랑하는 이의 시신을 꽁꽁 묶으면서 느꼈을 법한 묘한 쾌감을 느꼈다.

느닷없이 어린 여자아이 하나가 맨발로 나에게 달려왔다. 노란 옷을 입고 빨간 달걀을 꼭 쥐고 있었다. 아이가 걸음을 멈추고는 겁을 잔뜩 집어먹은 얼굴로 나를 쳐다보았다.

"그래, 무슨 일로 왔니?" 아이에게 용기를 주려고 빙그레 웃으면서 물었다.

아이는 코를 홀쩍이며 헉헉거리면서 말했다.

"아줌마가 오시래요. 아프대요. 조르바 아저씨 맞죠?"

"알았다. 곧 가마."

나는 비어 있는 고 작은 손에 빨간 달걀 하나를 쥐어 주었고, 아이는 마을로 내뺐다.

일어나 길을 나섰다. 마을에서 나는 시끌벅적한 소리가 점점 커졌다. 감미로운 리라 소리, 외치는 소리들, 총소리들, 환희의 노래들이었다. 광장에 도착해 보니 청춘 남녀들이 새잎이 무성한 포플러나무들 아래에 모여 춤을 출 참이었다. 늙은 사내들은 나무들 주위에 있는 벤치에 앉아, 지팡이에 턱을 괴고는 젊은이들을 지켜보고 있었다. 늙은 여자들은 뒤에 서 있었다. 리라 연주 솜씨가 좋은 파누리오가 사월의 장미를 귀에 꽂고는, 춤을 추는 젊은이들 한복판에서 잔뜩 폼을 잡고 있었다. 파누리오는 왼손으로는 무릎에 세운 리라를 붙잡고, 오른손으로는 활을 움직이면서 손마디에 달린 종으로 장단을 맞추었다.

"예수가 다시 태어나셨습니다!" 내가 지나가면서 소리쳤다.

"그럼요, 다시 태어나고말고요!" 다들 기뻐하는 목소리로 나지막이 대답했다.

주위를 둘러보았다. 건장한 청년들이 늘씬한 허리에 통이 넓은 바지를 입고, 이마와 관자놀이까지 내려오는 동글동글한 곱슬머리 같은 술 장식이 달린 머릿수건을 쓰고 있었다. 그리고 아가씨들은 금화를 주렁주렁 달아 놓은 것 같은 장신구를 목에 걸고, 수를 놓은 삼각숄을 두르고는 눈을 내리깐 채 기대에 부풀어 떨고 있었다.

"이리 오세요, 선생님." 몇 사람이 말했다.

하지만 내가 이미 지나쳐 버린 다음이었다.

오르탕스 부인은 어디로 이사 가든 꼭 가져갔을 유일한 가구인 큰 침대에 누워 있었다. 뺨에서 열이 나고, 기침까지 했다.

부인은 나를 보자마자 한숨을 쉬고는 불평을 했다.

"조르바는요? 조르바는 왜 안 왔어요?"

"조르바도 몸이 안 좋아요. 부인이 드러눕자마자 앓기 시작하지 뭡니까. 부인 사진을 손에 꼭 쥐고는 부인을 들여다보면서 한숨만 푹푹 쉽니다."

"더 이야기해 줘요…… 더 이야기해 줘요……." 늙은 세이렌은 행복에 겨워 눈을 꼭 감고 중얼거렸다.

"뭐 필요한 건 없는지 알아보고 오랍니다. 오늘 저녁에 갖고 오겠다고요. 몸도 안 좋으면서 말입니다. 더 이상 못 떨어져 있겠대요……."

"계속해 줘요, 계속……."

"아테네에서 전보가 왔습니다. 결혼 예복이 다 됐대요. 화관도요. 배에 실었다니까 곧 올 겁니다…… 흰 초도 보내고, 분홍색 리본도 보내고……."

"계속해 줘요, 계속……."

잠이 이겼다. 숨소리가 달라졌다. 부인이 헛소리를 하기 시작했다. 방에서 오드콜로뉴 냄새와 암모니아 냄새와 땀 냄새가 났다. 마당에서 나는 지독한 토끼똥 냄새와 닭똥 냄새가 열려 있는 창문으로 들어왔다.

나는 살며시 일어나 방을 빠져나왔다. 문 앞에서 미미코와 마주쳤다. 미미코는 새 바지를 입고, 새 구두를 신고, 귓바퀴에 향기로운 바질 잔가지를 꽂고 있었다.

"미미코." 내가 말했다. "칼로 마을로 달려가서 의사 선생님 좀 모시고 오게!"

미미코는 내 말이 끝나기도 전에 구두부터 벗었다. 가는 길에 구두가 망가지는 게 싫어서였다. 그러고는 구두를 겨드랑이에 꼈다.

"의사 선생님을 찾아가서 내가 안부를 전한다고 말하고, 당장 노새를 타고 오시라고 하게. 부인이 위독하다고 해. 기침도 심하고, 열도 펄펄 끓고, 다 죽어 간다고 해. 꼭 그렇게 말하게. 자, 어서 가!"

"갑니다!"

미미코는 두 손에 침을 탁 뱉더니 신나게 비볐다. 하지만 갈 생각을 하지 않았다. 그 대신 음탕하게 씩 웃으면서 나에게 윙크를 했다.

"가! 내 말 안 들려?"

그래도 요지부동이었다. 미미코는 나에게 윙크를 하고는 악마같이 씩 웃었다.

"선생님." 미미코가 말했다. "선물을 갖고 있는데요. 오렌지 꽃물한 병이요."

그러고는 머뭇거렸다. 미미코는 누가 주더냐고 묻기를 기다렸지만, 나는 묻지 않았다.

"누가 줬는지 궁금하지 않아요, 선생?" 미미코가 낄낄거렸다. "좋은 냄새가 나게 머리에 바르래요, 아줌마가요."

"가라니까! 빨리! 그 입 좀 닥치고!"

미미코는 낄낄 웃고는 손바닥에 한 번 더 침을 뱉었다.

"갑니다!" 미미코가 또 한 번 외쳤다. "예수가 다시 태어나셨다!"

그러고는 쌩 하고 사라졌다.

포플러나무들 아래에서 부활절 축제의 춤이 절정에 올라 있었다. 잘생기고, 키 크고, 까무잡잡한, 스무 살쯤 돼 보이는 청년이 춤을 이끌었다. 뺨은 면도기가 뭔지도 모르는 검은 솜털로 뒤덮여 있었다. 청년은 셔츠를 풀어헤쳐 검은 가슴을 호기롭게 드러냈다 — 가슴도 곱슬곱슬한 털로 뒤덮여 있었다. 고개는 뒤로 젖혀져 있고, 두 발은 날개 치듯 계속 땅을 굴러 댔다. 그러다 가끔씩 처녀들에게 추파를 던졌다. 햇볕에 그을린 까만 얼굴에 흰자위만 계속 불량하게 번뜩였다.

나는 그 청년에게 홀리고서 화들짝 놀랐다. 오르탕스 부인 댁에서 오는 길이었다. 여자 한 사람을 불러 오르탕스 부인을 돌보게 하고, 느긋한 마음으로 크레타 춤을 보러 나온 참이었다. 나는 아나그노스티 아저씨 옆에 있는 벤치로 가서 앉았다.

"춤을 이끌고 있는 저 청년은 누굽니까?" 내가 물었다.

아나그노스티 아저씨가 껄껄 웃었다.

"저 녀석이 대천사처럼 자네 마음을 빼앗았나 보군그래." 아나그노스티 아저씨가 감탄을 하면서 말했다. "양치기 시파카스라네. 일년 내내 양떼를 몰고 이 산 저 산 돌아다니다가 부활절이면 내려와서 사람 구경도 하고, 춤도 추지."

아나그노스티 아저씨가 한숨을 내쉬었다.

"아, 내가 저 녀석만큼만 젊다면 얼마나 좋을까!" 아나그노스티 아저씨가 툴툴거렸다. "딱 저 녀석만큼 젊다면! 콘스탄티노플도 단번에 빼앗아 버릴 텐데!"

청년이 머리를 흔들면서 사람 소리가 아닌 발정 난 숫양이 우는 소리로 외쳤다.

"연주해요, 연주해, 파누리오!" 청년이 소리쳤다. "저승길 뱃사공, 카론이 죽어 버릴 때까지 연주해요."

죽음은 삶처럼 매순간 죽으면서 다시 태어나고 있었다. 수천 년 동안, 봄이면 청춘 남녀들이 보드라운 새잎이 무성한 나무들 — 포플러나무, 전나무, 떡갈나무, 플라타너스, 늘씬한 야자나무 — 아래에 모여 춤을 추어 왔으며, 앞으로도 수천 년을 더 욕망에 제정신을 잃은 얼굴로 춤을 출 것이다. 얼굴들은 변하고 문드러져 흙으로 돌아간다. 하지만 다른 얼굴들이 생겨나 그 자리를 메운다. 춤을 추는 자는 오직 한 사람이지만, 그 사람은 얼굴이 천 개나 된다. 그 사람은 늘 스무 살이다. 불사신이다.

청년은 한 손을 쳐들어 있지도 않은 콧수염을 쓰다듬었다.

"연주해요!" 청년이 또 외쳤다. "연주해요, 파누리오. 안 그러면 나 터져 버릴 거예요!"

리라 연주자가 손을 흔들었으며, 리라도 신이 났고, 방울들도 리듬을 타며 딸랑거렸으며, 청년은 사람 키만큼 공중으로 펄쩍 뛰어올라 두 발을 타다닥 세 번 부딪치고는, 구두코로 옆에 있는 마놀라카스 순경이 쓰고 있는 흰 머릿수건을 멋들어지게 벗겨 냈다.

"브라보, 시파카스!" 사람들이 소리쳤다. 아가씨들은 전율하면서 눈을 내리깔았다.

하지만 청년은 말이 없었고, 그 누구도 쳐다보지 않았다. 야성적이고 자제할 줄 아는 청년은 왼손을 늘어뜨린 채, 손바닥을 늘씬하고 탄탄한 허벅지 바깥쪽을 향하게 하고는, 소심하게 눈을 내리깔고 땅바닥만 쳐다보면서 춤을 추었다. 그러다 교회지기 안드룰리오가 광장으로 달려 나오는 바람에 춤이 갑자기 끝나 버렸다.

"과부예요! 과부!" 안드룰리오가 숨을 헐떡거리면서 소리쳤다.

마놀라카스 순경이 춤을 추다 말고, 안드룰리오에게 가장 먼저 달려갔다. 광장에서 교회가 보였다. 교회는 바질과 월계수 나뭇가지로 평화롭게 꾸며져 있었다. 청춘 남녀들은 꼭지가 돌아 춤을 뚝 그쳤고, 늙은 사내들은 자리에서 일어났다. 파누리오는 리라를 무릎에서 내려놓고, 귀에 꽂고 있던 사월의 장미를 뽑아 향기를 맡았다.

"어디, 어디, 안드룰리오?" 사람들이 분노로 뒤끓으며 소리쳤다. "그년 어디 있어?"

"교회요. 방금 교회로 들어갔어요. 레몬 꽃을 이만큼 안고요!"

"그년한테 갑시다!" 순경이 뛰쳐나가면서 외쳤다.

바로 그때 검은 머릿수건을 쓴 과부가 교회 문간에 모습을 드러냈다. 과부가 성호를 그었다.

"쌍년! 창녀! 살인자!" 저마다 외쳤다. "감히 여기가 어디라고 낯짝을 디밀어? 저년 잡아라! 동네를 망신시킨 년이다!"

몇몇은 교회를 향해 달려가는 순경을 따라 달려가고, 다른 사람들은 위에서 과부에게 돌을 던졌다. 돌 하나가 과부 어깨를 맞히자, 그녀는 비명을 지르며 얼굴을 손으로 가리고 앞으로 뛰쳐나갔다. 하지만 청년들이 이미 교회 문 앞에 와 있었고, 마놀라카스는 칼을 들고 있었다.

과부는 겁에 질려 몇 마디 비명을 지르며 뒤로 물러나, 얼굴을 가리려고 몸을 깊이 숙이고는, 교회 안으로 피신하려고 비틀거리면서 되돌아 뛰어갔다. 하지만 어느새 마브란도니 영감이 문지방에 떡 버티고 서 있었다. 영감은 한 팔로 문 양쪽을 막았다.

과부는 왼쪽으로 껑충 뛰어 뜰에 있는 커다란 삼나무에 몸을 밀착시켰다. 돌 하나가 공기를 가르며 휙 날아가 과부의 머리를 맞히고 머릿수건을 찢어 놓았다. 머리카락이 풀어헤쳐져 어깨 위로 흘러내렸다.

"예수 이름으로! 예수 이름으로!" 과부가 삼나무에 몸을 더 바짝 붙이면서 비명을 질렀다. 동네 처녀들은 광장에 일렬로 늘어서서 머릿수건을 잘근잘근 씹으며 이 광경을 열렬히 지켜보고 있었다. 늙은 여자들은 벽에 기대 선 채 소리쳤다. "죽여! 죽여!"

청년 둘이 몸을 날려 과부를 붙잡았다. 검은 블라우스가 찢어져 벌어지면서 대리석같이 빛나는 허연 유방이 드러났다. 정수리에서 이마로, 두 뺨으로, 목으로, 피가 줄줄 흘러내렸다.

"예수 이름으로! 예수 이름으로!" 과부가 헐떡거리면서 말했다.

흐르는 피와 허옇게 빛나는 유방이 청년들을 흥분시켰다. 청년들은 허리띠에서 칼을 뽑았다.

"그만!" 마브란도니 영감이 소리쳤다. "내가 알아서 할 거야!"

아직도 교회 문지방에 서 있는 마브란도니 영감이 한 손을 치켜들었다. 다들 멈췄다.

"마놀라카스." 마브란도니 영감이 낮고 굵은 목소리로 말했다. "네 핏속에서 사촌이 네게 울부짖고 있어. 녀석을 안심시켜 줘."

나는 기어 올라갔던 담에서 훌쩍 뛰어내려 교회를 향해 달렸다. 그러다 돌부리에 걸려 넘어지고 말았다.

마침 시파카스가 지나가던 참이었다. 시파카스는 허리를 굽혀 고양이 목덜미를 잡듯, 내 목덜미를 잡고 나를 일으켜 주었다.

"당신 같은 사람이 나설 자리가 아니에요!" 시파카스가 말했다. "꺼져요!"

"자넨 아무렇지도 않나, 시파카스?" 내가 물었다. "과부가 불쌍하지도 않아? 과부를 불쌍히 여겨 주게!"

야만적인 산지 사람은 내 면전에서 웃어 댔다.

"지금 날 계집 취급 하는 거예요? 동정심을 가지라니! 나는 사내란 말이에요!"

시파카스는 어느새 교회 뜰에 가 있었다.

나는 시파카스를 거의 따라잡았지만 벌써 숨이 넘어갈 지경이었다. 모두 다 과부를 에워싸고 있었다. 깊은 정적이 감돌았다. 헉헉거리는 피해자의 숨소리만 들려왔다.

마놀라카스가 성호를 긋고는 칼을 치켜들고 앞으로 나섰다. 담벼락에 기댄 늙은 여자들이 환호성을 질렀다. 처녀들은 머릿수건을 아래로 당겨 얼굴을 가렸다.

과부는 눈을 들어 머리 위의 칼을 보더니 어린 암소처럼 울부짖었다. 그러고는 삼나무 밑동에 풀썩 주저앉아 고개를 떨어뜨렸다. 머리카락이 땅바닥을 덮고, 파르르 떨고 있는 목이 어스름한 빛 속에서 반짝였다.

"하느님의 정의를!" 마브란도니 영감이 성호를 그으며 소리쳤다.

그런데 바로 그 순간, 우리 뒤에서 커다란 목소리가 들려왔다.

"칼 내려놔, 이 살인자야!"

다들 깜짝 놀라 뒤돌아보았다. 마놀라카스는 고개를 들었다. 분노한 조르바가 두 팔을 흔들면서 마놀라카스 앞에 떡 버티고 서 있었다. 조르바가 소리쳤다.

"창피하지도 않나? 이게 사내새끼들이 할 짓인가? 온 동네 사내새끼들이 떼로 몰려와서 계집 하나를 죽이려고 들다니! 잘 생각해라. 안 그랬다간 크레타 얼굴에 먹칠을 하게 될 거다!"

"조르바, 자네 일이나 해! 남의 일에 참견 말고!" 마브란도니 영감이 으르렁거렸다.

영감은 다시 조카를 돌아보았다.

"마놀라카스." 마브란도니 영감이 말했다. "예수와 성모의 이름으로 찔러!"

마놀라카스가 휙 날아올랐다. 그러고는 과부를 붙잡아 땅바닥에 메치고는 무릎으로 과부 배를 누른 뒤, 배를 겨냥해 칼을 높이 쳐들었다. 그때 조르바가 번개처럼 순경의 팔을 붙잡아, 수건을 둘둘 만

손으로 칼을 뺏으려고 애썼다.

과부는 무릎으로 기어 다니면서 빠져나갈 길을 찾았지만, 가는 곳마다 마을 사람들이 턱턱 막아섰다. 다들 교회 마당에 원을 그리고서 있거나 벤치에 올라서 있었다. 사람들은 과부가 빠져나갈 틈을 찾는 족족이 먼저 우르르 달려가 다시 원을 그려 막았다.

그러는 동안 조르바는 묵묵히 굳세게 싸우고 있었다. 나는 교회 문 가까운 곳에서 덜덜 떨면서 지켜보았다. 마놀라카스의 얼굴이 공포로 새파랗게 질렸다. 시파카스와 또 다른 덩치 하나가 마놀라카스를 도우려고 다가갔다. 그러자 마놀라카스가 성질을 내면서 눈을 부라렸다.

"저리 가! 저리 가! 아무도 오지 마!" 마놀라카스가 악을 썼다.

그러고는 다시 난폭하게 조르바를 공격했다. 그는 성난 황소처럼 머리로 조르바를 들이받았다.

조르바는 말없이 입술을 깨물었다. 그는 순경의 오른팔을 꼼짝 못하게 꽉 조인 채, 박치기 세례를 요리조리 피했다. 화가 나서 돌아 버린 마놀라카스가 앞으로 돌진해, 조르바의 귀를 꽉 깨물고는, 있는 힘을 다해 잡아 찢었다. 피가 솟구쳤다.

"조르바!" 나는 겁에 질려 비명을 지르면서 조르바를 구하려고 뛰쳐나갔다.

"저리 가요, 대장!" 조르바가 소리쳤다. "끼어들지 말아요!"

조르바는 주먹을 꽉 쥐고는 마놀라카스의 복부에 무시무시한 일격을 날렸다. 야수는 곧장 나가떨어졌다. 이가 벌어지면서 반쯤 찢어진 귀를 놓아 주었다. 보라색이던 마놀라카스의 낯빛이 송장같이 하얘졌다. 조르바는 마놀라카스를 땅바닥에 밀어붙인 다음, 칼을 빼앗아 교회 담벼락 너머로 휙 던져 버렸다.

조르바는 귀에서 줄줄 흐르는 피를 손수건으로 틀어막았다. 그러고 나서 땀과 피로 얼룩진 얼굴을 훔쳤다. 그는 벌떡 일어나 주위를 쓱 둘러보았다. 눈이 퉁퉁 부어오르고 벌게져 있었다. 그가 과부에게 소리쳤다.

"일어나요! 나하고 갑시다!"

그러고는 먼저 교회 문 쪽으로 걸음을 옮겼다.

과부는 일어섰다. 앞으로 뛰쳐나가려고 온몸의 힘을 모았다. 하지만 시간이 없었다. 마브란도니 영감이 매처럼 몸을 날려, 과부를 땅바닥에 쓰러뜨리더니, 과부의 길고 검은 머리카락을 팔로 세 번 휘감고는, 단칼에 과부의 목을 따 버렸다.

"이 죄의 책임은 내가 진다!" 마브란도니 영감이 소리쳤다. 그러고는 과부의 목을 교회 문지방으로 집어던졌다. 마브란도니 영감은 성호를 그었다.

조르바는 뒤를 돌아보다가 이 끔찍한 광경을 목격했다. 그는 망연자실해서는 자기 콧수염을 움켜쥐고 뭉텅 뽑아 버렸다. 나는 조르바에게 다가가 팔을 붙잡았다. 조르바는 앞으로 몸을 숙여 나를 바라보았다. 그의 속눈썹에 닭똥 같은 눈물이 맺혀 있었다.

"갑시다, 대장." 조르바가 목이 메어 말했다.

그날 저녁 조르바는 먹지도, 마시지도 않았다. "목구멍이 딱 들러붙었소." 그가 말했다. "아무것도 안 넘어가요." 그러고는 찬물에 귀를 씻은 후 두꺼운 솜을 라키 술에 적셔 붕대로 감쌌다. 조르바는 침대에 앉아 두 손으로 머리를 감싼 채 슬픔에 잠겼다.

나는 벽을 따라 바닥에 길게 엎드려 두 팔에 얼굴을 묻었다. 뜨거운 눈물이 뺨을 타고 천천히 흘러내렸다. 머리가 전혀 돌아가지 않아 아무 생각도 나지 않았다. 나는 슬픔에 복받쳐 우는 아이처럼 꺼이꺼이 울었다.

조르바가 갑자기 고개를 쳐들더니 분통을 터뜨렸다. 그는 야성적인 생각들을 따라 큰 소리로 감정을 토해 내기 시작했다.

"있잖소, 대장, 이 세상에서 일어나는 일은 죄다 부당하고, 부당하고, 부당하오! 나는 절대 거기 끼지 않을 거요! 나, 조르바, 버러지 같은 놈, 집도 절도 없는 놈이지만 말이오! 왜 젊은것은 죽고, 늙은 고물 덩어리들은 살아가는 거요? 왜 어린것이 죽는 거요? 아들놈이 하나 있었는데 — 이름이 디미트리오 — 그놈이 세 살 때 죽었소. 그래요…… 절대로, 절대로 하느님을 용서하지 않을 거요. 알겠소? 내가 죽을 때 하느님이 내 앞에 나타난다면, 그 양반이 진짜 하느님이라면, 부끄러워서 내 앞에서 고개도 못 들 겁니다!"

조르바가 아픈 듯이 얼굴을 찡그렸다. 상처에서 다시 피가 흐르기 시작했다. 그는 비명을 지르지 않으려고 입술을 깨물었다.

"기다려요, 조르바! 갈아 줄게요!"

나는 라키 술로 귀를 한 번 더 씻어 주고 나서, 과부가 준 오렌지 꽃물을 침대에서 가져와 솜을 적셨다.

"오렌지 꽃물이오?" 조르바가 열심히 냄새를 맡으면서 물었다. "오렌지 꽃물이오? 그럼 내 머리도 좀 적셔 주겠소? 그래요, 그렇게 요! 그리고 손도 적셔 줘요. 들이부어요. 그래요, 계속해요!"

조르바는 생기를 되찾았다. 나는 깜짝 놀라 그를 바라보았다.

"과부네 정원에 들어간 기분이군그래." 조르바가 중얼거렸다. 그러더니 다시 상념에 빠졌다.

"얼마나 많은 세월이 걸렸는데!" 조르바가 툴툴거렸다. "대지가 그런 몸을 빚어내느라고 얼마나 오래 공을 들였는데! 그 여자를 보면서 이랬을 거요. '아, 내가 스무 살이고, 세상 사람들은 다 죽어 없어지고, 그 여자만 남아 내 자식들을 낳을 수 있다면! 아니, 자식들이 아니라, 진짜 신이 될 아이들을 낳을 텐데…… 그런데 이게 다 무슨 일이야…….'"

조르바는 풀쩍 뛰어내렸다. 그의 눈에 눈물이 그렁그렁했다.

"더는 못 참겠소, 대장." 조르바가 말했다. "좀 걸어야겠소. 오늘 밤 산을 두세 번 오르락내리락하다 보면 몸도 지치고, 마음도 진정될 거요…… 오! 과부여! 내 그대에게 미롤로그(현대 그리스인들이 부르는 장송곡 혹은 만가)를 불러 주리다!"

조르바는 밖으로 뛰쳐나가 산을 향해 어둠속으로 사라져 버렸다.

나는 불을 끄고 누워, 나만의 가엾기 짝이 없고 비인간적인 방법으로 현실을 재구성하기 시작했다. 과부가 그렇게 죽을 수밖에 없었다는 터무니없는 결론을 내릴 때까지 피와 살과 뼈들을 이리저리 짜 맞추어 관념적으로 만들어 우주의 법칙에 결부시켰다. 그리고 한 술 더 떠, 그러는 게 우주의 조화에 일조하는 일이라는 터무니없는 결론까지 내기에 이르렀다. 마땅히 일어나야 할 일이 일어났다는 식이었다.

과부가 살해당한 일이 내 머릿속 — 몇 해 동안 독극물을 꿀물로 서서히 바꾸어 놓고 있던 벌통 — 으로 들어오면서 내 머릿속은 대혼

란에 빠졌다. 하지만 내 철학이 즉시 치명적인 경고를 포착해, 환영들과 교묘한 책략으로 과부의 죽음을 포위하고는, 과부의 죽음을 악의 없는 일로 만들어 버렸다. 꿀벌들이 꿀을 훔치러 들어온 굶주린 수벌을 밀랍으로 싸 버리는 것과 똑같은 방식이었다.

몇 시간이 지나자, 과부는 내 추억 속에서 영원히 잠들어, 고요하고 평온한 하나의 상징으로 변모했다. 그리고 내 심장에서 밀랍으로 싸였다. 그래서 이제 더 이상 내 속을 혼란에 빠뜨리지도, 내 머릿속을 마비시키지도 못 했다. 그날 하루 동안 벌어진 끔찍한 사건들은 확장되어 시공간 속으로 확대되면서 과거의 위대한 문명들과 하나가 되었으며, 이 문명은 우주라는 운명을 짊어진 대지가 되었고 ─ 대지는 다시 과부로 돌아왔으며, 나는 과부가 숭고한 생존 법칙에 따라 살인자들과 화해하여 영원한 평화를 누리는 것을 느꼈다.

시간이 마침내 참된 의미를 찾은 것으로 보였다. 과부는 수천 년 전 중대한 사건이 일어났던 에게 문명 시대에 이미 죽었으며, 바로 그날 아침에도 곱슬머리의 크노소스 처녀들이 이 기분 좋은 해안에서 죽어 나갔다.

어느 날 나를 사로잡을 죽음처럼 ─ 이보다 더 분명한 사실은 아무것도 없다 ─ 잠이 나를 사로잡았고, 나는 어둠속으로 빨려 들어갔다. 조르바가 돌아오는 소리도 듣지 못했고, 돌아왔는지도 몰랐다. 이튿날 아침, 산에서 인부들에게 소리를 지르고 욕을 해 대는 조르바를 발견했다.

그는 인부들이 하는 짓이 다 마음에 들지 않았다. 조르바는 고집을 피우는 인부 셋을 해고하고는, 손수 곡괭이를 들고 바위들을 제거하고, 기둥을 세울 자리로 예정되어 있는 좁은 길을 닦았다. 그러고는 산으로 올라가 소나무를 자르는 인부들을 만나 우레 같은 소리로 욕을 퍼붓기 시작했다. 그중 한 사람이 웃으면서 툴툴거렸다. 조르바는 그 사람에게 덤벼들었다.

그날 저녁, 조르바는 초죽음이 돼서 오두막으로 내려왔다. 옷이 넝마가 돼 있었다. 그는 해변으로 와 내 곁에 앉았다. 입을 열려고 들지 않았다. 마침내 입을 열었을 때는 목재나 케이블, 갈탄 이야기만 했다. 얼른 그곳을 황폐화시키고 한몫 잡아 떠 버리려고 안달하는 청부업자 같았다.

이미 자기 위안의 경지에 도달한 내가 과부 이야기를 꺼내려고 한 적이 있었다. 그러자 조르바는 긴 팔을 쭉 뻗어 커다란 손으로 내 입을 틀어막았다.

"닥쳐요!" 그가 어두운 목소리로 말했다.

나는 입을 다물었다. 부끄러웠다. 조르바의 슬픔을 질투하며 생각했다. '진짜 사내란 이런 거다. 고통스러울 때는 진짜 눈물이 흐르게 두는, 따스한 피와 단단한 뼈를 가진 사내. 기쁠 때는 형이상학이라는 촘촘한 체로 걸러 내느라 기쁨의 신선함을 망쳐 버리지 않는 사내.'

그런 식으로 사나흘이 지났다. 조르바는 잠시 쉬거나, 먹거나 마시는 일 없이 묵묵히 일만 했다. 기초를 쌓는 중이었다.

어느 날 저녁 조르바에게 부불리나 부인이 아직도 아프며, 의사도 다녀가지 않았고, 부인이 계속 헛소리를 하면서 그를 찾는다는 이야기를 해 주었다.

조르바는 주먹을 꽉 쥐었다.

"알았소이다." 그가 대답했다.

조르바는 다음날 새벽에 마을에 갔다가 아침에 오두막으로 돌아왔다.

"만났어요?" 내가 물었다. "좀 어때요?"

"나쁠 거 없소." 조르바가 대답했다. "죽어 가니까."

그러고는 일하러 가 버렸다.

그날 저녁, 조르바는 저녁도 안 먹고, 굵은 단장을 들고 나갔다.

"어디 가요?" 내가 물었다. "마을에 가요?"

"아니오, 산책 좀 하려고요. 금방 오겠소."

조르바는 마을을 향해 뚜벅뚜벅 걸어갔다.

나는 피곤해서 자리에 들었다. 내 마음이 다시 온 세상을 스쳐 가며 지난 일들을 되짚었다. 추억이 밀려오고, 슬픔이 밀려왔다. 내 생각들은 머나먼 이상들 주위를 날아다니다가 다시 조르바에게 돌아와 앉았다.

'조르바가 나갔다가 마놀라카스라도 만나면, 야만적인 분노에 사로잡힌 그 덩치 큰 크레타인이 조르바에게 덤벼들 것이다. 요 며칠 동안 집에만 틀어박혀 있다지 않던. 동네 부끄러워 나갈 수가 없다면서, 조르바를 만나면 "정어리 발라먹듯 이로 완전히 발라 버리겠다."고 했다지 않던. 마놀라카스가 오밤중에 완전 무장을 하고 오두막 주위를 기웃거리는 걸 인부가 봤다지 않던가. 둘이 마주치면 살인이 일어날 것이다.'

나는 벌떡 일어나 옷을 입고는 황급히 마을 쪽으로 난 길을 내려갔다. 차분하고 눅눅한 밤공기에서 야생 바이올렛 향기가 났다. 얼마 후, 몹시 지친 듯 마을을 향해 터벅터벅 걷고 있는 조르바를 발견했다. 그는 가끔씩 걸음을 멈추고는 별들을 바라보고, 귀를 기울이다가, 다시 기운을 내 약간 빠르게 걷고 있었다. 그의 단장이 돌에 부딪치는 소리가 들렸다.

조르바는 과부네 정원으로 다가가고 있었다. 대기가 레몬 꽃과 인동덩굴 향기로 가득 차 있었다. 바로 그때 오렌지나무들 사이에서 나이팅게일이 봄 개울물 흐르듯 맑은 목소리로 가슴을 쥐어뜯듯 애절하게 울기 시작했다. 숨이 멎을 만큼 아름답게 울고 또 울었다. 조르바는 감미로운 노래에 숨이 막혀 걸음을 멈추었다.

문득 갈대 울타리가 움직였다. 날카로운 갈대 이파리들이 칼날 소리처럼 서걱거렸다.

"거기 서!" 쩌렁쩌렁하고 서슬 퍼런 목소리가 소리쳤다. "이 망령난 멍청이 영감탱이야! 내 드디어 영감을 찾아냈군!"

나는 피가 얼어붙었다. 누구 목소리인지 알았다.

조르바가 앞으로 나가더니 단장을 쳐들고는 걸음을 멈추었다. 별빛으로 조르바의 동작 하나하나가 다 보였다.

덩치 큰 사내가 갈대 울타리에서 튀어나왔다.

"누구야?" 조르바가 목을 쭉 잡아 빼며 소리쳤다.

"납니다, 마놀라카스."

"갈 길 가! 꺼져!"

"왜 날 망신시킨 겁니까?"

"망신시킨 적 없어, 마놀라카스! 꺼지라고 했을 텐데. 넌 덩치도 크고, 힘도 좋아, 그래. 하지만 운이 없었지…… 운은 눈이 멀었거든. 그것도 몰라?"

"운이 있든 없든, 눈이 멀었든 안 멀었든." 마놀라카스가 말했다. 바득바득 이 가는 소리가 들렸다. "내 명예를 회복해야겠습니다. 그 것도 오늘 밤에. 칼 갖고 있습니까?"

"없다." 조르바가 대답했다. "단장밖에 없다."

"그럼 가서 갖고 오세요. 기다리겠습니다. 어서요!"

조르바는 꼼짝도 하지 않았다.

"겁납니까?" 마놀라카스가 이죽거렸다. "갖고 오라고 했잖아 요!"

"칼을 뭐 하러 갖고 와?" 조르바가 점점 흥분하기 시작하는 마놀 라카스에게 물었다. "그날 교회 마당에서 어떻게 싸웠는데? 칼은 너 만 갖고 있었잖아. 나는 맨손이고……. 그래도 내가 이겼잖아. 안 그 래?"

마놀라카스는 약이 올라 사납게 으르렁거렸다.

"이제는 약까지 올리시네, 응? 그런데 때를 잘못 맞추셨군요. 나 한텐 칼이 있고, 영감은 빈손이란 거 잊지 말아요! 칼 갖고 와요, 이 더러운 마케도니아 영감탱이야. 누가 이기는지 보자고요."

조르바가 팔을 쳐들더니 단장을 내던졌다. 단장이 갈대들 사이로 떨어지는 소리가 났다.

"너도 칼 버려!" 조르바가 소리쳤다.

나는 발꿈치를 들고 두 사람에게 살금살금 다가갔다. 별빛에 칼날 이 번쩍이며 갈대들 사이로 떨어지는 게 보였다.

조르바가 손바닥에 침을 퉤퉤 뱉었다.

"덤벼!" 조르바가 예비 동작으로 한 차례 공중으로 뛰어오르며 소리쳤다.

하지만 두 사람이 맞붙기 전에, 내가 둘 사이로 뛰어들었다.

"그만 좀 해요!" 내가 소리를 꽥 질렀다. "마놀라카스, 그리고 조르바! 이리 와요! 둘 다 부끄러운 줄 좀 아세요!"

두 적이 나에게 천천히 걸어왔다. 나는 두 사람의 오른손을 잡았다.

"악수해요!" 내가 말했다. "둘 다 좋은 사람들이고, 용감한 사람들이에요. 이제 싸움을 수습해야만 합니다."

"저 영감이 날 망신시켰어요!" 마놀라카스가 손을 빼려고 하면서 말했다.

"그렇게 쉽게 당신을 망신시킬 사람은 아무도 없어요." 내가 말했다. "당신이 용감한 사람이라는 건 마을 전체가 알고 있어요. 그날 교회 마당에서 있었던 일은 잊어버려요. 운이 안 좋았던 것뿐입니다! 이미 지난 일이고, 다 끝난 일이에요! 그리고 조르바가 타향 사람이란 걸, 마케도니아 사람이란 걸 잊지 말아요. 우리 크레타 사람은 타향 사람한테 손찌검을 하는 걸 몹시 수치스럽게 생각한다는 것도요……. 자, 이제 손을 내밀어요. 진짜 용기란 이런 거요 ― 그리고 우리 오두막으로 갑시다, 마놀라카스. 우리 우정을 위해 다 같이 한잔하고, 소시지도 일 미터쯤 구워 먹자고요!"

나는 마놀라카스의 허리를 끌어안아 조금 떼어놓으며 끌고 갔다.

"저 친구는 늙었다는 걸 잊지 말아요." 내가 속삭였다. "당신처럼 힘센 젊은이가 저렇게 나이 먹은 사람을 해치고 나면, 그 마음이 편하겠어요?"

마놀라카스는 마음이 조금 누그러졌다.

"알았어요." 마놀라카스가 말했다. "선생을 봐서 참는 겁니다."

마놀라카스가 조르바에게 걸어가 커다란 손을 내밀었다.

"자, 조르바." 마놀라카스가 말했다. "다 끝났으니 잊어버립시다. 손 좀 내미세요."

"내 귀를 물어뜯었으니 좋은 일이 많길 바라네." 조르바가 말했다. "손 여기 있네."

두 사람은 서로 눈을 들여다보며 손을 맞잡고 힘차게 흔들더니 점점 더 세게 흔들었다. 그러다 또 싸울까 봐 겁이 났다.

"손힘이 좋군그래, 마놀라카스." 조르바가 말했다. "자넨 용감하고 아주 끈질긴 친구야!"

"당신도 손힘이 좋아요. 더 세게 쥘 수 있을 것 같은데, 한번 해 보세요."

"됐어요!" 내가 소리쳤다. "가서 우정을 위해 한잔 합시다."

해변으로 오는 내내 나는 두 사람 사이에 끼어 걸었다. 조르바는 내 오른쪽, 마놀라카스는 왼쪽.

"올해는 풍년이 들겠어요……." 내가 화제를 바꾸려고 말했다. "비도 많이 오겠고."

둘 다 아무 대답도 하지 않았다. 두 사람 다 앙금이 남아 있었다. 나는 포도주에 희망을 걸 수밖에 없었다. 우리는 오두막에 도착했다.

"누추한 집이지만, 잘 오셨습니다." 내가 말했다. "조르바, 소시지 좀 굽고, 마실 것 좀 찾아보세요."

마놀라카스는 오두막 앞에 있는 바위에 걸터앉았다. 조르바는 잔 가지를 한 줌 집어 불을 지펴 소시지를 굽고, 잔을 세 개 가져와 가득 채웠다.

"건강을 위하여!" 내가 잔을 치켜들며 외쳤다. "마놀라카스의 건강을 위하여! 조르바의 건강을 위하여! 건배!"

두 사람은 잔을 부딪쳤다. 마놀라카스가 땅바닥에 술을 조금 흘렸다.

"내 피가 이렇게 흐를 겁니다, 조르바." 마놀라카스가 말했다. "당신한테 손이라도 쳐들었다가는 말입니다."

"내 피도 이렇게 흐를 걸세." 조르바가 땅바닥에 포도주를 조금 흘리면서 따라했다. "자네한테 귀를 물어뜯긴 걸 잊어버리지 않았다가는 말일세!"

새벽이 되자 조르바가 일어나 앉아 나를 깨우면서 말했다.

"자요, 대장?"

"왜 그래요, 조르바?"

"꿈을 꿨소. 웃기는 꿈이오. 머지않아 여행을 하거나 그 비슷한 뭔가를 할 것 같소. 들으면 웃을 거요. 항구에 이 마을만 한 큰 배가 있지 뭐요. 뱃고동을 울리면서 출항할 준비를 하고 있었소. 그런데 내가 두 손으로 앵무새 한 마리를 들고서 배를 잡아타려고 마을에서 막 달려가지 뭐요. 배에 타고 갑판으로 올라갔소. 선장이 달려오더군요. '표 좀 봅시다!' 선장이 소리쳤소. '얼마요?' 주머니에서 돈다발을 꺼내면서 물었지요. '천 드라크마요!' '이것 봐요, 그러지 말고 팔백만 합시다.' 내가 말했소. '안 돼요. 천 드라크마 내요.' 선장이 대답했다오. '팔백밖에 없으니까 이것만 받아요.' '한 푼도 못 깎아줍니다. 천 드라크마 없으면 빨리 내려요!' 화가 납디다. '이봐, 선장.' 내가 말했다오. '좋게 말할 때 이거라도 받아 두지 그래. 안 그

398

랬다간, 친구, 잠에서 확 깨 버릴 거야. 그러면 자네만 손해야!"

조르바가 웃음을 터뜨렸다.

"인간은 참 요상한 기계라니까!" 조르바가 놀라워하면서 말했다. "속에다 빵하고, 포도주하고, 생선, 당근 같은 걸 잔뜩 채워 주면, 한숨이 나오고, 웃음이 나오고, 꿈이 나오니 말이오. 꼭 공장같이 말이오. 우리 머릿속에 유성 영화 같은 게 돌아가고 있는 게 분명해요."

조르바는 갑자기 침대에서 뛰어내렸다.

"그런데 앵무새는 왜 나온 거랍니까?" 조르바가 불안해하면서 목소리를 높였다. "내가 앵무새를 데리고 있다는 건 무슨 뜻일까요? 어휴! 설마……"

조르바는 말을 끝낼 시간이 없었다. 사람으로 변신한 악마처럼 보이는 땅딸막한 빨간 머리 전령이 뛰어 들어왔다. 사내는 숨을 헐떡거렸다.

"제발 살려 주세요! 가여운 여자가 정신이 이상해져서 의사 좀 불러 달라고 계속 소리를 질러요! 자기가 죽어 가고 있는 게 틀림없다고…… 그리고 두 분은 양심의 가책 좀 느끼래요!"

나는 부끄러웠다. 과부 때문에 슬퍼하느라고 우리의 친한 친구를 완전히 잊고 있었던 것이다.

"숨이 넘어가려고 그래요, 그 불쌍한 여자가요." 빨간 머리 사내는 계속 주절거렸다. "기침을 얼마나 심하게 하는지, 여인숙이 흔들릴 정도예요. 그래요, 당나귀 기침이라고 하는 게 옳겠네요. 쿨룩쿨룩! 마을 전체가 들썩들썩한다니까요!"

"조용히 해요!" 내가 말했다. "농담할 일이 아니잖아요!"

나는 종이 한 장을 가져와 몇 자 적었다.

"이 편지 갖고 가서 의사한테 줘요. 그리고 의사가 말에 타는 걸 두 눈으로 똑똑히 보고 와요. 그러기 전에는 올 생각도 말아요. 알아듣 겠어요? 그럼, 어서 가요!"

사내는 편지를 받아 허리춤에 찔러 넣고 달려 나갔다.

조르바는 이미 일어나 있었다. 그는 입을 꾹 다문 채 황급히 옷을 입었다.

"잠깐 기다려요. 같이 갈래요." 내가 말했다.

"빨리 가 봐야 돼요." 조르바가 그렇게 대답하고는 먼저 가 버렸다.

조금 있다가 나도 마을로 갔다. 과부네 버려진 정원이 대기에 향기 를 내뿜었다. 미미코가 과부네 집 앞에 아무렇게나 쭈그리고 앉아 얻 어맞은 개처럼 끙끙거리고 있었다. 몹시 수척해진 모습이었다. 떼꾼 한 눈에는 핏발이 서 있었다. 미미코는 고개를 돌려 나를 보더니 돌 을 집어 들었다.

"여기서 뭐 하나, 미미코?" 나는 회한에 싸여 정원을 둘러보면서 물었다. 내 목을 꼭 끌어안던 따스한 두 팔…… 레몬 꽃과 월계수 기 름 냄새가 느껴졌다. 우리는 아무 말도 하지 않았다. 새벽 어스름 속 에 불타는 검은 눈동자와 호두 잎으로 닦은 새하얗게 반짝거리는 이 가 보였다.

"그런 건 왜 물어요?" 미미코가 으르렁거렸다. "가요, 가서 일 봐 요."

"담배 줄까?"

"이제 담배 안 피워요. 당신들은 돼지들이에요! 다 돼지들이에요!

전부 다 말이에요!"

미미코가 헐떡거리며 적합한 말을 찾지 못해 말을 멈추었다.

"돼지들······ 건달들······ 사기꾼들······ 살인자들······."

미미코는 마지막에 원하는 단어를 찾아내자 마음이 놓인 듯했다. 미미코가 박수를 쳤다.

"살인자들! 살인자들! 살인자들!" 미미코는 째지는 목소리로 소리를 질렀다. 그러더니 깔깔거리고 웃었다. 그러는 미미코를 보고 있노라니 가슴이 미어졌다.

"네 말이 맞다, 미미코." 내가 말했다. "네 말이 맞아." 나는 황망히 자리를 떴다.

마을로 들어서자 아나그노스티 영감이 지팡이를 짚고는 노랑나비 두 마리가 봄의 풀밭 위를 쫓고 쫓기며 날아다니는 것을 보면서 빙그레 웃고 있는 게 보였다. 이제는 나이가 들어 농사며, 아내며, 자식들에게서 놓여나 사리사욕 없이 주위를 둘러볼 여유가 있었던 것이다. 영감은 땅바닥에 그림자가 지자 고개를 들었다.

"어인 일로 이 꼭두새벽에 행차를 다 하셨는가?" 영감이 물었다.

하지만 불안한 내 얼굴을 보더니 대답을 기다리지 않았다.

"빨리 가서 어떻게 좀 해 보게." 영감이 말했다. "아직 살아 있을지 어떨지 모르겠네. 오, 불쌍한 여자 같으니!"

참으로 쓸모 많고, 참으로 충직한 길동무인 커다란 침대가 작은 방을 거의 다 차지하며 한가운데 놓여 있었다. 부인의 머리 위에서는 충직한 개인 비서인 앵무새 — 초록색 왕관과 노란색 보닛을 쓰고, 악마 같은 동그란 눈을 한 — 가 가수 위로 몸을 숙이고 있었다. 누워 신음하고 있는 자기 주인을 말없이 내려다보며, 사람이나 다름없는 머리를 한쪽으로 기울이고는, 주인의 신음소리에 귀를 기울였다.

주인이 사랑을 나누면서 내던 익히 알고 있는 소리가 아니었다. 환희에 젖은 한숨소리도 아니고, 사랑스러운 비둘기 울음소리도 아니고, 자지러지는 웃음소리도 아니었다. 여주인 얼굴 위로 흘러내리는 차가운 땀방울들, 관자놀이에 삼 부스러기같이 착 들러붙어 있는, 감지도 않고 빗지도 않은 담황색 머리카락, 침대에서 일어나는 발작적인 경련, 이 모두 처음 보는 것들이어서 불안했다. "카나바로! 카나바로!" 하고 외치고 싶었다. 하지만 목구멍에 걸려 나오지 않았다.

불행한 여주인은 계속 신음하고 있었다. 시들어 쭈글쭈글해진 팔로 계속해서 침대 시트를 들추었다. 숨이 넘어가기 직전이었다. 얼굴에는 화장기 하나 없었으며, 뺨은 부어올라 있었다. 여주인은 상한 땀내와 부패하기 시작하는 살내를 풍겼다. 뒤축이 주저앉아 모양을 잃어버린 궁전 구두가 침대 밑에서 얼굴을 내밀고 있었다. 그걸 보고 있노라니 가슴이 미어졌다. 신발 모습이 신발 주인 모습보다 더 가슴을 미어지게 했다.

조르바는 침대 옆에 앉아 물끄러미 신발을 바라보고 있었다. 신발에서 눈을 뗄 수가 없었다. 그는 눈물을 삼키려고 입술을 깨물었다. 내가 들어가 조르바 뒤에 앉았지만, 그는 내가 뒤에 와 앉은 줄도 몰랐다.

부인은 숨 쉬기가 어려운 지경에 이르렀다. 자꾸 숨이 막혔다. 조르바는 가짜 장미꽃이 장식된 모자를 내려 부채질을 해 주었다. 마치 젖은 탄에 불을 붙이려고 기를 쓰는 것처럼 그 큰 손을 아주 빠르고 서툴게 아래위로 흔들어 댔다.

부인은 공포에 질린 채 눈을 뜨고 주위를 둘러보았다. 어두워서 아무도 보이지 않았다. 꽃 모자로 부채질을 해 주는 조르바도 보이지 않았다.

부인 주위의 모든 게 어둡고 어지러워만 보였다. 땅바닥에서 푸른 안개가 솟아오르며 이리저리 모양을 바꾸었다. 푸른 안개는 싸늘하게 웃는 입술이 되었다가, 손 같은 발이 되었다가, 짐승의 발톱 같은 발이 되었다가, 검은 날개가 되었다.

부인은 눈물과 침과 땀으로 얼룩진 베개를 손톱이 박힐 만큼 꽉 끌어안으며 소리를 질러 댔다.

"죽기 싫어! 죽기 싫어!"

하지만 대신 곡을 해 주는 사람이 이미 둘이나 와 있었다. 마을에서 부인의 상태를 전해 듣고 막 도착한 것이다. 두 사람은 방으로 살며시 들어와 바닥에 앉아 벽에 등을 기댔다.

앵무새가 눈을 동그랗게 뜨고 두 사람을 노려보면서 화를 냈다. 앵무새는 머리를 곤추 세우고 울부짖었다. "카나바……." 그러자 조르바가 새장을 손으로 사납게 쾅 쳐서 입을 다물게 했다.

또 필사적인 신음소리가 울려 퍼졌다.

"죽기 싫어! 죽기 싫어!"

수염도 안 난 젊은 녀석 둘이 문간에서 햇볕에 그을린 얼굴을 디밀고 두리번거리더니 병든 부인을 주의 깊게 살폈다. 그러고는 만족스러워하면서 서로 윙크를 주고받더니 사라졌다.

곧바로 마당에서 닭들이 놀라 꼬꼬댁거리면서 날개를 퍼드덕거리는 소리가 들려왔다. 누가 암탉들을 잡으려고 쫓아다니고 있었다.

만가를 가장 잘 부르는 말라마테니아 할멈이 동료에게 고개를 돌렸다.

"봤나, 레니오? 그놈들 봤어? 굶주린 잡것들이 벌써 난리야. 닭 모가지를 비틀어 삶아먹을 게야. 동네 쓰레기들이 마당에 다 모였어. 이 집도 순식간에 다 털릴 게야!"

말라마테니아 할멈은 죽어 가는 부인의 침대 쪽으로 고개를 돌렸다.

"어서 가, 이 친구야." 노파가 못 참고 투덜거렸다. "빨리 죽어야 우리도 딴 사람들처럼 뭐 하나 건져 가지."

"말이야 바른말이지." 레니오 할멈이 이가 다 빠져 합죽한 입을 오물거리며 말했다. "저 녀석들, 지금 잘하는 거예요. '먹고 싶은 게 있으면 훔쳐라. 갖고 싶은 게 있으면 훔쳐라……' 우리 어머니가 늘 하던 말이에요. 어서 미롤로그나 한바탕 불러 주고 쌀 한줌, 설탕 조금, 냄비나 좀 챙겨 가서 저 여편네를 기려야죠. 부모도 없고, 자식도 없으니 암탉이랑 토끼를 누가 잡아먹겠어요? 포도주는 누가 마시고요? 무명실이며, 빗이며, 사탕이며, 뭐며 누가 물려받겠어요? 하, 형님 생각은 어때요? 하느님이 용서해 주실 거예요, 사는 게 다 그렇고 그런 거니까……. 몇 가지만 챙겨 가야지!"

"조금만 참게, 너무 급하게 서두르지 말고." 말라마테니아 할멈이 레니오 할멈의 팔을 꽉 붙들면서 말했다. "내 생각도 그래. 인정하지만, 저 친구가 죽을 때까지 조금만 기다리게."

죽어 가는 여인은 그동안 베개 밑을 미친 듯이 더듬었다. 죽을지도 모른다는 생각이 들자마자 트렁크에서 뼈로 만든 반짝이는 흰 십자가에 못 박힌 예수 상을 꺼내 베개 밑에 밀어 넣은 것이다. 오랜 세월

동안 트렁크 밑바닥에 슈미즈들과 벨벳 조각, 넝마 쪼가리들과 함께 넣어 두고는, 마치 예수는 죽을병에 걸렸을 때 꼭 필요한 유일한 약이며, 즐기고 먹고 마시고 사랑을 나눌 때는 전혀 필요 없는 존재라는 듯, 잊고 지냈다.

더듬던 손이 마침내 예수 상을 찾아냈다. 여인은 예수 상을 땀에 젖어 축축해진 젖가슴에 대고 꼭 눌렀다.

"사랑하는 예수님, 사랑하는 예수님……." 여인은 자신의 마지막 연인을 가슴에 대고 비비면서 열정적으로 소리를 냈다.

반은 프랑스어, 반은 그리스어였지만, 애틋하고 열정적이었으며, 도무지 무슨 소리인지 알아듣기가 어려웠다. 앵무새는 알아들었다. 목소리의 음색이 변한 것을 눈치채고, 그 전에 여주인이 잠도 자지 않고 꼬박 지새웠던 그 긴긴 밤들을 기억해 내고는 금세 마음이 들떴다.

"카나바로! 카나바로!" 앵무새는 수탉이 태양을 쳐다보며 울어 대듯이 목이 쉬도록 외쳤다.

조르바는 이번에는 앵무새를 그냥 내버려 두었다. 그러고는 부인이 울면서 예수 상에 입을 맞추자, 세파에 찌든 부인의 얼굴 전체로 뜻밖의 평온함이 번져 가는 것을 지켜보았다.

문이 열리면서 아나그노스티 영감이 모자를 손에 들고 조용히 방으로 들어섰다. 영감은 병든 여인에게 다가가 절을 하고, 무릎을 꿇었다.

"날 용서하시오, 부인." 영감이 말했다. "날 용서하시오. 하느님께서 그대를 용서하실 거요. 내 그대에게 욕도 했소. 우리가 한낱 인간에 불과하다 보니……. 용서해 주시오."

하지만 그 귀한 영혼은 형언할 수 없는 행복에 잠겨 고요히 누운 채, 아나그노스티 영감이 하는 말을 듣지 않았다. 여인의 고통은 모두 다 사라졌다 — 불행한 말년과, 견뎌 낸 온갖 조롱과 욕설, 홀로 문간에 나와 앉아 두꺼운 털양말을 짜며 보낸 슬픈 저녁들도 사라졌다. 4대 열강의 해군 함대는 이 우아한 파리의 여인, 사내들을 쩔쩔 매게 만들며 뭇 사내들의 애간장을 녹이던 여인, 한창 때는 4대 열강을 무릎에 올려놓고 어르던 여인에게 예포를 쏘아 경의를 표했다.

바다는 창공처럼 푸르고, 파도는 흰 거품을 뿜었으며, 항구에서는 바다를 떠다니는 요새들이 춤을 추었고, 돛대마다 오색찬란한 깃발이 펄럭이고 있었다. 메추리 익는 냄새, 석쇠에 붉은 숭어를 굽는 냄새가 진동하고, 설탕을 입힌 과일들을 담은 수정 그릇들이 식탁으로 날라지고, 샴페인 병 코르크마개들이 천장으로 뻥뻥 날아올랐다.

검은 수염과 금빛 수염, 붉은 수염과 회색 수염, 그리고 네 가지 향수 — 바이올렛 향, 오드콜로뉴 향, 머스크 향, 파촐리 향. 선실의 철문이 닫히고, 두툼한 커튼이 드리워지고, 불이 켜졌다. 오르탕스 부인은 눈을 감았다. 사랑의 한평생, 고통의 한평생 — 오, 전능하신 하느님! 이 모두가 찰나에 불과한 것을……

여인은 이 무릎, 저 무릎 위로 옮겨 다니면서 금술로 장식한 제복들을 껴안고, 진한 향수 냄새가 나는 수염 속에 손가락을 파묻는다. 앵무새가 기억하는 이름 말고, 다른 이름들은 생각나지 않는다. 오로지 카나바로만 기억난다. 그 사람들 중에 가장 어려서이기도 하지만, 앵무새가 소리 낼 줄 아는 유일한 이름이기 때문이다. 나머지 이름들은 절대 소리 낼 수 없거나, 소리 내기가 무척 어렵다 보니 잊어버리고 말았다.

오르탕스 부인은 깊게 한숨을 쉬고는 예수 상을 뜨겁게 끌어안았다.

"나의 카나바로, 나의 귀염둥이 카나바로……."

부인은 예수 상을 풍만한 젖가슴에 대고 꾹꾹 누르면서 헛소리를 했다.

"이제는 자기가 무슨 말을 하는지도 모르나 봐요." 레니오 할멈이 중얼거렸다. "수호천사를 보고 겁먹은 게 틀림없어요……. 머릿수건을 풀고 좀 더 가까이 가 봐야겠어요."

"이놈의 여편네가! 하늘이 무섭지도 않나?" 말라마테니아 할멈이 말했다. "아직 살아 있는데, 미롤로그를 부르자는 게야?"

"나 원 참." 레니오 할멈이 씩씩거리며 투덜댔다. "트렁크하고 옷하고, 가게 안에 있는 것들 전부 다하고, 마당에 있는 암탉들하고 토끼들을 갖는 대신에 여기서 저 여편네 숨 끊어지기만 기다리라니! 싫어요! 먼저 갖는 사람이 임자예요! 딴말 하기 없기예요."

레니오 할멈이 벌떡 일어서자, 말라마테니아 할멈도 화를 내면서 따라 일어섰다. 두 사람은 검은 머릿수건을 벗어 숱 없는 백발을 늘어뜨리고는 침대 가장자리를 붙잡았다.

레니오 할멈이 등골이 오싹할 정도로 뼈에 사무치는 긴 울음을 토해 내기 시작했다.

"으으으!"

조르바가 벌떡 일어나 두 노파의 머리채를 잡아 뒤로 확 잡아당겼다.

"아가리 닥쳐, 이 까마귀 같은 년들아!" 조르바가 고함을 질렀다. "아직 살아 있는 거 안 보여? 나가 뒈져, 이 쌍년들아!"

"이 비실대는 영감탱이는 또 뭐람!" 말라마테니아 할멈이 다시 머릿수건을 쓰면서 툴툴거렸다. "이 바보는 어디 있다 튀어나와 참견인지 모르겠네!"

오르탕스 부인, 너무 지쳐 버린 늙은 세이렌은 침대 맡에서 옥신각신하는 소리를 들었다. 달콤한 환영은 사려졌다. 제독들의 배가 침몰하고, 구운 꿩고기와 샴페인과 향긋한 수염들도 사라지고, 부인은 악취를 풍기는 임종의 자리로, 세상이 끝나는 자리로 나가떨어졌다. 부인은 마치 도망치려는 듯이 몸을 일으키려고 애썼지만, 다시 나가떨어져서는 힘없이, 애처롭게 울부짖었다.

"죽기 싫어! 죽기 싫어!"

조르바는 몸을 숙이고는 굳은살이 박인 그 큰 손을 부인의 이마에 갖다 대고 얼굴에 들러붙은 머리카락을 정리해 주었다. 새처럼 생긴 조르바의 눈에 눈물이 가득 고였다.

"쉿, 쉿." 조르바가 속삭였다. "나 여기 있소. 나, 조르바요. 겁내지 말아요."

그러자 갑자기 환영이 돌아왔다. 거대한 초록바다 색 나비 한 마리가 날개를 펼쳐 침대를 뒤덮었다. 죽어 가는 여인은 조르바의 큰 손을 붙잡더니 천천히 팔을 뻗어, 숙이고 있는 조르바의 목을 끌어안았다. 여인의 입술이 움직였다······.

"나의 카나바로, 나의 귀염둥이 카나바로······."

예수 상이 베개에서 미끄러져 바닥으로 떨어져 산산조각이 났다. 마당에서 남자 목소리가 울려 퍼졌다.

"어서! 닭을 쑥 집어넣어! 물이 끓잖아!"

나는 방 한쪽 구석에 앉아 있었다. 이따금 눈물이 핑 돌았다. 이것이 인생이라는 생각이 들었다 — 파란만장하고, 종잡을 수 없고, 냉담하고, 마음대로 안 되고…… 냉혹한 것. 이 무지한 크레타 농부들은 지구 저쪽 끝에서 온 늙은 카바레 가수를 빙 둘러싼 채, 오르탕스 부인은 인간도 아니라는 듯, 비인간적으로 기뻐하며 부인의 죽음을 지켜보았다. 마치 하늘에서 뚝 떨어진 커다란 낯선 새가 날개가 부러져 죽어 가는 것을 구경하러 마을 근처 해안으로 몰려든 것 같았다. 부인이 한 마리 늙은 공작, 늙은 앙고라 고양이, 병든 물개라도 되는 듯이…….

조르바는 목을 끌어안고 있는 부인의 한 팔을 조심스럽게 풀고, 창백한 얼굴로 일어섰다. 그러고는 손등으로 두 눈을 훔치고 병든 여인을 바라보았지만 아무것도 보이지 않았다. 다시 눈을 훔치고 나자, 침대 위에 축 늘어져 있는 퉁퉁 부어오른 부인의 두 발과 공포에 질려 씰룩거리는 입이 보였다. 부인은 한 번, 두 번 몸을 흔들었다. 잠옷이 방바닥으로 흘러내리면서 땀으로 범벅이 된 채 퉁퉁 부어오르고 녹색을 띤 반쯤 벌거벗은 몸이 드러났다. 부인은 목이 잘린 커다란 새처럼 뼈에 사무치게 빽빽 우는 소리를 내더니, 움직임을 멈추고, 겁에 질린 생기 없는 눈을 크게 떴다.

앵무새는 새장 밑바닥으로 껑충 뛰어내려 홰대를 부여잡고는, 조르바가 손을 내밀어 이루 말할 수 없이 다정하게 여주인의 눈을 감겨 주는 모습을 지켜보았다.

"빨리들 와요! 죽었어요!" 곡하는 노파들이 침대로 달려들면서 소리쳤다. 그러고는 몸을 앞뒤로 흔들고, 주먹으로 자기 가슴을 쳐 대면서 울음소리를 길게 잡아 뺐다. 애처롭고 단조로운 음이 진동하면서 두 노파는 점점 가벼운 최면 상태로 빠져들었고, 해묵은 슬픔들이 두 사람 마음에 독처럼 퍼져 나갔으며, 두 노파의 심장이 활짝 열리면서 미롤로그가 터져 나왔다.

"땅 밑에 누우라니, 그대에게 가당키나 한 소린가……."

조르바는 마당으로 나갔다. 그는 눈물을 흘리고 싶었지만, 여자들 앞에서 우는 게 창피했다. 한번은 이런 말을 한 적이 있다. "우는 건 창피하지 않소. 사내들 앞에서는 말이오. 사내들끼리는 뭔가 통하는 게 있으니까. 안 그러오? 그건 망신스러운 일이 아니오. 하지만 사내란 여자들 앞에서는 늘 용감하다는 걸 증명해야 하오. 우리까지 울기 시작하면 그 불쌍한 동물들은 어찌 되겠소? 그랬다간 끝장나는 거요!"

두 노파는 포도주로 부인을 씻겼다. 부인을 눕히던 노파가 부인의 트렁크를 열어 깨끗한 옷가지를 꺼내 옷을 갈아입힌 다음, 부인에게 오드콜로뉴 한 병을 뿌렸다. 가까운 밭에서 쉬파리들이 날아와 부인의 콧구멍과 눈 주위와 입가에 알을 슬었다.

밤이 내리고 있었다. 서쪽 하늘이 아름다우리만치 평온해지고 있었다. 가장자리가 금빛으로 물든 작고 빨간 양털구름이 한순간 배들이 되었다가, 다음에는 백조들이 되더니, 그 다음에는 솜과 해진 실크로 만든 멋진 괴물들이 되어, 짙은 자줏빛 저녁 하늘을 천천히 가로지르며 항해하고 있었다. 마당을 둘러싸고 있는 갈대 울타리 사이로 출렁이는 바다 물결들이 반짝이는 게 보였다.

바로 옆에 있는 무화과나무에서 살찐 까마귀 두 마리가 내려와 마당을 오르락내리락하며 걸어 다녔다. 조르바는 화가 나서 자갈을 집어던져 까마귀들을 쫓아 버렸다.

마당 한쪽에서는 동네 약탈자들이 상다리가 휘어져라 잔칫상을 차리고 있었다. 커다란 부엌 식탁을 내오고, 빵과 접시와 칼과 포크를 몽땅 뒤져 꺼내왔다. 저장실에 있는 포도주병도 내오고, 암탉도 몇 마리 솥에 삶았다. 그리고 이제 배도 고프겠다, 기분이 좋아서는 살판났다 하고 먹고 마시고, 잔을 부딪쳤다.

"하느님이 저 여자 영혼을 구원하시기를! 그리고 물어야 할 벌금도 모두 면제해 주시기를!"

"애인들이 전부 다 천사로 변해 여자 영혼을 천국으로 인도하기를!"

"조르바 영감 좀 봐." 마놀라카스가 말했다. "까마귀들한테 돌이나 던지고 있어! 이제 홀아비가 된 거야. 와서 한잔하시라고 하세! 한잔하면서 애인 넋을 기리시라고 말이야. 조르바 아저씨, 이리 와서 저희랑 한잔하세요!"

조르바가 돌아보았다. 김이 모락모락 나는 삶은 닭들과 반짝이는 유리잔들로 가득한 식탁과, 검게 그을린 살찐 젊은 녀석들이 스카프를 목에 두르고 젊음에 넘쳐 의기양양하게 앉아 있는 게 눈에 들어왔다.

"조르바, 조르바!" 조르바는 중얼거렸다. "참아! 네가 어떻게 생겨먹은 놈인지 보여 줘!"

조르바는 젊은이들에게 가서 한 잔을 단숨에 들이켠 다음, 두 잔을 더 단숨에 비워 버리고는 닭다리를 뜯었다. 젊은이들이 말을 시켰지만, 대꾸도 하지 않았다. 묵묵히 탐욕스럽고 게걸스럽게 먹고 마셨다. 우적우적 먹어 대고, 벌컥벌컥 마셔 댔다. 그러면서 계속 부불리나가 누워 있는 방을 쳐다보며 열린 창문으로 흘러나오는 미롤로그에 귀를 기울였다. 이따금씩 만가 소리가 끊기고, 싸움이 시작되기라도 한 듯, 고함 소리와 찬장이 달그락거리는 소리, 트렁크 여닫는 소리, 사람들이 격렬하게 싸우는 것 같은, 쿵쾅거리며 급히 서두르는 소리가 났다. 그러고는 또 다시 벌이 윙윙거리는 소리같이 단조롭고 애끓는 미롤로그가 차분하게 시작되었다.

두 여자는 미롤로그를 부르면서 온 구석을 샅샅이 뒤지며 시신이 누워 있는 방을 이리저리 뛰어다니고 있었다. 찬장을 열어 작은 숟가락들과 설탕, 커피 한 깡통, 루쿰(터키 사탕과자의 일종) 한 상자를 찾아냈다. 레니오 할멈이 와락 달려들어 커피와 루쿰을 움켜잡았다. 말라마테니아 할멈은 설탕과 숟가락들을 움켜쥐었다. 그러고는 그것도 모자라 루쿰 두 개를 집어 입에 쑤셔 넣었다. 달콤한 과자들을 헤치며 나오느라, 모호하고 숨이 막히는 미롤로그가 나왔다.

"그대 위로 꽃비가 내리고, 그대 무릎 위로 사과들이 떨어지네……."

다른 노파 둘이 몰래 방으로 들어가 트렁크로 달려들더니 그 안에서 손수건 몇 장과 수건 몇 장, 스타킹 세 벌과 가터를 덥석덥석 집어서는 보디스 속에다 마구 쑤셔 넣고 나서, 침대에 누워 있는 죽은 여인 쪽으로 돌아서더니 성호를 그었다.

말라마테니아 할멈은 두 노파가 트렁크를 터는 것을 보고는 화가 머리끝까지 뻗쳤다.

"계속하고 있게, 계속하고 있어. 잠깐이면 돼!" 말라마테니아 할멈이 레니오 할멈에게 소리치고는, 머리를 앞으로 쭉 내민 채 트렁크로 돌진했다.

새틴 조각들과 유행이 지난 연자줏빛 드레스, 빨간색 구식 샌들, 부러진 부채, 새로 산 진홍색 양산, 그리고 오른쪽 맨 밑에 제독의 삼각모가 있었다. 아주 오래전에 누군가가 부불리나에게 선물로 준 것이다. 부인은 집에 혼자 있을 때 가끔씩 써 보면서 슬프고도 진지한 마음으로 거울에 비친 자기 모습에 감탄하고는 했다.

누군가가 문으로 다가오자, 노파들은 밖으로 나가고, 레니오 할멈은 한 번 더 침대를 붙들고 가슴을 치면서 만가를 불렀다.

"……심홍색 카네이션을 그대 목에 두르고……."

조르바는 죽은 여인을 바라보았다. 팔을 포개고 목에 벨벳 리본을 맨 채 누워 있는 여인은 이제 고요하고 평온해져서, 완전히 누렇게 변한 채 파리 떼에 뒤덮여 있었다.

"한 줌 흙이지." 조르바는 생각했다. "배도 고프고……웃기도 하고, 키스도 한, 한 줌 흙. 진흙 덩어리야. 인간의 눈물을 흘린 진흙 덩어리. 그런데 이제는 뭐야? ……어떤 악마 놈이 우리를 세상에 나오게 하고, 어떤 악마 놈이 우리를 데려가는 거야?"

조르바는 침을 뱉고는 털썩 주저앉았다.

마당에서는 젊은 사람들이 춤을 추려고 각자 자리를 잡고 있었다. 마침내 능숙한 리라 연주자 파누리오가 도착하자, 젊은 사람들은 춤출 공간을 만들기 위해 식탁을 한쪽으로 끌어당기고, 파라핀 깡통들과 빨래통과 빨래 바구니를 한쪽으로 치웠다.

마을 유지들이 모습을 드러냈다. 손잡이가 구부러진 긴 지팡이를 들고 다리까지 오는 흰 셔츠를 입은 아나그노스티 아저씨, 뚱뚱하고

413

지저분한 콘도마놀리오, 허리띠에 뿔처럼 생긴 커다란 황동 잉크통을 차고 귓바퀴에 초록색 펜대를 꽂은 교장 선생이었다. 마브란도니 영감은 오지 않았다. 영감은 범죄자 신세가 되어 산으로 도망쳤다.

"반갑네!" 아나그노스티 영감이 손을 들고는 인사말을 했다. "이렇게 즐거워들 하니 기분 좋네그려. 하느님이 그대들을 축복하시기를! 하지만 소리를 지르지는 말게⋯⋯. 그러면 안 되는 게야. 죽은 자가 듣네. 죽은 자가 듣는다는 걸 명심하게."

콘도마놀리오가 설명했다.

"우리는 죽은 여자의 재산을 조사하러 왔네. 가난한 사람들에게 나눠 주려고 말이야. 자네들은 이미 실컷 먹고 마셨어. 그러니 완전히 거덜 내지들 말라고! 이봐!" 콘도마놀리오는 지팡이를 높이 휘두르면서 위협했다.

마을 연장자 세 사람 뒤에서, 머리를 풀어헤치고, 맨발에다, 누더기를 걸친 여자 열두 명이 나타났다. 옆구리에 빈 자루를 하나씩 끼고, 등에는 바구니를 메고 있었다. 여자들은 말없이 슬그머니 한 발, 한 발 앞으로 나왔다.

아나그노스티 아저씨가 뒤들 돌아보다가 여자들을 보더니 소리를 꽥 질렀다. "거기 너희들, 집시들, 뒤로 물러서. 무슨 짓이야? 어딜 함부로 달려드는 게야? 우리가 조목조목 다 적어 뒀다가 가난한 사람들한테 공평하게 골고루 나눠 줄 게야. 그러니 돌아들 가!"

교장 선생이 허리띠에서 기다란 잉크통을 빼내고, 커다란 종이를 한 장 펼치더니 물품을 조사하기 위해 작은 구멍가게로 들어갔다.

하지만 바로 그 순간, 귀청이 터질 것같이 시끄러운 소리가 들렸다

— 누가 깡통을 두드리는 것 같은 소리가 나고, 무명실 실패가 굴러 떨어지는 것 같은 소리도 나고, 컵들이 서로 부딪쳐 깨지는 소리도 났다. 그리고 냄비와 접시, 포크, 나이프들이 부딪치는 소리가 엄청 시끄럽게 들려왔다.

콘도마놀리오 영감이 지팡이를 휘두르며 집 안으로 뛰어들었다. 그래 봤자 뭘 어떻게 할 것인가? 노파들, 사내들, 애들 할 것 없이 이 문 저 문으로 뛰어들었다. 열린 창문들로 뛰어들고, 담장을 넘고, 발코니를 넘어 들어와 닥치는 대로 들고 나갔다 — 냄비들, 프라이팬들, 매트리스들, 토끼들……. 문짝들과 창문들도 떼어 등에 지고 갔다. 미미코는 궁전 구두를 움켜쥐고 줄에 묶어 목에 척 걸었다 — 마치 오르탕스 부인이 그의 어깨에 목말을 타고 있고, 신발만 보이는 것 같았다…….

교장 선생은 몹시 자존심이 상해 인상을 찌푸리면서 잉크통을 다시 허리띠에 차고, 아무것도 적지 않은 백지를 접고는, 가타부타 말도 없이 문지방을 넘어 가 버렸다.

아나그노스티 아저씨는 사람들에게 지팡이를 휘두르며 소리를 꽥꽥 질러 대면서 그만들 좀 하라고 애원했다.

"창피한 줄 좀 알아! 창피한 줄 좀 알라고! 죽은 사람이 다 듣고 있다는 거 명심하란 말이야!"

"신부님 불러 올까요?" 미미코가 말했다.

"신부는 무슨 신부, 이 바보야!" 콘도마놀리오가 화를 버럭 내면서 말했다. "그 여자는 프랑코야. 그 여자가 성호 긋는 거 못 봤어? 네 손가락으로 — 이렇게 — 긋잖아, 이교도라서! 자, 어서 땅에 묻읍

415

시다. 여자가 고약한 냄새로 우리를 쫓아내고, 온 마을에 병을 퍼뜨리기 전에!"

"십자가 옆에 있는데도 몸에 구더기가 득실득실해요." 미미코가 성호를 그으면서 말했다.

마을에서 가장 나이가 많은 아나그노스티 아저씨가 그 명석한 머리를 절레절레 흔들었다.

"이 바보야, 그게 뭐가 이상해? 인간은 원래 구더기를 잔뜩 갖고 태어나는데. 다만 안 보여서 모를 뿐이지. 그러다 인간이 죽어 가기 시작하면 구멍에서 슬슬 기어 나오는 거야 ― 허연 것들이, 치즈 구더기처럼 완전히 허연 것들이!"

하늘에 첫 별들이 나타나 작은 은방울처럼 파르르 떨고 있었다. 캄캄한 하늘이 딸랑거리는 은종들로 뒤덮였다.

조르바는 죽은 여인의 머리맡에 걸려 있는 앵무새 새장을 걷어 내렸다. 고아가 된 새는 겁에 질린 채 구석에 쪼그리고 있었다. 앵무새는 뚫어져라 노려보았지만 아무것도 이해할 수가 없었다. 두려움에 압도당해 두 날개에 머리를 파묻고 있었다.

조르바가 새장을 내리자, 앵무새가 몸을 폈다. 앵무새는 말을 하려고 했지만, 조르바가 손을 내밀어 하지 못하게 막았다.

"조용히!" 조르바가 마음을 진정시키는 목소리로 중얼거렸다. "조용히! 나하고 가자."

조르바는 몸을 숙여 죽은 여인의 얼굴을 들여다보았다. 한참을 보고 있자니 목이 컥 메었다.

조르바는 죽은 여인에게 키스하려는 듯이 몸을 낮추다 참았다.

"가자, 빌어먹을!" 조르바가 투덜거렸다. 그리고는 새장을 들고 마당으로 나갔다. 그러다 나를 보고는 내 쪽으로 왔다.

"이제 갑시다……." 조르바가 내 팔을 붙들면서 나지막이 말했다.

침착한 듯 보였지만, 입술을 떨고 있었다.

"우리들도 다 똑같은 방식으로 갈 겁니다……." 내가 말했다.

"참 대단한 위로의 말씀입니다그려!" 조르바가 비꼬았다. "꺼져 줍시다."

"잠깐만요." 내가 말했다. "부인을 운구하나 본데요. 기다렸다가 보고 가요…… 조금만 더 있다 가면 안 돼요?"

"그럽시다……." 조르바가 감정을 억누르면서 말했다. 그리고는 새장을 내려놓고, 팔짱을 꼈다.

아나그노스티 아저씨와 콘도마놀리오가 모자를 손에 들고 시신이 안치된 방에서 나와 성호를 그었다. 춤을 추던 젊은이 넷이 여전히 4월 장미를 귀에 꽂은 채 뒤따라 나왔다. 젊은이들은 들떠 있고, 반쯤 취해 있었다. 각자 여인의 시신이 실려 있는 문짝 한 귀퉁이를 붙잡고 있었다. 뒤를 이어 악기를 든 리라 연주자가 나오고, 좀 취한 사내들이 그래도 열을 맞춰 나오고, 여자들 대여섯이 저마다 냄비와 의자를 들고 나왔다. 뒤축이 주저앉은 궁전 구두를 줄로 묶어 목에 건 미미코가 맨 나중에 나왔다.

"살인자들! 살인자들! 살인자들!" 미미코가 신나게 소리쳤다.

푸근하고 촉촉한 바람이 불어오고, 바다는 일렁이며 파도쳤다. 리라 연주자가 활을 높이 쳐들었다 — 낭랑한 목소리가 신나게 비꼬면서 따스한 밤하늘에 울려 퍼졌다.

"오, 태양이여, 그대는 어찌 그리도 급히 서쪽으로 기운단 말이오……."

"갑시다." 조르바가 말했다. "다 끝났어요……."

24

우리는 말없이 좁은 마을길을 걸었다. 집마다 불이 다 꺼져 있고, 그 밤에 검은 그림자만 드리우고 있었다. 어디선가 개가 짖어 대고, 불깐소가 한숨을 지었다. 분수대 물줄기가 장난스럽게 춤을 추듯, 리라 방울들이 신나게 딸랑대는 소리가 바람결에 실려 왔다.

"조르바." 내가 무거운 침묵을 깨며 말했다. "이 바람이 무슨 바람이죠? 노투스인가요?"

조르바는 등불을 들고 가듯, 새장을 들고 앞장서 걸으면서 아무 대꾸도 하지 않았다. 해변에 다 와서야 뒤를 돌아보았다.

"배고파요, 대장?" 조르바가 물었다.

"아니오. 안 고파요."

"졸려요?"

"아니오."

"나도요. 자갈밭에 잠깐 앉았다 갈래요? 물어 볼 게 있어요."

우리 둘 다 지쳐 있었지만, 아무도 자고 싶어 하지 않았다. 얼마 남지 않은 이 쓰디쓴 시간들을 잃고 싶지 않았고, 우리가 자는 것은 심판의 순간에 도망쳐 버리는 것처럼 여겨졌다. 자는 게 창피했다.

우리는 바닷가에 앉았다. 조르바는 무릎 사이에 새장을 내려놓고, 한동안 말없이 그대로 있었다. 산 뒤쪽 하늘에 마음을 어지럽히는 별자리가, 셀 수 없이 많은 눈에 나선형 꼬리를 가진 괴물이 나타났다. 저 혼자 초연히 떨어져 있던 별이 이따금씩 뚝 떨어졌다.

조르바는 처음 본다는 듯이 입을 벌리고는 하늘을 바라보았다.

"저 위에서 무슨 일이 벌어지고 있는 거지?" 그가 중얼거렸다.

조르바는 곧 말을 하기로 마음먹었다.

"말해 주겠소, 대장?" 푸근한 밤공기 속에서 그의 목소리가 그윽하고 경건한 소리를 냈다. "이게 다 무슨 뜻인지. 이게 다 누구 짓인지. 그리고 왜 그러는 건지. 그리고 무엇보다" — 이 대목에서 조르바의 목소리가 분노와 두려움으로 떨렸다 — "왜 죽는 건지."

"모릅니다, 조르바." 나는 마치 가장 간단한 질문, 가장 기초적인 질문이라도 받은 듯이, 그런데도 설명을 못 하는 듯이 수치심을 느끼면서 대답했다.

"그것도 모르다니!" 조르바는 내가 춤을 출 줄 모른다고 말했던 그날 밤처럼 깜짝 놀라서 눈이 휘둥그레졌다.

조르바는 입을 꾹 다물었다. 그러더니 불쑥 다시 입을 열었다.

"그래요, 그동안 당신이 읽은 그 망할 놈의 책들 말이오 — 그것들이 다 무슨 소용이오? 뭐 하러 그런 걸 읽는단 말이오? 당신한테 이런 이야기도 안 해 주고, 도대체 무슨 이야기를 해 준단 말이오?"

"인류가 얼마나 혼란스러운지에 대해 이야기해 줍니다. 아무도 대

420

답할 수 없는 아까 그런 질문들에 대해서 말입니다, 조르바."

"혼란 같은 소리 하고 자빠졌네!" 조르바는 격노해서는 발을 쿵쿵 굴렀다.

앵무새가 그 소리에 소스라치게 놀랐다.

"카나바로! 카나바로!" 앵무새가 도와달라는 듯이 소리쳤다.

"닥쳐! 너도!" 조르바가 주먹으로 새장을 쾅 때리면서 소리를 버럭 질렀다.

그러고는 나를 돌아다보았다.

"당신이 말해 주길 바랐소. 우리는 어디에서 와서 어디로 가는지 말이오. 당신은 몇 해 동안이나 그 사악한 마법의 책들에만 빠져 살았소. 씹어 먹은 종이만 해도 오십 톤이 넘을 거요! 그것들한테서 얻은 게 뭐요?"

조르바의 목소리에 극심한 고뇌가 깃들어 있어서 나는 가슴이 뒤틀리듯 고통스러웠다. 아! 대답해 줄 수만 있다면!

나는 인간이 궁극적으로 가 닿는 곳은 지식도 아니요 미덕도 아니며, 선도 아니요 극기도 아니며, 더 위대하고 더 초인적이며 더 절망스러운 그 무엇임을 통렬하게 느꼈다. 바로 신에게 바치는 경외감이었다!

"대답 못 하겠소?" 조르바가 몹시 알고 싶어 하면서 물었다.

나는 신에게 바치는 경외감의 뜻을 나의 길동무에게 이해시키려고 애썼다.

"우리는 작은 유충들입니다, 조르바. 거대한 나무에 달린 작은 잎사귀 위에서 사는 보잘것없는 유충들이죠. 작은 잎사귀는 지구예요.

다른 잎사귀들은 밤에 보이는 저 움직이는 별들이고요. 우리는 이 작은 잎사귀 위에서 우리 길을 가는 겁니다. 불안스럽고 조심스럽게 잎사귀를 살피면서요. 잎사귀 냄새를 맡습니다. 우리한테 좋을 수도 있고, 나쁠 수도 있지요. 맛을 보고, 먹어도 되는 건지 먹으면 안 되는 건지 알아내기도 합니다. 우리가 잎사귀를 때리면, 잎사귀는 살아 있는 생물처럼 비명을 지르지요.

어떤 사람들은 — 좀 더 대담한 사람들은 — 잎사귀 끝까지 갑니다. 거기서 몸을 쭉 내밀어 카오스를 들여다보지요. 그러고는 벌벌 떱니다. 우리 밑에 어떤 무시무시한 심연이 놓여 있을지 추측하면서요. 우리는 저 멀리 달려 있는 다른 잎들에서 나는 소음들도 들을 수 있고, 수액이 나무뿌리에서 우리 잎까지 타고 올라와 우리 가슴을 부풀리는 것도 느낄 수 있습니다. 그렇기 때문에 두려움에 떨면서도 혼신을 다해 경외감이 드는 심연을 굽어보는 겁니다. 바로 그 순간에 시작됩니다……."

나는 말을 끊었다. 이렇게 말하고 싶었다. '바로 그 순간에 나오기 시작하는 겁니다. 시가 말입니다." 하지만 조르바가 이해하지 못할 것 같아서 말을 끊었다.

"뭐가 시작되는데요?" 조르바가 초조한 목소리로 물었다. "왜 말을 하다 말아요?"

"……시작됩니다. 크나큰 위험이 말입니다, 조르바. 어떤 사람들은 어지러워서 정신이 나가 버리고, 어떤 사람들은 겁에 질리지요. 다들 심장을 강하게 해 줄 대답을 찾으려고 애를 씁니다. 그러다 대답을 찾아내고는 말하지요. '하느님!' 어떤 사람들은 또 잎사귀 가장자리로 가서 조용히, 용감하게 벼랑을 굽어보면서 말합니다. '괜찮은걸!'"

조르바는 오래도록 곰곰이 생각했다. 이해하려고 고군분투하고 있었다.

"알고 있었군요." 마침내 조르바가 말했다. "난 매순간 죽음을 생각하오. 죽는다고 해도 겁나지 않소. 그렇다고 죽고 싶다는 소리는 절대 아니오. 절대로! 난 죽고 싶다고 한 적 없어요!"

조르바는 입을 다물었다. 하지만 금세 다시 열었다.

"순한 양처럼 저승길 뱃사공한테 목을 쭉 빼 주면서 이러진 않을 거요. 절대로요. '부디 제 목 좀 잘라 줘요, 카론 씨. 천국으로 직행하고 싶어요!'"

듣고 있다 보니 난처했다. 제자들에게 법칙이 명한 대로 알아서 행하라고 자신의 원칙을 가르친 자, 그 누구던가? 숙명에 순응하고, 피할 수 없는 운명을 자발적인 의지로 바꾸어 행하라고 한 자, 그 누구던가? 아마도 그러는 것만이 인간이 해탈에 이르는 유일한 방법일 것이다. 비참하지만, 달리 뾰족한 수가 없는 것이다.

한데, 순응하기 싫다면? 인간의 자부심이, 돈키호테 같은 반항이 이 숙명을 물리치고, 영원하려는 영혼의 법칙에 순응하여, 모든 것은 끝이 있다는 걸 거부하고, 고유한 마음의 법칙에 따라, 비인간적인 자연의 법칙과는 정반대인 새로운 세상을 — 지금 세상보다 더 순순하고, 더 낫고, 더 도덕적인 새로운 세상을 — 창조한다면?

조르바는 나를 보더니 내가 더 이상 자신에게 해 줄 말이 없다는 걸 눈치 채고는, 앵무새가 깨지 않도록 새장을 살짝 들어 머리맡으로 옮겨놓고, 자갈밭에 쭉 드러누웠다.

"잘 자요, 대장!" 조르바가 말했다. "그만하면 됐어요."

아프리카에서 강한 남풍이 불어 왔다. 남풍은 채소와 열매와 온 크레타인의 마음을 부풀리며 성장시키고 있었다. 이마와 입술과 목에 바람이 느껴졌다. 뇌가 과일처럼 쩍쩍 갈라지면서 부풀고 있었다.

잠도 오지 않았고, 자고 싶지도 않았다. 아무 생각도 들지 않았다. 푸근한 밤에 그저 무언가가, 누군가가 내 안에서 성숙해 가는 것을 느꼈다. 나는 정신이 온전한 상태에서 지극히 놀라운 경험을 했다. 내 자신이 바뀌는 것을 목도한 것이다. 내 오장육부의 가장 어두운 심연에서만 일어나는 일이 이번에는 내 눈앞에서 일어난 것이다. 나는 바닷가에 쭈그리고 앉아 지금 일어나고 있는 이 기적을 지켜보았다.

별들이 점점 희미해지고, 하늘은 점점 밝아졌으며, 빛나는 그 이면이, 마치 잉크로 섬세하게 그린 것 같은 산들과 나무들과 갈매기들이 모습을 드러냈다.

새벽이 밝아 오고 있었다.

여러 날이 지났다. 어느덧 곡식이 익고, 이삭들은 낟알의 무게를 못 이겨 고개를 숙였다. 올리브나무들 위에서는 매미들이 하늘을 톱질하듯 울어 대고, 화려한 곤충들은 뙤약볕 아래에서 콧노래를 불렀다. 바다에서는 아지랑이가 모락모락 피어올랐다.

조르바는 새벽마다 소리 없이 빠져나가 산으로 올라갔다. 고가 케이블 설치 작업도 거의 끝나 가고 있었다. 철탑들도 다 제 자리에 세워졌고, 케이블 설치 준비도 끝났으며, 도르래도 붙박아 놓았다. 조르바는 어둑어둑해져서야 녹초가 된 채로 돌아왔다. 그가 불을 피워 저녁을 하고, 둘이서 같이 먹었다. 우리는 우리 안에서 자고 있는 귀신들 — 죽음과 공포 — 을 깨우지 않으려고 조심했다 — 과부나, 오르탕스 부인이나, 하느님에 대해서는 일절 이야기하지 않았다. 가만히 먼 바다만 바라보았다.

조르바가 통 말을 하지 않는 바람에, 영원하고도 부질없는 의문이 내 안에서 한 번 더 고개를 쳐들었다. 아무리 생각해도 이상했다. '이 세상은 도대체 뭐란 말인가? 이 세상이 있는 목적은 무엇이며, 하루밖에 못 사는 우리가 세상이 목적을 이루는 데 무슨 보탬이 된단 말인가? 조르바 생각대로라면 인간과 물질의 목적은 즐거움을 창조하는 것이다 — 다른 사람들은 "정신을 창조하는 것"이라고 말하겠지만, 풀어 보면 이 둘은 똑같은 이야기다. 그렇다면 세상은 왜 있는 것인가? 목적이 뭐란 말인가? 그리고 우리의 육체가 시들어 사라지면, 우리가 영혼이라고 불러 온 것이 조금이라도 남기는 할까? 혹시 아무것도 남지 않는 건 아닐까? 우리가 영원히 살게 해 주는 샘물을 마시고 싶은 욕망을 누르지 못하는 것도 꼭 영원히 살기 위해서라기보다는 한 뼘밖에 안 되는 짧은 인생을 영원불멸한 그 무언가를 모시는 데 바쳐 버려서가 아닐까?'

하루는 일어나 씻고 밖을 보니, 대지도 일어나 지금 막 목욕재계를 끝낸 듯 보였다. 방금 창조된 것처럼 반짝반짝 빛이 났다. 나는 마을로 내려갔다. 왼쪽으로는 쪽빛 바다가 고요하고, 오른쪽 저 멀리로는 황금빛 들녘이 황금 창들을 휘두르는 군대처럼 번쩍이며 일렁였다.

잎이 무성하고 아주 작은 무화과들이 열린 '우리 아가씨 무화과나무'를 지나고, 과부네 정원을 고개 한 번 안 돌리고 황급히 지나, 마을로 들어섰다. 작은 호텔은 이제는 아무도 돌보지 않은 채 버려져 있었다. 문과 창문들은 없어지고, 개들만 신이 나서 마당을 드나들고 있었으며, 방들은 텅 비었다. 시신이 있던 방에는 침대도, 트렁크와 의자들도 다 사라지고 없었다. 남은 거라고는 방 한구석에 있는 굽이 다 닳고 너덜너덜한 슬리퍼 한 짝과 슬리퍼에 달린 빨간 방울 술뿐이었다. 슬리퍼는 충직하게 아직도 주인의 발 모양을 고스란히 간직하고 있었다. 가여운 슬리퍼는 인간의 마음보다 깊은 동정심으로, 사랑받고 혹사당한 그 발을 아직도 잊지 않고 있었다.

나는 오두막에 늦게 돌아왔다. 조르바가 어느새 돌아와 불을 피워 저녁을 준비하고 있었다. 눈을 들어 나를 반기더니 내가 어디 갔다 오는 길인지 단번에 알아차렸다. 그러고는 얼굴을 찡그렸다. 오랜 나날 동안 아무 말도 하지 않고 지내던 조르바는 그날 저녁 마음의 빗장을 풀고 말을 했다.

"괴로우면 말이오, 두목." 조르바가 자기 합리화를 하려는 듯이 말했다. "심장이 두 쪽 나는 것 같소. 흉터투성이에 벌집이 된 지 오랜데도 이것들이 순식간에 다시 붙어서 상처를 안 보이게 덮는다오. 온몸이 아문 자리투성이여서 잘 견디는 거요."

"가여운 부불리나를 참 빨리도 잊더군요, 조르바." 내 딴에는 잔인하게 말한다고 그렇게 말했다.

조르바는 욱해서 언성을 높였다.

"새 술은 새 부대에 담으라고 했소! 나는 어제 일어난 일을 생각하지 않소. 내일 일어날 일도 생각하지 않고요. 오늘, 바로 지금 이 순간에 일어나는 일만 생각하오. 오늘 일만 신경 쓴다, 이 말이오. '조르바, 지금 뭐 하나?' '자네.' '그럼, 잘 자게.' '조르바, 지금 뭐 하나?' '일하네.' '그럼, 잘해 보게.' '조르바, 지금 뭐 하나?' '여자하고 키스하네.' '그럼, 잘해 보게, 조르바! 키스할 동안 딴 일은 다 잊어버려. 이 세상에 자네와 여자, 딱 둘밖에 없다고 생각해! 서둘러!' 하고 말이오."

조르바는 잠시 가만히 있다가 말을 이었다.

"있잖소, 부불리나 살아생전에 나만큼 부불리나를 기쁘게 해 준 카나바로도 없다오 — 뼈에 가죽만 남은 조르바만큼 말이오. 왜 그런지 알고 싶소? 이 세상 카나바로 놈들은 죄다 키스하는 내내 딴생각을 하기 때문이오. 함대 생각, 왕 생각, 크레타 생각, 주름이 구겨지면 어쩌나, 장식이 짜부라지면 어쩌나 하는 생각, 마누라 생각. 하지만 난 싹 다 잊어버려요. 부불리나, 고것도 그걸 알았지요. 자, 배운 양반, 내 말하건대 여자한테 그보다 더 기쁜 건 없소이다. 진짜 여자는 — 잘 들어 둬요. 다 도움이 되라고 하는 이야기니까 — 사내가 요만큼 기쁘게 해 주면 자기는 이만큼 기쁘게 해 준다오. 몇 곱절로 돌려주는 거요."

조르바는 허리를 굽혀 장작을 더 올리고는 말없이 가만히 있었다.

나는 그를 바라보았다. 행복했다. 외딴 해변에서 보내는 이 순간들이 헤아리기 어려운 인간의 가치를 단순하면서도 풍요롭게 해 주는 것을 느꼈다. 우리의 저녁 끼니는 늘 스튜였다 — 생선과 굴, 양파, 후추를 듬뿍 넣은, 뱃사람들이 무인도 해변에서 먹을 법한 스튜였다. 하지만 어떤 산해진미보다 훌륭했고, 이만큼 인간의 정신에 좋은 음식도 없었다. 거기, 세상의 끝에서 우리 둘은 난파당한 사내들 같았다.

"낼모레면 케이블이 작동할 거요." 조르바가 꼬리를 무는 생각들을 따라가면서 말했다. "난 이제 땅에서 일하지 않아도 되오. 이제 날짐승이오. 양쪽 어깨에 도르래가 달린 게 느껴져요!"

"피레에프스 레스토랑에서 나한테 던진 미끼 기억납니까? 날 낚으려고 던진 미끼 말입니다." 내가 물었다. "기막힌 수프들을 만들 수 있다고 했던 말 — 안 그래도 내가 제일 좋아하는 음식이 수프예요. 내가 수프를 좋아한다는 걸 어떻게 알았어요?"

조르바는 조금 무안해하면서 고개를 가로저었다.

"그건 뭐라고 말하기가 그렇소, 대장. 문득 그런 생각이 들었을 뿐이라서. 카페 한구석에 가만히 앉아서 금박을 두른 작은 책을 보고 있는 품이 — 모르겠소, 왠지 수프를 좋아할 것 같았어요. 알고 자시고 할 것도 없이!"

조르바는 말을 끊고 몸을 내밀면서 귀를 곤두세웠다.

"쉿!" 조르바가 말했다. "누가 와요!"

누군가가 다급하게 뛰어오는 발소리와 헉헉거리는 소리가 들렸다. 반짝이는 불빛 속으로 누군가가 불쑥 나타났다. 찢어진 신부복을 입고, 머리에는 아무것도 쓰지 않았으며, 붉은 턱수염에, 작은 콧수염이 붙어 있는 수도승이었다. 파라핀 냄새가 지독하게 풍겼다.

"하! 어서 오게, 자하리아 신부!" 조르바가 외쳤다. "아니 어쩌다 꼴이 이 지경이 됐나?"

수도승은 불가에 털썩 주저앉았다. 턱을 덜덜 떨고 있었다. 조르바가 수도승에게 몸을 기울이더니 윙크를 했다.

"네." 수도승이 말했다.

"브라보, 우리 수도승!" 조르바가 소리쳤다. "자네 이제 천국행이 정해졌군그래. 따 놓은 당상이야! 파라핀 깡통 하나 들고 입장만 하면 되게 생겼어!"

"아멘!" 수도승이 성호를 그으면서 중얼거렸다.

"그래서 어떻게 됐나? 언제 한 거야? 어서 얘기 좀 해 주게!"

"미카엘 대천사를 만났소, 카나바로 형제. 미카엘 대천사가 나한테 명령을 내렸다오. 어떻게 된 건지 들어 보시오. 난 부엌에서 콩을 까고 있었소. 혼자서요. 문들도 다 닫혀 있고, 다들 저녁 기도를 드리는 중이었소. 적막 그 자체였지요. 밖에서 새들이 우는 소리가 들렸소. 꼭 천사들 노랫소리 같았죠. 난 만반의 준비를 끝내고 기다렸소. 파라핀을 한 통 사서는 묘지에 있는 예배당 성단 밑에 숨겨 두고서요. 미카엘 대천사가 축복해 줄 수 있게 말이오.

어제 오후에 그렇게 콩을 까고 있는데, 머릿속으로 천국이 막 흘러가지 뭐요. 나는 나한테 말하고 있었소. '주여, 저도 하느님 왕국에 들어갈 자격이 있습니다. 천국에 가서도 부엌에 틀어박혀 영원토록 콩이나 깔 준비가 돼 있단 말입니다!' 그런 생각을 하고 있노라니 두 뺨에 눈물이 줄줄 흐르더군요. 그때 갑자기 내 위에서 날개가 퍼덕거리는 소리가 들렸소. 나는 무슨 뜻인지 알아듣고 머리를 조아렸다오. 두려움에 떨면서 말이오. 그때 소리가 들렸소. '자하리아, 두려워 말고, 고개를 들라.' 하지만 나는 뭐라고, 뭐라고 꽥꽥거리면서 바

닥으로 벌렁 나자빠졌다오. '위를 보거라, 자하리아!' 그 목소리가
또 말했소. 고개를 쳐들고 봤소. 문이 열려 있고, 미카엘 대천사가 문
간에 떡 서 있었소. 수도원 성소 문에 새겨진 대로였소. 똑같이 생겼
더군요. 검은색 날개에, 붉은색 샌들에, 황금빛 후광까지. 햇불 대신
긴 칼을 들고 있는 것만 빼고요. '자하리아 만세!' 미카엘 대천사가
말했소. '저는 하느님의 종입니다.' 내가 대답했소. '내리실 명령이
라도 있습니까?' '이 타오르는 햇불을 받아 들어라. 주께서 너와 함
께하시리라.' 나는 손을 내밀었소. 손바닥이 타는 것 같았다오. 그런
데 미카엘 대천사는 사라지고 없었소. 내가 본 건 한 줄기 불길이 하
늘을 휙 지나간 게 전부요. 꼭 유성처럼 말이오."

수도승은 얼굴에 흐른 땀을 훔쳤다. 얼굴이 하얗게 질려 있었다.
열병에 걸린 사람처럼 이를 딱딱 부딪쳤다.

"그래서?" 조르바가 말했다. "이겨 내, 자하리아! 그래서 어떻게
됐어?"

"다들 기도를 끝내고 식당으로 들어가던 때였소. 수도원장이 지
나가면서 나를 개 차듯이 걷어차지 뭐요. 다들 좋아 죽겠다고 낄낄
거리더군요. 난 아무 말도 하지 않았소. 대천사가 다녀간 뒤라 아직
유황 냄새가 나는데도 아무도 눈치를 못 채더군요. '자하리아!' 지
도 수사가 말했소. '안 먹을 건가?' 나는 입을 꾹 다물고 가만히 있
었소이다.

'자하리아 신부는 천사 밥만 먹으면 돼요!' 그 소돔 새끼, 데메트
리오스가 말했소. 다들 또 낄낄거리고 웃었지요. 그래서 일어나 묘
지로 갔소. 대천사 앞에 엎드렸습니다…… 그렇게 몇 시간을 있는

동안 대천사가 발로 내 목을 꾹 누르고 있는 게 느껴졌소. 시간이 번개처럼 빠르게 지나갔다오. 천국에서는 세월이, 몇 백 년이 그런 식으로 지나갈 거요. 한밤이 되었소. 사방이 고요했지요. 수도승들도 다 잠들고요. 나는 벌떡 일어나 성호를 긋고는 대천사 발에 입을 맞추었소. '당신의 뜻이 이루어지리다.' 내가 말했소. 그러고 나서 파라핀 통을 꺼내 뚜껑을 딴 다음 들고 나갔소. 걸레 쪼가리들은 옷 속에 넣어 둔 상태였지요.

잉크처럼 새카만 밤이었소. 달도 안 뜨고요. 수도원이 지옥처럼 어두웠지요. 뜰로 들어가서 계단을 올라가 수도원장 거처로 갔소이다. 문에, 창문에, 벽에 죄 파라핀을 끼얹었소. 그러고 나서 데메트리오스 방으로 달려갔소. 이 방 저 방에 파라핀을 쏟아 붓기 시작해 기다란 나무 복도를 따라가면서 줄줄 부어 댔소 — 당신이 시킨 대로요. 그러고는 예배당으로 들어가 예수님 상 앞에 있는 등잔에서 초를 빼내 불을 붙인 다음 불을 질렀소이다."

수도승은 숨이 차서 말을 끊었다. 내면에서 타오르는 불길로 그의 두 눈이 활활 불타올랐다.

"고맙기도 하지!" 수도승이 성호를 그으며 고함쳤다. "고맙기도 하지! 순식간에 수도원이 불길에 휩싸였소이다. '지옥의 불길이다!' 나는 목청이 찢어져라 소리치고는 죽을힘을 다해 도망쳤소. 달리고 또 달렸어요. 종들이 울리고 수도승들이 외치는 소리가 들렸소⋯⋯ 난 마구 달렸소⋯⋯.

날이 밝아 오기 시작했소. 숲에 숨었지요. 몸이 막 떨리더군요. 해가 뜨자 수도승들이 나를 찾아내려고 숲을 뒤지는 소리가 들렸소. 하지만 하느님이 안개를 내려 나를 가려 주신 덕분에 날 보지 못했지요. 땅거미가 질 무렵, 이렇게 말하는 소리가 들렸소. '바닷가로 가거라! 도망쳐!' '저를 인도해 주소서, 대천사님, 저를 인도해 주소서!' 나는 소리치면서 달려 나가기 시작했소이다. 어디로 가고 있는지도 모르면서요. 하지만 대천사가 인도해 주셨지요. 번갯불로 비춰 주시고, 나무들 위로 밤새들을 보내 주시고, 산 아래로 내려가는 오솔길로 이끄시면서요. 대천사만 꾹 믿고, 대천사를 따라 죽어라 달렸소이다. 그러자 대천사는 더 큰 보상을 내려 주셨소, 보시다시피 말이오! 당신을 찾아 낸 겁니다, 카나바로 형제! 난 구원 받았소이다!"

조르바는 한마디도 하지 않았지만, 입이 털북숭이 당나귀 귀에 걸리면서 만면에 속된 웃음을 띠었다.

저녁이 준비되자 조르바는 불 위에서 주전자를 내렸다.

"자하리아." 조르바가 말했다. "천사 밥이 뭔가?"

"성령입니다." 자하리아 신부가 성호를 긋고는 대답했다.

"성령? 다른 말로 하면, 바람? 인간한테는 영양가 없는 음식이로군그래. 이리 와서 먹게. 빵도 먹고, 생선 수프도 먹고, 여기 고기도 두 점 남았으니 먹어. 기운이 날 거야. 자네 아주 잘한 거야! 먹어!"

"배고프지 않습니다." 수도승이 말했다.

"자하리아는 배가 안 고프지만, 요셉은 배고프잖아. 안 그래? 요셉도 배가 안 고파?"

"요셉은." 자하리아 신부가 큰 비밀이라도 누설하듯 나지막이 말했다. "불에 타 죽었어요. 뒈질 놈의 그 영혼도 타 죽고요. 고맙게도 말입니다!"

"타 죽었구나!" 조르바가 낄낄 웃으면서 소리쳤다. "어떻게 타 죽었나? 언제 타 죽었어? 타 죽는 거 봤어?"

"카나바로 형제, 내가 예수님 상 앞에 놓인 등잔에서 초를 꺼내 불을 붙일 때, 바로 그때 타 죽었소. 내 눈으로 똑똑히 봤소. 그놈이 불의 심판에 대한 글이 쓰여 있는 검은 리본처럼 내 입에서 줄줄 빠져나가는 걸 말이오. 촛불에서 불똥이 탁 튀어 그놈한테 떨어지는 순간, 뱀처럼 몸을 비틀면서 몸부림을 치더니, 다 타서 재가 돼 버렸소. 얼마나 안심이 되던지! 얼마나 고맙던지! 벌써 천국에 들어가 있는 기분이었습니다!"

불가에 쪼그리고 앉아 있던 자하리아가 벌떡 일어섰다.

"해변에 나가서 자겠습니다. 그러라는 명령을 받았거든요."

자하리아는 물가를 따라 걸어가 캄캄한 밤의 어둠 속으로 사라졌다.

"저 친구, 당신이 책임져요, 조르바." 내가 말했다. "수도승들이 찾아내기라도 했다가는 끝장입니다."

"못 찾아낼 테니 걱정 말아요, 대장. 난 이런 일에는 도가 텄어요. 내일 아침 일찍, 면도 싹 시키고, 진짜 인간이 입는 옷을 입혀서 무조건 배에 태울 거요. 괜한 걱정일랑 붙들어 매요. 스튜 맛있지요? 인간이 먹는 음식이나 맛있게 들어요. 세상 걱정 다 하느라고 골머리 썩지 말고!"

조르바는 왕성한 식욕으로 먹고 마시고는 콧수염을 쓱 닦았다. 이제 말이 하고 싶어진 것이다.

"눈치챘소, 대장?" 조르바가 말했다. "자하리아 속에 있던 악마는 죽었소. 이제 속이 비어 버린 거요, 불쌍한 친구 같으니. 텅텅 비어 버렸어요. 끝장난 거요! 이제부터는 다른 사람하고 똑같아지는 거죠!"

조르바는 한참 또 생각하더니 말했다.

"대장, 자하리아 안에 들어 있던 악마에 대해서 생각해 봤소?"

"당연히 생각해 봤지요." 내가 대답했다. "자하리아를 사로잡고 있던 그 생각입니다. 수도원을 불태워 버리겠다는 생각이요. 수도원에 불을 질렀으니 이제는 잠잠해졌지요. 고기 먹고 싶고, 술 마시고 싶던 생각이 곪아서 행동으로 터진 겁니다. 다른 자하리아는 단식으로 성숙해져 있어서 술도 고기도 필요 없었어요."

조르바는 머릿속으로 이리저리 뒤집어 보면서 생각했다.

"음, 당신 말이 옳은 것 같소, 대장! 내 안에는 악마가 한 대여섯은 들어 있을 거요. 뻔하지!"

"그건 누구나 다 마찬가지니까, 조르바, 걱정하지 않아도 됩니다. 그리고 더 많을수록 좋아요. 중요한 건 그것들이 끝에 가서는 목표가 똑같아야 한다는 겁니다. 목표에 다가가는 방법은 다 다르더라도 말입니다."

이 말들이 조르바를 깊이 뒤흔든 모양이었다. 그는 두 무릎 사이에 그 큰 머리를 묻고는 생각에 빠졌다.

"어느 끝이요?" 조르바가 마침내 고개를 들어 나를 빤히 보면서 물었다.

"그걸 내가 어떻게 알아요, 조르바? 너무 어려운 걸 물어 보면 어떡합니까? 내가 무슨 재주로 그런 걸 다 설명해요?"

"나도 좀 알아듣게 간단하게 말해 봐요. 난 여태까지 늘 악마들 마음대로 하게 내버려 두고, 하자는 대로 다 했소 — 그러다 보니 정직하지 않다는 소리도 듣고, 미쳤다는 소리도 듣고, 솔로몬처럼 현명하다는 소리도 들었소. 그게 다 나고, 그리고 그게 전부가 아니라 훨씬 더 많아요 — 러시아 셀러드처럼 말이오. 그러니 나 좀 현명하게 해 줘요, 대장…… 어느 끝이오?"

"난 이렇게 생각해요, 조르바 — 그런데 내 생각이 틀릴 수도 있습니다 — 인간은 세 부류가 있어요. 첫 번째는 많이들 그렇듯이 먹고 마시고, 사랑을 나누고, 돈을 벌고, 이름을 날리는 것을 목표로 삼고 사는 사람들입니다. 그 다음은 인류를 걱정하면서 목표를 자기의 삶에 두지 않고, 온 인류의 삶에 두고 살아가는 사람들입니다 — 이 사람들은 인류를 하나로 느끼고, 인류를 일깨우려고 애쓰고, 사랑할 수 있는 데까지 사랑하고, 인류에게 좋은 일을 하려고 애씁니다. 마지막은 전 우주적인 삶을 사는 게 목표인 사람들입니다 — 이 사람들은 세상만물, 인간들, 동물들, 나무들, 별들, 이 모두가 하나이고, 우리 모두는 똑같은 끔찍한 투쟁을 치를 수밖에 없는 상황에 꼼짝없이 갇힌 하나의 실체라고 생각합니다. 무슨 투쟁이냐? ……물질을 정신으로 바꾸는 투쟁입니다."

조르바가 머리를 벅벅 긁었다.

"난 머리가 둔해요, 대장. 이런 건 잘 못 알아들어요……. 아, 당신이 춤으로 보여 줄 수만 있다면 나도 알아들을 텐데."

나는 당황해서 입술을 깨물었다. 이 지독한 생각들을 춤으로 표현할 수만 있다면 얼마나 좋겠는가! 하지만 그럴 수가 없었다. 완전히 헛산 것이다.

"아니면, 그걸 다 이야기로 해 줘도 되오, 대장. 후세인 아가가 그랬던 것처럼 말이오. 후세인 아가는 이웃에 살던 늙은 터키족 사람이오. 나이도 아주 많고, 아주 가난하고, 마누라도 없고, 자식도 없고, 완전히 혼자였지요. 옷은 다 해졌지만 빛이 날 정도로 깨끗했어요. 손수 빨래도 하고, 밥도 하고, 마루도 문질러 닦아 광을 내고, 밤이 되면 우리를 보러 오고는 했지요. 마당에 앉아서 우리 할머니하고 딴 할머니들 몇 분하고 같이 양말을 깁고는 했다오.

그래요, 지금 이야기하고 있는 이 후세인 아가는 성인군자였소. 어느 날은 나를 무릎에 앉히고는 축복을 해 주는 것처럼 내 머리 위에 손을 얹었소. '알렉시스.' 후세인 아가가 말했다오. '비밀을 한 가지 알려 주마. 지금은 너무 어려서 무슨 말인지 잘 모르겠지만, 나중에 크면 알게 될 게다. 들어 보렴, 애야. 칠 층짜리 천국도, 칠 층짜리 이 세상도 하느님을 담고 있기에는 너무나 좁단다. 하지만 사람 마음은 하느님을 담을 수가 있어. 그러니까 아주 조심해야 한다, 알렉시스 — 내 축복이 너와 함께하기를 빌어 주마 — 사람 마음에 절대 상처를 주면 안 돼!'

나는 닥치고 조르바의 말을 듣기만 했다. 그러면서 생각했다. '추상적인 생각이 정점에 이를 때까지 — 그래서 하나의 이야기가 될 때까지 — 입도 뻥긋하지 않을 수 있다면 얼마나 좋을까! 하지만 오직 위대한 시인들이나 그런 경지에 다다를 수 있으며, 평범한 사람은 묵언수행을 수백 년은 해야 그런 경지에 이르는 것을 어찌하랴!'

조르바가 일어섰다.

"우리 말썽꾸러기가 잘 있는지 보고 오다. 감기 걸리지 않게 담요라도 덮어 줘야지요. 일류 이발사는 못 되겠지만, 가위도 가져가 고요."

조르바는 가위와 담요를 들고 껄껄 웃으면서 바닷가를 따라 걸어 갔다. 이제 막 떠오른 달이 으스스하고 창백한 빛을 대지 위로 흩뿌 려대고 있었다.

나는 꺼져 가는 불 가에 홀로 앉아 조르바가 한 말의 무게를 가늠 해 보았다 ― 그 말들은 의미가 풍부하고, 훈훈한 흙냄새를 풍겼다. 존재의 심연에서 우러나와 아직도 인간적인 온기를 간직하고 있었 다. 내가 하는 말들은 종이로 만들어진 것들이었다. 내 머리에서 나 와, 거의 피 한 방울 튀지 않은 것들이었다. 그런데도 내 말에 어떤 가 치라도 들어 있다면 그건 미미하나마 내 말에 피의 흔적이 묻어 있기 때문이다.

엎드려 불씨가 남아 있는 숯을 찾느라 재를 샅샅이 뒤지면서 조르 바가 돌아오기만 기다고 있는데, 조르바가 두 팔을 축 늘어뜨린 채 망연자실한 얼굴로 돌아왔다.

"대장, 너무 심각하게 생각하지 말아요……."

나는 벌떡 일어섰다.

"죽었소이다." 조르바가 말했다.

"죽어요?"

"훤한 달빛을 받으면서 바위에 누워 있었소. 무릎으로 살살 기어 가서 턱수염하고 남아 있는 콧수염을 자르기 시작했소. 계속 자르는 데도 꿈쩍도 안 하지 뭐요. 난 재미가 나서 머리털까지 싹 밀어 버렸 다오. 얼굴에서 깎은 털만 해도 한 근은 될 거요. 그리고 나서 이렇게

437

보니까, 꼭 털 깎인 양 같아서, 볼썽사납게도 그만 낄낄 웃고 말았소!
'이보시오, 자하리아 선생!' 내가 낄낄거리면서 소리쳤다오. 막 흔들면서 말이오. '일어나서 성모가 행하신 기적 좀 보시구려!' 그런데, 젠장 일어나기는! 꿈쩍도 안 했소이다! 또 막 흔들었소. 그래도 마찬가지였소이다! '가엾어라, 죽었을 리가 없는데!' 난 속으로 말했다오. 신부복을 벌리고 맨 가슴에 손을 갖다 댔소. 심장 위에 말이오. 벌떡벌떡? 전혀요! 엔진이 꺼져 버린 겁니다!"

말을 하면서 조르바는 정신을 차렸다. 죽음이 조르바를 잠시 할 말을 잃게 만들었지만, 그는 곧 제정신으로 돌아왔다.

"자, 이제 어쩌면 좋겠소, 대장? 내 생각에는 화장하는 게 좋을 것 같은데. 파라핀으로 살인한 자, 파라핀으로 망할지니 — 복음서에 이 비슷한 말이 나와 있지 않나요? 신부복이 때와 파라핀으로 반질반질하니까 세족식 목요일의 유다처럼 활활 타오를 거요!"

"마음대로 해요." 나는 뒤숭숭한 마음으로 말했다.

"거참 난처하게 생겼소이다." 조르바가 마침내 말했다. "그야말로 난처함의 극치요. 불을 붙이면 옷이야 횃불처럼 활활 타오르겠지만, 가엾게도 저 친구는 뼈하고 가죽밖에 없으니 말이오! 너무 말라 가지고 다 타서 재가 되려면 엄청 오래 걸릴 거요. 불 좀 타게 해 줄 비곗덩어리 한 점 안 붙어 있으니 말이오."

조르바는 고개를 절레절레 흔들고는 덧붙였다.

"하느님이 정말 있다면 말이오, 이런 일이 있을 걸 미리 알고 비곗덩어리 한 점 정도는 붙여 주셨어야 하는 거 아니오? 우리를 위해서라도. 어떻게 생각하오?"

"난 끌어들이지 말아요, 조르바. 조금도요. 하고 싶은 대로 하되, 빨리 해요."

"제일 좋은 건 기적 같은 게 일어나 주는 거요! 수도승들이, 하느님이 이발사로 변신해, 수도원에 피해를 입힌 죄로 이 친구 털을 싹 밀어 버리고 벌을 내렸다고 믿게 만들어야 하오."

조르바는 머리를 긁적거렸다.

"하지만 무슨 수로요? 무슨 수로 그렇게 믿게 만든단 말입니까? 이제 손들 때예요, 조르바!"

번쩍이는 구릿빛 초승달이 수평선 아래로 막 떨어지고 있었다.

나는 지쳐 잠이 들었다. 일어나 보니 새벽이었다. 조르바가 옆에서 커피를 끓이고 있었다. 그는 잠을 못 자서 얼굴이 창백하고, 눈이 퉁퉁 붓고, 온통 핏발이 서 있었다. 하지만 커다란 염소 입술은 심술궂은 웃음을 머금고 있었다.

"난 일 좀 하느라고 안 잤소, 대장."

"이 악당 같으니, 무슨 짓을 한 겁니까?"

"기적 좀 일으켜 봤소이다."

조르바는 껄껄 웃더니 손가락으로 조용히 하라는 신호를 보냈다. "말 안 해 줄 거요! 내일은 우리 케이블 선로 개통식이 있는 날이오. 살찐 멧돼지들이 다 와서 축복해 줄 거요. 그러고 나서들 알게 되는 거지요. 복수의 성모님이 행하실 새로운 기적이 어떤 건지를 ― 그 위대한 힘을 말이오!"

조르바가 커피를 건넸다.

"있잖소, 나한테 수도원장 하라고 하면 끝내 주게 잘할 거요." 조르바가 말했다. "내가 수도원을 차리면, 장담하건대 딴 수도원은 모조리 문 닫게 만들어서 단골들을 다 뺏을 거요. 눈물 좀 보지 않으시려오? 하고는 쪼그만 스펀지 하나를 물에 적셔서 성상들과 성자들 뒤에 숨겨 놓고는 마음대로 울려 버리는 겁니다. 천둥이 꽝꽝 치는 것도 보시려오? 하고는 성단 밑에 기계 한 대 딱 들여놓고 고막이 째질 만큼 꽝꽝 때려 버리는 겁니다. 혼도 보고 싶다굽쇼? 그러면 수도승들 중에서 제일 믿음직한 수도승을 두 명쯤 뽑아서 침대 시트로 꽁꽁 싸서는 밤에 지붕 위를 어슬렁거리게 만들면 됩니다. 그리고 해마다 성모 축일에 절름발이, 장님, 중풍 환자들을 잔뜩 불러 모아 놓고, 다시 햇빛을 보게 하고, 두 다리로 벌떡 일어나 성모의 영광을 찬양하면서 춤을 추게 만들 겁니다!

뭐가 그렇게 우습소, 대장? 삼촌이 한 분 계셨는데, 이 양반이 어느 날 우연히 다 죽어 가는 노새 한 마리를 보았다오. 죽으라고 어느 놈이 산에 버리고 간 거요. 삼촌은 노새를 집으로 끌고 왔소. 그러고는 매일 아침 풀밭으로 끌고 나갔다가 밤이 돼서야 돌아왔다오. '어이, 하랄람보스!' 이웃에서 온 사람이 지나가다가 소리쳤소. '그 쓸모없는 녀석을 어따 쓰려고 그래?' 삼촌이 뭐랬는지 아시오? '이놈이 내 거름 공장일세!' 아무렴요, 대장, 내 손에 수도원을 떡 쥐어 주면 기적을 낳는 공장이 될 겁니다!"

25

살아 있는 한, 사월의 마지막 날을 결코 잊지 못할 것이다. 케이블 선로가 준비되었다. 철탑과 케이블과 도르래 들이 아침 햇살에 반짝이고 있었다. 산꼭대기에는 거대한 소나무 목재들이 산더미처럼 쌓여 있고, 인부들은 그 목재들을 케이블에 매달아 바다로 내려 보내라는 신호가 떨어지기만을 기다리고 있었다.

산중턱 출발 지점에 세워진 깃대 꼭대기에서는 커다란 그리스 국기가 펄럭이고, 그 아래 바닷가에서도 비슷한 것이 펄럭이고 있었다. 조르바는 어느새 오두막 앞에다 포도주까지 작은 걸로 한 통 준비해 두었다. 옆에서는 인부 한 사람이 살이 통통한 양고기를 꼬치에 꿰고 있었다. 축도식과 개통식이 끝나면, 손님들이 한잔하면서 우리에게 성공을 기원해 줄 참이었다.

조르바는 앵무새 새장까지 들고 나와 첫 번째 철탑 옆 바위 꼭대기에 올려놓았다.

"여기 놓고 이놈 여주인 보듯이 보려고요." 조르바가 앵무새를 애정 어린 눈길로 바라보며 중얼거렸다. 그러고는 주머니에서 땅콩을 한 움큼 꺼내 앵무새에게 주었다.

조르바는 제일 좋은 옷으로 빼입고 있었다. 단추 없는 흰 셔츠와 녹색 재킷, 회색 바지를 입고, 옆에 고무를 댄 구두를 신고 있었다. 게다가 염색물이 빠져 가는 콧수염에 왁스칠까지 했다.

조르바는 마을 유지들이 도착하자, 지체 높은 귀족이 동료 귀족에게 예를 표하듯이 그 사람들을 반갑게 맞이하고는, 케이블 선로가 무엇인지, 케이블 선로가 이 지역에 어떤 이득을 가져다 줄 것인지를 설명하고, 성모가 — 무한한 자비를 베풀어 — 온 지혜를 동원해 이 공사를 완벽하게 실행하도록 도와주었다고 이야기했다.

"이는 위대한 토목 공사 기술의 일부입니다." 조르바가 말했다. "정확한 기울기를 찾아야만 제대로 작동합니다! 저는 정확한 기울기를 찾으려고 몇 달씩이나 머리를 쥐어짰습니다. 하지만 알아낼 수가 없었습니다. 이렇게 위대한 일을 하기에는 인간의 머리가 너무도 모자라는 게 분명합니다. 하느님의 도움이 필요한 것입니다……. 그런데, 성모님이 제가 쩔쩔 매고 있는 걸 보시고는 저를 불쌍히 여기셨습니다. '조르바, 저 가엾은 사람 같으니.' 성모님이 말씀하셨습니다. '나쁜 사람 같지도 않고, 하는 일이 다 마을에 이익이 되는 일이니 내려가서 도와줘야겠다.' 그리고 나자마자, 오, 하느님의 기적이……."

조르바는 말을 멈추고, 성호를 연거푸 세 번이나 그었다.

"오, 기적이었습니다! 어느 날 밤, 자고 있는데, 검은 옷을 입은 여인이 나타났습니다 — 성모님이셨습니다. 손에 요만한 작은 모형 케이블을 들고 계셨습니다. '조르바.' 성모님이 말씀하셨습니다. '네가 계획한 것들을 가져왔느니라. 하늘에서 내리신 것들이니라. 필요한 경사면, 여기 있다. 그리고 이건 내가 내리는 축복이다!' 그러고는 사라지셨습니다! 전 깜짝 놀라 잠에서 깼습니다. 곧장 제가 시험하고 있던 장소로 달려갔습니다. 갔더니 어땠는지 아십니까? 전선이 정확한 각도로 설치되어 있었습니다. 저절로 말입니다. 전선에서 벤자민 냄새까지 났습니다. 그건 바로 성모님이 전선에 손을 대셨다는 증거입니다!"

콘도마놀리오가 질문을 하려고 입을 막 벌렸을 때, 수도승 다섯이 노새를 타고 돌산 오솔길을 따라 내려왔다. 다른 수도승 하나는 십자가를 어깨에 둘러맨 채 앞장서 걸어오면서 뭐라고, 뭐라고 소리를 질러 댔다. 다들 뭐라고 하는 건지 알고 싶어 귀를 곤두세웠지만, 도무지 알 수가 없었다.

성가는 알아들을 수 있었다. 수도승들은 성호를 그어 가며 팔을 쳐들어 휘둘러 댔다. 노새 발굽에 채인 돌들이 서로 부딪쳐 불꽃을 일으켰다.

걸어서 온 수도승이 땀으로 범벅이 된 얼굴로 우리에게 다가왔다. 수도승은 십자가를 높이 쳐들었다.

"기독교도들이여! 기적이 일어났습니다!" 수도승이 소리쳤다. "기독교도들이여! 기적이 일어났습니다! 지금 신부들이 성모님을 모시고 오고 있습니다. 무릎을 꿇고, 경배하십시오!"

마을 사람들과 유지들과 인부들이 앞으로 달려 나가 신부를 에워싼 채 성호를 그어 댔다. 나는 떨어져 있었다. 조르바가 나를 쓱 쳐다보았다. 눈이 반짝반짝했다.

"당신도 가까이 가 봐요, 대장." 조르바가 말했다. "가서 성모가 일으킨 끝내 주는 기적에 대해서 좀 들어 보구려!"

수도승은 헐떡거리면서 급하게 이야기를 시작했다.

"무릎을 꿇고, 기도교도들이여, 하느님이 행하신 기적에 대해 들으시오! 들으시오, 기독교도들이여! 악마가 저주 받은 자하리아 신부의 영혼을 사로잡더니, 이틀 전에는 파라핀으로 수도원에 불을 지르게 꼬드겼습니다. 한밤중에 불길이 치솟는 게 보였습니다. 우리는 화들짝 놀라 잠에서 깼습니다. 작은 수도원도, 복도도, 방도, 죄다 불길에 휩싸였습니다. 우리는 수도원 종을 막 치면서 소리쳤습니다. '복수의 성모님! 살려 주소서! 살려 주소서!' 그리고 나서 양동이와 주전자에 물을 퍼 담아 불이 붙은 곳으로 몰려갔습니다! 이른 아침이 되어서야 불을 다 껐습니다. 자비로우신 성모님 덕분에 말입니다!

우리는 예배당으로 가서 기적의 성모상 앞에 무릎을 꿇고 외쳤습니다. '복수의 성모님! 당신이 들고 있는 그 창으로 죄인을 찔러 죽이소서!' 그리고는 안뜰로 나가 모였는데, 가만 보니 우리의 유다 자하리아가 보이지 않았습니다. '자하리아 그놈이 우리를 불 태워 죽이려고 했다! 틀림없이 그놈 짓이다!' 우리는 고래고래 소리를 지르고는 그놈을 뒤쫓았습니다. 하루 온종일 수색을 했습니다만 찾을 수가 없었습니다. 밤새 찾아다녔지만 마찬가지였습니다. 그런데 오늘 새벽에, 다시 예배당으로 갔다가 뭘 보았는지 아십니까, 형제님들? 무시무시한 기적이었습니다! 자하리아가 죽어 나자빠져 있었습니다. 신성한 성상 발치에서 말입니다. 그리고 성모님 창끝에는 커다란 핏자국이 있었습니다."

"키리에 엘레이손! 키리에 엘레이손!" 마을 사람들이 겁에 질려 중얼거렸다.

"그게 다가 아닙니다." 수도승이 침을 꿀딱 삼키고는 덧붙였다. "저주 받은 자하리아를 들어 올리려고 몸을 굽혔다가 기절초풍을 하고 말았습니다. 성모님이 머리털이며, 콧수염이며, 턱수염을 빡빡 밀어 버렸기 때문입니다 ─ 꼭 가톨릭 신부처럼 말입니다!"

나는 터지려는 웃음을 간신히 참으면서 조르바를 돌아다보았다.

"악당 같으니!" 내가 나지막이 말했다.

하지만 조르바는 그저 놀랍다는 듯이 눈을 휘둥그레 뜨고는 수도승을 바라보면서 깊이 감동하여 성호를 그어 대고, 감탄사를 연발했다.

"전능하신 주여, 오, 주여! 전능하신 주여, 오, 주여! 주께서 하시는 일은 놀라워라!" 조르바가 중얼거렸다.

바로 그때, 다른 수도승들이 도착해 노새에서 내렸다. 안내 담당이 두 팔로 성상을 안고 있었다. 안내 담당이 바위로 올라가자, 모두들 그 아래로 우르르 몰려가 기적의 성모 앞에 서로 먼저 엎드리려고 다투었다.

마지막으로 뚱보 데메트리오스가 헌금 쟁반을 들고 오더니 농부들에게 기부금을 거두면서 아둔한 농부들 머리에 장미 꽃물을 뿌려 댔다. 다른 수도승 셋이 데메트리오스를 빙 둘러싼 채, 손을 배꼽 위에 모으고는 얼굴에 비지땀을 흘리면서 성가를 불렀다.

"성모님을 모시고 크레타 마을들을 돌아다닐 겁니다." 뚱보 데메트리오스가 말했다. "신자들이 거룩한 성모님께 무릎 꿇고 헌금을 낼 수 있게 말입니다. 우리는 돈이 필요합니다. 성스러운 수도원을 복구하려면 돈이 많이 있어야 합니다……."

"살찐 돼지 새끼들!" 조르바가 으르렁거렸다. "이 일로 아주 재미를 보려고 드네그려!"

조르바는 수도원장에게 갔다.

"신부님, 개통식 준비가 다 됐습니다. 성모님께서 우리 일을 축복해 주시길!"

어느덧 해가 중천에 떠서 몹시 덥고, 바람 한 점 없었다. 수도승들은 국가가 계양된 철탑을 빙 둘러쌌다. 그러고는 통이 넓은 소매로 이마에 흐른 땀을 훔치고 나서 정초식 때 쓰는 기도문을 읊기 시작했다.

"주여, 오, 주여, 이 장치를 반석 위에 세우시어 비바람이 몰아쳐도 흔들리지 않게 하여 주소서……." 수도승들은 성수 솔을 놋그릇에 담갔다 꺼내 사물들에도 뿌리고, 사람들에게도 뿌렸다 ─ 철탑과 케이블과 도르래들에도 뿌리고, 조르바와 나에게도 뿌리더니, 농부들과 인부들에게도 뿌리고, 바다에도 뿌렸다.

그러고 나서 병든 여인을 조심스럽게 다루듯이 성모상을 들어 올려 앵무새 가까이에 내려놓고는 빙 둘러쌌다. 반대쪽에는 마을 연장자들이 쭉 서 있고, 조르바는 그 맨 가운데 서 있었다. 나는 바다 쪽으로 조금 떨어진 곳에 서서 기다렸다.

원래는 성 삼위일체를 기리는 뜻에서 나무 세 그루로 시운전하기로 돼 있었다. 그랬다가 복수의 성모에게 감사하는 뜻에서 하나를 추가했다.

수도승들과 마을 사람들과 인부들이 성호를 그었다.

"성 삼위일체와 성모의 이름으로!" 사람들이 중얼거렸다.

조르바는 한달음에 첫 번째 철탑으로 달려가서는 줄을 잡아당겨 깃발을 내렸다. 산꼭대기에서 기다리고 있는 인부들에게 보내는 신호였다. 구경꾼들은 일제히 뒤로 물러서면서 산 정상을 올려다보았다.

"성부의 이름으로!" 수도원장이 외쳤다.

그리고 나서 무슨 일이 일어났는지는 말로 설명할 수가 없다. 벼락 같은 대실패의 광경이 눈앞에 펼쳐졌다. 도망칠 틈도 거의 없었다. 구조물 전체가 한쪽으로 기울었다. 인부들이 달아맨 통나무는 귀신들린 관성을 뿜냈다. 마구 불꽃을 튀겨 대고, 나뭇조각을 날려 대더니, 몇 초 뒤, 땅바닥에 내려왔을 때는 통나무 숯이 돼 있었다.

조르바가 목 매달린 개의 눈으로 나를 바라보았다. 수도승들과 마을 사람들은 조심조심 뒤로 물러나고, 줄에 매인 노새들은 앞다리를 쳐들고 있었다. 뚱보 데메트리오스는 나자빠져 헐떡거리고 있었다.

"주여, 이 몸을 용서하소서!" 혼쭐이 난 데메트리오스가 공포에 질려 중얼거렸다.

조르바가 손을 들어 올렸다.

"아무것도 아닙니다." 조르바가 뻔뻔스럽게 말했다. "첫 번째 통나무란 게 늘 그렇잖습니까! 자, 이번에는 기계가 돌아갈 겁니다……."

조르바는 깃발을 올려 다시 신호를 보내고는 얼른 내뺐다.

"성자의 이름으로!" 수도원장이 떨리는 목소리로 외쳤다.

두 번째 통나무가 풀려났다. 철탑들이 부르르 떨리며 통나무에 가

속이 붙어 참돌고래처럼 풀쩍풀쩍 튀어 오르면서 우리를 향해 사납게 돌진했다. 하지만 그리 오래가지 못했다. 비탈을 반쯤 내려오다가 가루가 돼 버렸다.

"빌어먹을!" 조르바가 콧수염을 물어뜯으면서 투덜거렸다. "우라질 놈의 경사면 같으니, 아직도 안 맞고 지랄이네!"

그러고는 철탑으로 한달음에 달려가 다시 한번 깃발을 사납게 내려 신호를 보냈다. 세 번째 시도였다. 수도승들은 노새 뒤에 숨어 성호를 그었다. 마을 유지들은 한 발을 들고는 여차하면 뛸 준비를 하고 기다렸다.

"성신의 이름으로!" 수도원장은 신부복을 걷어 올려 도망칠 준비를 하고는 더듬거렸다.

세 번째 통나무는 어마어마하게 컸다. 산꼭대기에서 풀려나면서부터 무시무시한 굉음을 냈다.

"젠장, 엎드려!" 조르바가 허둥지둥 도망치면서 고함을 질렀다.

수도승들은 땅바닥으로 몸을 던졌고, 마을 사람들은 걸음아 날 살려라 하고 줄행랑을 놓았다.

통나무가 풀쩍 튀어 오르더니, 뒤집힌 채로 케이블에 턱 걸려서는 불꽃 소나기를 쏟아 냈다. 그러고는 무슨 일이 일어나고 있는지 채 보기도 전에, 무시무시한 속도로 산중턱으로 내려오더니, 해변 모래사장 위를 지나, 엄청난 물거품을 일으키면서 저 멀리 바닷속으로 곤두박질쳐 버렸다.

철탑들이 무섭게 흔들리고 있었고, 몇 개는 이미 기울고 있었다. 노새들은 밧줄을 끊고 달아났다.

"아무것도 아닙니다! 아무 걱정 마십시오!" 조르바가 제정신을 잃고 소리쳤다. "이제 기계가 진짜로 돌아갈 겁니다! 제대로 작동하기 시작하는 걸 볼 수 있습니다!"

조르바는 다시 한번 깃발을 올렸다. 우리는 조르바가 굉장히 무모하다고 느끼면서 다들 불안한 마음으로 이 일의 끝을 지켜보았다.

"복수의 성모님 이름으로!" 수도원장이 바위 쪽으로 막 도망치면서 외쳤다.

네 번째 통나무가 풀려났다. 무시무시하게 산산조각 나는 소리가 공기를 가르며 두 번 울려 퍼지더니, 철탑들이 카드 한 벌처럼 하나씩, 하나씩 차례차례 다 쓰러졌다.

"키리에 엘레이손! 키리에 엘레이손!" 마을 사람들과 인부들과 수도승들이 발을 동동 구르며 비명을 질렀다.

나무 파편 하나가 날아들어 데메트리오스의 허벅지에 상처를 입혔고, 다른 하나는 수도원장의 한쪽 눈을 빼내 갈 뻔했다. 마을 사람들은 다 도망가고 없었다. 성모 혼자 손에 창을 든 채 바위에 서서 차갑고 엄한 눈길로 아래에 있는 인간들을 내려다보았다. 성모 옆에는 죽은 거나 마찬가지인 앵무새가 몸의 초록색 깃털들을 곤두세운 채 바들바들 떨고 있었다.

수도승들은 성모상을 꼭 끌어안더니, 몹시 아파하며 신음하는 데메트리오스 신부를 부축했다. 그러고는 노새들을 모아 올라타고 황급히 달아났다. 꼬치를 돌리던 인부들이 양고기를 포기하고 달아나 버리는 바람에 고기가 타기 시작했다.

"저러다 숯이 되겠소!" 조르바가 꼬치 쪽으로 달려가면서 안달이 나서 소리쳤다.

나는 조르바 옆에 앉았다. 남아 있는 사람은 아무도 없고, 해변에
는 우리 둘뿐이었다. 조르바는 내 쪽으로 고개를 돌려 미심쩍어하고
주저하는 눈빛으로 나를 쓱 쳐다보았다. 그는 내가 이 파국을 어떻게
받아들일지, 이 모험을 어떻게 마무리해야 할지 모르고 있었다.

조르바는 칼을 들어 한 번 더 양고기 위로 몸을 숙여 고기를 맛보
더니, 불에 구워진 짐승을 얼른 들어내 꼬치에 꿴 채로 나무에 기대
놓았다.

"딱 알맞게 익었소이다!" 조르바가 말했다. "딱 알맞게요, 대장!
한 점 들어 봐요."

"빵하고 술도 좀 가져오세요." 내가 말했다. "배고파요."

조르바는 냉큼 포도주 통 있는 데로 가서 포도주 통을 양고기 있는
데로 굴려다 놓고, 흰 빵 한 덩어리와 잔 두 개를 가져왔다. 우리는 칼
로 고기 두 점을 저미고, 빵을 자른 다음, 먹기 시작했다.

"거봐요, 정말 맛있지요, 대장? 입 안에서 살살 녹잖소! 여기는 기
름진 초원이 없어서 양들이 마른풀만 먹고 사니 고기가 맛있을 수밖
에요. 살면서 이렇게 육즙이 많은 고기를 먹어 본 적이 딱 한 번 있어
요. 머리카락으로 수놓은 성 소피아 상을 목에 걸고 다니던 때니까
꽤 오래전 일이군요……."

"얘기 계속해요!"

"호랑이 담배 피우던 시절 얘기라니까요, 대장! 그리스 놈이나 하
는 미친 짓거린걸요!"

"얘기해 줘요, 조르바. 어디 그 허풍 좀 들어 봅시다."

"알았어요. 이런 이야기요. 어느 날 밤 우리는 불가리아군한테 포위를 당했소. 놈들이 횃불을 들고 우리를 빙 둘러싸고 있는 게 보였지요. 산비탈들마다 그놈들 천지였소. 녀석들이 우리를 겁주려고 심벌즈를 막 치면서 늑대 무리처럼 소리를 질러 대기 시작했다오. 못돼도 삼백 명은 돼 보였지요. 우리는 스물여덟이고, 루바스라는 두목이 있었지요 — 죽었다면 하느님이 그 친구 영혼을 구원해 주실 거요. 참 좋은 친구였거든요! '이리 오게, 조르바.' 두목이 말했다오. '양 좀 꼬치에 꿰어 보게!' '구덩이에다 굽는 게 더 맛있어요, 두목.' 내가 말했지요. '좋을 대로 하게. 하지만 빨리 해. 다들 배고프다고 난리야.' 두목이 말했소. 우리는 구덩이를 파고, 그 속에 양고기를 넣고는, 그 위에 타다 남은 장작을 층층이 쌓아 놓고 불을 지폈다오. 그런 다음, 다들 배낭에서 빵을 꺼내 와 불을 가운데 두고 빙 둘러앉았소. '잘 먹는 건 이게 마지막일지도 모른다!' 두목이 말했소이다. '겁나는 사람 있나?' 다들 와 하고 웃었소. 뭐라고 대답할 수가 있어야지요. 우리는 호리병박을 꺼내 들고는 말했소. '대장님의 건강을 위하여! 그런데 저놈들, 우릴 맞히려면 저래 가지고는 안 되겠는걸요!' 그러면서 마시고, 또 마셨소. 그러고 나서 구덩이에서 양을 꺼냈지요. 오, 대장, 그 맛이라니, 죽어도 못 잊을 겁니다! 생각만 하면 지금도 침이 고입니다! 루쿰처럼 사르르 녹았지요! 우리는 고기에 이를 처박고 정신없이 뜯어 먹었어요. '내 평생 이렇게 맛있는 양고기는 처음 먹어 보네.' 두목이 말했소이다. '다 하느님이 우리를 위해 남겨 두신 거야.' 그러고는 술을 한 방울도 안 마시는 사람이 포도주 한 잔을 단숨에 비워 버리지 뭡니까. 그러더니 명령했소. '클레프트 산적의 노래를 불러라! 저기 있는 녀석들은 늑대 무리처럼 울어 대지만, 우리는 사람답게 노래나 부르자! 〈디모스 영감〉부터 불러!' 우리는 재빨리 잔을 비우고 한 잔 가득 따라 또 비웠소. 그러고 나서 노래 부르기 시작했지요. 노랫소리가 점점 크게 울려 퍼져서 계곡 전체로 메아리쳤소. '이 코흘리개 녀석들아! 나는 클레프트 산적 사십 년차다……' 우리는 점점 더 크게 불렀다오. 진심으로 불렀지요. '그래, 하느님이 우리를 도우신다!' 두목이 말했소이다. '이게 기백 이라는 거다! 자, 알렉시스, 거기 양 등뼈 좀 보게……. 점괘가 뭐라 고 나오는가?' 나는 불 위로 몸을 숙이고 칼로 양 등뼈를 긁었소.

'무덤이 안 보이는데요, 두목.' 내가 소리쳤다오. '죽은 사람도 안 보이고요. 우리 또 빠져나간다, 이 코흘리개들아!' '하느님이 자네 말을 들어 주실 걸세!' 결혼한 지 얼마 되지 않은 두목이 말했소. '아 들 하나만 점지해 주신다면! 그러면 다른 건 어찌 되든 괜찮은데.'

조르바는 콩팥 주위에 있는 살을 큼지막하게 한 점 잘라 갔다.

"그 양고기, 정말이지 끝내 줬소!" 조르바가 말했다. "그런데 이것 도 전혀 뒤지지 않는데요. 정말 근사해요!"

"포도주 좀 따라 봐요, 조르바." 내가 말했다. "찰랑찰랑하게 따라 서 쭉 들이키는 겁니다!"

우리는 잔을 부딪치고는 산토끼 피처럼 붉은 최상품 크레타 포도 주를 맛보았다. 포도주를 마시자, 마치 대지와 피로 맺어져 사람 잡 아 먹는 거인이 된 기분이었다. 핏줄은 힘이 넘쳐흐르고, 가슴은 선 량함으로 가득 찼다! 양에서 사자가 된 기분이었다. 시시한 인생 따 위는 다 잊혀지고, 모든 압박감도 다 떨어져 나갔다. 짐승과 하느님이 인간과 맺어지면서, 우주와 하나가 된 기분이었다.

"양 등뼈 좀 봐요." 내가 소리쳤다. "점괘가 뭐라고 나왔는지 봐요. 어서요, 조르바."

조르바는 등뼈에 붙은 작은 살점들을 빨아먹고는 칼로 긁어 낸 다음, 불 가까이 대고 세심하게 살펴보았다.

"다 좋소이다." 조르바가 말했다. "우리 둘 다 천 년은 살겠소! 둘 다 강철 심장이고 말이오!"

조르바는 다시 고개를 숙이고는 등뼈를 다시 불빛에 대고 꼼꼼하게 검사했다.

"여행을 한다고 나오는데요." 조르바가 말했다. "여행이 아주 길어지겠어요. 여행이 끝나는 곳에 문이 많은 커다란 집이 나와요. 어느 왕국 수도인가 봐요, 대장…… 아니면 전에 말한 것처럼, 내가 문지기로 일하면서 밀수라도 해먹을 수도원 아닐까요?"

"포도주나 따라요, 조르바. 예언은 그만 하고. 문이 많은 커다란 집이란 게 뭔지 말해 줄게요. 커다란 집은 대지요, 많은 문은 무덤들입니다, 조르바. 그게 긴 여행의 끝이에요. 건강하세요, 이 악당 양반!"

"건강하시오, 대장! 운은 눈이 멀었다고들 하잖소. 무작정 가서 아무나 쿡 찍는다고. 찍힌 사람은 운이 좋은 사람이라고들 하고 말이오! 에라, 이 우라질 놈의 운 같으니! 우린 운 같은 건 바라지도 않소이다. 안 그래요, 대장?"

"그럼요, 조르바! 건강하기만 하세요!"

우리는 마셨고, 양고기도 싹 먹어 치웠으며, 세상도 왠지 밝아졌다 —바다는 즐거워 보였고, 대지는 배의 갑판처럼 흔들흔들했으며, 갈매기 두 마리가 인간들처럼 뭐라고, 뭐라고 수다를 떨어 가며 자갈밭을 가로질러 걸어가고 있었다.

나는 벌떡 일어섰다.

"일어나 봐요, 조르바." 내가 소리쳤다. "춤 좀 가르쳐 줘요!"

조르바가 반색을 하며 껑충 뛰어 올랐다.

"춤을 추겠다고요, 대장? 춤을 말입니까? 잘 생각했소이다! 이리와요!"

"이제 벗어나는 겁니다, 조르바! 내 인생은 변했습니다! 춤이나 춥시다!"

"제임베키코부터 가르쳐 주리다. 좀 거칠다오. 군대식 춤이지요. 코미타지 반군 시절에 늘 췄어요. 전투에 나가기 전에요."

조르바는 구두와 보라색 양말을 벗고, 달랑 셔츠 하나만 남겨 두었다. 그런데도 너무 더운지 그마저 벗어 던졌다.

"내 발을 잘 봐요, 대장." 조르바가 명령했다. "잘 봐요!"

조르바는 한 발을 내뻗어 발끝으로 땅바닥을 살짝 차고는, 다른 발 뒤에다 갖다 붙였다. 스텝이 격하고 신나게 뒤섞이고, 땅바닥에서는 북 치는 소리가 났다.

조르바가 내 어깨를 잡아 흔들었다.

"자, 이제 춰 봐요." 조르바가 말했다. "같이 춰요!"

우리는 열심히 춤을 추었다. 조르바는 내게 춤추는 법을 가르치고, 엄하고 끈기 있게, 그리고 이루 말할 수 없이 자상하게 잘못된 점을 고쳐 주었다. 나는 점점 대담해졌으며, 심장이 새처럼 나는 것을 느꼈다.

"브라보, 당신은 천재요!" 조르바가 손뼉을 쳐서 박자를 매겨 주면서 소리쳤다. "브라보, 젊은 친구! 종이하고 잉크는 없애 버려요! 상품이며 이윤도 내다 버려요! 광산이며, 인부며, 수도원 따위도 싹쓸어 버려요! 지금 당신이 이렇게 춤도 추고 내 언어도 배웠는데, 우리 서로 못 할 말이 뭐가 있다고!"

조르바는 자갈밭에서 맨발로 발을 구르며 손뼉을 쳤다.

"대장." 조르바가 말했다. "당신한테 할 말이 정말 많소이다. 내가 누굴 이렇게 사랑해 보긴 처음이오. 할 말이 수백 가지도 넘어서 세치 혀로는 감당이 안 되오. 그러니 춤으로 보여 주리다! 자, 춥니다!"

조르바가 공중으로 껑충 뛰어 올랐다. 갑자기 팔다리에 날개가 돋친 것 같았다. 바다와 하늘을 등지고 공중으로 곧장 치솟아 오르는 모습이 꼭 반란을 일으킨 늙은 대천사 같았다. 춤이 반항과 고집으로 똘똘 뭉쳐 있었기 때문이다. 흡사 하늘에 대고 이렇게 말하는 것 같았다. "전능하신 하느님, 당신이 날 어쩌시겠소? 끽해야 죽이기밖에 더 하겠소? 그래요, 죽여요. 난 괜찮으니까! 화풀이도 실컷 했고, 하고 싶은 말도 다 했고, 춤도 실컷 췄으니까…… 그리고 당신 같은 건 필요도 없으니까!"

조르바가 춤추는 것을 지켜보면서 나는 자기 무게를 이겨 내려는 한 인간의 눈물겨운 노력을 처음으로 이해했다. 조르바의 끈기와 명민함과 자신만만함에 감탄했다. 민첩하고, 멋지고, 격렬한 스텝이 모래사장에 광란의 인류 역사를 써내려가고 있었다.

조르바는 춤을 멈추었다. 그러고는 흩어진 케이블 선과 일련의 잔해 더미를 찬찬히 살펴보았다. 해가 기울어 가면서 그림자가 길어지고 있었다. 조르바는 나를 돌아보면서 늘 하는 몸짓으로 손바닥으로 자기 입을 틀어막았다.

"있잖소, 대장." 조르바가 말했다. "아까 그 불꽃 소나기 봤소?"

우리는 웃음보가 터졌다.

조르바는 나를 와락 껴안고는 키스를 퍼부었다.

"웃음이 나오지요, 대장도?" 그가 다정하게 말했다. "웃음이 나오죠, 웅, 대장? 그럼 됐어요!"

우리는 오래도록 배꼽을 잡고 웃으면서 씨름을 하며 장난을 쳤다. 그러다 바닥에 나가떨어져, 서로 부둥켜안은 채 자갈밭에서 잠이 들었다.

깨어 보니 새벽이었다. 나는 해변을 따라 마을을 향해 급히 걸어갔다. 가슴 깊은 곳에서 심장이 쿵쿵 뛰고 있었다. 살면서 그렇게 완전한 기쁨을 느끼기는 처음이었다. 평범한 기쁨이 아니었다. 터무니없고, 우스꽝스러우며, 이치에 맞지도 않는 기쁨이었다. 이치에 맞지 않을 뿐만 아니라, 모든 이치에 위배되는 기쁨이었다. 이번 일로 모든 걸 잃었다 — 돈, 인부들, 케이블 선, 수레들, 다 말이다. 우리는 작은 항구를 건설했지만, 선적할 게 하나도 없었다. 파산한 것이다.

그랬다. 예기치 않은 해방감을 맛본 게 정확히 그 순간이었다. 마치 필연이라고 하는 복잡하고 어두침침한 미로 한 구석에서 우연히 혼자 놀고 있는 자유를 발견한 듯했다. 그리고 즉각 그 자유와 손을 잡았다.

모든 것이 잘못돼 가고 있을 때, 마치 자신의 영혼이 끈기와 용기를 갖고 있는지 보려는 듯이, 자신의 영혼을 시험하는 것은 얼마나 신나는 일인가! 눈에 보이지 않는 강적 — 누구는 하느님이라고 하고, 누구는 악마라고 하는 — 이 우리를 파멸시키려는 듯, 우리를 덮쳐 온다. 그래도 우리는 파멸하지 않는다.

우리 인간은 내부에서만 승리하면, 비록 겉으로는 완전히 참패를 하더라도, 말로는 설명할 수 없는 자긍심과 기쁨을 느끼는 존재들이다. 외적인 불행이 지고하고도 확고부동한 행복이 되는 것이다.

언젠가 조르바가 이런 말을 한 게 기억난다.

"어느 날 밤, 눈 덮인 마케도니아 산에 엄청난 폭풍이 휘몰아쳤소. 내 은신처인 오두막을 막 흔들면서 뒤집어엎으려고 들었다오. 하지만 벌써 지주를 튼튼하게 보강해 둔 다음이었소. 난 혼자 불 가에 앉아 바람을 비웃으면서 콧방귀를 뀌었다오. '어이, 형제, 자넨 요 코딱지만 한 오두막에 못 들어와! 내가 문 안 열어 줄 거거든. 자넨 내 불도 못 꺼뜨려. 내 오두막도 못 엎고 말이야!'"

그때 이 몇 마디 안 되는 말에서 강력하고도 맹목적인 필연에 맞닥뜨렸을 때, 인간이 어떻게 행동해야 하는지, 어떤 정신 자세로 이를 받아들여야 하는지를 깨달았다.

나는 보이지 않는 적과 이야기하면서 걸음을 재촉했다. 그리고 소리쳤다. '넌 내 영혼에 못 들어와! 내가 문 안 열어 줄 거거든. 넌 내 불도 못 꺼뜨려. 내 오두막도 못 엎고 말이야!'

산 위로 아침 해가 보이기 전이었다. 바다 위 하늘에서 색깔들 — 푸른색, 녹색, 분홍색, 최상급 진주색 — 이 장난을 치고 있었다. 오지의 올리브나무들 사이에서는 작은 새들이 잠에서 깨어나며 아침 햇빛에 취해 쩍쩍거리고 있었다.

이 고독한 해안에 작별인사를 하고, 마음에 새겨 가려고 물가를 따라 걸었다.

나는 이 해안에서 수많은 황홀함과 즐거움을 알게 되었다. 조르바와 함께한 삶이 내 가슴을 넓혀 주었다. 그의 몇 마디 말은 내 영혼을 평온하게 해 주었다. 원시 독수리처럼 생긴 이 사내는 틀림없는 직관으로 확실한 지름길을 잡아 단숨에 정상에 도달했으며, 그보다 더 멀리 나아가기도 했다.

남녀 한 무리가 음식과 커다란 포도주 병으로 가득 찬 바구니들을 지고 지나갔다. 다들 오월의 첫날을 축하하러 밭으로 가는 길이었다. 처녀 하나가 노래를 불렀다. 목소리가 샘물처럼 맑았다. 벌써 젖가슴이 부풀기 시작한 여자아이가 헉헉거리며 나를 지나 높은 바위로 올라갔다. 턱수염이 검은 사내 하나가 얼굴이 하얗게 질린 채 화를 내면서 여자아이를 뒤따랐다.

"내려와, 내려오라니까……." 사내가 쉰 목소리로 외쳤다.

하지만 여자아이는 볼이 빨개 가지고는, 팔을 올려 머리 뒤로 깍지를 끼더니 땀이 뻴뻴 흐르는 몸을 살랑살랑 흔들면서 노래를 불렀다.

웃으면서 말해 봐요, 울면서 말해 봐요,
날 사랑하지 않는다고 말해 봐요,
내가 눈 하나 깜짝할 것 같아요?

"내려와, 내려오라고……!" 털보 사내가 소리를 질러 댔다. 목쉰

458

소리로 애걸도 하고 협박도 했다. 그러다 갑자기 훌쩍 뛰어올라가 여자아이 발을 꽉 붙들었다. 여자아이는 억누를 수 없는 감정들이 뻥 터지기만 기다렸다는 듯이, 앙 하고 울음을 터뜨렸다.

나는 걸음을 재촉했다. 이러한 환희의 현현들이 내 가슴을 휘저었다. 늙은 세이렌이 생각났다. 부인이 눈에 선했다 — 뚱뚱하고, 향수 냄새를 풍기며, 키스에 신물이 나 있었다. 부인은 땅 밑에 누워 있었다. 지금쯤 팅팅 부풀어 오르고, 녹색이 되어, 피부는 터지고, 몸은 흐물흐물해져 물이 줄줄 흐르고, 온몸에 구더기가 득실댈 터였다.

나는 끔찍해서 도리질을 쳤다. 대지가 빤히 들여다보이는 바람에 우리는 가끔씩 최후의 지배자 구더기가 지하 작업장에서 밤낮으로 일하는 걸 보고 만다. 그러면 우리는 얼른 눈을 감아 버린다. 인간은 다른 건 다 참아도, 그 작고 허연 구더기만은 참을 수가 없기 때문이다.

마을로 들어서다가 트럼펫을 불려고 준비하는 집배원을 만났다.

"사장님, 편지 왔습니다!" 집배원이 푸른 봉투를 손에 들고 말했다.

나는 섬세한 필체를 알아보고는 기뻐서 풀쩍 뛰었다. 나는 황급히 가지들을 헤치고 올리브나무 숲 가로 빠져나와, 조바심을 내며 편지 봉투를 뜯었다. 다급하게 써내려간 짧은 편지였다. 나는 곧장 읽어 내려갔다.

우리는 그루지아 국경에 다다랐다네. 쿠르드족들한테서 용케 잘 탈출했네. 진정한 행복이 무엇인지 마침내 깨달았네. 이제 와서야 옛말을 진짜로 체험한 걸세. '행복은 네 의무를 다 하는 것이며, 힘든 의무일수록 행복도 크다.' 라는 격언 말일세.

죽을 처지에 놓인 이 수백의 목숨들이 며칠 후면 바툼에 도착할 거라네. 방금 이런 전보를 받았다네. "첫 배들이 도착한 게 보임."

엉덩이가 펑퍼짐한 아내와 눈이 초롱초롱한 자식을 거느린 부지런하고 지적인 그리스 사내들 수천 명이 곧 마케도니아와 트라케로 수송될 걸세. 그리스의 늙은 핏줄에 새롭고 활기 찬 피를 수혈하는 거라네. 내가 어느 정도 지쳤다는 건 인정하네만, 지치면 좀 어떤가? 친구이자 스승이여, 우리는 싸웠고, 그리고 이겼네! 나는 행복하네.

나는 편지를 숨기고 다시 걸음을 재촉했다. 나도 행복했다. 솟아오른 향긋한 타임을 손가락으로 비비면서 산으로 이어진 가파른 길로 접어들었다. 정오가 다 되어 내 검은 그림자가 발밑으로 모였다. 황조롱이가 하늘을 맴돌고 있었다. 날개를 어찌나 빨리 파닥거리는지 꼭 멈춰 있는 것 같았다. 자고새가 내 발소리를 듣고 무의식적으로 요란스럽게 달아나면서 솔처럼 생긴 깃을 펼치더니 공중으로 휙 날아올랐다.

행복했다. 큰 소리로 노래라도 불러 감정들을 쏟아내면 좋으련만, 고작해야 시원찮은 발음으로 소리만 꽥꽥 질러 댔다. '너 도대체 왜 이래?' 난 내 자신을 놀려 대며 물었다. '네가 그 정도로 애국자였어? 친구를 그렇게나 많이 사랑해? 부끄러운 줄도 모르고 말이야! 진정하고 좀 조용히 해!'

하지만 난 기쁨에 도취된 나머지 산길을 따라 걸어가면서 계속 소리를 질러 댔다. 염소 방울이 딸랑거리는 소리가 들렸다. 검은색, 갈색, 회색 염소들이 햇살을 가득 받으며 바위들 위로 모습을 드러냈다. 숫염소 한 마리가 목에 힘을 주고 맨 앞에 떡 버티고 서 있었다. 놈한테서 악취가 진동했다.

"안녕하세요, 형제님! 어딜 그리 바삐 가세요? 누가 쫓아와요?"

목동이 바위 위로 풀쩍 뛰어올라 손가락을 입에 넣고 휘파람을 불어 양들을 불러 모으고 있었다.

"급히 할 일이 있어서 그렇다네!" 내가 대답했다. 그러고는 계속 올라갔다.

"잠깐만요. 염소젖 한 컵 마시고 가세요. 기운이 날 거예요!" 목동이 바위를 껑충껑충 건너다니며 소리쳤다.

"급하다니까!" 내가 소리쳤다. 괜히 멈춰 서서 이야기하느라 즐거움이 싹둑 잘리는 게 싫었다.

"내 염소젖을 우습게 보는 거예요?" 목동이 상처 받은 목소리로 말했다. "그럼 가세요. 행운을 빌어요!"

목동은 다시 입에 손가락을 넣고 휘파람을 불어 염소와 개들을 불러 모아서는 바위들 뒤로 사라져 버렸다.

나는 곧 산꼭대기에 올랐다. 산꼭대기에 오르는 것이 목적이었던 것처럼 금세 마음이 평온해졌다. 그늘진 바위에 쫙 엎드려 저 먼 평야와 바다를 바라보았다. 숨을 깊이 들이마셨다. 대기에서 세이지와 타임 향기가 났다.

나는 벌떡 일어나 세이지로 베개를 만들어 베고 다시 드러누웠다. 피곤했다. 눈을 감았다. 순간 나의 마음은 저 멀리 눈 덮인 높은 고원으로 날아갔다. 북쪽으로 가고 있는 남녀 무리와, 소떼와, 무리를 이끄는 숫양처럼 앞장 서서 걷고 있는 내 친구를 상상하려고 했다. 하지만 바로 그 순간, 마음이 싱숭생숭해지더니, 참을 수 없이 졸음이 쏟아졌다.

잠을 물리치고 싶었다. 잠에 지고 싶지 않았다. 나는 눈을 떴다. 까마귀종인 노랑부리까마귀 한 마리가 산 정상, 바로 내 눈앞에 있는 바위에 앉아 있었다. 검푸른 깃털이 햇빛에 반짝였다. 커다랗고 노란 부리가 휘어져 있는 게 아주 뚜렷이 보였다. 불길했다. 이 새가 나쁜 징조로 보였다. 나는 돌멩이를 주워 새에게 던졌다. 노랑부리까마귀는 소리 없이 천천히 날개를 펼쳤다.

다시 눈이 감겼다. 더는 저항할 수가 없었다. 이내 잠이 덮쳤다.

잠든 지 몇 초도 안 되어 소리를 지르다 깜짝 놀라 벌떡 일어났다. 바로 그 순간, 노랑부리까마귀가 내 머리 바로 위로 쏙 지나갔다. 나는 바위에 기대 와들와들 떨었다. 사나운 꿈자리가 긴 칼처럼 내 마음을 푹 찔렀다.

아테네에서 혼자 헤르메스 가를 걷고 있었다. 날이 찌는 듯이 더웠고, 거리는 황량했으며, 가게들은 다 문을 닫았고, 그렇게 쓸쓸할 수가 없었다. 카프니카레아 교회(11세기에 세워진 비잔틴 양식의 교회)를 지나는데, 친구가 창백한 얼굴로 신타그마 광장 쪽에서 내 쪽으로 숨차게 달려오는 게 보였다. 키가 크고 비쩍 마른, 보폭이 큰 어떤 남자를 따라오고 있었다. 친구는 외교관 복장을 하고 있었다. 그는 근처까지 와서 헉헉거리며 소리쳤다.

"이보게! 그래 어떻게 지냈나? 이게 도대체 몇 년 만인가? 저녁에 찾아오게! 밀린 이야기를 해야지!"

"어디로 가면 되는데?" 나는 마치 친구가 너무 멀리 떨어져 있어서 내 목소리가 친구에게 가 닿으려면 그래야 한다는 듯이, 크게 소리쳐 물었다.

"콩코드 광장(오모니아 광장이라고도 함), 오늘 저녁 여섯 시. 파라다이스 카페 앞 분수로 오게!"

"알았네!" 내가 대답했다. "그리 가겠네!"

"대답은 잘하는군그래." 친구가 꾸짖는 투로 말했다. "오지도 않을 거면서!"

"꼭 갈 걸세!" 내가 소리쳤다. "여기 손을 얹고 맹세하네!"

"난 빨리 가 봐야 되네."

"뭐가 그리 급한가? 악수나 한번 하세!"

친구가 손을 내미는 순간 갑자기 어깨에서 팔이 쑥 빠져 나와 내 손을 잡으려고 공중으로 둥둥 날아왔다.

친구의 싸늘한 손에 기겁을 하고는 소스라치게 놀라 비명을 지르며 잠에서 깼다.

노랑부리까마귀가 머리 위에서 맴도는 것을 발견한 게 바로 그때였다. 독이라도 나오는 듯 입이 썼다.

나는 동쪽으로 돌아서서 저 멀리까지 꿰뚫어볼 수 있기를 바라는 듯이, 수평선을 뚫어지게 바라보았다……. 친구가 위험에 처한 게 분명했다. 난 친구 이름을 세 번 외쳤다.

"스타브리다키! 스타브리다키! 스타브리다키!"

친구에게 용기를 주고 싶었다. 하지만 내 목소리는 몇 미터도 못 가 대기 속으로 사라져 버렸다. 난 몸을 지치게 해서 슬픔을 잠재우려고 기를 쓰면서 산 아래로 마구 달렸다. 나의 뇌는 이따금 몸을 관

통해 영혼에 도달하려는 이런 신비스러운 메시지들을 이어 붙이느라 부질없이 고군분투했다. 내 존재의 심연에서는 낯선 확신이, 이성보다 깊고 완전히 동물적인 확신이 나를 공포로 몰아넣었다. 짐승들이 — 양과 쥐 — 지진이 일어나기 전에 지진이 일어날 것을 확실하게 느끼는 것과 똑같았다. 내 안에서 깨어나고 있는 것은 지구에 처음으로 출현한 인류의 영혼, 이성의 왜곡된 영향을 받지 않고 온전히 우주에 밀착해 우주의 진리를 직접 느끼는 그런 영혼이었다.

"친구가 위험해! 친구가 위험해!" 나는 중얼거렸다. "친구가 죽는다! 친구는 아직 모르고 있을지 모르지만, 난 알아. 확실해⋯⋯."

나는 산길을 달려 내려가다가 돌무더기에 걸려 땅바닥으로 고꾸라졌다. 돌멩이들이 사방으로 흩어졌다. 난 벌떡 일어났다. 손과 다리에서 피가 흐르고 있었다.

"친구가 죽는다! 친구가 죽는다!" 나는 목이 메어 말했다.

불행한 사람은 스스로 초라하고 가련한 자기 존재 주위에 무엇도 못 들어온다고 여기는 벽을 쌓는다. 그러고는 거기 들어앉아 조금이라도 골치 아픈 일은 자기 인생에 끼어들지 못하게 하려고 노심초사한다. 가련한 행복이다. 그 사람에게는 모든 게 관례대로, 판에 박힌 과정대로 진행되어야 하며, 안전하고 단순한 법칙에 따라 진행되어야 한다. 그 사람은 쩨쩨한 확신을 갖고, 미지의 맹렬한 공격으로부터 철저히 차단된 경내를 지네처럼 납작 엎드려 별 탈 없이 기어 다닌다. 심히 두렵고 증오스러운 강적은 오직 하나뿐이다. 엄청난 확신이다. 지금, 이 엄청난 확신이 어느덧 내 존재의 외벽을 뚫고 들어와 내 영혼을 닦달하려고 준비하고 있었다.

우리 해변에 이르러 숨을 고르려고 잠시 걸음을 멈추었다. 그러고는 이차 방어선으로 밀려난 듯이 마음을 다잡았다. 난 생각했다. 이모든 메시지들은 우리의 내적 불안에서 나오는 것이며, 상징이라고 하는 화려한 복장을 하고 우리의 꿈에 나타난다. 하지만 이러한 메시지들을 만들어 내는 것은 바로 우리들 자신이다……. 마음이 점점 가라앉았다. 이성이 심장에게 정숙히 하라고 주의를 주면서, 파닥거리는 기묘한 박쥐 날개를 더 이상 날지 못할 때까지 잘라 내고, 또 잘라냈다.

오두막에 도착하자 내 단순함에 웃음이 나왔다. 내 마음이 돌연한 공포에 그토록 쉽게 사로잡혔다는 게 부끄러웠다. 나는 일상의 현실로 돌아왔다. 배고프고, 목이 말랐으며, 피곤했고, 돌에 부딪혀 찢긴 팔다리의 상처가 욱신거렸다. 내 심장은 마음을 놓았다. 외벽을 뚫고 들어왔던 무시무시한 적이 내 영혼 근처 이차 방어선에서 저지당한 것이다.

26

다 끝났다. 조르바는 케이블이며, 연장이며, 수레, 쇠붙이, 목재들을 모아 카이크가 실어 가기 좋게 해변에 쌓아 놓았다.

"선물로 드릴게요, 조르바." 내가 말했다. "다 당신 겁니다. 행운을 빕니다!"

조르바는 울음을 삼키려고 애쓰는 듯 침을 넘겼다.

"헤어지는 거요?" 그가 중얼거렸다. "어디로 갈 거요, 대장?"

"외국으로요, 조르바. 내 안에 있는 염소가 종이를 더 씹어 먹겠답니다."

"그렇게 일렀는데 조금도 나아진 게 없는 거요, 대장?"

"나아졌지요, 조르바. 당신 덕분이에요. 당신 방식을 받아들일 생각입니다. 당신이 버찌를 대한 방식으로 책을 대할 거예요. 종이를 물리도록 씹어 삼키면 구역질이 나겠지요. 그러면 싹 다 토해 버리고, 딱 끊어 버리는 겁니다. 영원히 말입니다."

"그러면 나는 어떻게 되는 거요, 대장? 당신도 없는데."

"슬퍼하지 말아요, 조르바. 다시 만날 겁니다. 그건 아무도 모르는 겁니다. 사람 정신력이란 게 워낙 강하니까요! 우리의 원대한 계획을 실행에 옮기는 날이 올 겁니다. 우리만의 수도원을 지을 겁니다. 하느님도 없고, 악마도 없고, 자유로운 인간만 있는 수도원 말입니다. 당신은 문지기가 되세요, 조르바. 대문을 열고 잠그는 커다란 열쇠 꾸러미를 차요 — 성 베드로처럼 말입니다……."

조르바는 바닥에 앉아 오두막 한쪽 벽에 등을 기대고는 말없이 잔을 채우고, 잔을 비웠다.

어느덧 밤이었고, 저녁 식사도 마친 뒤였다. 포도주를 홀짝홀짝 마시며 마지막으로 이야기를 나누는 중이었다. 우리는 이른 아침이면 헤어질 터였다.

"알았어요, 알았어……." 수염을 잡아당겼다 술을 마셨다 하면서, 조르바가 말했다. "알았다고요, 알았어……."

우리 위로는 별이 총총하고, 우리 내부로는 속이 후련해지기를 간절히 바랐지만 여전히 망설이고 있었다.

나는 생각했다. '조르바와 영원히 이별하는 거야. 조르바를 잘 봐 둬. 이제 다시는 그를 못 볼 거야!'

조르바 품에 뛰어들어 엉엉 울고 싶었지만, 부끄러웠다. 내 감정을 웃음으로 덮어 보려고 했지만, 그러지를 못 했다. 목이 콱 메었다.

맹금류처럼 목을 쭉 뺀 채 말없이 술만 마시는 조르바를 바라보았다. 그를 지켜보노라니 우리의 삶이 얼마나 불가해하고 신비스러운 것인가 하는 생각이 들었다. 사람들은 바람에 흩날리는 나뭇잎처럼 만났다가 또 뿔뿔이 흩어진다. 두 눈은 부질없이 사랑하는 이의 얼굴과 몸과 몸짓을 기억하려고 애쓴다. 몇 해만 지나면 사랑하는 이의 눈동자가 푸른색인지 검은색인지 기억도 못 할 거면서.

나는 속으로 울부짖었다. '인간의 영혼을 놋쇠로 만들었어야지! 강철로 만들었어야지! 공기가 아니라!'

조르바는 큰 머리를 꼿꼿이 세운 채, 꿈쩍도 하지 않고 술을 마시고 있었다. 이 밤에 누군가 접근해 오는 발소리를 듣고 있거나, 심연의 맨 안쪽으로 물러가는 발소리를 듣고 있는 듯했다.

"무슨 생각 해요, 조르바?"

"무슨 생각을 하냐고요, 대장? 아무 생각도 안 해요. 아무 생각도요! 아무 생각도 안 나요."

잠시 후 조르바가 또 잔을 채우면서 말했다.

"건강해요, 대장!"

우리는 잔을 부딪쳤다. 우리 둘 다 슬픔이라고 하는 이 괴로운 감정이 그리 오래가지 않는다는 것을 알고 있었다. 우리는 대성통곡을 하든가, 떡이 되도록 마시든가, 아니면 미친놈들처럼 춤을 취야만 할 판이었다.

"연주해요, 조르바!" 내가 제안했다.

"내가 뭐랬소, 대장? 산투르가 즐거워야 된다고 했잖소. 연주하려면 한 달, 어쩌면 두 달은 지나야 할 거요? 그것도 가 봐야 알지 않겠소? 그때 가서 두 사람이 어떻게 영원히 헤어지게 됐는지에 대해서 노래할 거요."

"영원히라니요!" 나는 간담이 서늘해져 소리쳤다. 혼자 속으로만 중얼거리던 그 돌이킬 수 없는 말이 큰 소리로 내뱉어지는 것을 들을 줄은 생각도 못 하고 있었다. 갑자기 무서워졌다.

"영원히!" 조르바가 침을 삼키며 겨우겨우 되풀이해서 말했다. "그거요? 영원히. 조금 전에 말한 것처럼, 다시 만난다느니, 수도원을 짓는다느니 하는 것들은 다 병자를 일으켜 세울 때나 하는 말이오. 나는 그런 말 안 믿어요. 바라지 않소. 우리가 무슨 계집이오? 위로의 말이 필요할 만큼 약합니까? 물론 아니오. 다시 말하지만, 영원히 이별이오!"

"어쩌면 여기 남을 수도 있습니다. 당신하고 같이요⋯⋯." 나는 조르바가 나에게 지독한 애정을 보이는 데 충격을 받아 말했다. "어쩌면 같이 갈 수도 있고요. 난 자유로우니까요."

조르바는 고개를 가로저었다.

"아니오. 당신은 자유롭지 않소. 당신을 묶고 있는 줄이 딴 사람들을 묶고 있는 줄보다 더 길지는 않을 거요. 그것뿐이오. 당신도 긴 줄에 묶여 있어요, 대장. 왔다 갔다 하면서 자기가 자유롭다고 생각하는 거예요. 줄은 절대로 못 끊지요. 그런데 사람이 줄을 못 끊으면⋯⋯."

"언젠간 끊을 겁니다!" 조르바가 벌어져 있는 상처를 건드려 나를 아프게 하자, 내가 대들었다.

"어려운 일이라오, 대장. 굉장히 어려워요. 그러려면 살짝 어리석어져야 해요. 어리석어져야 한다고요. 알겠소? 몽땅 걸어야 돼요! 그런데 당신은 머리가 좋아서 안 돼요. 머리가 늘 당신을 이길 테니까요. 사람 머리는 구멍가게 같은 거요. 늘 계산을 해요. 얼마가 들었고 얼마를 벌었으니까 이윤은 얼마고 손해는 얼마다 하고 말이오!

머리란 놈은 째째한 구멍가게 주인이라오. 절대로 가진 걸 다 걸지 않고, 뭔가 늘 꿍쳐 두죠. 그놈은 절대로 줄을 못 끊어요. 오, 절대 못 끊지요! 꽉 붙들고 있거든요, 그 개자식이! 등신 같은 이 악마 새끼는 말이오, 줄을 놓치면 갈 길을 잃어요. 끝장이 나는 거죠! 그렇지만 어디 한번 말해 봐요. 줄도 안 끊는데 살맛이 나겠소? 카밀레 차, 그 밍밍한 맛이나 나겠지! 럼 같은 맛은 절대 아니지요 — 인생이란 게 뭔지 속속들이 알게 해 주는 맛 말이오!"

조르바는 말없이 포도주를 더 마시고는 다시 말을 하기 시작했다.

"날 용서해야 하오, 대장." 조르바가 말했다. "난 무지렁이요. 장화에 진흙이 끼는 것처럼 말이 자꾸 잇새에 낍니다. 멋있는 말도 못 하고, 듣기 좋은 말도 못 해요. 그게 안 돼요. 하지만 난 알아요. 당신은 날 이해한다는 걸."

조르바는 잔을 비우고는 나를 바라보았다.

"당신은 이해를 한다고요!" 조르바가 갑자기 화가 난 것처럼 소리를 꽥 질렀다. "이해를 하는 바람에 마음 편할 날이 하루도 없는 거요. 이해를 하지 않으면 행복해질 거요! 당신이 뭐가 모자라서요? 젊겠다, 돈 있겠다, 건강하겠다, 사람 좋겠다, 모자라는 게 전혀 없잖소! 전혀요, 제기랄! 딱 한 가지만 빼면요 — 어리석은 거 말이오! 그런데 그게 없으면, 대장, 어쩌냐면……"

조르바는 고개를 절레절레 흔들더니 또 입을 다물었다.

나는 하마터면 눈물을 흘릴 뻔했다. 조르바가 한 말은 다 사실이었다. 어릴 때부터 광적인 충동, 그 초인적인 갈망에 사로잡혀 세상에 만족하지 않았다. 그러다 점차 시간이 흐르면서 진정이 되어 갔다.

한계선을 그어 놓고, 불가능한 일과 가능한 일, 신적인 일과 인간적인 일을 구별한 다음, 연이 도망치지 못하도록 연줄을 꽉 붙들었다.

커다란 별똥별이 하늘을 번개같이 질주했다. 조르바는 생전 처음 본다는 듯이 깜짝 놀라 눈이 휘둥그레졌다.

"그 별 봤소, 대장?" 조르바가 물었다.

"네."

우리는 침묵에 빠졌다.

갑자기 조르바가 목을 쑥 빼고 가슴을 부풀리더니 미친 듯이 절규했다. 절규는 이내 인간의 말 속으로 흘러들었고, 조르바의 존재의 심연에서는 슬프고 쓸쓸하기 그지없는 반복적인 옛 가락이 솟구쳐 올랐다. 대지의 심장이 쩍 갈라지면서 동방의 그 감미롭고 강력한 독이 용솟음쳤다. 지금까지 나에게 용기와 희망을 주던 온몸의 힘줄이 서서히 시드는 것을 느꼈다.

이키 키클릭 비르 테펜데 오티요르

오트메 데, 키클릭, 베민 데르팀 예티요르, 아만! 아만!

끝없이 펼쳐지는 고운 모래사막. 분홍, 파랑, 노랑으로 희미하게 빛나는 대지. 관자놀이가 터지고 있었다. 아무 응답도 없자, 영혼은 기뻐 날뛰며 미친 듯이 비명을 질러 댔다. 눈물이 핑 돌았다.

빨간 다리 자고새 한 쌍, 무덤 위에서 울고 있었네.

자고새야, 이제 울지 말거라! 네가 울지 않아도, 내 마음 너무 괴롭단다. 아만! 아만!

조르바는 말이 없었다. 이마에 흐른 땀을 손가락으로 꼼꼼히 닦아냈다. 그러더니 몸을 숙이고는 땅바닥을 빤히 내려다보았다.

"그 터키 노래는 뭡니까, 조르바?" 한참이 지나 내가 물었다.

"낙타 몰이꾼 노래요. 사막에서 부르는 노래지요. 몇 년 동안 불러본 적도 없고 생각난 적도 없는데, 갑자기……."

조르바의 목소리가 꺾이고, 목구멍이 죄어들었다. 그는 고개를 들었다.

"대장." 조르바가 말했다. "이제 자요. 칸디아에서 배를 타려면 새벽같이 일어나야 됩니다. 잘 자요!"

"안 졸려요." 내가 말했다. "당신하고 같이 있을래요. 같이 있는 게 오늘 밤이 마지막이잖아요."

"그러니까 빨리 끝내야지요!" 조르바가 더는 마시지 않겠다는 뜻으로 빈 잔을 엎어 놓으면서 소리쳤다. "바로 이렇게, 지금 당장 말이오! 사내는 담배든, 술이든, 도박이든, 단칼에 끊는 거요! 그리스 영웅 팔리카리처럼 말이오.

우리 아버지는 진짜 팔리카리였소. 날 처다보지 말아요. 아버지에 비하면 난 한 점 바람에 불과하니까. 아버지 뒤꿈치에도 못 미쳐요. 아버지는 사람들이 늘 이야기하는 고대 그리스 사람 같았소. 악수할 때도 손뼈가 으스러지도록 꽉 잡았다오. 나는 이렇게 자분자분 이야기를 할 수 있지만, 아버지는 그러지 못했소. 고함을 치고, 말 울음소리를 내고, 노래를 불렀다오. 아버지 입에서 사람 말이 나오는 일은 거의 없었지요.

나쁜 버릇은 죄 다 갖고 있었지만, 끊을 때는 단칼에 끊어 버렸소. 예를 하나 들어 보겠소. 아버지는 아주 골초였소, 무슨 굴뚝 같았죠. 어느 날 아침, 아버지는 자고 일어나 밭을 갈러 들로 나갔다오. 들에 도착하자 일을 시작하기 전에 담배 한 대 말아 피우려고 울에 기대 허리띠 속으로 손을 넣어 담배쌈지를 꺼냈소. 그런데 웬걸, 쌈지가 텅 비어 있지 뭐요. 집에서 나오기 전에 담배쌈지를 채운다는 걸 깜빡한 거요.

아버지는 게거품을 물고는 고래고래 악을 쓰면서 마을로 막 뛰어 갔소. 알겠지만, 담배 생각이 간절한 나머지 완전히 이성을 잃은 거요. 그런데 갑자기 — 내가 늘 말하지만, 사람이란 게 참 묘해요 — 걸음을 뚝 멈췄소. 몹시 부끄러워진 거요. 아버지는 담배쌈지를 꺼내 이로 갈기갈기 찢어 버린 다음, 발로 밟고, 침을 뱉었소. 그러고는 이렇게 호통을 쳤다오. '더러운 것 같으니! 더러운 것 같으니! 더러운 암캐 같으니!'

그리고 그 시간 이후부터 죽을 때까지 담배는 입에도 안 댔다오.

진짜 사내는 이래야 하는 거라오, 대장. 잘 자요!"

조르바는 일어나더니 큰 걸음으로 해변을 가로질렀다. 뒤도 한번 안 돌아보았다. 그러고는 바닷물이 닿을락말락하는 자갈밭에 가서 벌렁 드러누웠다.

다시는 조르바를 보지 못했다. 닭이 울기도 전에 노새 몰이꾼이 왔다. 나는 안장에 올라타고 떠났다. 내가 잘못 생각하는 건지는 모르지만, 조르바는 어디엔가 숨어서 내가 떠나는 걸 지켜보았을 것이다. 하지만 달려 나와 의례적인 작별인사를 하지도, 슬프고 눈물겨운 장면을 연출하지도, 악수를 하고 손수건을 흔들며 잊지 말자는 맹세 따위를 주고받지도 않았다.

우리의 이별은 칼로 벤 듯이 깔끔했다.

칸디아에서 전보를 받았다. 덜덜 떨리는 손으로 전보를 받아들고는 열어 보지도 못하고 한참을 바라보기만 했다. 무슨 내용인지 알고 있었다. 단어 수와 글자 수까지도 섬뜩하리만치 정확하게 알아맞힐 수 있었다.

열어 보지도 않고 북북 찢어 버리고 싶은 충동에 사로잡혔다. 뭐라고 쓰여 있는지 다 아는데, 뭐 하러 펼쳐 본단 말인가? 하지만 애석하게도 우리의 영혼에는 이제 믿음 같은 건 없다. 우리가 마법을 거는 마녀와 노파 혹은 기이한 노파를 비웃듯이, 이성이, 이 죽지 않는 구멍가게 주인이 우리 영혼을 비웃는다. 그래서 나는 전보를 펼쳤다. 티플리스에서 온 전보였다. 순간 글자가 눈앞에서 춤을 추는 바람에 한 글자도 읽을 수가 없었다. 하지만 글자들은 서서히 동작을 멈추었고, 나는 읽었다.

어제 오후 스타브리다키 폐렴으로 사망

오 년이란 세월이 흘렀다. 길고 무시무시한 오 년이었다. 시간이 속도를 올리는 동안 지리적인 국경 지방들은 춤바람에 합류했고, 국가의 경계선들은 수많은 손풍금들처럼 늘어났다가 줄어들었다. 조

474

르바와 나도 폭풍에 휩쓸렸다. 처음 삼 년 동안은 가끔씩 조르바가 보낸 엽서를 받았다.

하나는 아토스 산에서 보낸 엽서였다 ─ 천국의 수문장인 성모가 그려져 있었는데, 큰 눈은 슬퍼 보였고, 턱은 강하고 단호해 보였다. 조르바는 성모 그림 아래에다 종이에 구멍을 내는 굵직하고 무거운 펜으로 글씨를 써 놓았다. "여기서는 일을 벌여 볼 기회가 없소, 대장. 여기 수도승들은 벼룩의 간까지 빼먹는 놈들이오! 떠날 거요!" 며칠 후에는 이런 엽서가 날아왔다. "떠돌이 광대처럼 앵무새를 들고는 수도원들을 돌아다닐 수가 없소. 그래서 지빠귀한테 〈키리에 엘레이손〉을 멋들어지게 부르도록 가르친 그 웃기는 수도승한테 선물로 줘 버렸소. 고 쪼그만 악마 놈이 얼마나 노래를 잘 부르는지, 진짜 꼬마 수도승 같다오. 들으면 놀라 나자빠질 거요. 그 웃기는 수도승이 우리의 가여운 앵무새도 노래를 부를 수 있게 가르칠 거요. 아, 고 악당 녀석이 자기가 평생 본 걸 죄 노래로 불러 젖힐 거라니! 이제 우리 앵무새는 성스러운 신부님이 되는 겁니다! 행운을 비오. 거룩한 은자, 알렉시오스 신부."

육칠 개월 뒤에는 루마니아에서 엽서가 날아왔다. 가슴이 깊게 패인 드레스를 입은 풍만한 여자가 그려져 있는 엽서였다.

아직 살아 있소. 마말리가(루마니아의 옥수수죽)를 먹으면서 보드카 한 잔 하는 중이오. 석유 광산에서 일하는데, 얼마나 더럽고 악취가 나는지, 시궁쥐도 그런 시궁쥐가 없다오. 하기야 그러면 좀 어떻소? 여기는 하고 싶은 것도 널려 있고, 배가 하고 싶어 하는 것도 다 할 수 있소. 나 같은 늙은 악당한테는 진짜 천국이오. 내 말이 무슨 뜻인지 알겠소, 대장? 신나게 살 수 있소……. 게다가 고맙게도 사탕과자며, 멋진 여자까지 널렸고 말이오! 행운을 비오.

시궁쥐, 알렉시스 조르베스쿠

이 년이 흘렀다. 엽서를 받았다. 이번에는 시베리아에서 날아왔다.

아직도 살아 있소. 우라지게 추워서 어쩔 수 없이 결혼을 해 버렸소. 엽서를 뒤집으면 그 친구 얼굴이 나올 거요 — 예쁜 암컷이라오. 허리에 약간 살집이 있는 건 지금 나한테 꼬마 조르바를 만들어 주는 중이라서 그렇다오. 나는 당신이 준 양복을 입고 그 친구 옆에 서 있소. 아시겠지만, 끼고 있는 결혼반지도 가여운 부불리나가 준 거요 — 불가능은 없소! 부불리나의 유해에 하느님의 은총이 있기를! 그 친구 이름은 류바요. 내가 입고 있는, 깃이 여우 털로 된 외투도 마누라가 혼수품으로 해 온 거라오. 그리고 암말 한 마리하고 돼지 일곱 마리도 갖고 왔지 뭐요 — 되게 웃기는 족속들이오! 그리고 첫 번째 결혼에서 얻은 애들 둘도 데려왔소. 과부였다는 얘길 한다는 걸 깜빡했소이다. 여기서 가까운 산에 있는 구리 광산을 하나 찾아냈소. 그 소문이 우연히 딴 자본가 귀에까지 들어간 덕분에, 파샤처럼 아주 편안하게 살고 있다오. 행운을 비오.

전 홀아비, 알렉시스 조르비치

엽서 뒷면에는 근사하게 차린 조르바의 사진이 있었다. 그는 갓 결

476

혼한 신랑 복장을 하고, 털모자를 쓰고, 새로 산 긴 외투를 입고, 멋진 지팡이를 들고 있었다. 한쪽 팔에는 기껏해야 스물다섯밖에 안 돼 보이는 아름다운 슬라브 여자가 안겨 있었다. 고급 부츠를 신고, 풍만한 가슴을 자랑하는 이 여자는 야생 암말처럼 엉덩이가 푸짐하고, 매력적이며, 장난기가 있어 보였다. 사진 밑에는 S자형 꼬부랑글씨가 몇 자 적혀 있었다. "나, 조르바, 그리고 영원한 숙제인 여자 — 이번 여자 이름은 류바임."

그 몇 해 동안 나는 외국을 돌아다니고 있었다. 나 역시 영원한 관심사가 있었지만, 가슴이 풍만한 여자도, 새 외투도, 돼지들도 들어오지 않았다.

어느 날 베를린에서 전보를 받았다.

아름다운 녹암 발견. 당장 올 것. 조르바

독일이 대기근을 겪고 있던 때였다. 마르크화의 가치가 너무 하락해 우표 같은 소소한 것을 사는데도 옷가방에 수백만 마르크를 담아가야 했다. 어딜 가든 굶주림과 추위와 낡은 옷과 구멍이 숭숭 뚫린 신발밖에 보이지 않았다 — 혈색 좋은 독일인의 뺨은 창백해져 있었다. 미풍이 살짝 불기만 해도 다들 바람 앞의 나뭇잎들처럼 길바닥으로 우수수 나가떨어졌다. 어머니들은 자식들의 울음을 그치게 하려고 고무 조각을 주고 씹게 했다. 밤에는 경찰들이 다리마다 지키고 서서, 자식들을 품에 안고 강물에 몸을 던져 어떻게 해서든 모든 걸 끝내려는 어머니들을 막았다.

겨울이었고, 눈이 내리고 있었다. 옆방에서는 동양의 언어를 가르치는 독일인 교수가 극동의 고통스러운 풍습을 좇아 몸을 따뜻하게 해 보려고 손에 긴 붓을 들고 중국의 옛 시나 공자의 말을 베끼고 있었다. 붓 끝과, 들어 올린 팔꿈치와, 글씨 쓰는 사람의 심장이 삼각형을 이루었다.

"몇 분만 있으면 땀이 비 오듯 할 겁니다." 독일인 교수는 만족스러워하면서 말하고는 했다. "난 이렇게 해서 몸을 데운답니다."

조르바가 친 전보를 받은 건 이렇듯 한창 쓰라린 나날을 보내고 있던 때였다. 처음에는 화가 났다. 정신과 영혼을 지탱할 빵 부스러기마저 없어서 수백만이 쓰러져 가는 판국에 멋진 녹암 하나 보러 당장 출발해서 수천 마일이나 달려오라니! 아름다움 좋아하시네! 아름다움은 심장이 없어서 인간의 고통에는 전혀 신경도 안 쓴다니까!

하지만 이내 소름이 끼쳤다. 분노는 자취를 감추고, 조르바의 비인간적인 간청에 내 심장이 응답하고 있다는 것을 깨닫기 시작했다. 내 안에서 어떤 야생의 새 한 마리가 날개를 퍼덕이며 가자고 조르고 있었다.

그렇지만 가지 않았다. 한 번 더 도전하지 못했다. 내 안에서 외치는 신성하고 야만적인 아우성 소리를 따르지 않았다. 이성이 결여되어 있는 고귀한 행동을 하지 않은 것이다. 이성이라고 하는 적당하고, 냉정하고, 인간적인 목소리에 귀를 기울였다. 그래서 펜을 들어 못 가는 이유를 설명했다.

그러자 조르바가 답장을 보냈다.

외람된 말이지만, 당신은 영락없는 펜대 운전수요, 대장. 당신도 살아생전에 한 번쯤 녹암을 볼 수 있었는데, 불쌍한 영혼 같으니, 그걸 안 보고 마는구려. 아이고, 일이 없을 때 가끔씩 나 혼자 묻는다오. 지옥이란 게 있을까, 없을까? 그런데 어제 당신 편지가 도착했소. 나는 말했다오. 대장 같은 펜대 운전수들한테는 지옥이 있는 게 틀림없어!

조르바는 그 뒤로 나에게 다시는 편지를 쓰지 않았다. 그보다 더 끔찍한 일들이 우리를 갈라놓았다. 세상은 술 취한 사람처럼 계속 어질어질하고 휘청휘청했다. 땅이 갈라지면서 우정과 개인적인 걱정거리도 그 속으로 휩쓸려 들어가 버렸다.

나는 친구들에게 이 위대한 인간에 대해 자주 이야기했다. 우리는 이성보다 깊은, 정식 교육을 받지 않은 이 사내의 자신만만한 태도에 감탄했다. 우리 같으면 수년을 고통스럽게 노력해야 이를까 말까 한 정신적인 고지에 조르바는 단숨에 이르렀다. 이런 이야기를 하고 나면, 다들 이렇게 말했다. "조르바는 정말 대단한 인간이야!" 조르바가 정신적인 고지를 뛰어넘어 버린 이야기를 해 주면 이렇게들 말했다. "조르바는 미쳤어!"

그렇게 시간이 흘렀고, 추억은 독이 되었다. 또 다른 그림자, 친구의 그림자 역시 내 영혼과 조우했다. 친구의 그림자는 한 번도 나를 떠나지 않았다 — 나 역시 친구의 그림자를 떠나보내고 싶지 않았기 때문이다.

하지만 아무에게도 그 그림자에 대해 이야기하지 않았다. 내 자신에게만 이야기했고, 그 덕분에 나는 개인적으로 죽음과 화해를 하게 되었다. 나에게는 다른 쪽으로 건너가는 은밀한 다리가 있었다. 다리를 건너오는 친구의 영혼은 기운이 하나도 없어 보였고, 창백해 보였다. 내 손을 잡고 악수하기에는 친구의 영혼이 너무도 약했다.

나는 가끔씩 두려워하면서 생각했다. 친구에게는 지상에서 육체의 노예에서 놓여나 자유로워질 시간이, 영혼을 발전시켜 강해질 시간이 없었던 건 아닐까? 그래서 죽음이라고 하는 최후의 순간에 공포에 사로잡힌 채로 파멸한 건 아닐까? 아마도 자기 안에 영원히 살게 만들 것이 있는데도 미처 그럴 시간이 없었을 것이다.

하지만 친구가 강할 때도 있었다 — 정말 강했을까? 내가 친구를 더 강렬하게 기억하길 바라서 그랬던 건 아닐까? — 그리고 그럴 때 친구는 젊고 엄해 보였다. 친구가 계단을 걸어 올라오는 소리까지 들리는 듯했다.

어느 해 겨울, 오래전에 친구와 내가 우리들이 사랑한 여인과 함께 황홀한 시간을 보낸 엥가딘 산으로 나 혼자 고독하게 순례를 떠난 적이 있다.

나는 친구가 묵은 호텔에서 잤다. 열려 있는 창문으로 달빛이 흘러들고 있었다. 산의 정기와 눈 덮인 소나무들의 정기와 고요와 푸른 밤이 내 마음속으로 들어오는 것을 느꼈다. 이루 말할 수 없이 행복했다. 잠은 깊고, 평온하며, 투명한 바다 같았고, 나는 그 심연 속 요람에 누워 행복해하면서 움직이지 않고 가만히 있었다. 하지만 감각이 너무 예민하게 조율돼 있어서, 내 위로 수만 리나 떨어져 있는 수면에 배가 지나가면 몸이 베일 것만 같았다.

불쑥 그림자 하나가 드리웠다. 나는 그게 누구 그림자인지 알았다. 비난에 찬 목소리가 들려왔다.

"자나?"

나 또한 비난에 찬 목소리로 대답했다.

"자넨 날 오래 기다리게 했네. 몇 달이나 자네 목소리를 못 들었어. 어디를 그리 떠돌아다녔는가?"

"내내 자네하고 있었네. 자넨 날 잊었지만 말이야. 자네를 부를 힘이 늘 있는 건 아니라네. 자네는 그럴 수 있지만 말이네. 자네는 날 떠나려고 애쓰고 있네. 달빛이 참 아름답군그래. 눈 덮인 나무들도 아름답고, 지상의 삶도 참 아름답네. 하지만 아무리 아름답더라도 제발, 날 잊지는 말아 주게!"

"자네를 어찌 잊는단 말인가? 잘 알면서 왜 그런 소리를 하는가? 자네가 날 떠나고 나서 그 며칠 동안 산을 뛰어다녔다네. 몸을 혹사하려고 말일세. 하지만 자네 생각에 며칠 밤을 뜬눈으로 새웠네. 내 감정들을 터뜨려 버리려고 시까지 지었다네…… 하지만 그 볼품없는 시들은 내 고통을 없애 주지 못했지. 이렇게 시작되는 시가 하나 있네.

그대 카론과 더불어 험한 길을 걷는 동안
내 그대들 육체의 경쾌함과 그대들 몸매에 감탄했네.
그대들은 새벽같이 일어나 길 떠나는 두 마리 야생 오리……

역시 미완성인 다른 시에는 이런 외침이 들어 있다네.

이를 악물어라, 오 사랑하는 이여, 영혼을 도둑맞지 않도록!"

친구는 쓴웃음을 짓더니 나에게 얼굴을 숙였다. 얼굴이 얼마나 창백하던지 소름이 쫙 끼쳤다.

친구는 나를 바라보았다. 한때 눈이 있었던 눈구멍이 텅 비어 있었다. 이제 그 자리에는 작은 흙덩이가 들어 있었다.

"무슨 생각 하는가?" 내가 중얼거렸다. "왜 아무 말도 안 해?"

멀리서 들려오는 한숨 소리 같은 친구의 목소리가 또 들려왔다.

"아, 어째서 영혼이 머무르는 세상은 이리도 작은지! 누군가의 시 몇 줄도 뿔뿔이 흩어져 병신이 돼 버렸네 — 멀쩡한 4행시 한 수 못 되고 말일세! 지상을 방황하다가 친구 집을 찾아가 봐도 다들 마음의 문을 닫아 버렸더군. 나더러 어디로 들어가라고? 나더러 어떻게 소생하라고? 문이란 문은 다 빗장을 걸어 잠근 바람에, 난 집 주위를 개처럼 맴돈다네. 아, 자유롭게 살 수만 있다면, 그래서 물에 빠진 사람처럼 자네들의 따뜻한 몸을, 살아 있는 몸을 붙들고 늘어지지 않아도 된다면!

친구의 눈구멍에서 왈칵 눈물이 솟았다. 흙덩이가 진흙이 되었다.

하지만 이내 친구의 목소리가 커졌다.

"자네가 날 정말 기쁘게 해 준 적이 한 번 있네." 친구가 말했다. "취리히에서, 축제 때였지. 기억나나? 자네는 잔을 들어 내 건강을 빌어 주었네. 생각나나? 누군가 한 사람 더 있었는데……"

"기억하네." 내가 대답했다. "우리가 '친절한 우리 아가씨'라고 부르던 여자……"

우리는 침묵에 빠졌다. 그로부터 수백 년이 흐른 것처럼 느껴지다니! 취리히! 바깥에는 눈이 오고 있었다. 탁자 위에는 꽃이 놓여 있었다. 우리 셋이 있었다.

"무슨 생각 하오, 선생?" 그림자가 빈정거리는 투로 물었다.

"이 생각, 저 생각, 다……."

"난 그때 자네가 마지막으로 했던 말을 생각하고 있네. 자네는 잔을 들고 떨리는 목소리로 말했네. '사랑하는 친구여, 자네가 아기였을 때 자네 할아버지는 한쪽 무릎에 자네를 앉히고, 다른 쪽 무릎에는 크레타 리라를 얹어 놓고 팔리카리아 가락을 연주하셨네. 오늘 밤 나는 자네의 건강을 기원하며 마시네. 운명이 보살펴 자네가 늘 하느님 무릎에 앉아 있기를!"

"아아, 하느님이 자네 기도를 이토록 빨리 들어주실 줄이야!"

"자네 왜 이러는가?" 내가 울부짖었다. "사랑은 죽음보다 강하네!"

친구는 또 다시 씁쓸하게 웃고는 아무 말도 하지 않았다. 나는 친구의 몸이 어둠 속으로 점점 사라져 가면서 한낱 흐느낌이 되고, 한숨이 되고, 농담이 되어 가는 것을 느꼈다.

며칠 동안이나 입술에 죽음의 맛이 남아 있었다. 하지만 가슴은 후련했다. 죽음이 몹시 사랑했던 친한 이의 얼굴을 하고, 우리를 만나러 왔다가 우리가 하던 일을 마칠 때까지 한구석에서 인내심을 가지고 느긋하게 기다려 주는 친구처럼, 내 삶 속으로 들어왔던 것이다.

하지만 조르바의 그림자는 늘 시샘을 하면서 내 주위를 배회했다.

어느 날 밤, 나는 아이기나 섬 바닷가에 있는 내 집에 혼자 있었다.

행복했다. 창문이 바다 쪽으로 열려 있고, 달빛이 안으로 흘러 들어오고 있었으며, 바다는 행복에 겨워 한숨을 쉬고 있었다. 나는 수영을 너무 많이 한 탓에 몸이 노곤해져 깊이 잠들어 있었다.

새벽이 되기 직전이었다. 그 모든 행복의 한가운데에, 조르바가 불쑥 꿈에 나타났다. 조르바가 무슨 말을 했는지, 왜 왔다고 했는지는 기억나지 않는다. 하지만 잠에서 깨었을 때 가슴이 뻐개지는 것 같았다. 이유 없이 눈물이 고였다. 나는 내 기억을 작동시켜, 조르바가 내 마음 여기저기에 흩뿌려 놓은 모든 말과 절규와 몸짓과 눈물과 춤을 모아 — 그것들을 구원하려면 — 우리가 크레타 해안에서 함께 살았던 삶을 복원해야 한다는, 거역할 수 없는 욕망에 사로잡혔다.

이 욕망이 너무 사나워서 나는 두려웠다. 나는 욕망 속에서 조르바가 이 세상 어디에선가 죽어 가고 있다는 신호를 보았다. 내 영혼이 조르바의 영혼과 몹시 가깝게 맺어져 있어서 다른 하나가 고통으로 몸부림치며 울부짖지 않고서는, 죽는 것도 불가능한 것처럼 느껴졌다.

한동안 조르바에 관한 모든 기억들을 한데 모아 말로 엮는 것을 망설였다. 유치한 공포가 나를 덮쳤다. 내 자신한테 말했다. '만약 내가 기억을 모아 말로 엮는다면, 그건 조르바가 진짜로 죽을 위험에 처해 있다는 신호다. 이 신비로운 손에 맞서 싸워야만 한다. 그 손이 날 부추겨 내 손으로 조르바를 위험에 빠뜨리려고 하는 건지도 모른다.'

이틀을 버티고, 사흘을 버티고, 일주일을 버텼다. 다른 글을 쓰는 데 몰두하고, 온종일 바깥으로 나돌고, 상당한 양의 책을 읽었다. 이런 행동은 내가 보이지 않는 존재를 회피할 때 쓰는 전략이었다. 하지만 조르바를 대신해 심한 불안감에 완전히 빨려 들어가 버렸다.

하루는 바닷가에 있는 내 집 테라스에 앉아 있었다. 한낮이었다. 태양은 몹시 뜨거웠고, 내 앞에 있는 살라미스 섬의 벌거벗은 우아한 옆구리를 황홀하게 바라보고 있었다. 그러다 갑자기 그 신성한 손에 설득당해, 종이를 꺼내 들고는 그 뜨거운 테라스 판석에 엎드려 조르바의 언행들을 이야기하기 시작했다.

나는 과거를 급히 불러와 현재로 되돌려 놓고, 조르바를 기억해 내어, 조르바를 있는 그대로 정확하게 소생시키려고 애쓰면서, 미친 듯이 써내려갔다. 만약에 조르바가 사라진다면 그건 전적으로 내 탓이라고 느끼면서, 가능한 한 나의 옛 친구를 사진처럼 충실하게 그려 내기 위해 밤낮으로 일했다.

조상들의 영혼이 자기 몸인 줄 알고 그림 속으로 들어가게 하려고 꿈에 본 조상들을 동굴 벽에다 가능한 한 꼭 살아 있는 것처럼 그리려고 애썼던 아프리카 야만족 마술사처럼 일했다.

몇 주 만에 조르바의 이야기가 완성되었다. 마지막 날 나는 또 테라스에 앉아 바다를 바라보았다. 무릎에는 탈고한 원고가 놓여 있었다. 내 안에 있는 무거운 짐을 덜어 낸 것처럼 행복하고 홀가분했다. 마치 갓난아기를 안고 있는 여자 같았다.

읍내에서 내 편지를 가져오는 농부의 어린 딸, 솔라가 테라스로 올라왔을 때, 펠레폰네소스의 산 뒤로 붉은 해가 지고 있었다. 솔라는 편지 한 통을 쑥 내밀고는 달아나 버렸다……. 나는 알았다. 편지를 살펴보면서 벌떡 일어나 비명을 지르지 않은 걸 보면, 어쨌든 알았던 것 같다. 생각한 대로였다. 나는 원고를 무릎에 올려 두고 일몰을 바라보는 바로 이 순간에 그 편지를 받게 되리라는 것을 알았다.

나는 침착하게, 천천히 편지를 읽었다. 세르비아의 스코플례와 가까운 마을에서 온 것으로, 서툰 독일어로 쓰여 있었다. 나는 편지를 번역했다.

나는 이 마을 학교 교장으로, 이곳 구리 광산 소유주인 알렉시스 조르바 씨가 지난 일요일 오후 여섯 시에 세상을 떠났다는 슬픈 소식을 전하는 바입니다. 조르바 씨는 임종 자리에 저를 불러 말했습니다.

"이리 좀 와 보시오, 교장 선생. 그리스에 친구가 하나 있소. 내가 죽거든 그 친구한테 편지해서, 죽기 바로 직전까지 정신이 말짱했고, 그 친구를 생각하고 있었다고 전해 주시오. 그리고 내가 무슨 짓을 했든 간에 후회는 없다고도 말해 주시오. 건강하길 빌고, 지금쯤은 뭘 좀 깨달았기를 바란다고 전해 주시오.

잠깐만 더 들으시오. 신부나 누가 내 고해를 듣거나 종부 성사를 해 주러 오거든 얼른 꺼지라고 하고, 대신에 나한테 저주나 내리라고 하시오. 살면서 별의별 짓을 다 해 봤지만, 아직도 못 해 본 게 있소. 나 같은 놈은 천 년은 살아야 되오. 잘 자요!"

이게 조르바 씨가 마지막으로 한 말입니다. 조르바 씨는 침대에서 몸을 일으키더니 시트를 걷어 젖히고는 일어나려고 했습니다. 우리는 달려들어 그러지 못하게 막았습니다 ─ 조르바 씨의 아내 류바하고 나, 그리고 같이 있던 힘센 장정들 몇이서 말입니다. 하지만 조르바 씨는 우리를 한쪽으로 밀쳐 버리고는, 침대에서 껑충 뛰어내려 창문으로 갔습니다. 거기 서서 창틀을 부여잡고, 먼 산들을 뚫어져라 바라보더니, 눈을 크게 뜨고, 막 웃기 시작했습니다. 그러고는 말처럼 히힝, 히힝 울었습니다. 그렇게 창틀에 손톱을 박고 서 있을 때 죽음이 찾아왔습니다.

조르바 씨의 아내 류바가 선생께 편지를 보내 존경의 뜻을 전해 달라고 부탁했습니다. 그러면서 고인이 평소에 선생 이야기를 자주 하면서, 자신이 죽으면 산투르를 꼭 선생께 드리라고 지시했답니다. 자기를 잊지 않도록 말입니다.

미망인 말씀이, 제일 좋은 건, 우리 마을을 지나실 기회가 있으면 손님으로 그 댁에서 하룻밤 주무시고, 아침에 떠날 때 산투르를 갖고 가시는 거랍니다.

불멸의 작가, 카잔차키스

겨울이 끝나 가던 즈음, 원서를 받았다. 생각했다. '아, 차라리 겨울이 시작될 즈음이라면 얼마나 좋을까!' 이야기를 우리말로 옮기는 데 한 봄을 고스란히 바칠 생각을 하니 억울했다. 사나흘쯤 머뭇거리다 책을 펼쳤고, 봄이 시작되었다. 봄이 시작되면서 행복한 나날도 시작되었다. 책상에서 엉덩이를 뗄 수가 없었다.

낮이면 작은 새가 창가로 날아와 '미치찌, 미치찌' 하고 짓궂게 울었다. "하하, 그래, 네 말이 맞다." 나는 창밖을 흘끔거리며 대답했다. 그렇게 몇 달을 작은 새와 함께 두 남자, 아니, 세 남자가 들려주는 이야기에 폭 빠졌다. 커다란 치즈 덩이 앞에 앉은 생쥐처럼 치즈 덩이를, 그 달콤한 봄날을 맛나게 갉아먹었다.

그랬다. 그 세 번째 남자, 카잔차키스, 이 작가, 오랜 세월 내 책장 맨 위 칸에서 날 노려보던 남자. 눈빛이 얼마나 강렬하던지, 눈썹이 얼마나 짙던지, 참으로 긴 세월 동안 몇 번 손만 뻗어 보았을 뿐, 감히 펼쳐 읽을 수가 없었다. 맹금류의 눈. 나를 노려보는 그 눈에 주눅이 들었다. 마주치는 순간 기가 팍 죽었다. 왠지 읽는 이를 가만둘 것 같지 않았다. 지독한 고통을 줄 것만 같았다.

하지만 지극히 바보 같은 두려움이었을 뿐, 그 사내의 눈은 세상에서 가장 깊고 따스한 눈이었다. 그 사내의 가슴은 세상에서 가장 뜨겁고, 선량했다. 나는 곧 화자의 선량함에, 조르바의 명쾌함에, 작가의 깊고 따스한 마음에 단숨에 빨려들었다. 펜대 운전사인 화자가 조르바에게 빨려들었듯이. 그리도 오랜 세월을 카잔차키스의 눈을 두려워하다니, 난 바보였다. 겁쟁이였다. 작가는 세상 그 누구보다도 마음이 따스한 사람, 자상한 사람이었다. 그 눈에 가득 든 것은 무한한 사랑과 연민이었다. 작가는 세상 어느 누구보다 경건하고, 도덕적이며, 선량하고, 진지하며, 인간을 사랑하는 사람이었다. 맹세컨대 지금까지 이렇게도 인간을 사랑한 작가를, 이렇게도 경건한 작가를, 이렇게도 가슴 따스한 작가를 만난 적이 없다.

작가와 함께 있는 그 봄 동안, 나는 다시 젊어졌다. 작가를 따라, 이야기 속 사내들을 따라 먼 길을 걷는 동안 다시 진지해지고, 다시 사유하게 되었으며, 다시 도덕적이 되었고, 다시 경건해졌다. 새벽의 대기와, 밤하늘의 별과, 아침 해와 저녁 해, 흙과, 물과, 바람과, 침묵과, 고독과, 인간과, 민족과, 전쟁과, 신과, 부처와, 사색과, 사유와, 사상과, 도덕과, 행동과, 벌레와, 나무와, 꽃과, 여자와, 남자와, 삶과, 죽음에 대해 다시 생각했다. 세 사내와 걷는 길은 구도자와 걷는 길이었다.

사내들을 따라 아테네, 크레타, 마케도니아, 터키를 돌아다녔다. 험난하고 거친 돌산에 오르고, 아몬드나무, 무화과나무, 오렌지나무 가득한 협곡을 내려다보고, 한숨짓는 해안가를 거닐고, 볕 좋은 크레타 농가를 방문하고, 수도원에서 밤을 지새웠으며, 낯선 해안에 버려진 늙은 카바레 여가수의 사랑에 눈시울을 붉혔다. 어느 작가의 눈이 이토록 인간과 자연에 대한 사랑과 연민으로 가득 차 있던가. 어느 작가가 이렇게 따스한 눈길로 여성과, 힘없는 자들과, 작은 생명들을 바라보았던가.

문득 카잔차키스라는 위대한 작가를 가진 그리스가 부러웠다. 아니 어쩌면 그리스이므로 카잔차키스 같은 고귀한 영혼을 낳을 수 있었으리라. 그리스의 빛나는 고대 문명과, 찬란한 문화와, 작열하는 태양을 떠올려 보라. 그 푸른 바다와, 올리브와, 포도주와, 신들을 빚어낸 위대한 빛들을 생각해 보라. 카잔차키스가 그리스에서 태어나지 않았다면 더 이상한 일이지 않겠는가.

하지만 슬프게도, 작가와 이야기를 나누던 그 봄 내내 방송에서는 연일 그리스의 경제 위기에 대해 이야기했다. 숱한 전쟁과 내전, 연이은 정치 혼란으로 고달프고 힘겨웠던 그리스가 또 다시 위기를 맞은 것이다. 그리스에 대한 다급한 소식을 접할 때마다 카잔차키스, 조국과 민족을 목숨보다 더 사랑한 작가의 외침이 들리는 듯하다. 멀리 동포를 구하러 뛰어다니던 작가의 외침이 들리는 듯하다. 그리스여, 그리스 민족이여, 세계여, 인류여, 굴복하지 말고, 투쟁하라. 인간이 할 수 있는 최상의 행동은 굴복하지 않고, 투쟁하는 것이다. 그것만이 우리 인간이 불멸하는 길일지니.

투쟁. 위대한 대지의 역사가 그러하듯, 고귀한 인간의 삶이 그러하듯, 작가의 삶도 투쟁 그 자체였다. 철저하고 처절한 사유와, 자기 성찰과, 글쓰기와, 행동. 카잔차키스는 위대한 작가일 뿐만 아니라, 경건한 구도자요, 도덕적인 정치가이자 행동가였으며, 진정한 세계인이었다. 자기와 투쟁하고, 신과 투쟁했으며, 불행에 처한 민족을 위해, 인간과 인류를 위해 있는 힘껏 투쟁했다. 하여 나에게 카잔차키스는 또 다른 조르바였다.

어느 때보다 따스한 위로가 필요한 지금, 조용히 카잔차키스 그 이름을 불러 보자. 고개를 돌리면 어느덧 그대 옆에 맑고 깊은 눈의 작가가 서 있을 것이다. 그대 어깨에 큰 손을 지그시 얹으며 따스한 위로의 말과 함께, 살아갈 용기를 불어넣어 줄 것이다. 다시 한번 용기를 내자. 힘껏 살아 보자. 이야기 속, 그 해 한겨울, 그 혹독한 추위에 용감하게 꽃을 피우며 서 있던 그 아몬드나무처럼.

유난히 어둡던 어느 봄밤, 커다란 올빼미 한 마리가 창밖 전신주에 앉아 우우 하고 길게 울다 날아갔다. 미네르바의 올빼미. 불현듯 카잔차키스의 영혼이 떠올랐다. 그렇다. 위대한 작가는 불멸한다. 카잔차키스는 불멸한다.

강이경

니코스 카잔차키스 연보

1883년 구력 2월 18일(율리우스력, 현재 사용하는 그레고리우스력으로 계산하려면, 19
세기의 경우 12를 더해야 한다), 크레타 섬 이라클리온에서 출생. 아버지 미
할리스는 포도주와 곡물 중개상으로 중산층 생활을 함.

1897년~1898년 크레타에서 두 번째 반란이 일어남. 아버지는 카잔차키스를 낙
소스로 대피시키고, 프랑스 수도사들이 운영하는 학교에 등록시킴. 크레
타는 자치권을 얻음.(14~15세)

1902년~1906년 크레타에서 중등교육을 마치고, 아테네 대학에서 법학을 공부
함. 재학 중 에세이 〈병든 시대〉와 소설 〈뱀과 백합〉 발표. 희곡 〈동이 트
면〉 집필.(19세)

1907년~1909년 아테네 대학 박사 과정 중 희곡 〈동이 트면〉으로 희곡상 수상.
이 작품이 아테네에서 공연되면서 유명인사가 됨. 프리메이슨에 입회함.
프랑스 소르본느 대학에서 철학을 공부함. 앙리 베르그송의 강의에 매료
됨. 니체와 톨스토이의 저작들을 접함. 희극 〈도편수〉 집필.(24세)

1909년 크레타로 돌아옴. 소설 〈부서진 영혼〉 완성. 희극 〈단막극 : 코미디〉 출
간.(26세)

1911년 갈라테아 알렉시우와 결혼.(28세)

1912년 제1차 발칸전쟁 발발. 육군에 자원, 베니젤로스 총리 비서실에서 복
무.(29세)

1914년 시인 앙겔로스 시켈리아노스와 아토스 산의 수도원들을 돌며, 단테의 작품들과 복음서와 불경을 읽음. 생계를 위하여 부인 이름으로 어린이 교과서 공모에 응모, 부인과 함께 쓴 다섯 권이 전부 채택됨.(31세)

1917년~1918년 제1차 세계대전으로 석탄이 부족하자 기오르고스 조르바라는 일꾼을 고용, 펠로폰네소스에서 갈탄 채굴 사업을 함. 스위스를 여행함.(34세)

1919년 공공복지부 장관에 임명됨. 카프카스에서 볼셰비키에게 처형당할 위기에 놓인 15만 그리스인 송환작전에 참여함. 조르바와 스타브리다키도 동행함. 베르사유 평화조약에 참여하고, 마케도니아와 트라케에서 피난민 정착을 감독함.(36세)

1920년 공공복지부 장관직을 사임하고 파리로 감.(37세)

1922년 독일을 여행하던 중 베를린에서 조국이 터키에 참패했다는 소식을 들음. 민족주의를 버리고 공산주의 혁명가들에 동조함. 불경과 프로이트를 연구함. 부처의 생애에 대해 집필 시작. 공산주의적 혁명과 불교적 체념을 조화시키려 시도함.(39세)

1924년 이탈리아를 여행함. 아시시의 성자 프란체스코를 흠모하기 시작함. 이라클리온으로 돌아와 망명자들과 소아시아 전투 참전자들로 이루어진 공산주의 세포의 정신적 지도자가 됨. 아테네에서 두 번째 아내가 될 엘레니 사미우를 만남.(41세)

1926년 갈라테아와 이혼. 특파원으로 팔레스타인과 키프로스, 스페인을 여행함. 프리모 데 리베라와 무솔리니를 인터뷰함.(43세)

1927년 특파원으로 이집트와 시나이를 여행함. 〈신을 구하는 자〉 발표.(44세)

1928년 모스크바에서 막심 고리키를 만남. 〈프라우다〉에 그리스 사회 상황에 대한 논설 기고. 두 권으로 된 러시아 여행기 출간.(45세)

1929년 러시아를 여행함. 베를린으로 감. 체코슬로바키아에서 프랑스어로 된 첫 번째 소설 〈모스크바는 외쳤다〉 집필. 프랑스어로 된 두 번째 소설 〈엘리아스 대장〉 집필.(46세)

1930년 생계를 위해 《러시아 문학사》를 출간하고, 프랑스 어린이 책을 번역함. 〈신을 구하는 자〉에 나오는 무신론을 빌미로 그리스 당국으로부터 위협을 당함.(47세)

1932년 《신곡》 전편 번역. 스페인으로 이주할 것을 결심. 스페인의 시 번역에 착수.(49세)

1934년 생계를 위해 어린이 교과서 집필, 세 권 가운데 한 권이 채택됨.(51세)

1935년 여행기를 쓰기 위해 일본과 중국 방문.(52세)

1936년 프랑스어로 소설 〈돌의 정원〉 집필. 괴테의 《파우스트》 제1부 번역. 내전 중인 스페인에 특파원으로 감.(53세)

1937년 《스페인 기행》 출간. 펠로폰네소스 여행기를 신문에 연재.(54세)

1938년 《오디세이아》 탈고.(55세)

1940년 《영국 기행》 집필. 청소년을 위한 전기 소설 《알렉산드로스 대왕》과 《크노소스 궁전》 집필. 무솔리니가 그리스를 침공함.(57세)

1941년 독일이 그리스를 점령함. 《부처》 초고 완성. 소설 〈조르바의 성스러운 삶〉에 착수.(58세)

1943년 《그리스인 조르바》와 《부처》의 두 번째 원고 완성. 《일리아스》 번역 완성.(60세)

1944년 희곡 〈카포디스트리아스〉와 〈콘스탄티누스 팔라이올로구스〉 집필. 독일군이 철수함. 아테네로 감. 내전을 목격함.(61세)

1945년 사회당의 지도자가 됨. 독일군의 잔학 행위 조사 임무를 띠고 크레타로 파견됨. 엘레니 사미우와 결혼. 소풀리스 연립 정부의 정무 장관에 취임.(62세)

1946년 정무 장관직에서 물러남. 시켈리아노스와 함께 노벨 문학상 후보로 추천됨. 소설 〈오름길〉 집필.(63세)

1947년 유네스코에서 고전 번역 부장으로 일하게 됨. 자신의 희곡 〈배교자 율리우스〉 번역. 파리에서 《그리스인 조르바》 출간.(64세)

1948년 유네스코 일을 그만두고 앙티브로 이주. 희곡 〈소돔과 고모라〉 집필. 《수난》 초고 완성.(65세)

1950년 소설 《최후의 유혹》에 착수. 스웨덴에서 《그리스인 조르바》와 《수난》 출간.(67세)

1951년 《최후의 유혹》 초고 완성. 노르웨이와 독일에서 《수난》 출간.(68세)

1952년 세 번째 발병한 안면습진으로 눈이 심하게 감염되어 네덜란드의 병원에서 요양. 성 프란체스코의 생애를 연구함. 영국, 노르웨이, 스웨덴, 네덜란드, 핀란드, 독일에서 소설들이 출판됨.(69세)

1953년 파리의 병원에 입원. 오른쪽 눈 시력 상실. 안면습진의 원인이 림프샘 이상으로 판명됨. 《일리아스》 공동 번역 완성. 소설 《성 프란체스코》 집필. 그리스에서 《미할리스 대장》 출간. 《미할리스 대장》과 《최후의 유혹》이 신성모독이라는 이유로 그리스 정교회로부터 맹렬하게 비난 받음. 뉴욕에서 《그리스인 조르바》 출간.(70세)

1954년 《최후의 유혹》이 가톨릭교회 금서 목록에 오름. 키먼 프라이와 공동으로 《오디세이아》를 영어로 번역. 가벼운 림프성 백혈병을 진단 받음.(71세)

1955년 《영혼의 자서전》 집필에 착수. 알베르트 슈바이처 박사를 방문함. 《일리아스》를 공동 번역자와 자비로 출간. 왕실의 도움으로 그리스에서 《최후

의 유혹》 출간. 《성 프란체스코》 출간, 슈바이처에게 바침.(72세)

1956년 빈에서 평화상 수상. 노벨 문학상 수상 실패. 《수난》을 바탕으로 한 줄스 다신의 영화 〈죽어야 하는 자〉가 완성됨. 《영혼의 자서전》 출간.(73세)

1957년 칸 영화제에 참석, 〈죽어야 하는 자〉 관람. 중국 방문. 광저우에서 받은 예방 접종이 잘못되어 독일 병원에 재입원해 고비를 넘겼으나, 아시아 독감에 걸려 10월 26일에 사망함. 그리스정교회의 거부로 아테네에 묻히지 못하고, 크레타에 묻힘. 묘비 명은 생전에 준비되었던 '나는 아무것도 바라지 않는다. 나는 아무것도 두려워하지 않는다. 나는 자유다'가 새겨짐. 장례식에 세계 각지에서 수많은 사람들이 찾아와 카잔차키스를 추모함.(74세)